피를 마시는 새

6

이영도 판타지 장편소설

피를 마시는 새

6

빗속을 걷는 레콘

황금가지

차례

26장 돌을 깨우는 바람　7

27장 평가를 수용하는 태도　93

28장 읽는 것과 얽는 것　173

29장 불씨의 연가　267

30장 바람의 탄주, 돌의 춤　349

31장 부활을 받아들이는 태도　435

제 26 장

"나도 가끔 그런 일을 하지." ─ 사모 페이

돌을 깨우는 바람

아라짓력 32년의 초여름, 비나간에서 일어난 일련의 사건과 움직임들을 명쾌한 논리로 설명할 수 있는 사람은 당대에도, 후대에도 존재하지 않을 것이다. 그 모든 일은 나무의 초록과 물냄새가 짙어질 무렵, 비나간 사람들에게 지극히 익숙한 골목과 광장에 지극히 낯선 사람들이 나타나는 것으로 시작되었다. 하지만 그 이방인들의 모습은 이방인이라는 하나의 범주에 묶어 두기엔 차이점이 뚜렷했다.

그들 중 일부는 잃어버린 재산과 훼손된 명예 때문에 굳은 얼굴을 하고 있는 키탈저 사람들이었다. 시모그라쥬 공의 키탈저 침략으로 유민이 된 키탈저 사람들이 비나간으로 몰려들고 있다는 설명 정도는 누구나 할 수 있었다. 하지만 그런 설명만으로는 비나간에 나타난 키탈저 인들 중 열에 대여섯은 무기를 든 건장한 남녀라는 사실을 납득하기 어렵다. 상식적으로 가족들을 보호하고 있어야겠지만, 두세 명씩 또는 서너 명씩 무리를 이룬 채 비나간의 이곳저곳을 어슬렁거리는 키탈저 인들의 주위에 노약자나 피보호자들의 모습은 보이지 않았다. 호기심을 참지 못한 비나간 인이 그들에게 술 한잔을 사며 가족들의 소재에 대해 질문하는 일도 있었다. 하지만 그들은 주는 술만 반갑게 받아 마실 뿐 자신들의 이야기에 대해서는 함구했다.

그러나 비밀의 서원 같은 것을 모르는 풍문은 키탈저 인들의 사정을 낱낱이 까발렸다. 풍문의 지지자들은 다음과 같은 현대적 전설을 듣게 되었다. 고향에서 도망쳐야 했던 키탈저 인들 사이에서 어떤 선출들이 시행되었다. 방식은 여러 가지였다. 우연의 선택을 받아들인 자도 있고 입을 꾹 다문 채 조용히 손을 든 자도 있었다. 비나간에 나타난 이들은 그런 선출을 겪은 자들이었다. 선출되지 않은 자들에게 가족을 맡긴 채 무기 한 자루를 들고 비나간으로 온 그들은, 비나간에서 잡일을 하거나 심지어 걸식을 하며 연명할 뿐 다른 일은 하지 않았다. 하지만 우연히 같은 키탈저 인들이 비나간의 귀퉁이에서 마주치면 그들은 말이나 눈빛으로 짤막한 대화를 나누곤 했다. 그 대화는 대개 이렇게 시작되었다. "이제 곧……."

언제나 무거운 표정을 짓고 있어서 쉽게 구분되는 키탈저 인들과 달리 명백한 특징을 찾아내기 어려운 이방인들도 있었다. 차림새도, 거동도, 그리고 주린 배를 움켜쥐고 잠들지 않기 위해 하는 행동도 천차만별이라 이들을 범주화하는 것은 조금 어렵다. 하지만 이들에게도 관찰력이 남다른 사람에겐 포착되는 공통의 특질이 있기는 하다. 시시한 농담에 폭소하고 사소한 언쟁에 격분한다는 점이 바로 그것이다. 주막을 난투장으로 만들고 매일의 일과나 되는 양 결투를 벌이고 술에 만취하여 점잖은 부인네들을 기절초풍하게 만드는 이자들은 모험가, 모험 사업가, 매무자들이거나 그렇게 받아들여지길 간절히 바라는 풋내기들이었다.

이들에 비하면 거친 성정으로 이름 높은 키탈저 인들이 오히려 점잖은 편이었다. 하지만 키탈저 인들의 조용한 거동에는 칼집에 든 칼을 연상시키는 바가 있었다. 필요할 때를 대비하여 칼집 속에 들어가 있다고 해서 칼이 몽둥이가 되지는 않는다. 한편, 같은 비유를 두 번째 이방인들에게 적용한다면 그들은 칼집을 잃어버린 칼 같았다. 노출된 칼이 굳이 휘둘러지지 않더라도 이곳저곳에 부딪히며 주위 사람뿐만 아니라 그 소지자까지 상처 입게 하듯 두 번째 부류의 이방인들은 치명적이지는 않지만 성가신 사건들을 잔뜩 일으켰다. 하지만 그들은 상처 외에 칼의 매력도 뿌렸다. 그들의 흥분된 모습, 긴장한 거동들은 비나간 인들도 격동시켰다. 비나간 인들은 입술을 핥으며 그들에게 주의했다. 그리고 그들이 어떤 인물에 대한 이야기를 나누고 있음을 깨달았다.
"그녀는!"

그리고 가장 알아차리기 어려운 마지막 이방인들이 있었다.

그들을 포착하기 힘든 것은 그들이 이방인의 주요한 요소를 결여하고 있기 때문이다. 그들은 다른 지역에서 오지 않았다. 대부분의 비나간 인들은 갑자기 이방인처럼 변한 이웃과 친지들의 모습을 보면서도 그들을 이방인이라고 생각하지는 못했다. 그리고 그들도 스스로를 이방인이라고 생각하지 않았다. 오히려 그들은 자신들이야말로 진정한 비나간 인이라고 생각했다. 이 이방인 아닌 이방인들은 비나간의 과거와 현재, 미래에 많은 관심을 할애했고 그 관심을 어떤 지위에 대한 대화로 표현했다. 그것은 신화적 지위였고 한 사람의 것이지만 동시에 모든 사람의 것인 지위였다. "왕이 될 것이다."

아라짓력 32년 초여름, 비나간에서 일어나는 일련의 사건과 움직임은 혼란스러웠다. 하지만 그것은 당대의 사람들도, 후대의 사람들도 간단한 문장 하나로 정리할 수 있는 혼란이기도 했다.

한 여인이 왕이 되려 하고 있었다.

비나간 후작궁의 후작 집무실에는 두 사람이 앉아 있었다. 얼떨결에 동쪽으로 고개를 돌려도 눈을 찌르는 통증을 느끼지는 않는 시간이고 따라서 사람들의 활동이 생존에서 생활로 바뀌는 무렵이다. 하지만 두 사람 중 한 명은 생존 쪽에 관심을 두어야 할 모습이었다. 먹고 자고 씻는 일이 절실하게 필요할 듯한 모습의 여인은 비나간 후 지키멜 퍼스였다. 그날 오전 외부 행사 계획이 없던 지키멜은 정오 전에 잠시 눈을 붙일 요량으로 밤새도록 일을 했다. 그러나 느닷없이 찾아온 방문자 때문에 지키멜의 취침은 미루어지고 있었다.

자꾸만 무거워지는 눈꺼풀을 비빈 비나간 후 지키멜 퍼스는 침착하게 말했다.

"팩스벗 졸다비, 분명히 말해 두겠는데, 나는 그 역사학자가 자신의 학문적 명성을 높이기 위해 나를 이용하는 것은 전혀 불쾌하지 않아. 명성을 좇는 것 자체는 비난받을 일이 아니니까. 하지만 그자의 방식은 불쾌해. 그자가 실전된 것으로 알려진 고아라짓 왕국의 대관식 절차를 정말로 발굴해 냈다면, 그 발굴이 사실임을 증명하는 방식은 단연코 역사학적인 방법이어야 해."

팩스벗 졸다비는 영리한 사람이었다. 지키멜 퍼스가 진짜로 비난하는 사람이 누구인지 알 정도로. 팩스벗의 당혹한 얼굴을 보던 지키멜은 차분한 표정으로 말했다.

"그에게 내가 대관할 거라고 말했나?"

"예, 각하."

"그리고 내 대관식을 감독하면 그의 학자 인생 최대의 위업을 남길 수 있을 거라고 말했고?"

"예, 각하."

"그 대가로 아드님과 그대의 여동생이 결혼할 수 있게 해 달라고 했나?"

"그 말은 안 했습니다, 각하."

"말만 안 했다는 거지?"

"……예, 각하."

"팩스벗, 그대는 그 역사학자를 모욕했어. 그분이 내 대관을 감독함으로써 자신의 발견에 권위를 덧붙이려 시도하는 졸렬한 분인 것처럼 만들었으니까. 교훈적인 이야기는 이 정도로 끝내기로 하고."

지키멜은 말을 잠시 멈추고 숨을 크게 들이쉬었다. 그리고 계명성을 내뿜듯 외쳤다.

"이 멍청한 놈! 비밀을 지켜야 한다고 가장 열렬히 떠들었던 네가 외부인에게 대관식 이야기를 지껄이고 다녔다는 거냐!"

"제 여동생이 죽을 것처럼 구는 것이 보기 안쓰러워서…… 그리고 각하, 제가 과거에 그렇게 주장했던 것은 사실입니다만 이제는 상황이 다르잖습니까. 각하의 대관은 아직 공식 확인이 없었을 뿐 공공연한 비밀……."

팩스벗은 지키멜의 표정을 보고 말끝을 삼켰다. 살벌한 표정으로 팩스벗을 노려보던 지키멜은 이를 악물며 의자 팔걸이에 손을 얹었다. 그녀는 검지로 팔걸이를 톡톡 두드리다가 고개를 살짝 가로저었다.

"팩스벗, 그대가 나를 실망시켰다는 것을 말해 주지. 그대를 비난하기 위해서가 아니라 다음에는 실망시키지 않기를 바라기 때문이야. 내가 말하고자 한 것은 비밀 엄수의 문제가 아니다. 비밀의 주도권 문제지."

"비밀의 주도권이라고 하셨습니까?"

"솔직히 말해 봐, 팩스벗. 우쭐한 기분이 들었지? 그 학자에게 자신을 과시하는 즐거움을 느꼈을 거란 말이야."

"그야 저도 사람이니까요."

"맞아. 그런데 그걸 뒤집어 볼 생각은 못해 봤나?"

"뒤집는다고 하셨습니까?"

"공공연한 비밀이라고 했나? 당연하지. 그렇게 되도록 했으니까. 왜 그랬냐고? 여러 가지 이유가 있지만 사람들에게 만족감을 준다는 점 또한 중요한 이유지. 공공연하지만 어쨌든 그건 비밀이고, 비밀을 아는 자는 공모자인 셈이지. 그들은 자신이 공모자인 듯한 느낌을 받을 수 있단 말이야. 그런데 자네 같은 위치에 있는 인물이 대관에 대해 떠들면? 그러면 다른 자들은 자신이 핵심에서 소외되었다는 느낌을 받게 되지. 사실이 그렇지 않냐고? 물론이야. 그들은 진짜로 소외되어 있어. 하지만 그걸 확인시켜 줄 필요는 없단 말이야. 무관심만 잔뜩 얻고 싶은 것이 아니라면. 그리고 즉위 기념 사업이 전쟁이 될 우리 입장에서 가장 사양하고 싶은 것은 무관심이지. 알겠나?"

팩스벗은 이해했다.

"제가 멍청했습니다."

지키멜은 눈 주위를 다시 문질렀다. 그 동작에는 눈의 뻑뻑함을 좀 완화시키고 싶다는 직접적인 의도도 있고 현시욕에 사로잡혀 사태를 악화시키는 부하 때문에 일하는 보람을 느끼지 못하는 관리자의 모습을 연출하려는 간접적인 의도도 있었다. 지키멜이 바라는 대로 되었다. 팩스벗은 자신이 고생하는 주군에게 자신의 뒤치다꺼리까지 맡기는 멍청이라고 생각하게 되었다. 팩스벗의 얼굴을 주의 깊게 관찰한 지키멜은 좀 더 명료해진 눈으로 말했다.

"팩스벗. 그대의 주군은 왕이 될 것이다."

팩스벗의 얼굴에 다른 표정이 떠올랐다. 자괴감이 자긍심으로 바뀌는 속도는 극적이라 할 정도였다. 지키멜이 말했다.

"하지만 그대는 자신이 주군을 왕으로 만들었다고 주장해선 안 된다. 그게 진짜 그대가 한 일이라도. 왜냐하면 다른 자들이 그렇게 느껴야 하기 때문이야. 물론 아무 일도 하지 않은 자들이 그대와 대등한 척하면 기분이 나쁘겠지. 하지만 그게 정치야. 아무 일도 하지 않는 자들이 영광을 누리고 진짜로 일을 한 자들은 세금 도둑이라는 평을 들어야 제대로 된 정치지."

"그렇……습니까?"

"명백히 그래. 정치의 유일한 목적이 그거니까."

팩스벗은 지키멜이 농담을 하고 있거나 잠꼬대를 하는 것이 아닌가 의심했다. 그가 듣기엔 지나치다 싶을 정도로 파격적인 데다 난해한 설명이었다. 하지만 지키멜은 분명한 표정과 몸짓으로 수면에 대한 욕망을 표현하고 있었다. 팩스벗은 토론을 미루기로 했다.

"죄송합니다. 각하. 제 멍청함으로 각하의 심기를 어지럽혀 드렸을 뿐만 아니라 침소에 드시는 것까지 방해하고 있군요. 물러가서 벌을 기다리겠습니다."

"쓸데없는 소리는 그만둬. 그대가 말한 역사학자에게 가서 그가 발굴한 고대의 대관식 절차가 무엇인지 간략히 적어 달라고 해. 검토는 해 봐야겠군."

팩스벗의 얼굴이 밝아졌다. 지키멜은 미소를 지어 보이고 물러가라는 손짓을 했다. 팩스벗은 감사와 사과의 말을 몇 마디 더 남기고 집무실을 떠났다.

홀로 남은 지키멜은 의자에 몸을 깊이 파묻었다. 시녀를 불러 잠자리로 안내하도록 해야겠지만 그것조차도 잠시 눈을 붙인 후가 아니면 어려울 것 같았다. 그리고 의자는 편안했다. 의자에서 잠시 눈을 붙이는 것으로 부족한 잠을 보충해야겠다고 결정한 지키멜은 다리를 뻗고 머리를 어깨 쪽으로 기울였다.

그녀가 부르지 않은 시녀가 찾아왔을 때 지키멜은 그것이 꿈인 줄 알았다. 하지만 거듭된 의심에도 불구하고 송구스러운 얼굴로 그녀를 바라보는 시녀의 얼굴은 사실적이었다. 지키멜은 옆으로 기울였던 머리를 힘겹게 똑바로 세웠다.

"뭐지?"

"조금 전 기란데스 남작님의 전갈을 가져온 사람이 도착했습니다, 각하. 친견을 요청하고 있습니다."

조금 지체하고 나서야 지키멜은 기란데스 남작이 비나간 후의 이십육 봉신들 중 한 명이며 비나간의 서부 지역에서 상당한 영향력을 가지고 있는 인물이라는 것을 떠올렸다. 시녀는 무엇 때문에 그런 지체가 일어났는지 다 안다는 표정으로 민망해했다. 지키멜은 검지를 구부려 이마를 톡톡 두드리며 말했다.

"급한 용건이라든가?"

"모르겠습니다, 각하."

"모르겠다니, 그게 무슨 말이지?"

"그 사람은 각하께 이걸 전해 달라고 했습니다. 그리고 급한지 급하지 않은지는 각하께서 이것을 읽으신 후에 판단하실 거라고 하더군요."

시녀는 조그마한 피봉을 내밀었다. 지키멜은 그것을 어떻게 해야 좋을지 모르겠다는 표정으로 바라보다가 느릿느릿 손을 뻗었다. 피봉을 연 지키멜은 안에서 편지를 꺼냈다.

그녀는 첫 줄을 세 번이나 읽어야 했다. 하지만 첫 줄을 이해한 후에는 빠르게 읽어 내려갔다. 바라보고 있던 시녀는 지키멜의 눈에 생기가 떠오르는 것을 보았다. 편지를 다 읽었을 때 지키멜은 꽤 긴장한 얼굴로 꼿꼿하게 앉아 있었다. 그녀는 생각에 잠겨 있다가 시녀에게 몇 가지 지시를 내렸다.

시녀가 나간 다음 지키멜은 달갑잖은 표정으로 의자에서 일어났다. 보좌가 아닌 집무실 의자라면 차라리 서 있는 쪽이 위엄 있어 보일 것이라 판단한 지키멜은 창가로 다가가 문을 바라보는 각도로 섰다. 하지만 곧 자신을 비웃었다.

'아아, 이런. 보나마나 잠을 제대로 못 자고 밥도 제대로 못 먹은 꾀죄죄한 후작처럼 보일 텐데.'

지키멜은 시녀에게 먼저 내렸던 명령을 취소하고 그녀가 완벽한 상태가 될 때까지 방문자를 기다리게 하라는 새 명령을 내릴까 생각해 보았다. 하지만 그러면 방문자는 한나절은 기다려야 할 것이다. 지키멜은 방문자를 기다리게 할 경우의 장점과 단점을 생각해 보았다. 하지만 그런 생각을 하느라 지키멜은 명령을 취소할 시기를 놓쳤다. 불편한 심정을 곱씹던 지키멜은 문득 그 을린발의 침입을 생각했다. 그때도 그녀는 꽤 졸린 상태였다. 지키멜은 자신에게 곤란한 불청객을 맞이할 때 항상 졸아야 하는 저주가 내려져 있는 것이 아닐까 생각했다.

얼마 후 몇 명의 비나간 병사들이 낯선 사람과 함께 들어섰다. 낯선 이는 인간 남자였고 절도 있는 몸가짐을 하고 있었다. 그는 문 앞에 서서 지키멜에게 목례했다. 지키멜은 비나간 병사들이 문을 막고 사방의 벽으로 흩어지기를 기다려 말했다.
"이미 알아차렸겠지만 이들은 듣지 못한다."
"그렇군요. 이들을 흥분시킬 짓은 하지 않겠습니다, 각하."
"기란데스 남작은……."
남자는 빙긋 웃었다.
"명의만 빌렸습니다, 각하."
"그렇다면 귀관의 이름은 진짜인가?"
"그것은 사실입니다, 각하. 저는 편지에 쓴 것처럼 가시나무 군단 21중대장 눈하츠 신뷰레 교위입니다."

지키멜은 올 것이라 예상했지만 막상 찾아오자 가슴을 더 떨리게 만드는 불청객을 지그시 바라보았다. 그리고 머릿속으로는 왜 정신이 좀 더 맑을 때 오지 않았냐고 투덜거렸다.

지키멜의 열렬한 관찰에도 눈하츠 신뷰레 교위의 옷차림에는 흠잡을 곳이 없었다. 수수한 편에 가까웠지만 초라하지는 않았다. 그리고 그 얼굴에도 지키멜이 찾고 싶어하는 패배감이나 초조감은 보이지 않았다. 지키멜은 상대를 낙오병으로 취급하여 분기시키는 방법은 쓰기 어렵겠다고 생각했다. 그렇다면 말을 잡아채는 걸로 해 볼까. 지키멜은 침묵으로 교위를 바라보다가 그가 입을 열었을 때 재빨리 말했다.

"그럼, 용건은?"

아쉽게도 눈하츠 신뷰레는 하려던 말이 목에 걸린 표정을 짓지 않았다. 스스로 말할 계획이 없었기 때문이다.

"각하, 저는 친서를 가져왔습니다. 시허릭 마지오 상장군이 각하께 보내는 것입니다."

눈하츠는 바라보는 감시병들을 유념하며 천천히 품속에 손을 넣었다. 그의 손에서 피봉이 나온 것을 본 지키멜은 병사에게 가져오라는 손짓을 보냈다. 그녀는 편지를 받아 들고 빠르게 읽었다. 졸음이 사라진 후였기에 어렵잖게 편지의 맥락을 이해했다. 지키멜은 그것을 접어 책상 위에 얹어 두고 눈하츠를 바라보았다.

"귀관의 생각은 어떤가."

눈하츠는 턱을 조금 끌어당겼다.

"무슨 말씀이신지요?"

"귀관에겐 그런 임무도 있을 텐데. 과연 내가 무슨 생각을 하고 있는지 관찰하여 보고하는 것 말이야. 후작궁 정문으로 걸어오기 전 틀림없이 여러 가지 관찰을 했을 텐데, 그 관찰을 통해 어떤 결론을 얻었는지 알려 주겠나?"

"그런 질문에 대답하라는 명령은 받지 못했습니다, 각하."

"신뷰레 교위, 귀관의 통찰력을 폄하하고 싶지는 않지만 동시에 과대평가하고 싶지도 않아. 나는 귀관을 모르니까. 따라서 귀관이 나에 대해 어떤 인상을 받았는지 알고 싶군. 만약 그것이 잘못된 것이라면 나는 오해를 바로잡아야 하니까. 그리고 대화를 하면 귀관의 상관에게 보고할 것도 늘어나지 않겠나?"

눈하츠 신뷰레는 생각에 잠긴 얼굴로 비나간 후작을 바라보았다. 겉으로 태연하고 확신에 찬 표정을 짓고 있었지만 지키멜은 눈앞에 있는 남자가 대표하고 있는 전력의 크기를 생각하며 초조한 기분을 느낄 수밖에 없었다.

후작령 비나간에는 제국군이 들어올 수 없으므로 지키멜은 제국군에 대해 피상적인 정보밖에 알지 못했다. 그리고 지키멜은 제국군의 엄한 기강과 투철한 군기에 대한 여러 이야기가 모두 선전용 문구라고 생각했다. 그런 선입견 속에서 지키멜은 엘시 에더리가 제국군을 규합하기는커녕 영주들의 사병으로 변해 버린 제국군들에게 공격이나 당하지 않으면 다행일 거라 생각했다. 하지만 그녀가 얻을 수 있었던 정보를 종합한 결과는 충격적이었다. 엘시 에더리의 제국군 규합은 호조는 아닐지언정 난항을 겪지는 않고 있었다. 보고마다 다르고 분석마다 다르긴 해도 지키멜은 현재 엘시 에더리의 휘하에 최소 30만에서 최대 70만의 병력이 있다는 것을 인정해야 했다. 그 엄청난 숫자조차도 그대로 받아들일 수는 없었다. 지키멜의 군사 전문가들은 입을 모아 그 숫자의 두 배를 가정하는 것이 안전하다고 진언했다. 제국군은 전쟁 기술을 전문적으로 익힌 전문가들이니 장병의 질이 다르다는 것이 그들의 설명이었다.

그런 무서운 전력이 보낸 편지였지만 문체는 무시무시하지 않았다. 지키멜은 조금 전 읽다가 실소할 뻔한 편지의 내용을 다시 떠올렸다.

꿈속에서 저는 아직도 제국을 봅니다. 에누리 없이 말해도 그것은 다시는 겪고 싶지 않은 끔찍한 비극이었습니다. 도무지 아무 생각도 할 수 없는 심정입니다만 이 늙은 군인은 존경하는 대장군님에게서 한 가닥 위안과 희망을 얻었습니다. 즉각적인 귀족원 회의 개최를 요구하는 그분의 주장에 대해서는 각하께서도 들으셨을 거라 생각합니다. 위기는 사람들의 자질을 심사하는 엄격한 심사관입니다. 할반지통 같은 고통 속에서 저는 정신을 수습하여 제가 할 일을 생각해 보았습니다. 생명이 다하는 날까지 제가 추구해야 할 일이 제국의 부활임을 깨달았습니다. 각하께서도 제국의 부활을 바라시지만 처지가 다급하여 귀족원 회의에 관심을 두지 못하시는 거라 생각합니다. 은혜를 모르는 저 남부의 흉적들을 퇴치하여 각하의 시름을 덜어 드릴 수 있도록 해 주십시오. 하인샤 대사원에서 열릴 귀족원 회의에서 각하를 뵙기 바랍니다. 지상에 다시 제국의 위엄이 떨쳐지길 앙망하는 늙은 군인의 목소리를 들어 주십시오. 마른 나무에 꽃이 필 수 있음을 보여 주십시오.

그 문장 어색한 편지를 어떻게 읽어야 하는지 짐작하는 것은 어렵지 않았다. 상장군이나 되는 인물의 소행으로는 기행에 가깝지만, 그 경고는 그냥 웃어넘길 수 있는 것이 아니었다. 지키멜은 우울한 기분 속에서 엘시 에더리를 적으로 돌릴 경우에 대해 생각해 보았다.

그녀는 군사 전문가가 아니었지만 결론을 내리는 것은 어렵지 않았다. 만약 팔디곤 토프탈의 시모그라쥬군과 엘시 에더리의 제국군을 앞뒤로 맞이하게 된다면 지키멜은 즉시 잘 드는 칼 한 자루를 준비해야 할 것이다. 자결하기 위해서가 아니라 머리를 박박 밀고 하인샤 대사원에 들어가기 위해서. 지키멜이 승려가 된 자신의 모습을 상상해 보고 있을 때 눈하츠가 말했다.

"각하, 제가 정확하게 알고 있는지 모르겠습니다만 각하께서는 칼리도 백이 주장한 귀족원 회의 개최에 대해 어떤 공식적인 견해도 말씀하시지 않은 것으로 알고 있습니다."

"그래, 한 적 없어."

"그렇다면 각하께서 귀족원 회의 개최에 대해 부정적이거나 아무런 관심이 없다고 생각해도 될까요?"

돌을 깨우는 바람 21

지키멜은 긴장감이 증폭되는 것을 느꼈다. 아주 주의 깊은 대답이 필요한 시점이었다. 그녀는 숨을 잠시 들이쉬고는 입을 열었다.

최후의 대장간은 봄이나 여름, 가을을 모른다. 물론 밤과 낮의 길이가 극단적으로 바뀌기 때문에 일 년을 몇 개의 기간으로 나누는 쓸모 있는 일은 이곳에서도 가능하다. 하지만 탄생과 성장, 쇠퇴는 이곳에 없다. 알려진 가장 오래된 역사보다 더 오래된 옛날부터 최후의 대장간은 얼어붙은 공기와 차가운 얼음 등 변하지 않는 것들만 벗삼아 변하지 않는 무기들을 만들어 내었다.

하지만 하루 동안에도 몇 번이나 바뀌는 맥박처럼 최후의 대장간의 맥박 또한 변화하기는 한다. 예를 들어 구름 낀 나날이 지나치게 오랫동안 계속되면 최후의 대장간도 어쩔 수 없이 작업을 잠시 중단해야 한다. 대장장이들이 무기 제작에 사용하는 별철은 최후의 대장간 중심부에 있는 별빛로에서 제련되는데 그 별빛로는 나무나 숯이 아닌 집중된 별빛으로 광석을 제련한다. 그런데 폭풍이나 눈보라(이 지역에서는 대단히 흔한 기상 현상이다.) 등이 맹위를 떨치는 기간이 찾아오면 별빛로에 모이는 별빛 또한 줄어들고 그 경우 제련 작업이 불가능해진다. 그런 사태를 피하기 위해 별빛로의 주인인 최후의 대장장이는 항상 충분한 별철 여유분이 있도록 배려하지만 워낙 많은 별철이 소비되기 때문에 작업 중단은 심심찮게 일어난다.

따라서 헤치카는 작업 중단에 대한 돔의 불만을 이해할 수 없었다. 짜증이 나서 견딜 수 없다는 표정을 짓고서 빨래를 하고 있는 돔을 보던 헤치카는 문득 한 가지 사실을 깨달았다.

"네 면도칼 하나 만들어야겠구나."

허리를 들썩거리며 빨래통 안쪽을 공략하던 돔은 어처구니없다는 얼굴로 헤치카를 바라보았다. 그의 얼굴에 털이 난 것은 벌써 1년 전의 일이었고 지금은 수염이 무성했다.

"이제 알아차리셨어요?"

"응. 그 깃털, 아니, 수염이지? 그거 나니까 보기 좋다만 밥 먹을 때 귀찮겠구나. 밖에 돌아다닐 때 얼음이 달라붙기도 할 테고."

무슨 그런 무신경한 태도가 있냐고 따지려던 돔은 문득 기묘한 사실을 깨달았다.

"잠깐, 방금 제 면도칼 만들어 준다고 했어요?"

"그래."

"저는 레콘이 아닌데요?"

"누가 별철로 네 면도칼 만들겠다고 했냐. 그냥 철로 하나 만들어 주지."

"아아, 그래요? 괜찮아요. 기를 생각이니까."

"그러냐? 알았다."

돔은 다시 어처구니없다는 듯이 헤치카를 보다가 묘한 소리를 내며 빨래를 주무르는 일로 돌아갔다. 돔은 헹궈 낸 빨랫감을 집어 들어 난로 옆의 빨랫줄에 걸었다. 헤치카는 방 안의 공기가 꽤 습하다고 생각하며 주렁주렁 매달린 빨랫감들을 바라보았다.

돔은 그 일이 세상에서 가장 싫은 일이라는 듯이 행동했지만 세탁된 빨랫감들은 세탁자의 세심함을 증거하듯 깨끗한 상태였다. 그 빨랫감 어디에도 아실의 대소변 자국은 보이지 않았다.

그리고 돔의 배려는 그것만이 아니었다. 비록 의식을 잃은 채 산 것도 아니고 죽은 것도 아닌 기묘한 상태로 누워 있지만 아실은 항상 깨끗한 몸에 깨끗한 옷을 걸쳤고 머리 또한 가지런히 빗질이 되어 있었다. 그 모두가 돔이 하는 일이었다. 하지만 돔은 결코 아실의 안대는 건드릴 수 없었다. 의식불명 상태로 처음 그들에게 온 이후로 아실은 안대에 대한 접근 금지 조처를 완강하게 유지했다. 돔이 젖은 수건으로 아실의 얼굴을 닦아 주면서 악어를 세수시켜 주는 듯한 긴장감을 느끼지 않게 된 것은 극히 최근의 일이었다. 아실도 이제 돔이 안대를 건드리는 것을 포기했음을 알아차린 것 같았다. 하지만 돔은 아실이 무엇인가를 '알아차릴' 수 있는지 의심스러웠다.

빨랫감들을 모두 빨랫줄에 걸고 뒤처리까지 끝낸 돔은 다시 짜증이 나서 견딜 수 없다는 표정으로 바닥의 깔개 위에 벌렁 드러누웠다. 헤치카는 자신의 피보호자와 대화를 나눠 보기로 했다.

"도대체 뭐가 그렇게 화가 나는 거냐? 별철 공급 중단을 한두 번 겪은 것도 아닌데. 일 년에 한두 번은 꼭 일어나는 일이지. 덕분에 쉴 수 있게 되었으니 좋잖아."

돔은 상체를 벌떡 일으켰다. 그의 얼굴 중 수염으로 덮여 있지 않은 부분이 벌겋게 변했다.

"헤치카!"

"왜?"

"전 벌써 오래전부터 쉬고 있었다고요! 발케네에서 두 번째 주문이 온 이후부터! 아니, 제가 수염 기르기 시작한 때부터라고 해도 되겠네. 그때부터 수염을 길렀으니까. 그동안 당신은 계속 주문받은 단검만 만들었잖아요. 저는 일 년 가까이 장사를 안 했어요!"

헤치카는 머리를 긁적였다.

"너 쉬게 된 것이 며칠 전부터 아냐? 별철 공급이 끊겨서……."

"예? 뭐라고요? 일 년 전부터예요! 너무하지 않아요?"

"음. 그랬구나. 그러고 보니 그동안 계속 주문받은 단검만 만들었던 것 같군. 그러면 너, 일 년이나 놀고 있었냐?"

헤치카는 그제야 돔의 짜증을 이해했다. 돔은 별철 공급이 끊어져 작업이 중단된 며칠 때문에 화가 난 것이 아니라 일 년 이상 할 일이 없었다는 것 때문에 화가 나 있었다. 돔은 미치광이를 보는 시선으로 헤치카를 바라보았다.

"농담 아니에요? 정말 제가 그동안 계속 놀았던 거 몰랐어요?"

"미안해. 몰랐어."

"말도 안 돼. 어떻게 모를 수가 있어요?"

헤치카도 그것이 좀 이상하다는 것을 느꼈다. 그는 왜 자신이 돔의 사업 중단을 깨닫지 못했는지 생각해 보았다.

"글쎄. 그동안 주문받은 거 만드느라 계속 바빴고…… 무슨 놈의 주문이 그렇게 끝도 없이 들어오는지. 그리고 네가 심심해하는 것처럼 보이지는 않던데."

"그야 시체나 다름없는 여자 한 명 뒤치다꺼리 하느라 빈둥거릴 시간은 없었지요. 하지만 장사는 못했어요. 팔 물건이 있어야 팔지요."

"그래도 주문받은 거 보내면 꼬박꼬박 돈은 들어오잖아."

무심히 대답하던 헤치카는 돔이 처음 보는 표정을 짓고 있음을 깨달았다. 헤치카는 그 표정이 적개심에 가깝다는 것을 깨닫고 약간 충격을 느꼈다. 돔은 콧김을 씩씩 뿜어내다가 낮은 목소리로 말했다.

"헤치카, 제가 돈이 좋아서 장사하는 거였어요? 돈 있어 봐야 쓸 곳도 별로 없는 이곳에서?"

"네가 돈이 아니라 흥정 자체를 좋아한다는 것은 나도 알아. 내 말 뜻은 장사 안 해서 굶는 것도 아니고 그저 지루한 것뿐이니 그렇게 화를 낼 필요는 없다는······."

돔은 일어나 섰다. 그리고 앉아 있는 헤치카를 쏘아보며 외쳤다.

"남의 일이라고 그렇게 쉽게 말하지 마요, 헤치카! 굶지는 않는다고요? 그러니 만족하라고요? 젠장. 당신은 당신이 좋아하는 대장장이 일을 계속하고 있잖아요! 저는 뭐예요?"

돔은 격분한 표정으로 몸을 돌려 벽을 걷어찼다. 단단한 벽은 물론 꿈쩍하지 않았고 대신 돔이 자지러지는 소리를 내며 주저앉았다. 그는 아픈 발을 주무르며 욕설을 퍼부었다. 헤치카는 그 모습을 물끄러미 보다가 말했다.

"너 성을 가질 때가 된 것 같구나."

"뭐요? 성?"

"그래, 돔. 네 성을 만들고 여길 떠날 때가 됐어."

돔은 충격을 받은 얼굴로 헤치카를 바라보았다. 그가 가장 먼저 지어 보인 표정은 거부감이었고 그 다음 공포감과 분노도 조금씩 나타났다. 그러다가 돔은 슬픔을 내비쳤다. 헤치카는 부리를 닫은 채 그 표정 변화를 조용히 바라보았다.

돔은 고개를 떨어뜨렸다. 아픈 발을 건성으로 주무르며 그는 깊은 생각에 빠졌다. 잠시 후 잠꼬대처럼 중얼거렸다.

"떠난다고요?"

"그래도 될 것 같군."

"제가 필요 없어요?"

"나와 처음 만났을 때 넌 자기 다리로 움직이지도 못하는 아기였다. 그 당시 네가 무슨 필요가 있었을 것 같냐? 필요는커녕 아주 귀찮기만 했지."

"그거야 어릴 때 이야기죠. 하지만 자라서 장사를 할 수 있게 된 후엔……."

"넌 내가 필요했냐?"

"예?"

"네가 팔 단검을 만들어 주는 사람으로 내가 필요했냐? 그래서 나와 함께 살았냐?"

돔은 혼란스러웠다. 더 이상 발이 아프지 않았지만 계속 발을 주무르며 고개를 흔들었다. 헤치카는 두 팔을 들어 머리 뒤에 받치며 말했다.

"더 이상 필요가 없어서 가라고 하는 게 아니야. 애초부터 서로가 필요해서 함께 산 건 아니잖아. 우리는 그냥 재미있게 살았어, 17년 동안."

돔은 멍하게 고개를 끄덕였다.

"그랬죠."

"그래."

돔은 다시 고개를 끄덕였다. 무의미한 동작이었다. 그러다가 부스스 자리에서 일어났다. 헤치카는 그 모습을 물끄러미 바라보았다.

"오줌 좀 누고 올게요."

돔은 몸을 돌려 밖으로 뛰어나갔다.

돌을 깨우는 바람 27

요의는 없었다. 돔은 잠시 조용히 있고 싶었다. 하지만 바깥은 돔의 희망에 전혀 도움이 되지 않았다. 최후의 대장간 안쪽에는 레콘들이 북적거렸다. 혀를 살짝 빼물었던 돔은 언젠가 살인 기사를 놀라게 했던 신묘한 걸음걸이로 순식간에 레콘들 사이를 빠져나왔다. 잠시 후 그는 최후의 대장간 밖으로 나왔다.

바깥에는 별철의 공급 중단을 일으킨 폭풍이 몰아치고 있었다. 도무지 사색에 잠길 분위기는 아니었지만 돔은 고집스럽게 계단을 내려갔다. 계단 끝에서 앞으로 몇 걸음 걸어갔다가 잠깐 동안 의혹에 빠져 뒤를 돌아보았다. 최후의 대장간은 여전히 그곳에 있었다. 돔은 팔짱을 낀 채 폭풍 한가운데 섰다. 그러자 자못 기분이 괜찮아졌다. 돔은 폭풍을 정면으로 응시한 채 강인하고 과감한 남자의 얼굴이라 생각되는 표정을 지어 보았다. 사실 그곳은 최후의 대장간이 바람을 막아 주는 곳이어서 바람이 좀 약했고 돔이 짓고 있는 표정은 흉하게 일그러져 마치 환자처럼 보였지만 돔에게 그 사실을 알려 주는 사람은 없었다. 돔은 약간의 도취감 속에서 남쪽을 바라보았다.

'이곳을 떠나 남쪽으로 간다고? 폭풍 속으로?'

돔은 입술을 비틀어 씩 웃어 보았다. 하지만 바람에 밀린 수염이 마구 입 안으로 쏟아져 들어와 황급히 입을 도로 닫아야 했다. 그 덕분에 체면이 약간 손상되었다고 생각한 돔은 팔짱을 풀고 허리에 손을 얹었다. 그러자 다시 기분이 우쭐해졌다.

'성을 만들고 떠날 때가 되었단 말이지?'

돔은 폭풍이 꿈틀거리는 어둠을 매섭게 응시했다. 걱정과 두려움이 있었고 꼭 그만큼의 흥분과 호기심도 있었다. 돔은 핏줄 속에서 피가 부글부글 끓는 것 같았다. 눈앞의 어둠도 부글부글 끓었다. 돔은 약간 아찔한 기분을 느꼈다.

그때 어둠이 말을 걸어 왔다.

"인간, 말 좀 묻자."

돔은 기절초풍할 뻔했다. 강인하고 과감한 사내는 순식간에 사라졌다. 돔은 눈을 끔뻑거리며 주위를 황급히 둘러보았다. 그가 최후의 대장간에서 레콘들과 17년을 살았던 사람에겐 어울리지 않는 실수를 저질렀음을 깨달은 것은 두 번째로 목소리가 들렸을 때였다.

"위를 봐."

돔의 시선은 낮았다. 창피함을 잔뜩 느끼며 돔은 레콘에게 어울리는 높이로 시선을 옮겼다. 그러자 희끄무레하게 무엇인가가 보였다. 그곳에 레콘의 머리가 있다고 가정한 돔은 다시 앞쪽을 바라보았다. 그러자 꿈틀거리는 폭풍처럼 보였던 것이 깃털이 심하게 펄럭거리는 레콘의 몸으로 바뀌었다. 돔은 두어 걸음 걸으면 부딪칠 곳에 레콘이 서 있음을 깨달았다. 그는 다시 레콘의 머리가 있는 쪽을 보았다.

"뭘 물어보려는 거죠? 여기가 최후의 대장간이냐고요?"

레콘이 우습다는 듯이 고개를 가로젓고 말했다.

"여기가 어딘지는 알고 왔다."

"그러면?"

"여기에 혹시 지멘과 아실이 있나?"

돔은 약간의 경계심을 느꼈다. 살인 기사가 마지막으로 방문한 이래 이곳으로 두 사람을 찾아온 사람은 없었다. 돔은 레콘을 위아래로 훑어보며 말했다.

"당신은 누군데요?"

"나는 뭄토다."

지멘은 떨리는 손을 들어 손바닥을 가만히 바라보았다. 눈앞에 떠 있는 오른손은 그의 의지와 상관없이 경련했다. 아주 커다란 거미가 그의 얼굴을 향해 기어오는 것처럼 보였다. 꿈틀거리는 손바닥을 불신과 증오로 바라보던 지멘은 갑작스럽게 머리를 움직였다.

지멘의 머리는 번개처럼 움직였다가 다시 제자리로 돌아왔다.

능숙한 암살자처럼 지멘은 자신의 손바닥을 쪼았다. 찢어진 손바닥에서 피가 배어 나왔다. 손의 경련이 사라지며 죽은 거미의 다리가 오그라드는 것처럼 손가락들이 손바닥을 향해 구부러졌다. 그 모습을 물끄러미 바라보던 지멘은 몸 어딘가가 아프다고 생각했다. 그 통증은 쪼인 손바닥과 무슨 관련이 있을지도 모른다. 그러나 지멘은 더 생각하지 않았다. 그는 팔을 떨어뜨렸다.

지멘은 아실을 바라보았다.

아실은 침식되고 있었다.

그녀의 뺨은 홀쭉했고 목과 팔다리는 믿기 어려울 정도로 가늘어져 있었다. 장기간 햇빛을 받지 못한 피부는 낡은 양피지처럼 보였고 피부 아래의 근육들은 푸석푸석했다. 아실은 잿더미를 뭉쳐 만든 조각 같았다. 그녀를 덮고 있는 모포를 들어 올리면 그 아래에서 아실의 재가 풀썩 피어오를 것이다. 그리고 황급히 모포를 다시 내리기도 전에 그녀는 가루가 되어 사라질 것이다.

아실을 바라보던 지멘은 왼손을 들어 손가락 하나를 폈다. 그는 그녀의 코 아래 손가락을 가져갔다. 수백 번의 이전 시도에서 경험했던 것처럼 미지근한 날숨이 그의 손가락을 휘감았다. 아실은 살아 있었다. 지멘은 안도하며 손을 끌어당겼다.

그리고 지멘은 그런 안도감에 무슨 의미가 있나 생각했다.

아실은 살아 있었다. 산다는 말에 담겨 있는 온갖 의미 중 오직 죽었다와 반대되는 개념으로서만 그러했다. 산다는 말의 다른 의미들은 아실과 무관했다. 쟁룡해에 빠진 타이모처럼 아실은 무의식의 바다에 깊이 빠졌다. 지멘은 두 사람에게 떠오를 수 없다는 공통점도 있을까 두려웠다. 대략 일 년 동안 아실은 아무 변화도 없었다. 그녀가 하는 일이라고는 먹고 자는 일밖에 없었다. 그리고 그 두 가지 일조차 그녀의 의식에 의해 통제되는 것 같지는 않았다. 아실은……

'빌어먹을 쓰레기통이죠.'

지멘은 입이 거친 소녀의 모습을 물끄러미 바라보았다. 하나뿐인 눈에 싸늘한 비웃음을 담은 채 아실이 말했다.

'안녕하세요? 이름은 아실이고, 때가 되면 뚜껑 열고 음식 부어 넣는 쓰레기통입니다.'

상상 속에서도 지멘은 아실에게 말을 하지 못했다. 아니, 상상이기에 그럴 수 없었다. 만약 아실이 깨어 있다면 지멘은 그녀에게 말을 했을지도 모른다. 하지만 살아 움직이는 아실을 볼 수 없는 지금 지멘은 그가 알았던 아실의 모습과 그가 지켰던 아실과의 관계를 상상 속에서도 감히 변화시킬 수 없었다. 눈앞에 누워 있는 그녀의 껍데기를 제외하면 그에게 남아 있는 아실은 그것뿐이다.

'하하. 그건 너무 심하다고요? 하지만 사실인데요. 화분 속의 식물도 나보다는 낫죠. 꽃 피우고 잎사귀도 만들어 내니까. 나는

지금 동물도 식물도 아니에요. 그래도 살아 있다고요? 천만에. 나는 무생물이에요. 쓰레기통이지요.'

지멘은 벼슬을 곤두세웠다. 아실은 우울한 미소를 지은 채 자신의 목을 톡톡 두드렸다.

'당신 손가락 두 개면 되지요, 지멘. 여기를.'

지멘은 말도 안 된다고 생각했다. 그는 그 말을 할 수 없었다. 아실의 얼굴이 조금씩 일그러졌다.

'그냥 붙잡아서 비틀어 버리면 된다고요. 나를 이런 쓰레기통으로 놔두지 마요. 이건 싫어요!'

다른 이야기를 해. 다른 이야기를.

'그 정도는 해 줄 수 있잖아요. 게다가 내 부탁이 아니라도 어차피 당신은 나를 죽여야 해요. 철의 대화가 우리를 묶고 있어요. 내가 공격하지 않았다고요? 내가 먼저 공격해야만 당신도 나를 공격할 수 있다고요? 그런 말 그만둬요, 젠장. 짐작할 수 있잖아요! 내게 단 몇 초만 움직일 시간이 주어져도 당장 당신을 공격하리라는 것을!'

황제를 죽이지 말라고 했잖아. 내 숙원을 포기하라고 했잖아. 숙원에 비하면 그까짓 철의 대화야 아무것도 아냐.

'지멘, 판사이 호수를 떠올려 봐요. 당신은 즈라더를 죽였어요. 그것은 자비였어요.'

자비? 천만에. 대호왕이 말해 줬지. 즈라더는 일부러 내게 죽은 거야. 그래야만 엘시가 나를 추적하기 위해 황제 곁을 떠날 수 있으니까. 제국 공신을 죽인 자를 추적하기 위해 대장군이 나서는 거지. 그렇게 엘시가 곁에 없는 틈을 타서 치천제는 발케네를 멸망시킬 작정이었어. 그러면 제국을 계승할 자의 손에 피가 묻지 않으니까.

'나는 지금 즈라더가 마지막으로 느꼈던 기분을 확실히 알 수 있어요, 지멘. 처지를 바꿔 놓고 생각해 봐요. 당신이 이런 처지에 빠지면 무엇을 바랄 것 같아요? 제발 생각해 봐요.'

생각하지 않겠어.

'젠장, 아무 말도 못 들었다는 표정 짓지 마요! 당신은 내 말을 들을 수 있어요. 단지 내게 말을 할 수 없을 뿐이지요!'

내가 가장 후회하는 일이지.

'내 말 안 들려요?'

안 들려. 너는 상상이야.

"지멘, 내 말 안 들립니까?"

지멘은 상상치곤 지나치게 사실적이라고 생각했다. 마치 육성 같았다.

"지멘?"

지멘은 천천히 고개를 돌렸다.

어두컴컴한 방 안에 레콘 한 명이 서서 그를 내려다보고 있었다. 지멘은 헤치카인가 생각했지만 그렇지 않았다. 그를 내려다보고 있는 것은 헤치카보다 작은 레콘이었다. 지멘은 그 얼굴이 낯익다는 느낌을 받았다. 그리고 갑작스럽게 그의 뇌리 속에 어떤 이름이 떠올랐다. 그때 레콘이 말했다.

"뭄토입니다. 기억하죠?"

지멘은 아무 대답 없이 주먹을 움켜쥐었다. 지멘의 깃털들이 부스스 일어나는 것을 본 뭄토는 두어 걸음 물러났다. 그는 방어하듯 두 손을 내밀며 말했다.

"기억하는군요."

지멘은 옆으로 손을 뻗어 망치를 움켜쥐고 벌떡 일어났다. 뭄토는 몇 걸음 더 물러나고 싶은 듯이 보였다. 하지만 그 대신 아실을 슬쩍 훔쳐보았다.

"유감입니다, 지멘."

지멘은 망치로 바닥을 짚은 채 뭄토를 똑바로 쳐다보았다. 그의 얼굴에는 아무런 의사 표시도 나타나지 않았다. 뭄토는 어쩔 수 없이 한 걸음 물러났다. 그리고 지멘을 잔뜩 안달하게 만든 다음 느긋하게 말해 주리라 생각했던 말도 어쩔 수 없이 꺼냈다.

"지멘, 그녀를 치료할 방법이 있습니다."

지멘의 벼슬이 치솟으며 천장을 퍼드덕 때렸다. 뭄토는 그 소리에 찔끔했다. 이것은 그가 기대하던 상황이 아니었다. 애걸하는 것은 지멘이어야 하고 그는 지멘을 희롱할 생각이었다. 그런데 지금 상황은 지멘의 위협 앞에서 뭄토가 애걸하는 듯했다. 지멘 또한 그렇게 느꼈다. 그는 협박하듯 말했다.

"뭐냐?"

"지멘, 우선 좀 앉으면 안 되겠습니까? 당신의 조바심이야 이해합니다만 나는 여기까지 먼 길을 걸어왔다고요. 일단 좀 쉬어야……."

망치가 칼날처럼 날았다.

망치 머리는 뭄토의 목 바로 앞에서 멈춰 섰다. 뭄토는 망치가 밀어낸 바람이 얼굴을 때리는 것을 느꼈다. 지멘은 망치를 단검처럼 뭄토의 목에 겨냥한 채 말했다.

"뭐냐?"

뭄토는 벼슬을 벌겋게 물들였다. 화가 나고 짜증도 난 뭄토는 자신도 모르게 난폭하게 말했다.

"제기랄, 이게 부탁하는 태도입니까!"

뭄토의 말을 들은 지멘은 곧장 망치를 빙글 돌려 허리 뒤편으로 보냈다. 뭄토는 기겁하여 머리를 가렸다. 하지만 지멘은 망치를 휘두르지 않았다. 언제라도 휘두를 수 있는 위치에 망치를 둔 채 지멘은 뭄토의 얼굴을 똑바로 노려보았다.

망치가 아래로 내려왔다.

지멘은 망치를 다리 앞으로 가져와 바닥을 짚었다. 망치 자루 위에 두 손을 포개 놓고 고개를 약간 숙인 채 말했다.

"아실을 치료할 방법을 들으려면 내가 어떻게 해야겠나?"

"예? 어, 일단 망치 내려놓고 앉으시지요. 그렇게 떡하니 서서 노려보니……."

자신의 말이 채 끝나기도 전에 바닥에 앉는 지멘을 보며 뭄토는 말끝을 흐렸다. 지멘은 활활 타오르는 눈으로 그를 올려다보았다. 그 눈길은 무서웠지만 뭄토는 자신의 요구를 아무 지체 없이 받아들이는 지멘을 보며 자신감을 약간 회복했다. 뭄토는 미적거리는 동작으로 지멘의 앞쪽에 앉았다.

"오래간만이군요."

"그래서?"

"참 쌀쌀맞군요. 그때의 일 때문에 그러는 겁니까? 뒤에서 찌른 것은 잘못했습니다, 인정한다고요. 하지만 당신에겐 아무 해도 되지 않았잖습니까? 조금 전에 움직이는 거 보니까 멀쩡하더군요. 이제는 다 지난 일 아닙니까?"

지멘은 부리를 꽉 닫은 채 아무 말도 하지 않았다. 그러자 뭄토는 그 표정을 해석했다.

"아직도 화가 나 있군요?"

지멘이 뭄토에게 원하는 것은 오직 하나뿐이었다. 아실을 치료할 방법을 듣는 것. 다른 것에는 아무 관심이 없었다. 스카리 요새 근처에서 뭄토가 자신을 공격했던 일 같은 것은 오래전에 잊어버렸다고 설명할 시간조차도 아까웠다.

"아실을 치료할 방법을 말해 주면 화가 풀릴 거야."

"지멘, 내가 그 방법을 어떻게 알았는지 궁금하지 않습니까? 아니, 그에 앞서 아실이 여기에 이런 상태로 있다는 것을 어떻게 알았는지는?"

"그런 건 천천히 들어도 돼."

"하지만 그것부터 이야기를 해야 설명이 가능한데요."

지멘이 가장 기대하지 않았던 대답이다. 지멘은 망치로 뭄토의 다리를 안마해 주면 자신이 원하는 방식으로 대화를 할 수 있지 않을까 하는 희망을 품어 보았다. 하지만 지멘이 결론을 내리기도 전에 뭄토가 부리를 열었다.

"그러니까 스카리 요새 근처에서 당신들과 헤어진 이후에 말입니다."

비나간의 후작궁 집무실에는 몇 종류의 긴장감이 뒤얽혀 있었다. 벽 근처에 서 있는 병사들의 긴장감은 비교적 단순했다. 그들은 유사시에 민첩하게 대응하기 위해 긴장감을 유지하고 있었다. 병사들이 보내는 감시의 눈길을 한몸에 받고 있는 눈하츠 신 뷰레 교위의 긴장감은 겉으로 드러나지 않았다. 그가 평온한 얼굴을 하고 있는 것은 그의 성격 때문이기도 하고 병사들을 흥분시키지 않기 위해서이기도 하다. 벽 근처에 있는 병사들은 모두 소리를 듣지 못하기 때문에 대화가 어떻게 진행되는지 몰랐고 눈하츠의 표정에만 주의를 기울였다. 설령 농담을 하고 있다 해도 긴장된 얼굴을 노출시키면 병사들의 공격을 받을지도 모르는 처지인지라 눈하츠는 평온한 얼굴을 하고 있을 수밖에 없었다. 반면 비나간 후 지키멜 퍼스의 긴장감은 두드러지게 나타나고 있었다. 눈하츠는 후작이 예사롭지 않은 말을 꺼내려는 것이라 추측했다.

이윽고 지키멜 퍼스가 말했다.

"나는 귀족원 회의에 관심이 없어."

눈하츠는 고개를 살짝 끄덕이고 설명을 기다리는 표정을 지었다. 하지만 지키멜은 아무 말도 하지 않았다. 눈하츠는 헛기침을 하고 말했다.

"왜 관심이 없으신지요?"

지키멜은 두 손을 모아 소맷자락을 만지작거리며 말했다.

"아마 귀관은 내가 실력으로 제국을 얻으려는 무지막지한 자들의 모임에 가입했다고 생각하겠지. 그건 오해야. 귀관이 제국을 되찾는 올바른 방법을 추구하는 자들과 그릇된 방법을 추구하는 자들로 사람들을 구분한다면 나는 그 어디에도 속하지 않아. 나는 제국 자체에 관심이 없거든. 그렇기 때문에 칼리도 백이 주장하는 귀족원 회의에도 관심이 없는 거야."

눈하츠의 눈이 가늘어졌다.

"제국의 수복을 원하지 않으신다는 말씀입니까?"

"원하지 않는다기보다는 불가능하다고 생각해. 그것은 천재의 작품이었으니까."

"원시제 폐하를 말씀하시는 겁니까?"

"그래. 제국을 부활시켜야 한다면 필요한 것은 귀족원 회의가 아니라 또 한 명의 천재야. 하지만 천재는 필요하다고 해서 찾을 수 있는 존재가 아니지. 칼리도 백이 귀족원 회의의 개최를 주장하는 대신 원시제와 대등하거나 그 이상 가는 천재를 찾아온다면 내가 관심을 가졌을지도 몰라. 정리해 줄까? 나는 강력한 힘으로든 사람들의 합의로든 제국을 부활시키는 것은 불가능하다고 생각해. 기적은 그런 식으로 재현되는 것이 아니니까."

"그렇다면 각하께서 바라는 것은 무엇입니까?"

지키멜은 병사들이 듣지 못한다는 것을 알면서도 그들을 한 번 둘러보았다. 그리고 말했다.

"내가 통치할 수 있는 현실적인 크기의 왕국."

"왕국이라고 하셨습니까?"

"그래. 내가 왕이 될 거라는 이야기는 들었겠지."

지키멜은 불과 반 시간 전 팩스벗에게 비밀 취급 방식이 부적절하다고 질타했던 사실을 잊어버린 것은 아니다. 팩스벗의 대화 상대는 비나간 인이었고 그녀의 대화 상대는 그렇지 않다. 지키멜은 어떤 가식도 없이 흉중의 말을 꺼냈다. 그런 태도가 필요했다.

"그것은 사실이야. 나는 비나간의 왕이 될 것이다."

눈하츠의 얼굴에 의혹이 조금씩 번져 갔다. 그는 매서운 눈으로 비나간의 후작을 노려보았다. 지키멜은 당장 입을 열어 말하고 싶은 것을 참기 위해 속으로 숫자를 셌다. 느리게 열까지 센 다음 지키멜은 입을 열었다. 그 모든 솔직한 태도는 바로 지금 그녀가 하려는 말을 위해 준비된 것이었다. 그녀의 어조는 담담했다.

"그리고 비나간의 왕으로서 귀족원 회의에 참석할 거야."

눈하츠는 놀랐다. 그는 지키멜의 속마음을 읽기 위해 용인이 되고 싶다는 표정을 지어 보였다.

"각하, 귀족원 회의로는 제국을 되찾는 것이 불가능하다고 생각하는 것 아니셨습니까?"

"그렇게 믿어. 하지만 칼리도 백에 대한 존중의 의미로 참석하는 것은 어렵지 않아."

눈하츠는 초조감에 입술을 적셨다.

비나간 후는 제국이 아닌 왕국을 원한다고 말했다. 그렇다면 제국 부활을 기치로 내건 엘시 에더리와 제국군의 입장에서는 비나간 후를 공격할 명분이나 이유가 없는 셈이다. 왕이 되려는 그녀를 황제가 되려 하는 시모그라쥬 공과 똑같이 취급할 수는 없었다. 물론 이것은 말장난에 불과할 수도 있다. 하지만 지키멜은 그것이 말장난이 되지 않는 논리를 가지고 있으며 그것을 이미 피력해 보였다. 천재와 기적의 도움 없이는 아무도 제국을 부활시킬 수 없다는 것. 그것이 지키멜의 논거였다. 지키멜이 그렇게 믿고 있다면 그녀는 돌아오지 않을 제국을 기다리는 대신 자신의 손 닿는 범위 내의 사람들을 직접 이끌려고 시도할 수 있다. 그리고 눈하츠는 지키멜이 진심으로 그렇게 믿고 있음을 알 수 있었다. 그녀는 솔직하게 말했다.

더군다나 비나간 후는 귀족원 회의에 참석하겠다고 말했다. 엘시 에더리의 요구에 부응한 것이다. 그녀가 귀족원 회의에 참석하면서 비나간의 후작이라는 이름 대신 비나간의 왕이라는 이름을 사용하는 것은 문제될 것이 없다. 왜냐하면 그것을 문제 삼을 황제가 없기 때문이다. 황제가 아닌 엘시 에더리는 도의적인 입장에서 그것을 비난할 수는 있겠지만 처벌할 수는 없다. 그녀가 처벌될 수 있는 경우는 한 가지뿐이다.

"귀족원 회의가 성사되고 그곳에서 새 황제가 선출된다면 어떻게 하실 생각이십니까?"

"뭘 어떻게 하나. 새 황제께서 결정하는 대로 따라야지."

"새 황제께서는 왕을 참칭한 자를 용서하지 않으실 거라 생각합니다만."

"신뷰레 교위. 지금 귀관은 누구인지도 모르는 사람의, 아직 내려지지 않은 결정을 짐작하려 하고 있군."

눈하츠는 뼈아픈 심정으로 그 말을 인정했다. 지키멜이 말했다.

"내 생각으로는 결코 나타나지도 않을 사람의, 결코 내려지지도 않을 결정이야. 물론 내 생각이 틀렸을 수도 있지. 그렇다면 그것을 증명해. 제국과 새 황제를 내게 보여 줘. 그러면 내 예견이 틀렸음을 순순히 받아들일 테니까. 그러면 되는 것 아닌가? 게다가 나는 그것을 방해하지도 않겠어. 칼리도 백이 원하는 것은 귀족원 회의지? 나는 거기에 참석하겠다고 말했어."

눈하츠는 그 순간 결정을 내렸다. 상황은 이미 그가 속한 층위에서 검토하거나 결정할 수 있는 문제가 아니었다. 눈하츠는 가볍게 목례했다.

"제가 할 수 있으며 해야 하는 일은 각하의 말씀을 명확하게 제 상관께 전달하는 것이리라 생각합니다. 죄송합니다만 정확성을 위해 말씀을 단순화시키겠습니다. 각하께서는 칼리도 백의 주장에 현실성이 없다고 생각하지만 그것을 반대하지는 않습니다. 그리고 그 주장에 의거하여 제시된 귀족원 회의 참석 요구를 받아들이셨습니다."

"정확하군."

"거기에 제가 이런 해석을 덧붙여도 되겠습니까? 각하께서는 천재가 만든 통치 도구가 사라진 상태에서 한 사람이 다스릴 수 있는 크기 이상의 영토를 바라는 것은 불필요할 뿐만 아니라 불가능하다고 믿기 때문에 비나간 바깥으로 어떤 영토 확장 시도도 하지 않으실 겁니다. 겉으로 드러난 것만 본다면 단지 후작이라는 이름을 왕이라는 이름으로 바꾸는 것뿐인 처신을 보여 주실 겁니다. 그런 처신의 대가로, 또한 칼리도 백의 부탁을 들어주는 대가로 각하께서는 칼리도 백이 각하를 공격하지 않아야 한다고 생각하실 겁니다. 그리고 더 깊은 속마음에서는 칼리도 백이 자신을 내버려둔 채 시모그라쥬 공이나 두드리길 바라실 겁니다."

지키멜은 이 쾌활할 정도로 솔직한 태도에 커다란 미소로 화답했다.

"맞아."

"그대로 전달하겠습니다. 이만 물러가도록 허락해 주십시오."

지키멜은 사방의 벽 근처에서 대화를 감시하고 있던 귀머거리 병사들에게 눈하츠를 데리고 나가라는 손짓을 보냈다. 눈하츠는 잠깐 지체했다가 제국군 교위로서 지키멜에게 경례했다. 그리고 안내하는 병사들과 함께 밖으로 나갔다. 지키멜의 남은 평생 동안 민감한 정치적 사안에 대해 이렇게 솔직한 대화를 할 기회가 또 올 것 같지는 않았기에, 밖으로 나가는 눈하츠를 보며 그녀는 약간 아쉬웠다. 그를 붙잡아서 몇 가지 이야기를 더 나누고 싶다는 생각까지 들었다. 하지만 오랫동안 참고 기다려 온 수면욕이 자신에게도 주의를 기울여 달라고 촉구하기 시작했다. 지키멜은 엘시 에더리의 요구와 마찬가지로 자신의 요구도 긍정적으로 받아들이기로 했다. 그녀는 의자에 주저앉아 곧장 잠들었다.

 규리하 성의 복도를 걸으며 정우는 긴 잠에서 깨어난 것 같았다. 너무 오래 자서 오히려 피곤한 잠. 하지만 그녀는 저녁 식사 후에 열렸던 회의 시간 내내 자기는커녕 졸지도 않았다. 회의 참석자들은 정우의 속마음이 어떠했건 간에 회의에 임하는 그녀의 태도가 진지했다고 기억할 것이다. 목표했던 문 앞에 이르러 그녀는 문을 두드렸다.
 "정우예요. 들어가도 될까요?"
 안쪽에서 약간의 소음이 일어난 후 곧 문이 열렸다. 정우는 잠자리에서 방금 일어난 듯 옷을 대충 차려입은 파라말 아이솔을 보며 고개를 까딱했다. 공손한 표정으로 목례하려던 파라말이 갑자기 얼굴을 굳혔다.
 "혼자이십니까?"
 "예."
 "각하! 아니, 일단 들어오십시오."
 정우는 파라말의 곁을 지나쳐 방 안으로 들어갔다. 수행인이 하나도 없다는 것을 믿을 수 없었던 파라말은 복도 밖으로 몸을 내밀어 주위를 살폈지만 거기엔 아무도 없었다. 파라말은 어처구니없다는 표정으로 문을 닫고 재빨리 방을 가로질렀다. 밤이라서 별로 보이는 것도 없었지만 창밖을 면밀히 살펴본 다음에야 그는 정우의 곁으로 돌아왔다. 정우는 이미 의자에 앉아 있었다. 파라말은 그녀 앞에 서서 몹시 언짢은 표정을 지었다. 정우는 고개를 갸웃했다.

"남자가 아니라서 실망했어요?"

파라말은 휘청할 뻔했다.

"아트밀입니까?"

"예. 남자를 좋아한다고."

"그건 농담입니다. 그리고 제가 이런 표정을 짓는 것은 불과 얼마 전 암살 시도를 당했던 군주가 호위자도 없이 밤중에 혼자 다니는 모습에 기가 막혔기 때문입니다."

"다른 사람들 모두 피곤해요. 그런데 그렇게 계속 서 있으면 제가 목이 아픈데."

파라말은 고개를 내저으며 의자를 끌어와 앉았다.

"각하, 무슨 일로 오셨습니까?"

"저녁에 있었던 회의에 대해 이야기하려고요. 당신과 사라말은 유일하게 의견을 밝히지 않았어요. 두 분 중 한 사람과 이야기를 나눠야 하는데 아무래도 이런 밤중에 찾아오려면 남자를 좋아하는 쪽을…… 그런데 그게 농담이라고요? 어쩌나, 위험해졌네요."

파라말은 자신의 얼굴이 제발 바보처럼 붉으락푸르락하지 않기를 바라며 황급히 화제를 바꿨다.

"염려하지 않으셔도 됩니다. 그런데 제 의견이 궁금하신가요?"

"예. 설명해 주겠어요? 이이타가 다시 우리를 공격할 수 있을 것 같지는 않은데 왜 그래야 하는지 모르겠어요."

파라말은 누웠다가 일어나서 헝클어진 머리를 손가락으로 빗질하며 말했다.

"저도 그렇게 생각합니다. 아까 회의 때는 그런 식으로 설명이 되었지만 사실 그것은 재래할 위기를 피하기 위해 위험 요소를 제거하자는 취지의 말은 아닙니다."

"그렇죠? 그런데 아버님과 제 남동생들이 위험 요소가 아니라면 왜……."

"악명을 얻기 위해서입니다."

정우는 아랫입술을 살짝 깨문 채 파라말 아이솔을 바라보았다. 파라말은 손가락에 감겨 나온 머리카락을 떼어 냈다.

"예, 아버님과 아우 분들을 추격, 사살하는 것은 위험 요소의 제거라는 측면에서는 사실상 효율이 별로 없습니다. 투입되어야 할 인적, 물적 자원에 비해 얻을 수 있는 실리는 적으니까요. 하지만 악명의 획득 면에서는 전혀 그렇지 않습니다. 악명은 무형의 군사력이지요. 그리고 그것을 얻는 방법이 무엇인지는 천하를 논하는 정치가들뿐만 아니라 뒷골목 문화에 익숙한 남자 애들도 잘 알고 있습니다. 보복할 수 있다는 것, 그것도 무서운 보복을 할 수 있다는 것을 보여 주는 거지요."

"규리하 공을 건드리면 끔찍한 꼴을 당한다는 것을 외부에 알려 주라는 것이군요. 파라말, 당신은 누군가가 자신의 명성을 높이기 위해 당신을 죽이겠다고 하면 받아들이겠어요?"

파라말은 쓴웃음을 지었다.

"물론 받아들이지 않겠지요. 하지만 제가 먼저 그를 공격했다면 보복을 받을 것쯤은 예상했을 겁니다."

"그런 도에 넘치는 보복을 통해 혐오 외에 무엇을 얻죠?"

"우리 모두가 두려워하면서도 매혹을 느끼는 강인한 지배자. 왕이 되지 않는 왕자들의 전통에 한 점 부족함 없이 부합하는 강력한 전쟁 군주, 이 혼탁한 시대가 가장 필요로 하는 진정한 지도자, 제국의 명실상부한 차기 지배자."

파라말은 정우가 차기 황제라는 대목에서 놀랄 거라 예상했다.

하지만 그녀가 보인 반응은 뜻밖의 것이었다.

"아무도 정우를 원하지 않네요."

그리고 정우는 파라말이 뭐라 말할 틈도 없이 말했다.

"형님과 당신이 규리하에 온 것은 저를 차기 황제로 만들고 싶어서였나요?"

정치가 염료라면 자신이 원래 살빛을 알기 어려울 정도로 염색되어 있다는 것을 잘 아는 파라말은 이 정직한 대화가 조금 어색하다고 생각하며 말했다.

"아닙니다. 저희 형제가 원래 차기 황제 감으로 지목했던 대상은 칼리도 백입니다. 그리고 황제께서도 그것을 원하셨을 거라 생각합니다."

"그런데 이제는 저인가요. 왜지요?"

"여러 가지 이유가 있지요. 그중 가장 인상적인 이유를 고른다면 역시 각하께서 하늘치를 다룰 수 있다는 점입니다. 칼리도 백이 지닌 어떤 권한도, 물론 상식을 뛰어넘을 정도로 엄청나긴 하지만 제국의 체제 내에서 설명할 수 있는 것이었습니다. 하지만 각하의 권능은 체제를 뛰어넘는 종류의 것입니다."

"체제 바깥에 있다면 체제 회복에는 오히려 도움이 안 될 텐데요."

정우의 말에 파라말은 밝은 표정을 지었다.

"맞는 말씀입니다. 현실적으로 본다면 칼리도 백의 권능이 각하의 그것보다는 체제 회복에 더 유리합니다. 현재의 상황만 봐도 알 수 있지요. 대장군은 자신의 권능을 이용하여 자유로이 세계를 활보하고 계십니다만 각하께서는 이곳에 계시지요. 하지만 황제는 체제를 회복하는 사람이 아닙니다. 그 일은 어차피 모든 사람들이 나서야 하는 일이지요. 황제는 체제 회복의 중심이 되는 사람입니다. 원을 그리려면 반드시 있어야 하는 중심 말입니다. 하지만 중심이 원을 만드는 것은 아니지요."

"제 신하들도 제가 황제가 되기를 바라는 것이군요."

"그렇습니다."

"그래서 악명이 필요하고."

"맞습니다."

"그런데 왜 당신은 회의장에서 동의한다는 표시를 하지 않았죠?"

"글쎄요. 일단 저는 공식적으로 규리하 정부에 소속된 사람은 아니지요. 어쩐지 데라시 백작이 떠오르는군요. 그러니 함부로 발언하기가 어렵더군요."

"일단은 그렇고, 그리고?"

파라말은 빙그레 웃으며 턱을 긁었다. 조금 후 그의 미소가 희미해졌다. 파라말은 진지한 얼굴로 정우를 바라보았다.

"각하, 황제가 되셔야 합니다."

정우는 상체를 뒤로 조금 물렸다. 그녀의 얼굴에 살짝 스치는 거부감을 본 파라말은 물 한잔 마셨으면 좋겠다고 생각하며 진지하게 말했다.

"해 보면 황제도 아주 재미있을지 모릅니다."

정우는 풋 하는 소리를 냈다. 그 소리는 몇 번 반복되다가 마침내 폭소로 바뀌었다. 한참 웃던 정우는 손바닥으로 이마를 짚고 힘겹게 말했다.

"와! 너무너무 매력적인 유혹이네요."

"그리고 많은 사람을 도와줄 수도 있습니다."

"도덕적 장점도."

"황제가 되고 싶은 생각이 없으시죠?"

"그래서 침묵하셨던 거예요?"

"예. 공정한 일이라고 하기는 어렵지요. 각하께서 그렇게 느끼실 거라 생각합니다."

"고마워요."

"예?"

정우는 의자에서 일어났다. 그녀는 두 손을 내밀었고 파라말은 얼떨떨해하며 마주 손을 내밀었다. 정우는 그의 손을 쥔 채로 말했다.

"저를 생각해 주셔서 고마워요."

파라말은 입을 조금 벌렸다가 다물었다. 조금 후 그는 빙그레 웃었다. 하지만 그 웃음은 곧 사라졌다. 정우는 부드럽게 말했다.

"하지만 가장 열성적으로 정우 규리하 황제 등극을 추진할 거죠?"

파라말은 침묵한 채 고개를 끄덕였다. 정우는 파라말의 손을 놓았다. 파라말은 갑자기 벽이 생긴 것 같았다. 조금 전까지 한결같은 정직함으로 일관된 대화에서 그런 벽은 존재하지 않았다. 하지만 정우가 그의 손을 놓은 지금 파라말은 그녀가 즈믄누리쯤에 있는 것 같은 기분을 느꼈다. 그는 고개를 들어 그녀의 얼굴을 보았다.

정우는 멍한 표정으로 먼 곳을, 그 방 안에 없는 곳을 바라보고 있었다. 파라말은 왜 이 아가씨여야 하느냐고 생각했다. 다른 대안은 없다. 그리고 다른 대안이 혹 있다 해도 그것을 찾아볼 시간이 없다. 상황은 여유를 부리는 자를 패배자로 만들 완벽한 준비를 갖추고 있다. 파라말은 힘겹게 입을 열었다.

"각하."

"돌아갈게요. 밤중에 실례했어요."

정우는 문 쪽으로 걸었다. 짧은 순간 파라말은 그것이 거절인지 승낙인지 꽤 고민했다. 엄밀하게 말하면 둘 중 어느 것도 아니었지만 파라말은 적극적 거절이 없었다는 점에서 그것을 승낙으로 받아들이고 싶었다. 문득 파라말은 그보다 더 급한 현안이 있음을 깨달았다. 그는 정우를 황급히 따라 걸으며 말했다.

"각하, 바래다 드리겠습니다. 오실 때는 혼자 오셨어도……."

"규, 규리하 공이 없어졌다!"

갑자기 터져 나온 비명 같은 외침에 파라말과 정우는 입을 다물었다. 곧 성 곳곳에서 굉장한 소란이 일어났다. 비명과 외침과 달음박질 소리가 사방에서 들려왔다. 정우는 얼떨떨한 표정으로 말했다.

"음. 바래다 주실 필요는 없겠네요."

파라말은 어깨를 으쓱였다.

"각하, 호위자를 두셔야 할 필요성을 느끼셨지요?"

"확실히. 그런데 어쩌죠?"

"뭘 말씀이십니까?"

"당신이 여자를 좋아한다면 추문에 휩싸일 수도 있게 되었는데."

빨리 방 밖으로 나가서 사람들의 눈에 띄지 않으면 된다는 간단한 해결책을 정우가 내놓기 전까지, 파라말은 절망감 속에서 자신에 대한 오해를 확대 재생산해야 하는가 고민했다.

정우는 파라말의 방을 나왔지만 사람들에게 달려가 자신의 소재를 드러내 보이는 대신 성 꼭대기로 향했다. 병사들이 달리며 내는 절그렁 소리와 다급하게 문 여닫는 소리 등이 함께하는 밤 산책이었다. 그리고 많은 먼지. 청소가 잘 되지 않고 있다. 규리하 성에는 인력이 부족했다. 사용인 충원을 위한 긴급 예산을 편성해야 할지도 모르겠다. 자유무역당에서 온 여자가 뭐랬더라? 제국의 유산을 가져가 제국 부활에 쓰라고 했지. 글쎄. 사람들은 자기 집안 청소도 제대로 못하는 여자가 황제가 되어도 좋다고 생각할까?

꼭대기의 문을 열자 세찬 바람이 휘몰아쳤다. 비린 듯하면서 묘하게 텁텁한 밤의 냄새가 물씬 풍겨 왔다.

정우는 옥상으로 나아갔다. 별을 관찰하기 좋은 곳이다. 피부에 묻을 것 같은 진한 어둠들이 소리 없는 비처럼 떨어졌다. 그녀는 두 손을 깍지 껴 배 앞에 늘어뜨리고 옥상 위를 걸었다. 언젠가 탈해와 틸러와 함께 이곳에 선 적이 있다. 그때 그녀는 빨간 우산을 들고 있었고 하늘 위에서 어떤 남자를 만날 약속을 가지고 있었다. 그녀는 난간을 짚은 채 하늘을 바라보았다. 자기들만의 이야기를 소곤거리던 별들이 정우의 시선을 느끼고는 입을 꼭 다문 채 시치미를 뗐다. 그녀는 별들이 그들만의 이야기를 할 수 있도록 시선을 낮추었다. 지평선은 밤의 도움을 받아 자취를 감추었고 땅은 경계 없는 거대한 반죽 같았다. 이곳저곳에 명멸하는 불빛들. 여러 가지 이유에서 잠을 미루고 있는 규리하 사람들이 밝혀 둔 불빛들이 별과 다른 목소리로 이야기하고 있었다.

옷깃을 매만지던 정우는 손나팔을 만들어 입 앞에 대고 말했다.

"저, 규리하님."

그녀는 고개를 갸웃하고 헛기침을 했다.
"세상님!"
그것이 좀 나은 것 같았다. 더 나은 말이 있을 것 같지만 정우는 거기에 만족하고 오른손을 높이 들어 올렸다. 그리고 그것을 힘차게 흔들었다.
"좋은 꿈 꾸셨어요! 저는 정우예요. 안녕하세요!"
정우는 열렬히 흔들던 손을 스르르 떨어뜨렸다. 그 손으로 뺨을 짚은 채 세상을 바라보았다.
"저는 믿고 싶어요."
그녀는 다른 손으로 옷깃을 여몄다. 여름이 다가오고 있지만 규리하의 밤은 차가웠다.
"그러니까, 바꿔 말하면 믿지는 않아요."
정우는 발뒤꿈치를 들었다. 더 멀리 보기 위해. 탁월한 시야의 확장은 없었지만 그녀는 계속 발뒤꿈치를 든 채 말했다.
"믿고 싶지만, 믿지는 않아요. 아버지는 제멋대로 저를 죽이려 했어요. 틸러는 제멋대로 저를 살리려 했어요. 왜 제가 살고 죽는 문제에 관여하려고 하죠? 자기들도 어떻게 살거나 어떻게 죽어야 할지 모르면서. 저를 살리려는 킴도 저를 죽이려는 킴만큼 싫어요. 이건 나쁜 생각이죠? 믿어야겠지요? 그런데 믿지는 않아요."
특이한 소리가 들렸다. 정우는 그 소리를 무시했다.
"못 믿겠어요. 그렇게 빨리 스러지는 사람들. 하지만 믿고 싶어요."
다시 특이한 소리가 들렸다. 조금 전보다 더 크게. 정우는 한숨을 내쉬었다.

"헛기침은 그만해도 돼요, 사라말. 거기 계신다는 것 알았으니까. 이리 나오세요."

조금 후 옥상의 구석진 자리에서 사라말 아이솔이 나타났다. 그는 정우에게 다가와 곁에 섰다.

"화살 맞은 사람은 이런 밤에 돌아다니면 안 됩니다, 정우. 화살이 서운해합니다."

"성격이 너무 뾰족하니까 좀 상심해 보는 것도 좋겠지요."

"괜찮으십니까?"

"괜찮아요. 뭐 하고 계셨어요?"

"그냥 이런저런 생각 좀 하고 있었습니다."

"무슨 생각이지요?"

"숭어 요리, 제국, 양치질, 빨강, 정신 억압, 연초, 안마, 대장군."

정우는 얼떨떨하게 고개를 끄덕였다. 말 그대로 이런저런 생각이었다. 그런 소재들을 한꺼번에 생각해야 하는 사유가 어떤 것인지는 짐작하기 어려웠다. 그래서 그녀는 제일 마지막 것만 들었다는 태도를 취했다. 그녀는 성 바깥을 바라보며 말했다.

"대장군님…… 대장군님은 제국을 찾아오시겠지요?"

"예."

"그러면 누군가는 그걸 지배해야 할 테고요."

"예."

사라말은 거침없이 대답했다. 정우는 입을 조금 모았다가 말했다.

"그게 저인가요?"

"아니요."

정우는 사라말에게 몸을 돌렸다. 그리고 동그래진 눈으로 사라말을 훑어보다가 다시 질문했다.
"제가 황제가 되어야 한다고 생각하시는 것 아닌가요?"
"그렇게 생각합니다."
"조금 전엔 아니라고 하셨어요."
"그렇게 말했습니다."
화를 내거나 난처해하는 대신 정우는 흥미진진한 표정을 지어 보였다. 도깨비 같은 반응이었다. 정우는 두 검지로 관자놀이를 누른 채 열심히 그 말의 의미를 생각했다. 그동안 사라말은 점차 거세지는 소동에 귀를 기울였다. 사람들이 급하게 아무 거나 주워입고 사라진 규리하 공을 찾아 횃불을 들고 사방팔방 뛰어다니는 모습도 보였다. 잠시 후 정우가 말했다.
"제가 황제가 되어야 한다고 생각하지만, 제가 세상을 지배하지는 않을 거라고 생각하시는군요?"
"예."
"설명해 주세요. 제국을 지배하지 않는 황제? 그게 뭐죠?"
"그게 뭘까요?"
"모르세요?"
"모릅니다. 저도 굉장히 궁금합니다."
"같이 고민해 볼까요?"
사라말은 물끄러미 정우를 바라보다가 엉뚱한 질문을 꺼냈다.
"세레지 파림이 왜 당신을 귀신 보듯 바라보는 겁니까?"
"아…… 역시 관찰력이 예사롭지 않으시네요. 세레지는 그걸 정말 잘 숨겼는데. 제가 놀랄 정도로 말이에요. 그런데 알아차리셨군요?"

"그렇다면 그건 세레지가 유일하게 방심했을 때였나 보지요. 어쨌든 저는 알아보았습니다. 어떻게 된 거죠, 정우?"

"제가 대답하지 않겠다면?"

"다른 질문을 꺼내겠지요."

"다른 질문은 뭐죠?"

"탈해 머리돌은 어떻게 무사장이 될 수 있었습니까?"

정우는 흠칫했다. 사라말은 보기 드물게 부드러운 표정을 짓고 있었다. 그녀는 두 손으로 뺨을 누른 채 사라말을 보다가 갑자기 손을 들어 외쳤다.

"별똥별이에요!"

"많이 봤습니다."

"미녀가 지나가요!"

"안 되겠는데요."

"잘못 봤어요. 미남이에요!"

"그 방법은 파라말에게 쓰셔야지요. 대답하기 싫으면 대답하지 않으셔도 됩니다, 정우."

정우는 울상이 된 얼굴로 사라말을 바라보다가 갑자기 그의 오른손을 두 손으로 붙잡아 들어 올렸다.

"사라말, 제발 비밀로 해 주세요!"

사라말은 손을 빼내려 했지만 정우는 더 꼭 움켜쥐었다. 그래서 그는 손을 내버려둔 채 고개를 끄덕였다.

"비밀을 지키겠습니다."

"약속하는 거죠?"

"약속합니다. 대신 황제가 되십시오."

"치사해요."

돌을 깨우는 바람 53

"황제가 되신 다음에 제게 벌을 내리면 됩니다."

정우는 입술 사이로 혀를 불쑥 내밀었다. 그러자 사라말은 손을 들어 입을 좌우로 찢으며 혀를 내밀어 위아래로 격하게 흔들며 눈을 뒤집었다. 정우는 웃음을 터뜨릴 수밖에 없었다.

"지고는 못 사는 성격이에요?"

"아뇨. 황제가 되신 후에는 할 수 없으니 미리 해 보는 겁니다."

"윽. 집요하네요. 그런데 자유무역당을 불러들인 것은 당신인가요?"

"그렇긴 합니다만 그쪽에서도 마음을 어느 정도 굳히고 있었던 것 같습니다. 자유무역당의 재원은 여러 가지로 큰 도움이 되겠지요. 새 황제의 임시 정부 노릇을 하려면 규리하 정부를 크게 일으켜야 합니다. 거기에 돈이 필요하겠지요. 그리고 새 황제의 진짜 정부가 되어야 할 제2의 하늘누리를 만드는 데도 많은 돈이 필요하겠지요. 하늘치를 제공하면서 부탁하면 즈믄누리의 도깨비들은 다시 그것을 만들어 줄 겁니다. 하늘누리가 다시 제국의 하늘 위로 날아오르면, 그때부터는 빚 갚느라 정신없는 나날을 보내겠군요. 전 떼먹고 싶지는 않거든요."

"자유무역당에서 온 여자는 상환 걱정하지 말고 쓰라는 식으로 말하던데요. 제국을 되찾는 것 자체가 상환이라면서."

사라말은 고개를 한 번 끄덕였다.

"떼먹어야겠군요."

"결단력이 탁월하시네요."

"빠른 은퇴가 제 꿈이거든요."

담담하게 말하던 사라말은 정우의 얼굴이 일그러지는 것을 보고 조금 놀랐다. 그녀는 창백한 얼굴로 사라말을 바라보았다. 그녀가 속삭였다.

"그런 꿈을 가지면 안 돼요, 사라말."

"그건 농담이었습니다."

"정말이지요?"

"정말입니다."

정우의 얼굴이 약간 밝아졌다. 사라말은 그녀의 그런 급격한 반응을 이해할 수 없었다. 그가 그 반응의 이유가 무엇인지 물어보려 했을 때 정우가 말했다.

"그럼 당신 꿈은 뭐죠?"

"저는 용을 기다리고 있습니다."

정우는 흠칫했다. 사라말은 또 하나의 기묘한 반응이라고 생각했다. 정우는 약간 겁먹은 목소리로 말했다.

"용을…… 왜?"

"1년 전이라면 쉽게 설명할 수 있었겠지만 지금은 설명하기가 좀 어렵습니다. 너무 많은 불확실성과 너무 많은 가설들. 죄송합니다만 좀 더 나은 시간에 말씀드리고 싶습니다. 그리고 아래의 소란도 이제 감당하기 어려운 수준이고요. 빨리 내려가셔야겠습니다."

정우는 고개를 끄덕였다. 사라말은 그녀가 자신의 시선을 피하려 한다는 인상을 받았다. 하지만 그것에 대해 캐묻는 대신 정우를 성 아래쪽으로 안내했다.

아라짓력 32년 4월 14일. 그 전까지 비나간 후로 불렸던 지키멜 퍼스는 사람들에게 자신을 부를 때 사용할 이름을 하나 더 알려 주었다.

그 이야기는 빠르게 퍼져 나갔지만 대파란을 일으키지는 않았다. 늦든 이르든 어느 곳에서 일어날 일이었다는 것이 사람들의 반응이었다. 하늘누리의 귀환을 기다리는 것은 이제 실용주의적이라고도, 조심성 있는 행동이라고도 할 수 없었다. 그 경이적인 건조물은 그런 것만이 겪을 수 있는 경이적인 사고에 의해 역사에서 영영 사라진 것이 분명하다. 따라서 황제와 이동 수도에 근거를 둔 모든 질서는 섬세하거나 무자비한 재편을 맞이해야 한다. 그런 재편의 움직임에 순서를 따진다면 지키멜의 행동은 최초라고 할 수 없었다. 발케네 공 스카리 빌파는, 비록 제국 건국의 기치를 높이 들지는 않았지만 북부에서 상당한 영토 확장을 감행했다. 그리고 시모그라쥬 공 팔디곤 토프탈은 대호왕을 옹위하여 남부의 군세를 이끌고 북진했다. 비가시적인 행동을 일으킨 순서로 따지면 순위를 매기기도 어렵고 가시적인 행동을 일으킨 순서로 따져도 세 번째다. 따라서 비나간 후 지키멜 퍼스를 가리켜 행동이 빠르다고 말하기는 어려웠다.

하지만 비나간 후 지키멜 퍼스의 행동에는 곧장 알아차리기 어려운 최초의 의미가 하나 담겨 있었다. 그 의미는 사람들로 하여금 자신이 들은 말을 한번쯤 의심하게 했다.

"독행왕? 독행제가 아니야?"

"독행왕이야."

"황제가 아니라 왕이라면……."

지키멜 퍼스는 제국의 부활을 부정했다. 최초로.

심드렁한 표정으로 그 이야기를 듣던 사람들은 조금 늦게나마

호기심을 드러내었다. 그리고 낮게 책정했던 지키멜의 순서를 재빨리 상향 조정했다. 그것은 제국의 실종 이후 그것의 부활을 부정하는 최초의 움직임이었다. 잃어버린 것을 되찾고자 전전긍긍하는 자들의 면전에 대고 그것은 필요 없다고 딱 잘라 말하는 선언이었다.

그리고 유료도로당의 새 지배자와 비나간 후의 밀접한 관계를 알고 있는 자들은 좀 더 놀랐다. 길은 지역과 지역을 잇는다. 길은 확장이다. 그런데 비나간 후는 세계 전체로 뻗어 가는 대신 자신의 영토를 왕국으로 바꾸고 그곳의 왕이 되었다. 어울리지 않는 일이었다. 어쩌면 이것은 제위와 결혼하기 전에 거행된 지키멜의 약혼인 것일까?

이야기를 전해 들은 많은 자들이 관심을 보였고 림츠, 카시다, 진, 시구리아트 산맥 동쪽의 슈라도스나 잠바이 등, 지역적으로 비나간에 가까운 탓에 단순한 호기심에 머물 수 없는 곳에서는 무거운 얼굴과 다급한 발걸음을 한 사람들이 출발했다. 비나간 사람들은 또 다른 이방인의 등장을 경험했다. 황급히 비나간으로 온 그들은 직접적이거나 간접적인 온갖 방법으로 독행왕의 속내를 알기 위해 애썼다. 독행왕은 무엇 때문에 자신을 왕으로 지칭했는가. 그 이름은 정말로 지배력의 확장을 거부한다는 의미인가. 지배할 생각이 아니라면 독행왕은 이웃의 지배자들과 도대체 어떻게 관계를 설정하려 하는가. 특히 비나간을 향해 북진하고 있는 시모그라쥬군에게 그 왕명이 어떻게 받아들여지길 바라는가.

그런 자들을 뽑아 보냈으니 당연한 일이지만 비나간에 도착한 사절들은 모두 연배 지긋하고 수완 좋고 통찰력 뛰어난 인재들이었다. 하지만 그들은 뜻하지 않은 난관을 겪었다. 독행왕을 둘러싸고 있는 비나간의 새로운 지배층은 그녀만큼이나 어린 자들이었다. 사절들이 알았던 비나간은 지긋지긋하게 나이 많은 홀빈퍼스 후작의 통치 아래 영원히 바뀔 것 같지 않던 땅이었지만 이제 그 땅은 완전히 바뀌어 있었다. 이 사실은 나름대로 비나간의 사정을 잘 안다는 이유에서 뽑혀 온 사절들에게 일종의 진입 장벽 역할을 했다. 그들은 자신이 과거에 보유했던 소식통이 모두 사라졌음을 깨닫고 어쩔 수 없이 새로운 소식통을 만드는 일부터 시작해야 했다. 다행히 비나간의 새 지배층은 그런 접촉 시도에 호의적이었다. 그 젊은이들도 비나간 외부로 연결되는 적절한 소통로가 없었으므로 사절들의 접촉 시도에 적극적으로 응했다. 사절들은 '내 지인 중에 모모라는 이가 있는데 혹 아시는지?' 같은 간단한 대화만으로 비나간의 새 지배층에 접근할 수 있었다. '모모는 내 막역지우입니다. 그 남자는…….' 물론 모모가 여자인 경우라도 그 사실을 밝히는 멍청한 사절은 아무도 없었다. 그런 식으로 비나간의 새 지배층과 비나간 외부는 다각도로 연결되었다.

　관찰과 탐색이 시작되었다. 사절들이 처음 알아낸 것은 독행왕이 군사력 증강에 관심을 두고 있다는 사실이었다. 하지만 그것은 영토 확장을 위해서가 아니라 북진하는 시모그라쥬군에 대한 대비였다. 그 과정은 인상적이었다. 사절들은 독행왕이 어떻게 군대를 증강시킬지 궁금해했다. 하지만 비나간에는 이미 후보자들이 기다리고 있었다. 마치 그런 일이 일어날 것을 알고 있었다는 듯이 미리 비나간에 와 있던 여러 이방인들은 독행왕의 포고를 보자마자 왕의 군대에 지원했다. 사절들은 뜨악한 얼굴로 서로 바라보았다.

"제정신이 아닌 거 아냐? 당연히 비나간 인으로 군대를 만들어야 할 텐데."

하지만 독행왕 지키멜은 거리낌 없이 외부에서 온 자들을 받아들였다. 심지어 군대 고위층에 기용되는 외부인들도 있었다. 외부인들의 충성심을 담보하기 어렵다는 점에서 그것은 위험한 도박이었다. 그리고 비나간만의 왕이 되겠다는 지키멜의 주장과도 배치되는 일이었다. 사절들은 독행왕이 중심 없는 인물이 아닌가 하는 의심을 품게 되었다.

그러나 독행왕은 중심 없는 인물이 아니었다. 그녀가 연달아 낸 포고문과 그녀의 군대에 적용되는 몇 가지 특색 있는 의식들을 관찰한 사절들은 그녀의 철학이 처음부터 대단히 명확했다는 것을 깨달았다. 그 철학을 간단히 정리하면 다음과 같다. '나는 비나간 인들의 왕이다. 그리고 비나간을 위해 일하고 싸우는 사람은 모두 비나간 인이다. 어디서 태어났는가는 아무 문제가 안 된다.'

제국은 필요 없다. 왕국이면 된다.

누구나 비나간 왕국의 구성원이 될 수 있다.

만인을 포함하는 범세계적 정치 구조 대신 원하는 자들이 모여 자신들만의 정치 구조를 이루는 것. 사람들이 기시감을 느낀 것은 당연하다. 많은 점에서 차이가 있지만 본질은 사람들이 한 번 경험했던 일과 비슷했다.

분리주의였다.

대호왕 사모 페이는 고개를 갸웃했다.

"분리주의가 뭐지?"

"그것은 타이모라는 레콘의 주장입니다. 폐하."

"타이모?"

"아십니까?"

"안다. 최후의 대장장이의 딸이지. 짐이 처음 만났을 땐 좀 다른 존재였지만."

아쉬존 토프탈은 대호왕의 말을 이해할 수 없었다. 하지만 대호왕은 설명하는 역할은 자신보다는 아쉬존에게 있다고 말하는 듯한 표정과 몸짓을 해 보였다. 아쉬존은 살짝 헛기침을 하고 설명했다.

"그 주장을 간략하게 정리하면 이렇습니다. 다양한 정치 구조에 대한 경험이 있었던 다른 종족들과 달리 레콘은 유사 이래 한 번도 독자적인 정치 구조를 가졌던 적이 없습니다. 따라서 레콘은 제국의 책임 있는 일원이 될 방법을 모르며 제국 또한 레콘을 자신의 구성원으로 받아들이는 바람직한 방법을 모른다는 거지요. 그래서 타이모는 처용 산맥 너머에 레콘들만의 독립국을 건설하자고 주장했습니다. 레콘들이 우선 정치 구조를 이해한 다음 자연스럽게 제국에 합쳐지는 것이 분리주의의 최종 목표로 알고 있습니다."

"장대한 계획이군. 어떻게 되었지?"

"치천제 폐하는 그것을 용납하지 않았습니다. 그 운동을 지지하는 자들의 모임에 진압군을 보내어 격파했습니다. 많은 레콘들이 절망도에 유폐되었습니다."

"타이모는?"

"진압 과정에서 바다에 빠져 죽은 것으로 알고 있습니다."

사모는 충격을 받았다. 그녀의 비늘이 살짝 부딪치는 것을 보며 아쉬존은 안타까움을 느꼈다. 사모는 깊은 수심을 드러내며 머리를 숙였다.

"짐이 알던 자들이 이제 지상에 없다는 소식을 듣는 것이 처음은 아니다. 티나한은 하늘로 떠났고 라수와 괄하이드는 죽었다. 그리미 또한 지나치게 어린 나이에 죽고 말았지. 짐은 그 밖에도 많은 이별을 경험했다. 하지만 하텐그라쥬에 들어가 있는 동안은 이별을 경험하지 않아도 되었지. 다시 세상으로 나왔을 때 이것을 각오해야 했을 것이다."

"유감입니다, 폐하."

사모는 다시 고개를 들었다.

"괜찮다. 분리주의에 대해 계속 이야기해라. 독행왕이라 자처하는 여자의 행동이 분리주의적이라는 것인가?"

"엄밀히 말하자면 약간 다릅니다. 분리주의는 이미 존재하는 제국에서 분리되자는 운동입니다만 지금은 제국 자체가 없습니다. 하지만 모든 이가 제국의 부활을 바라고 그것을 추구하는 가운데 그녀만이 그것에 관심이 없으니 분리주의적이라고 해도 될 것 같습니다. 그리고 비나간을 위해 일하고 싸우는 사람이라면 누구나 비나간 인이라는 그녀의 사상도 분리주의와 비슷한 점이 많습니다."

사모는 고개를 끄덕이고 아쉬존이 가져온 편지를 다시 꺼내어 들었다. 그것은 독행왕 지키멜 퍼스가 대호왕 사모 페이에게 보내는 것이었다. 내용에는 대단한 것이 없었다. 북진하는 시모그라쥬군에 대한 우려와 그들이 최근 키탈저를 친 것에 대한 성토 등이었다. 그것은 무고한 사람들을 공격해서는 안 된다는 상식적인 이야기였고 시모그라쥬 공의 주장, 즉 대호왕 사모 페이의 이름 아래 제국을 부활시키자는 주장에 대한 평은 한 문장도 들어 있지 않았다. 사모는 왜 편지 내용이 그런지 이해했다. 제국 자체에 관심이 없다는 것이 지키멜의 입장이므로 제국을 찾는 시모그라쥬 공의 방법론에 대해서도 할 말이 없었던 것이다. 편지는 시모그라쥬군이 만약 비나간의 땅을 침략하면 혹독한 대가를 치르리라는 경고로 끝났다.

팔디곤 토프탈이 알려 줬기 때문에, 아쉬존은 그 편지의 내용을 알고 있었다. 아쉬존은 그 사실 때문에 할아버지를 증오하고 있었다. 팔디곤은 대호왕에게 온 편지를 주제넘게 가로채어 읽었다. 할아버지는 대호왕을 섬길 생각이 없었다. 대호왕은 그에게 북부 정벌의 빌미고 손자에게 황위를 넘겨주기 위한 징검다리일 뿐이다.

아쉬존은 황제가 될 수 없다는 사모의 예언을 떠올리고 쾌감을 느꼈다. 그의 할아버지는 소망을 이룰 수 없을 것이다. 대호왕은 이미 팔디곤의 속셈을 간파하고 이용당하는 척하고 있을 뿐이다. 때가 오면 대호왕은 자신이 결정한 후계자에게 황위를 넘겨줌으로써 누가 누구를 이용했는지 팔디곤에게 똑똑히 알려 줄 것이다. 그리고 아쉬존은 대호왕의 편이었다. 그는 그 통쾌한 때가 빨리 오기를 바랐다.

대호왕은 서신을 내려놓고 말했다.

"답장은 그만두도록 하지. 이 여자도 답장을 기다릴 것 같지는 않으니."

"그러셔도 될 것 같습니다."

"그러면 물러가라."

아쉬존이 목례하고 떠나길 기다리던 대호왕은 소년이 우물쭈물하는 것을 보았다. 대호왕이 말했다.

"아쉬존?"

아쉬존은 다시 할아버지와 종고모에 대한 증오에 휩싸여 있었다. 그는 힘겹게 말했다.

"폐하. 저…… 제 조부가 폐하께 드리는 부탁이 있습니다."

"뭐지?"

"1차로 시련에 보낼 군령자 500명이 모였습니다. 제 조부는, 음, 그들을 보내기에 앞서…… 폐하께서 그들 중에 대장군 갈로텍이 있는지 알아봐 주셨으면 좋겠다고 했습니다. 폐하께서는 갈로텍과 동시대를 사셨던 분이니까……."

사모는 알았다는 듯이 고개를 끄덕이고 빙그레 웃었다.

"무슨 말인지 알겠다. 그래, 우리는 같은 시대에 같은 곳에서 태어났지. 게다가 서로 싸웠던 적이고. 짐은 북부의 왕이었고 그는 남부의 대장군이었지. 누군가를 가장 잘 아는 것은 그의 적이란 말이지. 하지만 이 경우엔 그런 상식을 적용하기 어렵겠군. 짐과 그의 지위 때문에 우리들은 오히려 직접 만날 기회가 없었거든. 혹 직접 만났다 해도 갈로텍은 짐을 알 수 없었을 거야. 짐은 당시 가면을 쓰고 있었으니까. 네 할아버지가 실망할 것 같구나. 하지만 노력해 보지. 안내해라."

"폐하! 안 됩니다!"

사모는 의아한 표정으로 아쉬존을 바라보았다. 열을 보는 그녀는 그의 상승한 체온을 뚜렷이 볼 수 있었다. 아쉬존은 씩씩거리며 말했다.

"폐하께서 포로 취조까지 맡을 필요는 없습니다! 게다가 폐하의 말씀처럼 폐하께서 갈로텍을 찾아낼 수 있는 것도 아닙니다. 제 천박한 조부는 폐하를 능멸하고 있습니다. 폐하께서…… 폐하께서……."

"죽었는데 살아 있는 척한다고?"

사모는 담담하게 말했다. 아쉬존은 금방 울음을 터뜨릴 것 같은 표정으로 대호왕을 바라보았다. 사모는 고개를 끄덕였다.

"이미 죽은 짐이 시모그라쥬 공의 몸을 빌려 살아 있는 척하는 것이다. 북부를 정복하고 제국을 건설하는 몸은 어디까지나 시모그라쥬 공의 것이다. 갈로텍에게 전략을 빌려 줬던 주퀘도 사르마크처럼 짐은 그에게 대호왕의 권위를 빌려 주고 있을 뿐이다…… 대강 맞나?"

"폐하, 악랄한 제 조부를 용서하지 마십시오."

사모는 유쾌한 어조로 말했다.

"용서하지 않는다고 해도 네 조부는 눈도 깜빡하지 않을 텐데."

아쉬존은 뺨이라도 맞은 사람처럼 사모를 바라보았다. 문득 아쉬존은 사모의 얼굴과 몸짓에 담겨 있는 거대한 허무감을 보았다. 아쉬존은 주먹을 움켜쥐었다. 사모가 일어났다.

"가자, 아쉬존."

"폐하, 절대로……."

사모는 손을 들어 아쉬존의 말을 막았다.

"아쉬존, 짐이 네게 말했지. 언젠가 나를 증오하고 저주할 날이 올 것이라고. 그래도 너는 짐을 용서하겠느냐?"

"그런 날은 오지 않을 것입니다."

"온다. 그리고 네 조부에게도."

아쉬존은 눈을 크게 떴다. 물기 가득하던 눈이 곧 희열과 잔혹한 쾌감으로 가득 찼다. 그의 추리가 맞았다. 사모는 결정적인 때가 이르면 팔디곤을 배신할 것이다. 그날을 위해 사모는 수모를 참고 이용당하는 척하는 것이다. 아쉬존은 복수의 쾌감에 몸이 떨릴 것 같았다. 아쉬존은 황제가 되지 않는다. 그를 황제로 만들기 위해 애쓰는 팔디곤과 베로시는 절망감 속에서 사모를 원망할 것이다. 또는 비통한 심정으로 자신들이 왜 사모를 그렇게 대했는지 후회할 것이다. 아쉬존은 힘차게 말했다.

"제게는 오지 않겠지만, 제 조부에게는 그날이 올 것입니다."

사모는 아무 말도 하지 않은 채 물끄러미 아쉬존을 바라보았다. 아쉬존은 그런 표정을 지을 필요가 없다고 말하고 싶었다. 자신이 팔디곤의 손자라는 사실은 아무렇지도 않다고, 팔디곤이 배신당하는 날 자신도 웃을 거라고 말하고 싶었다. 그래서 그렇게 말했다. 하지만 그의 말이 끝난 후에도 사모의 얼굴에서는 수심이 걷히지 않았다.

비나간에서 거듭 보내는 경고장은 시모그라쥬군의 진격 속도에 아무런 영향도 끼치지 않았다. 시모그라쥬군은 병참 기지와 요새를 건설하기 위해서만 멈춰 섰고 그 밖에는 한결같은 속도로 북진했다.

하이스 사람들은 고민에 빠졌다. 현실적인 선택은 시모그라쥬군에 항복하고 목숨을 보존받는 것이다. 하이스 근교에는 키탈저가 동원할 수 있는 제국군도 없고 그곳 사람들은 호전적이라 하기 어려웠다. 하지만 지척에 있는 비나간에서 비나간 후가 왕위에 올랐다는 사실이 그들을 고민하게 했다. 지리적으로도 하이스는 비나간에 가까웠고 제국 실종 전에도 하이스는 비나간 후의 영향력을 직접적으로 또는 간접적으로 받았다. 그들은 머나먼 남부에서 온 공작보다는 독행왕 쪽이 좋다고 생각했다. 독행왕이 키탈저에게 그리했던 것처럼 함께 시모그라쥬군과 싸우자고 제안했다면 하이스는 받아들였을 것이다. 실제로 하이스 태수는 독행왕에게 그런 의사가 있는지 은근히 타진하기도 했다. 하지만 독행왕은 아무 반응도 없었다. 승낙도 거부도 아닌 무반응이었다. 하이스 태수는 마지막 순간까지 고민하다가 결국 사절을 반대 방향으로 보냈다. 항복할 테니 하이스의 안전과 자결권을 보장하라는 밀서를 품은 사자가 북진하는 시모그라쥬군을 향해 달려갔다.

시모그라쥬군을 이끄는 베로시 토프탈 상장군으로서는 그 제안을 거절할 이유가 없었다. 베로시는 몇 군데의 전략적 요충지에 대한 할양과 모병권을 요구하는 답장을 보냈다. 그리고 도대체 왜 독행왕이 아무런 반응도 보이지 않는지 궁금하게 여겼다. 머나먼 키탈저까지 병사들을 보내어 함께 싸우게 했던 지키멜이 비나간의 현관이라고 할 수 있는 하이스는 내버려두고 있다는 사실이 모순처럼 보였다.

물론 지키멜이 직접 그 이유를 설명해 주지는 않았다. 그것을 설명해 준 것은 유료도로당이었다.

하이스를 접수하기 위해 태평하게 진군하던 시모그라쥬군의 선봉 부대는 하이스―키탈저 유료도로의 제1징수소에서 뜻밖의 선언을 듣게 되었다. 통행료를 내든 내지 않든 통행을 불허한다는 징수소장의 대답은 선봉 부대를 지휘하던 수교위를 당황하게 했다. 수교위는 설명을 요구했고 징수소장은 남부로 돌아가라는 대답만 반복했다. 결국 격분한 수교위는 징수소를 공격했다. 그에게는 잘 훈련된 제국군 중대 하나가 있었다. 그리고 그의 유리함은 그것으로 끝이었다. 요새지라 할 수 있는 자리에 징수소를 건설하는 유료도로당의 전통에 따라 하이스—키탈저 유료도로 제1징수소 또한 난공불락의 위치에 있었다. 죽음의 거장 주퀘도 사르마크의 대군을 상대로 5개월 동안 분전하여 끝내 항복을 선언하게 만들었던 유명한 전설을 재현이라도 하듯 징수소는 격렬하게 저항했다. 전투 시작을 외친 후 채 10분도 지나기 전에 수교위는 자신의 실수를 인정했다. 그런 빠른 인정은 그가 훌륭한 장교라는 증거가 될 것이다. 선봉 부대는 신속하게 물러났다.

수교위는 하루라도 빨리 본영에 있는 베로시 토프탈에게 이 긴급 사태를 전달해야 한다고 생각했다. 하지만 그의 결심은 실천되지 못했다. 하이스—키탈저 유료도로의 징수소 번호는 그 이름에서 알 수 있듯 하이스에서부터 매겨져 있다. 따라서 키탈저로부터 진군한 수교위에게 제1징수소는 마지막 징수소였다. 그리고 그의 뒤편에는 이미 지나친 여섯 개의 징수소가 있었다. 수교위는 그 모든 징수소가 동시에 시모그라쥬군에 대한 통행금지령을 내렸다는 사실을 알고 경악했다.

싸워서 본대로 귀대한다는 생각을 하지 않은 것은 아니다. 하지만 수교위는 다시 한번 남부의 제국군을 지휘하는 장교다운 결정을 내렸다. 수교위는 유료도로를 우회하여 남하하기 시작했다. 쉬운 일이 아니었다. 길을 이용할 수 없었고 게다가 그들은 그 근방의 지리에 익숙지 않았다. 수교위는 유료도로가 막힌다는 사실이 단지 좋은 통행로의 상실만을 의미하는 것이 아님을 깨달았다. 하이스가 대체 어디에 있는지 전혀 모르는 사람이라도 하이스—키탈저 유료도로 위를 벗어나지 않은 채 걸으면 하이스에 도착할 수 있다. 2킬로미터마다 이정표가 있으니 길을 잘못 들 까닭이 없다. 이것은 바꿔 말하면 해당 지역의 지리를 전혀 모르는 장병에게 진군 명령을 내릴 때도 상세한 지도를 줄 필요가 없다는 의미다. 하지만 유료도로를 이용할 수 없는 지금, 수교위는 정찰병을 먼저 보내어 해당 지역의 지형을 관찰하게 하고 지역민들에게 협조를 구하는, 어찌 보면 당연하지만 지금까지는 할 필요가 없었던 새로운 일을 해야 했다. 복귀 속도가 늦어질 수밖에 없었다. 수교위는 군량 조달에 어려움을 겪게 되었다. 빠른 이동 속도를 보장하는 유료도로가 있었기에 수교위는 적은 군량과 적은 군자금만을 가지고 있었다. 지역민과의 마찰을 무릅쓰고서라도 징발해야 하는가 하는 고민에 빠졌을 때 수교위는 아슬아슬하게 시모그라쥬군 본대에 도착할 수 있었다. 그는 안도하면서 동시에 불평하려 했다. 하지만 곧 불평을 삼가기로 했다. 시모그라쥬군 본대에 돌아온 자들 중에는 징수소를 상대로 더 맹렬하게 싸웠고, 그래서 더 처참하게 패배당한 채 돌아온 장교들도 있었다.

　베로시 토프탈은 격분했다. 그제야 왜 지키멜이 키탈저에서 싸우고 그 이후에는 싸우지 않았는지 깨달았다. 물론 키탈저에서 싸우는 것에는 합리적인 이유들이 있다. 키탈저 인들은 사납고 그곳의 지형은 거칠다. 그리고 그곳에는 제국군 독립 중대들이 있었다. 전략적으로 유리한 전장이라 할 수 있다. 게다가 자신들이 키탈저 사냥꾼의 후예라는 비나간 인들의 감상적인 믿음을 만족시켜 줄 수 있다는 사실 또한 중요하다. 하지만 그 모든 이유는 부차적인 것이다. 그것은 싸울 때의 유리함을 말하는 것이지 왜 싸우는가에 대한 설명은 되지 못한다.

왜 싸웠는가? 적이 필요했기 때문이다.

지키멜 퍼스에게 필요한 것은 적이었다. 비나간 사람들을 살해했기에 그녀가 맞서 싸워야 하는 적. 그래서 지키멜은 비나간 병사들을 보내어 패배당하게 한 것이다. 그러기 위해서는 지나치게 가까운 곳은 곤란하다. 면전에서 패배를 당하면 항복부터 생각하니까. 비나간 사람들의 가슴속에 슬픔과 공포 대신 복수심이 자리 잡으려면 시간이 필요했다. 그래서 비나간에서 제법 거리가 떨어진 키탈저가 선택되었다. 그리고 그곳에는 유리하게 싸울 수 있는 조건들도 있었다.

그녀의 바람대로 비나간 병사들은 패배했다. 지키멜은 적을 가졌고 복수를 이야기할 수 있게 되었다. 필요한 것을 얻은 데다 왕이 되었다. 그녀는 더 싸울 필요가 없었다. 장래 진짜 싸움에 대비하여 가지고 있는 전력을 보존해야 할 것이다. 그래서 유료도로당이 지키멜을 대신하여 싸우게 되었다.

베로시는 심장이 뒤집히는 기분으로 게라임 지울비의 서신을 떠올렸다. 그를 탈출시켜 주면 유료도로당은 내분에 빠질 테고 지키멜은 유료도로당의 지원을 받을 수 없게 되리라는 것이 그녀의 예측이었지만 게라임은 그런 그녀의 속셈을 잘 안다는 투로 유료도로당에는 결코 내분이 없을 거라는 서신을 보냈다. 그의 서신대로였다. 시오크 지울비는 당원들에게 당의 이념을 무시하게 할 정도의 장악력을 발휘하고 있었다. 유료도로당이 통행료를 내든 내지 않든 통행금지라고 말하는 것은 토끼가 육식주의자가 되겠다고 주장하는 것과 동일한 사건이다. 베로시는 유료도로당이 자신을 부정하는 처참한 꼴이 되었는데도 게라임 지울비가 아무 행동도 취하지 않는다는 것을 믿을 수 없었다. 만약 게라임의 도움을 끝까지 기대할 수 없다면 유료도로당의 문제는 그녀가 직접 처리해야 할 것이다.

베로시는 답답한 가슴을 식히기 위해 막사 바깥으로 달려 나왔다.

시모그라쥬군 본영의 거대함이 순식간에 그녀를 에워쌌다. 베로시는 차라리 막사 안이 나았다고 생각했다. 턱없이 많은 장병들이 밤을 보내고 있는 그곳에서 베로시는 자부심도 느낄 수 있었지만 그들의 좌절감도 느낄 수 있었다. 베로시는 그것이 자기 자신의 좌절감이길 바라며 긴장하고 있는 보초병들을 돌아보았다. 그녀는 진영을 순시하고 오겠다고 말한 다음 경례하는 보초병들을 뒤로 한 채 혼자 진영 속으로 걸어 들어갔다.

베로시는 화톳불의 빛이 닿지 않는 공간을 따라 걸으며 진영의 분위기를 읽어 보았다. 대부분의 병사들은 잠들어 있었지만 밤의 일을 처리해야 하는 장교들은 천막이나 야영지의 공터에서 불을 밝혀 둔 채 일하고 있었다. 군량을 검사하고 소모품을 충원하고 분배 계획표를 작성하는 장교들에게서 베로시는 웃음기를 찾을 수 없었다. 정예 제국군의 기강을 잃었다고 보기는 어려웠지만 승리를 기대하는 전사처럼 보이지도 않았다. 두억시니 장군은 그들이 자신을 알아볼 수 없는 먼 거리를 유지하며 웃거나 떠들썩하게 구는 자가 없는지 열심히 관찰했지만 그런 장병은 보이지 않았다. 그녀가 발견할 수 있었던 것은 화를 내거나 짜증을 부리는 장교들이었다. 베로시는 이를 갈았다.

베로시는 진지의 분위기를 관찰하는 것을 그만두었다. 혹 다급한 연락이 있을 경우를 대비하여 막사로 돌아가는 편이 낫겠지만 그러고 싶지도 않았다. 군인답지 않은 결심에서 베로시는 본영 서쪽에 있는 숲 속으로 들어갔다.

숲 속은 캄캄했다. 그녀는 뒤를 돌아보며 진지의 불빛이 보이는 곳까지만 걸어가기로 했다. 어둠 속을 더듬더듬 걸어가던 베로시는 조금 후 커다란 바위들이 겹쳐 누워 있는 곳에 도달했다. 그 위에 올라가면 진지의 불빛이나 그녀의 막사 쪽에서 일어나는 다급한 상황도 볼 수 있을 거라 생각했다. 베로시는 잘 보이지 않는 바위턱을 밟으며 바위 위로 올라갔다. 약간의 노고 끝에 바위 위에 올라앉을 수 있었다. 그녀의 예상만큼 전망이 좋지는 않았다. 바위는 높았지만 주변의 나무들도 꽤 컸다. 하지만 아래보다는 괜찮은 편이었기에 그 자리에 있기로 했다. 차가운 바위에 앉아서 베로시는 지키멜 퍼스와 시오크 지울비에 대해 생각했다.

'제국을 부정하는 여자와 당을 부정하는 남자로군.'

여자에게 도달하려면 먼저 남자를 해결해야 한다. 별빛이 까슬까슬하게 뿌려진 바위 위에서 베로시는 유료도로당을 어떻게 처리할지 고민했다.

공성전? 그런 이름으로 불리지는 않지만 유료도로당의 징수소는 성이나 다름없다. 그것과 싸우려면 공성전의 측면에서 생각해봐야 할 것이다. 하지만 그것은 베로시에게 절망감을 주는 소재였다. 나스팔 성 전투에서 드러났듯 그녀의 훌륭한 부하들은 공성전에 필요한 소양들을 갖추고 있지 않았다. 억지로 시행한다면 손실이 많은 승리를 거둘 수는 있겠지만 베로시는 그런 종류의 승리를 받아들일 수 없었다. 가문의 목표는 제국이다. 아쉬존 토프탈은 토프탈 황조를 열어야 한다. 벌써부터 막대한 출혈을 일으키면 그런 목표의 달성은 불가능하다.

차라리 나스팔 성에서 사용했던 뇌물을 다시 한번 이용하는 것은 어떨까. 베로시는 그 지점에 문제 해결 가능성이 있을지도 모르겠다고 생각했다. 다른 시점이라면 유료도로당에 뇌물을 쓴다거나 하는 일은 생각할 필요도 없겠지만 지금 유료도로당은 거대한 변화를 겪고 있다. 시오크 지울비의 장악력이 아무리 뛰어나다 한들 당 내부에는 당의 기본 철학이 무시되는 것에 내심 불만을 품고 있는 사람이 분명히 존재할 것이다. 그런 자를 찾아낼 수 있다면 게라임을 대신할 혼란의 불씨를 만들어 낼 수 있을지도 모른다. 베로시는 그런 사람을 찾아내야 한다고 결정했다.

해야 할 일을 결정한 베로시는 가슴속의 압박감이 조금 사라지는 것을 느꼈다. 베로시는 두 손을 뒤로 뻗어 바위를 짚고 턱을 젖혀 밤하늘을 보았다. 그리고 밤하늘의 모습에서 그녀가 꽤 북쪽으로 올라왔음을 확인했다. 별자리의 분포가 달랐다. 그녀가 남쪽 하늘에 있으리라 생각한 별자리들이 보이지 않았다. 그녀는 확실히 북진하고 있었다. 다만 북부가 여름이기에 아직 격렬한 추위를 맞이하지 않은 것이다. 베로시는 자신이 가을이나 겨울이 오면 더 의기소침해질 것을 생각하고 미간을 찌푸렸다. 그런 계절이 오기 전에 비나간은 반드시 얻어야 한다. 베로시는 그 다음의 일을 생각해 보았다. 비나간에서 겨울을 나고 다음해에는 시구리아트 산맥을 등 뒤에 둔 채 서진한다. 시구리아트 산맥과 지러쿼터 산맥 사이에 있는 모든 땅을 점령한 다음 다시 겨울을 보낸다. 그리고 대호왕을 황위에 즉위시킨다. 물론 그녀는 정복지에 오지 못할 것이고, 한계선 이남에서 그녀가 포고하는 첫 번째 황명은 아쉬존 토프탈을 자신의 후계자로 삼는다는 것이 될 것이다……

몸이 흔들리는 것을 느꼈을 때 베로시는 자신이 흥분 때문에 몸을 떤 줄 알았다. 하지만 그것은 숲의 머리 위로 불어온 밤바람이었다. 바위 주변의 하늘은 열려 있었고 바람은 베로시의 몸을 세차게 뒤흔들었다. 베로시는 고개를 끄덕였다.

"바람이 부는군."

로세이즈 징수소장 마리번 도빈은 의자를 걷어차고 싶었지만 그러지 못했다. 그녀의 분노가 부족해서가 아니라 그 의자가 산양의 모습을 하고 있었기 때문이다. 방 안을 둘러본 마리번 도빈은 자신이 걷어차거나 후려치거나 집어던질 수 없는 물건들에 포위되어 있음을 깨달았다. 그녀는 산양의 모습이나 도안을 가지고 있는 물건을 상대로 도저히 폭력을 행사할 수 없었다. 그래서 자신의 머리카락을 쥐어뜯었다.

그것은 그녀가 내놓을 수 있는 유일한 해결책이었지만 그 효과는 별 볼일 없었다. 분노는 가시지 않고 머리만 아팠다. 그래서 마리번은 누군가에게 자신의 분노를 표현하기로 했다.

"당주님께 커다란 무례가 되겠지만 저는 이렇게 말씀드릴 수밖에 없군요. 그놈은 개자식입니다!"

게라임 지울비는 아들 때문에 개가 되었구나 등의 탄식을 내뱉지는 않았다. 그리고 우울한 표정도 짓지 않았다.

"역시 대단하지? 내 아들이야."

"당주님!"

게라임은 수줍다는 표정으로 말했다.

"그게 잘한 일인지 못한 일인지는 잠깐 제쳐 두고 생각해 보라고. 어쨌든 대단한 일이잖아. 능력 없으면 나쁜 짓도 크게 못하지."

마리번 도빈은 어처구니없다는 표정으로 당주를 바라보다가 혀를 찼다. 마리번은 게라임과 시오크가 어떤 상황에서도 서로에 대한 사랑은 잃지 않으리라 믿고 있었다. 하지만 그 믿음이 이렇게 확인되는 것은 달갑지 않았다.

"인정하겠습니다, 당주님. 하지만 그 대단한 능력으로 벌인 대단한 사고 때문에 제 머리가 대단히 아프고 제 어금니가 대단히 닳는 것은 어떻게 하면 좋죠?"

"일단 자네에게 말을 시켜야겠다고 생각되는군. 말을 하다 보면 어금니는 덜 갈 테니까."

마리번은 한숨을 내쉬고 자신의 믿음을 뒤집어 보았다. 어떤 상황에서도 서로를 사랑할 두 사람은, 바꿔 말하자면 서로의 사랑을 잃을지도 모른다는 걱정 없이 무슨 짓이든 서로에게 할 것이다. 시오크는 이미 그런 모습을 보여 주었다. 아버지를 쫓아내고 당을 빼앗았으니까. 마리번은 아버지 또한 아들에게 그럴 수 있을지 궁금하다고 생각하며 말했다.

"예, 이야기를 하지요. 아드님은 그냥 감찰만 하고 돌아다녔던 것이 아닙니다. 감찰관의 지위로 그렇게 했는지, 다른 수단들도 썼는지 모르겠지만 아드님은 꽤 많은 징수소장들을 포섭해 두었던 것이 분명해요. 어떻게 다른 징수소장들의 그런 움직임을 제가 눈치 채지 못했는지 이해할 수 없어요!"

그러나 게라임은 그것을 이해할 수 있을 것 같았다. 당내 전통파에 속하는 마리번 도빈 징수소장의 보수성과 자부심은 전통파가 아닌 당원들에겐 버거웠고 따라서 마리번에게는 당내의 여러 움직임들을 상세히 전달해 줄 친구가 없었다. 마리번이 다른 징수소장들의 움직임을 깨닫지 못했던 것은 당연하다.

"글쎄. 그 친구들은 차기 당주가 될지도 모르는 자와 잘 사귀어 두어야겠다는 정도의 생각밖에 없었던 것인지도 모르지. 정치적 포섭이 아니라 그냥 사교 활동이라고 생각했을 수도 있단 말이야."

"그냥 사교였다면 시오크가 당을 뒤집어엎는 것을 보고는 당장 절교했어야 합니다! 그런데 오히려 도와주고 있잖아요."

"문제는, 시모그라쥬 공이 진짜 나쁜 놈처럼 보인다는 거지."

게라임은 탁자에 놓여 있던 찻잔을 들어 입속을 적시고 말했다.

"아라짓 제국이 가진 공식적인 국경은 하나뿐이야. 시련과의 국경이지. 남부의 제국군은 시련과 싸우기 위해 그곳에 있었던 거야. 그런데 제국이 사라지자마자 시모그라쥬 공은 국경을 비운 채 북진했어. 그것도 대호왕을 받든 채. 속셈이 뻔하잖아? 대호왕께서는 과거와 달리 한계선을 넘어올 수 없어. 북부에서 시모그라쥬 공이 무슨 짓을 하건 그것을 옆에서 견제할 수 없는 거지. 그러니 한계선 이북에서는 시모그라쥬 공 맘대로다 이거야. 게다가 폐하의 연세는 이미 많은 편이지. 시모그라쥬 공은 대호왕 폐하께 제국을 바칠 생각이 아니라 대호왕 폐하의 권위만 이용할 작정이지. 그런데 그 수법이 이렇게 졸렬해서 모든 사람의 눈에 뻔히 보인단 말이야. 그놈은 국경을 비우고, 제국을 훔치려 하고, 우리의 영원한 영웅을 모욕하는 아주아주 나쁜 놈이란 말이야. 그런 나쁜 놈을 혼내 줘야 착한 놈이 될 수 있지. 비나간 남쪽의 징수소장들은 지금 착한 놈이 되려고 애쓰는 거라고."

마리번의 어금니가 다시 마모되었다. 게라임은 우울한 표정을 지었다.

"상황은 내 아들에게 유리해. 시모그라쥬군이 징수소들을 박살내며 당에 회의감을 안겨 주기 전까지 그 유리함에는 변동이 없을 거야."

"맞아 봐야 정신을 차린다는 의견에는 동감합니다만, 그러면 당의 피해가 너무 큽니다. 그리고 징수소가 거꾸로 시모그라쥬군을 박살 낼 수도 있습니다."

그것은 가능한 미래를 다각도로 예상해 보자는 취지의 말이기도 하지만 당에 대한 마리번의 드높은 자부심을 드러내는 말이기도 했다. 게라임은 '우리는 죽음의 거장도 물리쳤다.'는 마리번의 니름을 듣는 것 같았다. 그래서 게라임은 '두 번째로 왔을 땐 그러지 못했다.'라고 닐러 보았다. 마리번과 게라임 모두 나가가 아니라는 사실을 확인한 것 외에 다른 효과는 없었다. 그래서 게라임은 육성으로 말했다.

"이번에 남쪽에서 온 공격자들은 과거와 달리 신의 힘을 사용하지는 못하지. 하지만 제국군의 힘을 얕보는 것도 도움은 안 돼. 만약 시모그라쥬 공이 발케네 공의 전례를 받아들여 레콘을 모병하는 것에 관심을 둔다면……."

방 바깥쪽에서 들려온 다급한 발소리 때문에 게라임의 무서운 전망은 끝까지 이어지지 못했다. 게라임과 마리번은 의아한 표정으로 문 쪽을 바라보았다. 그 발소리는 확실히 방을 향해 다가오고 있었다. 곧 문이 벌컥 열렸다. 입실 허락도 없이 문을 여는 태도에 마리번은 눈초리를 치켜떴다.

무례하게 문을 열어젖힌 것은 젊은 당원이었다. 그는 숨이 턱에 닿아 가까스로 짧은 문장을 외쳤다.

"소장님, 왔습니다!"

조금 화가 나 있던 마리번은 비꼬듯이 대답했다.

"티나한이?"

"예? 아니요, 왔습니다!"

"네 사춘기가?"

마리번의 거듭되는 비아냥거림에 당원은 차라리 숨을 좀 고르고 또렷하게 말하는 것이 좋겠다고 판단했다. 그는 심호흡으로 자신을 가라앉히고 차분하게 말했다.

"여행자들이 왔습니다."

그 말은 비아냥거림을 불러일으키지 않았다. 대신 분노를 일으켰다. 마리번은 의자에서 벌떡 일어나며 외쳤다.

"그래서!"

"예?"

"통행료 받고 통과시키면 될 거 아냐! 통행료 안 내면 막고! 뭐야, 너도 통행료와 상관없이 통행 불가시켜야 하는 자들이 있다고 믿는 거야? 다른 곳이 어떻건 간에 내 징수소에서는 절대로 그렇게 안 돼! 우리는 길을 준비한다. 알겠냐? 우리는 길을 준비한다고!"

당원은 아무 말 없이 마리번을 물끄러미 바라보았다. 게라임은 그 당원이 모시기 쉽다고 할 수 없는 상관을 오랫동안 모시며 그녀를 어떻게 다루어야 하는지 체득한 것이 분명하다고 생각했다. 마리번은 곧 머쓱한 얼굴로 말했다.

"아냐?"

"아닙니다."

"그럼 왜?"

"그게, 직접 보시는 것이 좋을 것 같습니다."

마리번은 고개를 갸웃하고 나서 게라임을 쳐다보았다. 게라임은 가 보라는 몸짓을 해 보였다. 마리번은 게라임에게 목례하고 당원과 함께 방을 나갔다.

혼자 남은 게라임은 찻잔을 들다가 도대체 어떤 여행자들이 왔기에 당원이 그렇게 당황했는지 궁금했다. 게라임은 찻잔을 내려놓고 주위를 둘러보았다. 곧 적당한 위치에 있는 창문을 발견했다. 그곳에서 몸을 내밀면 양쪽으로 뻗어 가는 길 중 하나는 볼 수 있을 터였다.

창문으로 걸어가던 게라임은 문득 이상한 것을 느꼈다. 주변이 시끄러웠다. 지금껏 주의를 기울이지 않아서 듣지 못했던 소음들이 건물 밖에서 들려왔다. 그런데 그 방향이 뚜렷하지 않았다. 의아해하며 창문에 선 게라임은 그것이 방향성의 문제가 아님을 깨달았다. 방향은 오히려 정확했다. 길과 같은 방향이었으니까. 불분명한 것은 거리였다. 아주 가까운 곳에서부터 아주 먼 곳에 이르는 범위에서 한꺼번에 소음이 들려오고 있었다. 그 의미를 생각해 본 게라임은 당황했다. 그는 창문 밖으로 몸을 힘껏 내밀었다. 그러자 유료도로의 모습이 보였다.

창턱을 짚고 있던 게라임의 손이 미끄러질 뻔했다. 그는 눈을 비비고 다시 유료도로를 보았다. 아니, 그는 도로를 볼 수 없었다. 어둠 속으로 이어지는 도로는 사람들에 점거당해 있었고 그들의 모습 때문에 도로는 보이지도 않았다. 드문드문 횃불 아래에 드러나는 것은 병사들의 모습이었다. 무장한 병사들의 끝없는 무리가 도로를 가득 메워 도로 자체를 감추고 있었다.

수십만의 군인들이 징수소 앞에 서 있었다.

충격 속에서 게라임은 당원의 당황도 당연하다고 생각했다. 도의상 그 다음의 반응은 당원의 당황을 인수한 마리번 도빈 징수소장에 대한 동정심이어야겠지만 그녀에 대해서는 아무 생각도 할 수 없었다. 그는 그 수십 만 병사들의 정체에 대해 생각했다.

대장군 엘시 에더리.

게라임은 자신이 보고 있는 것이 사라진 제국의 병사, 대장군 엘시 에더리가 규합하여 온 제국군임을 깨달았다. 다르게 생각할 수 없었다. 게라임은 엘시의 모습을 찾기 위해 창밖으로 몸을 힘껏 내밀었다. 하지만 횃불들의 숫자는 많지 않았고 엘시처럼 보이는 사람을 찾을 수 없었다. 그때 한 줄기 바람이 병사들의 횃불을 흔들었다. 먼 곳에서부터 횃불을 후려치며 다가온 바람은 곧 건물 밖으로 상체를 내밀고 있는 게라임을 덮쳤다. 게라임의 머리카락과 옷이 파르르 흔들렸다. 게라임은 얼빠진 목소리로 말했다.

"바람이 부는군."

자신의 말을 믿을 수 없다는 듯, 뭄토는 눈을 동그랗게 뜬 채 격정적으로 말했다.

"결국 그 녀석은 깃털을 다 뽑아 버려야 했던 겁니다! 그래서 가발이 필요했던 거죠. 깃털 가발인 겁니다!"

"낄낄낄. 자, 잠깐. 그렇다면 그게 가발이야, 깃털 옷이야?"

지멘은 온몸을 비틀며 웃었다. 수염볏을 잡아당기며 웃던 지멘은 자신을 뚫어지게 바라보는 돔을 발견했다. 지멘은 큼직하게 미소 지으며 말했다.

"돔? 왜?"

돔은 대답 대신 손에 들고 있던 옷을 들어 보였다. 지멘은 고개를 끄덕이고 아실의 곁에서 조금 비켜 앉았다.

돔은 지멘이 물러난 자리에 앉아 아실의 모포를 벗겼다. 아실은 똑바로 누운 채 아무 반응도 없었다. 돔은 익숙한 손놀림으로 아실의 옷을 벗겼다. 지멘의 손은 민첩하고 섬세했지만 그래도 인간의 옷을 자유롭게 벗기고 입히기엔 조금 불편할 정도로 컸다. 반면 아실은 인간치고도 작은 편이었다. 그래서 아실의 옷을 갈아입히는 것은 돔의 일이었다. 일 년이나 지난 지금 선정적인 기분을 느낄 건더기는 남아 있지 않았고 아실의 옷을 다루는 돔의 손길은 무미건조했다. 하지만 그의 기분은 다른 때와 달랐다. 앞에 누워 있는 처녀 때문이 아니라 뒤에 있는 레콘 때문에.

뭄토와 지멘은 다시 농담 하나를 높이 던져 올리고 웃음의 화살을 마구 쏘아 보냈다. 집중사격에 농담이 너덜너덜해졌다. 돔은 어깨가 굳는 것을 느꼈다. 레콘들의 농담이라 이해할 수 없었던 것은 아니다. 지금은 잠시 영업 중단 중이긴 하지만 돔은 레콘을 상대로 한 장사꾼이었다. 세상의 그 어느 레콘보다도 레콘을 더 많이 겪었다고 자부할 수 있는 돔은 뭄토와 지멘이 나누는 이야기들을 별 어려움 없이 이해할 수 있었다. 그리고 그런 전문가적인 입장에서 돔은 그 이야기를 거리낌 없이 평가할 수도 있었다. '시시껄렁한 잡담이다.'

뭄토가 나타난 것은 하루 전의 일이었다. 그는 지멘의 곁에 앉았고 그 순간부터 계속 시시껄렁한 잡담을 줄기차게 늘어놓았다. 간혹 필요에 의해 그 방에 들어섰던 돔은 그때마다 더욱 험악하게 바뀌어 있는 지멘의 표정을 볼 수 있었다. 지멘은 당장이라도 뭄토를 때려죽일 듯한 기세였다. 하지만 뭄토는 눈치라는 것을 가지고 태어나지 않았거나 잃어버린 사람처럼 행동했다. 돔은 뭄토가 혹시 자살하러 온 것이 아닌가 의심했다. 그리고 잠자리에 들면서 다음 날 아침 뭄토의 부리에 금이 간 모습을 보더라도 놀라지 않으리라 결심했다.

하지만 최후의 대장간에 새날이 찾아왔을 때에도 뭄토에게는 아무 변화가 없었다. 그의 부리는 여전히 튼튼했고 다른 부분들 또한 마찬가지였다. 명백한 변화를 보인 것은 엉뚱하게도 지멘이었다. 지멘이 즐거운 표정으로 뭄토와 이야기하는 모습을 본 돔은 몸 어딘가가 근질거리는 기분을 느꼈다. 그것은 돔이 한번도 보지 못한 모습이었다. 어떻게 평가해 보아도 지멘의 지난 일 년은 아실보다 약간 나은 정도라고 할 수밖에 없었다. 그랬던 지멘이 시시껄렁하고 무가치한 농담을 정말 즐겁다는 듯이 나누고 있었다. 돔이 보기에 그것은 지멘답지 않을 뿐만 아니라 레콘답지도 않았다.

아실에게 새옷을 입힌 돔은 등 뒤에서 들려오는 우렁찬 웃음을 무시한 채 그녀의 얼굴을 가만히 들여다보았다. 이제 그 표정 없고 생기 없는 표정은 익숙했다.

'이봐요, 외눈 아가씨. 저 뒤의 덩치, 어떻게 된 거죠? 심상치 않단 말이야. 당신이 빨리 돌아와서 어떻게 해야 할 것 같은데.'

아실은 생기 없는 한쪽 눈으로 천장을 물끄러미 바라보았다. 돔은 벗긴 옷을 챙겨 들고 일어났다. 지멘은 그에게 눈인사도 보내지 않았기에 돔 또한 지멘을 무시하며 방을 나갔다.

돔이 나간 후에도 뭄토와 지멘의 대화는 계속되었다. 웃고 떠들고, 가끔은 그냥 아무 말 없이 서로를 바라보기도 했지만, 그러다가 갑자기 누군가가 부리를 열었다. 다시 떠들고 웃었다. 가끔 돔이 나타났다. 돔은 아실에게 음식을 먹이고 사라졌다. 지멘은 거기에 아무 관심도 두지 않았다. 뭄토도 그러했다. 그리고 두 레콘은 기묘한 표정으로 그들을 바라보며 떠나는 돔에게도 무관심했다. 그들은 무의미한 이야기를 나누느라 바빴다.

이야기는 계속되었다.

밤이 익었다. 익은 석류가 벌어져 석류알이 튀어나오듯 밤하늘에서 별이 튀어나왔다.

이야기의 내용이 조금씩 바뀌었다. 하지만 대화자들의 태도에는 변화가 없었다. 한가롭게 킬킬거리고 과장된 표정을 지어 보이며 지멘과 뭄토는 즐겁게 이야기했다.

그것은 참 재미있는 이야기였다.

뭄토는 고개를 끄덕였다.

그것은 말도 안 되는 이야기였다.

지멘도 고개를 끄덕였다.

"그러니까, 알겠지요?"

"응. 그래."

"아실은 다시 깨어날 겁니다."

"맞아."

"아실은 다시 당신에게 이야기를 할 수 있겠지요."

"멋질 거야."

"그러면 가 볼까요?"

"그러지, 뭐."

뭄토는 싱글벙글 웃으며 일어났다. 그는 지멘이 아실을 모포에 감싸고 그것이 풀리지 않도록 줄로 묶는 것을 도와주었다. 그러자 아실은 얼굴만 약간 내놓은 채 모포 뭉치 같은 것으로 바뀌었다. 편지 한 장을 써서 아실이 누워 있던 자리에 내려놓은 지멘은 만면에 미소를 그득하게 지은 채 아실의 그런 모양을 바라보았다. 그의 시선이 아실의 안대에 멈췄다.

지멘의 얼굴에서 미소가 조금씩 사라졌다. 지멘은 그 검고 동그란, 마치 구멍처럼 보이는 안대를 보았다. 방 안은 고요했다. 아마도 돔이 켜 두었을 촛불이 태양과 별, 그리고 달이 말할 때 쓰는 언어로 중얼거리고 있을 뿐이었다. 지멘의 눈이 가늘어졌다. 그는 오른손으로 위아랫부리를 움켜쥐었다. 아실의 검은 안대에는 아무것도 비치지 않았다. 지멘은 부리를 쥔 손에 힘을 주었다. 그때 뭄토가 말했다.

"갑시다."

지멘은 고개를 홱 돌렸다. 뭄토는 여전히 웃고 있었다. 그 웃음을 보던 지멘의 얼굴에 갑작스럽게 웃음이 돌아왔다. 지멘은 고개를 끄덕이고 부드러운 동작으로 아실을 들어 올렸다. 뭄토는 지멘이 아실을 배낭에 넣는 것을 도와주었다. 지멘은 아실에게 충격이 가지 않도록 천천히 배낭을 들어 메었다. 그가 똑바로 서자 뭄토는 문을 열었다. 밤이었고, 떠들썩한 소음은 없었다. 뭄토가 먼저 밖으로 나갔다. 바깥의 어둠 때문에 뭄토의 모습은 곧 보이지 않게 되었다. 촛불이 태양과 별과 달의 언어로 중얼거리는 방 안에서 지멘은 사각형 어둠을 미심쩍은 듯이 바라보았다. 그 어둠에서 목소리가 들려왔다.

"지멘?"

지멘은 발을 뗐다.

다음 날 아침, 돔은 문틀을 짚은 채 비어 있는 방 안을 바라보고 있었다.

뭄토도 지멘도, 지난 일 년 동안 그 방을 나가지 못했던 아실도 보이지 않았다. 벽과 천장, 바닥 등에 밴 그들의 냄새는 아직 흩어지지 않았기에 후각적으로 그 방은 아직 공허하지 않았다. 하지만 시각적으로는 꽤 공허했다. 지멘은 그들의 얼마 되지 않는 소지품도 빠짐없이 챙겨 갔다.

돔은 놀라야 한다고 생각했다. 하지만 어쩐지 놀랍지가 않았다. 자신의 반응에 당황하며 돔은 시선을 방황시켰다. 그때 아실이 누워 있던 자리에 있는 이질적인 물건을 발견했다. 돔은 그쪽으로 걸어갔다.

텅 빈 바닥에 접힌 종이가 놓여 있었다. 그리고 묵직하게 보이는 주머니가 그것을 누르고 있었다. 별 생각 없이 주머니를 들려고 했던 돔은 예상치 못했던 저항에 놀랐다. 주머니는 꽤 무거웠고 팔에 더 힘을 준 후에야 들 수 있었다. 돔은 그것을 옆에 내려놓고 접힌 종이를 들어 올렸다. 펼쳐 보니 간결한 편지였다.

'고맙다.'

돔은 편지를 물끄러미 들여다보다가 다시 접었다. 돔은 바닥에 무릎을 꿇고 옆에 내려놓았던 주머니를 열었다. 무게 때문에 짐작할 수 있었던 것처럼 주머니 안에는 금편이 가득 들어 있었다. 돔은 그 황금 빛을 조용히 바라보다가 다시 주머니를 졸라맸다. 그리고 편지를 품속에 집어넣고 두 손으로 주머니를 들었다.

돔은 몇 가지 일을 한 후에 헤치카의 작업장으로 향했다. 헤치카는 끌과 망치를 들고 작업하고 있었다. 끌을 때리는 탕탕탕 소리가 규칙적으로 계속되었다. 돔은 그 소리가 잠시 멈추길 기다려 말했다.

"그들이 사라졌어요, 헤치카."

헤치카는 휘두르던 망치를 잠시 멈췄다가 다시 끌을 내리치며 말했다.

"그렇구나."

"편지랑 이거 하나 남겨 놓고 갔어요. 편지에는 그냥 '고맙다.'는 말뿐이네요. 그리고 이것은……."

돔은 돈주머니를 두 손으로 들었다. 절그렁거리는 소리가 울렸다.

"금편이에요. 꽤 많군요."

헤치카는 고개도 돌리지 않은 채 말했다.

"그러냐."

"이거 내가 가져가도 돼요?"

끌을 톡톡 두드리던 헤치카의 망치가 다시 멈췄다. 커다란 레콘 대장장이는 망치와 끌을 작업대 옆에 내려놓고 허리를 뒤로 폈다. 오른손 검지로 눈 위를 누른 채 헤치카는 잠시 연장과 작업 재료들로 가득한 벽을 바라보았다.

"그거 가지고 되겠냐?"

"쓰려고 가져가는 것은 아니에요. 정말 다급할 때 쓸 비상금이지요. 쓸 돈이 아니니까 많으면 무겁기만 할 뿐이에요."

"그 돈을 안 쓴다고?"

"예. 먹고 잘 방법은 스스로 찾아야지요."

"그러냐."

"개썰매 가져갈게요."

"그래라. 어차피 나는 못 타니 상관없다."

헤치카는 몸을 일으켜 돌아보았다. 그리고 돔이 입고 있는 방한복과 그의 등에 있는 배낭을 보았다. 헤치카는 다시 고개를 끄덕이고 나서 문 쪽을 향해 걸어갔다. 돔은 돈주머니를 배낭 속에 집어넣고 아무 말 없이 그 뒤를 따랐다.

문을 열고 나서기 전 헤치카는 잠깐 생각났다는 듯 허리를 숙여 물통을 집어 들었다. 바깥에는 많은 레콘들이 오가고 있었다. 헤치카는 돔처럼 레콘들 사이를 민첩하게 움직이는 대신 물통을 등롱처럼 들어 올렸다. 가까운 곳에 있던 레콘들은 그 모습을 목격하자마자 다른 레콘들에게 부딪히며 다급하게 물러났다. 헤치카는 앞쪽에 텅 빈 공간이 생길 때까지 기다린 다음 그 속으로 걸어 들어갔다. 부러움에 찬 눈으로 그 뒷모습을 보던 돔은 배낭을 한 번 추슬러 올리고는 넓어진 통로를 걸어갔다.

서로의 머리 위에라도 올라가고 싶다는 모습으로 좌우로 물러나는 레콘들 사이로 늙은 대장장이와 소년은 서두르지 않는 걸음으로 걸어갔다. 가끔 욕설을 중얼거리는 자들도 있었지만 늙은 대장장이뿐만 아니라 그 뒤를 따라 걷는 소년에게서도 아무 반응이 없었다. 두 사람은 등롱을 든 채 밤의 황야를 걸어가는 것 같았다. 욕설하던 레콘들은 부리를 닫았다. 그들은 의아함과 당혹스러움을 느꼈다.

두 사람은 최후의 대장간 바깥으로 나왔다.

돔은 헤치카를 계단에 내버려둔 채 혼자 달려갔다. 조금 후 소년은 달리고 싶어하는 개들을 억제하며 개썰매와 함께 돌아왔다. 헤치카는 무뚝뚝한 얼굴로 계단 위에 서서 돔을 내려다보았다. 돔은 개들을 진정시키며 썰매 위의 짐들이 제대로 묶였는지 점검했다. 짐은 그다지 많지 않았기에 점검은 빨리 끝났다. 돔은 개썰매 뒤에 서서 가로대를 붙잡고는 헤치카를 돌아보았다.

"아, 참. 제 성은 헤치카예요."

헤치카는 물통 속에 나타나는 결빙을 들여다보았다. 극한의 기온 때문에 물은 촛농이 굳는 것보다 더 빠른 속도로 얼고 있었다.

"헤치카?"

"예. 돔 헤치카. 그게 제 이름이에요."

"알았다, 돔 헤치카."

"갈게요."

"잘 가라."

돔은 방한모를 단단히 눌러쓰고 개썰매를 출발시켰다. 개들은 얼음을 박차며 달려 나갔다. 개썰매를 밀며 따라가던 돔은 곧 능숙한 솜씨로 썰매 위에 올라탔다. 헤치카는 극연왕이 만든 두 개의 기둥 사이로 돔의 썰매가 빠져나가는 모습을 보았다. 하늘은 이끼 같은 구름으로 덮여 있었다. 공기는 맑았다. 헤치카는 늙었고, 불을 들여다보고 메질을 하며 평생을 보냈기에 같은 연배의 레콘에 비해 시력이 나쁜 편이었다. 그래도 비슷한 연배의 인간 노인보다는 훨씬 잘 볼 수 있었다. 헤치카는 돔의 모습이 지평선의 일부가 될 때까지 움직이지 않은 채 그 모습을 좇았다.

돔은 지평선이 되었다.

헤치카는 고개를 떨어뜨렸다. 기분이 이상했다. 헤치카는 벼슬을 주물러 보자고 생각했다. 하지만 그가 벼슬을 향해 손을 뻗었을 때 확 불어온 바람이 그의 벼슬을 낚아챘다. 헤치카는 돌풍을 향해 말했다.

"바람이 부는군."

마치 그 말의 대답처럼 헤치카의 등 뒤에서 사나운 목소리가 들렸다.

"얼었어."

헤치카가 의미를 알 수 없는 말을 향해 몸을 돌리려 했을 때 누군가가 그의 등을 확 떠밀었다. 헤치카는 비틀거리다가 앞으로 훌쩍 뛰었다. 계단 위를 훌쩍 뛰어넘어 바닥에 선 헤치카는 뒤를 돌아보았다. 그때 누군가의 발에 걸어차인 물통이 부서지며 날아왔다. 헤치카는 머리 근처를 휙 지나가는 물통에 놀라 몸을 조금 부풀렸다. 그는 계단 위를 바라보았다.

체격 좋은 레콘 젊은이가 몸을 부풀린 채 서 있었다. 얼어붙은 물통을 걸어찼던 발이 내려갔다. 젊은이는 헤치카에게 삿대질했다.

"야, 이 미친 늙은이야! 이 사람들 많은 곳에서 무슨 노망질이야!"

무척 성이 나 있는 것 같은 레콘은 혼자가 아니었다. 그 주위에는 조금 체구가 작아 보이는 레콘 여럿이 서서 비슷하게 험악한 표정을 짓고 있었다. 헤치카는 그 레콘들이 가운데 있는 체격 좋은 레콘에게 발언권을 양보하고 있다는 느낌을 받았다. 헤치카는 그것이 기묘했다. 자기가 하고 싶은 말을 대신해 주고 있기 때문에 말할 필요가 없다고 생각하는 걸까? 그것참 이상한 일이네. 상념에 빠진 헤치카는 대답하지 않았고 그러자 체격 좋은 레콘이 더욱 격분하여 몸을 부풀렸다.

"귓구멍에 깃털 뭉치 박혔어! 왜 대답을 안 해?"

헤치카는 수염볏을 만지작거렸다. 상대방이 원하는 것이 무엇인지는 알 것 같았다.

"꼬마야."

"뭐라고?"

"꼬마야, 나는 헤치카다."

"헤치카? 그게 어쨌다는 거야?"

"멍청하긴. 무기 받으러 온 거잖아. 그거 받고 나서 헤치카를 찾으라는 말이야. 기다려 줄 테니까."

젊은 레콘은 헤치카의 말을 이해한 것처럼 보였다. 하지만 그는 헤치카가 사용한 호칭이 마음에 들지 않았다.

"그래 놓고 도망치려고? 어림없지. 이봐! 저 늙은이가 도망치려고 꾀부린다. 둘러싸!"

젊은 레콘이 외치자마자 주위에 있던 레콘들이 달려 나왔다. 그들은 헤치카의 좌우와 뒤편을 막아서는 모습으로 둘러섰다. 헤치카는 자신이 포위당했다는 사실보다 그들의 움직임이 의아했다. 이상하군. 저 녀석들도 화가 난 것 같은데 왜 싸움을 걸지 않는 거지? 자기가 하고 싶은 싸움을 다른 녀석이 대신해 줄 테니 싸울 필요가 없다고 생각하는 걸까? 그것 참 이상하고 이상한 일이네. 헤치카는 설명을 듣고 싶다는 표정으로 체구 좋은 레콘을 바라보았다. 그는 계단을 내려오며 말했다.

"머리 굴려 봐야 소용 없어, 늙은이. 곱게 늙어야 하는 이유를 알려 주지. 이 멍청한 꼬마께서 직접."

계단 아래에 선 레콘은 두 주먹을 들어 눈높이 정도에 띄웠다. 그리고 그 자세로 무엇인가를 기다리듯 서 있었다. 그가 무엇을 기다리는지 알 수 없었던 헤치카는 부리를 닫은 채 이상하기 짝이 없다는 표정으로 그를 바라보았다. 젊은 레콘은 부리를 딱 부딪쳤다. 팔을 내린 레콘은 헤치카에게 척척 걸어와서 검지를 구부렸다가 헤치카의 수염볏을 딱 튕겼다. 헤치카는 웃음을 터뜨릴 뻔했다. 하지만 웃음이 나오지는 않았다. 젊은 레콘이 말했다.

"노망난 척하면서 빠져나가려고? 이거 계속 머리 쓰네. 까불지 말고 준비해."

"아…… 그러니까 내가 준비될 때까지 기다린 건가?"

"맞아. 이제 좀 알아들었으면 준비해, 늙은이."

헤치카는 준비하지 않았다. 그는 그냥 젊은이의 아랫부리 근처를 쳐올렸다.

믿기 어렵지만 코끼리는 헤엄을 칠 수 있다. 그와 반대로 물속에 집어넣으면 그대로 가라앉아 버리는 레콘의 몸은 그 거대한 몸을 보고 짐작할 수 있는 것보다 훨씬 무겁다. 하지만 헤치카의 강력한 주먹은 젊은이를 그의 신장 높이만큼 떠오르게 했다. 젊은이는 뒤로 공중제비를 넘으며 얼굴부터 땅에 떨어졌다. 그 충돌은 레콘답게 장대했다.

그나마 레콘이기에 젊은이는 그대로 절명하는 대신 바닥을 짚으며 상체를 벌떡 들어 올렸다. 그의 눈엔 얼떨떨함과 분노가 함께 떠올라 있었다. 헤치카는 주먹을 만지작거리며 담담하게 말했다.

"이봐. 아직 집병하지 않아서 모르는 것 같으니 알려 주지. 넌 내가 준비되기를 기다릴 필요가 없어. 무기를 손에 쥔 후로 나는 항상 준비되어 있어. 내가 싸울 준비를 그만둬도 되는 것은 납병을 한 이후야. 그런데 난 아직 납병하지 않았단 말이야."

젊은 레콘은 잽싼 동작으로 일어났다. 그래야 할 이유가 있었다. 헤치카가 그의 머리를 겨냥해 발을 날렸기 때문이다. 그 발은 아슬아슬하게 젊은이를 빗나갔고 제자리에서 빙글 돈 헤치카는 다시 젊은이를 향해 섰다. 그는 앞으로 척척 걸어갔다.

"싸우자고 말했으면 그걸로 됐어."

젊은이는 대답하지 못했다. 헤치카가 잠시 멈춰 서지도 않은 채 뻗은 주먹을 피하기 위해 젊은 레콘은 상체를 이리저리 비틀어야 했다. 헤치카는 빗나간 주먹을 회수하기 위한 짧은 시간 동안에도 공격을 멈추지 않았다. 그는 지극히 가까운 거리에서 계명성을 내뿜었다.

"싸우자고—!"

반격하려던 젊은이는 얼굴을 정통으로 때리는 계명성에 움찔해서 다시 물러났다. 헤치카는 씩 웃으며 몸을 부풀렸다. 마지막으로 몸을 부풀렸던 것이 언제인지 기억도 나지 않았다. 오래간만의 움직임에 피부가 간질거렸다. 불과 물의 고문으로 깃털이 빠진 팔에서는 근육이 꿈틀거렸다. 헤치카는 두 주먹을 서로 쾅 부딪쳤다. 피부의 간지러움과 달아오른 몸의 뜨거움 때문에 움직이고 싶다는 격렬한 욕구를 느꼈다.

그래서 헤치카는 그렇게 했다.

제 27 장

아실은 고개를 도리질 쳤다.

"큐레 교수님, 분리주의의 대안에 대한 교수님의 말씀이 인상적이라는 것은 인정하겠어요. 하지만 그런 것을 사람이 만들어 낼 수 있을까요? 설령 사람이 만들 수 있다고 해도 여전히 문제네요. 교수님의 말씀대로라면 그것은 사람에게 필요하지만 사람이 그것을 만들면 그 즉시 사람에게 버림받을 테니까요. 이건 키탈저 사냥꾼의 저주가 되네요."

큐레 교수는 볼을 긁적거렸다. 그 동작에는 만족감과 좌절감이 기묘하게 뒤섞여 있었다.

"그런 모순을 피할 방법이 있긴 하지."

"어떤 방법이지요?"

"그야 당연하잖아. 사람이 아닌 다른 것이 만들면 돼."

아실은 웃음을 터뜨렸다.

— 하이스 대학에서 있었던 아실과 제디웃 큐레 교수의 대담 중

평가를 수용하는 태도

먼 곳에서 달려오는 전령의 표정을 보자마자 시오크는 그가 가져오는 것이 독행왕의 편지임을 짐작했다.

전령은 연서 전달자의 전통적 징후를 정확하게 보여 주고 있었다. 아무것도 가져오지 못해서 미안하다는 표정을 지은 것이다. 지겹도록 오래된 속임수이고, 뭔가를 가져오는 것이 목적인 전령이 구사하고 있으니 비극적이기까지 하다. 시오크는 '나는 자네가 가져오는 것이 지키멜의 편지라는 것을 알고 있고 내가 만약 놀란다면 그것은 자네가 태연히 감행하는 시간 낭비에 대한 경악일 뿐'이라는 취지의 말을 하고 싶었지만 대신 전령이 내놓는 편지를 놀란 척하며 받아들이기로 했다. 사기 진작은 중요하다.

이불을 가슴에 끌어안고 정신없이 달리는 당원에게 길을 비켜 주기 위해(더 이상한 물건을 들고 달리는 사람도 많이 보았기에 시오크는 놀라지 않았다.) 시오크는 동행자와 함께 통행에 방해되지 않는 모퉁이 쪽으로 물러났다. 동행자는 모퉁이 바깥쪽에 앉아 두 개의 벽에 등을 기댔다. 시오크는 그 옆에 서서 피봉을 들었다. 피봉에 자신의 손때가 묻은 것을 본 시오크는 손을 윗옷에 문질러 닦았다. 하지만 피와 기름때, 재 등으로 얼룩져 뻣뻣해진 옷은 큰 도움이 되지 않았다. 당분간 옷을 갈아입기 어려우리라는 것을 아는 시오크는 우울한 기분으로 편지를 꺼냈다.

고맙게도, 편지의 서두는 시오크에게서 우울함을 상당히 걷어 내었다.

이 아래에 입 맞출 것. 내가 입 맞춘 자리니까.

시오크는 속으로 낄낄 웃으며 아래쪽의 공백에 입을 맞추었다. 그리고 다음 줄을 읽어 내려갔다.

감상적인 이야기 좀 할게.
시오크, 우리는 서표에서 태어난 아이들이야. 우리는 북부에 올 수 없는 나가가 북부에 만든 나라에서 태어나 북부에 발을 딛지 않는 지배자의 통치를 받으며 자랐지. 우리는 그것이 역사의 한 장일 거라고 생각했지만, 이제 그것이 역사라는 책에 꽂혀 있던 서표였다는 것이 드러났지. 나가는 이제 다시는 북부로 넘어올 수 없고 하늘에 떠 있던 수도는 사라졌어. 책을 다시 넘기려면 서표는 뽑아내야겠지.
생각해 봐. 우리의 아이들은 부모보다 조부모와 이야기가 더 잘 통하겠지. 그리고 나가 황제라든지 모든 세상을 통치하는 하나의 제국이라느니 하는 꿈 같은 소리를 하는 부모를 어릴 때는 당혹스럽게, 머리가 좀 굵어진 후에는 딱하다는 듯이 바라보겠지. 어쩌면 어이없다는 듯이 외칠지도 몰라. '나가는 한계선을 넘을 수 없어요. 이 커다란 세상을 한 사람이 다스릴 수는 없어요.' 하고 말이야. 뽑혀 나간 서표와 함께 우리는 잊혀질 테고 장엄한 역사의 서가에 우리 자리는 없겠지.
그것이 내가 바라는 거야.
우리 시대는 우리 것이야. 그리고 우리는 우리 시대의 것이지. 그

둘은 함께 사라질 거야. 그걸 인정하지 못하는 자들에게서 나는 죽음에 대한 케케묵은 기만을 발견해. 누구나 영원히 죽지 않을 것처럼 굴고 싶어하지. 그래서 시대의 단절이나 변화를 견디지 못하는 거야. 우리 시대가 사라지면 우리도 사라진다는 것을 알기 때문이겠지.

시오크, 제국은 아름다웠어. 원시제 그리미 마케로우는 우리에게 정말 멋진 것을 주었지. 하지만 그것이 멋지다는 것은 그것이 영원해야 하는 이유가 될 수 없어. 더군다나 그것을 되찾으려는 시도가 한없는 유혈의 원인이라면, 시오크, 나는 그것을 받아들일 수 없어. 떠나간 청춘에 보낼 것은 한 잔의 건배면 충분해. 우리는 그것을 사랑했지. 그것으로 충분하지 않겠어?

제기랄. 누구에게도 이렇게 말할 수 없단 말이야. 나는 멋지고 훌륭한 전망을 지닌 사람처럼 굴어야 한다고. 자신이 죽는다는 것에 대해 한 달에 한 번도 진지하게 생각하지 않는 사람들을 지배하고 있거든. 그러니 어쩌겠어? 애인에게 투덜거릴 수밖에. 정신없을 텐데 이런 투정을 늘어놓아서 정말 미안해. 한마디만 더 하고 그만할게.

시오크, 나는 죽을 너를 사랑해.

시오크는 마지막 문장을 되풀이해서 읽었다. 열 번 이상 읽은 다음에야 그는 빙그레 웃었다.

"지키멜, 나도 죽을 너를 사랑해."

시오크의 곁에 앉아 다급하게 달리는 당원들을 바라보던 동행자는 당혹한 얼굴로 시오크를 올려다보았다. 그의 얼굴에 떠오르는 표정을 본 시오크는 고개를 가로저었다.

"아니. 독행왕이 불치병 같은 것에 걸렸다는 것은 아니야."

"그러면 그게 무슨 말입니까?"

"그녀가 언젠가 죽는다는 것은 분명하잖아. 나나 당신이 그런 것처럼."

동행자는 그 말에 분명한 동요를 보였다. 설명하려던 시오크는 동행자의 얼굴을 보고 그만두기로 했다. 죽음은 언제나 껄끄러운 소재다. 하물며 그의 동행자인 남자에겐 말할 것도 없다.

편지를 챙겨 넣은 시오크는 허리를 굽혀 동행자가 일어나도록 도와주었다. 두 팔이 손 뒤로 묶여 있던 동행자는 도움을 받아 절반쯤 일어났다. 하지만 동행자는 시오크의 손에서 몸을 빼며 다시 주저앉았다. 그는 시오크의 앞에 무릎을 꿇었다.

"살려 주십시오."

시오크는 아무 말 없이 남자를 내려다보았다. 남자는 입이 바닥에 닿을 정도로 허리를 숙였다.

"살려 주십시오."

"일어나라."

"제가 잘못했습니다. 제발 제 죄를 씻을 기회를 주십시오. 무슨 짓이든 하겠습니다. 단 한 번의 실수였습니다."

"일어나."

남자는 고개를 들었다. 시오크의 말에서 흔들림을 들었다고 생각한 남자는 시오크의 얼굴에서 그것을 확인하고자 했다. 하지만 시오크의 음울한 얼굴을 본 순간 남자는 그 흔들림이 자신의 환상이었음을 깨달았다. 갑작스럽게 남자의 얼굴에 표독한 표정이 떠올랐다. 남자는 폐부에서 쥐어짜는 목소리로 외쳤다.

"당주에겐 당원을 죽일 권한이 없어! 제명할 수 있을 뿐이야!"

시오크는 지체하지 않고 맞받아쳤다.

"천만에! 당주는 당원의 목숨을 요구할 수 있다. 우리의 길을 보호하기 위해 우리는 언제든 싸운다. 죽음의 거장 앞에서도, 대장군 갈로텍의 앞에서도 그러했다!"

남자는 시오크에게 유료도로당의 전통을 가장 통렬하게 파괴했으면서 자신에게 정당성을 부여하기 위해서 유료도로당의 전통을 이용하냐고 논박할 수는 없었다. 그런 생각을 할 수 있을 만한 정신이 아니었다. 논박하기는커녕 남자는 시오크의 대답을 제대로 듣지도 못했다. 시오크도 자신의 말을 상대에게 전하고 싶은 생각은 없었다. 시오크가 자신의 말을 들려주고 싶은 대상은 분주히 오가면서도 근심스러운 눈으로, 또는 의심의 눈으로 흘깃흘깃 바라보는 당원들이었다.

"멋모르는 소리하지 마라! 길과 무기를 준비한다는 것은 우리의 원칙이다! 당은 어느 때라도 당원에게 싸우라고 말할 수 있다. 싸움에서 누군가 죽는 것은 당연하다. 당은 언제든 당원의 목숨을 요구할 수 있단 말이다! 너 같은 배신자만이 그걸 모르는 것이다. 금편 몇 닢에 당이 맡긴 징수소와 너를 따르는 당원들을 팔아넘기는 너 따위 녀석이 감히 제명을 요구한다고? 목숨을 걸고 싸우는 동지들을 배신한 주제에 당을 떠나 적에게 받은 금편으로 놀고 먹겠다고? 어떻게 감히 그따위 소리를 하느냐!"

징수소장에게 외치며 시오크는 자신의 말을 듣는 진짜 청중의 눈치를 조심스럽게 살폈다. 그들의 얼굴에 분노가 떠오르는 것을 보고 그는 안도했다. '목숨을 걸고 싸운다.'는 시오크의 말은 절대로 수사법이 아니었다. 하이스―키탈저 유료도로 제4징수소는 전투 중이었다. 따라서 시오크의 말은 놀라운 호소력을 발휘했다.

다만 공포로 넋이 나가 있던 징수소장에겐 시오크의 설명도 별다른 호소력을 발휘하지 못했다. 징수소장은 살고 싶다는 말과 억울하다는 말로 간단히 요약 가능한 말을 지리멸렬하게 웅얼거리고 있었다. 시오크는 그를 강제로 일으켜 세운 다음 당주에게 맡길 것 없이 자신의 손으로 직접 배신자를 처단하고 싶다는 표정을 짓고 있는 당원들 사이로 걸어 들어갔다.

잠시 후 시오크와 결박된 징수소장은 징수소 아래쪽이 훤히 잘 보이는 주랑 위에 나타났다. 시오크는 그곳에서 잠시 아래를 내려다보았다.

이미 여러 번 보았기에 시오크는 의기소침해지지 않을 수 있었다. 징수소 바깥에는 시모그라쥬군의 병사들이 백사장의 모래를 연상시키는 모습으로 서 있었다. 대부분 화살이 닿지 않는 거리에 서 있었지만 그들 중 일부는 징수소의 철문 앞까지 육박하여 징수소 내부로 침입하려 애쓰고 있었다. 성대한 낙석과 화살, 투창, 끓는 기름 등이 그들에게 제공되고 있었지만 공격 병력은 물러나지 않았다. 만용이라고 할 수는 없다. 그들은 어젯밤 이미 한 번 침입에 성공했다. 열린 문을 통해 들어온 병력은 많지 않았고 당원들은 재빨리 문을 도로 봉쇄했지만, 어쨌든 당원들은 징수소 내에서 잘 훈련받은 군인들과 무술을 비교하는 영광을 누려야 했다. 침입자들은 무서운 기세로 싸웠지만 징수소 내의 지리에 익숙한 당원들을 제압하고 문을 도로 열지는 못했다. 시오크 자신도 칼을 빼 들고 당원들과 함께 징수소에 침입한 시모그라쥬군과 싸웠다. 그의 지저분한 옷차림은 영웅적이라고 하기는 힘들지만 감투 정신은 높이 살 수 있는 지난밤의 격투가 남긴 흔적이었다.

한 번 침입에 성공했기에 두 번째도 가능하다는 상식적인 추론으로 무장한 공격 병력은 격렬한 저항에도 불구하고 물러나지 않은 채 징수소의 철문을 강타했다. 어쩌면 그들의 예상대로 두 번째 침입이 성공할지도 모르겠다고 생각한 시오크는 초조한 표정으로 고개를 돌렸다. 그곳에는 시오크의 명령에 따라 미리 준비된 통나무 기둥이 서 있었다. 시오크는 주변에서 명령을 기다리고 있던 당원들에게 징수소장을 가리켜 보였다.

엄선된 힘센 당원들은 징수소장을 질질 끌고 가서 기둥에 묶었다. 징수소장은 두 팔이 묶인 사람이 보여 줄 수 있는 최대한의 저항을 했다. 그 때문에 시간이 좀 지체되었지만 시오크는 안달하지 않았다. 주랑 위에서 벌어진 소란 때문에 공격자들이 고개를 들었다. 그래서 일시적으로 공격이 무뎌졌다. 시오크는 만족한 얼굴로 징수소장이 묶이는 광경을 보았다.

징수소장은 거미줄에 친친 감긴 파리처럼 통나무에 결박되었다. 입은 자유로웠기에 그는 계속해서 비명과 애원, 폭언들을 쏟아 내었다. 시오크는 그의 입을 가리켰다.

"입을 막아."

징수소장의 윗옷 소매가 뜯겨져 그의 입을 틀어막았다. 소맷자락은 통나무에 단단히 묶였고 징수소장은 말을 할 수 없을 뿐만 아니라 머리도 움직일 수 없게 되었다. 그래서 징수소장은 어떤 당원이 시오크에게 무엇인가를 넘겨주는 것을 보지 못했다. 시오크는 자신의 손에 쥐어져 있는 것을 물끄러미 바라보았다.

시오크가 징수소장의 처벌 시점을 전투 도중으로 결정한 것은 두 가지 이유 때문이다. 첫째는 당장 죽을지도 모르는 급박한 처지에 빠져 있는 당원들에게 간단히 처형 동의를 얻기 위해서였다. 시오크가 오면서 확인했던 것처럼 그들은 징수소장에게 맹렬한 적개심을 보였다. 그리고 둘째로 적에게 두려움을 주기 위해

서였다. 아래쪽의 적들은 의아함과 경계심을 담은 표정으로 시오크와 징수소장을 올려다보고 있었다. 징수소장과 함께 이곳으로 오기 전 자신이 그 일을 할 수 있다고 계속 되뇌었고 마침내 충분한 자신감을 얻었다. 하지만 시모그라쥬군의 시선을 한 몸에 받으며 그 자신감이 사라지는 것을 느꼈다.

하지만 두 가지 이유에서 징수소장은 처형되어야 한다. 그리고 시오크는 특히 후자의 이유가 중요해졌음을 깨달았다. 지금 이 상태에서 물러난다면 적에게 두려움을 주기는커녕 오히려 그들의 기세만 올려 줄 것이다. 그리고 시오크는 비로소 의식적으로 고려하지 않았던 세 번째 이유가 있었음을 깨달았다. 시오크는 물러날 수 없는 상황 속에 자신을 밀어넣고 싶었다. 제정신으로는 그 일을 할 수 없기 때문이다.

물러날 수 없었던 시오크는 톱을 단단히 움켜쥐었다. 묘하게 손은 떨리지 않았다. 손을 떨 정신도 없다는 것이 정확한 표현이 될 것이다. 그 때문에 그의 표정은 묘하게 차분했다. 거리가 있었기에 시모그라쥬군은 시오크의 얼굴이 무표정한 것이 아니라 딱딱하게 굳어 있다는 것을 알지 못했다.

그래서 시모그라쥬군은 징수소장의 목을 써는 시오크의 표정이 담담하다고 생각했다.

시모그라쥬군의 선봉 앞에서 벌어진 처형식에 대한 보고를 받은 베로시 토프탈 상장군은 입 주위를 살짝 문질렀다.

"생각보다 더 거친 녀석이군."

그녀가 있는 곳은 제4징수소에서 5킬로미터쯤 떨어져 있는 농장의 식당이었다. 시모그라쥬군에게 징발당한 그 농장은 참모부 회의소로 쓰이고 있었다. 시모그라쥬군 참모부 전원이 모였지만 비좁다는 느낌이 들지 않을 만큼 널찍했다. 참모들 중 한 명이 지나가는 말처럼 말했다.

"칼질에 자신이 없어서 톱을 쥐었는지도 모르지요."

대수롭지 않다는 말투였지만 그 말을 하는 참모의 얼굴은 약간 질린 기색이었다. 다른 참모들의 얼굴에도 그 표정의 여러 변형판들이 떠올라 있었다. 그들의 얼굴을 보던 베로시는 칼질과 톱질의 차이를 생각해 보았다. 어차피 사람을 죽이는 방법이라는 점에서는 똑같다. 참모의 지적처럼 칼로 단번에 사람의 목을 자를 기술이 없다면 톱을 선택하는 것이 합리적일 수도 있다. 하지만 톱질에는 확실히 섬뜩한 면이 있다. 칼로 목을 자르는 것보다 훨씬 무서운 무엇. 톱이 움직일 때마다 튀는 피나 살점이 너덜너덜해지는 모습, 뼈가 톱날에 갈리는 소리 등의 감각적 효과에 대해서도 생각해 볼 수 있다. 칼이나 도끼로 단번에 처형되는 것과 달리 오랜 시간 고통을 당했을 피해자의 심정에 대한 감정 이입도 고려해 볼 수 있다. 하지만 그것들만으로는 그 광경을 직접 목격하지도 않은 참모들이 보여 주는 반응을 설명할 수 없다. 베로시는 참모들이 무엇을 두려워하는지 생각해 보았다. 어렵지 않게 답이 나왔다.

그것은 부자연스러움이다. 칼로 목을 자르는 것에는, 살인이라는 행위 자체에 대한 가치 판단은 보류한 채 본다면 자연스러움이 있다. 칼의 용도가 어차피 그것이니까. 하지만 톱은 사람의 목을 자르는 도구가 아니다. 따라서 톱으로 사람의 목을 자르는 것은 부자연스럽다. 그런데 부자연스러움이야말로 공포의 정수다.

'두억시니.'

두억시니에 대한 열광 때문에 독특한 별명까지 얻은 사람답게 베로시는 두억시니를 생각했다. 두억시니는 무섭다. 그녀가 직접 목격했고 지금도 대호왕의 곁에 있는 두억시니 갈바마리는 무섭다. 그가 거칠게 행동하거나 살해 의욕에 휩싸여 돌아다니기 때문이 아니라 그 부자연스러운 모습 때문에. 시오크의 톱질과 두억시니의 모습에는 그런 공통점이 있다.

하지만 무엇이 부자연스러운 것인가? 두억시니에게는 규칙이 없다. 따라서 두억시니에게 '자연스럽다' 거나 '부자연스럽다' 는 말은 적용될 수 없다. 갈바마리의 모습은 자연스러운 것도, 부자연스러운 것도 아니다. 그렇다면 갈바마리의 모습이 무섭게 느껴지는 까닭은? 그것을 보는 사람이 세상을 자연스러운 것과 부자연스러운 것으로 나누는 것에 익숙하기 때문이다. 익숙함과 낯섦이라고 바꿔 말해도 된다.

베로시는 두억시니의 의미(이 말도 어색하다.)에 접근했다는 느낌이 들었다. 하지만 그것을 명확하게 포착해서 말로 옮길 수는 없었다. 그리고 그런 일에 쓸 시간도 없었다. 자신이 잠시 멍하게 있음으로써 회의 분위기를 어색하게 만들었다는 것을 깨달은 베로시는 그 말을 하기 위해 침묵했다는 듯이 말했다.

"시오크가 유료도로당의 모든 징수소를 완전히 장악하고 있다고 보기는 어렵다. 만일 그렇다면 게라임 지울비는 오래전에 붙잡혔을 테니까. 하지만 시오크가 상당한 장악력을 가지고 있음은 인정해야 할 것이다. 제4징수소의 경우 최상층인 징수소장 자신이 우리에게 포섭되었음에도 시오크는 그 사실을 알고 나타나서 우리에게 나무꾼 묘기를 보여 주었지. 그것은 그가 직선적인 단순한 정보망을 가지고 있는 것이 아니라는 사실을 증명한다."

베로시는 참모들이 고개를 끄덕일 시간을 준 다음 말했다.

"물론 자신의 정보력이 가져온 승리에 도취되어 시오크의 경계가 느슨해질 수도 있지. 하지만 반대로 아찔함을 느껴서 더 조심스러워질 수도 있다. 매수는 포기하는 편이 좋겠군. 따라서……."

의도적으로 말을 잠시 끊은 베로시는 코 왼쪽에 주름을 만들었다.

"실력을 보여 줘야겠다."

참모들은 사나운 미소를 지어 보였다. 베로시의 의도대로였다. 하지만 그들은 고급 장교로서의 자질도 가지고 있었다. 모처럼 피어오른 자신만만한 분위기를 해치기 싫다는 듯 참모 한 명이 조심스럽게 말했다.

"그렇습니다. 좋은 요새에 틀어박혀 있다 해도 결국 토목 기술자들이거나 징수원들일 뿐입니다. 그들은 군인이 아닙니다. 하지만 그들이 틀어박혀 있는 요새가 지나치게 좋습니다. 그곳을 공략하려면, 물론 저는 성공하리라 확신합니다만, 적잖은 피해를 감수해야 할 겁니다. 그 경우 병사들의 사기에 문제가 생길까 봐 걱정됩니다."

베로시는 고개를 끄덕였다.

"맞아. 하지만 피해는 감수할 수밖에 없다. 열대에 익숙한 우리 병사들은 여름이 끝나기 전까지 최고의 전투력을 보여 줄 것이고, 그 이후엔 전투력 보존은커녕 부대 운용까지 힘들어질지 모른다. 우리 병사들 중엔 올겨울이 태어나서 맞이한 첫 번째 겨울인 자들도 많을 테니까. 따라서 그 시점이 오기 전에 최대한 점령지를 넓혀야 한다. 그래야 이곳 기후에 익숙한 병사들을 안정적으로 확보할 수 있다. 파상공격으로 쉴 틈을 주지 않고 몰아붙여야 한다. 그리고 투석기를 준비하도록."

몇몇 장교들의 얼굴에 수심이 떠올랐다. 한계선을 넘어온 후 탁월한 기량이 아니라 불운 때문에 공성기 제작 및 운용에 관련된 장교들이었다. 나스팔 성 전투에서 상당한 수모를 겪었던 그들은 주눅 든 표정으로 서로의 얼굴을 살폈다. 베로시가 말했다.

"무슨 생각을 하는지 안다. 투석기로 징수소를 때려부수라는 요구를 하는 것은 아니니 얼굴들 펴라."

장교들은 약간의 희망과 의문을 품은 얼굴로 베로시를 바라보았다. 베로시는 다시 왼쪽 얼굴에 주름을 만들었다. 비틀려 올라간 입술 아래 이를 드러내며 베로시가 말했다.

"그걸로 적에게 직접적인 타격을 줄 생각은 없다. 하지만 그 청년에게 세상에 거친 사람이 자신뿐만은 아니라는 것을 알려 줘야겠다."

그날부터 시모그라쥬군의 격렬한 파상 공격이 하이스—키탈저 유료도로 제4징수소에 몰아쳤다.

징수소장을 처벌하고 새 징수소장도 임명했지만, 시오크는 징수소를 떠나지 못했다. 시오크가 최전선에 있을 필요는 없었다. 그는 전사도 아니거니와 탁월한 전략가도 아니었다. 전투에 직접적인 영향을 끼칠 아무런 능력이 없거니와, 저 바깥에서 자유로이 활보하고 있을 게라임 지울비를 생각하면 당의 수뇌부를 떠나 있는 것은 자살 행위일 수도 있다.

하지만 그 시점에서 시오크가 떠나는 것은 포기하고 도망치는 것처럼 보일 수 있다. 처형당한 징수소장은 당원들에게 배신자라는 낙인을 받아 두 번째 사망을 겪었고 공동의 증오 대상은 당원들을 결집시켰다. 시오크는 그 결집이 빠르게 이루어졌던 것만큼 빠르게 사라질 수 있다고 보았다. 그래서 조금 더 이긴 다음에 떠나기로 결정했다.

시오크의 바람은 이루어지지 않았다. 시모그라쥬군은 승패를 불분명하게 만들었다. 그들은 교대로 대대 단위의 병력을 보내어 쉴 새 없이 징수소를 공격했다. 한 대대가 물러나자마자 다른 대대가 들이닥치는 식이었기에, 징수소의 당원들은 눈앞의 적이 물러나는 것만으로 승리의 기분을 느낄 수 없었다. 무지막지한 파상공격을 잘 버텨 내었지만 당원들은 격한 피로에 빠졌다.

그리고 며칠 뒤 당원들의 눈앞에 나타난 광경은 피로한 그들을 얼어붙게 만들었다. 유료도로의 저편에서 나타난 것은 바퀴 달린 투석기들이었다. 당원들은 투석 공격에 대해서는 크게 걱정하지 않았다. 나스팔 성 전투 당시 시모그라쥬군이 보여 준 투석기 운용 능력에 대해서는 그들도 잘 알고 있었다. 게다가 단단한 자연암과 어울려 건설된 징수소는 어지간한 투석 공격에는 쉽게 무너지지 않을 만큼 견고했다. 하지만 시모그라쥬군은 돌을 날려 보내지 않았다. 그들은 괴팍하다고까지 말할 수 있는 특수한 탄환을 날려 보냈다. 그리고 그 탄환은 당원들을 심하게 동요시켰다.

시모그라쥬군은 투석기로 산양을 날려 보냈다.

산양들은 산 채로 투석기에 '장전'되었다. 그 때문에 산양들은 발사되기 전까지 끊임없이 비통한 울음을 토해 냈다. 하지만 투석기가 발사되자마자 그 울음은 사라졌다. 찢어지는 비명을 지르고 싶었겠지만 발사 충격은 산양들의 허파를 짓눌러 아무 소리도 낼 수 없게 만들었다. 산양들은 그저 다리를 버둥거리며 허공을 날았다. 어떻게 보면 그 모습은 우스꽝스러웠다. 발 디딜 곳 없는 허공에서 산양이 춤을 추는 듯했다. 하지만 당원들은 웃지 못했다. 그리고 산양들이 징수소나 그 근처의 암석, 절벽, 숲 등에 부딪혀 피투성이 고깃덩어리가 될 때는 비명을 질렀다.

시오크는 당황했다. 그는 이해할 수 없었다. 시오크의 지휘 하에 유료도로당은 모든 여행객을 위해 길을 준비한다는 당의 기본 이념까지도 버렸다. 시모그라쥬군의 진군을 막고 그들과 싸우는 것은 여행자들의 목적을 평가하지 않았던 유료도로당에겐 절대로 어울리는 일이 아니다. 그런 일도 저질렀던 유료도로당이건만, 웃기는 모습으로 하늘을 날아오는 산양들에 절규했다. 그들은 울며 그만두라고 고함질렀고 산양이 날아와 죽을 때마다 육친이 죽는 모습을 보는 것처럼 애통해했다. '산양의 저주'에 관한 케케묵은 이야기가 다시 사람들이 입에 올랐다. 제2차 대확장 전쟁 당시 유료도로당이 궤멸한 것은 나가들의 공세 때문이 아니라 시구리아트 유료도로에서 살해당한 어떤 산양이 내린 저주 때문이라는 것이다.

시오크는 그 이야기를 알고 있었다. 그리고 산양을 죽인 자에 대해 온갖 가설들밖에 내놓을 수 없는 사람들과 달리 시오크는 그 산양 살해자가 누군지도 알고 있었다. 약 오십여 년 전 유료도로당의 도로 위에서 산양을 태연히 죽여 그들을 경악시켰던 사람은 북부로 오던 중이던 대호왕 사모 페이였다.

사모 페이는 아마도 단순히 식사를 할 생각이었을 것이다. 그리고 당시 그녀는 수백 년 만에 한계선을 넘어 북부로 온 나가답게 유료도로당의 관습을 잘 알지 못했다. 그래서 시구리아트 유료도로에서 태연히 산양을 사냥했다. 당원들의 반응은 그녀를 깜짝 놀라게 했다. 시오크는 오십여 년 전 그녀가 느꼈던 감정이 무엇이었는지 알 것 같았다. 산양을 날려 보내는 짓을 그만두게 할 수 있다면 징수소를 포기하는 것도 고려해 볼 만하다는 암시가 담긴 말을 들었을 때 시오크는 누군가가 자신의 두개골을 열고 교반기를 집어넣어 휘젓는 것 같은 충격을 받았다.

징수소장의 목을 톱으로 자르는 무시무시한 의식을 통해 진작되었던 당원들의 사기는 눈에 띄게 낮아졌다. 그 일을 하면서 입었던 정신적 고통을 떠올린 시오크는 쓸쓸함뿐만 아니라 억울함마저 느꼈다. 끊임없는 공격에 지친 방어 병력이 사기마저 잃었다면 속된 말로 볼 장 다 본 셈이다. 그리고 거기에 시오크의 실수가 더해졌다. 다른 사람들과 마찬가지로 꽤 피곤했기 때문에 저지른 실수였다.

올바른 대처 방법은 그들의 슬픔과 분노에 편승하며 악독한 시모그라쥬군을 저주하는 것이어야 할 것이다. 하지만 피곤하고 신경이 곤두서 있던 시오크는 산양에 대한 당원들의 불합리한 감정을 버리라고 종용해 버렸다. 자신이 지대한 관심을 가지고 있는 대상이 무가치한 것으로 평가당하면 사람들은 자신의 관심에 대해 설명하기에 앞서 우선 화를 내는 법이다. 당원들은 시오크의 말에 화를 냈다. 그리고 배신감을 느낀다는 표정을 지었다. 그들의 반응을 본 시오크는 등골이 오싹해지는 것을 느꼈다.

"그래? 그렇다면 좋아. 산양을 구출하지."

반응은 시오크가 놀랄 정도로 뜨거웠다. 시오크는 지키멜이 산양을 구출하다가 죽을 자신도 사랑해 줄지 궁금해졌다.

여름밤, 하늘에서는 별들이 빛으로 와글거렸고 땅에서는 풀벌

레들이 소란을 부렸다. 후끈 달아올랐던 땅의 열기는 사라졌지만 낮 동안 난폭한 햇빛에게 유린당했던 풀잎들에서는 아직도 뜨거웠던 대낮의 냄새가 물씬 풍겨 나왔다.

베로시 토프탈은 침상에 반쯤 드러누워 보고서를 읽고 있었다. 토프탈 가문의 일원들이 보내온 편지들이었지만 베로시는 그것을 보고서로 여겼다. 그리고 보내는 쪽 또한 그렇게 생각하고 있었다. 토프탈 가문의 구성원은 많은 편이 아니지만 모두 팔디곤 토프탈에게 완전히 협조하고 있었다. 가주의 결정에 무조건적으로 따르는 나가 식이라고 해도 될 것이다. 실제로 팔디곤은 나가의 가주들에게서 가문을 다스리는 법을 많이 차용했다. 따라서 인간의 대가문에서라면 발생할 수 있는 서열 다툼이나 지배권 확대 시도 같은 것은 토프탈 가문에 없었다. 아쉬존 토프탈을 황제로. 팔디곤이 그렇게 결정했고 가문의 구성원들은 당연하다는 듯이 그것을 따랐다. 베로시 또한 그러했다.

푸근한 기분 속에서 보고서를 읽던 베로시의 눈이 한 지점에 머물렀다. '그 두 명이 보여 주는 사람에 대한 신뢰를 생각하면 제 젊었을 적이 떠오르는군요, 누님.' 베로시는 그 두 명이 누군지 잠깐 고민했다. 앞쪽의 문장을 다시 읽어 보고 그 두 명이 독행왕 지키멜 퍼스와 유료도로당주 시오크 지울비를 말하는 것임을 알았다. 흥미를 느낀 베로시는 등을 펴 똑바로 앉아서 편지를 읽었다. '지키멜 퍼스는 만인을 통합하여 지배하는 제국이 없어도 사람들은 서로 잘 어울려 살 수 있다고 믿고 있습니다. 그래서 지키멜은 왕국이면 충분하다고 생각하는 거죠. 시오크 지울비는 만인이 동의할 수 있는 정의가 존재한다고 믿고 있습니다. 그래서 시오크는 유료도로당이 여행자들의 목적을 평가할 수 있다

고 생각하는 겁니다. 풍요로웠던 시대의 아이들이기 때문에 그렇겠지요. 귀엽지 않습니까?'

물론 그 두 사람을 인간에 대한 신뢰에 빠져 허우적거리는 철부지로 경솔하게 치부하는 것은 두 사람에 대한 무례임에 앞서 사실이 아니다. 고의로 패배를 조장해서 사람들을 격동시키거나 적과 아군의 시선 속에서 배신자의 목을 톱질하는 일은 인간을 마냥 신뢰하는 자의 행동이 아니다. 사람의 통찰력을 믿는 자라면 왕국이 필요한 이유를 설명해서 이해를 받으려 시도할 것이다. 사람의 가능성을 믿는 자라면 배신이 나쁜 이유를 설명해서 상대가 개심하도록 애쓸 것이다. 하지만 지키멜과 시오크는 그런 시간 낭비를 하지 않았다. 하지만 베로시는 그 설명에 날카로운 부분이 있다고 생각했다. 두억시니 장군은 사람이 약간 불필요할 정도로 복잡하다는 것을 알고 있었다. 그 두 사람은 어쩌면 사람을 믿지 않는 척하려 애쓰는 낭만주의자일지도 모른다. 또는 반대로 사람을 믿는 척하려 애쓰는 회의주의자일 수도 있고.

그 시점에서 베로시는 사고를 진행시킬 원동력을 잃었다. 그녀는 두 사람을 이해하고 싶은 생각이 없었다. 그녀가 알고 싶은 것은 두 사람을 거꾸러뜨릴 방법이었다. 그래서 베로시는 두 사람의 철학보다는 두 사람이 가지고 있거나 가질 수 있는 힘에 대해 생각해 보았다.

반 시간 후, 베로시는 시오크 지울비가 가지고 있거나 가질 수 있는 힘에 대해 정확하게 알았다. 목록을 만들 수도 있었다. 장검 한 자루와 단검 한 자루, 위아래 옷, 그 자신의 몸. 그것이 가축우리 근처에서 체포되었을 때 시오크 지울비가 가지고 있던 모든 힘이었다.

시오크 지울비는 절망과 두려움, 분노, 자기 혐오 중 어느 것에 빠질지 결정하지 못했다. 11만 대군의 눈을 절묘하게 피했으면서도 단 한 사람의 눈을 피하지 못해 발각당했다는 것에 대해 시오크는 어떻게 생각해야 할지 알 수 없었다. 그래서 일단 복수심부터 해결하기로 했다.

"그거 거짓말이야, 부위. 저 친구는 가축들 잘 있나 보러 우리에 간 것이 아니라 다섯 명의 애인과 밀회 중이었어. 땅에 누워 있어서 우리가 못 봤지."

침입자를 발견한 상황에 대해 보고하던 상전사는 얼굴을 시뻘겋게 물들였다. 저열하나마 복수심을 만족시킨 시오크는 기분이 좋아지는 것을 느꼈다. 보고를 받던 부위도 피식 웃었다. 하지만 부위는 가축우리에 틀어박혀 수음한 병사에게 뭐라 해야 할지 알 수 없어 그냥 물러가라고 말했다. 상전사는 죽일 듯한 눈으로 시오크를 쏘아보고 천막을 나갔다. 하지만 그의 불운은 끝나지 않았다. 상전사는 천막 안으로 들어오던 베로시 토프탈과 딱 마주치고 말았다.

놀라운 속도로 경례하는 상전사를 물끄러미 바라보던 베로시는 시선을 낮추었다. 두억시니 장군의 시선이 자신의 사타구니 쪽을 향하는 것을 느낀 상전사는 그만 울음을 터뜨릴 것 같은 표정을 지었다. 베로시는 싱긋 웃고 경례를 받았다. 상전사는 비구름 만난 레콘과 좋은 승부가 예상되는 속도로 도망쳤다.

베로시는 무릎을 꿇고 있는 자들이 모두 열한 명이라는 것을 확인한 다음 부위에게 누가 시오크냐고 질문했다. 부위가 가르쳐 준 사람을 뚫어지게 바라보던 베로시는 못 믿겠다는 투로 말했다.

"정말 시오크 지울비인가?"

조금 전의 희극적인 장면 때문에 시오크는 갑작스럽게 화를 내기 어려웠다. 그래서 가벼운 어조로 말했다.

"내 아버지께서 불초에게 그런 이름을 주셨지요. 그런데 두억시니 장군입니까?"

베로시는 그 질문에 의도적으로 대답하지 않았다.

"믿기 어렵군. 시오크 지울비가 자기 발로 걸어 들어와 붙잡히다니. 내가 알기로 자네는 고의로 붙잡히는 버릇이 있지. 혹 그 버릇이 도진 건가?"

베로시가 말한 것은 페로그리미의 일이었다. 시오크는 그것이 사실이었으면 좋겠다고 생각했다.

"설마 진짜 그렇게 믿는 것은 아니겠지요."

베로시는 고개를 끄덕였다.

"맞아. 나는 자네가 의도에 반하여 붙잡혔다고 생각해야겠군. 그런데 그 경우 자네는 11만 대군 속으로 걸어 들어와 가축 도둑질이나 하다가 붙잡히는 얼간이가 되는데."

시오크는 그 말을 인정하는 곤욕을 겪지 않았다. 그의 곁에서 무시무시한 눈으로 베로시를 쏘아보던 포로가 고함을 빽 질렀기 때문이다.

"산양 학살자!"

시오크는 어깨를 으쓱였다. 베로시는 자신을 바라보는 포로를 마주 보다가 다시 시오크에게 고개를 돌렸다.

"정말로 그런 이유에서?"

시오크는 대답하려 했지만 산양 학살자에 대한 무서운 욕설이 계속되고 있었기에 말소리가 묻힐 것 같았다. 그래서 고개만 끄덕였다. 베로시는 등받이에 몸을 기대곤 관자놀이를 긁적였다.

그동안에도 욕설과 비난은 계속되었다.

"당신을 투석기에 얹어서 쏘면 좋겠어? 엉? 그러면 즐겁겠어! 그러면 직접 투석기에 올라가라고! 왜 무고한 산양을 쏘는 거야! 이 정신 나간 살육자야! 아냐, 팔디곤 토프탈인지 뭔지 하는 그 제왕병자를 쏴! 이건 당신 위해서 하는 충고라고!"

포로들을 감시하고 있던 시모그라쥬 장병들은 명령만 떨어지면 당장 그들을 침묵시키겠다는 표정으로 베로시를 바라보았다. 하지만 베로시는 험악한 욕설이 들리지도 않는다는 듯이 무표정하게 시오크만 바라보고 있었다. 베로시는 그 욕설에 관심이 없었다. 하지만 소란 때문에 대화를 나눌 수 없다는 것은 문제였다. 그래서 장병들에게 시오크만 남겨 두고 모두 밖으로 끌고 나가라는 명령을 내려야 했다. 포로들은 주먹질을 당하며 끌려 나갔다.

혼자 남은 시오크는 자신만만한 표정을 지으려 애쓰지 않았다. 속이 훤히 들여다보이는 짓이니까. 좌절한 표정도 곤란하고 자신만만한 표정도 곤란한 상황에서 그가 선택한 타협책은 피곤한 표정이었다. 실제로 시오크는 피곤했다. 시모그라쥬군에 잠입하느라 상당한 정신적, 육체적 긴장을 겪었기 때문이다. 피곤한 표정을 짓고 있는 데다 실제로 피곤했기 때문에 시오크는 하품을 할 뻔했다. 베로시가 말했다.

"직접 올 필요는 없었을 텐데."

"동감입니다."

"그런데 왜 왔나?"

"산양을 구할 필요가 없다고 말해 버렸기 때문이죠."

"응?"

시오크는 결국 하품을 했다. 그는 입맛을 조금 다시고 말했다.
"처음부터 구하자고 말했다면 다른 사람들만 보낼 수도 있었겠지요. 하지만 구할 필요가 없다고 말해 놓고서, 당원들이 희생되는 것이 싫어서 그랬을 뿐 사실은 산양을 구하고 싶었다고 주장하려면 직접 나서야 하지요."
"아아, 그러니까 자기 말에 묶였단 말이군."
"그렇습니다."
"자살 행위라는 생각은 안 했나?"
"산양을 구하러 올 거라고 생각했습니까?"
베로시는 빙그레 웃을 뿐 대답하지 않았다. 그래서 시오크는 스스로 대답했다.
"못할 거라 생각했지요. 그래서 오히려 가능성이 있을 거라 생각했습니다. 실패한 상황에서 이런 말은 부질없지만 외로움 타는 상전사만 아니었다면 성공할 수도 있었어요."
베로시는 다시 머리를 끄덕이고 천막에 남아 있던 장병들에게 말했다.
"밖으로 나가라. 잠시 둘이서 이야기를 해야겠다."
"위험하지 않겠습니까?"
"저렇게 단단히 묶여 있는 데다 나는 무장도 하고 있다. 괜찮으니 걱정 말고 나가라."
장병들은 경례하고 나갔다. 천막 안에 두 사람만 남았다. 베로시는 팔짱을 낀 채 재미있다는 얼굴로 시오크를 바라보았다. 시오크는 그녀의 얼굴에 미소가 조금씩 떠오르는 것을 보며 불편한 듯 헛기침을 했다. 베로시가 말했다.
"정말 기대도 안 했어, 시오크 지울비. 내가 기대한 건 너희들이 화가 나서 침착성을 잃는 것이었지. 그것도 큰 기대는 아니었어. 그런데 투석기에 걸어 쏜 산양 때문에 유료도로당주가 걸려들다니. 깜짝 선물 받은 기분이야."

시오크는 지금껏 베로시가 희열을 애써 억누르고 있었음을 깨달았다. 상전사에게 장난스러운 눈길을 보낼 때부터 짐작했어야 했다. 시오크는 비꼬았다.

"하지만 부하들에게는 이렇게 될 줄 알고 산양을 쏜 거라고 말하겠지요."

"물론이지. 자, 이제 자네 죄에 대해 이야기해 볼까? 무슨 생각으로 제국 부활을 방해한 거지?"

시오크는 입매를 살짝 비틀고 자신의 무릎을 내려다보았다. 오랫동안 그렇게 있었기에 다리가 저렸다.

"의자에 앉으면 안 될까요?"

"안 돼."

거부당하리라 생각했기에 시오크는 크게 실망하지 않았다. 그는 베로시를 올려다보며 말했다.

"제국 부활을 방해한 것이 누굽니까? 귀족원 회의를 통해 새 황제를 선출하자는 제안을 거절한 것이 누굽니까? 강한 자가 모든 것을 가진다는 뻔뻔스러운 논리의 대변자인 양 행동한 것이 누굽니까?"

"그러면 약한 자가 모든 것을 가져야 하나?"

"모든 사람이 자신의 것을 기꺼이 내줄 대상으로 결정한 사람이 그것을 받을 수 있습니다."

베로시는 비웃음 가득한 얼굴로 말했다.

"자네는 도깨비감투를 쓴 사람을 좋아하나?"

"예?"

"말해 봐. 주위에 도깨비감투를 쓴 사람이 있다는 것을 알면 자네 기분이 어떨 것 같아?"

시오크는 베로시가 파 놓은 함정을 깨달았다. 그는 그 함정에 발을 밀어 넣기로 했다.

"물론 무섭고 껄끄러운 느낌부터 들겠지요."

"도깨비감투를 쓴 사람이 보이지 않는 곳에서 자네를 도와줄지도 모르는데? 기뻐해야 하는 거 아냐?"

"무슨 말씀을 하고 싶은지 알겠습니다. 사람이 다른 사람을 공격하지 않는 것은 반격당하는 것을 걱정하기 때문이라는 거죠?"

"그래. 자네도 그걸 알고 있어. 자네가 말한 것처럼 사람의 공격성을 억누르고 있는 것은 반격의 위험이지. 바꿔 말해 반격의 위험이 없을 경우 사람은 당장 공격을 시작하지. 도깨비감투를 쓴 사람이 무서운 것은 그 때문이야. 공격하더라도 반격당할 가능성이 적지. 나를 실망시키는군, 시오크 지울비. 왜 꿈 같은 소리를 하지? 사람은 자기 것을 내놓지 않아. 오히려 남의 것을 빼앗지. 자네도 아버지의 자리를 멋지게 빼앗았잖아."

시오크가 예상한 것과 거의 일치하는 함정이었다. 게라임의 이야기는 결코 빠질 수가 없다. 시오크는 자신이 꺼내 놓는 말에 주의를 기울이며 말했다.

"상장군님, 그런 일반론으로 모든 것을 설명할 수는 없습니다. 물론 사람은 당신이 말하는 것처럼 동물이죠. 그것은 생물의 일반적인 특성일 겁니다. 모든 생물은 음식과 분변 사이에 위치해야 하지요. 생명은 먹습니다. 자기 바깥에 있는 것을 가져와야 합니다."

"반론이 준비되어 있다는 어투로군. 어떻게 그것을 반대하지? 생물은 주위에 있는 것을 자기 것으로 만들어야 해. 그 반대가 아니고. 그 반대가 되면 죽어. 살쾡이에게 잡아먹히는 토끼 같은 경우가 그렇지. 그것이 생물이야. 자네의 어떤 재주로도 그것은 뒤집을 수 없어."

"나는 그것을 뒤집을 생각이 없습니다. 다만 평가하고 싶을 뿐입니다. 일반론의 문제는 평가가 차치물론된다는 겁니다. 일반론으로는 아무것도 평가할 수 없습니다."

"평가라고?"

"예. 물은 중요합니다. 그것은 일반론이지요. 물을 못 마시면 죽습니다. 하지만 그런 일반론으로 홍수를 평가할 수 있습니까? 물은 중요하니까 많은 물인 홍수는 굉장히 소중한 것이라고 할 수 있습니까? 그런 말은 비웃음을, 만약 상대가 레콘이라면 그 이상으로 위험한 반응을 받을 겁니다. 어떤 물이냐, 무슨 상황에서의 물이냐에 따라 물의 중요성은 달라집니다. 소나기에 직면한 레콘과 사막에서 길을 잃은 인간은 물에 대해 완전히 다른 평가를 내릴 겁니다. 거기서 일반론은 아무 쓸모 없습니다."

시오크는 자신이 연설을 하고 있다는 것을 깨닫지 못했다. 베로시는 그를 방해하지 않았다. 시오크는 두 팔을 앞으로 내뻗으려다가 밧줄에 방해받고 대신 머리를 흔들었다.

"예. 생물은 먹어야 합니다. 자기가 아닌 것을 자기 것으로 끊임없이 만들어야 합니다. 그것은 절대로 벗어날 수 없습니다. 우리는 그것을 겸허하게 인정해야 합니다. 하지만 어떻게 먹느냐 하는 문제는 우리의 능력으로 접근해 볼 수 있는 문제이지요. 우리는 먹는 방식들을 평가할 수 있습니다. 새가 하늘을 날 수 있고 물고기가 물을 호흡할 수 있는 것처럼 평가하는 것은 우리의 능력입니다. 왜 그것을 포기해야 합니까?"

시오크는 열에 들뜬 얼굴로 연신 고개를 끄덕였다.

"내가 아버지에게서 당을 뺏은 것은 절대로 평가하려 하지 않는 당과 아버지의 모습을 참을 수 없었기 때문입니다. 그것은 사람이 가진 능력을 억지로 빼앗는 짓이기에 사람에 대한 모독입니다. 게다가 종족적 살해죠. 새의 날개를 부러뜨리고 창공의 바람을 맛볼 수 없게 하는 짓을 무엇이라고 부르겠습니까? 그것은 살해 행위입니다!"

"그래서 자네는 아버지와 당의 방식이 잘못되었다고 평가하고 그것을 바로잡기로 했다는 건가?"

"당신도 그렇게 해야 합니다."

베로시의 눈초리가 조금 올라갔다. 시오크는 무릎걸음으로 앞으로 걸었다. 베로시는 천천히, 하지만 엄격하게 손바닥을 앞으로 내밀었다. 시오크는 멈춰 서서 말했다.

"상장군님, 시모그라쥬 공의 방식은 잘못되었습니다. 회군하십시오. 왜 무수한 피를 흘리면서 제국을 얻어야 합니까? 평가해 보십시오. 귀족원 회의 쪽이 훨씬 낫습니다. 그곳에서 황제로 선출될 수 있도록 노력하는 편이 훨씬 낫지 않습니까? 목적은 같아도 그것이 훨씬 나은 방법입니다."

베로시는 내밀었던 손을 끌어당겨 팔짱을 끼었다. 그녀는 손가락으로 상완 쪽을 톡톡 두드리다가 말했다.

"원한다면 평가해 주지. 그건 훨씬 멍청한 방법이군."

시오크는 깊은 좌절감을 담은 눈으로 베로시를 바라보았다.

"모든 것을 차치하고 생각해 보지, 시오크. 시모그라쥬는 잠깐 멈춰 서서 처음부터 다시 생각해 보자고 할 수 있는 단계를 이미 지나쳤어. 앞으로 나아가느냐 무너지느냐일 뿐이야. 그리고 지금 물러나는 것은 무너지는 것에 포함되지. 모든 세상에 패배자로 낙인 찍힌 상황에서는 귀족원 회의를 통해 황제로 선출되기는커녕 가문의 존립이·······.”

"앞으로 흐를 무수한 피보다는 토프탈 가문의 몰락이 낫습니다!"

베로시의 얼굴에서 부드러움이 사라졌다. 두억시니 장군은 숨소리를 약간 높인 채 시오크를 노려보았다. 시오크는 밧줄에 묶인 몸을 이리저리 비틀며 말했다.

"자기 가문의 망신을 피하기 위해 무수한 사람이 죽어야 한다니. 그런 말이 어디 있습니까!"

베로시는 화를 내지 않았다. 대신 이곳으로 오기 전 읽었던 편지를 떠올렸다. 그것은 역시 날카로운 지적이었던 모양이다.

'유치한 철부지 놈.'

베로시는 고개를 살짝 가로젓고 바깥을 향해 들어오라고 외쳤다. 시오크는 휘장 쪽을 홱 돌아보았다가 다시 베로시를 쳐다보았다. 베로시는 의자에서 일어나 그를 내려다보았다.

"그럭저럭 재미있었다는 것은 인정하겠지만 놀이는 이쯤에서 끝내야겠군. 놀이가 아닌 진짜 일을 하려면 푹 자야 하니까."

저벅거리는 발소리 때문에 시오크는 입을 다물었다. 순식간에 들어온 장병들이 명령을 기다리는 표정으로 베로시를 바라보았다. 베로시는 그들에게 시오크를 데려가 감금하라고 명령했다. 병사들이 무릎을 꿇고 있던 시오크를 붙잡아 일으켰다. 자신의 발로 서겠다고 말하고 싶었지만 시오크는 그러지 못했다. 다리가 저려서 부축이라도 받아야 할 처지였고, 시오크는 자신을 붙잡는 병사들의 손길이 오히려 고마웠다. 병사들이 그의 몸을 돌리기 직전 시오크는 재빨리 말했다.

"상장군님, 고귀해질 수 있는 기회를 놓치는 겁니다."

베로시는 피식 웃었다. 그렇게 한마디를 덧붙이는 모습이 베로시에겐 귀엽게 보였다. 그녀의 웃음을 본 시오크는 입을 꽉 다문 채 병사들에게 끌려 나갔다.

유료도로당주 시오크 지울비가 산양 구출을 시도하다가 시모그라쥬군에게 체포된 다음 날, 하이스—키탈저 유료도로 제4징수소는 항복을 선언했다. 당주가 포로가 된 상황과 시모그라쥬군이 더욱 기승스럽게 쏘아 보내는 산양 중 항복 결정에 더 큰 영향을 끼친 것이 어느 쪽인지는 확실하지 않았다.

베로시는 제4징수소에 아무 처벌도 내리지 않았다. 유료도로는 훌륭한 군사 통행로였고 그것을 유지 관리하는 전문가는 유료도로당 자신이다. 그래서 베로시는 시모그라쥬군의 무료 통과만 받아들이면 징수소를 건드리지 않겠다고 제안했다. 처형된 징수소장 대신 새로 임명된 신임 징수소장은 그 조건을 받아들였다. 그리고 한편으로는 비나간과 시구리아트 산맥의 당사로 두 명의 전령을 급파했다. 전령이 떠난 후 반나절이 지났을 때 시모그라쥬군의 징수소 통과가 시작되었다.

함께 말을 달리던 두 전령은 하이스에서 헤어졌다. 북동쪽으로 달려간 동료와 헤어져 비나간을 향해 북쪽으로 달려간 전령은 이틀 뒤 새벽 무렵 독행왕에게 시오크 지울비의 체포를 전달했다.

독행왕은 얼어붙었다. 독행왕은 정신없이 달려오느라 탈진한 전령에게 물러가 쉬라고 명령한 다음 주위의 다른 사람들도 모두 물리친 채 홀로 집무실에 틀어박혔다.

지키멜은 방 안을 천천히 걸으며 오른손으로 왼쪽 소매를 비틀었다. 바닥에 약간씩 끌리는 그녀의 발소리가 텅 빈 방 안을 맴돌았다. 벽 앞에서 지키멜은 멈춰 섰다. 그녀는 고개를 숙여 이마를 벽에 기대었다.

'산양을 구출하러 갔다가 붙잡혔다고?'

전혀 예상치 못한 반응이 일어났다. 지키멜은 쿡쿡 웃었다. 전혀 즐거운 기분이 들지 않았기에 그녀는 자신의 웃음에 놀랐다. 그녀는 어깨를 들썩거리며 웃었다. 그녀의 몸은 주인의 의사와 무관한 움직임에 심취해 있었다. 지키멜은 웃음과 신음이 섞인 소리를 내며 몸을 홱 돌렸다. 그녀는 뒤로 넘어지듯 벽에 등을 부딪혔다. 숨이 턱 막히며 웃음이 사라졌다. 사지의 말단 부분이 차갑게 느껴졌다. 하지만 피부 아래쪽은 간지러울 정도로 뜨거웠다.

'시오크, 왜 그랬어?'

지키멜은 유료도로당이 시모그라쥬군을 물리쳐 줄 거라는 생각은 하지 않았다. 그것은 바라는 것이 민망할 정도로 과분한 소망이다. 따라서 시모그라쥬군이 점점 다가온다는 사실은 그녀를 두렵게 하지 않았다. 하지만 지키멜은 시오크가 시모그라쥬군에게 붙잡히는 상황은 전혀 예상하지 않았다. 그런데 시오크는 그런 일이 현실에 일어난다는 것을 믿을 수 없는 방식으로 적에게 붙잡혔다.

지키멜은 등을 벽에 붙인 채 주르륵 미끄러졌다. 바닥에 앉을 수밖에 없는 높이가 되었을 때 지키멜은 두 손으로 벽을 짚었다. 주저앉을 수는 없다. 그녀는 왕이다. 지키멜은 벽을 밀며 다시 일어났다. 불신에 찬 눈으로 자신의 다리를 내려다보던 지키멜은 손 닿는 곳에 있는 가구를 짚거나 붙잡으며 천천히 의자 쪽으로 걸어갔다. 몇 번이나 비틀거렸지만 가까스로 의자에 털썩 주저앉았다. 그녀는 책상에 팔꿈치를 괸 채 두 손으로 머리를 감싸 쥐었다.

'멍청한, 멍청한, 멍청한, 멍청한⋯⋯.'

지키멜은 벌떡 일어났다.

그녀는 책상을 돌아 방 가운데 서서 외쳤다.

"와라!"

문이 열리며 들어선 것은 시종장이었다. 지키멜은 시종장의 인사를 받는 둥 마는 둥 말했다.

"말을 준비해라."

"예? 어디 가실 생각이십니까? 어느 곳으로 가실지⋯⋯."

"짐은 말을 준비하라고 했다. 마당에 대령해라!"

시종장은 당황하여 머리를 조아리고 물러났다. 문이 닫히는 것을 노려보던 지키멜은 머리 뒤로 손을 가져갔다. 틀어올렸던 그녀의 머리카락이 풀려났다. 지키멜은 머리카락 속에 손을 넣어 세차게 흔든 다음 머리를 크게 휘둘렀다. 약간 곱슬거리는 숱 많은 머리카락이 갈기처럼 그녀의 얼굴과 어깨 주위에 늘어졌다. 지키멜은 몸에 있던 몇 안 되는 장신구를 모두 떼어서 바닥에 떨어뜨렸다. 그녀가 소매를 걷어붙이고 있을 때 문이 열렸다. 말이 준비되었다는 것을 알리러 온 시종장은 왕의 파격적인 모습에 입을 쩍 벌렸다. 지키멜은 소매를 마저 걷어올리며 말했다.

"깃발을 가져와."

"예?"

"깃발을! 말이 있는 곳으로 가져와!"

그리고 지키멜은 시종장을 지나쳐 밖으로 나갔다. 복도를 따라 성큼성큼 걷는 그녀의 주위에서 크고 작은 소란들이 끊임없이 벌어졌다. 뛰어오는 시녀와 경비병들을 본 지키멜은 이마를 살짝 찡그렸다가 달리기 시작했다. 술래잡기라도 하는 것 같았다. 그녀는 앞을 막는 자를 밀어붙이고 계단을 몇 개씩 뛰어내렸다. 잠시 후 지키멜은 마당에 대기하고 있는 말구종과 몇 명의 병사들, 그리고 체구 당당한 말 앞에 도달했다. 임무를 알지 못해 서로에게 질문하던 병사들은 갑자기 기괴한 모습으로 나타난 왕의 모습에 깜짝 놀랐다. 지키멜은 그들도 무시한 채 말 위에 뛰어올랐다. 지키멜은 정문을 바라보았다.

왕의 질주를 따라왔던 자들이 속속 도착해서 그녀 주위의 무리가 커졌다. 그들은 설명을 애타게 바라는 눈으로 왕을 보았지만 지키멜은 입을 꾹 다문 채 아무 말도 하지 않았다. 그러다가 갑자기 그녀의 얼굴에 비장한 표정이 스쳤다. 시종장이 깃발을 들고 달려오고 있었다. 지키멜은 그냥 깃발이라고 말했지만 시종장은 그녀가 원하는 깃발이 무엇인지 알고 있었다. 말 옆으로 다가온 시종장에게서 깃발을 뺏다시피 받아 든 지키멜은 고개를 끄덕였다.

지키멜은 궁궐의 정문 쪽으로 달리기 시작했다.

시종장과 구경꾼들, 병사들은 뜻모를 소리를 내며 그녀의 뒤를 따라 달렸다. 지키멜은 깃발을 창처럼 앞으로 내뻗은 채 방해자는 용서하지 않겠다는 듯이 질주했다. 순식간에 정문에 도달한 지키멜은 어안이 벙벙한 표정으로 바라보는 경비병들의 곁을 지나쳤다. 궁궐 밖으로 빠져나왔을 때 비로소 지키멜은 깃발을 높이 들었다. 달리는 말의 속도 때문에 깃발은 순식간에 펼쳐졌다.

펄럭이는 깃발 속에서 꿈틀거리고 있는 것은 용이었다.

용은 어떤 모습으로든 자라난다. 따라서 용의 '일반적인' 모습이라는 것은 존재하지 않는다. 지키멜이 들어 올린 깃발 속에 있는 용은 상당히 도식화되어 있었다. 하지만 그것이 용임을 짐작하는 것은 어렵지 않았다. 도깨비 외에 무서운 화염을 토하는 동물은 하나뿐이니까. 깃발 속의 용은 자신이 토해 낸 화염에 둘러싸여 있었다. 그 화염이 그대로 깃발을 둘러싼 술로 연결되는 솜씨는 절묘했다.

용의 깃발을 펄럭이며 지키멜은 비나간을 질주했다. 놀란 사람들의 눈이 모여들었을 때 지키멜은 말의 속도를 조금 늦추었다.

"용의 자손들아, 들어라!"

비나간 사람들은 찬물을 뒤집어쓴 듯한 표정을 지었다.

타인들이 조롱하고 무시하는데도 비나간 사람들이 한결같이 자신의 조상으로 믿고 있는 키탈저 사냥꾼들은 자신들의 기원에 대해 독특한 견해를 가지고 있었다. 키탈저 사냥꾼들은 스스로 용의 자손이라고 믿었다. 그들은 용이 지닌 모순의 힘을 경배했고 누군가에게 저주할 때 모순으로 저주의 힘을 북돋기도 했다. 모순을 키탈저 사냥꾼의 저주라 부르는 것은 그 때문이다. 또한 용을 자신의 기원으로 여기기에 키탈저 사냥꾼들은 자신들의 사냥감 목록에서 하늘치와 함께 용의 이름을 제외했다.

키탈저 사냥꾼이 용의 자손이고 비나간 사람들이 키탈저 사냥꾼의 자손이라면, 손색 없는 논리에 의해 비나간 사람들은 용의 자손이 된다. 지키멜의 말을 들은 사람들은 머리끝에서 발끝까지 이어지는 짜릿함을 느꼈다.

"용의 자손들아, 들어라!"

당연한 일이지만 처음으로 왕과 함께 달린 것은 아이들과 강아지들이었다. 그들은 두 눈에 열광과 찬양을 담은 채 두 팔을 휘두르며 왕을 따라 달렸다. 그리고 뒤이어 길 근처에 있는 집으로 달려가 문을 쾅쾅 두드리며 "좀 나와 봐!"라고 외치는 자들, 가게에서 몸을 쑥 내민 채 "나와서 이것 좀 봐!"라고 외치는 자들이 나타났다. "왕이시다!" "독행왕 폐하시다!" 왕을 따라 달리는 자들의 숫자가 점점 늘어났다. 말을 타고 따라오던 궁궐 사람들은 갑자기 앞을 막아선 인파에 당황했다. 말을 타고 뛰어들었다간 명백히 대형 사고가 생길 것이다. 그들은 어쩔 수 없이 골목길로 접어들었다.

문이 열리며 사람들이 뛰쳐나왔다. 골목들마다 사람들이 몰려나왔다. 사람들은 덩어리 지어 달렸다. 그리고 그 첨단에서 지키멜이 용의 깃발을 펄럭이며 달렸다. 그녀의 외침이 바뀌었다.

"싸움을 준비해라! 용의 자손들아!"

지키멜은 대도시 비나간의 곳곳을 돌아다니며 외쳤다. 광장을 가로지르며, 대로를 따라 달리며, 말에 탄 채 계단을 오르내리며 외쳤다. 용의 자손들에게 싸움을 준비하라고 외쳤다. 그리고 인파가 있었다. 이미 인파의 상당 부분은 왕의 모습을 놓쳤다. 하지만 지키멜의 모습이 보이지 않는다는 것은 아무 문제가 되지 않았다. 아니, 오히려 더 큰 소란의 원인이 되었다. 그들은 지나가던 사람들을 붙잡고 외쳤다.

"왕을 보지 못했나?"

"뭐? 폐하께서 출궁하셨어?"

"내가 봤어! 그분께서 깃발을 휘두르며 달리는 것을 봤어!"

지키멜의 모습은 사라졌다. 그리고 왕을 찾아 이리저리 달리는 사람들만 남았다. 팔베 다리에 왕이 나타나셨어! 가자! 팔베 다리다! 아니야, 마진 계단이다! 그곳에서 왕이 연설을 하고 계셔! 어디라고? 홀빈 광장이다! 홀빈 광장! 누가 나타났다고? 왜들 이러는 거야? 뭐? 독행왕 폐하께서? 용의 자손들아, 들어라! 앗, 들었어? 들었어! 저기다! 저쪽이야! 젠장, 담을 넘어! 어이쿠, 실례합니다. 폐하께서 이 뒤쪽 골목에 계신 듯합니다! 뭐요? 그게 진짜요? 싸움을 준비해라! 용의 자손들아! 지붕! 지붕 위로 올라가 봐! 뭐가 보여? 저기서 사람들이 뛰어다니고 있어! 아냐, 저쪽에서! 어이! 거기 이층에 계신 분! 뭐가 보입니까? 저쪽인 것 같습니다! 용의 자손들아! 싸움을 준비해라!

한 사람에 의해 비나간 전체가 들끓었다. 유혈과 비명이 없을 뿐 마치 시가전이 벌어진 것 같았다. 지키멜은 이곳저곳에서 느닷없이 출현했다. 애가 타서 발을 동동 구르는 사람들 앞에 나타나 싸움을 준비하라고 외쳤다. 무슨 소동이냐며 짜증을 부리는 사람 앞에 갑자기 나타나 용의 핏줄임을 자각하라고 외쳤다. 그리고 흥분하여 달리는 자들의 뒤쪽에 나타나 키탈저 사냥꾼의 복수를 외쳤다. 비나간은 폭발할 것 같았다. 도로의 포석도, 건물의 벽도, 계단과 광장과 도랑과 다리도 흥분하여 꿈틀거리는 것 같았다. 비나간 인들은 폭음한 채 지진을 겪는 것 같았다. 용의 자손들아, 싸움을 준비해라! 우리는 빼앗긴 것을 되찾을 것이다!

말을 타고 달리며 비나간 전체에 자신의 의지를 전달하던 지키멜이 마지막으로 나타난 것은 비나간 외곽이었다. 소동의 여파는 그곳까지 도달해 있었다. 그리고 흥미로운 변주도 나타나 있었다. 비나간 외곽에서는 용이 나타났다는 것이 정말이냐는 이야기들이 오가고 있었다. 비나간이 침략당한 것이냐는 걱정스러운 이야기도 오갔다. 지키멜은 그들에게도 싸움을 준비하라고 외친 다음 말을 달려 비나간군 사령부 건물로 향했다. 자원한 비나간 인들, 키탈저의 유민들, 세계 곳곳에서 몰려온 모험가들로 이루어진 군대를 도시 가까운 곳에 둘 수는 없었다. 그래서 비나간군은 비나간의 외곽에서도 제법 떨어진 곳에 있는 파기보릭 성에 주둔하고 있었다. 지키멜은 오솔길을 따라 파기보릭 성으로 달렸다.

숲의 머리 위로 파기보릭 성의 높은 성탑이 나타났다. 지키멜은 고함지를 준비를 하며 오솔길의 입구로 뛰쳐나갔다. 그곳에는 넓은 벌판이 펼쳐져 있었다. 그 벌판은 성내에 수용하지 못한 병력들이 기거하는 야영지였다. 야영지로 뛰어들려던 지키멜은 문득 기묘한 것을 느꼈다. 그녀는 주위를 둘러보았다.

야영지는 텅 비어 있었다. 이곳저곳에 천막이나 짐수레, 마차가 있고 상자 등이 쌓여 있었지만 병사들의 모습은 보이지 않았다. 지키멜은 의아해하다가 파기보릭 성 쪽을 보았다. 그리고 성의 흉벽 위에 잔뜩 늘어서 있는 병사들을 보고 깜짝 놀랐다.

병사들이 창검을 든 채 주랑 위에 도열해 있다면 이유는 한 가지뿐이다. 성은 전투 태세였다. 지키멜은 그들이 누구를 상대로 싸울 준비를 하고 있는지 알 수 없었다. 그러다가 문득 지키멜은 비나간 군 전체가 성안으로 들어갈 수 없다는 것을 떠올렸다. 그렇다면 그 병사들은 어디로 갔을까?

지키멜은 성벽을 따라 달렸다. 성벽 위에서 그녀를 발견한 병사들이 뜻모를 비명과 고함을 질렀다. 성을 따라 크게 우회한 지키멜은 파기보릭 성의 반대편에 도달했다.

그곳에서 지키멜은 병사들을 발견했다.

수만의 병사들이 밀집하여 진형을 짠 채 성 앞에 서 있었다. 분명히 대규모 전투를 준비하는 모습이었다. 하지만 준비가 완전하지는 못했다. 아직 기율이 섬세하지 못한 비나간군은 자꾸 대오를 흐트러뜨렸고 그래서 장교들이 노성을 지르며 그들의 진형을 유지하느라 애쓰는 것 같았다. 그 모습을 보던 지키멜은 가까운 곳에서 병사들에게 욕설을 퍼붓고 있는 장교를 발견했다. 그녀는 그 장교에게 달려갔다.

"이봐! 거기!"

"빌어먹을, 너 누구…… 폐하?"

장교는 기겁하며 말에서 뛰어내리려 했다. 하지만 다리 하나를 들어 올렸던 장교는 마음을 바꿔 먹은 듯 다시 안장 위에 몸을 얹었다.

"폐하! 어서 성으로 들어가십시오!"

"무슨 일인가? 지금 그대들은 무엇을 하고 있는 거지? 훈련인가?"

"아닙니다, 폐하. 저쪽, 평야 반대편에 정체불명의 병력이 출현했습니다. 저쪽인데……."

방향을 가리켜 보이던 장교는 움찔했다. 그 방향을 본 지키멜은 그가 무엇에 놀랐는지 알았다. 그녀도 그 모습을 보았다.

무수한 인원이 파기보릭 성을 향해 똑바로 다가오고 있었다. 지평선 전체에서 먼지구름이 일었다. 지키멜은 그 먼지구름을 다 보려면 고개를 좌우로 돌려야 한다는 사실에 당혹했다.

자신의 광기를 주체하지 못하는 재인이 지평선을 탄주하는 듯하다.

지평선이라는 현이 떨림에 따라 발 딛고 있는 땅은 공명통이 되었다. 용이 몇 마리 노닐어도 흔적도 나지 않을 것 같은 장대한 먼지구름은 지평선 너머의 땅이 부서지고 있는 듯한 착각을 불러일으켰다. 지키멜은 땅이 흔들리는 것을 느꼈다. 어쩌면 그녀 자신의 전율일지도 모르지만 어쨌든 흔들리는 느낌은 착각이 아니었다.

'시모그라쥬군이 벌써?'

"……십시오!"

지키멜은 간신히 머리를 돌렸다.

"폐하! 어서 안으로 들어가셔야 합니다!"

지키멜은 고함지른 장교를 정신없이 바라보았다. 주군에 대한 걱정과 푼수 같은 처녀에 대한 짜증, 다가오는 자들에 대한 공포 등등 때문에 그의 얼굴은 상당히 다채로웠다. 그중에는 지키멜이 언뜻 알아차리기 어려운 표정도 있었다. 혼란스러워진 지키멜은 다른 병사들도 같은 표정을 짓고 있는지 살펴보았다. 그렇지는 않았다. 용의 깃발을 들고 갑자기 나타난 자가 누군지 안 병사들은 경외감을 담은 눈으로 지키멜을 바라보고 있었다. 문득 지키멜은 자신이 적과 마주한 병사들 앞에 갑자기 나타난 주군임을 깨달았다. 지키멜은 다시 성안으로 들어가라고 성화를 부리는 장교를 돌아보았다. 그리고 그녀가 읽어 내지 못했던 표정이 무엇인지 마침내 깨달았다. 희망. 근거 없고 논리 없고 실현 가능성 없는 희망.

'당신은 우리의 구원자입니까?'

지키멜은 말을 달리게 했다. 그 방향은 성의 반대쪽이었다.

장교가 비명을 질렀다. 그는 지키멜을 따라 달렸다. 조금 떨어진 곳에서 사태의 추이를 보던 다른 장교들도 당황하여 멈추라는 둥 돌아오라는 둥 외쳤다. 그 어떤 외침에도 고개를 돌리지 않았던 지키멜이 말을 멈춰 세운 것은 선두의 병사들 앞쪽으로 뛰쳐나간 후였다. 비나간 군의 거대한 방진 앞에 선 지키멜은 깃발을 높이 든 채 외쳤다.

"기다려!"

진형 이곳저곳에서 달려 나오던 장교들은 그 말에 움찔했다. 지키멜은 말을 돌려 다시 달려 나갔다. 지평선을 부수며 다가오는 병사들 쪽으로 화살처럼 달려갔다. 외로운 발굽 소리가 긴장한 땅 위로 퍼져 나갔다.

거대한 먼지를 일으키며 다가오고 있었지만 그들은 달리고 있지는 않았다. 그저 저벅저벅 걸어오는데도 워낙 숫자가 많아서 산불 같은 연기를 피워 올리고 있었다. 마음속으로 중간 지점이라고 판단한 지점에 이른 지키멜은 자신의 공포감이 거리 감각을 왜곡시켰을 가능성을 떠올리고 조금 더 달려간 다음에 멈춰 섰다. 그리고 걸어오는 병사들을 보았다. 하지만 사람들 하나하나를 떼어 내서 보기가 어려웠다. 밀밭에서 하나하나의 밀을 인지하려면 집중력이 필요하다. 땅에 떨어진 한 움큼의 쌀은 어지러울 정도로 많다는 느낌을 줄 수 있지만 한 부대의 쌀이 쏟아져 있으면 더 이상 어지럽다는 느낌이 들지 않는다. 하나의 덩어리로 보이기 때문이다. 다가오는 병사들의 무리가 그러했다. 지키멜은 그들을 관찰하는 것을 포기했다. 대신 자신에게 집중했다. 그녀는 눈을 감은 채 자신의 호흡 소리를 들었다. 다가오는 병사들의 발소리 때문에, 그리고 그 소리가 당장 자신을 덮칠 것 같은 압박감 때문에 눈꺼풀이 떨렸지만 지키멜은 이를 악문 채 호흡에만 집중했다.

희미한 호흡 소리가 들렸다. 평온하지는 않았다. 낡은 풀무처럼 거친 소리였다. 입 안에서 신맛을 느끼던 지키멜이 갑자기 눈을 떴다. 그 사이에 다가오던 병사들은 훨씬 가까운 곳에 도달해 있었다. 지키멜은 발작처럼 깃발을 든 팔을 높이 들어 올렸다.

"서라! 이곳은 우리의 땅이다!"

다가오던 병사들이 멈춰 섰다.

지키멜은 이곳저곳에서 들려오는 외침을 들었다. 아마도 지휘자들인 듯한 남녀가 고함을 지르며 병사들에게 지시를 내리고 있었다. 그들은 병사들을 한 번에 멈춰 세울 생각은 없는 것 같았다. 대열 뒤쪽에 거대한 혼란을 일으킬 우려가 있었기 때문에 대신 그들은 속도를 서서히 늦추는 것을 선택했다. 지키멜은 병사들의 멋진 움직임에 놀랐다. 좋은 통솔력을 갖춘 지휘자와 고도의 훈련을 받은 병사들의 조합이 분명했다. 물론 군사 전문가가 아닌 지키멜이 추측할 수 있는 것은 거기까지였다. 그들이 자신의 요구에 따라 멈춰 섰다는 것에 안심했지만 상황이 어떻게 변할지 도무지 추측할 수 없다는 점 때문에 새로운 긴장감을 느끼면서 지키멜은 그들을 바라보았다.

지키멜의 판단처럼 그들은 숙련 집단이었다. 좌익에서 우익까지 몇 백 미터는 될 듯한 거대한 무리가 서서히 속도를 늦추다가 별다른 혼란이나 충돌 없이 멈춰 서는 광경은 인상적이었다. 그 부드러움 때문에 지키멜은 모든 병사들이 완전히 멈춰 서고도 한참 후에야 그들이 멈췄다는 사실을 깨달았다. 그때 전열 사이로

한 남자 장교가 어깨에 깃발을 걸친 채 말을 타고 달려 나왔다.

눈을 떴을 때는 그들이 상당히 가까운 곳까지 접근해 있다고 생각했지만 지키멜은 비로소 거리가 꽤 멀다는 것을 깨달았다. 장교는 말을 빠른 속도로 몰았지만 그가 지키멜에게 접근하기까지는 적지 않은 시간이 걸렸다. 깃대를 늦춰 땅에 짚은 지키멜은 그렇게 거리가 먼데 자신의 목소리가 어떻게 들렸는지 모르겠다고 생각했다. 혹시 안 들렸던 건가? 다가온 장교는 그녀의 의심을 확인해 주었다.

"실례합니다, 아가씨. 뭐라고 하셨습니까?"

안 들렸군. 지키멜은 그들이 그저 말에 탄 채 깃발을 휘두르는 여자를 보고 멈춰 섰음을 깨닫고 쓴웃음을 짓고 싶었다. 그녀는 차분하게 말했다.

"이곳은 우리의 땅이니 멈추라고 말했다."

장교의 얼굴에 의아함이 떠올랐다. 그는 재빨리 지키멜의 차림새를 살펴보았다. 신분을 드러낼 만한 것이 하나도 없는 지키멜은 장교가 더 큰 혼란에 빠지리라 생각했다. 하지만 장교는 알았다는 표정으로 말했다.

"신분 높은 분이시군요."

"왜 그렇게 생각하지?"

지키멜은 장교가 넘겨짚는다고 생각하고 질문했다. 하지만 장교는 담담하게 말했다.

"깨끗한 용모, 손질 잘된 손톱, 고가인 것이 분명한 말과 마구 등의 도움을 받았습니다."

지키멜은 자신의 실수에 다시 쓴웃음을 짓고 싶었다. 그녀는 장교에게 목례하는 시늉을 하고 말했다.

"그대의 관찰력과 추리력이 대단한 것이 아니라고 말해 주려면 이쪽에서도 그대의 신분을 짐작해 내는 재주를 보여야겠지. 그런데 그대의 모습만 보고서는 아마도 원래 제국군이었던 것 같다는, 별로 확신 없는 추리밖에 할 수 없군."

장교는 빙그레 웃었다. 지키멜의 지적처럼 그는 제국군이라기보다는 제국군을 엉성하게 모사한 듯한 모습을 하고 있었다. 그의 옷차림은 제국군 장교의 의복과 원래 군복이 아닌 듯한 의복들이 뒤섞인 것이었고 노끈과 철사, 가죽끈 등이 꽤 여러 곳에 사용되어 있었다. 게다가 투구 아래로 흘러내리는 긴 머리카락이나 뺨과 턱을 덮은 수염 등은 절대로 군인의 것이 아니었다. 지키멜은 그가 어깨에 메고 있는 깃발을 확인하고 싶었지만 그것은 장교의 등 뒤로 늘어져 있어 잘 보이지 않았다. 그때 장교가 말했다.

"제 모습이 좀 사납긴 하지요. 설명해 드리고 싶습니다만, 먼저 존함을 알았으면 좋겠군요. 제가 어떤 분을 뵙고 있는 겁니까?"

지키멜은 짧은 시간 동안 많은 고민을 했다. 자신을 어떻게 소개할 것인가. 그냥 이름만 말하는 안은 가치중립적이기에 유혹적이었다. 설령 눈 가리고 아웅하는 짓이라 하더라도 장교는 그것을 이해해 줄 것이다. 하지만 마지막 순간 지키멜은 마음을 바꾸었다.

"짐은 독행왕 지키멜 퍼스다."

장교의 얼굴에 변화가 일어났다. 한두 가지로 깔끔하게 정리되는 표정이 아니었다. 그러나 지키멜이 열심히 찾는 혐오감은 보이지 않았다. 자기 통제를 잘하는 성격이거나 지키멜의 칭왕에 대해 실제로 혐오감이 없거나. 지키멜은 뒤를 돌아보고 싶은 것을 억누르며 장교의 입을 바라보았다. 장교가 말했다.

"확실히 잘못 나왔군요."

"뭐?"

"차림새 때문에 지위가 낮은 인물일 거라 오판했습니다. 그래서 제가 나왔지요."

장교는 지키멜의 신분에 걸맞지 않은 자신이 나온 것에 대해 사과하고 있었다. 지키멜은 그가 왕에 대한 실례라고 생각하는지 후작에 대한 실례라고 생각하는지 정말 궁금했다.

"저는 흑사자군 부위 틸러 달비라고 합니다."

지키멜은 당황했다. 그녀는 흑사자군이라는 이름을 들은 적이 없었다. 그때 틸러 달비가 어깨에 메고 있던 깃발을 똑바로 세웠다. 무거운 깃발이 옆으로 펼쳐지자 지키멜은 무의식적으로 그 깃발의 내용을 살폈다. 그런 눈길은 자제할 수 있는 것이 아니다.

잘 만든 깃발은 아니었다. 지키멜이 들고 있는 것에 비하면 조악하다 할 정도였다. 거칠게 잘라 낸 테두리는 마감도 제대로 되어 있지 않아 풀린 실이 머리카락처럼 흩날렸고 바람 속을 달리면서 그렇게 되었는지 끝부분은 아예 찢어져 나풀거렸다. 흙먼지로 누레진 깃발에는 무엇인지 모를 얼룩들도 몇 개 보였다.

그런 세부 사항은 지키멜의 눈에 들어오지 않았다. 깃발을 뚫어지게 바라보던 지키멜이 신음처럼 말했다.

"케이건."

틸러는 어리둥절해했다.

"무슨 말씀이지요?"

"흑사자. 키탈저 사냥어로 흑사자를 케이건이라고 하지."

깃발 속에서 뛰쳐나올 듯 몸을 도사리고 있는 것은 흑사자였다. 깃발 자체와 마찬가지로 그림도 건조할 정도로 장식이 없었다. 그냥 붓에 먹을 찍어 한 번에 그린 흑사자였고 그래서 터럭처럼 붓자국이 흩어지고 있었다. 하지만 그 그림을 그린 자는 묵화에 대한 좋은 교양이 있는 사람인 듯했다. 지키멜은 담백하고 힘이 넘치는 흑사자 그림에서 간신히 시선을 떼어 틸러를 보았다. 틸러는 '아' 하듯 입을 벌리고 있었다.

"당연히 키탈저 사냥어를 아시겠군요. 그러면 용은 키탈저 사냥어로 뭐라고 합니까?"

"드라카."

틸러는 고개를 끄덕이고 지키멜이 들고 있는 깃발을 바라보았다.

"그 드라카의 깃발을 보니 제 설명이 좀 조악해도 쉽게 이해해 주실 듯하군요. 우리는 제국군입니다. 하지만 그런 이름으로는 구분이 안 되지요. 시모그라쥬군도 원래는 제국군이었고 비나간군에도 적지 않은 제국군이 포함되어 있다고 알고 있습니다."

제국의 일부인 비나간이 아닌 비나간 자체인 비나간을 상징하기 위해 용의 깃발을 만든 지키멜은 틸러의 설명을 이해했다.

"그래서 다른 자들과 구분하기 위해 흑사자군이라는 이름을 선택했나?"

"그렇습니다. 이해의 편의를 위한 이름이고, 공식적인 이름은 아닙니다."

지키멜의 눈매에 의혹이 떠올랐다. 독행왕이라는 소개에 대해 공식적이지 않은 이름을 대는 것은 독행왕이라는 지위 또한 공식적인 것이 아니라는 선언이 될 수 있다. 지키멜은 틸러 달비에게 독행왕이라는 지위를 인정할 수 없다고 말한 거냐고 묻고 싶었다. 하지만 그보다 더 다급한 의문이 있었다.

"그렇다면 누가 흑사자군의 총지휘관이지?"

"대장군 엘시 에더리입니다, 폐하."

어느 정도 예상하고 있었지만 지키멜은 엘시 에더리의 이름을 듣는 순간 호흡이 가빠지는 것을 느꼈다. 칼리도의 백작, 황제의 대장군, 제국 만병장, 무향의 정복자. 나이를 늘려 가는 속도보다 더 빠르게 호칭을 늘려 가는 듯한 사람이다. 그리고 최근에는 호칭이 하나 더 늘었다.

제국의 유산 관리자. 신황제가 제국을 상속하게 될 때까지 제국의 유산이 흩어지지 않도록 취합하여 관리하겠노라고 나선 그는 제국의 유산 관리자다. 아무나 할 수 없는 놀라운 결정이지만 지키멜은 그 결정에 심각한 오류가 있다고 생각했다. 신황제가 제국을 상속하지 못하는 것은 미성년자이기 때문이 아니라 아직 태어나지 않았기 때문이다.

'잠깐. 내가 뭘 놓치고 있는 것 같은데?'

지키멜은 턱을 부르르 떨며 틸러를 바라보았다. 엘시에 대해 생각하느라 틸러의 말 중에서 더 중요한 부분을 간과했다.

'각하가 아니었어.'

틸러는 폐하라고 불렀다. 그녀가 잘못 들은 것이 아니다. 틸러는 자신이 사용한 호칭을 지키멜이 깨달았는지 궁금하다는 표정을 짓고 있었다. 순간 지키멜은 왜 틸러 달비가 흑사자 깃발을 들고 왔는지, 왜 비공식적인 단체명인 흑사자군이라는 이름을 사용했는지 이해했다. 그녀의 짐작은 맞으면서 동시에 틀렸다. 틸러 달비가 폐하라는 호칭을 사용한 이상 그가 독행왕의 지위를 인정하지 않으려 한다는 지키멜의 짐작은 틀렸다. 하지만 틸러 달비가 진심으로 그것을 인정하는 것이 아니라는 점에서 지키멜의 짐작은 맞았다. 틸러가 꺼내지 않은 말은 다음과 같다.

'당신의 왕위를 부정하지는 않겠습니다. 당신이 왕이라서가 아니라 당신과 싸우고 싶지 않아서입니다. 공개적으로 당신을 왕으로 인정할 수 없다고 선언하면 당신과 싸울 수밖에 없지 않겠습니까? 하지만 당신은 대장군 엘시 에더리에게 왕으로 인정받는 것이 아닙니다. 흑사자군의 지휘자에게 왕으로 인정받는 것입니다. 그리고 흑사자군이라는 것은 어차피 존재하지 않습니다.'

그리고 그것은 틸러의 결정이 아닐 것이다. 일개 부위가 할 수 있는 결정이 아니니까. 분명히 최고위층이 내린 결정이다. 지키멜은 약간의 어지러움 속에서 희열에 잠겼다. 진심으로 인정받는 것이 아니라는 것은 아무 문제가 되지 않는다. 엘시는 제국이 부활할 경우를 대비하여 공식적으로 인정해 줄 수 없는 거지만 제국은 어차피 부활하지 않을 테니 공식적으로 인정받는 것이나 다름없다.

틸러가 말했다.

"저는 독행왕 폐하께 전할 말을 가지고 왔습니다. 하지만 폐하의 지위에 걸맞은 분이나 전권을 대리할 수 있는 사람을 원하신다면 물러나서 그런 사람을 대신 보내도록 하겠습니다. 그렇게 할까요?"

"일단 가져온 말이 무엇인지 듣고 싶군."

"알겠습니다. 대장군 엘시 에더리가 독행왕 지키멜 퍼스께 드리는 말입니다. 범죄가 성립되려면 가해자와 피해자가 있어야 할 겁니다. 둘 중 하나뿐이라면 범죄는 성립되지 않습니다. 따라서 아직 태어나지 않은 사람에 대한 범죄는 성립될 수 없습니다."

재확인이라 할 수 있다. 아직 존재하지 않는 황제에 대한 지키멜의 불충을 묻기는 어렵다는 말에 지키멜은 커다란 미소를 지었다. 하지만 틸러는 무표정하게 말을 이었다.

"그렇지만 산모에 대한 공격은 명백한 범죄입니다."

황제의 탄생을 방해하지는 마라. 지키멜은 고개를 끄덕였다.

'알았어. 절대로 방해하지 않겠어. 나는 그게 상상 임신이라고 생각하지만, 사람들에게 큰 도움이 될 수 있는 당신의 귀한 재주가 그런 쓸데없는 일에 낭비되는 것을 보면서 아무 말 하지 않는 것은 당신과 사람들에게 부도덕한 일이겠지만, 어쩔 수 없군. 나도 비나간을 지켜야 하거든.'

즐거움에 흠뻑 빠져 있던 지키멜은 문득 틸러의 뒤편에 있는 수십만 대군을 바라보았다. 그녀는 자신이 지나치게 낙관적으로 생각하고 있는 것이 아닌가 생각했다.

"무슨 말인지 알겠군. 짐의 대답은 이러하다. 짐은 대장군이 뜻을 존중할 것이며 이미 약속했던 것처럼 출산이 이루어진다면 부족하나마 산파의 손길을 보낼 것이다."

비유에는 비유로. 그리고 지키멜은 틸러의 어깨 너머를 보는 시늉을 해 보이며 말했다.

"그런데 그게 전부인가? 그것뿐이라면 한 통의 편지로도 충분했을 텐데."

왜 저렇게 무시무시한 모습으로 왔냐는 지키멜의 질문에 틸러는 미소를 지었다.

"아닙니다. 전할 말이 하나 더 있습니다."

"그게 뭐지?"

"폐하께서 거두고 계시는 흑사자군을 데려가고 싶습니다."

지키멜은 혀를 차고 싶었다. 물론 저렇게 많은 병력을 가지고 있는 대장군이 병력이 부족해서 더 많은 제국군을 원한다고 생각할 수는 없었다.

'이런 꼼꼼한 유산 관리자 같으니라고. 상속권이 없는 자가 유산을 부당 점유하는 것은 용납할 수 없다는 거지?'

"원래 짐을 직접 만날 계획은 없을 테니 당장 대답을 받아 갈 필요는 없겠군."

"그렇습니다. 천천히 대답을 주시겠습니까?"

"그래야겠군……."

지키멜은 말끝을 약간 길게 빼서 할 말이 더 있다는 의사 표시를 했다. 틸러는 가만히 기다렸다.

지키멜은 피부에 소름이 약간 돋는 것을 느꼈다. 깃대를 붙잡은 손에 힘을 주며 그녀는 속삭이듯 말했다.

"그런데 짐도 대장군에게 전할 말이 하나 있다. 요청이라고 해야겠군."

무심히 고개를 끄덕이려던 틸러는 지키멜의 심상치 않은 태도를 깨달았다. 그는 머리를 조아렸다.

"말씀하십시오. 전하겠습니다."

공공연하게 이야기되는 전설에 따르면, 시모그라쥬 대사였던 데오늬 달비는 흔히 원추리문이라고 알려져 있는 데오늬 달비 여성 기숙 학교의 건설지를 결정하기 위해 지명이 없는 지도를 이용했다고 한다.

 그 방식은 다음과 같다. 첫째, 지명을 모두 삭제한 대륙의 지도를 만든다. 둘째, 제국령의 중심을 면밀하게 찾아낸다. 셋째, 지명이 있는 지도에서 중심의 지명을 확인한다. 그 결과로 선택된 곳이 하이스라는 것이다. 전 세계에서 오는 여학생들을 받아들이려면 세계의 중심에 있어야 한다는 것이 그런 결정 방식의 이유였다.

 물론 상식인들은 그것을 근거 없는 야사로 치부했다. 설령 제국의 중심이 건설지 결정의 중요한 이유였다 하더라도 그런 식의 접근으로는 지리적 중심을 찾아낼 수 있을 뿐 사회적 중심은 찾아낼 수 없다. 도로망과 인구 분포를 고려하지 않았기에 무의미한 것이다. 지도에서 보면 하이스가 제국령의 가운데쯤으로 보인다는 사실과 데오늬 달비라는 인물의 특이한 개성 때문에 그런 전설이 생겼을 뿐 원추리문이 하이스에 건설된 것은 그곳에 대학교가 많아서 교육 자원이 풍부하기 때문이라는 것이 상식인들의 설명이었다.

 하지만 사람들은 그 전설을 좋아했다. 그리고 원추리문에 다니던 학생들 중에는 그런 전설을 그저 즐거운 이야깃거리 이상으로 대한 한 학생이 있었다. 그녀는 반쯤 장난삼아 나무 판자로 제국의 평면 모형을 만들었다. 그리고 뾰족한 막대기 위에 그것을 얹었다. 놀랍게도 하이스를 접점으로 하자 제국의 평면 모형은 어느 곳으로도 기울지 않고 막대기 위에서 수평을 이루었다. 물론 이 또한 학문적으로는 아무 의미가 없는 일이지만 학생들, 그러니까 신비함에 대한 동경을 뿌리치기 힘든 십 대에서 이십 대의 처녀들은 그 실험에 열광했다. 그리하여 그 실험은 두 번째 전설이 되었다.

베로시 토프탈 장군이 바라보는 석조 조각상에는 그런 내력이 숨어 있었다. 베로시는 싱긋 웃었다.

마루젤의 작품으로 알려져 있는 그 조각상은 사실은 작자 미상이었다. 어쩌면 조각에 관심을 가졌던 어느 대학생이 만든 다음 집에 가져갈 수 없어서 버리고 간 물건일지도 모른다. 어쨌든 그 작품을 만든 이는 데오늬 달비의 전설에서 창작 동기를 얻었음이 분명하다.

조각상은 크게 두 부분으로 나뉠 수 있었다. 윗부분은 제국의 모형이었다. 그 모형은 전설 속의 학생이 만들었다고 알려진 판자 모형과 격이 달랐다. 거기에는 시구리아트 산맥과 지러쿼터 산맥, 처용 산맥, 기타 제국의 중요한 산맥들과 강들, 평야와 계곡 등이 입체적으로 묘사되어 있었다. 물론 정밀한 모형은 아니었고 베로시 토프탈 장군은 시모그라쥬 근처의 지형에서 잘못된 부분을 찾아낼 수 있었다. 하지만 그것은 놀라운 집중력과 끈기, 섬세한 기술이 엿보이는 예술 작품이었다.

그러나 정말 놀라운 것은 조각상의 아랫부분이었다. 제국 모형을 떠받치고 있는 것은 경사가 완만한 원뿔이었다. 그리고 원뿔의 뾰족한 끝 부분은 제국 모형을 관통하여 하이스 지역에서 머리를 내밀고 있었다. 창작 의도를 명백하게 알 수 있는 구조였다.

높이가 베로시의 허리에 이르고 넓이는 원형 탁자만 한 석조 조각상은 광장의 중앙에 놓여 있었다. 그리고 조각상의 주위에는 석조 기둥들이 놓여 위쪽의 지붕을 받치고 있었다. 야외에 있는 조각상에 지붕을 얹는 일은 특이한 일에 속하지만 이 경우에는 적절하다고 할 것이다. 비록 무게중심이 잘 맞춰져 있다 하나 그

작품은 아무래도 불안한 형태였다. 입체적으로 만들어진 제국 모형에 빗물이 고이거나 하면 무게 중심이 달라질 테고, 원뿔 위쪽의 제국 모형이 기울 것이다.

또한 그 지붕에는 그늘을 만들어 주는 효과도 있었다. 그래서 조각상을 감상하는 베로시는 햇빛을 피할 수 있었다. 광장에 서서 찌르는 듯한 햇빛을 받으며 서 있어야 하는 자들이 분개하는 것은 당연하다.

분개하고 있는 이들은 조각상에서 5미터쯤 떨어진 곳에 모여 서 있는 남녀들이었다. 모두 나이가 지긋했고 지팡이를 쥔 자도 적지 않았다. 그들은 한자리에 오래 서 있는 것만으로도 고역이었다. 게다가 그늘 하나 없는 광장에서 여름 햇살을 받는다는 것은 고통이었다. 베로시의 대답을 기다리고 있었기에 그들은 꼼짝도 못한 채 그곳에 서 있었지만 정작 베로시는 조각상만 들여다볼 뿐 아무 대답도 하지 않았다.

결국 한 사람이 지친 목소리로 말했다.

"상장군님, 예술 감상은 좀 미루시면 안 되겠습니까?"

베로시는 고개를 들어 아직도 거기 서 있었냐는 표정을 지었다. 노인들의 얼굴이 일그러졌다. 베로시는 뒷짐을 지고 서서 말했다.

"여러 학장님, 이야기는 다 끝난 것이 아니었던가요? 저는 돌아가기 전에 이걸 좀 보고 갈 생각이었습니다만."

학장님이라 불린 노인들은 당황하거나 격분했다. 먼저 입을 열었던 노인이자 하이스 대학 학장이 볼을 경직시켰다가 타이르는 어조로 말했다.

"서로간에 오해가 있었군요. 우리는 이야기가 끝났다고 생각하지 않습니다, 상장군님. 학교는 학생들을 보호해야 합니다. 우리는 학생을 내드릴 수 없습니다."

"여러분이 학교와 학생을 제대로 보호하는 길은 군령자들을 빨리 학교 밖으로 내보내는 것입니다."

학장들의 얼굴이 다채로운 색깔로 물들었다. 베로시의 말은 군령자들을 계속 보호할 경우 학교에 쳐들어가겠다는 뜻이었다. 학장들은 그 말을 믿을 수 없었다. 대학교는 치외법권 지대다. 물론 그것은 불문율이지만 어떤 불문율은 성문법보다 더 강력하게 지켜진다. 황제 사냥꾼 지멘과 아실도 대학교에서는 자유롭게 정체를 드러내었고 교수들도 상대방이 황제 사냥꾼이라는 것을 아는 상태에서 자유롭게 이야기했다. 학장들의 낭패감을 보던 베로시는 고개를 옆으로 조금 기울인 채 말했다.

"학장님, 그 재수 없는 군령자들을 무엇 때문에 보호하시는 겁니까?"

"재수가 없다는 것이 무슨 뜻인지 모르겠군요. 그들도 다른 학생들과 똑같은 학생일 뿐입니다."

"죽었으면서도 죽지 않은 자들입니다. 군령자 속의 영들에게는 아무런 법적 권리가 없습니다."

법학자이기도 한 학장 한 명이 그런 학문적 오류는 용서할 수 없다는 듯이 말했다.

"그건 법과 군령자 모두 잘 모르는 바보들이 하는 소리일 뿐입니다. 특정한 조건이 주어진다면 군령자도 법적 행위의 주체가 될 수 있습니다. 군령자 문제가 법적으로 까다롭다는 것은 사실입니다. 법학 쪽에서는 군령자의 법률 행위에 대해 대개 세 가지 정도의 이론이 있는데……."

학장은 제발 그만두라는 동료 학장들의 시선을 받고서야 간신히 입을 닫았다. 베로시는 싸늘한 미소를 지은 채 말했다.

"아아, 제가 바보라고 생각하시는군요."

"아, 아닙니다. 그런 뜻으로 한 말이 아니라……."

"그러면 무슨 뜻으로 하신 말씀이죠?"

법학자 학장은 입을 다물었다. 다른 학장 한 명이 어색해진 분위기를 만회하려고 입을 열었지만 베로시의 저지에 막히고 말았다. 손바닥을 내밀어 학장들의 입을 막은 베로시는 딱딱 끊어지는 어투로 말했다.

"여러분, 더 이상 말하지 않겠습니다. 저도 바쁜 사람입니다. 이미 하이스 내의 모든 군령자들이 체포되었고 남아 있는 것은 학교에 숨어 있는 자들뿐입니다. 저는 그 일을 빨리 끝마치고 싶습니다. 하이스 사람들에게 불필요한 불안을 주고 싶지는 않으니까요. 일을 마무리 짓는 가장 간단한 방법은 병사들을 보내어 그 군령자들을 잡아 오게 하는 것입니다. 하지만 저는 교육의 권위를 존중하는 사람이기 때문에 여러분에게 기회를 드리는 겁니다. 그 기회를 잘 이용하시는 것이 좋을 겁니다. 내일 정오까지 군령자들을 지정한 장소에 보내십시오. 그러면 저는 이만 물러가겠습니다."

베로시는 호위병들에게 눈짓을 보내고 조각상 곁을 떠났다. 그녀를 쫓아가듯 걸어 나간 몇몇 학장들은 험악한 표정을 짓는 호위병들 때문에 걸음을 멈춰야 했다. 그들은 좌절감을 곱씹으며 서로의 얼굴을 우울하게 바라보았다.

하이스 태수관 쪽으로 걸어가며 베로시는 몇 시간 후 학장들이 겪게 될 당황을 생각하며 속으로 웃었다. 내일 정오라는 것은 군령자들을 안심시키기 위해 한 말일 뿐이다. 그렇게 말했으니 군령자들은 밤을 틈타 도망치려 할 것이다. 하지만 대학교에 대한 기습 준비는 이미 끝났다. 앞으로 몇 시간 후, 해가 지려면 한참 남아 있는 시간에 전격적으로 기습 체포가 이루어질 것이다. 그 예상은 베로시를 즐겁게 했다. 다른 사람의 허를 찌르는 일은 언제나 즐겁다.

그러나 베로시의 예상은 실현되지 않았다.

태수관으로 돌아오자마자 베로시가 접한 정보 때문에 시모그라쥬군 전체에 비상이 걸렸다. 그 때문에 변복한 채 대학교에 대한 기습 준비를 하던 병사들은 황급히 본대로 복귀했다. 베로시 토프탈을 놀라게 하고 대학교에 있던 군령자들을 구출한 것은 비나간 근처에 제국군 96만 명이 나타났다는 첩보였다.

비나간과의 일전이 멀지 않았기에 베로시는 비나간에 많은 첩자들을 파견해 두었다. 그 첩자들 중 한 명이 파기보릭 성 근처에서 일어난 일을 거의 정확하게 알려 왔다. 독행왕 지키멜 퍼스와 제국군 사이에 어떤 이야기가 오갔는지에 대해서는 첩자도 몰랐지만 96만 명의 제국군이 파기보릭 성에서 5킬로미터쯤 떨어진 곳에 주둔했으며 제국군과 비나간군 사이에 무력 충돌의 기미는 없다는 사실은 여러 명의 첩자들이 동시에 보내온 보고로 확실해졌다. 베로시는 눈앞이 캄캄해진다는 진부한 표현이 놀랍도록 사실적인 것이었음을 알게 되었다.

96만 명. 제국 내에서 다섯 손가락 안에 드는 대도시들의 인구를 전부 모아도 비슷해질까 말까 한 엄청난 숫자다. 베로시는 엘시가 제국군을 모으고 있다는 것을 알고 있었지만 그렇게 많은 숫자를 그렇게 빨리 모으리라고는 상상도 하지 못했다. 아니, 그 성공 가능성조차 높게 보지 않았다. 그런데 대장군은 순식간에 그 대군을 모아서 하이스에서 직선 거리로 800킬로미터밖에 떨어져 있지 않은 비나간에 나타났다. 800킬로미터는 보통 인간에겐 까마득한 거리지만 96만 명의 대군을 맞이해야 하는 사람에겐 지나치게 짧은 거리다. 준비에 필요한 충분한 시간을 벌 수 없기 때문이다.

그녀가 긴급하게 소집한 회의에 참석한 지휘관들도 하이스와 비나간 사이의 거리에 대해서는 비슷한 평가를 내리고 있었다. 역시 제국군이기에 제국군의 이동 속도를 잘 알고 있던 그들은 가을이 오기 전에 제국군이 하이스에 나타날 수 있다고 판단했다. 그리고 때는 이미 늦여름인 5월이었다.

과거에 대한 아쉬움에서 자유로운 사람은 아무도 없다. 베로시는 우물에 갇힌 엘시에게 기름을 붓고 불을 지르지 않은 것이 너무나도 아쉬웠다.

전반적으로 우울한 분위기 속에서 몇 가지 대책안이 제시되었다. 크게 두 가지로 나눌 수 있었다. 하이스를 전장으로 삼느냐, 좀 더 남쪽을 전장으로 삼느냐. 아무래도 후자 쪽이 더 현실적이었다. 하이스를 전장으로 삼는다면 점령지 안정화를 위해 배후에 남겨 두었던 병력을 모두 북상시켜야 했다. 그러면 점령군이 사라진 점령지의 민심이 이반할 테고 보급선 또한 지나치게 길어진다. 남쪽으로 내려간다면 제국군과의 충돌 시점을 더 늦추면서 이미 점령한 지역에서 싸울 수 있었다.

하지만 그것은 후퇴를 의미한다. 사기가 떨어지는 것은 둘째 치더라도 겨울이 오기 전에 최대한 북진한다는 당초 계획이 수포로 돌아가는 것이다. 베로시는 쉽게 결정을 내릴 수 없었다. 그

때 참모들 중 한 명이 조심스럽게 말했다.

"상장군님, 이런 말씀을 드리는 것은 좀 뭣합니다만, 회의 분위기에서 이해가 안 되는 점이 하나 있습니다."

"그게 뭔가?"

"에더리 대장군과 싸운다는 것을 기정사실화하고 있는 것 같군요. 하지만 왜 그래야 합니까?"

베로시는 미친 것 아니냐는 표정으로 참모를 노려보았다.

"그러면 사라진 제국의 대장군이 우리를 어떻게 대할 것 같은가? 제국을 얻기 위해 나선 우리를 영웅으로 칭송할까?"

참모는 불편한 표정을 지었다.

"상장군님, 저를 바보로 여기셔서 기분이 좋으시다면 그러셔도 좋습니다만, 그래도 저는 바보가 아닙니다."

베로시는 퍼뜩 자신을 가다듬었다. 뜻밖의 소식 때문에 지나치게 흥분해 있었던 것이라 생각한 베로시는 사과하는 표정으로 말했다.

"미안하군. 자네 말뜻을 짐작하기 어렵군. 설명해 주겠나?"

"그러겠습니다. 엘시 에더리가 주장한 것은 널리 알려져 있습니다. 쉬운 말로 바꿔 보면 이런 겁니다. '황제가 사라졌다고 해서 서로 싸우지 말고 한자리에 정답게 모여 새 황제를 뽑아 봅시다.' 그리고 엘시는 그 주장을 우리에게 강요할 수 있다고 믿었습니다. 문제는, 실제로 그가 그럴 수 있다는 겁니다. 이미 증명되었습니다. 아무도 그와 같은 일을 할 수 없습니다. 반년 만에 제국 북부에서 전체 제국군의 절반에 해당하는 숫자의 병력을 규합한다는 것은 사람의 능력이 아닙니다. 우리 시대에 그런 사람은 엘시 에더리 한 명뿐입니다."

엘시를 칭송하는 참모를 보며 베로시는 혹시 참모가 항복을 주장하려는 것 아닌가 하는 의심을 품었다. 하지만 조금 전의 경험 때문에 베로시는 조급한 마음을 꾹 참으며 참모의 말을 기다렸다. 참모는 잠시 기다렸다가 반복하듯 말했다.

"엘시 에더리만이 그럴 수 있습니다."

베로시는 점점 분노가 치밀었다. 그녀가 화를 내기 직전 참모가 말했다.

"바꿔 말하자면, 에더리 대장군이 없으면 그런 일은 일어나지 않습니다. 그리고 이미 일어났다 해도 에더리 대장군이 사라지면 일어나지 않은 일이 될 겁니다."

베로시는 정신이 번쩍 드는 것을 느꼈다.

"암살 말인가?"

참모는 고개를 끄덕였다.

"성공한다면 제국군은 자연스럽게 흩어질 겁니다. 자신하는데, 그의 부하들은 그것을 유지하지도 못할 겁니다."

다른 사람들과 마찬가지로 이레 달비는 자신의 주인이 없어지면 흑사자군이 온갖 문제에 직면할 것임을 짐작할 수 있었다. 이레가 다른 사람들과 달랐던 것은 그 온갖 문제의 시발점이 무엇일지 짐작할 수 있다는 것이다. 이레는 걱정에 빠진 눈으로 히도큰 하장군과 론솔피, 주테카를 바라보았다. 론솔피는 몸을 한껏 부풀려 검은 재난으로 변한 상태에서 히도큰을 내려다보고 있었다. 그는 벼슬을 부풀린 채 말했다.

"무슨 소리인지 알겠는데, 나는 그쪽의 지휘를 받을 생각이 없습니다. 왜냐하면 나는 엘시의 금군이란 말입니다. 금군은 황제의 지휘만 받습니다. 알겠습니까?"

흑사자군 중에는 자신이 차기 황제의 병사라고 생각하는 사람들이 적지 않았지만 그중에서 론솔피만큼 공개적으로 그 사실을 말하는 사람은 없었다. 론솔피는 엘시가 황제가 되고 자신은 엘시의 금군이 된다는 것을 우주적 법칙으로 받아들이고 있었다. 엘시도 론솔피에게 항의하는 것을 포기하고 대신 무시하는 것으로 대응책을 수정해야 했다.

거기까지였으면 좋았을 것을, 론솔피는 자신의 솔직한 감상을 남김없이 말했다.

"게다가 내가 금군이 아니라 해도 나는 그쪽의 정신 나간 부하 놈들하고 어울리고 싶은 생각이 깃털 반 조각만큼도 없습니다."

히도큰은 고개를 끄덕였다.

"내 부하들 중에 생각이라는 것을 별스러운 취미 활동쯤으로 여기는 녀석들이 많다는 것은 나도 인정하는 사실이야. 하지만 명령 체계는 확실히 서 있어야 해. 그렇지 않으면 문제가 생긴다. 너희들이 제멋대로 소속도 없이 그렇게 돌아다니면 낭비일 뿐만 아니라 혼란의 원인도 되지."

히도큰이 원하는 것은 흑사자군 내부에 있는 레콘을 모두 민들레 여단에 포함시켜 체제를 정비하는 것이었다. 그의 요구는 합리적이었다. 히도큰은 엘시와 직접 상대하는 레콘들 때문에 엘시가 시간을 너무 많이 뺏기는 것을 걱정했다. 그것은 조직의 층위를 만드는 기본 이유에 해당하는 것이었고 엘시가 쵸지와 론솔피, 주테카를 따로따로 상대하느라 부족한 시간을 할애하는 것을 옆에서 보고 있는 이레는 히도큰의 주장에 심정적으로 동의하고 있었다. 하지만 론솔피와 주테카, 쵸지는 각자의 이유에서 히도큰의 지휘를 받는 것을 거절했다. 엘시는 그들이 원하지 않는 일은 할 필요가 없다고 결정했기에, 히도큰은 엘시에게 요청하는 대신 그들을 직접 설득하기로 했다. 그것은 론솔피와 주테카를 화나게 만들었다. 론솔피가 흥분하여 말했다.

"제기랄, 엘시는 안 그래도 된다고 했잖습니까? 부대는 혼자 있어도 레콘이라고!"

주테카는 어쩔 수 없다는 얼굴로 론솔피의 말을 수정했다.

"레콘은 혼자 있어도 부대라고 했어, 론솔피."

론솔피는 잠깐 동안 혼란에 빠졌다. 그동안 주테카는 히도큰에게 말했다.

"명령 체계, 명령 체계하는데. 이거 보쇼. 우리도 예비역입니다. 군대 생활은 부족하지 않게 해 봤습니다. 엘시가 당신 상관 아닙니까? 상관이 그렇게 결정했으면 그냥 따르면 되지요. 엘시도 레콘 한 명 한 명을 다루는 것이 대장군이 할 만한 일이라고 생각했으니까 우리를 내버려둔 겁니다. 레콘은 혼자 있어도 부대라는 것은 그런 뜻이지요."

론솔피는 자신을 대신하여 말을 정리해 주는 주테카에 대한 응원으로 고개를 열렬히 끄덕였다. 히도큰은 별다른 감명을 받지 않았다는 투로 말했다.

"그 말에는 반대 안 하겠는데, 여기엔 그렇지 않아도 부대가 너무 많아."

론솔피가 왈칵 화를 냈다. 주테카 또한 마찬가지였다.

"이런, 젠장! 말귀 더럽게 못 알아먹네. 이것 봐요. 나는 엘시의 금군이란 말입니다!"

"당신 부하들같이 정의롭지 못한 것들은 내 깃털을 상하게 합니다! 알겠습니까?"

히도큰은 그 말에 꿈쩍도 하지 않았다. 이레는 다급함을 느꼈다. 레콘을 가리켜 폭력적이라고 말하는 것은 동어반복이다. 심상찮은 사태가 생길 것을 대비하여 이레는 근처에 있던 틸러에게 빨리 대장군님을 모셔 오라고 부탁했다. 자신이 직접 달려가지 않은 것은 틸러에게 레콘들을 맡기기가 미덥지 않았기 때문이다. 이레는 그나마 론솔피와 주테카, 두 레콘과 친분을 쌓아 두었다. 하지만 점점 깃털을 부풀리는 론솔피와 주테카를 보며 이레는 자신이 있든 종형이 있든 마찬가지였던 것 아닐까 생각했다.

이레의 믿음은 보답을 받았다. 주테카가 갑자기 근처에서 얼쩡거리던 이레에게 외쳤다.

"이레! 이리 와! 이 꽉 막힌 하장군에게 엘시의 뜻을 들려주라고!"

론솔피와 히도큰도 그에게 고개를 돌렸다. 이레는 사태에 개입할 수 있게 된 것을 기뻐해야 할지 슬퍼해야 할지 알 수 없었다. 그는 세 레콘에게 천천히 걸어갔다.

히도큰의 퉁명스러운 얼굴을 보며 이레는 쵸지를 생각했다. 론솔피가 엘시의 금군이 될 것이기에 다른 자의 휘하에 들어갈 수 없고 주테카가 도무지 정의롭다고 할 수 없는 히도큰의 부하들(민들레 여단으로 보내진다는 것은 레콘에게 처벌이다. 그런 처벌을 받은 레콘들이 어떤 자들일지 짐작하기는 어렵잖다.)을 싫어하는 것처럼, 쵸지도 민들레 여단에 포함되는 것을 거부하는 자신의 이유를 가지고 있었다. 언젠가 이레가 그 이유를 묻자 쵸지는 우울한 얼굴로 대답했다.

"만약의 경우를 대비해서."

"만약의 경우요?"

"상관 살해가 저 친구의 버릇일 것 같지는 않지만, 그래도 전례는 무시하기 어렵지."

쵸지는 만에 하나 히도큰이 다이렌 장군을 죽인 것처럼 알 수 없는 이유에서 엘시 또한 공격할 경우 그것을 저지하려면 히도큰의 지휘를 받는 것이 불편하다고 생각하고 있었다. 이레는 쵸지의 그런 이유에 찬성할 수밖에 없었고, 그래서 주테카와 론솔피에게도 응원을 보낼 수밖에 없었다. 아직도 돌아오지 않는 틸러에게 속으로 욕설을 중얼거리며 이레는 공손하게 말했다.

"히도큰 하장군님, 물론 하장군께서 주인님을 생각하셔서 그러신다는 것은 저도 잘 압니다. 다망하신 주인님을 대신하여 레콘들의 지휘 문제만이라도 자신이 맡으시겠다는 뜻을 저는 정말 감사하게 생각합니다. 하지만 주인님께서는 그러지 않으셔도 된다고 결정하셨습니다. 그분께서 그렇게 결정하셨으니 더 왈가왈부할 필요는 없지 않을까 생각합니다."

"이레, 주인의 노고를 못 본 체하다니 몸종답지 않군."

이레는 욱하는 기분을 느끼며 히도큰을 바라보았다. 그 자신은 그런 평가에 진저리를 치지만 어쨌든 이레는 전설적인 몸종이다. 그에게 몸종답지 않다고 말하는 사람을 본 적이 없었다. 이레는 쌀쌀맞게 말했다.

"저는 몸종으로서 주인의 뜻을 따르는 것입니다."

히도큰은 부리를 딱 부딪쳤다.

"네가 엘시의 말을 반복하려는 거라면, 됐다. 엘시의 말은 이미 들었으니까."

이레는 화가 나면서도 가까스로 끼어든 상황에서 다시 쫓겨나는 것에 두려움도 느꼈다. 그는 히도큰을 올려다보았다. 그런데 히도큰은 그나 주테카, 론솔피가 아닌 다른 쪽을 보고 있었다. 이레는 드디어 엘시가 왔구나 생각하며 반갑게 고개를 돌렸다.

그들을 향해 다가오는 것은 두 사람이었다. 그중 한 명은 틸러였지만 다른 사람은 엘시가 아니었다. 무표정하게 걸어오고 있는 사람은 쵸지였다. 이레는 틸러 쪽에게 어떻게 된 거냐고 묻는 표정을 보냈지만 틸러는 어깨만 으쓱일 뿐이었다.

가까이 다가온 쵸지가 이레를 내려다보며 말했다.

"이레, 주인에게 가 봐. 손님맞이를 준비해야지."

"아…… 예. 그런데…….”

"어서."

이레는 쵸지를 한 번 올려다보고는 몸을 빼기로 했다. 그는 틸러에게 달려가 말했다.

"어떻게 된 거야? 주인님을 모셔 오라고 했잖아? 레콘들은 우리 주인님만 다룰 수 있어."

"대장군님을 찾다가 왕벼슬을 만났는데 내게 대장군님을 왜 찾느냐고 물어보더군. 그래서 사정을 설명했더니 대장군님은 바쁘니까 자기가 처리하겠다고 왔어."

"자기가 처리해?"

이레는 뒤를 돌아보았다. 쵸지는 팔짱을 낀 채 히도큰을 물끄러미 바라보고 있었다. 이레는 상황이 안정되기는커녕 오히려 레콘 한 명분의 폭력이 더 늘어난 것이 아닌가 걱정했다. 그때 틸러가 그의 어깨를 툭 치며 말했다.

"그런데 너 빨리 가 봐야지? 지나가다가 들었는데 마차가 안으로 들어왔대.”

"어, 벌써? 알았어.”

시간이 없음을 안 이레는 걱정 속에서 달려갔다. 틸러는 그 뒷모습을 보다가 대치하고 있는 레콘들을 보았다. 쵸지는 조용조용한 어투로 말하고 있었다. 틸러는 어깨를 으쓱이고 자기 일을 찾아 떠났다. 하지만 쵸지가 말하고 있는 내용을 알았다면 그렇게 쉽게 떠날 수 없었을 것이다.

두 인간이 사라진 것을 보고 있던 레콘은 없었다. 히도큰은 쵸지를 똑바로 바라보고 있었고 론솔피와 주테카도 히도큰 대신 경악한 얼굴로 쵸지를 보고 있었다. 쵸지는 부드러운 어조로 전혀 부드럽지 않은 내용을 말하고 있었다.

"그래서 궁금해졌습니다. 절망도에 비상 사태가 발생할 경우 어떻게 물을 건너기로 되어 있습니까? 어쨌든 헤엄을 쳐서 건널 수는 없지 않습니까. 민들레 여단 직속의 배가 있습니까? 그러면 평소에 항해 훈련도 합니까?”

주테카와 론솔피는 자신도 모르게 주춤주춤 물러났다. 히도큰은 벼슬을 약간 세운 채 쵸지를 바라보았다. 겉으로 보기에는 큰 감정의 동요가 없어 보였다. 하지만 그가 부리를 열자 상당히 탁한 목소리가 흘러나왔다.

"배가 있다. 하지만 훈련은 안 한다.”

"그래요? 그렇다면 문제가 좀 있군요. 어쨌든 그 배는 비상시에 이용해야 하지 않습니까. 모든 것이 뒤죽박죽될 수 있는 비상시에 그걸 타야 한다면 평소에 미리 훈련을 해 두는 것이 좋을 텐데요. 배는 마차나 뭐 그런 것처럼 움직이지는 않잖습니까. 아무래도 물 위를 건너는 거니까 이리저리 흔들릴 테지요. 그렇지 않습니까?"

"너…… 왜 이래……?"

"뭐 말씀입니까?"

으르렁거리는 주테카와 론솔피를 앞에 두고도 꿈쩍하지 않았던 히도큰의 몸이 조금씩 부풀었다. 그는 짜내는 듯한 목소리로 말했다.

"내 부하들 중에도…… 도저히 다른 여단에 둘 수 없어서 민들레 여단으로…… 쫓아 버린 놈들 중에도 너만큼 미친 놈은 없어. 제기랄."

히도큰은 더 견딜 수 없다는 듯이 몸을 홱 돌렸다. 자부심을 지키는 마지막 수단은 달리는 대신 걷는 것이었다. 물론 그 걸음은 꽤 빨랐다. 쵸지는 성큼성큼 걸어가는 히도큰의 뒷모습을 보며 싱긋 웃었다. 고개를 돌린 쵸지는 환호를 보내야 할지 저주를 보내야 할지 알 수 없어서 혼란에 빠진 론솔피와 주테카를 보게 되었다. 쵸지는 그들에게도 미소를 보냈다. 안타깝게도 그 미소는 호의의 증거가 아닌 정신 질환의 증거로 여겨졌다. 쵸지는 그들이 보내는 평가를 그냥 수용하기로 했다. 그도 자신이 좀 돌지 않았나 의심하고 있었기 때문이다.

지키멜 퍼스는 기가 죽은 눈으로 마차 바깥을 바라보았다. 백만 대군이 뿜어내는 날숨을 느낄 수 있을 것 같았다.

백만 대군. 책이나 노래가 아닌 현실 속에서 쉽게 볼 수 있는 것이 아니다. 지키멜도 아라짓 제국의 총 군사력이 200만이라는 것은 알고 있었다. 그리고 백만은 그 절반에 불과하다는 것도.

그러나 그 절반이 한자리에 모여 있다는 것은 압도적이었다. 당연한 일이지만 백만 대군에는 수십 명의 상장군이 있다. 지키멜은 자신의 군사 전문가에게 이해하기 쉽게 귀족의 예를 들어 줄 것을 요구했고 그녀의 요청을 받은 전문가는 대장군을 황제로 생각한다면 상장군은 적어도 공작이나 후작에 준한다고 알려 주었다. 그리고 후작은 왕이 되기 전 지키멜이 가지고 있던 신분이었다. 물론 상장군과 후작의 일대일 대응은 불가능하지만 상장군들은 자신이 속한 계급 사회에서 지키멜과 비슷한 위치를 차지하고 있는 인물들이라고 볼 수 있다. 그런 인물들이 수십 명이나 있다는 사실을 떠올린 지키멜은 위세를 차리는 것이 아무 도움이 되지 않을 거라 생각했다. 그래서 그녀는 혼자 오기로 결정했다. 마차 안에 있는 사람은 두 명의 시녀뿐이었고 바깥에는 마차를 모는 마부뿐이었다.

독행왕의 영접을 담당한 하스마 빌 상장군은 조금 당혹했다. 마차가 흑사자군의 주둔지 안으로 들어서자마자 빌 상장군은 지키멜이 마차 한 대에 두 명의 시녀만 동반한 채 왔다는 보고를 받았지만 그 모습을 직접 눈으로 보자 당혹할 수밖에 없었다. 마차가 천천히 멈춰 서는 것을 보던 빌 상장군은 옆에 서 있던 니어엘 헨로 수교위에게 속삭였다.

"헨로 수교위, 남자라면 대담함을 보여 주기 위해 객기를 부리는 거라고 생각하겠지만 독행왕이 왜 저러는지 잘 모르겠군. 같은 여자로서 좀 설명해 주겠어? 왜 저렇게 단출하게 온 것 같나?"

니어엘은 싱긋 웃었다.

"남자는 함께 목욕한 다음 친해지고 여자는 친해져야 함께 목

평가를 수용하는 태도 157

욕한다는 이야기 아십니까?"

"들어 봤어."

"목욕은 비무장으로 하는 법이지요. 화려한 수행인 없이 오는 것도 목욕하는 것과 비슷하군요."

"그렇군."

"남자가 친하지 않은, 그러니까 믿을 수 없는 사람에게도 비무장을 보여 주는 건 말씀하신 것처럼 객기를 부리는 걸 겁니다. 남자들에겐 상대를 믿을 수 있느냐보다 누가 더 세냐가 중요하니까요. 반대로 여자는 믿을 수 있는 사람에게 비무장의 모습을 보여 주지요. 여자들에겐 누가 더 센가 하는 것은 별로 중요하지 않습니다. 그보다는 믿을 수 있느냐가 더 중요하지요."

"독행왕은 우리를 믿는다는 건가?"

"그렇게 생각한다는 것을 보여 주고 싶은지도 모르지요. 물론 저는 용인이 아니니 확신할 수 없습니다."

"재미있군. 아, 마차에서 내리는군. 가 볼까?"

마차를 몰고 온 마부의 도움을 받아 지키멜이 마차 아래로 내려왔다. 하스마 빌 상장군과 니어엘 헨로 수교위는 도열한 병사들 사이를 걸어 지키멜에게 다가갔다. 지키멜은 약간 주눅이 든 표정으로 좌우를 둘러보고 있느라 두 사람의 접근을 알아차리지 못했다. 하스마 빌 상장군은 그녀가 자신을 인지할 때까지 기다렸다가 천천히 경례했다.

"독행왕 지키멜 퍼스 폐하 만세. 호두나무 군단장 하스마 빌 상장군입니다. 폐하를 영접하는 영광을 가지게 되었습니다. 이쪽은 9014 독립 중대 중대장 니어엘 헨로 수교위입니다."

지키멜은 안도했다. 그녀는 영접관이 어떤 계급을 가진 사람일지 궁금해하고 있었다. '상장군과 여자 장교라면 충분히 극진한 거라고 할 수 있겠지?' 지키멜은 밝은 표정으로 말했다.

"여러분의 따스한 환영에 진심으로 감사한다."

"사열이 준비되어 있습니다. 저희들이 모시겠습니다."

지키멜은 고개를 끄덕이고 조금 전 그녀가 넋을 잃고 바라보던 병사들 사이로 걸어갔다. 어깨를 펴야 한다는 강박관념에 걸릴 것 같았다. 이백 미터쯤 되는 길 양편으로 완전무장한 병사들이 엄한 표정을 지은 채 서 있었다. 지키멜은 그 숫자를 세어 볼 엄두도 낼 수 없었다. 사람으로 이루어진 숲을 보는 듯했다. 군악대의 갑작스러운 나팔 소리가 들리지 않았다면 그녀는 걸음을 떼지도 못했을 것이다.

웅장한 나팔 소리에 지키멜은 반사적으로 걸음을 뗐다. 그 소리가 마치 움직이라는 신호처럼 들렸기 때문이다. 지키멜은 나팔 소리가 어디서 나는지도 알지 못한 채 무작정 걷기 시작했다. 하스마 빌 상장군과 니어엘 헨로 수교위는 그녀의 뒤편에서 걸었다. 그리고 독행왕을 따라온 두 명의 시녀들은 얼빠진 얼굴로 그 뒤를 따랐다.

나팔 소리를 들으며 끝이 없는 것 같은 병사들 사이를 걷던 지키멜은 결국 호기심을 이기지 못했다. 그녀는 하스마 빌 상장군에게 질문하려다가 마음을 바꿔 니어엘에게 물었다.

"혹시 짐을 영접하기 위해 전군이 다 모인 건가? 어…… 수교위?"

"니어엘 헨로 수교위입니다. 하문하신 내용에 대해 말씀드리자면, 아닙니다, 폐하. 호두나무 군단과 치자나무 군단이 폐하의 사열을 받는 기쁨을 누리게 되었습니다."

"잘 모르니 묻겠는데, 두 개 군단이라면 여러분의 인원 중 얼마쯤 되는 거지? 기밀이 아니라면 알려 주면 좋겠는데."

"이곳에는 35개 군단과 200개 정도의 독립 중대, 1개 여단이 있습니다."

지키멜은 걸음을 멈출 뻔했다. 그녀의 양쪽에 서서 사열을 받고 있는 저 무수한 병사들이 겨우 두 개의 군단이고 그 밖에도 서른세 개의 군단이 있다고? 지키멜은 이들의 앞을 가로막는 것은 자살 행위가 될 것이라 확신했다. 동시에 지키멜은 다른 걱정을 느꼈다.

"짐이 식견 없는 소리를 하더라도 용서해 주면 좋겠군, 헨로수교위. 그 많은 병력이 전부 이곳에 있으면 세상은 현재 치안 부재 상태인 것 아닌가?"

"타당한 염려이십니다, 폐하. 아쉽게도 그런 점이 없지 않아 있습니다. 하지만 제 소견으로는 그토록 많은 병력이 지휘하는 이 없이 방치되면 더 큰 치안 혼란을 가져올 것 같습니다."

지키멜은 그 말이 옳다고 생각했다. 하스마 빌 상장군이 끼어들듯 말했다.

"그렇습니다, 폐하. 제 예가 도움이 될 듯합니다. 제 불민한 아우는 크나큰 황은에 의해 잠바이의 태수직을 맡고 있습니다."

"아아, 잠바이 태수가 귀관의 아우인가?"

"그렇습니다. 저는 세상이 혼란스러워진 이때 아우를 지켜 줄 수 있는 것은 저뿐이라고 생각했습니다. 하지만 대장군님은 저에게 더 중요한 일이 있다는 것을 알려 주셨고, 그래서 저는 아우가 무뢰배와 야심가들의 공격에 노출되는 위험을 감수하고서라도 항구적인 평화를 가져올 수 있다면 그렇게 해야 한다는 것을 알게 되었습니다. 그래서 저는 아우에게 양해를 구하고 대장군님을 따라나섰습니다."

니어엘은 미소를 짓고 싶은 것을 애써 참았다. 하스마 빌 상장군이 틀린 말을 한 것은 아니었다. 하지만 하스마 빌 상장군이 은근히 암시하는 바와 달리 그는 자의로 그런 판단을 내린 것은 아니었다. 그 자신도 어떻게 해서 그런 패배를 당했는지 모를 기막힌 패배 끝에 합류를 강제당했다고 말해야 정확할 것이다. 하지만 니어엘은 하스마 빌 상장군이 자신을 위로하는 것을 방해하지 않았다. 자기 합리화는 필수 영양소이니까.

어느새 사열이 끝났다. 지키멜은 영원히 끝나지 않을 것 같은 그 길이 끝났다는 데 조금 놀랐다. 하스마 빌 상장군은 그녀를 엘시 에더리에게 인도했다.

엘시는 지키멜의 예상과 달리 천막 안에 있지 않았다. 하스마 빌 상장군이 안내한 곳에 커다란 천막이 있긴 했지만 엘시는 천막 바깥의 공터에서 독행왕을 기다리고 있었다. 그곳에는 의자 두 개와 조그마한 탁자가 놓여 있었다. 그리고 엘시의 곁에는 체격이 상당히 좋은 인간 한 명이 서 있었다.

지키멜은 생김새가 사람의 성격이나 천성을 결정한다는 의사 과학의 신봉자는 아니었지만 대장군의 인상에 대해서는 약간 실망했다. 제국에 그 이름을 모르는 자가 없는 위대한 무인은 아무리 봐도 전쟁 9단으로 보이지 않았다. 지키멜은 선입견을 조심해야 한다고 생각하며 다시 대장군을 관찰했다. 그리고 지키멜은 엘시가 군인다운 몸과 손발을 가지고 있으며 그 눈은 이지적이라는 것을 인정했다. 하지만 그것은 누구라도 때려죽일 수 있는 몸이 아니었고 그 눈도 다른 사람의 귀가 자신의 명령을 듣기 위해 존재한다고 믿는 자의 것이 아니었다. 지키멜이 보기엔 자신이 엘시 에더리라고 소개한 자보다 그 곁에 있는 몸종처럼 보이는 자가 훨씬 대장군에 어울려 보였다. 그 가계에 도깨비의 피가 흐른다고 말해도 믿을 것 같은 몸종의 모습은 정말 볼 만했다. 짧은 순간 지키멜은 엘시가 자신의 감식안을 시험하기 위해 몸종과 옷을 바꿔 입은 것이 아닌가 의심해 보았다.

하지만 엘시가 그런 기벽을 부릴 까닭이 없었다. 더군다나 엘시는 지키멜에게 시녀들을 자신의 몸종과 함께 보내어 대접을 감독하게 하라고 권했다. 몸종은 진짜 몸종이었고 엘시는 진짜 엘시였다. 지키멜은 뭔지 모를 아쉬움을 느끼며 시녀에게 몸종을 따라가라고 명령했다. 시녀들이 지키멜이 좋아하는 음식에 대해 알려 주고 싫어하는 음식을 제외하기 위해, 또는 가능성은 낮지만 음식에 독이 섞여들어 가는지 감시하기 위해 몸종과 함께 천막 쪽으로 들어갔다. 그리고 엘시는 탁자를 가운데 두고 지키멜과 마주 앉았다.

지키멜은 주위를 살짝 둘러보았다. 백만 대군의 한가운데 있었지만 공터 주위는 고요했다. 고급 장교들의 숙소와 창고, 기타 부대 시설이 주위에 절묘하게 배치되어 있어 일반 병사들이 주위를 시끄럽게 오갈 일이 없는 듯했다. 주위에 대한 관찰을 짧게 마친 지키멜은 다시 엘시 에더리임이 확실해진 사내를 바라보았다.

지키멜은 조금 전엔 발견하지 못했던 것들이 있는지 살펴보았다. 조용한 자신감으로 미소 짓는 입매, 속눈썹에 묻어나는 깊은 이해력, 역경이 왔을 때 드러내기 위해 주의 깊게 감추어진 당당함. 보이지 않았다. 엘시는 그 기백으로 세상을 덮을 사람으로도, 말하지 않고 행동하지 않아도 소인배들을 부끄럽게 만드는 격조 높은 인품의 소유자로도 보이지 않았다. 많은 길을 걸어온 나그네처럼 보인다는 것이 지키멜이 받은 인상이었다. 지키멜은 실망이 더 커지는 것 같았다. 한눈에 뚜렷하게 드러나는 비범함을 찾으려 애쓰는 것은 한눈에 뚜렷하게 드러나는 비천함을 찾으려 애쓰는 것과 비슷하게 불공평한 일이지만 지키멜은 그런 것을 찾고 싶었다. 하지만 엘시는 보여 주지 않았다. 엘시는 독행왕에게 먼저 말할 기회를 주며 조용히 기다리고 있을 뿐이었다. 지키멜은 입을 열었다.

"칼리도 백, 규리하 공 비셀스 규리하는 어떤 여자지?"

지키멜이 온갖 궁리 끝에 결정한 서두였다. 그녀가 원하던 만큼은 아니지만 엘시는 당황하는 기색을 조금 내비쳤다. 그러나 그는 별다른 생각 없이 말하는 것처럼 대답했다.

"변경백은 도깨비들이 준 이름인 정우 규리하라고 불리는 것을 좋아합니다, 폐하. 도깨비 식이기 때문에 규리하 가문의 정우가 아니라 규리하에서 태어난 정우입니다."

"정우? 그렇군. 그 밖에 또 어떤 것들이 있지?"

"왜 그분에 대한 질문을 하십니까?"

"짐은 궁금해. 백작이 그녀에게 규리하를 준 것처럼 짐에게 비나간을 줄지."

엘시는 딱딱한 어조로 말했다.

"저는 규리하 공에게 규리하를 준 적이 없습니다. 그리고 비나간은 폐하의 땅입니다."

"글쎄. 물론 짐은 비나간이 짐의 것이라고 말할 수 있지. 하지만 백작이 그 주장을 거부한다면 짐에겐 백작에 맞서 그 주장을 증명할 방법이 없다는 것도 사실 아닌가?"

"폐하, 한 가지는 명백하게 말해 두겠습니다. 저는 황제 폐하의 명령 외에 어떤 명령도 받지 않습니다. 규리하 공은 제게서 변경백위를 받은 것이 아니라 폐하의 의지가 그러하기에 변경백위를 승계했습니다. 제가 규리하 공에게 줄 수 있는, 그리고 주어야 하는 것이 있다면 반려가 될 남자뿐입니다."

엘시의 의도와 다르게 그 말은 굉장한 오해를 일으켰다. 독행왕의 얼굴에 떠오른 표정을 본 순간 엘시도 자신이 오해할 수 있는 말을 했음을 깨달았다. 당황한 엘시가 부연하려 할 때 독행왕이 고개를 끄덕이며 말했다.

"아아, 그래. 어울리는 짝이로군. 선남선녀라는 말은 이런 경우를 두고 하는 말이겠지."

"아뇨, 폐하. 그게 아닙니다. 그러니까 도깨비들 사이에서 자랐기에 킴들에 대해 잘 모르는, 인간에 대해 잘 모르는 변경백은 좋은 반려를 찾기 위해 다른 이의 도움이 필요합니다. 그런데 그런 도움을 줄 수 있는 변경백의 부친께서는 아시는 바와 같이 그럴 처지가 못 됩니다. 그래서 그분이 반려를 얻을 수 있도록 제가 도와드리기로 약속했습니다. 물론 저 또한 미혼이고 한 여인의 앞날을 좌지우지할 수도 있는 결정을 내리기엔 경험도 일천하니 그것은 도단적인 일이라고 할 수 있겠지만……."

"강력한 부정은 군령자라지. 그 속에 긍정이 들어 있으니까."

"폐하, 무례를 범하고 싶지는 않습니다만 누구누구는 서로 좋아한대요 같은 놀이를 하실 만한 나이는 지나신 듯합니다."

지키멜은 자신이 안정을 되찾았음을 느꼈다. 그녀는 여유 있게 말했다.

"그거 나이 먹어도 꽤 재미있지, 백작. 짐의 예상으로는 앞으로 이십 년 동안은 다른 사람의 연애담에 흥미를 느낄 것 같아. 더 오래갈지도 모르고."

"저를 그런 흥미의 대상으로 삼지는 마시길 부탁드립니다. 사실과 다르니까요."

"그래서, 찾았나?"

"예?"

"변경백의 좋은 반려가 될 만한 훌륭한 남자를 찾았나?"

"아직 찾지 못했습니다. 솔직히 말씀드린다면 거기에 많은 시간을 할애하고 있지 못합니다."

지키멜은 한 가지는 알 것 같았다. 대장군은 타인에게 성실한 사람이었다. 완전히 무의미한 질문이라고 할 수 있는 지키멜의 질문에도 성심껏 대답했고 그가 당장 신경 쓰지 않아도 아무도, 규리하 공 자신도 탓하지 않을 중매쟁이 일도 가슴에 담아 두고 있음이 분명하다. 지키멜은 그 사실을 마음속의 비망록에 적어 두었다. 엘시가 말했다.

"잠시 다른 이야기를 하게 되었군요. 다시 말씀드립니다만 저는 폐하의 명령만 받습니다. 그리고 저는 비나간에 칭왕한 패역자가 있으니 가서 처단하라는 명령은 받지 못했습니다."

지키멜은 비망록을 쓰던 붓이 미끄러지는 것 같았다. 그녀는 겨우 자신을 가다듬어 기록을 마쳤다. '아아, 그래. 당신 정말 성실해. 이제 없어진 황제와 제국에게도 성실하단 말이군.' 지키멜은 되도록 담담한 목소리를 내려 애쓰며 말했다.

"짐이 틸러 달비 부위를 통해 보낸 것은 명령이 아닌 요청인데, 그 요청에 대해서는 어떤 대답을 할 텐가?"

천막으로 물러났던 이레와 지키멜의 시녀가 다과를 가지고 돌아왔기 때문에 엘시는 대답하지 못했다. 지키멜은 조급함을 억누르려 애쓰며 두 사람이 탁자 위에 다과를 내려놓는 모습을 여유 있게 바라보았다. 식기는 화려하다기보다는 질박하고 튼튼한 것이었고 다과도 특별히 호사스럽지 않았다. 하지만 지키멜은 이레의 몸짓에 약간의 감동을 받았다. 말에 탄 채 추수하듯 적의 목을 뎅겅뎅겅 자르고 있어도 어울릴 것 같은 모습의 이레였지만 다과를 차리는 동작은 섬세했다. 지키멜은 대장군의 몸종이 전설적이라더니 정말 그렇다고 생각했다. 이레와 시녀가 다시 물러나자 엘시는 지키멜에게 찻잔을 권했다. 지키멜이 입술을 적시듯 차를 마시고 다시 내려놓자 엘시는 두 손을 깍지 껴 탁자 위에 올려놓고 말했다.

"결론부터 말씀드리겠습니다, 폐하. 말씀하신 요청은 거절하겠습니다."

지키멜은 망설이다가 농담처럼 말하기로 했다.

"여자를 실망시킬 것처럼 보이지는 않는데."

독행왕은 대장군이 공격적이라면 그의 대답은 '저는 시오크가 아닙니다.'일 테고 맞장구를 친다면 '여자들에게 존중받으려면 그녀들을 존중하라는 모친의 당부를 어기게 되어 저도 유감입니다.' 정도일 것이라 예상했다. 하지만 엘시의 대답은 그중 어느 것도 아니었다.

"제가 생각하기에 그 요청은 바르지 않습니다."

"바르지 않다고? 짐의 요청은 이러했지. 가위의 날은 두 개다. 흑사자의 칼과 용의 칼을 합쳐 우리의 칼날도 두 개로 만드는 것이 어떠한가. 그 어디에 바르지 않은 부분이 있지?"

"가위의 두 칼날은 서로 만나 협조할 수 있지요. 그리고 실제로 그러고 있습니다."

지키멜은 이중으로 비유를 한 셈이다. 가위는 시모그라쥬 공의 문장이다. 따라서 그것은 시모그라쥬 공을 비유한 것이다. 그리고 또한 두 개의 가윗날은 대호왕과 시모그라쥬 공의 결합을 비유한 것이기도 하다. 엘시의 대답에서 지키멜은 그가 그 비유를 모두 이해했음을 알았다. 엘시가 말했다.

"하지만 우리의 칼은 협조할 수 없습니다. 만날 수 없이 평행할 뿐입니다."

"왜지?"

"가위에는 두 개의 날을 만나게 하는 축이 있습니다. 하지만 폐하와 저 사이에는 축이 없습니다."

지키멜은 그 축이 무엇인지 생각해 보았다.

"제국이군."

"그렇습니다."

지키멜은 찻잔을 만지작거리며 말했다.

"제국의 부활을 믿지 않는 사람과 협조하는 것은 바르지 않다는 건가?"

"폐하, 폐하께서 비나간 후작의 영토였던 땅 바깥으로 진출하지 않으신다면 저는 그것에 대해 왈가왈부하지 않겠습니다. 결국 폐하께서는 원래 자신의 것이었던 땅을 다른 이름으로 다스리고 있을 뿐이니까요. 물론 그 이름이 적법한 것이냐 그렇지 않으냐 하는 것에 대해서는 논란이 있을 수 있겠지만 제겐 그런 판단을 할 권한이 없습니다. 제 바람이 이루어져 새 황제께서 선출되신다면 그분께서 그것을 판단하시겠지요. 하지만 폐하께서 비나간 바깥으로 병사를 내보내는 것에 대해서는 찬성할 수 없습니다.

그것이 비록 저에게 협조하시려는 의사 표현이라 하더라도 말입니다. 그렇기에 바르지 않다 한 겁니다."

"제국 부활을 믿지 않는 자와 손을 잡을 수도 없고?"

"거부감이 있다는 것은 고백하겠습니다, 폐하. 허락하신다면 질문을 하나 하고 싶습니다. 눈하츠 신뷰레 교위가 시허릭 마지오 상장군의 편지를 가지고 폐하를 방문했을 때 폐하께서는 비나간 바깥으로 진출하지는 않을 거라는 내용의 대답을 하셨습니다. 그래서 저는 그 말씀을 믿고 폐하께서 거두고 계신 제국군만 받아들인 다음 이곳을 떠날 생각이었습니다. 그런데 왜 그 사이에 마음이 바뀌셨습니까?"

"적이 오고 있다."

"아직 도착하지 않았습니다."

"곧 올 거야. 유료도로당이 그들을 더 이상 막지 못하니."

"유료도로당 대신 우리들이 막겠습니다."

"제국군의 곁에서 함께 싸우면서 제국군의 전쟁 기술을 배우고 싶기도 했어."

"군대를 강화하시고 싶은 뜻은 알겠습니다만 우리들은 교사가 아닙니다."

"시오크가 거기 있어."

엘시는 입을 다물고 찻잔을 내려다보았다. 지키멜 또한 찻잔 안쪽을 들여다보며 말했다.

"짐의 견해는 이미 알고 있을 테니 불쾌해하지 말고 들어 주게…… 제국은 부활할 수 없어."

엘시는 아랫입술을 살짝 깨물었다. 하지만 반박하지 않았다. 자신이 반박할 것을 지키멜이 알고 있으니 그럴 필요가 없었다.

"부활을 위한 모든 시도는 유혈만 가져올 거야. 그대도 제국의 부활을 원하지만 시모그라쥬 공도 그러하지. 그대는 귀족원 회의를 통해 정통성을 획득한 황제가 지배하는 제국을 부활시키려는 것이고 시모그라쥬 공은 자신이 지배하는 제국을 부활시킬 생각인 거지. 그리고 시모그라쥬 공은 이미 많은 피가 흐르게 했고 그대도 센범 폭포 같은 유혈을 만들어 내기 위해 걸어가고 있어. 이 또한 그대에겐 불쾌한 말이겠지만, 짐이 보기에 두 사람은 똑같아."

"폐하께서 제국이 부활할 수 없다는 것을 증명할 수 있으시다면, 그 말씀은 맞습니다."

지키멜은 자신의 첫인상을 버리기로 했다.

"놀랍군, 백작. 그대는 참으로 놀라운 사람이야. 화를 내는 것이 보통일 텐데. 계속 말하지. 부활할 수 없는 제국을 부활시키기 위해 피를 흘리고 싶어하는 사람들이 있다면, 피를 흘리고 싶지 않은 자들을 위해 그럴 수 있는 나라를 주는 사람도 있어야 해. 짐이 원하는 것이…… 그것이야. 짐은…… 제기랄. 좋아. 나도 피를 묻혔어!"

엘시는 고개를 들어 지키멜을 보았다. 지키멜은 고통스러운 얼굴로 두 손을 들어 올렸다. 그녀는 자신의 손바닥을 보며 말했다.

"이 손엔 내 증조부의 피가 묻어 있어. 그리고 키탈저에서 죽은 병사들의 피가 묻어 있어. 내가 직접 죽이지는 않았지. 증조부는 증조부 자신의 손을 빌려, 그리고 키탈저에서는 시모그라쥬 공의 손을 빌려 그들을 죽였어. 하지만 내가 죽인 것이나 다름없어."

지키멜은 손을 구부려 주먹을 쥐었다. 그녀는 그 손을 탁자에 떨어뜨렸다.

"그리고 더 많은 피를 흘릴 생각이야. 우습지? 피를 흘리고 싶지 않은 자들을 위해 왕국을 만들었다고 말하는 여자가 더 많은 유혈을 기대하고 있다고 말하니. 하지만 피를 강요하는 자들이 있어. 당신 같은, 시모그라쥬 공 같은 자들이! 그러니 어쩌겠어? 깃발을 휘두르며 싸울 준비를 하라고 말할 수밖에. 세상에서 가장 큰 계명성을 지를 수 있다면, 처용 산맥에서 지러쿼터 산맥에 이르는 모든 세계가 내 외침을 들을 수 있다면 말하고 싶어. 환상 때문에 사람 죽는 꼴 좀 그만 보자고. 그냥 자기 자리나 지키며 살면 되는 거 아니냐고 외치고 싶어."

지키멜의 눈에 핏발이 조금 섰다. 천막 쪽에서 갑작스러운 외침에 놀란 이레와 시녀들이 고개를 내밀었다가 아무런 폭력적 징후가 없다는 것을 확인하고 다시 모습을 감췄다. 엘시는 입을 꾹 다문 채 지키멜을 바라보았다.

"제국은 환상이야. 내 왕국은 환상이 아니야. 내 왕국은 천재가 아닌 나 같은 사람도 만들고 지킬 수 있어. 대답해 봐. 당신은 원시제인가? 비셀스는 라수 규리하인가? 당신이 감히 제국을 부활시킬 수 있다고 말하는 건가? 백작, 왜 칼리도로 돌아가서 당신의 도움을 필요로 하는 사람들에게 당신의 그 귀한 능력을 주지 않는 거지? 왜 시모그라쥬 공은 그의 백성들의 첫 번째 벗이 되려 애쓰지 않는 거지?"

엘시는 대답하지 않았다. 지키멜은 입속에서 말을 질겅거리듯 말했다.

"시오크가 죽는다면, 그것은 내 패배를 의미해."

지키멜은 고개를 젖혀 하늘을 보았다. 늦여름의 하늘은 빛바랜

천 같았다. 가장자리가 갈기갈기 찢어진 구름 몇 점이 제 갈 길을 몰라 허둥대듯 떠다니고 있었다.

"환상을 쫓는 자들이 내 왕국을 멸망시키는 것도 패배야. 하지만 시오크가 그런 자들에게 죽는 것 또한 패배야. 한 사람이 하나의 왕국과 같냐고? 한 달 전에 누가 내게 그렇게 말했다면 나는 그 말을 비웃었을 거야. 하지만 나는 이제 시오크가 내 왕국이라는 것을 알았어. 똑같이 내 왕국이라고 말했지만 의미는 달라. 비나간은 내가 통치하는 왕국이야. 하지만 시오크는 내가 살고 싶은 왕국이야. 당신이나 시모그라쥬 공, 다른 사람들은 나를 이해할 수 없어. 그만이 나를 이해해. 나는 비나간을 잃을 수 없는 것처럼 그를 잃을 수 없어."

지키멜은 고개를 숙여 다시 엘시를 바라보았다. 엘시는 그 눈을 피하지 않았다. 독행왕이 말했다.

"함께 싸우게 해 줘."

엘시는 가슴을 조금 부풀렸다가 코로 길게 내쉬었다.

"그것은 바르지 않습니다."

독행왕의 얼굴이 일그러졌다. 순간 그녀에게 엘시는 환상을 쫓는 자들의 대표였다. 지키멜은 찻잔을 보며 자신이 제국 만병장의 얼굴에 찻물을 끼얹는 모습을 상상해 보았다. 그때 엘시가 말했다.

"시오크 지울비를 구출하겠습니다."

지키멜은 숨이 턱 막혔다. 그녀는 쉰 목소리로 말했다.

"뭐라고?"

"저는 시모그라쥬 공이 부당하게 점령한 것을 원주인에게 돌려줄 생각입니다. 그 부당 점유물에는 시오크 지울비 자신의 신병도 포함됩니다. 폐하나 시오크, 또는 다른 한 사람을 위해서 그러는 것은 아닙니다. 그것은 제 목표입니다."

지키멜은 충격적인 제안에 손으로 입을 막았다. 한참 후에야 그녀는 환희를 억누르는 목소리로 말했다.

"비셀스에게도…… 나에게도…… 당신은 여자들에게 반려를 찾아 주겠다고 서원했어?"

말을 끝마칠 무렵 지키멜은 자신의 멍청함에 경악했다. 엘시 에더리는 반려를 빼앗긴 사람이다. 그렇다면 다른 사람의 반려를 찾아 준다느니 하는 말은 자기 앞가림도 못한다는 비아냥거림이 될 수도 있다. 지키멜은 머리를 쥐어박고 싶은 것을 참으며 엘시를 바라보았다.

엘시는 별다른 감정의 변화를 보이지 않았다. 그는 그저 차분하게 말했다.

"그런 서원은 한 적이 없습니다."

지키멜은 안도하며 재빨리 화제를 바꿨다.

"아. 그래. 그런데 다른 한 사람이라고 했지? 그건 누구지?"

"게라임 지울비 당주입니다."

"뭐?"

"게라임 지울비 당주가 이곳에 있습니다. 그도 폐하처럼 저에게 아들의 구출을 요청했습니다."

지키멜은 게라임과 맺은 과거의 악연을 떠올리며 난처해하는 대신 시오크의 일로 함께 근심할 수 있는 사람이 있다는 것에 기뻐했다.

제 28 장

"시간은 시간표를 가지고 있지 않다."
— 역사의 행보에 작용하는 힘들에 대한 견해를 요청받은 우슬라 사르마크 부인의 대답

읽는 것과 엾는 것

밤은 어쩌면 방대한 혈족의 이름일지 모르며, 그중에는 다른 혈족에게 경원시당하는 가문의 이단아쯤 되는 것도 있을지 모른다. 흑사자군의 머리 위를 뒤덮고 있는 것은 그런 밤이었다. 먹구름이 짙게 낀 낮이 아닌가 싶은 괴팍한 밤, 도둑과 연인과 주당의 벗이 되기 어려운 밤, 동료들을 잔뜩 만들어 주는 방식으로 불면증 환자들에게 우울한 만족감을 주는 밤이었다. 예민하기에 잠들지 못한 병사들은 낮에 할 만한 일을 주물럭거리고 있었고 그 때문에 방대한 흑사자군의 진지는 파장 분위기인 낮의 시장터처럼 떠들썩했다.

하지만 한밤중에 대장군의 천막을 찾은 니어엘 헨로 수교위가 엘시 에더리가 깨어 있으리라 확신한 것은 그 밤의 어색함 때문이 아니었다. 그녀는 엘시가 잠을 잔다는 당연한 사실을 깜빡깜빡 잊곤 했다. 졸린 눈의 보초병으로부터 면담에 응하겠다는 회답을 전해 받고 천막 안으로 들어서는 순간에야 니어엘은 엘시가 자고 있었을지도 모른다는 생각을 떠올렸다. 니어엘은 그 순간 자신의 멍청함을 꾸짖고 싶었다. 하지만 엘시는 깨어 있었고 탁자 위에 잔뜩 늘어놓은 문건들을 보건대 잠자리에 들어선 적도 없는 것처럼 보였다. 니어엘은 안쓰러운 표정을 지은 채 경례했다. 서류 하나에 지시 사항을 적어 놓은 후에야 엘시는 고개를 들어 니어엘의 경례를 받고 그 지체에 사과하듯 말했다.
"군인들의 농담은 대부분 상식으로부터 실소를, 도덕으로부터 지탄을 받을 것들이지만 가끔 쓸 만한 것도 있지. 전사는 칼로 싸우고 위관은 목소리로 싸운다고 하더군. 장군은?"
니어엘은 부드럽게 웃었다.
"종이로 싸웁니다."
"맞는 말이야. 거기 앉도록 해."
니어엘은 의자를 끌어 와 대장군의 맞은편에 앉았다. 엘시는 밤새 자란 수염을 살짝 쓸어 만지며 말했다.
"내 몰골이 말이 아닐 것 같군. 그래, 무슨 일이지?"
"조금 전……." 니어엘은 군인답게 정확한 시간으로 바꿔 말했다. "어제저녁 토리 이포테 장군과 만나신 것으로 압니다."
"그게 벌써 어제가 되었나? 그래. 그런데?"
"저는 지금 이포테 장군을 재워 놓고 오는 길입니다."
엘시는 고개를 갸웃했다. 니어엘은 차분하게 설명했다.
"장군은 한잔하고 싶은 기분이었고, 술 상대로는 같은 여자가 좋겠다고 생각했고, 제게 항상 술이 있다는 것을 알고 있었습니다."
엘시는 팔짱을 끼고 등받이에 몸을 기댔다. 미심쩍어 하는 그의 눈을 본 니어엘은 웃으며 고개를 가로저었다.
"제 맘 아시죠를 몇 번이나 반복할 수 있는가 시험하려고 온 것은 아닙니다. 저는 거의 마시지 않았습니다. 장군이 다 마셨지요. 그녀와 대화 중 몇 가지 들은 것이 있어서 왔습니다."
"장군이 귀관에게 기밀을 늘어놓았다는 건가?"
"제 생각엔 저를 이곳으로 보낸 것은 제가 아니라 장군인 것 같습니다."

"귀관을 충동질했다는 것이군."

"예. 저는 쥐딤에서부터 대장군님을 모셨고 또…… 다른 친분도 있으니까요."

제부와 처형이 되었을지도 모르는 두 남녀는 그 사실에 대해 말로도, 표정으로도 더 이상 언급하지 않았다. 니어엘이 약간 밝은 어조로 말했다.

"그래서 그녀는 저를 궁금하게 만들어 대장군님의 속마음을 알아내려 한 것 같습니다."

엘시는 입가에 희미한 미소를 문힌 채 말했다.

"그녀의 전략은 알겠는데 전술은 어떠했나?"

"그녀는 기밀을 누설하지는 않았습니다. 대화 도중 분명한 언급은 하나도 없었지요. 하지만 저는 그녀와 대화 도중 흑사자군의 한계 운용 기간이 꽤 짧다는 인상을 받았습니다. 좀 지나칠 정도로……."

"16일."

"예?"

"16일 후엔 군량이 다 떨어진다. 결국 그 기간 안에 군량을 확보하거나 햇빛과 물, 토양만으로 살아가는 식물의 비전을 터득하지 않는 한 흑사자군은 16일 후에 사라지는 거지."

엘시가 반복해서 말해 주었기에 니어엘은 도저히 160일을 잘못 들은 거라고 생각할 수 없었다. 기가 막힌 숫자에 니어엘은 놀라지도 못한 채 멍하니 말했다.

"오늘까지 포함한 겁니까?"

"그래. 어제저녁에 계산한 거니까 오늘부터지."

"이포테 장군과 대화 중, 저는 그녀가 같은 사실에 왜 자신은 긴장하는데 대장군님은 긴장하지 않는지 의아해한다는 인상을 받았습니다. 그녀가 왜 그런 의아함을 느꼈는지 알 것 같군요."

니어엘은 자신의 말에 스스로 놀랐다. 엘시는 긴장하거나 좌절하지 않고 있다. 니어엘은 가슴속에서 희망이 파닥거리는 것을 느꼈다.

"저, 추수기가 다가오고 있습니다."

"맞아. 그걸 감안해서 병력을 규합했지. 대강 계획대로 된 것 같군."

"그러면 추곡을……."

"아냐. 16일은 그것을 계산에 넣은 숫자다."

니어엘은 자신의 추리력에 실망했다. 엘시가 말했다.

"하지만 그 계산에 포함되지 않은 변수가 있긴 하지. 우리가 접근할 수 있는 비밀 보급소만 고려할 경우 이미 말했듯이 16일이 한계다. 하지만 우리가 아직 접근할 수 없는 비밀 보급소도 있지."

니어엘의 눈꺼풀이 크게 열렸다.

"맞아. 현재 시모그라쥬군 점령하에 있는 지역, 그리고 더 남쪽에도 비밀 보급소가 있어. 하늘누리는 제국 어디에든 가니 상식적으로 생각해 봐도 비밀 보급소 또한 제국 전역에 있어야 하지."

니어엘은 소리 없는 탄성을 질렀다. 그녀는 그제야 엘시가 왜 긴장하지도 좌절하지도 않았는지 알 수 있었다. 문제는 단순하다. 시모그라쥬군을 물리치면 승리와 함께 군량도 얻는다. 그럴 리가 없지만, 혹 패배한다면 어차피 군량은 아무 문제가 아니다.

니어엘은 안달할 필요가 없다는 것을 알았다. 하지만 니어엘의 얼굴이 밝아진 것과 반대로 엘시의 얼굴은 어두워졌다.

"대장군님? 안색이 좋지 않으십니다. 염려하는 바가 있으십니까? 제 단견으로는 우려할 만한 것이 없는 것 같습니다만."

엘시는 팔짱을 풀고 탁자 위에 두 손을 얹었다.

"헨로 수교위, 조금 전의 농담 말이야."

"예."

"대장군은?"

"예?"

"전사끼리, 위관끼리, 장군끼리 싸울 때 어느 쪽이 이기는지는 알게 되었지. 그러면 대장군끼리 싸울 때는 어느 쪽이 이기지?"

"대장군끼리……? 대장군은 한 명입니다만."

엘시는 무거운 동의의 표정을 지었다. 니어엘은 엘시의 말을 생각해 보았다. 곧 니어엘은 엘시의 마음속에 박혀 있는 가시가 무엇인지 깨달았다. 그녀는 한숨을 애써 참았다.

"무슨 말씀인지 알겠습니다, 대장군님. 예, 제국군에 대장군은 한 명이고 대장군님은 저들의 상관이기도 합니다. 그들이 대장군님의 명령에 따라 순순히 우리에게 합류한다면 그들을 위한 군량도 필요할 테지요. 하지만 그럴 리가 없을 것 같습니다. 대장군님의 구상에 주제넘게 참견하고 싶지는 않습니다만 그들의 규합 가능성에 대해서는 고려하지 않아도 좋을 것 같습니다. 그보다는 그들과의 전투를 고민하는 것이 더 유익하지 않겠습니까?"

충고하듯 말하던 니어엘은 갑자기 엘시가 옆으로 치워 놓은 서류들 중에 다가올 전투에 대한 고민의 산물이 섞여 있을 가능성을 떠올렸다. 분명히 그럴 것이다. 니어엘은 엘시가 화를 내더라도 할 말이 없다고 생각했다. 하지만 엘시는 총지휘관의 통찰력을 무시한 채 감히 진부한 훈계를 하는 부하 간부의 대담함을 꾸짖지도 비꼬지도 않았다. 그는 좋은 충고라는 듯이 고개를 끄덕였다.

"귀관의 말에 일리가 있군. 내가 쓸데없는 것까지 고민하고 있는지도 모르겠어."

"그런 뜻으로 드린 말은 아닙니다. 대장군님이 모든 일을 고민하지 않았다고 해서 원망할 사람은 아무도 없습니다. 여유를 가지고 필요한 일만 하셔도 되지 않을까 생각합니다. 저희들로서도 대장군님께서 모든 것을 고민하느라 지치는 것보다는 몇 가지 일만 고민해 주는 것이 훨씬 더 반가울 것입니다."

밤이 조는 소리가 들리는 듯하다. 엘시는 탁자 위에 놓은 등잔불을 바라보았다. 대장군의 처소였지만 초는 생각하기 어렵다. 물 위에 떨어지기 직전의 꽃잎 같은 불꽃을 보던 엘시가 혼잣말처럼 말했다.

"끔찍하군."

니어엘은 자신의 속눈썹이 엘시의 모습을 가리는 것 같았다. 그녀는 눈을 크게 떴다. 그리고 속눈썹이라고 생각했던 것이 등불에서 피어오르는 연기임을 알았다.

"귀관도 알겠지만 이틀 전 나는 베로시 토프탈 상장군에게 야심가에 대한 부화뇌동을 멈추고 우리에게 합류하라는 서신을 보냈다. 하지만 정작 그녀가 부하들을 이끌고 진짜 합류하겠다고 말하면 내가 그녀에게 제공할 수 있는 것은 아사의 위험 속에서 군인 정신을 시험할 기회뿐일 것이다."

"그녀는 그 명령을 거절할 겁니다."

"그럴 가능성이 높지. 하지만 거절할 것이 뻔하다고 해서 내게 책임 이행을 할 수도 없는 명령을 할 수 있는 권리가 생기는 것은 아니지 않나."

"하지만 명령하지 않을 수도 없잖습니까."

"그렇지. 결국 싸움은 피할 수 없다. 내겐 결정권이 없어. 나는 저쪽에서 싸움을 원해도 싸워야 하고 싸움을 원하지 않아도 싸워야 한다. 그러면서도 싸움을 포기하라는 허위에 찬 서신을 보내야 했다. 그것이 끔찍하군."

엘시는 고개를 떨어뜨렸다. 니어엘은 입속에 쓴맛을 느꼈다.

"가장 끔찍한 것은 따로 있다고 생각합니다."

엘시는 그 말을 듣지 못한 것처럼 보였다. 하지만 조금 후 그는 고개를 숙인 채 말했다.

"그게 뭔가?"

"6억 명 중 200만 명은 300분의 1밖에 안 된다는 거지요."

엘시는 고개를 들어 니어엘을 보았다. 니어엘은 자신이 주먹을 꽉 움켜쥐고 있다는 것을 깨닫고 손을 펴 무릎에 얹었다.

"전 세계를 천 명이 사는 마을로 본다면 그중 세 사람이 제국군인 셈입니다. 다른 997명의 사람들이 자기 일을 하며 근면하게 살고 있는 가운데 그 세 사람은 서로 치고받고 있다는 것이지요. 보통 그런 경우라면 그 세 명은 존중받는 공동체의 일원보다는 몸이 근질거려 죽을 지경인 철부지 싸움꾼으로 취급받는 것이 일반적이지 않을까요? 풍파를 일으키기 싫어서 아무도 건드리지 않지만 중요한 일은 절대로 맡기지 않는, 거리의 문제아들 말입니다. 무슨 이야기인지 아시겠습니까?"

"알겠어."

"저는 제가 역사의 본류에 서 있는 것인지, 그렇지 않으면 역사의 조그마한 지류에서 물장구를 치며 물을 흐리고 있는지 궁금합니다."

엘시는 동감이라는 표정을 지었다.

"무슨 말인지 알겠어. 후세의 역사가들은 우리가 필사적으로 매달린 이 모든 일을 제국 붕궤의 과정에서 통제력을 잃은 군사 세력의 소요쯤으로 간략하게 처리할지도 모르지. 어쩌면 더 심하게 '그리고 여러 곳에서 혼란이 있었다.' 같은 한 문장으로 처리할지도 모르고. 그리고 우리 다음 시대는 우리와 전혀 무관한 곳에서 시작되었다고 말할지도 모르지."

니어엘은 넌더리 난다는 투로 말했다.

"실감 나는 전망이군요. 고아라짓 왕국과 신아라짓 왕국 사이에 살았던 자들 중 우리 같은 사람들이 있었을지도 모른다는 생각을 하면 더욱더. 그런 사람들이 있었겠지요? 왕국을 부활시키려고 애썼던? 하지만 우리는 그들이 있었는지조차 알 수 없습니다. 그냥 '암흑기였다.'는 서술뿐이지요."

"그래. 하지만 누가 자신의 행동 하나하나가 역사 속에서 가지는 의미를 인식하며 행동할 수 있겠나? 그런 사람은 없지."

"그렇겠지요. 신이라면 모를까."

"아냐. 신이라도 불가능해."

"예?"

"신들은 자신의 선민 종족에 대해서는 알겠지. 하지만 다른 신이 보호하는 다른 선민 종족에 대해서는 알 수 없겠지, 헨로 수교위. 귀관도 잘 알겠지만 입신의 기사라도 바둑이 처음부터 끝까지 어떻게 될지는 알 수 없어. 자신이 모르는 상대방이라는 존재가 있으니까. 더군다나 신들의 바둑판에는 자기 외에도 기사가 세 명이나 더 있지. 다음 국면을 도대체 어떻게 알 수 있겠나?"

니어엘은 입을 다문 채 엘시를 바라보았다. 엘시는 담담하게 말했다.

"최상의 한 수를 찾는 수밖에."

니어엘의 마음속에서 폭풍의 견본 같은 것이 꿈틀거렸다. 무릎을 내려다본 니어엘은 자신의 손이 다시 구부러져 하얀 주먹으로 변해 있는 것을 보았다. 밤과 낮의 불륜이 만들어 낸 것 같은 기묘한 밤은 아직도 소리 없는 호곡을 계속했고 불면의 병사들이 웅얼거리는 소리는 니어엘의 신경을 거슬렀다. 그녀는 해서는 안 되는 말이 입속에서 요동치는 것을 느꼈다. 대장군의 귀한 시간을 쓸데없는 토론으로 낭비하는 것은 비효율적이다. 하지만 니어엘은 입을 열고 말았다.

"대장군님, 싸움을 피할 수 있습니다. 말씀하신 끔찍한 상황을 모면할 수 있습니다. 지금 당장 흑사자군을 해산시키고 마음대로 떠나라고 하십시오."

니어엘은 엘시를 보지 않았다. 그녀는 계속해서 새하얗게 변한 손톱만 바라보았다. 민감해진 청각으로도 니어엘은 엘시의 숨소리가 바뀌는 것을 느낄 수 없었다. 조금의 지연 후 엘시의 낮은 목소리가 들려왔다.

"무슨 말을 하고 싶은 건가, 헨로 수교위."

니어엘은 턱을 가슴에 파묻은 채 말했다.

"신을 포함하여 아무도 미래를 모른다는 말씀, 동의합니다. 각자의 상황에서 최선을 다해야 한다는 말씀, 동의합니다. 그 누구도 반론을 고민하지 않는 그런 당연한 말씀들을 하셔야 하는 처지. 이해합니다. 부냐를 사랑하십니까?"

"뭐?"

"그런 여자가 있습니다. 제 여동생입니다. 제 부모님의 또 다른 딸입니다. 대장군님의 약혼자였고 백화각의 염사 보조인이었고 지금은 발케네 공 스카리 빌파의 곁에 있는 여자입니다. 부냐 헨로라고 합니다. 사랑하십니까?"

니어엘은 이포테 장군을 상대하느라 몇 잔 마신 술에 취한 것이 아닌가 의심했다. 그런 설명이라도 있지 않고서는 자신을 설명할 수 없었다. 니어엘은 이마에서 정수리 부근에 이르는 부분이 놀랍도록 민감해지는 것을 느꼈다. 대장군의 시선이 닿고 있을지도 모르는 부분. 하지만 니어엘은 누군가의 찌르는 시선을 느끼지 못했다. 그저 그 부위가 가려웠다. 니어엘은 호흡을 멈췄다. 자신이 흐느낄지도 모른다는 두려움 속에서 그녀가 입을 열었을 때 그 목소리는 되려 건조했다.

"사랑한 적이 있으십니까?"

대답이 없었다.

"그 애를 보면서 가장 미친 짓을 정당화할 수 있는 힘을 느끼신 적이 있습니까?"

대답이 없었다.

"머릿속에 회오리바람이 부는 것 같은, 눈이 밝아지면서 동시에 어두워지는 것 같은, 손가락에 느닷없이 마디가 하나 더 생겨난 것 같은 느낌을 받으신 적이 있습니까?"

대답이 없었다. 니어엘은 손등에 떨어지는 눈물을 보았다. 그녀는 쉰 목소리로 말했다.

"그 애 생각을 하며 잠드신 적이라도……."

대답이 없을 것임을 알고 있었기에 니어엘은 말끝을 흐렸다. 니어엘은 입과 코에서 쏟아져 나오는 뜨거운 공기가 옷깃 속으로 파고들어 가슴에 닿는 것을 느꼈다. 갑자기 그녀는 그것이 싫어졌다. 그 생각을 떠올린 순간 머리를 들어 엘시를 보았다.

엘시는 똑바로 앉은 채 눈을 감고 있었다. 그 눈꺼풀은 금고 요새의 성문 같았다. 니어엘은 자신이 후회의 목록에 영원히 빛날 찬란한 대목을 기록해 넣었음을 깨달았다. 그러나 그것은 훗날의 일이다. 니어엘은 자신의 잔학함에 정신적 진저리를 치며 말했다.

"제국을 사랑하십니까?"

겉으로 보기에 엘시의 모습에는 아무 변화가 없었다. 하지만 니어엘의 말은 가장 난폭한 레콘의 별철 병기가 되어 엘시를 엄습했다.

니어엘은 일어났다. 목적을 달성한 암살자처럼. 그녀는 누군가가 자신의 범행을 목격할 것을 두려워하듯 발소리를 죽인 채 움직였다. 하지만 그녀는 죽은 것이 누군지, 아니 한 명인지도 모르겠다고 생각했다. 그녀가 나갈 때까지, 그리고 그 이후로도 한참 동안 엘시는 눈을 뜨지 않았다.

밖으로 나온 니어엘은 불분명한 계보에 속하는 듯한 밤 아래에 섰다. 시원한 바람은 어디에도 없고 고상한 어둠도 보이지 않았다. 삽시간에 암살자에서 피살자로 바뀐 듯한 표정으로 멍하니 서 있던 니어엘은 자신이 중얼거리고 있음을 깨달았다. 니어엘은 그 말에 귀를 기울였다. 하지만 아무 소리도 들리지 않았다. 그녀는 마음속으로 중얼거리고 있었다. 니어엘은 자신의 마음에 귀를 기울였다.

잃어버린 약혼녀.

잃어버린 제국.

니어엘은 파르르 떨었다. 불지도 않는 차가운 바람 속에서.

스카리 빌파의 밤이 산산조각으로 부서지며 느닷없이 아침이 드러났다.

스카리는 눈을 찌르는 통증을 느꼈다. 각성은 무례하고 잔인했다. 신음을 흘리던 스카리는 산산조각 난 것이 밤이 아니라 자신의 머리가 아닌가 생각했다. 가까스로 눈을 떠 흐릿한 시야 속의 사물들을 이질감 속에서 바라보았다.

세계는 낯설었지만 상황은 낯설지 않았다. 그것은 숙취의 아침이었다. 모든 주정뱅이가 느끼는 상실감과 흐릿한 두려움 속에서 스카리는 짜증을 서서히 발효시켰다. 내가 술을 마셨던가? 스카리는 기억나는 일들을 재구성해 보았다.

이곳은 디팝, 또는 그 비슷한 빌어먹을 곳일 것이다. 다시 생각해 본 스카리는 이곳이 디팝이 맞다고 판단했다. 아마도 디팝 자작 페리닌 스베이크의 저택일 것이다. 그가 얼핏 본 것은 화려한 실내였다. 이곳에 오기 전에 무엇을 하고 있었더라? 레콘 낙오병들을 추적하고 있었다. 성공했나? 성공했다. 그 때문에 술을 마셨으니까. 스카리는 도취감 속에 보낸 지난 며칠을 떠올렸다. 하지만 떠오르는 기억들의 시간 순서가 뒤죽박죽이었다.

'정신없는 추격이었으니까.'

레콘들은 딱정벌레와 속도 경쟁을 펼치겠다고 선언했을 때 불가능에 도전하는 자들이 받는 반응들을 받지 않아도 되는 종족이다. 그리고 내기를 심각하게 좋아한다면 레콘의 승리에 걸 수도 있다. 레콘들은 그 정도로 빠르다. 하지만 그러기 위해선 건조한 고원 지대 같은 곳에 경기장이 만들어져야 할 것이다. 호수나 늪지, 하천뿐만 아니라 인간 여행자들이 신발을 벗고 터벅터벅 걸어서 건너는 개울조차도 레콘에겐 심각한 장애물이 될 수 있다. 그것뿐이라면 도망치는 레콘들에게도 어느 정도 기회가 있었겠지만 스카리에겐 도망자들과 똑같은 속도를 낼 수 있는 추적자들이 잔뜩 있었다. 결과는 처음부터 자명했다. 하지만 체포당하기 직전까지 레콘들은 멋지게 도망쳤다. 한잔 마실 가치가 있는 추격전이었다.

'그랬나?'

아침을 맞이한 주정뱅이의 우울함이라는, 술의 역사와 함께해 온 유서 깊은 병이 스카리의 만족감을 갉아먹고 있었다. 스카리는 그것이 정말 한잔 마실 만한 일이었는지 생각해 보았다. 그리고 그것이 지난 몇 개월 동안 수도 없이 있었던 추격전과 별로 다를 것도 없음을 깨달았다. 스카리는 자신이 왜 폭음했는지 알 수 없어졌다. 왜 그것이 그렇게 기뻤을까? 스카리는 생각의 방식을 바꿔 보기로 했다. 불쾌한 베개에 머리를 짓누르며 생각했다. 왜 그것을 기쁜 일로 여겼을까?

스카리는 초조감 속에서 근래 주위 사람들의 태도가 어떠했는지 생각해 보았다. 그리고 그들이 더 이상 즐거워하지 않는다는 것을 깨달았다. 그들은 발케네 사회에 큰 위험 요소가 될 수 있는 레콘 낙오병을 쫓는 일을 즐거워하지 않았다. 레콘에 대한 두려움 때문일까? 그렇지 않았다. 사라티본 부대와 막대한 소화차의 보호를 받고 있는 스카리가 안심하고 있는 것처럼 그들도 안심하고 있었다. 그들의 태도는 두려움이 아니라 시큰둥함이었다. 왜냐하면 그것이 발케네 사회에 큰 위험 요소가 될 수 있는 레콘 낙오병의 체포가 아니라 '한 사람을 위한 굉장한 규모의 사냥'이 었기 때문에.

스카리는 힘줄이 불쑥 솟아오를 정도로 목에 힘을 주었다. 입 근처의 피부가 아래로 당겨지며 꽉 다문 이가 드러났다. 낙오병들은 발케네 인에게 아무 피해도 입히지 않았다. 어쨌든 그런 사실이 보고된 적은 없다. 그것은 사냥이었다. 압도적인 준비를 갖춘 사냥꾼이 지상에서 가장 위험한 사냥감을 대상으로 탐닉한 도락이었다. 바위를 깨고 하늘을 나는 사냥감들. 그리고 그를 따라다니는 병사들은 사냥꾼에게 제때 음식과 침소 등을 제공하고 사냥꾼의 영광에 박수를 보내는 그들의 역할에 진력을 내고 있었다. 그것은 전쟁도 아니고 치안 활동도 아닌 오락이었으니까.

스카리는 자기 혐오에 빠지려는 자신을 목격하고 머뭇거렸다. 구조해야 할 것이다. 하지만 스카리는 구조하고 싶지 않다는 충동을 느꼈다. 자기 혐오도 때론 감미로운 오락일 수 있다. 주위 사람들뿐만 아니라 스스로도 레콘 추적에 흥미를 잃어 가고 있었으므로 스카리는 그것을 굉장히 즐거운 일로 만들어야 했다. 그에게 박살 난 아침을 선물로 남겨 준 술판은 그렇게 해서 벌어진 것이다. 스카리는 이제 자신의 무의식 속에서 일어난 일을 제대로 알게 되었다. 스카리는 어금니를 갈며 몸을 돌렸다.

그리고 남겨진 선물이 하나 더 있음을 알았다.

처음에 스카리는 그것이 무엇인지 알 수 없었다. 이불이 둥글게 솟아 있었다. 마치 그 아래에 누군가가 있는 것처럼. 하지만 그 아래엔 아무것도 없었다. 우연히 구겨진 이불이 그렇게 되었을 수도 있다…….

 하지만 그 경우 이불이 숨을 쉬는 것처럼 위아래로 천천히 움직일 수는 없다.

 스카리는 뒤통수가 쭈뼛 서는 것을 느꼈다. 그는 꼼짝도 할 수 없었다. 그 기묘한 현상은 바로 그의 옆에서 벌어지고 있었다. 스카리는 충혈된 눈으로 그곳을 바라보았다. 보이지 않는 무엇인가가 그곳에 누워 있었다. 바로 그의 잠자리에서. 스카리는 경비병을 부를까 자신의 칼을 찾을까 무섭게 고민했다. 그가 가까스로 경비병을 부르자고 결심했을 때 텅 빈 이불 아래에서 웅얼거리는 소리 같은 것이 들렸다. 스카리의 입이 덜컥 닫혔다. 그는 심장을 쿵쾅거리며 텅 빈 공간을 바라보았다.

 문득 스카리는 충동적으로 그곳을 향해 손을 뻗었다.

 보이지 않는 무엇인가가 손끝에 닿았다. 스카리는 질겁하며 손을 뺐다. 그러자 그의 손이 벽에 쾅 부딪혔다. 스카리는 아픔에 신음을 흘렸다. 웅얼거림이 멈춰졌다.

 "일어나셨어요?"

 텅 빈 공간이 여자의 목소리로 말했다. 갑자기 스카리는 자신이 말도 안 되는 짓을 하고 있음을 깨달았다. 아무래도 정상적인 상태라고 할 수 없기 때문일 것이다. 하지만 그 현상은 그에게 굉장히 익숙한 것이었다. 텅 빈 공간이 손에 도깨비감투를 든 여자로 바뀌었을 때 스카리는 허무한 웃음을 터뜨릴 뻔했다.

 흐트러진 머릿결과 부은 얼굴을 하고 있었지만 어디를 보더라도 현실감 넘치는 인간 여자였다. 스카리는 그녀의 냄새도 맡을 수 있었다. 그것은 어렵지 않았다. 여자는 굉장한 냄새를 풍겼고 그 냄새를 감출 만한 옷은 하나도 입지 않은 상태였으니까. 겁을 집어먹었던 자신을 비웃으려던 스카리는 문득 자신의 잠자리에 알지도 못하는 여자가 알몸으로 누워 있고 더군다나 자신의 도깨비감투가 그녀의 손에 있다는 것은 그냥 웃어넘길 일이 아님을 깨달았다. 스카리의 얼굴이 굳었다. 그러자 여자는 지겹다는 표정을 살짝 내비쳤다.

지겨워? 뭐가?

여자는 생각을 바꿔 먹은 듯 다시 미소를 지었다. 일어나 앉은 그녀는 이불을 끌어당겨 자신의 상체를 가렸다. 그러느라 한 손으로 감투를 들어야 했다. 그녀의 손 안에서 이리저리 우쭐거리는 도깨비감투를 보자 스카리에게 분노가 확 피어올랐다. 스카리는 딱딱한 목소리로 말했다.

"이리 내놔."

"예?"

"네 손에 있어선 안 되는 그 물건 말이다! 손목을 자르기 전에 당장 내놔!"

여자는 더럭 겁을 집어먹었다. 그녀는 황급히 감투를 내밀었고 그러느라 감투가 조금 구겨졌다. 노성을 지르려던 스카리는 그보다 소중한 감투부터 받아 드는 것이 좋겠다고 생각했다. 감투를 살펴본 스카리는 험악한 표정으로 여자를 바라보았다.

"넌 누구냐?"

여자는 겁에 질려 아무 말도 하지 못했다.

"누구냐고 물었잖아!"

"마, 말씀드렸잖아요. 리샤. 리샤예요. 예쁜 이름이라고 하셨잖아요."

"예쁜 이름이라니, 무슨 빌어먹을. 그런데 왜 내 감투를 네가 쓰고 자빠져 자고 있었던 거야!"

리샤는 눈물을 주르륵 흘렸다. 그녀의 입술이 생존 욕구를 담은 채 황급히 움직였다.

"공작님이 억지로 씌웠잖아요. 싫다고 그랬는데. 전 그거 무서웠단 말이에요. 저주받은 물건이잖아요. 하지만 공작님이 억지로 제 머리에……."

"뭐? 씌어 줘? 내가?"

"그러셨잖아요. 안 보이는 여자하고 하는 기분이 궁금하다고 하시면서. 그래서 저는 저주받을 것도 무릅쓰고 그걸 썼어요. 공작님이 그러라고 하셔서. 전 정말 억지로, 공작님이 시키셔서 쓴 거예요!"

스카리는 무슨 소리인지 이해하지 못하겠다고 생각했다. 물론 자신에게 하는 거짓말이다. 스카리는 짐작하고 있었다. 다만 그것을 어떤 식으로 인정해야 할지 모를 뿐이었다. 혼란스러워 하는 그를 내버려둔 채 리샤는 계속해서 말했다. 그녀의 말을 제대로 듣지 못했는데도 스카리의 얼굴이 화끈해지는 말들이었다. 리샤는 어젯밤 스카리가 보이지 않는 여자를 어떻게 희롱했는지를 두서없지만 적나라하게 묘사했다.

"젠장. 그만해!"

"전 정말 공작님이 시키셔서 그 무서운 것을 쓴 것뿐……."

"입 닥쳐! 한마디만 더 하면 가만두지 않겠어!"

리샤는 입을 다물었다. 하지만 북받치는 기분은 어떻게 할 수 없는 듯 이불을 머리 위로 덮어쓰고 잠자리에 엎드려 울기 시작했다. 스카리는 울지도 말라고 외치려다가 스스로 한심한 기분이 들어 그만두었다. 그는 잠자리에서 일어나 책상 위에 감투를 내려놓고 의자에 앉았다. 엉덩이에 차가운 기운을 느낀 후에야 스카리는 자신 또한 알몸이라는 것을 깨달았다. 침대 주변의 양탄자 위에 낙엽처럼 흩어져 있는 옷가지들을 바라보며 머리를 내저었다.

믿을 수가 없었다. 그룸 성에 부냐가 있는데 자신이 이곳에서 다른 여자와 잘 수 있다니, 그것은 상상도 할 수 없는 일이었다. 어떤 빌어먹을 녀석이 아부한답시고 저년을 내 침대에 밀어넣은 것 아닐까? 스카리는 그것이 맞으리라 생각했다.

"이봐……."

이름이 뭐였더라? 리, 리…….

"리냐, 일어나."

리냐? 잠깐. 어쩐지 낯익은 이름인데? 스카리는 조금 후에야 자신이 부냐의 이름을 뒤섞어 버렸다는 것을 깨달았다. 스카리가 자신에 대해 황당해하는 것을 끝마칠 때까지 여자는 이불 속에 웅크린 채 꺽꺽거렸다. 스카리는 일어나 침대로 다가가서 이불을 확 끌어당겼다.

"일어나라고 했잖아!"

여자는 기겁하며 돌아누웠다. 그녀는 두 손으로 얼굴을 가린 채 뜻모를 소리를 내뱉었다. 얼굴을 찌푸리던 스카리의 시선이 문득 무방비로 드러난 여자의 몸을 훑었다. 무의식중에 그녀의 부분부분을 좀 더 자세히 관찰하던 스카리는 갑작스러운 환멸감을 느끼며 다시 여자의 얼굴을 보았다. 그는 이불을 팽개치고 여자의 손을 붙잡아 끌어내렸다. 그러자 조금 전까지 얼굴을 감추고 있던 것과 어울리지 않게 여자는 스카리의 얼굴을 똑바로 바라보았다. 스카리는 여자의 손을 아무렇게나 던지고 다시 의자로 물러났다. 의자에 앉아 그는 천장 쪽을 보며 말했다.

"이름이 뭐라고?"

"리샤입니다."

"좋아, 리샤. 누가 너를 보냈지?"

"예?"

"너를 내게 보낸 것이 누구냐고."

리샤는 혼란스러워 하다가 문득 자신의 상태를 깨달고는 팔을 뻗어 이불을 조심스럽게 거머쥐었다. 그녀는 스카리의 눈치를 살피며 이불로 몸을 가렸다. 스카리는 그녀가 그러도록 내버려두었다. 몸을 가린 리샤는 더듬더듬 말했다. 결과적으로 스카리는 그날 아침을 저주하게 되었다. 디팝 자작 페리닌 스베이크가 스카리 빌파를 위해 연 술자리에서 시중을 들던 그녀를 끌고 잠자리로 온 것은 대취한 자신이었음이 확실해졌다. 리샤가 누구를 보호하기 위해 거짓말을 한다고 생각할 수는 없었다. 스카리의 질문에 대답하면서 서서히 안정을 되찾은 리샤가 말했다.

"하나도 기억 안 나세요?"

스카리는 끙 하는 소리로 대답을 대신했다. 리샤가 고개를 끄덕였다.

"하긴, 어제 정말 많이 드셨어요."

"꺼져."

"예?"

스카리는 주위를 두리번거리다가 자신의 옷 사이에 팽개쳐져 있는 장신구들을 집어 들었다. 팔찌는 대단찮았지만 목걸이는 비싼 물건이었다. 스카리는 두 개의 장신구를 들고 잠깐 고민했다. 그러다가 리샤가 고민하는 자신을 바라보고 있음을 깨달았다. 스카리는 충동적으로 목걸이를 리샤의 무릎 위에 던졌다.

"당장 꺼져."

리샤는 아랫입술을 깨문 채 스카리를 바라보다가 그가 던진 목걸이를 주워들었다. 그녀는 침대에서 내려와 바닥에서 자신의 옷가지를 찾아 입고는 스카리에게 목례했다. 그녀가 방문을 닫고 나가자 스카리는 방 안에 박살 난 아침과 단둘이 남았다.

'아주 멋지게 끝난 엽행이로군.'

스카리는 감당하기 힘든 우울감과 상실감에 어깨를 늘어뜨렸다. 쓸데없는 짓을 하며 몇 개월 동안 발케네 이곳저곳을 쏘다닌 결과가 그의 뺨을 후려치듯 나타났다. 그것은 거창한 엽행이었고, 하늘누리를 다루는 괴팍한 처녀 때문에 중단된 정복 활동을 다른 방식으로 재개한 것이고, 지긋지긋한 두 명의 헨로로부터의 도피였다. 부냐 헨로와 모디사 헨로. 마지막 결론에서 약간의 동요를 느끼고 깊은 우울감 때문에 그냥 인정했다. 한 명의 규리하와 두 명의 헨로. 그 세 여자 때문이다.

문득 추위가 느껴졌다. 스카리는 맥없는 동작으로 일어나 옷을 꿰어 입었다. 왜 옷을 입는 간단한 동작이 이럴 때 지독히 우울한 일이 되는지 고민하며. 옷을 대강 차려입은 스카리는 다시 의자에 앉았다. 그때 누군가가 문을 두드렸다.

"누구냐?"

"지소어입니다."

오, 젠장. 오, 젠장. 오, 젠장!

"들어와."

문이 열리고 가면을 쓴 남자가 들어왔다. 스카리는 아무 표정도 볼 수 없는 것이 차라리 고맙다고 생각했다. 게다가 팔리탐은 방 안을 주욱 둘러보는, 이럴 경우 상당한 야유가 될 수도 있는 동작조차 취하지 않았다. 그는 성큼성큼 걸어와 스카리의 앞쪽에 섰다.

"리샤에게서 기침하셨다는 이야기를 들었습니다."

그리고 팔리탐은 손을 내밀었다. 그의 손에는 스카리가 리샤에게 준 목걸이가 들려 있었다. 스카리는 기막힌 표정으로 팔리탐을 보았다. 팔리탐이 말했다.

"돈을 주고 바꿨습니다."

"돈을 줬다고? 뺏은 것이 아닌가?"

"공작가의 물건임이 분명한 이런 물건이 함부로 바깥에 나돌아다니면 안 됩니다. 게다가 그 애는 어차피 이런 물건을 현금화할 능력도 없습니다. 잘 알아듣더군요. 그 애는 고마워하며 돈을 받아 갔습니다. 걱정하지 않으셔도 될 겁니다."

스카리는 팔리탐의 가면을 바라볼 뿐 손을 내밀지는 않았다. 팔리탐은 조금 기다렸다가 그러라는 명령을 받은 것처럼 몸을 돌려 책상 위에 목걸이를 내려놓았다.

"씻고 조찬을 드셔야겠지만, 혼자 드시고 싶다면 이곳으로 가져오도록 하겠습니다."

"내 마음을 다 들여다보는 것 같군."

"노인에겐 경험이라는 좋은 벗이 있습니다."

"자네는 그렇게 노인도 아냐. 좋아. 혼자 먹지."

그러나 팔리탐은 명령을 수행하기 위해 밖으로 나가지 않았다.

"이곳으로 가져오라고 말해 두었습니다."

스카리는 신경질적인 웃음을 터뜨렸다. 팔리탐은 그 웃음이 멎길 기다렸다가 말했다.

"체포한 레콘들의 맹세는 어떻게 하시겠습니까? 내일로 미룰 수도 있지만 그냥 오후쯤에 하시는 것이 좋으실 듯합니다."

"왜지?"

"다른 레콘 낙오병들이 목격되었습니다. 카날티 남부입니다. 빨리 추적하지 않으면 놓칠지도 모릅니다. 공작님께서 가시기 어렵다면 사라티본 부대만이라도 먼저 보내는 편이 좋을 겁니다. 그러면 공작님이 도착할 때까지 사라티본 부대가 그들을 붙잡아 둘 겁니다."

"보냈나?"

"예? 아닙니다. 군사 행동은 미리 예견할 수 있다고 해서 비재량권자가 자의대로 처리할 수 있는 것이 아닙니다."

"자네가 보내야겠다고 생각했다면, 힌치오를 보내…… 아니, 보내지 마."

팔리탐은 고개를 갸웃했다. 스카리는 책상 위에 놓인 목걸이를 보았다.

"내버려둬."

"내버려두라고 하셨습니까?"

"카날티 남부에 나타났다는 낙오병들이 어떤 짓을 저질렀나?"

"목격된 것 외엔 아무 일도."

"그렇다면 내버려둬. 병력을 이리저리 움직이는 비용은 너무 크고 얻는 효과는 없다. 그들이 지금껏 아무 일도 하지 않았다면 당분간 그러지 않겠지. 그들에겐 내게 충성하라는 내용으로 편지나 한 통 보내고 그룸 성으로 돌아가도록 하자."

팔리탐은 무표정한 가면으로 스카리를 오랫동안 바라보았다. 스카리는 그의 정강이를 툭 걷어차는 시늉을 해 보였다.

"박차를 가해야 움직일 텐가, 노마(老馬)여?"

팔리탐은 어깨를 움찔했다.

"알겠습니다. 쉬십시오, 공작님."

"그래."

팔리탐은 약간 느린 동작으로 경례하고 몸을 돌려 나갔다.

누군가가 구름을 모루 삼아 오래된 태양을 담금질하고 있는 듯하다. 굉음의 비산.

꾸르릉 하는 소리에 조금 놀란 가미 히스롤 수교위는 연초를 떨어뜨리고 말았다. 떨어진 연초보다 헛소문이 생기는 쪽을 염려하며 수교위는 주위를 둘러보았다. 자신에 대해 천둥을 무서워한다는 둥의 헛소문이 생기는 것은 두렵지 않지만 부하들이 지휘관을 얕보게 되면 낭패다. 하지만 부하들은 모두 하늘을 보고 있어서 그가 연초를 떨어뜨리는 것을 목격한 사람은 없었다. 히스롤은 태연히 발로 연초 가루를 비벼 풀숲 사이에 묻고는 연초 쌈지에서 새 연초를 꺼냈다.

곰방대에 연초를 채워 넣은 히스롤은 모닥불에서 뽑아낸 잔가지로 불을 붙였다. 부하들 중 한 명이 고개를 돌렸을 때 히스롤은 여유 있게 연초를 피우고 있는 상관의 모습을 보여 줄 수 있었다. 부하가 말했다.

"중대장님, 비가 올 것 같은데요. 물러나야 하지 않겠습니까?"

히스롤은 부하의 말이 끝나자마자 대답을 결정했지만 상대방의 말을 충분히 고려하고 있음을 보여 주기 위해 하늘을 관찰하는 시늉을 했다. 장교니까.

"자네 예상이 맞을지도 모르지만 물러나야 한다는 결론은 조금 잘못되었군."

"예? 비가 오면 그 사람은 안 올 겁니다."

"아냐. 그 사람은 우리가 비를 피할 장소를 준비해 두었을 거라 생각하고 더 빨리 올 수도 있지. 그렇다면 그를 실망시키지 않기 위해 천막을 쳐야겠군."

어릴 때부터 날씨를 맞히는 데 비상한 소질을 가지고 있는 히스롤은 비가 올 확률이 별로 없다고 생각했다. 하지만 한나절도 지나기 전에 인내심을 다 잃어버리고 아침에 떠나온 마을로 돌아가서 사소한 위락을 즐기자는 눈길을 끈적끈적하게 보내는 대원들에게 할 일을 줄 필요가 있었다. 장교니까. 그래서 히스롤은 대원들의 눈빛에 맞서 지금 당장 일어나서 천막을 치는 것이 치아 건강에 좋을 것이라는 눈빛을 보냈다. 대원들이 미적거리는 동작으로 일어나 천막을 치는 것을 보며 히스롤은 우주의 비밀과 세계의 역사, 실존과 의지 등에 대해 생각했다. 그는 넌더리 난다는 표정을 짓고 싶었다.

거친 연초 연기가 새끼고양이의 혓바닥처럼 목구멍을 핥았다. 두 개의 콧구멍에서 굴뚝처럼 연기를 뿜어내며 히스롤은 지평선을 바라보았다. 그리고 자신이 기다리고 있는 사람을 생각했다. 그의 표정이 의문에 찬 것으로 바뀌었다.

베로시 토프탈 상장군은 암살자가 올 것이라고 했다. 그리고 레콘이 온다고 말했다. 히스롤 수교위가 두 사람이 온다고 이해한 것은 잘못이 아니다. 베로시 토프탈 상장군 또한 그런 실수를 탓하지 않은 채 암살자가 레콘이라는 사실을 확인해 주었다.

'레콘 암살자라고?'

지금껏 히스롤은 레콘이 혼자 있어도 부대라는 말은 레콘은 혼자 있어도 한 부대가 집결해서 떠드는 것만큼 소란스럽다는 의미가 아닐까 생각해 왔다. 짝을 찾기 어려운 거구와 탁월한 힘 때문에 레콘의 모든 동작들은 설령 졸고 있다고 해도 지독하게 웅장한 것이 되어 버린다. 그리고 시각적 소란스러움은 청각적 소란스러움도 동반하는 것이 일반적이다. 웅장함과 소음은 모두 암살자라는 직종에 어울리지 않는다.

하지만 암살의 목적은 결국 목표물의 제거에 있고 암살자의 대명사나 필수조건쯤으로 여겨지는 기도비닉 또한 그 목적을 위한 수단일 뿐이다. 방해를 피하고 목표물에 쉽게 접근하기 위한 수단이 기도비닉이다. 반대로 말해 목표물을 제거할 수만 있다면 소리가 나든 말든 상관없다. 투석기로 사람을 맞혀 죽일 능력이 있으면 그래도 상관없다는 것이다. 그리고 레콘은 가장 정확한 투석기라고 할 수 있다. 이를테면 계단을 오르고 복도를 따라 꺾어져 정중히 문을 열고 들어가 목표물을 확인한 다음 타격할 수 있는 투석이라고 할까. 히스롤은 연기를 힘있게 내뿜었다. 레콘 암살자라는 말은 잘못된 것이 아니다. 레콘은 훌륭한 암살자가 될 자질을 가지고 있다. 원하는 누구라도 죽일 수 있으면 그것은 분명히 무적의 암살자…….

히스롤은 어깨를 부르르 떨었다.

누군가의 모루가 되어 있는 것은 하늘 한쪽에 곰팡이처럼 묻어 있는 검은 구름이었다. 천둥은 그쪽 방향에서 들려오는 것 같다. '비는 오지 않아.' 히스롤은 확신을 담아 생각했다. 그 레콘도 날씨를 나만큼 읽을 줄 알면 올 것이다.

오지 못하게 할 수도 없다.

읽는 것과 없는 것 199

히스롤은 다 피운 곰방대를 뒤집어 탁탁 쳤다. 재가 빠져나가는 모습을 보며 조금 전 떠올린 문장을 지우려 애썼다. 하지만 그 문장은 방 안에 들어와 손 닿지 않는 곳에만 잠깐잠깐 내려앉으며 계속 날아다니는 파리처럼 그를 귀찮게 만들었다. 레콘은 원하는 누구라도 죽일 수 있다. 그리고 그를 막을 방법은 없다. 아니, 한 가지 방법이 있긴 하다. 희귀한 것도 아니다. 사람이 사는 곳에는 반드시 있는 보편적인 물질로 레콘을 막을 수 있다. 물의 위협은 레콘을 격퇴할 수 있다. 하지만 그것은 자신의 남은 생을 포기하는 짓이라는 점에서 좋은 해결책이라고 하기 어렵다. 두려움과 긴장 속에서 살아가는 악몽을 스스로에게 부여하는 극단적인 방법이다. 격분한 레콘은 반드시 돌아와 물값을 지불하게 할 테니까, 물이 없는 곳에서. 그렇다면 상식적인 방식으로 레콘을 막을 수는 없다.

왜 그걸 지금껏 생각하지 못했을까?

레콘은 자신 외에 아무에게도 관심이 없기 때문이다. 사랑과 마찬가지로 증오도 상당한 관심의 소산이다. 알지도 못하는 사람이 자신을 공격할 거라고 생각하긴 어렵다. 그리고 레콘은 레콘을 포함한 다른 모든 사람에게 알지도 못하는 사람으로 있는 경우가 많다. 우리를 사랑하지도 않지만 증오하지도 않는 무뚝뚝한 이웃들. 알고 보니 증오하지 않는다는 것에 고마워해야 하는 자들이다.

그리고 히스롤이 기다리고 있는 것은 레콘 암살자였다.

히스롤은 자신이 다른 것에 위화감을 느꼈어야 했다고 생각했다. 지독하게 시끄러운 자가 암살자가 된다는 것에 대해서는 놀랄 필요가 없었다. 그보다는 개인주의자가 암살자가 된다는 것에 놀라야 했다.

가미 히스롤의 마음속에 해묵은 추억이 떠올랐다. 열일곱 살의 히스롤이 보낸 끈질긴 애원과 협박에 가까운 부탁 때문에 마침내 반쯤은 자의로 반쯤은 거절하기도 지쳐서 옷을 벗고 있는 그녀의 모습을 보았을 때가 떠올랐다. 그녀가 옷을 벗는 것을 보며 젊은 가미는 만족감이나 기쁨보다 공포를 느꼈다. 그런 말도 안 되는 애원을 해서 기어코 이 상황을 끌어낸 자신이 좀 돈 게 아닌가 생각했다. 심지어 자신의 간원을 수용한 그녀가 밉다는 생각까지 들었다.

같은 상황에 처한 많은 청년들처럼 가미 히스롤을 마지막에 움직이게 한 것은 성취감이나 승리감이 아닌, 이제는 되돌릴 수 없다는 절망감이었다. 히스롤은 그날을 후회하지는 않았다. 그녀는 히스롤 부인이 되었고 이름도 모를 병에게 그녀를 뺏길 때까지 두 사람이 보낸 시간은 무엇과도 바꿀 수 없었다. 하지만 히스롤은 머릿속이 부글부글 끓어서 눈이 튀어나올 것만 같았던 열일곱 살의 그날 밤에 공포도 분명히 있었음을 기억했다. 그 공포는 지금 히스롤이 느끼는 것과 비슷했다. 나는 무슨 짓을 해 버린 걸까. 정말 내가 그토록 원하는 것이었을까? 고 히스롤 부인의 옷 아래에는 그가 바라던 것 이상의 것이 있었다. 하지만 레콘에게서 개인주의자의 옷을 벗겨 내었을 때 그 아래에서 나타나는 것도 그러할까?

머릿속이 혼란스러웠던 가미 히스롤은 부하의 말을 놓쳤다.

"뭐라고?"

"당연하잖습니까. 저런 먼지구름을 만들어 낼 수 있다면 분명히 레콘이겠지요."

히스롤 수교위는 멍한 눈으로 부하의 시선을 좇았다.

고원 끝 부분, 두 개의 산이 만날지 말지 고민하다가 결국 통행로를 남겨 두기로 결정한 듯한 부분에서 부하가 말한 먼지구름이 솟아오르고 있었다. 히스롤은 먼지의 아래쪽을 보았다. 그곳에서 무엇인가가 굉장한 속도로 움직이고 있었다. 그것은 '무엇인가'라고밖에 표현할 수 없었는데, 물론 거리가 멀어서 작긴 하지만 히스롤이 알고 있는 무엇과도 다른 인상을 주었기 때문이다. 히스롤은 고개를 갸웃했다. 그리고 다른 부하들도 그의 곁으로 다가와서 약간 어리둥절한 표정을 지었다. 그런 처지는 다가오는 것과 그들 사이의 거리가 좁혀진 후에도 달라지지 않았다. 히스롤에게 말을 걸었던 상전사가 미심쩍은 어투로 말했다.

"레콘이 아닌가?"

레콘 같은 크기와 레콘 같은 속도로 움직이고 있었지만 레콘을 보는 것 같지 않다. 그보다는 실수가 가장 좋은 작업 동료일 수도 있다고 굳게 믿는 도깨비 대장장이가 마음껏 실수를 저질러가며 만든 무엇인가를 보는 것 같았다. 히스롤 수교위는 비유를 선택할 수밖에 없었다. 그와 그의 부하들이 보고 있는 것은⋯⋯ 몸에 아교를 바르고 철물점에 들어가 분탕질을 치고 뛰쳐나온 레콘 같았다.

조금 후 히스롤은 자신이 비유가 아닌 사실 묘사를 한 것이 아닌가 의심했다.

레콘의 속도로 다가왔기에 적절한 마음의 여유를 가질 틈도 없이 다가온 그것은 꽤 요란한 소리를 내며 그들 곁을 지나쳤다. 철커덕, 쿵쾅, 탕팅통. 와르르. 당황한 히스롤과 부하들은 뒤를 돌아보았다. 그 시끄러운 금속성의 물체는 부하들이 조금 전에

쳐 놓은 천막 아래에 들어가 장엄하게 헐떡이고 있었다. 히스롤은 다가가는 것을 잠시 보류한 채 그것을 관찰했다.

레콘이 맞았다. 드러난 손발이나 얼굴은 분명히 레콘의 것이었다. 하지만 드러나지 않은 부분들을 드러나지 않게 하고 있는 것은 참으로 희한한 의복이었다. 히스롤은 그것이 갑옷이 아닐까 생각했지만 그런 것 같지는 않았다. 레콘은 갑옷을 좋아하지 않거니와 그 의복은 갑옷으로 기능할 것 같지도 않았다. 갑옷이라면 그 생김새가 어떠하건 방어적인 특성이 있어야 할 텐데 그것은 중요한 부위들을 가리고 있지 않았다. 다만 엉뚱한 곳에 꽤 무거운 물건들이 매달려 있었다. 히스롤이 받은 인상은 크고 작은 금속 상자, 철판, 금속 원통 등을 닥치는 대로 골라 쇠사슬로 연결하여 몸통과 팔다리, 머리 주위에 두르고 있다는 것이었다. 그래서 레콘의 모습에는 거대한 금속 공예품 진열장 같은 인상도 얼마간 섞여 있었다.

관찰을 끝낸 히스롤은 머뭇거리며 앞으로 걸어 나갔다. 장교니까. 천막의 방수성이 의심된다는 투로 위쪽을 바라보던 레콘이 고개를 숙여 그를 바라보았다. 바닥에 앉아 있었기 때문에 대화하기 적당한 눈높이였다. 히스롤은 정중하게 말했다.

"귀하가 누군지 짐작할 것 같습니다만 그래도 확인은 해야겠지요. 누구십니까?"

"나? 그을린발이다."

"음. 죄송합니다만 성함은 듣지 못했습니다. 누구의 부탁으로 오셨습니까?"

"베로시 토프탈."

"저희들이 기다리던 분이 맞군요. 가미 히스롤 수교위입니다."

가미 히스롤은 정중하게 경례했다. 레콘은 대강 손을 흔드는 것으로 경례를 받아 주었다.

"달려오셨습니까?"

"아아. 하늘이 트림을 해대서."

"그런데 몸에 두르고 계신 것이 무엇인지 여쭤 봐도 실례가 되지 않겠습니까?"

"이거? 내 무기."

히스롤은 당황하여 레콘의 양손을 살폈다. 그곳에는 무기가 없었다. 레콘은 그가 무엇을 가리킨 것인지 정확히 이해한 것이다. 하지만 히스롤은 그것이 방어구의 일종이라고 해도 언어도단이라고 여겼을 것이다. 하물며 무기라니. 혹시 저런 차림으로 누군가에게 몸통으로 부딪히면 충격을 줄 수 있다는 것일까? 레콘의 충돌력이라면 무기로 손색이 없겠지만 그을린발이 걸치고 있는 물건은 그런 희한한 용도에도 어울리지 않았다. 그런 용도라면 차라리 갑옷 같은 생김새에 뾰족한 뿔 같은 것을 달아 두는 것이 어울릴 것이다. 하지만 그을린발이 두르고 있는 것에 뿔이나 칼날 같은 것은 없었다. 다만 여기저기 많은 구멍이 있을 뿐이었다.

"그게 무기입니까?"

"맞아. 좀 독특하지?"

"좀이 아니라 상당히 독특하군요. 어떻게 쓰는 겁니까? 혹시 제가 보고 있는 것은 부려 놓은 활이나 사려 놓은 채찍처럼, 어, 그러니까 가지고 다니기 편하게 바꿔 놓은 모습인가요?"

"아니. 이대로 쓰는 거야."

"어떻게 쓰는지 보여 주실 수 있습니까?"

그을린발은 부리를 살짝 부딪쳤다.

"그럴 수는 없군."

"아. 비밀입니까?"

"비밀은 아냐. 다만 여기서 내가 무기를 쓰면 너희들이 다 죽는다는 것이 문제지."

히스롤은 발작적으로 엉덩이 쪽으로 손을 뻗으려 했다. 그곳에는 수통이 매달려 있었다. 멍청함으로 자신을 죽일지도 모른다는 생각을 떠올린 히스롤은 그 손길을 멈추었다.

"저희들을……"

"죽이고 싶은 생각 없어. 그래서 못 보여 준다는 거야."

"무슨 말씀인지 모르겠군요. 그 이해할 수 없는 무기를 사용하면 저희들이 무조건 죽는다는 겁니까? 귀하의 의도와 상관없이?"

그을린발은 고개를 끄덕였다.

"정확해."

"이해할 수는 없지만 말씀하신 대로라면 그 무기의 사용 시범을 보는 영광은 포기해야겠군요."

"잘 생각했어. 그럼 내가 질문 좀 할까?"

"제가 대답할 수 있는 것이라면 무엇이든 대답하겠습니다."

시모그라쥬군을 대표하여 영접 나온 사람답게 가미 히스롤 수교위는 품위와 명예를 지키며 그을린발의 질문에 성의껏 대답할 것을 다짐했다. 하지만 그을린발의 질문은 그의 다짐을 무색케 했다.

"코끼리 좋아하냐?"

히스롤은 필사적으로 코끼리가 무엇인가에 대한 은유나 비유가 될 수 있는가 생각했다. 그리고 코끼리라는 별명을 가진 중요 인사나 단체가 있는지 생각했다. 하지만 떠오르는 것이 없었다.

히스롤은 조심스럽게 말했다.

"그 코끼리 말입니까? 코가 길고 덩치 크고 귀가 큰 동물이오?"

"맞아."

"글쎄요. 좋아하지도 싫어하지도 않습니다. 별 관심이 없습니다. 그런데 그것은 왜 물으십니까?"

"그러면 코끼리가 얼마나 먹는지 잘 모르겠군."

"모릅니다. 아마 많이 먹겠지요."

"응. 많이 먹어. 하루에 인간 두 명의 몸무게쯤 먹지."

"대단하군요. 그런데 제가 코끼리의 식사량을 알아야 하는 이유가 무엇인지요."

"그래야 베로시에게 가서 준비하라고 말할 수 있잖아."

"예?"

"나 코끼리를 데려왔거든."

꼭 그럴 필요는 없었지만 히스롤은 주위를 둘러보는 시늉을 했다. 코끼리라는 어색한 단어를 들을 때부터 그는 해학 정신이 꿈틀거리는 것을 느꼈다. 그는 농담하듯 말했다.

"깃털 사이에 넣어 오셨습니까?"

"그럴 수 있으면 나도 좋겠지만, 아냐. 이쪽으로 오고 있어. 하늘이 방귀를 뺑뺑 뀌어서 내가 먼저 달려왔거든. 그래도 알아서 잘 따라올 거야. 우두머리가 아주 머리가 좋은데……."

"잠깐만요." 히스롤의 얼굴이 심각해졌다. "농담하시는 것 같지는 않군요. 그러니까 코끼리를 데려오던 중이었는데 천둥소리가 나서 먼저 달려오신 거란 말씀입니까?"

그을린발은 만족스럽게 고개를 끄덕였다. 그러고는 기막힌 표정을 짓고 있는 히스롤에게 말했다.

"그러니 아무나 먼저 보내서 먹이를 준비해 두라고 전하란 거야. 알겠어?"

히스롤의 얼굴에 약간의 자신감이 돌아왔다.

"그럴 필요는 없을 것 같습니다. 저희들에겐 기병도 있고 우마차를 끄는 소도 많이 있습니다. 그래서 마초는 많습니다."

"코끼리는 말이나 소보다 훨씬 많이 먹는다고 했잖아."

"저희들은 군대입니다, 그을린발. 군마와 소가 한두 마리 있는 것이 아닙니다. 코끼리 한 마리 정도는 충분히 감당할 수……."

안됐다는 표정으로 바라보는 그을린발을 보며 히스롤은 말끝을 흐렸다. 그는 묻는 눈으로 그을린발을 보았고 그을린발은 고개를 끄덕였다. 히스롤은 입술을 살짝 적시고 긴장한 채 말했다.

"몇 마리입니까?"

베로시 토프탈은 편두통에 시달리는 사람 같은 표정을 지은 채 말했다.

"오백 마리나 되는 코끼리를 데려와야 했던 이유를 좀 말해 주시오, 그을린발."

코끼리들이 건초와 채소, 과일 등을 으깨어 먹는 모습을 뿌듯하게 바라보던 그을린발이 고개도 돌리지 않은 채 말했다.

"오백 마리가 아냐. 503마리야."

"예, 503마리. 젠장. 그 때문에 우리들의 우마가 굶어죽을 지경입니다."

짜증 때문에 약간 과장하고 있었지만 베로시의 말은 사실과 많이 다르진 않았다. 코끼리의 식사량은 말의 열 배가 넘고 따라서 오백여 마리의 코끼리는 오천여 마리의 군마와 같은 양을 먹어 치운다. 히스롤이 긴급히 보낸 전령 때문에 군마들의 건초 담당자는 그을린발이 도착하기 전에 오천 마리 분의 건초와 채소들을 증량할 수 있었다. 하지만 그는 베로시에게 같은 일을 장기간 하기는 어렵다고 명백하게 알렸다.

원래 군마들의 방목장이었지만 코끼리들을 위해 긴급히 비워진 광활한 초지에서 코끼리들은 여기저기 쌓여 있는 건초와 채소 등을 먹고 있었다. 그리고 언덕 위에 베로시와 함께 서서 그 모습을 내려다보는 그을린발은 코끼리들이 긴 여정에 피로해하지 않는지 살피느라 베로시의 말을 듣는 둥 마는 둥했다. 베로시는 '뭘!'이라고 외치고 싶은 충동을 억누르며 목소리를 높여 말했다.

"그을린발! 도대체 왜 저 코끼리들을 데려왔냐고 물었습니다!"

그을린발은 조금 더 지체한 후에야 아래를 내려다보았다. 자신의 허리쯤에 있는 베로시의 얼굴을 보며 그을린발은 진지하게 말했다.

"직접 보여 주고 싶어서."

"예?"

"보라고. 멋지지 않나?"

베로시는 그 광경이 인상적이라는 것은 인정했다. 비록 그 코끼리들이 야기한 고민은 심각했지만 오백여 마리의 코끼리가 한자리에 운집하여 거니는 모습은 일부러 찾아볼 만한 장관이었다. 하지만 베로시는 자신의 소회를 밝히는 대신 낮은 목소리로 말했다.

"멋진 걸 보여 달라고 요청한 적은 없습니다. 그을린발. 제가 요청한 것은 한 명의 수완 좋은 암살자입니다."

그을린발은 부리를 닫고 무거운 눈으로 베로시를 내려다보았다. 베로시는 히스롤을 고민에 빠트렸던 그을린발의 착용물을 훑어보며 말했다.

"이게 당신의 무기라고요?"

그을린발은 대답하지 않았다. 베로시는 그 쓰임새를 추리해 보았다. 하지만 그을린발이 몸에 걸치고 있는 것은 용도를 알 수 없는 구멍투성이의 철물들과 쇠사슬만으로 황급히 상하의와 두건 등을 만들어야 했던 자가 자포자기해서 만든 옷처럼 보일 뿐이었다. 물론 그 구성품 중 묵직한 철물 하나를 인간의 머리 위에 떨어뜨린다면 살해 도구가 될 수 있을 것 같았지만 그런 것을 무기라고 하기는 어렵다.

"도대체 어떻게 쓰이는지 모르겠군요. 이런 희한한 무기라면 소문이 났을 텐데 왜 제가 알지 못했지요? 당신이 제국군에 복무할 때 이것을 썼을 것 아닙니까."

베로시를 뚫어지게 바라보던 그을린발이 체념하듯 말했다.

"안 썼어."

"예?"

"제국군에 있을 땐 이것 안 썼다고. 그냥 맨몸으로 복무했어."

군인이 비무장이라면 농담의 소재일 뿐이지만 레콘이라면 비무장의 복무라도 큰 상관은 없었을 것이다. 하지만 베로시는 왜 군인이면서 무기를 쓰지 않았는지 이해할 수 없었다.

"왜 안 썼습니까?"

"다 죽으니까."

"예?"

"적군이고 아군이고 가릴 것 없이 다 죽으니까 안 썼어. 아무리 성능이 좋아도 그런 무기를 군대에서 쓸 수는 없잖아."

베로시는 놀란 표정으로 그 괴상한 옷을 바라보았다.

"이게 그렇게 치명적입니까?"

"치명적이야. 그런데 베로시, 다시 한번 내 코끼리들을 좀 보지 않겠어?"

"예, 멋지군요. 근사합니다. 장관이군요."

"날 좀 내버려둘 수 없겠어?"

"예?"

그을린발은 한쪽 무릎을 꿇었다. 베로시와 눈높이를 맞춘 그을린발은 그녀의 눈을 들여다보며 말했다.

"베로시, 이미 부탁 한 번 들어줬어. 그런데 이젠 엘시를 죽이라고? 젠장. 게라임 지울비만 해도 영향력이 대단한 사람이야. 그래도 엘시만큼은 아니겠지. 그를 죽이고서도 내가 내 사업을 제대로 할 수 있겠어? 저 코끼리들과 계속 있을 수 있겠냐고."

"그러기에 혼자 왔으면 될 것 아닙니까. 복면을 쓰고 들어가서 누군지도 모르게……."

"그걸 말이라고 하나! 저쪽에 베로시 토프탈이 보낸 레콘이 누군지 짐작하지도 못할 멍청이들만 있겠어! 그리고 복면이라고? 젠장. 누가 복면을 써? 내가 너 같은 인간으로 보이냐? 보복당할까 봐 상대방에게 누가 죽이는지도 알려 주지 않고 죽이는 너희 비겁한 놈들처럼 보이냐!"

베로시는 재빨리 사과하는 표정을 지었다. 철의 대화를 선언하고 상대방의 선공을 수년 동안 말없이 기다리기도 하는 종족이 레콘이다. 레콘인 그을린발은 엘시 에더리를 죽여 달라는 부탁을 엘시에게 찾아가 자신의 이름을 밝히고 죽이겠다는 선언까지 한 다음 공격하라는 의미로 이해했을 것이다.

"복면에 관한 것은 실언이었습니다. 사과하겠습니다. 당신이 에더리 대장군을 죽인다면 틀림없이 당신에게 앙심을 품을 사람들도 있겠지요. 하지만 그것은 걱정 마십시오. 저희들이 보호해드리겠습니다. 에더리 대장군만 사라지면 흑사자군은 와해될 겁니다."

"흑사자군은 뭐야?"

"에더리 대장군의 병력을 가리키는 말입니다."

"거기엔 틀림없이 내 후원자들이나 그 가족들, 친구들이 잔뜩 있겠지?"

"당신의 후원금에 피해가 간다면 이쪽에서 전액 보상하겠습니다. 그 조건은 이미 말씀드리지 않았습니까? 만약 그래도 불안하다면 시모그라쥬 공의 이름으로 당신의 사업을 전액 후원하겠습니다."

"전액? 그러고는 필요할 때마다 나를 불러내겠지? 그러면 나는 정말 꼼짝없이 부를 때마다 와야겠군. 안 그래?"

"다시는 당신의 도움을 요청하지 않겠습니다."

그을린발은 부리를 비틀어 마찰음을 냈다.

"그건 전에도 들은 말이야. 게라임 지울비를 탈출시키고 나서. 다시는 부르지 않겠다고 약속했지."

"말을 번복해서 미안합니다. 하지만 이번만은 믿어 주십시오. 절대로 세 번째 요청은 없을 겁니다."

베로시는 '내 부탁을 따르지 않으면'에 해당하는 말은 덧붙이지 않았다. 할 말이 없었기 때문은 아니다. 그 말을 이미 했기 때문이다. 그리고 그 협박은 그을린발로 하여금 이곳까지 오게 만들었다. 은유로 표현되었지만 그을린발은 강력한 정신 억압자를 보내어 코끼리들을 다 흩어 버리겠다는 베로시의 협박을 분명히 이해했을 것이다. 그을린발의 면전에 대고 이미 했던 협박을 반복하는 것은 현명한 일이 아니다. 베로시는 그저 겸손한 표정으로 그을린발을 바라보았다.

위아랫부리를 단단히 붙인 채 베로시를 바라보던 그을린발이 무릎을 폈다. 똑바로 선 그는 코끼리들을 바라보았.

낙조가 번지고 있었다. 부족한 빛 때문에 오백여 마리의 코끼리들을 구분하는 것이 어려워졌다. 그것은 거대한 덩어리, 검붉은 숲처럼 보였다. 코끼리들은 괴성을 지르거나 하지는 않았지만 그저 이리저리 움직이고 먹이를 집어먹는 것만으로 많은 소음을 만들어 냈다. 베로시는 문득 언덕 아래에 검붉은 호수가 있는 것 같다고 생각했다. 바람 때문에 파문이 끝없이 생기는 호수. 하지만 그런 비유를 그을린발에게 말할 수는 없었다. 그을린발이 탄식처럼 말했다.

"엘시는 어디에 있나?"

베로시는 안도감을, 그리고 자신이 말할 대답에 분노를 동시에 느꼈다.

"가까운 곳에 있습니다."

"가깝다고? 얼마나 가까운데?"

"당신이 하루만 늦었다면 싸우고 있는 우리를 보았을 겁니다."

자신의 천막 안에서, 시허릭 마지오 상장군은 잠들기 전에 마지막 여흥을 즐기기로 했다. 그 여흥은 조금 독특했다. 탁자 위에 놓여 있는 지도를 그냥 바라보는 것이었으니까. 하지만 그 여흥에 임하는 시허릭의 태도는 정말 즐거워 보였다.

지도에는 조그마한 돌무더기가 쌓여 있었다. 배부른 표정을 지은 채 돌무더기를 보던 시허릭은 후세의 전사학자들이 지난 열흘 동안 흑사자군이 한 일에 어떤 멋진 별칭을 붙여 줄지 생각해 보았다. 이름이 없는 것은 아니다. 대장군 엘시 에더리는 다층 포위 작전에 의한 종심 배제라는 이름을 붙여 놓았다. 하지만 약간이라도 시적 감수성이 있는 전사학자라면 그런 멋없는 이름을 용납하지 않을 것이다.

시허릭 마지오 상장군이 작은 돌멩이로 만들어 둔 돌무더기는 열흘 전에 그 위치에 있지 않았다. 그것은 비나간 남쪽에 쌓여 있었다. 열흘 전 엘시는 돌무더기를 사방팔방으로 흩어 놓겠다고 선언했다. 지형과 시모그라쥬군의 배치를 놓고 볼 때 그것은 없는 약점을 일부러 만든 다음 노출시키는 행동이었다. 시허릭은 물론이거니와 흑사자군의 모든 참모가 그것이 유인책이라면 지나치게 위험하다고 생각했다. 흑사자군은 무려 닷새 동안 고속 이동을 감행했다. 뿔뿔이 흩어진 채 움직였기 때문에 부대간의 연계 작전은커녕 적과 조우하여 구조 요청을 보내려 해도 어디에 전령을 보내야 할지 알 수 없는 위험천만한 상태였다.

하지만 그것은 실제로 위험했기 때문에 시모그라쥬군을 묶어 놓았다. 누구의 눈에도 뻔히 보이는 위험을 일부러 노출시키는 엘시의 병력 이동은 베로시 토프탈에게 그것이 유인책이라는 확신을 주었다. 베로시는 닷새에 걸쳐 고속 이동을 감행하는 흑사자군을 내버려두었다. 그런 고속 이동 끝에 지친 상태로 결집하면 그때 싸움을 걸어 본다는 것이 베로시의 생각이었다. 하지만 엿새째가 되었을 때 흑사자군의 백만 대군은 하나로 합쳐지는 대신 하이스에서 북쪽과 서쪽, 남서쪽으로 진출할 수 있는 모든 방향을 봉쇄하는 형태로 출현했다. 그리고 하이스의 동쪽 방향은 시구리아트 산맥이 길게 가로막고 있었다. 자신이 흑사자군으로 이루어진 반경 백 킬로미터쯤 되는 원호의 중심에 놓이게 되었다는 것을 깨달은 베로시는 황급히 하이스를 포기하고 남쪽으로 물러난다는 결정을 내렸다. 상대가 분산되어 있고 게다가 지친 상태라는 것은 이 경우 아무런 도움이 되지 않는다. 반포위 상태에서는 전쟁의 시간과 장소를 결정할 수 있는 권한이 엘시에게 있기 때문이다. 베로시가 어느 곳으로 공격을 감행하건 그곳에서 싸움을 고착시킨 채 다른 곳의 병력을 자유로이 운용할 수 있는 흑사자군의 배치 현황은, 바둑에 비유하자면 무수한 팻감을 가진 상대가 패싸움을 거는 것과 비슷했다.

그런 패싸움을 받아 주는 대신 그냥 패를 무시하겠다는 베로시의 결정은 훌륭했지만 그것 또한 엘시의 고려 안에 포함되어 있었다. 엘시는 베로시가 내버려둔 하이스를 본체만체했다. 패를 해소하지 않은 것이다. 대신 시모그라쥬군의 남쪽에 장문(藏門)을 씌우듯 민들레 여단을 출현시켰다. 베로시는 기겁하여 남쪽으로의 움직임을 가속했다. 강과 호수 등의 지형을 이용하며 이루어진 고속 이동 덕분에 베로시는 민들레 여단에게 차단당하는 꼴은 면했다. 하지만 결과적으로 시모그라쥬군 또한 지치고 말았다. 그동안 엘시는 흩어졌던 흑사자군을 여유 있게 합류시킨 다음 지친 시모그라쥬군의 북부에 출현시켰다. 키탈저 북부 30킬로미터쯤 되는 곳에서 시모그라쥬군은 흑사자군에게 따라잡혔다. 계속 도망친다면 엘시는 그냥 뒤를 따라가는 것만으로 베로시를 한계선 남쪽까지 밀어 버릴 수 있기 때문에 베로시는 남쪽으로 계속 도망치는 것을 포기하고 응전을 준비했다.

양쪽 병력의 이동 상황을 지도상에 표시해 놓으면 굉장히 현란한 선들이 나타나지만 단순하게 보면 그저 흑사자군이 시모그라쥬군에 접근한 일일 뿐이다. 하지만 그것은 시모그라쥬군에게서 도망과 응전의 결정권을 박탈한 일이었으며 대비하고 있는 병력에게 지친 병력을 부딪히는 대신 양쪽 모두 똑같이 지친 상황으로 만든 일이었다. 병사들의 피로도가 똑같다면 숫자의 차이는 더욱 현격해진다. 96만 대 11만. 흑사자군을 지휘하는 자가 상당히 멍청한 장수라도 지기 어려운 숫자 차이다. 물론 엘시는 멍청한 장수가 아니다.

시허릭은 전쟁의 진선미가 힘, 승리, 빠른 종전이라고 한 엘시의 말을 떠올렸다. 힘이 더 센 쪽이 이긴다. 그것은 진리다. 소수가 다수를 이기는 전투가 그토록 칭송되는 까닭은 일반적인 진리를 뒤집었기 때문이다. 게다가 군사학적으로 본다면 소수가 다수를 이기는 경우는 '절대로' 없다. 양쪽의 절대적인 병력 차에도 소수가 다수를 이겼다면 그것은 소수 쪽에서 국지적으로 양자의 처지가 바뀌는 상황을 만든 다음 그 시간적, 공간적으로 변별되는 특수한 지점에 전력을 투입했기 때문이다. 그 지점에서는 소수가 다수가 되고 다수는 소수가 된 것이며, 따라서 여전히 다수가 소수를 이긴 것이 된다. 결국 힘이 더 센 쪽이 이긴다. 그것은 진리다.

시허릭은 목이 메는 것을 느꼈다. 그가 느끼는 것은 군인이기에 느낄 수 있는 기쁨이었다. 베로시 토프탈은 엘시에게 세 번 속았다. 첫째, 엘시가 보인 약점은 유인책이 아니라 진짜 약점이었다. 둘째, 엘시는 하이스를 노리는 척했지만 그가 진짜 원한 것은 베로시로 하여금 군사를 마구 움직이게 하는 것이었다. 그리고 세 번째 속임수. 베로시는 남쪽으로 끝없이 밀려 버릴 거라는 공포감 때문에 응전을 준비했지만 그녀가 계속 도망쳤다면 엘시는 그녀를 '밀어 버릴' 수 없었다. 추격하려 해도 군량이 없기 때문이다. 적장을 한두 번 속여 넘기는 것은 때때로 가능한 일이지만 세 개나 되는 속임수, 그것도 실패할 경우 결정적인 피해를 입게 되는 속임수를 모두 성공시키는 것은 믿을 수 없는 성과였다. 낭자한 유혈과 시체의 벌판이 생긴 것은 아니지만, 그저 병력이 이리저리 움직인 것뿐이지만 혀가 매끄러운 노래꾼과 시인들은 이 위업에 정말 멋진 별명을 붙여야 한다. 시허릭은 꼭 그래야 한다고 생각했다. 군사적인 소양이 약간만 있다면 지난 열흘의 일에서 지금 장제황제가 느끼는 감동을······.

  뜻밖의 소란이 시허릭의 감동을 방해했다.

  시허릭은 눈살을 찌푸렸다. 장제황제가 자신의 즐거움에 빠지는 일을 누가 방해하는 거지? 순간 시허릭은 잠깐 동안 약한 현기증 같은 것을 느꼈다. 누군가가 그를 보았다면 그가 무슨 즐거운 공상에 빠져 있다고 판단했을 것이다. 멍한 표정으로 아무것도 없는 곳을 바라보던 시허릭은 잠시 후 퍼뜩 정신을 차리고 풀어 둔 제국검을 집어 들었다. 병영 안에 소란이 생겼다면 무조건 위험 신호로 간주해야 한다. 시허릭은 밖으로 뛰쳐나갔다.

  천막 밖에 있던 경비병들도 불안한 표정으로 서 있었다. 시허릭은 그들을 보자마자 그들에게서는 별다른 정보를 얻기 어렵겠다고 판단하고 주위를 살폈다. 이곳저곳에서 시허릭과 비슷한 상태의 병사들이 주위를 두리번거렸다. 소란은 조금 떨어진 곳에서 일어나고 있는 듯했다. 그때 시허릭은 어떤 여자 수전사가 황급히 달리는 모습을 보았다. 그녀는 대장군이 있는 곳으로 가는 듯했다. 시허릭은 그녀의 뒤를 따라 달리기로 했다.

몇몇 장군들이 시간 순서를 둔 채 시허릭의 주위에 합류했다. 그들 중 누군가가 앞쪽에 달려가는 수전사를 보고 시허릭에게 묻는 표정을 지었다. 시허릭은 자신도 모르겠다는 표정을 지었다. 수전사는 대장군의 경비병들과 군호를 교환하고 황급히 천막 안으로 뛰어들어었다. 그 직후에 천막에 들어선 시허릭과 장수들은 수전사의 외침을 들을 수 있었다.

"보고합니다! 신원 불명의 레콘 한 명과 오백여 마리의 코끼리가 아군 진지에 침입했습니다!"

천막 가운데 서서 병사의 보고를 듣던 엘시는 그저 턱을 쓸어만졌을 뿐 이 당혹스러운 보고에 아무 반응도 없었다. 하지만 그의 곁에 있던 몸종 이레와 뒤늦게 들어선 장수들은 모두 황당해 할 수밖에 없었다. 엘시가 차분하게 말했다.

"코끼리라고 했나?"

"그렇습니다!"

"알았다. 왜 내게 온 거지?"

엘시의 질문은 왜 지휘 체계를 거슬러 수전사가 자신에게 직접 온 것이냐는 질문이었다. 하지만 흥분한 수전사는 엘시의 질문을 이해하지 못하고 눈을 굴렸다. 조금 후에야 자신의 머리를 때리고 싶다는 표정으로 말했다.

"죄송합니다. 그 레콘은 진지 남쪽 구역에서 침입을 멈춘 채 아군과 대치하고 있습니다. 그는 대장군님을 모셔 오라고 요청했습니다. 그래서 현장을 지휘하고 계시던 세폴 상장군께서 저를 이곳으로 보내셨습니다. 그 레콘은 자신의 정체를 밝히길…….”

"엉겅퀴 여단 2대대 1중대장이었던 예비역 수교위 그을린발."

수전사는 입을 쩍 벌렸다. 말을 할 수 있으면 대장군에게 니름을 할 줄 아느냐고 묻고 싶은 듯한 표정이었다. 엘시는 수전사 뒤편에 서 있는 장수들을 보며 말했다.

"그가 누군지 알 것 같군. 가 봐야겠다."

"위험합니다, 대장군님!"

고함을 지른 것은 장수들이 아니었다. 그것은 천막 바깥에서 들려왔다. 밖으로 나간 엘시와 이레, 장수들은 손님 자격으로 혹사자군 내에 머물고 있던 게라임 지울비가 병사들과 다투는 모습을 보았다. 게라임은 앞으로 나서려 하고 대장군의 천막을 지키는 경비병들은 창대로 그를 밀어내려 애쓰고 있었다. 엘시가 명령한 후에야 자유로워진 게라임은 황급히 말했다.

"그 레콘은 그을린발일 겁니다! 그는 비나간에서 저를 탈출시켰습니다. 그리고 그것은 베로시 토프탈의 명령을 받고 한 일입니다!"

장수들은 일제히 험악한 표정을 지었다. 엘시는 게라임에게 대답하는 대신 몸을 돌려 이레에게 짧게 속삭였다. 이레는 의아해하다가 엘시의 재촉 어린 눈빛을 받고 몸을 돌려 떠나갔다. 엘시는 게라임에게 말했다.

"당주, 그가 베로시 토프탈의 밀명을 받고 왔다고 생각하나?"

"분명히 그럴 겁니다! 대장군님을 살해하려고 왔을 겁니다. 절대로 가시면 안 됩니다!"

"가능성이 높은 가설이군. 알겠다. 물러가 쉬도록."

게라임은 고개를 꾸벅이고 물러나려 했다. 하지만 이레가 돌아온 것을 보고는 걸음을 멈칫했다. 이레는 혼자 오지 않았다. 그는 대장군의 말을 끌고 있었다. 게라임과 장수들은 의혹에 찬 표정으로 엘시를 보았다. 그리고 엘시가 말에 오르자 그들의 의혹은 더욱 짙어졌다. 시허릭이 말했다.

"대장군님?"

"모두 물러가 쉬도록."

"어디로 가실 생각이십니까?"

"그을린발에게."

엘시는 자신의 말에 사람들이 어떤 반응을 보이는지 관찰하지 않았다. 그는 곧장 말을 출발시켰다. 충격에 빠져 굳어 있던 사람들은 이레가 기괴한 비명 같은 것을 지르며 달려간 후에야 마비에서 풀려났다. 그들은 이레와 같은 행동, 즉 부정의 고함을 지르며 엘시의 뒤를 따라 달리는 일에 매진했다. 하지만 그들 중에 말을 따라잡을 수 있는 사람은 없었다.

하지만 엘시의 질주가 외롭지는 않았다. 어디선가 휙 나타난 시커먼 레콘이 엘시의 곁에 붙어 섰다. 먼 곳에서 그 광경을 본 이레는 약간의 안도감을 느꼈다. 그는 엘시의 금군으로 자처하는 레콘 론솔피였다. 론솔피는 거대한 도끼창을 어깨에 멘 채 말에 탄 엘시와 똑같은 속도로 달리며 말했다.

"엘시, 시끄럽군. 뭐야?"

엘시는 고개를 끄덕였다.

"그을린발이 왔습니다."

"그을린발? 아아, 그래, 그 친구. 그런데 왜 이렇게 시끄럽지?"

엘시가 대답하기 전에 또 다른 레콘이 하늘에서 떨어지듯 나타났다. 철저를 단단히 움켜쥐고 있는 주테카였다. 그는 론솔피의 반대편에서 달리며 외쳤다.

"엘시! 밤에 할 수 있는 가장 정의로운 일이 뭔지 아나? 타인의 귀한 휴식을 방해하지 않는 일이라고."

엘시는 담담히 고개를 끄덕였고 론솔피는 그 말을 심각하게 생각해 보았다. 론솔피가 밤에 일어날 수 있는 더 정의로운 일을 떠올렸을 때 그들 앞에 몰려선 병사들이 나타났다. 그들은 진지 남쪽 구역에 도달해 있었다.

말을 멈춰 세운 엘시는 병사들의 머리 너머 광경을 보았다. 병사들은 무기와 함께 많은 횃불을 들었기 때문에 주위가 밝았다. 엘시는 그 빛 속에서 레콘의 뒷모습을 발견했다. 엘시는 그가 그을린발인가 생각했지만 거대한 벼슬을 보고 생각을 바꿨다. 쵸지가 병사들의 앞쪽에 서서 병사들과 같은 방향을 보고 있었다. 엘시는 그쪽을 보았다.

수백 마리의 코끼리들이 눈을 번쩍거리며 서 있었다.

엘시는 숨이 막히는 기분을 느꼈다. 압도적인 위압감을 뿜어내고 있는 것은 코끼리의 거대한 체구나 그 말도 안 되는 숫자가 아니라 그 눈들이었다. 코끼리의 눈은 작고 깊다. 하지만 그 밤 속에 서 있는 코끼리들의 눈은 별들이 잠시 자신의 자리를 비우고 지상을 관찰하기 위해 내려온 것이 아닌가 싶은 모습으로 반짝거렸다. 엘시는 그 눈길에서 힘겹게 눈을 돌려 그을린발을 찾았다.

그가 그을린발을 발견했을 때 그을린발 또한 엘시를 발견했다. 두 사람의 눈이 마주쳤지만, 각도는 조금 어긋나 있었다. 그래서 엘시는 병사들의 뒤편을 통해 그을린발의 정면 쪽으로 걸어갔다.

그리고 그을린발 또한 코끼리들의 앞쪽을 걸어 엘시에게 다가왔다. 그는 코끼리의 이마를 쓰다듬거나 그 코를 툭툭 치며 산보하듯 태연하게 걸어왔다. 마침내 두 사람이 병사들을 사이에 두고 마주 섰다. 두 사람의 시선 교환을 가로막는 것은 하나밖에 없었다. 어느새 움직인 쵸지가 엘시의 앞쪽을 가로막듯 서 있었다. 쵸지는 그의 삼각 철봉으로 왼쪽 손바닥을 톡톡 두드리며 그을린발을 바라보았다. 그을린발이 말했다.

"왕벼슬, 엘시가 왔다."

"알고 있어."

"좀 비켜 달라고 한 말이야."

쵸지는 고개만 옆으로 살짝 기울일 뿐 움직이지 않았다. 자신의 어깨 너머로 대화하면 된다는 동작이었다. 그을린발은 부리를 탁 부딪치고는 엘시를 보았다.

엘시가 무거운 표정으로 말했다.

"오래간만입니다, 그을린발."

"오래간만이야."

"몸에 착용하고 계신 그것, 이름이 '무차별 학살'이었던가요?"

"응."

병사들과 레콘들이 술렁거렸다. 엘시는 물끄러미 그을린발을 바라보다가 말했다.

"왜 오셨지요?"

그을린발은 허리에 두 손을 짚었다. 심상찮은 이름에 긴장한 쵸지와 주테카, 론솔피는 그을린발에게 뛰어들 준비를 했다. 그을린발이 부리를 열었다.

"네가 불렀잖아."

쵸지는 호흡을 가라앉혔다. 실제로 엘시는 지멘을 추적하던 당시 여섯 명의 레콘을 소환했고 그중에는 그으린발도 포함되어 있었다. 따라서 그으린발이 엘시의 소환에 늦게나마 응했다는 호의적인 해석은 가능하다. 하지만 퍽이나 수상한 이름의 물건을 몸에 걸치고 500마리의 사나운 맹수와 함께 밤중에 찾아온 자에게 얼마만큼의 호의를 기대할 수 있을까? 엘시 또한 그렇게 생각하는 듯 표정의 변화 없이 말했다.

"늦었군요."

"어쨌든 왔지. 의리는?"

"일월에 시들지 않는다. 벗들의 약속은?"

"이행될 때까지가 기한이다."

"와 주셔서 고맙습니다."

"늦어서 미안해."

쵸지는 여전히 긴장을 풀지 않기 위해 애썼지만 자신의 뒤쪽에서 주테카가 눈을 번쩍번쩍 빛내며 엘시와 그으린발을 번갈아 바라보고 있으리라는 예상은 지울 수 없었다. 도대체 이 무슨 선문답이람. 쵸지는 약간의 창피함까지 느꼈다. 그으린발이 다시 말했다.

"지멘을 잡는 일은 어떻게 되었어?"

"체포하지는 못했지만 그 일은 끝났습니다."

"그래. 사는 건 좀 어때?"

"버틸 만합니다."

"재미있어 보이는데? 사람도 많고 시끄럽고. 적도 있더군."

"제 적을 보셨습니까?"

"응. 베로시 토프탈. 너를 죽이라더군."

깃털을 부풀릴 수 있는 자들은 깃털을 부풀렸고, 그러지 못하는 자들은 어깨를 긴장시켰다. 그을린발에게서 가장 가까운 곳에 있던 쵸지는 삼각 철봉을 꽉 움켜쥐며 그을린발의 몸에 걸려 있는 괴상한 물건들이 도대체 어떤 위력을 발휘할지 고심해 보았다. 상대방의 무기가 어떤 것인지 알 수 없으니 공격 방식을 선택하기가 어려웠다. 하지만 조금 늦게 도달한 이레는 자신이 알 수 없는 것에 시간을 낭비하지 않기로 했다. 그는 근처의 병사에게 소화차가 오고 있는지 귓속말로 물었다. 그 속삭임은 엘시에게 들렸다. 엘시가 목소리를 조금 높여 말했다.

"그런데 여기는 왜 왔습니까?"

만인의 주의를 끌어 모은 질문이었다. 사람들은 대장군이 조금 어떻게 되지 않았는가 의심하는 눈으로 엘시를 바라보았고 그중에는 안타깝게도 대장군의 몸종 이레까지 포함되어 있었다. 하지만 그을린발은 빙긋 웃었다.

"내가 베로시의 부탁을 안 들어주리라는 것을 어떻게 알았어?"

"저를 해치러 온 거라면 코끼리는 데려오지 않았겠지요. 이곳은 비나간 후작궁과 다릅니다. 많은 병사들이 있고 그중에는 레콘들도 많이 포함되어 있습니다. 그런 상황에서 당신이 저를 공격하면 코끼리들이 뜻하지 않은 피해를 입을 수 있습니다. 그런데 당신은 코끼리를 데려왔습니다. 그래서 당신이 그녀의 부탁을 들어줄 생각이 없다고 짐작했습니다."

이레는 자신의 모자람을 반성하며 재빨리 칭송의 눈빛을 보냈다. 하지만 엘시가 보지 않았기에 그 눈빛은 자신만 만족시키고 말았다. 숨이 턱에 닿아 도달한 시허릭 마지오 상장군과 다른 장수들, 게라임 지울비는 상황을 몰라 병사들에게 사정을 묻기 시작했다. 그들에게 잘 들리도록 엘시는 계속 큰 목소리로 말했다.

"따라서 당신은 그녀의 부탁을 들어주기 위해 온 것은 아닙니다. 그리고 당신이 그렇게 말하긴 했지만 제 소환 때문에 온 것도 아닐 겁니다. 그 경우에도 코끼리들을 데려올 필요는 없으니까. 그래서 왜 이곳에 왔냐고 물은 겁니다."

"코끼리 좀 맡아 줄 수 있나 해서."

"그 코끼리들을 맡아 달라고요?"

"그래."

"왜지요?"

"네 말처럼 싸우러 가면서 코끼리들을 데려갈 수는 없으니까."

제국군의 장병들은 침묵하려고 했다. 하지만 거칠어진 숨소리와 입술을 비집고 흘러나오는 혼잣말 때문에 분위기는 더욱 소란스러워졌다. 그 웅성거림은 피부를 간질이고 털끝을 살짝살짝 잡아당기는 것이었다. 이런 선물이 주어진다는 것을 믿기 어려웠던 시허릭은 엘시에게 자신이 하고 싶은 질문을 대신하라고 니름을 보내기 시작했다. 인간도 니름을 터득할 수 있다고 믿었던 침묵왕의 비원이 달성된 것은 아니지만 엘시는 정확히 시허릭이 하고 싶었던 질문을 꺼냈다.

"시모그라쥬군과 싸우러 가겠다는 겁니까?"

그을린발은 고개를 크게 끄덕였다.

"맞아."

장병들은 즉각 탄성과 환호를 지를 태세를 갖추었다. 엘시가 그럴 빌미를 하나만 보여 주었다면 그렇게 했을 것이다. 하지만 엘시는 기뻐하는 대신 조용히 질문했다.

"왜? 당신이 그들을 적대할 이유가 무엇입니까?"

그을린발은 마치 대답을 고민하듯 수염볏을 만지작거리고는 말했다.

"간단히 말하면 그것들이 코끼리들을 볼모로 삼아 나를 좌지우지하려 하고 있기 때문이야. 인질극을 해소하는 방법은 대충 세 가지지. 인질범의 요구를 들어주거나 인질을 포기하거나 인질범을 제거하는 것이지. 그런데 첫 번째 것은 사실상 해결책이 아니야. 요구하면 들어준다는 것을 보여 줘서 더 많은 인질범을 만들어 내는 일이지. 그러니 남은 건 둘뿐인데, 내 코끼리들을 포기할 수는 없으니 두 번째도 해결책은 아니지. 그러니 남은 길은 하나뿐이지."

시허릭은 그 어느 때보다 강렬하게 양파 냄새를 풍겼다. 흥분 때문에 체온이 상승한 탓이다. 그러나 비슷하게 흥분하고 있던 주위의 사람들은 시허릭의 냄새를 맡지 못했다. 그들은 기대에 찬 표정으로 엘시를 바라보았다. 엘시가 고개를 끄덕였다.

"알겠습니다. 환영합니다, 그을린발."

연기되었던 탄성과 환호가 그제야 터져 나왔다. 병사들은 소리 높여 함성을 질렀다. 쵸지는 삼각 철봉을 허리에 꽂아 넣고 앞쪽으로 걸어갔다. 그는 웃으며 주먹을 들어 올렸다. 그을린발은 자신의 주먹으로 그 주먹을 툭 쳤다. 그 모습을 보며 더 큰 함성이 터져 나왔다. 뒤이어 주테카와 론솔피도 그을린발에게 다가가 환영의 몸짓을 해 보였다.

각자의 개성에 따라 다양한 방식으로 기쁨을 표시하는 사람들 가운데서 상장군 시허릭 마지오는 두 손을 깍지 껴 배에 붙였다. 그는 입속으로 중얼거렸다.

'이길 수밖에 없다.'

조금 전 천막에서 지도를 바라보며 시허릭은 군인만이 느낄 수 있는 즐거움을 다른 자들도 느낄 수 있는 방식으로 표현해 줄 노래꾼과 시인을 기대했다. 그을린발은 노래꾼도 시인도 아니었지만 그 레콘이야말로 시허릭의 승리감에 대한 최종 확인이었다. 군사적 지식이나 재능 같은 것은 필요없다. 96만 대 11만이라는 양자의 병력 차도 볼 필요가 없다. 결전을 앞둔 밤, 최고 지휘관을 살해하기 위해 찾아온 암살자가 거꾸로 아군에 합류하는 것 이상으로 상징적인 사건은 있을 수 없다. 누구라도 흑사자군의 승리를 믿어 의심치 않을 것이다. 시허릭 마지오 상장군은 마음속에 메아리가 울리도록 외쳤다.

'흑사자군은 반드시 이긴다!'

그의 예상은 틀렸다.

현재 살아 있는 사람들 중 레콘과 일대일로 담판을 지을 수 있는 비레콘들의 목록을 만든다면 팔리탐 지소어의 이름 또한 목록의 한 부분을 손색 없이 장식할 수 있을 것이다. 팔리탐 또한 자신이 레콘들 앞에서 주눅 들지 않고 당당히 말할 수 있다고 생각해 왔다. 하지만 몰려선 레콘들 가운데서 팡탄 하장군이 이름 모를 레콘과 싸우는 모습을 보며 용기가 조금 바래는 것을 느꼈다.

무엇을 하고 있는 거냐고 물어본다면 그들은 간단히 몸 좀 풀고 있는 거라고 대답할 것이다. 팔리탐은 지금껏 그런 모습을 두어 번 보았다. 그런데도 팔리탐은 대련하면서 진짜 살상병기를 사용하는 것을 납득할 수 없었다. 이름 모를 레콘이 들고 있는 단검의 경우 조심하면 치명적인 공격은 피할 수도 있을 것이다.

하지만 팡탄이 들고 있는 유성추는 상대의 몸 앞에서 멈추거나 할 수 있는 병기가 아니었다. 팔리탐이 바라보는 가운데 팡탄은 그 흉한 물건을 거리낌 없이 상대방에게 휘두르고 있었다. 대련이 아니라 죽이려고 작정한 것처럼 보였다. 하지만 그들 두 사람과 주위에 둘러앉아 있는 레콘들도 크게 걱정하지 않는 것처럼 보였다. 팔리탐은 고개를 내젓고 힌치오를 찾았다. 곧 이쑤시개의 커다란 모습이 눈에 들어왔다. 힌치오는 땅에 이쑤시개를 꽂아 둔 채 흥미진진하다는 표정으로 팡탄의 대련을 바라보고 있었다. 팔리탐은 그쪽을 향해 걸어갔다.

상대방의 머리 위나 배후를 포착하기 위해 두 레콘은 달리고 도약했다. 그때마다 땅이 쾅쾅 울렸고 공기마저 떨렸다. 땅바닥은 정신이 좀 이상해진 소가 갈아 놓은 밭처럼 움푹움푹 파헤쳐져 있었고 두 레콘의 급정지나 급선회가 일어날 때마다 풀잎 조각과 흙이 파도처럼 일어났다. 커다란 원을 그린 채 주위를 둘러싸고 있는 레콘들 또한 점잖은 관객과 거리가 멀었다. 대련자들의 절묘한 기술이 아슬아슬하게 무위로 돌아갈 때마다 그들이 내지르는 성난 함성과 안타까워하는 신음을 듣던 팔리탐은 레콘들이 둘 중 한 명이 죽는 것을 바라는 게 아닌가 하는 인상을 받았다.

굉음 때문에 약간의 두통마저 느끼며 팔리탐은 힌치오 곁에 도달했다. 힌치오는 대련자들의 재주에 정신이 팔려 팔리탐이 다가오는 것도 몰랐다. 팔리탐은 그의 팔을 세게 쳐야 했다. 겨우 고개를 돌린 힌치오는 어리둥절한 표정으로 팔리탐을 보았다. 팔리탐은 고함을 지르려다가 그냥 이야기할 것이 있으니 따라오라는 손짓을 해 보였다. 힌치오는 아쉬워하며 일어났다.

조금 후 두 사람은 백 미터쯤 떨어진 나무 아래 도달했다. 힌치오는 대련장 쪽을 흘깃흘깃 바라보다가 말했다.

"왜?"

"용건은 두 가지요. 첫째. 레콘들은 원래 대련 같은 것 안 하오. 상대를 죽일까 봐 씨름도 안 하는 것이 레콘이잖소. 그런데 요즘 이곳에서 왜 저런 일이 벌어지고 있는 거요?"

"제국군 낙오병이었던 자들 말이야. 우울해하고 있어. 그래서 인간들 하는 것 흉내 좀 내 본 거야."

"우울함을 달래는 방식치곤 너무 위험하오, 힌치오."

"인간이라면 위험하겠지만 레콘은 괜찮아. 무기 다루는 기술이 다르니까."

"사고는 숙련자, 초보자 가리면서 오는 것이 아니오. 당신이 직접 금지할 때까지 기다리려고 했지만 그럴 생각이 없는 것 같군. 사람 하나 죽어 나가기 전에 당장 그만두게 하시오."

"저렇게 재미있어 하는데 어떻게?"

"그러면 진짜 병기를 쓰는 것이라도 멈추게 해야 할 거 아니오!"

그때까지도 대련장 쪽을 흘깃거리던 힌치오는 뜨악한 얼굴로 팔리탐을 똑바로 바라보았다.

"납병한 것도 아닌데 왜 자기 무기를 안 쓴다는 거야? 말도 안 돼."

"좋소. 무기를 놓을 수 없다면 대련도 금지요."

"꼭 그래야 해?"

"힌치오, 부탁이오."

힌치오는 불만스럽게 부리를 딱 부딪치고 말했다.

"알았어. 저것만 끝나고."

팔리탐은 가면 뒤에서 한숨을 쉬고 말했다.

"그리고 두 번째 용건인데. 도대체 왜 그런 짓을 한 거요? 레콘이 포주 노릇이라니."

"포주가 뭔데?"

"다시 말하겠소. 왜 그 애를 공작님의 침소에 집어넣은 거요?"

힌치오는 웃는 눈으로 팔리탐을 내려다보다가 땅바닥에 앉았다. 팔리탐과 눈높이를 맞춘 그는 수염볏을 주물럭거렸다.

"스카리의 후계자가 필요하잖아? 빌파 가문을 이어 갈 사람 말이야."

짐작하고 있었지만 힌치오의 부리를 통해 추론을 확인받는 것은 팔리탐을 오싹하게 했다.

"힌치오, 그런 부적절한 관계에서 탄생한 후계자는 가문을 잇기 어렵소."

"나도 알아. 헤어릿 에렉스가 그렇지? 그 여자는 빌파가 아니라 에렉스지."

헤어릿의 이름에 팔리탐은 조금 주춤한 후에 말했다.

"맞소, 헤어릿처럼. 알면서 왜 그랬소?"

힌치오는 수염볏을 주물럭거리던 손을 들어 부리를 톡톡 두드렸다.

"좀 생각해 봤어. 인간 병사들에게 물어본 것도 있고 말이야. 너한테도 같은 질문을 하지. 만약 스카리가 없이 헤어릿뿐인 상태에서 락토가 죽었다면 어떻게 되었을까?"

"뭐요?"

"이해했잖아. 대답해 봐. 그런 경우라면 어떻게 되지?"

팔리탐은 인간 병사에게도 물어보았다는 힌치오의 말을 떠올렸다.

"적통 후계자가 없다면 서자가 후계자가 될 수도 있다는 이야기를 들었겠군."

"그렇게 들었어. 맞지? 그러면 그거, 서자라도 상관없는 거 아냐."

팔리탐은 입을 닫았다. 대련하는 레콘들이 내는 소음 속에서 팔리탐은 힌치오를 생경한 인물처럼 바라보았다. 이윽고 그가 싸늘한 목소리로 말했다.

"리샤가 임신하면 공작을 죽일 거요?"

"아니."

"아니라고?"

"그래. 네가 그러지 말라고 했잖아? 스카리가 변할 수도 있다고."

"그러면 왜?"

"혹시 안 변할 경우를 대비한 거야. 스카리는 안 되겠다고 결정한 다음에도 후계자가 없으면, 그리고 후계자가 있어도 아직 덜 자랐다면 후계자가 준비될 때까지 계속 스카리를 놔둬야 하잖아. 그건 시간 낭비지. 그러니 일단 스카리의 후계자부터 만들어서 그 후계자를 잘 키우면서 스카리가 변할지 안 변할지 보자고. 그리고 안 변하겠다 싶으면 바로……."

힌치오는 부리를 두드리던 손을 내려 목을 긋는 시늉을 해 보였다. 그러면서 천진한 미소를 지었다. 팔리탐은 뒤로 한 발 물러나고 싶은 충동을 느꼈다. 그는 목소리를 쥐어짜 말했다.

"당신이 그걸 어떻게 알 수 있단 말이오?"

팔리탐이 말하고 싶었던 것은 아무도 사람의 미래 변화상을 예견할 수는 없다는 말이었다. 하지만 힌치오는 조금 다르게 이해했다.

"내가 왜? 그건 네가 알려 줘야지."

"내가?"

"그래, 네가. 스카리가 몹쓸 놈이라고 가르쳐 준 것은 너잖아. 거참, 네가 힘들어서 손을 쓴 건데. 스카리가 마음에 안 들지만 빌파 가문을 지켜야 하기 때문에 힘들어도 그를 모시는 거잖아. 나는 빌파 가문에 관심 없어. 누가 빌파 가문의 주인이든 내가 알게 뭐야? 그건 네가 결정해야지. 빌파 가문을 위해 스카리가 있는 것이 좋은지 아니면 다른 사람이 있는 것이 좋은지 결정하라고. 필요할 때 바로 바꿀 수 있는 여벌을 준비해 놓고."

팔리탐은 질렸다. 사람을 육종 개량용 가축이나 기계의 부속품 정도로 취급하는 힌치오의 어투에 도덕적 거부감도 물론 컸다. 하지만 팔리탐이 정말 무서운 것은 힌치오의 말이 인간 책략가의 말처럼 들린다는 사실이었다. 세련되다고 할 수는 없었다. 하지만 말하는 사람이 누군지 몰랐다면, 힌치오가 그 말을 종이에 써서 누구의 생각인지 말하지 않고 건넸다면 팔리탐은 그것을 쓴 사람이 어떤 인간이냐고 물었을 것이다. 그런 말이 레콘의 부리에서 나오고 있었다. 그의 눈앞에서. 팔리탐은 힘겹게 말했다.

"리샤는 임신하지 않을 거요."

"응? 그걸 어떻게 알아?"

"혹 임신하면 유산시키라고 명령했으니까. 그리고 페리닌 자작에게도 그렇게 시행하라고 말해 두었소."

힌치오는 실망하여 외쳤다.

"팔리탐!"

"힌치오. 다시는 그런 일을 하지 마시오."

"왜? 후계자가 없으면 계속 스카리를 모셔야 하잖아. 준비를 해 두면……."

"그건 스카리를 죽일 이유를 찾아다니는 짓이오. 그냥 스카리를 죽이는 것이나 다름없지."

힌치오는 고개를 갸웃했다. 팔리탐은 그가 자신의 말에 대해 생각하도록 입을 다문 채 기다렸다. 대련장 쪽에서는 팡탄이 승기를 잡은 것 같았다. 큰 함성과 함께 팡탄의 외침이 들렸다. "뭄토! 어떠냐. 더 해 보겠어?" 대답하는 말은 들리지 않았지만 레콘들이 실망하는 듯한 소리를 낸 것으로 보아 팡탄의 상대방은 더 싸우길 포기한 모양이다. 팔리탐은 누군가가 죽지 않고 끝나서 다행이라고 생각했다. 힌치오가 말했다.

"팔리탐, 그거 말 되는 것 같네. 이해했어."

"이해해 주니 고맙소. 그리고 기껏 애를 썼는데 안 된다고 말해서 나도 유감이오."

"나야 뭐. 네가 걱정이다. 못난 주인 모시느라 마음고생하는 건 너잖아."

"그건 내가 선택한 것이니 상관없소. 힘든 숙원쯤이라고 생각해 주면 좋겠소."

"힘든 숙원? 하하. 그렇게 생각하면 되나? 알았어."

힌치오는 일어났다. 몸을 툭툭 털고 나무에 기대 두었던 이쑤시개를 붙잡으며 말했다.

"그럼 더 할 말 없지?"

"저것은 반드시 금지시키시오."

"아아, 그래. 알았어. 어, 끝났네? 팡탄이 이긴 모양이군. 가

봐야겠다. 팡탄이 다른 놈 나오라고 떠드는 거 말려야지."

그리고 힌치오는 성큼성큼 걸어갔다. 팔리탐은 그의 뒷모습을 바라보다가 한숨을 내쉬었다. 그 한숨은 안도감을 표현하는 것이긴 하지만 아쉬움도 약간 섞여 있었다. 인정하고 싶지는 않았지만 팔리탐은 힌치오가 한 일을 모르는 척했다면 어땠을까 하는 생각을 지우기 어려웠다. 그런 자신에 대해 씁쓸해하던 팔리탐은 문득 자신을 바라보는 시선을 느꼈다.

대련 금지를 선언하는 힌치오 때문에 투덜거리고 항의하는 레콘들 사이에서 한 레콘이 그를 바라보고 있었다. 백 미터쯤 떨어져 있었지만 자신을 보고 있다는 것을 모를 거리는 아니었다. 팔리탐은 그가 조금 전 팡탄과 싸우던 레콘임을 깨달았다. 그 레콘은 그냥 무심히 보는 것이 아니라 똑바로, 자신의 시선을 깨달아 달라는 듯이 바라보고 있었다. 팔리탐은 그가 왜 그렇게 바라보는지 의아했다. 대련 금지가 팔리탐에게서 비롯된 것을 짐작한 것일까? 그때 그 레콘이 팔리탐을 향해 걸어왔다. 모르는 척할 수 있는 상황이 아니기에 팔리탐은 그를 똑바로 마주 보며 접근하기를 기다렸다. 레콘의 표정은 화난 것처럼 보이지 않았지만 팔리탐은 힌치오가 그 레콘의 접근을 발견하기를 바랐다. 그의 바람과 달리 힌치오는 불평하는 레콘들을 달래느라 팔리탐을 향해 걸어가는 레콘을 보지는 못했다.

성큼성큼 걸어온 레콘은 팔리탐이 지나치게 고개를 들지 않아도 될 만한 거리에서 멈춰 섰다. 위협적이지 않은 거리였다. 팔리탐은 한 손을 허리에 얹은 채 레콘을 바라보았다.

"당신이 팔리탐 지소어지?"

"그런데?"

그때 힌치오가 이쪽을 향해 고개를 돌렸다. 순간 힌치오는 앞쪽에 있는 레콘을 뛰어넘었다. 팔리탐은 그 과격한 동작에 놀랐다. 힌치오는 이쑤시개를 두 손으로 들고 맹렬한 속도로 다가왔다. 힌치오의 심상치 않은 모습에 팔리탐은 두려움을 느꼈다. 팔리탐은 나무 뒤로 숨을 수 있는지 가늠하며 앞쪽의 레콘을 바라보았다. 레콘은 똑바로 선 채 그를 지그시 내려다볼 뿐 움직이지 않았다. 팔리탐은 시간을 끌기 위해 말했다.

"내가 대답했으니 이제 당신도 자기 소개를 하는 것이 어떻겠소? 알려 주기 어려운 이름이 아니라면 당신의 이름을 듣고 싶군."

"나는 뭄토다."

그 순간 힌치오가 뭄토의 뒤에 도달했다.

언젠가 코끼리의 긴 코에 매료된 레콘이 있었다.

어른이 되기 훨씬 전, 그 레콘은 코끼리를 가축화한다는 것을 평생의 숙원으로 결정했다. 물론 코끼리의 힘도 충분히 인상적이다. 하지만 사람의 손에 버금가는 활용력을 보이는 코끼리의 코는 레콘에게 가축화의 참된 계시로 느껴졌다. 코끼리의 코에 매료된 레콘의 이름은 히베리였다.

코끼리의 코에 대한 많은 숙고가 있었기 때문에 히베리는 다른 생물에게서도 그 생물만의 특징을 찾아보려 했다. 생물학자가 될 만한 수준의 고찰은 아니었다. 새는 날개가 있기 때문에 날 수 있고 기린은 목이 길기 때문에 높은 곳의 잎사귀를 먹을 수 있고 원숭이의 꼬리는 다섯 번째의 수족이나 다름없다는 정도의, 절대로 논문을 쓸 수는 없는 것들이 히베리가 한 고찰의 산물이었다. 하지만 그렇다고 해서 히베리의 비범함을 무시할 수는 없다. 그는 그런 관찰을 자신에게도 적용시켰고 그 결과로 발상의 전환을 이끌어 내었기 때문이다.

레콘은 누구나 최후의 대장간에 가서 무기를 받는다. 하지만 레콘의 무기는 다른 선민 종족이 쓰는 것과 다를 것이 없었다. 레콘이 쓰는 칼, 도끼, 망치, 창 등은 인간이나 나가가 쓰는 칼, 도끼, 망치, 창 등의 확장판이다. 물론 그것들은 대개 레콘의 거대한 힘으로만 다룰 수 있는 무게와 크기를 가지고 있었다. 강력한 힘이라는 레콘만의 특징이 이용된 것이다. 하지만 개별 생물들이 가진 특별한 장점을 이용하는 일에 관심이 많았던 히베리는 레콘이 가진 특징이 완전히 이용되지 않는다는 것에 아쉬움을 느꼈다. 다른 선민 종족이 가지고 있지 않은 레콘만의 특징이 거대한 힘만은 아니다. 그래서 히베리는 레콘의 또 다른 특징을 이용할 수 있는 무기를 가지기로 결정했다.

그의 제안은 최후의 대장간에 있는 대장장이들을 꽤 당황시켰다. 설계를 할 능력이 없었던 히베리는 엉성한 설계도 하나 준비하지 못했다. 그렇다면 설명이라도 잘해야 할 테지만 히베리가 대장장이들에게 내놓을 수 있었던 것은 모호한 개념뿐이었다. 비유적으로 말한다면 히베리의 요청은 '가위를 만들라.'가 아니라 '네 개의 손가락과 그것을 마주 보는 엄지 손가락을 가진 생물이 무엇인가를 자를 수 있는 도구를 만들라.'는 식이었다. 대장장이들은 기막혀했고 어떤 이들은 히베리에게 그냥 다른 레콘들과 비슷한 무기를 가지는 것이 어떻겠냐고 넌지시 물어보기까지 했다. 하지만 히베리는 자신의 요청을 철회하지 않았다. 게다가 최후의 대장간의 대장장이들 또한 그런 후퇴가 마음에 들지 않았다. 그래서 대장장이들은 히베리의 요청대로 '유사시 몸을 세 배로 부풀릴 수 있는 생물이 사용할 수 있는 무기'에 대해 고민했다. 그것이 히베리가 이용하길 원했던 특징, 코끼리의 코처럼 다른 선민 종족은 가지고 있지 않은 레콘만의 특징이었다.

많은 고심 끝에 대장장이들이 내놓은 결론은 그들 자신을 놀라게 했을 뿐만 아니라 요청자였던 히베리조차 당황하게 했다. 그것은 병기의 역사에 있어 본 적이 없는 무기였다. 대장장이들이 만들어 낸 물건을 받아 든 히베리는 그것이 과연 자신이 요청한 물건이 맞는지 확신할 수 없었다. 하지만 그 무기를 시험해 볼 수는 없었다. 대장장이들은 주위에 사람이 한 명도 없는 곳에서 시험하라고 신신당부했기 때문이다. 그래서 히베리는 그 물건과 대장장이들이 써 준 사용 지시서를 들고 머뭇거리며 최후의 대장간을 떠났다.

남쪽으로 한참 내려와 인적 없는 숲에 도달한 후에야 히베리는 그 무기를 다시 꺼냈다. 지시서를 참고하여 그것을 착용한 히베리는 몸을 부풀려 보았다. 결과는 충격적이었다. 가까스로 충격에서 벗어난 히베리는 자신이 쓸 수도 없는 무기를 받았음을 알고 크게 실망했다. 그 무기는 통제할 수 없는 무기였다. 홧김에 무기에게 '무차별 학살'이라는 이름을 붙인 히베리는 자신의 고집과 대장장이들의 황당한 기술에 욕설을 퍼붓고 북쪽으로 발길을 돌렸다. 그는 그 무기를 납병해 버릴 작정이었다. 하지만 그 귀환은 몇 걸음만에 끝났다. 숲 속에 우뚝 서서 히베리는 자신의 무기에 대해 생각했다. 그것은 그의 무기였다. 그리고 레콘에게 무기는 반려다. 게다가 납병은 은원을 잊고 죽을 준비가 되었다는 뜻이다.

머뭇거리던 히베리는 결국 사용하지는 않더라도 보관은 해야겠다고 생각했다. 다시 한번 관련자 모두에게 욕설을 퍼부은 다음 히베리는 무기를 배낭 속에 잘 챙겨 넣고 남쪽으로 발길을 옮겼다. 그것은 히베리였던 그가 딱 한 번 무차별 학살을 사용한 날이었다. 그리고 이제 그의 오래된 지인들은 모두 그를 그을린발이라고 불렀다.

오랜 시간이 지나, 이제는 그을린발이 된 레콘은 다시 무차별 학살을 사용했다.

그 이름 그대로의 일을 하기 위해.

이전에 단 한 번밖에 사용하지 않은 무기, 연습이라고는 해 보지도 않은 무기였지만 그을린발은 아무 어려움 없이 그것을 사용했다. 어차피 통제가 안 되는 무기니 연습은 불필요했다. 무차별 학살의 사용은 그토록 간단했다. 정확하게 착용한 다음, 적들의 한가운데로 걸어 들어가 몸을 힘차게 부풀린다.

그러면 수백 개의 날카로운 철침이 내부로부터의 압력에 의해 전방위로 발사된다.

방어는 필요 없다. 주위 모든 방향으로 철침이 날아간다. 그을린발은 아래쪽으로도 철침이 날아가는 것은 좀 낭비가 아닌가 생각했다. 땅 아래에 누가 있다고? 하지만 대장장이들은 무기 사용자의 특성을 이해하고 있었다. 그을린발은 자신이 높이 뛰어올랐을 경우 자신의 아래쪽에도 적이 있게 된다는 것을 알았다. 내장 철침은 2만 개. 물론 전량을 소진한 후에는 철침을 회수하여 재장전하는 따분한 일이 필요하다. 하지만 그러려면 아주 많은 사격이 있어야 할 것이다. 착용자의 몸이 어떤 모습을 하고 어떤

읽는 것과 읽는 것 237

움직임을 취했는가에 따라 발사되는 숫자가 조금씩 차이 나기 때문에 정량화는 불가능하지만 대장장이들은 대략 백 번 정도는 재장전의 고민 없이 사용할 수 있을 것이라 자신했다. 무차별 학살의 백 회 사격은 눈에 들어오는 범위 내의 모든 상대에게 치명상을 입힐 수 있다. 게다가 그을린발에겐 레콘의 몸도 있었다.

곧게 뻗은 손가락 하나에 인간의 목이 관통당한다. 발길질에 뼈가 몇 묶음씩 부서져 나간다. 천둥 같은 계명성은 적들로 하여금 무기를 버리고 귀를 틀어막게 만든다. 낮은 곳에 있는 인간들을 상대로 부리는 자주 사용되지 않았지만 손발이 바쁠 경우 그을린발은 주저 없이 부리로 다섯 번째 인간의 투구와 두개골을 깨트려 놓았다. 그리고 충분히 많은 숫자가 모이면, 또는 가소롭게도 소화차를 밀고 오는 자들이 보이면 그을린발은 즉시 몸을 폭발시켰다. 죽음이라는 꽃이 날리는 꽃씨처럼 철침이 폭발음을 내며 날아간다. 어둠 속에서 날렵한 철침은 잘 보이지 않는다. 그을린발이 몸을 폭발시킨 순간 주위의 모든 병사들이 얼어붙은 것처럼 굳는 모습이 보일 뿐이었다. 그리고 잠시 후 반경 수십 미터 내의 모든 병사들이 일시에 허물어졌다.

그을린발은 병사들의 시체 또는 시체가 되기 직전의 병사들을 짓밟으며 달렸다. 그리고 지금껏 해 왔던 일을 지루해하는 기색도 없이 반복했다.

때려부수고, 찢고, 걷어차고, 짓밟고, 폭발한다. 그을린발은 치명적인 자연재해이며 초자연적인 무엇이기도 했다. 죽음을 맥동하며 이리저리 거칠게 뛰어다니는 파멸이었다. 레콘의 모습으로 변한 구전(球電)이었다. 사방으로 벼락을 뿜듯 죽음을 뿌리며 달리는 그것은 비유의 대상조차 찾기 어려운 미증유의 존재였다.

추악한 살육이 멈췄다.

그을린발은 죽이지 말아야 할 누군가를 발견했다. 그 사람은 바닥에 주저앉아 있었다. 그을린발은 부리를 쓰다듬었다. 그의 손에 피가 흠뻑 묻어 나왔다. 그을린발은 그것을 옆으로 뿌리고 주저앉아 있는 사람에게 다가갔다.

"왜 이런 일이 생겼는지 궁금하겠지, 베로시."

베로시 토프탈은 턱이 부서져라 부딪치며 그을린발을 올려다보았다. 그을린발은 하늘을 한 번 올려다보았다. 횃불과 화톳불, 기름통 등이 파괴된 덕분에 이곳저곳에서 불길이 치솟고 하늘은 검붉은 연기로 뒤덮여 있었다.

"따져 보자고. 나는 네게 투자금을 받았어. 하지만 그건 코끼리 가축화 기술을 넘겨주는 대가였어. 그것이 우리의 계약이었지. 따라서 너는 다른 것을 요구할 수 없어."

베로시는 가까스로 말했다.

"코끼리를 가, 가축으로 만드는 것…… 성공할 리가 어, 없어. 그런 몽상가의 백일몽에 내가 왜……."

그을린발은 손바닥을 들어 베로시의 말을 막았다.

"나도 짐작하는 일을 말할 필요는 없어, 베로시. 그래. 알아. 네가 내 사업의 성공을 믿지 않았다는 것. 다른 욕심이 있어서 투자했을 뿐이라는 것. 하지만 우리의 계약은 그렇지 않았어. 네 속마음이나 내 속마음이 어쨌건 간에 우리 계약은 기술 개발 대 투자금이었어. 내 쪽에서 아직 계약 이행을 못하고 있다는 것에 대해서는 유감으로 생각하지만, 그건 도의적 유감일 뿐이야. 그것이 마음에 안 들었으면 그쪽에서는 계약 파기를 하고 투자금 반환을 요구하면 되지. 어찌 되었건 나는 계약 외 요구를 들어줄 필요가 없어. 하지만 도의적 책임감 때문에 들어줄 의무가 없는 네 요구를 들어주었지. 그리고 네가 그런 과외 업무에 형식적으로나마 감사를 표할 거라고 기대했지. 그런데 돌아오는 것은 감사가 아니라 두 번째 요구였어. 세 번째 요구를 암시하는 것으로 유명한 그 두 번째 요구라는 놈 말이야."

그을린발의 차분한 말투는 베로시를 조금 안정시켰다. 그녀는 땅을 짚고 일어나 앙칼지게 외쳤다.

"이것이 마지막 부, 부탁이라고 했어요!"

"그런 말은 아무 의미 없어. 쥐가 아무리 자신이 쥐가 아니라고 주장해도 고양이에겐 무의미한 것과 마찬가지야. 두 번째 요구 자체가 첫 번째와 세 번째를 내포하고 있으니까. 아아. 왜 세 번째뿐만이 아니라 첫 번째도 내포하냐고? 하나밖에 없을 땐 처음이라고 하지 않아. 그냥 하나지. 심지어 하나라는 말조차 생략할 때가 많아. 베로시 토프탈이 하나라고 말할 필요는 없잖아. 두 번째가 있을 때만 첫 번째가 만들어지는 거야. 두 번째는 그렇게 위험한 거지. 첫 번째와 세 번째를 만들어 버리기 때문에. 그리고 넌 그걸 했어. 그러니 네 보증은 무의미해."

그을린발은 그 말을 자신에게도 들려주었다. 그는 위험한 두 번째를 겪고 있었다. 무차별 학살은 두 번째로 사용되는 것이다. 그 때문에 집병 직후의 사용은 첫 번째가 되었고, 세 번째는 반드시 올 것이다. 그을린발은 그 부정할 수 없는 예감에 씁쓸함을 느끼며 말했다.

"너는 세 번째 요구를 막을 수 없어. 하지만 나는 막을 수 있지."

"마, 막을 수 있다고?"

"그래."

"어떻게?"

"요구할 자가 없어지면 요구도 없는 거지."

모골이 송연해지는 느낌 속에서 베로시는 그을린발의 얼굴을 올려다보았다. 탑을 올려다보는 것 같았다. 지나치게 높다. 그 높이 때문에 비현실적인 기분이 들었다. 저것은 너무 높이, 너무 멀리 있어. 내게 올 수 없어. 그러니 저것이 나를 죽일 순 없어.

그을린발은 그녀에게 오지 않았다. 그을린발은 그 높은 곳에서 굵은 목소리로 말했다.

"가라."

"예?"

"가라."

"저를 살려 주는 겁니까?"

"너를 죽이겠다고 한 적 없다."

"예? 하지만 당신은 요구할 자를 없애겠다고……."

"맞아. 그렇게 할 거다. 그리고 그걸 알려 줄 생각이다."

"도대체 누구에게 뭘 알려 준다는 겁니까?"

"돌아가서 대호왕 사모 페이와 시모그라쥬 공, 그리고 토프탈의 이름을 쓰는 모든 녀석들과 그들의 친구들에게 전해라. 내가 갈 거라고."

죽음보다 더한 공포에 베로시는 무릎을 떨며 비틀거렸다. 그녀는 후들거리는 다리를 짚고 싶은 것을 참으며 외쳤다.

"그들을 왜! 이건 당신과 제 문제입니다. 저를 죽이면 끝이잖습니까!"

"엉뚱한 소리를 하는군. 너는 대호왕과 시모그라쥬, 토프탈 가문의 영광을 위해 행동하는 거라고 생각하고 있었는데? 그것들이 두 번째 요구가 있게 한 것들이야. 너에겐 관심 없어. 나는 너희들의 방식을 따르고 싶지도 않고."

"우리들의 방식이라니 그게 무슨……."

"엘시 에더리가 싫어서 그를 죽이려 한 것은 아닐 텐데."

베로시는 입으로 숨을 쉬었다. 헐떡거리는 그녀를 보며 그을린발은 말했다.

"나약한 너희들이 한 사람을 황제로 만들어 제국을 만들고 한 명의 황제를 죽여서 제국을 없애는 방식을 취하는 거야 어쩔 수 없지. 그게 너희들이니까. 하지만 내가 너희 방식을 따를 필요는 없다. 가서 전해라. 히베리가 너희 제국을 부수러 간다고."

베로시 토프탈은 비틀거리며 물러났다. 그을린발은 아무 제지도 가하지 않은 채 그녀를 바라보기만 했다. 한 걸음, 또 한 걸음 물러나던 베로시는 갑자기 머리를 감싸 쥐며 몸을 돌렸다. 그녀는 불규칙적인 발소리를 내며 어둠 속을 향해 미친 듯이 달렸다. 그녀가 사라진 곳에서 비명인지 울음인지 구분하기 어려운 괴성이 들려왔다. 그 소리는 그을린발에게 아무 영향을 주지 않았다. 그에겐 할 일이 조금 남아 있었다.

흑사자군의 시허릭 마지오 상장군은 엘시 에더리의 탁월한 지도 아래 흑사자군이 위대한 승리를 거둘 거라고 확신했다. 하지만 승리에 대한 확신을 가졌던 모든 장수가 전망의 달성을 경험하는 행운을 누린 것은 아니다. 시허릭 마지오 상장군의 확신 또한 빗나갔다. 엘시 에더리는 승리하지 못했다. 96만 대군은 승리하지 못했다. 35개 군단, 200여 개의 독립 중대, 유난히 사나운 레콘들로 이루어진 한 개 여단은 승리하지 못했다. 제국 부활의 신념은 승리하지 못했다. 시모그라쥬군을 파괴한 것은 그중 어떤 것도 아니었다.

시모그라쥬군의 11만 대군은 방해받길 싫어하는 한 명의 레콘에게 학살당했다.

가을이라고 불러도 좋을 날씨였지만 햇볕이 묘하게 따갑다. 날아드는 파리를 향해 손을 흔들던 니어엘 헨로 수교위는 그것이 나비고 바닥에 있는 것이 꽃이라고 상상해 보기로 했다. 조금 후 자신이 불가능에 도전하고 있음을 깨달았다. 그녀의 판단이 옳다고 맞장구치는 듯한 소리가 들려왔다.

"우웨에엑!"

심현한 토악질 소리다. '우' 부분에서는 터져 나오려는 거대한 힘을 억누르지만 동시에 반발하여 꺼트리지도 않는 절제력이 돋보인다. '웨에' 부분의 급격한 편성은 다스려 놓은 힘을 강력하게 분출하면서 암시했던 주제를 단번에 표현하고 있다. 하지만 '엑' 부분의 대담한 단절이야말로 깊은 여운을…… 말도 안 되는 생각으로 우울함을 달래 보려 했던 니어엘은 머리를 가로젓고 소리가 들려온 쪽을 보았다.

맥키 네미 부위의 부축을 받은 채 가리아 릿폴 부위가 헐떡이고 있었다. 니어엘은 그쪽으로 걸어가며 설명을 요구하는 눈빛을 보냈다. 대답할 형편이 아니었던 가리아를 대신하여 맥키가 더듬더듬 설명했다. 가리아는 복잡한 해부학적 기술이 요구되는 사체를 앞에 두고 맥키를 불렀으며 두 사람의 협조 작업은 시체를 찢어 놓는 참담한 실패로 돌아갔던 모양이다.

니어엘은 묵묵히 허리를 숙여 찢어진 시체의 흉골 사이로 손가락을 넣었다. 시체 속에서 손가락을 꼬물거리던 니어엘은 조금 후 굳어서 진득진득한 핏덩어리를 끄집어내었다. 그 길쭉한 핏덩어리 속에서 철침의 금속광이 번득였다. 니어엘은 맥키의 옆에 놓여 있던 바구니에 그 철침을 던져 넣었다. 챙그랑.

"릿폴 부위, 쉬도록."

"괘, 괜찮습니다. 잠깐 숨 좀 돌리…… 우욱!"

"귀관이 구역질로 중대가를 연주할 실력이 된다면 모를까, 그렇지 않은 바에야 작업 방해다. 네미 부위, 3소대 1분대장에게 찾아가 지휘권 인계받으라고 전해라. 바구니는 놔두고 가."

두 부위가 주저하며 물러났다. 니어엘은 바구니 안쪽을 들여다보았다. 굳은 피 속에 십여 개쯤 되는 철침들이 푸르스름한 빛을 내고 있었다. 그녀는 그중 피가 덜 묻은 것을 하나 집어 들었다.

10그램쯤 될까? 가볍긴 하지만 이런 물건들이 백 개라면 1킬로그램이다. 시모그라쥬군의 운 좋은 생존자들은 그을린발이 철침을 수백 개씩 날렸다고 했다. 그렇다면 그을린발은 수킬로그램의 물체를 날려 보냈다는 뜻이다. 수킬로그램짜리 화살을 쏜다고 생각해 보니 니어엘은 답답한 기분마저 들었다. 그냥 손으로 던지려 해도 수킬로그램은 너무 무겁다. 더군다나 무엇인가를 던지는 일은 온몸의 힘을 한곳으로 집중시키는 일이다. 몸 곳곳에서 철침을 날려 보낸 그을린발은 결국 힘을 분산시킨 상태에서 그런 일을 했다는 뜻이 된다. 게다가 그는 2만 개의 철침이 내장된 옷을 입고 있다. 200킬로그램을 가볍게 상회하는 옷에 대해 생각한 니어엘은 기막힌 한숨밖에 내쉴 것이 없었다.

"우리 중대가 아기살로 일제 사격하면 비슷한 일을 할 수 있을까요?"

니어엘은 고개를 들었다. 다미갈 카루스 부위가 손에 몇 개의 철침을 든 채 그녀를 보고 있었다. 카루스는 바구니에 철침들을 집어넣고 허리를 폈다. 니어엘은 자신없는 투로 말했다.

"딱 한 번 정도는 흉내를 낼 수도 있겠지."

"예, 한 번. 하지만 더 먼 곳에서 시도할 수 있겠지요."

니어엘은 카루스가 왜 자신들에게 그을린발을 상대할 능력이 있는지 궁금해하는가 생각해 보았다. 그리고 그 이유를 짐작할 것 같다는 느낌에 어깨를 움츠렸다.

니어엘은 그을린발이 어디에 있는지 살폈다.

그을린발은 몇 백 미터쯤 떨어진 곳에서 허리를 구부린 채 철침을 주워 모으고 있었다. 그는 혼자서 해도 된다고 말했지만 엘시는 도울 병력을 제공하기로 했다. 니어엘은 반사적으로 자원했다. 짤막한 투사 병기를 다룬다는 점에서 아기살과 철침은 비슷하다는 것이 니어엘의 설명이었다. 실제로 그녀의 중대원들은 짤막한 화살을 육체에서 뽑아내는 일에 재주가 좋았고 철침은 훨씬 단단했기에 아기살보다 다루기 쉬웠다. 그녀의 설명은 거짓이 아니었다. 하지만 진짜 이유도 아니었다. 그리고 이제 니어엘은 자신이 그 일에 자원한 이유를 알았다.

상대방의 무기를 관찰하는 것은 그와의 싸움을 앞둔 자의 태도다. 카루스가 보여 준 태도는 그녀 자신의 것과 같다.

'나만 그 표정을 읽은 것은 아니란 말이군.'

코끼리를 맡기자마자 간다는 말도 없이 달려갔던 그을린발이 시모그라쥬군을 더 이상 군대라고 부를 수 없는 형편으로 만들어 놓고 돌아왔을 때 니어엘은 공간적, 정신적으로 조금 떨어진 곳에서 사람들이 보이는 반응을 관찰할 수 있었다. 반응은 대충 두 가지로 나눌 수 있었고 그 반응들을 대표하는 것은 시허릭 마지오 상장군과 히도큰 하장군이다. 시허릭 마지오 상장군은 뜻밖에 얻은 원군의 활약에 까무러칠 정도로 좋아하는 듯했다. 그러나 히도큰 하장군은 그 일을 한 것이 자신이나 민들레 여단이 아니라 그올린발이라는 사실에 불만족스러워 하는 것처럼 보였다.

하지만 엘시는 그중 어떤 것에도 포함되지 않는 반응을 보였다. 대장군은 어떤 초상화가도 불평할 수 없는 위엄 있는 태도로 서 있었지만 니어엘은 그가 당장 부서져 내릴 것 같다고 생각했다. 니어엘은 엘시의 상실감을 직감했다. 엘시는 불의의 습격으로 자신이 힘겹게 준비해 왔던 것을 도둑맞았다.

'죄를 도둑맞았지.'

상황의 겉면을 보는 이들은 영광을 도둑맞았다고 말하겠지만 니어엘은 그렇게 오판할 수 없었다. 엘시가 도둑맞은 것은 죄다. 죄는 중요하다. 죄가 있어야만 용서를 구할 수 있으니까.

'빌어먹을! 어머니, 당신 딸이 어떻게 컸는지 아세요? 조그마한 니어엘이 무슨 생각을 했는지 아세요? 꼭 당신의 어린 딸이 자신이 불필요한 존재, 세상에 있어선 안 될 존재라고 생각하며 소리 없이 울게 만들어야 했나요? 그 생일이 기억나네요. 오늘만은 그 지긋지긋한 비아냥거림과 독설을 듣지 말기를 바라고 또 바랐어요. 책잡힐 일을 하지 않으려고 무진 애를 썼어요. 당신은 저를 생일 선물을 바라고 얄팍한 속임수를 쓰는 유치하고 탐욕스러운 꼬마로 만들었죠. 제 울음이 정말 떼쓰는 것처럼 보였어요? 다른 사람이라고 해도 그렇게 생각하지는 않았을 거예요. 그런데 당신은 제 어머니잖아요.'

"수교위님?"

니어엘은 카루스를 보았다. 지난여름 동안 새카맣게 탄 그의 얼굴에는 근심이 떠올라 있었다. 니어엘은 차분하게 말했다.

"카루스 부위, 도대체 언제나 되어야 나를 중대장님이라고 부를래?"

다미갈 카루스는 움찔했다. 조금 후 그는 평소처럼 엄격한 얼굴로 돌아갔지만 완벽하지는 않았다. 그는 진지하게 말했다.

"자신의 중대를 사랑하는 어떤 고집 센 병사가 있었습니다. 그의 중대에 어느 날 새 지휘관이 왔지요. 새 지휘관은 어린 여자였습니다. 어리석고 고집 센 그 병사는 어린 나이에 상관 잘 만나서 고속 진급한 행운아가 중대 말아먹으려고 왔다고 생각하고는 분통을 터뜨렸습니다…… 수교위님. 지금 헛구역질을 하시는 겁니까?"

"미안해, 참아 볼게. 계속해."

카루스는 자신을 3인칭으로 말하는 것을 포기하고 정나미가 떨어진다는 얼굴로 말했다.

"관두지요. 예, 저는 중대장님이라고 부르기 싫어서 수교위님이라고 불렀고 그게 입버릇이 되었습니다. 하지만 그거야 수교위님도 마찬가지 아닙니까?"

"내가 뭐?"

"제 이름은 다미갈입니다. 하지만 수교위님은 저를 카루스라고만 부르십니다."

"아미라고 부르기 싫어서."

"예?"

"다미갈이라는 이름 처음 들었을 때 그러면 애칭은 다미나 아미인가 하고 생각했지. 웃음이 나오려고 해서 죽는 줄 알았어. 아, 아냐. 나쁜 이름이라는 거 아냐. 하지만 귀관의 점잖은 얼굴 보면서 그 애칭을 생각하니 미치겠더라고. 그 이후로도 몇 번 다미갈이라고 부르려고 했는데, 도저히 못 참겠더군. 말하면서 웃어 버릴 것 같아서. 그러면 얼마나 실례겠어. 그래서 포기하고 카루스라고 부른 거야."

카루스는 잠깐 동안 득실을 따져 보았다.

"카루스라고 불러 주십시오, 중대장님."

"내 곤경을 살펴 줘서 고마워. 답례로 나도 수교위 허락이다. 나도 그렇게 불리는 것이 버릇이 되었으니까 귀관이 다른 이름으로 부르면 깜짝깜짝 놀랄 거야."

카루스는 무슨 말을 해야 할지 모르겠다는 얼굴로 니어엘을 바라보다가 그렇게 멍하니 서 있는 것이 바보 같을 거라는 생각에 황급히 경례를 했다. 그리고 자신이 무의미하게 경례를 했다는 사실에 놀라서 그만 허둥지둥하고 말았다. 니어엘은 미소 지은 채 경례하고 물러가라는 손짓을 했다. 그래서 카루스는 그러기 위해 경례했다는 듯이 자연스럽게 물러날 수 있게 되었다.

멀어져 가는 카루스를 보며 미소 짓던 니어엘은 곧 미소를 거두었다. 그녀는 바구니를 집어 들고 멀리 보이는 그을린발을 향해 걸었다. 그을린발은 다가와서 철침을 건네주는 병사들에게 미소나 감사의 몸짓을 하고 있었다. 그가 양산해 낸 시체 속에 서 있었지만 그을린발은 단신으로 11만 시모그라쥬군을 격파한 사람으로 보이지 않았다. 시체들을 피해 조심스럽게 걸으며 니어엘은 그을린발이 훔쳐간 엘시의 죄를 생각했다.

시오크는 자신에게 다가오는 지친 표정의 의무병에게 사양하는 손짓을 했다. 그의 상처는 대단하지 않았고 그나마도 이미 치료를 받았다. 그는 그저 이곳을 떠날 수 없기에 앉아 있는 것뿐이지만 그 때문에 의무병들은 자주 혼란을 일으켰다.

시오크의 손짓을 본 의무병은 별 반응도 보이지 않은 채 무기력한 태도로 다른 부상병에게 다가갔다. 그녀에게 전우애에 입각한 열의를 기대하는 것은 조금 무리일 것이다. 바닥에 쓰러진 채 고통스러워 하고 있는 것은 모두 시모그라쥬군이었으니까. 의술로 사람을 돕겠다는, 언젠가 그녀의 가슴을 두근거리게 했을 직업적 사명 의식도 기대하기 힘들다. 부상병들의 숫자가 지나치게 많으니까.

저편으로 넘어가려는 자신을 이곳에 붙들어 두기 위해 고군분투하는 부상병들을 보며 시오크는 빨리 이곳에서 나가고 싶었다. 하지만 시오크는 떠날 수 없었다. 시모그라쥬군이 너무도 빠르게 산산조각 났기 때문에 지금 그의 신원을 확인해 줄 사람은 없었다. 시오크는 시오크 지울비가 이곳에 있다는 소식을 전하기 위해 떠났던 병사가 그 전달의 의무를 잊어버렸을 가능성에 대해 우울하게 생각해 보았다. 시오크가 불렀을 때 그 병사는 꽤 바빠 보였고 시오크 지울비라는 이름이 뭔지도 모르겠다는 투로 행동했다. 수중에 돈이라도 몇 푼 있었다면 건네주었을 테지만 시오크에겐 그런 것이 없었다. 그래서 시오크는 당신 상관에게 그 소식을 전하지 않으면 당신은 대단한 곤경에 빠진다는 식의 진부한 협박을 할 수밖에 없었다. 병사는 떠나기 전 가소롭다는 표정을 지었다. 결국 시오크는 그 병사가 자신의 말을 포로들이 흔히 하는 '내가 누군지 알아?' 유의 헛소리로 취급해 버렸을 가능성을 받아들이기로 했다. 그는 초조한 심정으로 이해심 많아 보이는 병사가 주위를 지나가지 않나 살폈다.

하지만 제국군의 군기는 시오크의 예상보다 투철했다. 언덕 위에 두 명의 사내가 나타났을 때 시오크는 그 사실을 확인할 수 있었다. 두 사람 중 한 명은 장교로 보이는 제국군이었고 다른 한 사람은 게라임 지울비였다.

시오크는 무슨 표정을 지어야 할지 모르겠다는 투로 아버지를 바라보았다. 주위를 두리번거리던 게라임은 곧 아들의 얼굴을 포착했다. 그는 옆에 있는 장교에게 고개를 끄덕이며 뭐라 말했다. 그러자 장교는 포로들의 감시를 맡고 있는 다른 장교에게 다가갔다. 게라임은 언덕바지를 따라 내려와서 시오크의 곁에 섰다.

"다리를 다쳤냐?"

"대단찮은 상처입니다. 걷는 데도 별 무리가 없습니다."

"어디 보자."

게라임은 조심스럽게 시오크의 다리를 들었다. 아버지에게 다친 다리를 맡긴 채 시오크는 게라임의 옆얼굴을 보았다. 약간 피로해 보이기는 하지만 아버지의 얼굴은 그가 기억하는 것처럼 딱딱했다. 게라임은 시오크의 다리를 내려놓고 말했다.

"어쩌다가 다쳤냐?"

"어젯밤 혼란이 일어났을 때 탈출하다가 다쳤습니다."

"병사와 싸웠냐?"

"아니요. 병사가 던진 칼에 맞았습니다."

시오크는 잠시 말을 멈췄다가 포기하는 어투로 말했다.

"그 병사는 도망치기 위해 무기를 집어던지던 참이었습니다."

"일어나 봐."

관절이나 근육이 상한 것은 아니기에 시오크는 어렵잖게 일어났다. 게라임은 시오크의 선 모습을 세심하게 관찰하다가 고개를 끄덕였다. 그때 게라임과 함께 왔던 장교가 다가왔다.

"당주님."

"예."

"예."

게라임과 시오크가 서로를 지그시 바라보는 모습을 보던 젊은 장교는 빙긋 웃고 말했다.

"게라임, 아드님을 데려가셔도 좋습니다. 시오크, 다리를 다친 것 같은데 부축해 드릴까요?"

"아닙니다. 걸을 수 있습니다."

세 사람은 언덕을 올랐다. 시오크는 언덕 위에서 뒤편을 잠시 돌아보았다. 서너 개의 언덕으로 둘러싸인 넓직한 땅 전체에 투항병들과 포로, 부상병들이 있었다. 그 숫자가 적어도 만 단위는 넘어 보였다. 시오크는 시모그라쥬군이 입은 타격은 그것만 봐도 충분히 알 수 있다고 생각했다. 하지만 그것은 그의 오판이었다. 어디로 걷는지 모른 채 걷던 시오크는 얼마 후 무더기로 널려 있는 시체들을 보았다. 코를 찌르는 악취 속에서 시오크는 숨을 한껏 들이쉴 수도 없었다.

고요하지는 않았다. 전투를 노래하는 시인들은 승리의 함성을 묘사한 다음 곧장 화려한 개선과 연인들의 재회로 넘어가기 일쑤지만 전투 후에는 지루한 뒤처리 작업이 있게 마련이다. 혹 그 장면을 묘사하는 시인이 있다 해도 대개는 새매의 처연한 울음 외에 다른 청각 요소는 제거한 채 비장미 넘치는 침묵을 강조하게 마련이다. 하지만 시오크가 보는 광경은 활기 넘치는 도시의 광장처럼 떠들썩했다. 곳곳에서 레콘들이 거대한 구덩이를 만들고 손수건으로 입을 가린 병사들이 시체를 나르고 있었다. 그들 한 사람 한 사람은 즐거워 보이지 않았지만 워낙 많은 인원들이 분주하게 움직이고 있어서 그 광경은 대규모 공사장 같은 인상마저 주고 있었다. 문득 시오크는 동물 사체에 달려들어 분해, 운반하는 개미 떼를 떠올리고 오한을 느꼈다. 그는 옆을 보았다.

장교는 어디로 갔는지 보이지 않았고 시오크의 곁에 있는 것은 게라임뿐이었다. 전장을 바라보던 게라임은 아들의 시선을 느끼고 고개를 돌렸다. 시오크가 말했다.

"하고 싶은 말씀이 있으실 텐데요."

게라임은 아무 말을 하지 않았다. 그는 두 손을 깍지 껴 아래로 늘어뜨린 채 아들을 바라보기만 했다. 아들은 머리를 쓸어 넘기고 지친 목소리로 말했다.

"이렇게 말씀하셔야 하는 것 아닙니까? 봐라, 아들아. 이것이 한 명의 레콘이 자기 기준에 따라 무엇인가를 평가한 결과다. 너도 이런 평가를 받고 싶으냐? 평가가 그렇게 좋으냐?"

게라임은 울음을 터뜨릴 것 같은 아들의 얼굴을 보다가 천천히 입을 열었다.

"그러면 너는 이렇게 말하겠지. 보십시오, 아버지. 이래서는 안 된다는 기분을 느끼십니까? 평가가 시작되기 전에 이런 느낌을 받을 수 있었겠습니까? 그래도 평가를 거부하시겠습니까?"

시오크는 흠칫했다. 그는 앞으로 한 발 걸어가며 다급하게 말했다.

"그러면 아버지께서는 이렇게 말씀하시겠지요. 평가와 평가가 오가면서 도덕을 발견할 수 있다고 해도, 그때까지 도대체 몇 명이나 죽어야 한단 말이냐? 사람들을 살리기 위한 도덕을 만들기 위해 사람들이 죽어야 한다는 모순을 납득해야 한다는 거냐?"

"그러면 너는 이렇게 말하겠지. 모순을 최소화할 수는 있지만 모순을 피할 수는 없습니다. 법이 준법자들이 아닌 탈법자들에 의해 지탱되는 것을 보십시오. 모두가 준법자라면 법은 불필요합니다. 법은 탈법자들을 도태시키고 추방하려 애쓰는 것처럼 보입니다만 사실상 탈법자들에게서 그 진정한 존재 이유를 받습니다. 그런 법의 모순을 보십시오. 그것은 피할 수 없습니다. 법이 불필요해질 때까지 모순이 있더라도 모두가 평가하면서 법을 만들어 가야 합니다."

시오크는 목을 떨었다.

"그러면 아버지께서는 이렇게 말씀하시겠지요. 법이 불필요해지는 것이 먼저겠느냐, 사람이 다 없어지는 것이 먼저겠느냐? 레콘이라는 존재는 그 모순을 대재앙으로 만들 수 있지 않느냐?"

게라임은 긴 한숨을 내쉬었다.

"그러면 너는 이렇게 말하겠지. 아버님과 마찬가지로 저도 모릅니다. 우리가 레콘을 감당할 수 있을지 모르겠습니다."

시오크는 별것 아니라고 생각했던 상처가 좀 심각한 것이었는지도 모르겠다고 생각했다. 다리의 힘이 사라지는 것 같았다. 아버지를 향해 비틀거리며 걸어가던 시오크는 끝내 허물어졌다. 하지만 그가 무너진 순간 게라임의 팔이 그를 낚아채듯 붙잡았다. 그는 아버지의 어깨에 턱을 묻은 채 무릎을 꿇었다.

게라임은 시오크의 앞쪽에 무릎을 꿇은 채 아들의 어깨를 강하게 끌어안았다. 그는 고통스러운 듯 얼굴을 찌푸리며 말했다.

"아들아, 나도 모르겠구나."

힌치오는 뭄토의 어깨를 꽉 붙잡았다. 뭄토가 벼슬을 조금 곤두세우는 것을 본 팔리탐 지소어는 레콘이라도 아파할 만한 악력인가 보다고 생각했다. 힌치오가 말했다.

"이봐, 뭄토. 뭐 하려고 온 거지?"

뭄토는 힌치오의 손을 밀어내려 했다. 하지만 힌치오는 손을 놓지 않은 채 뭄토를 돌려세웠다.

"뭐 하려고 왔냐고 물었잖아."

"여기 있는 인간과 할 말이 좀 있어서."

"네가 팔리탐과 할 말이 뭔데?"

"당신이 알 필요는 없는 말인데."

"그렇게 생각해? 그러면 내가 알 필요가 없는 말인지 알 수 있도록 말해 봐."

뭄토는 벌쭉 웃었다. 하지만 힌치오는 웃음기 없는 눈으로 뭄토를 노려보았다. 뭄토는 힌치오를 마주 보다가 팔리탐을 당황하게 하는 짓을 했다. 그는 팔리탐에게 힌치오를 좀 어떻게 해 달라는 눈짓을 보냈다. 팔리탐이 주저하는 것을 본 힌치오는 뭄토의 어깨를 살짝 밀듯 하며 손을 놓았다.

"팔리탐, 이 녀석은 제국군 패잔병이 아니야."

주춤거리던 뭄토는 알고 있었냐 하는 표정을 지었다. 팔리탐은 긴장하며 말했다.

"패잔병이 아니라고?"

"그래, 아니야. 패잔병인 척하며 섞여 든 거지. 원래는 제국군이 아니야."

"그걸 알고 있었으면 왜 지금까지 내버려둔 거요?"

"뭐 하려고 왔는지 궁금해서. 안 궁금해? 사라티본 부대에 들어오고 싶었으면 그냥 들어오면 그만이었을 텐데 왜 패잔병인 척하면서 섞여 들어온 걸까?"

팔리탐은 잠시 후 고개를 끄덕였다.

"그 말이 맞군."

"그래서 뭐 하나 지켜보고 있었어. 그런데 너한테 접근하는 걸 보니 좀 위험하다 싶군. 이봐, 뭄토. 도망갈 생각은 하지 마. 이제 설명을 들어야겠어. 왜 패잔병인 척하면서 섞여 들어온 거지?"

뭄토는 머뭇거리다가 말했다.

"남몰래 여기 있는 인간을 만나야 했습니다."

"남몰래?"

"예. 그래서 패잔병인 척하면서 들어왔습니다."

힌치오는 벼슬을 곤두세웠다.

"말이 되는 것 같지만 그건 말이 안 돼. 자네는 편지라는 발명품을 모르나? 그게 신기술이라 아직 듣지 못한 건가?"

뭄토는 초조해했다. 대답을 회피하기 위해서인지 그는 힌치오에게 붙잡혔던 어깨를 새삼스럽게 주물렀다. 힌치오는 추궁하는 눈빛을 거두지 않았다. 하지만 뭄토는 힌치오가 아닌 팔리탐에게 말했다.

"팔리탐 지소어. 맞지? 가면만 보면 알 수 있는 거니까."

힌치오는 자신의 질문에 대한 대답이 아니라는 사실에 약간 분개한 것 같았지만 팔리탐에게 발언권을 양보했다. 팔리탐은 대답했다.

"맞소. 나를 만나러 온 이유가 뭐요?"

"당신은 스카리 빌파를 섬기고 있지. 하지만 마음으로부터 섬기고 있는 것은 아냐. 당신이 마음으로부터 섬기던 사람은 암살의 주인이지."

힌치오는 이 대담한 말에 놀랐다는 듯 수염볏을 조금 꿈틀거렸다. 팔리탐은 가면의 무표정함으로 뭄토를 마주 보다가 말했다.

"무슨 의미로 하는 말이오?"

"나는 이것저것 많이 봤어. 스카리를 섬기는 일이 지겨워지지 않았어?"

힌치오는 뭄토가 몰래 잠입한 이유가 무엇인지 알 것 같았다. 뭄토는 팔리탐을 만나기 전에 이곳의 동정을 살피고 싶었던 것이다. 팔리탐의 속마음을 짐작하는 것을 보니 꽤 괜찮은 관찰력을 가지고 있는 모양이라고 생각하며 힌치오는 팔리탐의 가면을 보았다. 팔리탐이 말했다.

"그래서?"

"당신에게 어울리는 진짜 주인을 찾아 줄 수 있다는 거지."

힌치오는 뭄토가 잘못된 제안을 꺼냈다고 생각하며 이쑤시개를 쥔 손에 힘을 주었다. 섬기는 주인을 바꿔치기할 수도 있다는 제안은 조금 전 힌치오 자신도 한 것이며 팔리탐은 그 제안을 거절했다. 생전 처음 보는 레콘이 하는 말을 팔리탐이 받아들일 리 없다. 힌치오는 '이 무도한 녀석의 버릇을 고쳐 주시오.'라는 말을 기대하며 팔리탐을 바라보았다. 팔리탐은 조금 후에 말했다.

"힌치오, 잠시 자리를 비켜 주시오."

힌치오는 이쑤시개를 반쯤 들어 올리고 있었다. 그러나 그것을 완전히 들기 전 팔리탐의 말이 자신의 기대와 다르다는 것을 깨달았다. 힌치오는 의아해하며 이쑤시개를 내렸다.

"뭐?"

"뭄토의 이야기를 들어 봐야겠소. 비밀스럽게 이야기하고 싶은 듯하니 당신은 자리를 좀 비켜 주면 좋겠소."

어리둥절해하던 힌치오는 순간 팔리탐에 동정심을 느꼈다. 팔리탐은 거절할 때 거절하더라도 뭄토의 제안이 무엇인지는 들어 보려 하고 있었다. 거절할 제안을 들어 보려는 이유야 뻔하다. 스카리에 대한 팔리탐의 실망감이 그렇게 큰 것이다. 힌치오는 부리를 살짝 부딪치고 말했다.

"위험하지 않겠어?"

"괜찮을 거요."

힌치오는 더 이상 말하지 않았다. 힌치오는 주의를 주듯 뭄토를 한번 노려보고 이쑤시개를 어깨에 얹었다. 그는 주저 없이 성큼성큼 걸어갔다.

대련을 금지당한 레콘들은 힌치오가 돌아오는 것을 보고 불평을 늘어놓으려 했다. 하지만 그의 무거운 얼굴을 보고는 의아해하며 입을 닫았다. 힌치오는 그들에게 할 일 없으면 가서 무기나 손질하라고 말했다. 미적거리며 일어나는 레콘들 중에 팡탄을 본 힌치오는 그에게 손짓했다. 팡탄은 유성추의 사슬을 감으며 다가왔다.

"왜?"

힌치오는 어깨에 걸치고 있는 이쑤시개를 뒤쪽으로 조금 꿈틀거리며 말했다.

"팡탄, 저기 있는 녀석, 제국군 아니지? 같은 제국군이면서 네가 몰랐을 리가 없지."

팡탄은 고개를 끄덕였다.

"맞아. 제국군 아니야."

"그러면 왜 숨어들도록 내버려뒀지?"

"내버려두지 않으면 어떻게 해야 하는데?"

"나한테 수상한 레콘이 숨어 들어왔다고 보고했어야지."

"내 눈엔 하나도 수상해 보이지 않던데. 음식 나눠 먹고 같이 논 것뿐이야. 그 밖에 아무 일도 안했어."

힌치오는 팡탄을 똑바로 보았다.

"그게 말이 돼?"

팡탄은 더 할 말이 없다는 듯이 몸을 돌렸다. 떠나려는 그의 등을 향해 힌치오가 다시 말했다.

"저 녀석 무슨 이야기를 했어?"

팡탄은 몸을 돌린 채 말했다.

"스카리를 싫어하는 것 같더군."

"그래서 뭐라고 했는데?"

"누구를 어떻게 생각하는가 하는 문제는 네 자유라고 말해 줬지. 사실 그렇잖아."

그리고 팡탄은 떠나는 레콘들을 따라잡으려는 듯 성큼성큼 걸어갔다. 힌치오는 어깨에 걸치고 있던 이쑤시개를 내려서 땅에 콱 꽂아 넣었다. 이쑤시개는 뿌리를 내린 나무만큼이나 단단하게 고정되었다. 힌치오는 그 곁에서 팔짱을 낀 채 생각에 잠겼다.

팡탄은 스카리에게 충성을 맹세했다. 그는 그 맹세를 지킬 것이다. 하지만 그도 실수나 우연에 의해 맹세를 지키지 못할 수 있다. 예를 들면 스카리를 싫어하는 누군가가 갑자기 스카리를 죽이겠다고 마음을 먹는다 하더라도 용인이 아닌 이상 팡탄은 그것을 알 수 없다. 그렇다면 팡탄은 스카리를 보호하지 못했다고 하더라도 맹세를 어긴 것은 아니다. 퍽이나 조잡한 맹세 회피법이다. 힌치오는 팡탄의 그런 태도에 대해 팔리탐에게 알려 줘야겠다고 생각했다. 그는 팔리탐과 뭄토가 있는 쪽을 돌아보았다.

 편한 대화를 위해서인지 뭄토는 땅바닥에 앉아 있었다. 힌치오는 뭄토의 앞쪽에 서 있는 팔리탐의 모습에서 특이함을 느꼈다. 팔리탐은 앞으로 상체와 팔을 내민 채 뭄토에게 뭐라고 진지하게 말하고 있는 것 같았다. 뭄토가 고개를 가로저으며 말하자 팔리탐은 뒤로 주춤 물러나 나무에 등을 기댔다. 그리고 머리 위쪽, 하늘을 가리고 있는 나뭇잎들을 올려다보았다. 그런 그를 향해 뭄토가 계속 부리를 움직였다. 상당히 진지한 대화가 오가는 듯했다. 힌치오는 뭄토가 말한 것이 무엇이건 간에 팔리탐을 꽤 동요시킨 모양이라고 생각했다. 팔리탐이 동요한다면 그것은 스카리의 죽음을 의미할 수도 있다. 힌치오는 그 사실에 대해 생각해 보았다.

 조금 후 뭄토가 일어났다. 그는 힌치오 쪽을 잠깐 돌아보고 반대쪽으로 걸어갔다. 팔리탐은 여전히 나무에 기대선 채 꿈쩍도 하지 않았다. 힌치오는 꽂아 둔 이쑤시개를 뽑아 들고 팔리탐 쪽으로 걸어갔다. 그가 걸어가는 동안에도 팔리탐은 움직이지 않았다. 눈이 좋은 힌치오였지만 팔리탐의 가면에서 그의 속마음을 짐작하게 해 주는 표정을 읽을 수는 없었다.

 힌치오가 바로 곁에 다가섰을 때 팔리탐이 갑자기 움직였다. 그는 몸을 돌려 어디론가로 걸어가 버렸다. 대화하고 싶지 않다는 의도가 명백히 드러나는 걸음걸이였다. 힌치오는 팔리탐을 붙잡으려다가 뭄토가 사라진 방향을 보았다. 그는 뭄토를 붙잡아서 물어보는 것이 낫지 않을까 생각했다. 어차피 뭄토를 이대로 보내도 되는지도 불확실했다. 결정을 내린 힌치오는 뭄토가 걸어간 방향으로 달려갔다. 하지만 뮴토는 어디로 갔는지 보이지 않았다. 힌치오는 그를 찾을 수 없었다.

아쉬존 토프탈은 자신이 할아버지와 함께 분노하고 있다는 사실에 위화감을 느꼈다.

아쉬존은 자신이 다시는 조부와 감정을 공유할 수 없으리라 생각했다. 그는 조부의 절망을 기다리고 있었다. 그것이 그의 기쁨이 될 테니까. 드디어 그가 기다리던 조부의 절망이 찾아왔지만 그것을 비웃는 대신 함께 절망할 수밖에 없었다.

키탈저에서 벌어진 참담한 재난에 시모그라쥬 공 팔디곤 토프탈은 할 말을 잊은 듯했다. 아쉬존은 그것이 일종의 선전 책동이 아닌가 의심했다. 아무리 레콘이라지만 어떻게 단 한 사람이 11만 명의 적을 물리칠 수 있단 말인가? 그 레콘이 모든 이보다 낮은 여신의 화신이라도 된단 말인가? 하지만 베로시 토프탈이 보낸 보고서에는 신격의 개입을 암시하는 내용은 하나도 없었다. 오히려 지나치게 현실적이었다. 보고서에는 그 레콘이 제국군에 복무했으며 코끼리를 가축화하려 하고 있으며 시모그라쥬 공의 장부를 뒤져 보면 그에게 보낸 후원금 항목을 찾아볼 수 있다는 내용이 상세하게 기재되어 있었다. 그 때문에 아쉬존은 그 레콘을 잘 안다는 기분마저 느꼈다. 물론 서면으로 아는 것과 실제로 아는 것은 아주 다르지만 어쨌든 그 레콘이 어디에서나 볼 수 있는 평범한 레콘이라는 것은 분명했다. 그런 자가 어떻게?

베로시 토프탈은 그 레콘이 최후의 대장간에서 상당히 언어도단적인 병기를 받았기에 그런 일이 가능했다고 설명하고 있었다.

이 설명 또한 현실적이었다. 초자연적이거나 비현실적인 억측이 섞여 들어갈 여지가 없는 상황이다. 하지만 아쉬존은 차라리 초현실적인 이유 때문에 시모그라쥬군이 패배했다는 설명이 낫겠다고 생각했다. 그렇다면 이런 분노도 느낄 수 없을 테니까.

"겨우 선봉 부대가 약간의 피해를 입었을 뿐이다."

팔디곤이 무거운 어조로 말했다. 아쉬존은 고개를 들어 팔디곤을 보았다. 팔디곤은 어금니를 꽉 깨물었다가 말했다.

"듣도 보도 못한 일에 놀라 자멸한 거야. 너는 여기서 상대방을 놀랄 수 있게 하는 것이 얼마나 중요한 전력인지 깨달았을 것이다. 전쟁뿐만 아니라 모든 일에서 마찬가지지."

제왕학이라도 가르치려는 모양이다. 아쉬존은 쓸데없는 일에 매진하는 조부를 바라보며 겨우 분노를 희석시킬 희극적 감정을 조금 느낄 수 있었다. 아쉬존의 낯빛이 변한 것을 본 팔디곤은 그것을 불안감의 표현으로 해석했다.

"걱정할 것은 없다. 네 종고모는 이미 도주한 병사들을 재편성하고 있다. 겨우 선봉 부대일 뿐이야. 아직도 내겐 많은 군사들이 있어. 그리고 만에 하나 그것들이 한계선 남쪽으로 내려온다면 나의 나가 병사들이 그 레콘을 상대할 것이다. 그 레콘이 어떤 기발한 무기를 가지고 있건 간에 신은 아니다. 그리고 신의 개입이 있기 전까지 나가들은 결코 키보렌에서 지지 않았다. 재생력과 소드락을 가진 나가들은 그 레콘을 거름으로 만들 거야. 두려워할 것은 아무것도 없다."

아쉬존은 조부의 가슴 부근을 바라보다가 내뱉듯 말했다.

"폐하께 그렇게 말씀드리겠습니다."

"뭐?"

"우리들의 주군이신 대호왕 폐하 말입니다. 그분께 이 비통한 소식을 전하겠습니다. 그분께서 자신의 병사들이 입은 피해를 아셔야 하니까요."

아쉬존은 '자신의'라는 말을 강조하고 싶은 유혹에 넘어갈 뻔했다. 만약 강조한다면 오히려 세련되지 못했을 것이다. 아쉬존은 자연스럽게 말했다. '당신의 많은 군사나 당신의 나가 병사가 아니야. 폐하의 것이지.' 하지만 그의 자연스러움이 지나쳐서인지 팔디곤은 아쉬존이 말하고 싶었던 내용을 읽어 내지 못했다.

"그래. 가서 보고해라."

아쉬존은 둔한 조부에 대해 속으로 투덜거리며 몸을 돌렸다. 밖으로 나온 아쉬존은 경비병들에게 괜한 트집을 잡아 불호령을 내리고 약간 상쾌해진 기분으로 걸어갔다. 하지만 상쾌감은 오래 가지 않았다. 타오민 성의 화려한 복도를 따라 걸으며 아쉬존은 자신이 조부와 함께 분노했다는 사실에 혐오감을 느꼈다. 마치 오염된 것 같은 기분이었다.

아쉬존은 자신을 설득시키려 애썼다. 분노의 내용이 달랐다. 팔디곤 토프탈은 자신의 군사가 패배했다는 사실에 화를 내었던 것이고 아쉬존은 대호왕의 병사들이 패배하여 왕의 명예를 더럽혔다는 사실에 분노한 것이다. 아쉬존은 자신의 분노가 올바르다고 생각했다. 성 바깥에는 아쉬존과 같은 식으로 분노하는 자들이 많이 있을 것이다. 팔디곤 토프탈이나 베로시 토프탈이 속으로 어떻게 생각하건, 사람들에게 왕은 대호왕이다. 그들은 왕의 군사들이 패배했다는 사실에 우려하고 있을 것이다. 아쉬존은 종고모가 패잔병들에게 대호왕 폐하의 명예를 위해 싸우라고 요청하기를 간절히 바랐다.

복도에 뚫린 창문을 통해 갈바마리의 모습을 본 아쉬존은 타오민 성의 정원으로 나왔다. 대호왕은 보이지 않았지만 갈바마리가 있다면 대호왕 또한 그곳에 있을 것이다.

태양은 자신이 지지 않을 거라 확신하게 된 양 무시무시한 햇빛을 쏟아 내고 있었다. 한계선 남부 태생인 아쉬존도 오늘은 유달리 햇볕이 뜨겁다고 생각했다. 아쉬존은 혹 그런 햇빛이 왕에게 해가 되지는 않을까 걱정했다. 나가들은 체온을 조절할 수 없다. 물론 불사의 육체를 가지고 있긴 하지만 아쉬존은 대호왕이 조금의 불편함도 느끼게 하고 싶지 않았다. 그는 약간 걸음을 빨리하여 갈바마리에게 다가갔다.

그곳에는 아쉬존의 예상대로 왕이 있었다.

대호왕 사모 페이는 해시계 근처에 서서 그것을 내려다보고 있었다. 아쉬존은 평범한 해시계라도 햇빛에 잔뜩 달궈지면 나가들에겐 볼 만한 광경이 되는 모양이라고 생각했다. 아쉬존의 접근을 알아차린 갈바마리가 몸을 움직이자 사모는 아쉬존을 돌아보았다. 그녀는 미소를 지었다.

"어서 오너라, 아쉬존. 아쉽구나. 너는 이것을 볼 수 없지."

아쉬존의 예상이 맞았다. 아쉬존은 부드럽게 말했다.

"뜨거운 돌이 내뿜는 열 말씀입니까?"

"그래. 상당히 예쁘단다. 하지만 네가 볼 수 없으니 이 이야기는 그만하지. 무슨 일로 왔느냐?"

아쉬존은 얼굴을 조금 굳혔다.

"안 좋은 소식이 있습니다."

"뭐지?"

"베로시 토프탈 상장군이 지휘하는 선봉 부대가 뜻밖의 적을 만나 크게 패했습니다."

"뜻밖의 적이라니? 대장군 엘시 에더리가 아니었나?"

"아닙니다. 한 명의 레콘입니다."

사모는 몸의 비늘을 조금 부딪쳤다.

"레콘?"

"예."

"설명해라."

아쉬존은 자신이 알고 있는 것을 설명했다. 그을린발이라는 레콘이 베로시 토프탈에게 계속 이용당하는 것에 짜증이 나서 시모 그라쥬군을 박살 냈다는 식의 이야기를 하면서 아쉬존은 자신이 농담을 하고 있는 것 같았다. 자신이 그런 느낌을 받을 정도이니 듣는 사모 페이는 당연히 황당했을 것이다. 아쉬존은 사모의 안색을 살폈다. 하지만 사모는 어처구니없다거나 기막히다는 표정은 짓지 않았다. 그녀는 해시계 쪽을 다시 바라보며 침묵하고 있었다. 꼼짝 않는 그녀 대신 갈바마리가 무엇에 불안감을 느낀 것인지 몸을 이리저리 뒤뚱거렸다. 사모 페이가 혼잣말처럼 말했다.

"우리를 다 읽었군. 이제 우리와 얽히려 하고 있어."

아쉬존은 당황하여 말했다.

"예?"

대호왕 사모 페이는 고개를 조금 숙였다. 의아한 심정으로 대호왕을 바라보던 아쉬존은 무엇인가 반짝이는 것을 보았다. 그는 눈을 크게 떴다.

은루였다. 나가들이 흘리는 은빛 눈물. 그것이 대호왕의 눈에서 흘러나와 얼굴을 타고 흘러내리고 있었다. 얼굴 끝에서 방울져 떨어지며 해시계의 표면을 적셨다. 그 모습을 보던 아쉬존의 눈에서도 눈물이, 투명한 인간의 눈물이 흘러나왔다. 아쉬존은 소리 없이 울었다. 왕께서 소리를 내지 않았기에, 바닥에 엎드려 미친 듯이 울고 싶었지만 아쉬존은 소리를 내지 않았다. 그는 꼿꼿하게 서서 수액을 흘리는 나무처럼 울었다. 동시에 아쉬존은 좀 기묘하지만 만족감도 느꼈다. 저것이 진짜 왕이다. 병사들의 억울한 죽음에 눈물 짓는 저 사람이. 아직도 병사는 많다고 말하는 할아버지는 죽었다 깨도 저런 모습을 보여 줄 수 없다.

누군가가 묻는다면 아쉬존은 사모가 아무 말도 하지 않은 채 울었다고 증언할 것이다. 그것은 사실이다. 그녀는 다만 닐렀을 뿐이다. 그나마도 짤막했기에 설령 아쉬존이 니름을 들을 줄 안다 해도 그런 감정의 동요 속에서는 제대로 듣지 못했을 것이다. 그것은 너무나도 무서운 니름이었기에 사모도 단 한 번밖에 니를 수 없었다.

〈시작했군.〉

제 29 장

언제나 헤어진 후에야 이름을 기억해 낼 수 있는 오래된 친구.

— 도깨비들의 수수께끼

불씨의 연가

　물수리가 남으로 나는 계절, 삶의 가파른 비탈에 선 자들이 숲 속을 달리고 있다.
　발목에 감기는 풀잎과 나뭇잎을 흩날리며 달리는 자들은 스무 명 남짓한 인간 남녀다. 바위를 뛰어넘고 나무를 붙잡아 돌고 다급한 내리막길은 그냥 앉은 채로 미끄러진다. 십 미터 이상 똑바로 보기 힘든 울울창창한 밀림이지만 앞쪽 사람을 무작정 따르는 것이 아니라 각자 길을 찾아내며 앞서거니 뒤서거니 달리는 모습을 보건대 모두 근방의 지리에 익숙한 듯하다. 그래서 그들은 간혹 혼자서 달리기도 했다. 하지만 그런 경우에도 멈춰 서서 동료들이 어디에 있는지 살피는 사람은 없었다. 그들은 잠시도 멈추지 않은 채 덩굴을 잘라 내고 나무 등걸을 뛰어넘고 실개울 위에서 물보라를 일으키며 달렸다. 흡사 누가 먼저 목적지에 도달하는지를 놓고 경주하는 것 같다.
　사실, 그것은 경주다. 하지만 경쟁자는 그들 중에 없다. 그들 모두의 경쟁자는 한 사람이며 마지막으로 소재가 확인되었을 때 그들에게서 5킬로미터쯤 떨어진 곳에 있었다. 정신없이 숲 속을 달리는 자들이 생각하기엔 지척이나 다름없다.
　목적지에 도착한 첫 번째 사람이 눈을 희번덕거리며 주위를 살필 때 두 번째로 도착한 인물이 외쳤다.

"왔어?"

질문한 자는 대답을 기다리지도 않은 채 첫 번째 사람과 같은 일을 했다. 누군가 지나간 흔적이 있는지 관찰한 것이다. 첫 번째 사람 또한 대답할 필요성을 느끼지 않은 듯 입을 꾹 다문 채 필사적으로 주위를 관찰했다. 비슷한 일을 하는 사람이 곧 다섯 명으로 늘어났다. 금방 숨이 끊어질 듯 헐떡거리는 여섯 번째 사람이 도착했을 때 그들은 결론에 도달해 있었다. '아직 오지 않았다.'

숨가쁘게 달려온 자들은 기쁨의 표정을 짧게 교환하고 미리 정해 둔 움직임처럼 사방으로 흩어졌다. 정통으로 맞닥뜨린 표범에게 고함을 왁 질러 쫓아 버리고 달려온 마지막 사람이(빨리 가야 한다는 생각에 반쯤 제정신이 아니었다. 그리고 표범도 제정신이 아니었던 모양이다.) 도착했을 때 숲 저편에서 괴상한 소리가 들려왔다.

구슬치기와 벌채 사이에 새로운 근연 관계가 형성되고 있었다. 구슬 대신 1톤쯤 되는 쇠공을 밀림에 집어던지면 이토록 소름끼치는 소리가 날 수 있을 것이다. 숲을 구성하고 있는 나무들은 약간의 돌풍에도 드러누울 생각만 하는 천근성(淺根性) 수종들이 아니다. 뿌리로 땅을 끌어안듯 단단히 자리 잡은 나무들이다. 하지만 응축된 지진 같은 충돌음과 새들의 숨 넘어가는 비명 속에 나무들은 쿠당쿠당 쓰러졌다. 제반 사항을 고려할 때 나무들은 뿌리와 줄기 사이의 어느 부분이 부러진 채 쓰러지고 있음이 분명하다. 각자의 자리에서 몸을 숨기고 있던 스무 명의 남녀는 자신의 머리 위로 나무들이 우르르 쓰러지는 것 같은 충격을 느꼈다.

작은 자비. 굉음의 주인공은 숨어서 기다리는 자들이 스스로 자아낸 공상에 기진맥진할 시간을 주지 않았다. 보는 시각에 따라서는 굉음보다 먼저 도착한 것 같다.

거치적거리는 작은 나무 하나를 걷어차 부러뜨리며 레콘이 갑작스럽게 나타났다.

나무 사이에서 걸어 나오는 또 다른 나무인 양 레콘은 당당하게 걸었다. 나무 등걸과 관목, 풀숲 사이에 몸을 숨기고 있던 자들은 당황했다. 그들이 지금껏 기다리고 있던 것이 바로 그 레콘이지만 그들이 보기를 바랐던 것은 레콘이 아니다. 그러니까 순서에 문제가 있었다. 레콘은 두 번째로 도달해야 한다. 미끼의 역할을 자임한 용감한 인간의 뒤를 따라. 유인에 성공했다면 숨이 턱에 닿은 인간이 먼저 나타나야 하고 유인에 실패했다면 레콘이 나타날 리 없다. 이 모순을 해결하기 위해 애쓰고 있는 자들에게 설명하듯 레콘이 말했다.

"여기야?"

매복자들은 심장이 멈추는 느낌을 받았다. 그때 레콘의 허리쯤에서 다른 목소리가 들려왔다.

"잘 안 보입니다. 잠깐만요."

매복자들은 혼란에 빠졌다. 그때 나무 위에 숨어 있던 인간 한 명이 놀라운 모습을 발견했다.

마치 허리에 사냥감을 묶어 놓은 사냥꾼처럼 레콘은 인간을 매달고 있었다. 인간은 허리가 완전히 접힌 상태에서 자신의 발을 보는 자세로 레콘의 허리에서 대롱거렸다. 그리고 그 인간은 바로 미끼가 되겠다고 나선 그들의 용감한 동료였다.

숨어 있던 자들은 사태가 이해되었다. 미끼는 유인에 실패했을 뿐만 아니라 동료를 팔아넘겨 목숨을 보존한다는 배신까지 저지른 것이다. 매복자들은 머리가 셀 것 같은 공포와 절망에 배신감을 더하여 괴로워했다. 그런데 레콘의 허리에 매달려 있던 자가 말했다.

"조금 더 가야겠군요. 그래야 우리 함정에 빠집니다."
"알았어."
"그런데 그을린발, 여기에 함정이 있다는 것을 알면서 왜 오는 겁니까? 제가 미끼라는 걸 눈치 챘으면 그냥 무시하면 그만이었을 텐데…… 왜 붙잡은 저를 안내역으로 삼아 이렇게 자기 발로 함정에 들어오는 겁니까?"
"그렇게 상황 설명하듯이 말하면 네 친구들이 이 근처에 숨어 있다는 것을 내가 눈치 챌 거라는 생각이 안 드냐?"

그을린발의 허리에 매달려 있던 자는 자기 머리로 공놀이를 했으면 좋겠다는 표정을 지었다. 그을린발은 주위를 두리번거리다가 말했다.

"좀 먼 곳에 있을지도 모르니 내가 알려 주지. 함정을 준비해라―! 내가 왔다―!"

황급히 귀를 틀어막고 싶은 것을 가까스로 억누르며 매복자들은 어금니를 질끈 깨물었다. 레콘의 날카로운 감각은 그들의 서툰 움직임을 용서하지 않을 것이다. 그들의 배치 상태는 혹 소재가 발각될 경우 최대한 저항하며 안전하게 도피할 수 있도록 고려된 것이지만 매복자들은 정말 그을린발과 마주치고 싶지 않았다. 그을린발이 같은 내용을 몇 번 더 외치며 성큼성큼 걸어가는 동안 매복자들은 무정물처럼 굳은 채 움직이지 않았다.

그을린발이 완전히 멀어진 후 매복자들은 겨우 자신들의 위치에서 걸어 나왔다. 그들은 눈살을 찌푸리거나 고개를 갸웃거리며 그을린발이 사라진 방향을 말없이 바라보았다. 그중 한 명이 갑작스러운 딸꾹질처럼 말했다.

"건방진 새끼."

매복자들의 얼굴에 공분이 피어올랐다. 그들은 그을린발이 싫었다. 함정이 있다는 것을 알면서도 잡을 테면 잡아 보라는 식으로 찾아온 거만함을 용서할 수 없었다. 그리고 그 분노가 몸을 숨긴 채 숨죽여 벌벌 떨었던 것에 대한 보상 심리일지도 모른다는 생각은 누구도 하지 않았다. 지휘자가 이를 갈며 말했다.

"가자. 저 오만한 놈, 땅을 치며 후회하게 만들어 주자."

동의의 몸짓을 하는 사람들 가운데서 한 사람이 근심스러운 표정으로 말했다.

"교위님, 테로 수전사가 붙잡혔습니다. 그런 상태에서는 원래 계획처럼 물에 뛰어들 수 없습니다. 그을린발이 수전사를 가만두지 않을 텐데요."

"테로는 그걸 각오하고 간 거다. 우리가 자기 때문에 머뭇거리면 오히려 화를 낼걸."

그을린발에게 붙잡혀 있는 전우에 대한 경각심을 불러일으켰던 자는 곧 고개를 끄덕임으로써 그의 사망을 집행했다. 비정하다고 할 수만은 없는 노릇이다. 교위의 말이 옳다. 테로 수전사도 그을린발을 함정으로 유인한 뒤 물에 뛰어든다는 계획을 진심으로 기대하지는 않았을 것이다.

침묵의 동의를 주고받은 매복자들은 재빨리 숲 속으로 걸음을 옮겼다. 어떤 자들은 입술을 꾹 깨물었고 어떤 자들은 눈물을 삼켰다. 그리고 그들 모두 그을린발에 대한 증오로 몸을 불살랐다. 테로 수전사의 예정된 최후 때문에 마지못한 듯 움직이던 발놀림이 점점 빨라졌다. 잠시 후 그들은 그곳으로 왔을 때처럼 빠른 속도로 숲 속을 달렸다. 한시라도 빨리 그을린발에게 절망을 안겨 주기 위해.

교위의 말처럼 테로 수전사는 전우들이 미적거리는 것을 바라지 않았다. 테로는 그을린발의 허리에서 모욕적인 자세로 흔들거리는 자신의 모습에는 아무 관심이 없었다. 비록 장애물이 많은 숲이라 하지만 테로는 레콘과 경주를 하기로 결정했을 때부터 자신의 안위에 대해서는 생각하지 않았다. 함정이 있을 것을 예상하면서도 오히려 테로에게 안내를 명령한 그을린발에 대한 궁금증도 이젠 더 느껴지지 않았다. 좀 이상한 과정을 겪었지만 그는 예정한 곳에 도착해 있었다. 이제 숨어 있던 동료들이 행동할 차례였다. 테로는 눈을 감은 채 소리에 집중했다. 하지만 그는 그을린발의 발소리도, 그 레콘이 장애물을 때려부수면서 만들어내는 굉음도 듣지 못했다. 초조감으로 심장을 혹사시키며 다른 소리를 기다렸다. 그를 붙잡고 있는 레콘에게, 시모그라쥬군을 닥치는 대로 학살해 온 레콘에게 가장 큰 복수가 될 소리를.

하지만 수문이 열리며 물이 범람하는 소리가 들렸을 때 긴장감이 풀린 테로는 복수의 성취감도 느끼지 못한 채 기절했다.

다른 소리로 오해할 수 없는 소리가 났을 때 그을린발은 걸음을 멈췄다. 그는 마치 생각에 잠긴 사람처럼 서 있다가 천천히 몸을 돌렸다. 그 소리는 뒤쪽에서 들려오고 있었다.

겉으로 보기에 그의 모습은 급류의 굉음을 들은 레콘의 보편적인 반응에서 한참 먼 것이었다. 그리고 그런 자제력을 가능하게 한 것은 그가 착용하고 있는 무차별 학살이었다. 당황하여 몸을 부풀리면 무차별 학살이 일제히 발사될 것이다. 최후의 대장간에서 집병한 이후 장기간 사용하지 않았지만 최근 들어 사용 기회가 많았기에 그을린발은 무차별 학살을 착용한 상태에 익숙해져 있었다.

물론 그을린발의 내부에서는 그가 토해 내는 비명이 메아리치고 있었지만, 몸은 마음의 종이자 주인이기도 하다. 태연한 겉모습을 유지하자 그을린발의 정신도 어느 정도 침착을 되찾았다. 그을린발은 허리 쪽을 향해 말했다.

"역시 그거였어?"

자신의 포로를 내려다본 그을린발은 그가 대답할 처지가 아니라는 것을 알았다. 그을린발은 직접 대답을 찾기로 했다. 걱정스러운 얼굴로 물소리에 집중하며 자신이 있는 곳의 지형을 가늠했다. 많은 나무들 때문에 자신할 수는 없었지만 조금 높은 지역에 있는 것 같았다. 수공이라면 좁고 낮은 지역이어야 할 것이다. 수공은 아니다. 그을린발은 수염볏을 쓰다듬으며 자신이 얼마나 합리적인 인물인지에 대해 생각해 보았다. 조금 후 그을린발은 자신이 레콘을 잘 안다고 믿는 사람들을 당황하게 할 짓을 했다.

그을린발은 물소리가 들려오는 곳을 향해 똑바로 걸어갔다.

오던 길을 되짚어 가는 것이었고 장애물은 없었다. 그을린발은 지나치게 빠르지는 않지만 그렇다고 해서 느리지도 않은 속도로 뚜벅뚜벅 걸었다. 콸콸 흐르는 물소리가 나무들 사이에서 어지럽게 흩어졌다. 그을린발은 앞쪽에서 표범 한 마리가 달려오는 것을 보았다. 그을린발을 목격한 표범은 으르렁거리다가 방향을 바꿔 숲 속으로 사라졌다. 그 표범이 사라지기 전 그을린발은 표범이 물에 흠뻑 젖어 있는 것을 똑똑히 보았다. 그을린발은 제자리에 멈춰 서서 어려운 암산을 하는 사람 같은 표정을 지었다. 새들이 날아오르고 정체를 알 수 없는 동물들이 숲 속 여기저기서 치달려 패나 소란스러웠다. 머리를 조금 갸웃한 채 꼿꼿하게 서 있는 그을린발의 모습은 아우성치는 숲 속에서 퍽 이질적이었다.

동물들의 소란이 조금 줄어들었을 때 그을린발은 다시 움직였다. 방향은 멈춰 서기 전과 같았다.

그을린발은 물 냄새를 맡았다. 그는 움찔하며 멈춰 섰다.

그 반응은 비합리적이다. 물소리가 들리는 곳으로 걸어왔으니 물 냄새를 맡을 수 있는 것은 당연하다. 하지만 그는 그것을 예상치 못한 충격으로 느꼈다. 그을린발은 곤혹스러운 듯 물 냄새가 풍겨 오는 숲 저편을 바라보았다. 어느새 기절에서 회복한 테로 수전사가 혼수상태의 후유증과 흥분 때문에 횡설수설하듯 말했다.

"기어가는 뱀처럼 강물이 아주 크게 돌아 흐르고 있지요. 당신이 강으로 둘러싸인 땅에 들어섰을 때 당신 뒤쪽에 새 물길을 낸 겁니다. 여기가 땅이라고 생각하지요? 예. 땅은 땅이지요. 섬도 땅이니까. 이곳은 하중도가 된 겁니다. 레콘이 섬에 갇혔다고요! 이것이 함정입니다. 이제 후회됩니까? 우리는 당신을 여기 내버려둘 겁니다. 미쳐서 헛소리를 하다가 굶어죽을 때까지. 그 꼴을 보고 싶지만 그러긴 어렵겠군요. 당신이 홧김에 나를 죽일 테니까. 나를 놔줘요. 나는 헤엄쳐서 건널 수 있어요. 하! 그럴 리 없지. 이건 그냥 살고 싶어서 하는 헛소리야. 당신이 그렇게 착할 리 없지. 제기랄. 당장 죽이는 것이 좋을걸! 당신도 잠은 잘 테고 그때까지 내가 살아 있다면 난 물고기처럼 멋지게 헤엄쳐서

이 섬을 빠져나갈 거라고. 아니, 그래도 나를 살려 두는 것이 좋을걸? 당신이 항복하고 다리를 봐달라고 간청할 때가 올지도 모르잖아? 그때 내가 살아 있는 편이 좋을 겁니다. 그러니까 나는 당신의……."

손가락으로 테로 수전사의 턱을 세게 튕겨 다시 기절시킨 그을린발은 테로가 꺼내지 못한 말이 무엇일지 곰곰이 생각해 보았다. 쉽게 예상할 수 있는 몇몇 단어들이 떠올랐고 그을린발은 그 말들에 감명을 받지 않았다. 그는 다시 앞으로 걸어갔다.

테로 수전사가 말한 물길이 나타났다. 그을린발은 발작적으로 가장 가까이 있는 나무를 움켜쥐었다. 그의 손가락 아래에서 나무껍질이 바스러졌지만 그을린발은 그 소리를 듣지 못했다.

그것은 큰비가 올 때 잠깐 나타나는 물길인 듯했다. 평소엔 풀과 나뭇잎 등으로 뒤덮여 있어 그것이 강바닥이라는 생각을 할 수 없는 모습이기에 그을린발은 별 주의를 기울이지 않은 채 그곳을 지나쳤다. 하지만 테로의 동료들은 상류의 강둑을 제거하여 그곳을 강으로 바꿔 놓았다. 그을린발이 걸어오는 동안 유속은 조금 느려져 있었지만 아직도 나뭇잎을 던지면 순식간에 사라질 만큼 거세었다. 그을린발은 물거품이 부글부글 일어나는 수면을 보다가 어지러운 듯 강 저편을 바라보았다. 그의 눈이 인간 여자와 마주쳤다.

"빨리 와 봐! 와서 이것 좀 봐!"

여자는 흥분하여 뒤를 향해 고함질렀다. 조금 후 몇 명의 사람들이 숲 속에서 나타났다. 그들의 소매와 바짓자락은 흠뻑 젖어 있었고 몇몇은 물에 빠진 사람처럼 머리부터 발끝까지 젖어 있었다. 그 모습은 그을린발을 언짢게 했다. 그의 손가락은 나무 속으로 더욱 거세게 파고들었다.

그을린발과 스무 명 남짓한 남녀는 강을 사이에 둔 채 말없이 서로를 바라보았다.

인간들은 승리감과 흥분, 그리고 두려움을 숨김없이 드러내었다. 하지만 그을린발은 살아 있는 나무에서 톱밥을 만들어 내려고 시도하고 있는 손가락을 제외하면 어디에서도 감정을 드러내지 않았다. 그을린발은 먼 곳의 지형을 살피는 듯한 무심한 눈으로 자신을 함정에 빠트린 시모그라쥬군 병사들을 바라보았다. 그을린발이 좌절감이나 분노를 드러내길 기다리던 시모그라쥬군 병사들은 실망했다. 그리고 그들은 더럭 겁을 집어먹었다. 왜 저렇게 무표정하지? 누군가가 두려움을 떨쳐 버리고 싶다는 듯이 외쳤다.

"무서워서 말하는 법도 잊어먹었냐!"

병사들은 몸을 부르르 떨며 고함지른 자를 돌아보았다. 지휘관인 수교위가 목에 핏대를 세우며 외치고 있었다.

"너 같은 놈에겐 이것도 과분해! 미친 개 같은 놈. 은혜를 이런 식으로 갚아? 아무 대가도 바랄 수 없는 도박 같은 짓을 후원해 줬거늘, 감사할 생각을 하기는커녕 오히려 적하고 내통해서 후원자를 잡아먹으려 들어? 이 배은망덕한 놈아!"

수교위는 고함만으로 부족하다는 듯 물가로 다가와 수면을 걷어찼다. 그의 발길질로 그을린발에게까지 물을 날려 보내는 것은 불가능하지만 적의는 충분히 전달되었다. 두려움에 빠져 있던 병사들도 수교위가 기대한 것처럼 강변으로 다가와 물을 걷어찼다. 그중에는 투구를 벗어 물을 떠 끼얹는 자들도 있었다. 다른 경우라면, 그러니까 상대가 인간이거나 한 경우라면 그것은 즐거운 물장난처럼 보일 수도 있겠지만 그 광경 어디에도 유쾌함이나 흥겨움은 없었다. 분노와 증오뿐이었다. 병사들은 욕설과 저주를 내뱉으며 그 무시무시한 물장난에 취했다. 하지만 그을린발은 나무에 손가락을 꽂아 넣은 채 꿈쩍도 하지 않았다. 수교위가 발칵 화를 내며 외쳤다.

"부리를 놀려 봐라! 할 말이 있냐, 이 깃털 뭉치 자식아!"

그을린발은 아무 대꾸 없이 병사들을 찬찬히 바라보기만 했다. 마치 네 수치를 알라는 듯한 눈길은 수교위를 언짢게 함과 동시에 불안하게 만들었다. 어쨌든 먼 곳에서 물장구를 치며 폭언을 퍼붓는 것을 가리켜 용감한 행동이라고 하기는 어렵다. 부끄러움을 느낄 수도 있다. 하지만 수교위의 감정은 불안감 쪽으로 기울어 있었다. 섬에 갇힌 레콘이 침묵으로 상대를 비난할 정도의 침착성을 유지한다는 것은 그로서 이해할 수 없는 일이었다. 수교위는 부하들의 폭언이 잠시 줄어든 틈을 타서 외쳤다.

"거기 멍청히 서서 뭐 하고 있는 거냐!"

그을린발이 부리를 열었다. 그는 다른 곳에 정신을 팔고 있는 사람처럼 멍한 어조로 말했다.

"기억하고 있다."

"뭐?"

"너희들의 얼굴을 기억하고 있다."

강변에 갑작스러운 침묵이 내려앉았다.

병사들은 발길질과 물 긷기를 조각하려는 예술가를 위해 자세를 취하는 것처럼 굳었다. 수교위는 입을 조금 벌렸다가 닫았고, 그리고 다시 벌렸다.

"뭐라고?"

우지직.

그을린발은 나무에서 손가락을 뽑아냈다. 그제야 아픔을 느끼는 듯 그을린발은 부리를 살짝 부딪치고 손을 흔들었다. 그 동작으로 손에 묻은 나뭇가루까지 털어 낸 그을린발은 똑바로 서서 말했다.

"끝났다."

수교위는 그 퉁명스러운 말이 무슨 뜻이냐고 묻고 싶었다. 하지만 그 대답을 듣고 싶지는 않았다. 누군가가 비틀거리다가 털썩 주저앉았지만 아무도 그 사람을 돌아보지 않았다. 그을린발은 두 손을 부리 앞으로 들어 손나팔을 만들었다.

"이라리—!"

과거 아라짓 제국의 대장군이지만 제국을 잃은, 현재 세계에서 가장 강대한 군사 집단을 지휘하고 있지만 그것을 소유하지는 않는 남자가 갑자기 허리를 구부렸다.

엘시 에더리는 땅에 손끝을 대었다가 다시 허리를 폈다. 손가락 끝에 묻은 흙을 바라보다가 그것을 입으로 가져가 핥았다.

엘시는 눈을 반쯤 감은 채 먼 곳을 보며 흙을 맛보았다.

그런 그의 모습을 지켜보는 두 명의 관찰자가 있었다. 엘시에게 더 가까이 있는 것은 언제나 그곳에 있는 대장군의 몸종 이레 달비였다. 이전에 보지 못한 주인의 행동에 조금 당황했지만 이레는 그것을 제지하지 않았다. 엘시의 모습에는 어떤 상식적인 조언이라도 무가치한 것으로 바꿔 놓을 듯한 진지함이 있었다. 그래서 이레는 또 다른 관찰자가 그 대신 나서 주지 않을까 기대하는 마음으로 다른 사람을 살짝 둘러보았다. 하지만 그 사람은 엘시의 일거수일투족을 관찰하기만 할 뿐 개입하고 싶지는 않은 듯했다.

문득 이레는 그런 삼감이 올바르다고 생각했다. 둘만의 대화에 참견하는 것은 무례한 일이다. 그리고 엘시는 현재 누군가와 대화 중이었다. 이레는 그 상대에게 여러 가지 이름을 붙여 보았지만 적절하다고 느껴지는 것은 하나도 없었다. 제국, 세계, 운명, 역사. 모두 작위적인 느낌이 든다. 그것은 엘시의 모습에서 진지함과 함께 스며 나오는 소박함과 어울리지 않는 말들이다. 하지만 이레 달비는 그 대화 상대를 규정하는 것이 그렇게 중요한 일은 아니라고 생각했다.

흙을 삼킨 엘시가 몸을 돌렸다.

"그것은 바르지 않습니다, 코세 백작."

코세 칸디드 백작은 실망감을 드러내기에 앞서 흙을 먹는 대장군의 모습에서 느낀 호기심을 지워야 했다.

"어떤 점에서 바르지 않다는 겁니까, 칼리도 백?"

"그것은 반역입니다."

"백작, 논리나 윤리는 잠시 집어치우고 이야기를 좀 하지요. 감정에 대해 생각해 봅시다. 우리 중 누구도 백만 대군을 거느리고 있지 않습니다. 사실 당신 외에는 아무도 없습니다. 그런데 당신이 자꾸 우리와 동격이라는 식으로 행동한다면······."

"나는 제국군을 소유하고 있는 것이 아닙니다."

"아, 좋아요. 제국군은 제국의 것이지요. 하지만 현실적으로 그들은 당신의 명령을 따라 걷고 싸우고 죽습니다. 그리고 당신 아닌 다른 누구도 그들에게 같은 일을 요구할 수 없습니다. 내게는 그들이 누구의 것이냐보다 그 사실이 훨씬 중요하게 생각되는군요."

엘시는 침묵했다. 칸디드 백작은 필요하다면 상당히 폭력적으로 바뀔 것 같은 대장군의 몸종에게 불신감을 주지 않기 위해 조심스럽게 한 걸음을 내디뎠다.

"아시겠습니까? 이것은 신뢰의 문제입니다. 그리고 우리는 언제나 고매한 인격자보다 자기 이익을 철저히 추구하는 사람을 신뢰하게 마련입니다. 왜냐하면 우리는 예상할 수 있는 것을 신뢰하는데, 후자야말로 그 행동을 예상하기 쉽습니다. 당신이 황제가 되겠다고 선언한다면 우리 쪽에서는 안도할 수 있을 겁니다. 하지만 그것은 당신이 받아들일 수 없겠지요. 비나간 후 지키멜퍼스는 우리에게 멋진 것을 가르쳐 주었습니다. 왕이 되십시오. 그것은 당신에게 우리가 복종할 이유를 주는 일이 될 겁니다."

"나는 당신들의 복종을 원하지 않습니다. 당신들의 복종을 받을 사람은 아직 오시지 않은 새 황제 폐하입니다."

"백작! 당신도 사람이 어떤지는 알잖습니까."

"글쎄요. 나는 죽을 때까지 그것을 모를 것 같습니다."

코세 칸디드는 정나미가 떨어진다는 표정을 지었다. 자신의 지나치게 부각되는 몸을 최대한 움츠리려 애쓰고 있던 이레는 칸디드 백작에게 동정심을 느꼈다. 칸디드 백작이 다시 전의를 추슬러 말했다.

"칼리도 백, 아무도 귀족원 회의에 참가하지 않으면 어쩔 생각입니까?"

"예?"

"당신이 시모그라쥬 공을 물리치고 발케네 공을 물리치고, 그리고 또 나타날지도 모르는 제국 찬탈자들을 모두 때려눕힌 다음에 마침내 귀족원 회의 개최를 선언했을 때 아무도 그 소환에 응하지 않으면 어쩔 생각입니까? 제국을 다시 주유하며 귀족들을 한 명씩 납치할 겁니까? 그래서 당신 자신이 세계를 가장 큰 혼란으로 몰아갈 겁니까?"

엘시는 무거운 눈으로 칸디드 백작을 바라보았다.

"그들이 왜 참석하지 않는단 말입니까?"

"당신의 황제 등극에 증인이 되어 주기 위해 먼 길을 여행하는 것이 귀찮고 짜증 나서 불참을 선언할 수도 있지요."

"뭔가를 잘못 말씀하신 것 같습니다."

"아니요. 당신의 황제 등극이라고 했습니다."

"나는 황제가 되기 위해 이렇게 싸우는 것이 아닙니다."

"맙소사, 백작, 당신의 생각이 무슨 상관입니까?"

칸디드 백작의 비명 같은 외침에 엘시는 눈 주위를 꿈틀거렸다.

"뭐라고 했습니까?"

칸디드 백작은 몸을 돌렸다. 그들이 있는 곳은 언덕 위였다. 백작은 언덕 아래 빽빽하게 늘어서 있는 흑사자군을 가리켰다.

"당신에 대해서는 아무 말도 하지 않겠습니다. 흑사자군이라는 근사한 별칭을 가진 저들을 생각해 보시죠. 귀족원에서 귀족들이 새 황제를 선출하면 흑사자군 장병들이 그것을 참겠습니까? 죽을 고생을 하며 싸운 것이 누군데 자기들 마음대로 황제를 선출하느니 마느니 하냐는 불만이 당연히 터져 나오지 않겠습니까? 혹 그런 불만을 무마할 수 있다 하더라도 문제는 끝나지 않습니다. 당신이 고결하게도 귀족원 회의의 결정에 승복하여 새 황제에게 흑사자군을 넘겨준다면 저들이 그것은 또 참겠습니까? 저들은 어떤 황제라도 일단 거부할 겁니다. 인격이나 능력, 자질 같은 것과 무관하게 그 황제가 엘시 에더리가 아니라면 무조건 거부할 거란 말입니다. 그렇지 않습니까?"

엘시는 칸디드 백작의 질문에 부정의 대답을 할 만큼 사람에 대해 무지하지는 않았다. 그가 선택할 수 있는 대답은 침묵뿐이기에 그렇게 했다. 칸디드 백작이 열을 올리며 말했다.

"지금 이 땅 위에 당신과 비교될 수 있는 사람은 아무도 없습니다. 당신이 한 일이 간단한 것이었다고 말한다면 그것은 지독한 오만밖에 되지 않을 겁니다. 아무도 당신처럼 할 수 없습니다. 바꿔 말한다면 당신이 존재하는 이상 그 누구도 가장 우월하다고 말할 수 없습니다. 그런 상황에서 귀족원 회의가 개최되고 당신 아닌 누군가가 새 황제로 선출된다면 저들이 어떻게 느끼겠습니까? 당연히 당신에게 돌아와야 할 황위를 어떤 약삭빠른 놈이 훔쳐갔다고 생각할 겁니다. 예! 당연히 그렇게 느끼겠지요. 저들은 그런 것을 원하지 않을 겁니다. 그보다는 우리가 엘시 에더리를 황제로 만들었다고 말하고 싶을 겁니다. 백작, 백작! 흑사자군이 정말로 있지도 않은 제국이나 있지도 않은 황제를 위해 싸우고 있다고 믿지는 않겠지요? 저들은 엘시 에더리, 바로 당신 때문에 이곳에 있는 겁니다. 당신은 황제가 될 수밖에 없습니다. 그 밖에 어떤 선택도 제국을 사산할 테니까요."

엘시는 바람에 흔들릴 잔가지도 더 이상 남아 있지 않은 고목처럼 꿈쩍도 하지 않은 채 칸디드 백작을 마주보았다.

"칼리도 백, 거듭 말하지만 비나간 후는 정말 좋은 것을 알려주었습니다. 당신이 갑자기 황제가 되겠다고 주장한다면 그것은 지금껏 당신이 주장해 온 일과 배치되겠지요. 하지만 후작처럼 왕이 된다면, 황제가 오실 길을 준비할 왕이 되겠다고 주장한다면 상관없습니다. 그리고 당신이 그런 언질을 주어야만 제국 재건 범신민 연대도 안심하고 당신에게 협조할 수 있습니다. 당신이 계속 지금처럼 행동한다면 우리는 미안하지만 이렇게밖에 말할 수 없습니다. 당신과 흑사자군이란 근거도 없고 대의도 없이 떠도는, 힘만 센 유랑자 무리라고요. 그런 것은 오래가지 않습니다. 믿고 기댈 수 없단 말입니다."

이레 달비는 대의가 없다는 말은 받아들일 수 없지만 근거가 없다는 말은 도저히 부정할 수 없겠다고 생각했다. 제국군의 근거는 제국인데 현재 제국은 존재하지 않는다. 갑작스럽게 이레는 종형의 재주가 부러워졌다. 그가 사랑과 거의 같은 크기로 저주도 보내는 종형이지만 이레의 종형 틸러 달비에겐 칸디드 백작의 주장을 반박할 논리가 있을 것 같았다. '하다못해 비열한 야유로 백작을 격분하게 만들 수는 있겠지.' 결국 틸러에 대한 이레의 기대치는 그 정도였다. 이레는 걱정스러운 마음으로 주인의 안색을 살폈다.

"당신도 제국 부활을 믿지 않는군요."
"비나간 후 지키멜 퍼스처럼?"
"그분처럼."
"말도 안 되는 소리 하지 마십시오. 나는 믿습니다. 그것을 원합니다. 우리 이름이 제국 재건 범신민 연대라고 소개해 드린 것을 벌써 잊었습니까? 내가 말하는 것은 칼리도 백 당신이 가장 확실한 제국 재건의 열쇠라는 뜻입니다. 당신이 없다면 다른 방법을 찾을 수밖에 없겠지요. 하지만 그것은 정말 힘든 길이 될 겁니다. 그리고 많은 시간이 걸릴 테고요. 제국의 실종 기간이

길수록 회복 기간도 길 겁니다. 그런 낭비는 피해야 합니다."

엘시는 뭔가 대답하려다가 입을 다물었다. 그는 언덕 아래에 있는 흑사자군의 진지를 바라보았다. 주인의 안색을 살피는 일에 열심인 이레는 문득 엘시의 얼굴에서 혐오감 같은 것을 읽었다. 칸디드 백작의 요구에 대한 혐오감일 수도 있지만 이레는 그렇지 않다는 직감 같은 것을 느꼈다. 이레는 불안감이 천장 속을 뛰어다니는 쥐처럼 그의 가슴속을 뛰어다니는 것 같다고 생각하며 소리 없이 한숨을 내쉬었다.

그을린발이 외쳤다.
"테하! 마, 손! 리, 리! 테하! 리, 하쿨, 마, 리…… 마! 마, 맛!"

말의 두억시니판이라고 할 수 있는 소리였지만 아무도 이상하다고 생각하지 않았다. 그 소리를 듣는 자가 없었기 때문이다. 이 경우 '듣는 자'에 코끼리는 해당되지 않는다. 코끼리들은 그을린발의 기묘한 외침을 잘 알아듣는 것처럼 보였다. 자신들의 발소리를 거대한 행군가 삼아 달려온 코끼리 떼는 그을린발의 외침에 따라 제식 훈련을 받는 병사들처럼 움직였다. 코끼리들을 피해 물러난 시모그라쥬군 병사들은 넋을 잃은 채 코끼리들의 움직임을 보았다. 강으로 달려온 코끼리들은 장사진을 형성하여 차례차례 물속으로 걸어 들어왔다. 시모그라쥬군 병사들이 물을 범람시키기 전까지 단단한 땅이었던 강바닥은 코끼리들의 무게를 견뎌 내었다. 코끼리들은 안정된 자세로 물보라를 첨벙첨벙 일으키며 강을 건넜다. 사실 그것은 이동 중인 코끼리들이 흔히 보여 주는 도강이었지만 그 자연스러운 모습이 그을린 발의 외침과 어우러지자 대단히 이질적으로 보였다. 그렇게 강을 건너던 코끼리들의 선두가 반대편 강에 도달했을 때였다.

"테하!"

코끼리들이 일제히 멈춰 섰다. 레콘에게 수심 자체는 그렇게 중요한 요소가 아니었고 또한 지나치게 물길을 깊게 만들면 그을린발에게 탄로날 수도 있기 때문에 시모그라쥬군이 만든 물길은 그렇게 깊지 않았다. 그래서 강심에 있는 코끼리들도 몸통 대부분이 물 바깥에 나와 있었다. 코끼리들이 물속에 가만히 서 있는 데에는 아무 어려움이 없었다.

문득 수교위는 자신이 무엇을 보고 있는지 깨달았다. 그리고 그을린발이 가장 앞쪽에 있는 코끼리의 등 위로 살짝 뛰어올랐을 때 그 깨달음은 외침이 되었다.

"코끼리 징검다리다!"

아니, 그것은 징검다리 이상이었다. 코끼리들의 다리는 그대로 교각이 되었고 코끼리들의 몸통은 상판이 되었다. 그을린발의 몸은 무거웠지만 서로 몸통을 기댄 채 뭉쳐 있는 코끼리들은 그 육중한 무게를 어렵잖게 버텨 내었다. 그을린발은 서두르지 않았다. 그는 코끼리의 등 위에서 미끄러지는 것도, 그 과정에서 코끼리들에게 상처를 입히는 것도 원하지 않았기에 천천히 세심하게 발을 옮겼다. 그리고 시모그라쥬군 병사들과의 거리를 꾸준하게 줄였다.

누군가가 갑자기 머리를 감싸 쥔 채 도망치기 시작했다. 그리고 그것은 그대로 절대적인 명령이 되었다. 진귀한 모습에 넋을 잃고 있던 시모그라쥬군 병사들은 주춤주춤 물러나다가 곧 몸을 돌려 죽을힘을 다해 도망치기 시작했다. 그들이 도망치는 모습을 보았지만 그을린발은 여전히 서두르지 않았다. 그는 미끄러지고 싶지 않았고 코끼리들을 다치게 하고 싶지 않았다. 게다가 자신을 함정에 빠트린 자들의 얼굴을 모두 기억하고 있었다. 서두를 이유가 없었다. 그래서 그을린발은 끈기 있고 지혜로운 코끼리들의 말없는 조력 속에서 자신의 발걸음에만 집중했다.

바람과 밀담 중인 나뭇잎들의 속삭임과 급조된 강의 옹알이 속에 도강은 느리게 진행되었다. 마침내 그을린발 히베리가 자신의 그을린 발을 강변에 실었을 때 태양은 뜨거운 빛으로 박수를 보냈다. 그리고 태양 외에 아무것도 그을린발의 도강에 환호를 보내지 않았다. 시모그라쥬군의 병사들이 모두 도망친 강변은 고요했고 코끼리들은 그을린발을 사랑하지만 환호를 보낼 능력은 없었다. 그리고 그을린발 또한 긴장되어 있던 팔다리를 가볍게 흔들며 강변에서 떨어진 곳으로 걸어갈 뿐 세상이나 자신에게 환호를 요구하지는 않았다.

강이 보이지 않는 곳까지 걸어온 그을린발은 짤막한 외침으로 코끼리들을 강에서 물러나도록 했다. 그들을 쓰다듬어 주고 싶었지만 젖은 코끼리를 만지는 것이 부담스러웠다. 그래서 그을린발은 얼굴을 기억해 둔 자들을 추적하기로 했다. 그을린발은 가볍게 달리기 시작했다.

많은 협박과 애원을 남겨 놓고 떠나는 코세 칸디드 백작의 뒷모습을 바라보다가 엘시는 이레를 돌아보지 않은 채 말했다.

"이레, 손님이 더 있나?"

"아니요. 이젠 없습니다. 주인님, 버릇없는 말을 용서해 주십시오. 그들을 일일이 만나 주실 필요는 없다고 생각합니다. 바빠서 만날 수 없다고 하십시오."

"혼란스러운 시국에 대한 걱정을 나누기 위해 부족한 나를 찾아 주신 분들이다."

"그분들은 시국에 대해서는 아무 관심이 없으십니다."

엘시는 무거운 눈으로 몸종을 돌아보았다. 몸종은 눈을 내리깔아 주인의 눈을 피하며 말했다.

"주인님, 그분들이 알고 싶어하는 건 주인님의 즉위 시기이고 그분들이 원하는 건 주인님의 눈에 드는 것입니다."

엘시는 무슨 말인가를 중얼거렸다. 주인에게 최대한 집중하고 있었지만 이레는 그 혼잣말을 알아들을 수 없었다. 다만 주인의 기분이 좋지 않다는 것은 확실히 느낄 수 있었다. 그는 말투를 약간 바꿔서 말했다.

"조금 전에 만나신 칸디드 백작님은 자신이 아닌 제국에 대해 염려하는 것 같았습니다. 백만 대군을 거느리고 있는 장수에게 당당하게 자신의 소신을 밝히는 용기는 그런 충정 때문에 가능한 것이겠지요. 다른 분들은 이 진지를 지나오는 것만으로 진이 빠져서 주인님 앞에서는 말도 제대로 못했습니다. 그것만 봐도 칸디드 백작님이 다른 분들과 다르다는 것을 알 수 있다고 생각합니다. 예, 그분은 정말 제국의 부활을 바라십니다. 하지만 그런 분들은 많지 않습니다."

엘시는 길어진 자신의 그림자를 바라보았다. 불그스름한 황토 위에 떨어지는 그의 그림자는 비교적 명확했다. 꽤나 이운 태양이 아직도 강렬한 빛을 내뿜고 있기 때문이다. 이레는 새삼 분통이 터진다는 듯 조금 날카로운 목소리로 말했다.

"그들은 귀족원 회의를 개최하자는 주인님의 요구를 무시했습니다. 그리고 발케네 공의 침략 행위를 묵인했고 시모그라쥬 공의 침략 행위 또한 묵인했습니다. 시모그라쥬 공의 부대가 한계선을 넘어 하이스를 점령할 때까지 그 행위를 성토한 사람이 한 명이라도 있었습니까? 아마 술자리에서 의인인 척하고 싶어졌을 때 공작에 대한 비아냥거림 정도를 중얼거렸을지는 모르겠군요. 하지만 군대를 일으켜 부당한 침략을 당한 자들을 도우러 나선 자가 있었습니까? 그런데 주인님이 백만 제국군을 휘몰아 이곳에 나타나자 제국을 잃은 것이 최근의 일인 양 뻔뻔하게 찾아와서 제국에 대한 우국충정을 말하는 가식적이고 불쾌한 모습은 정말이지……."

분노 때문에 험한 말을 내뱉을 것 같다고 느낀 이레는 스스로 말끝을 삼켰다. 엘시는 가타부타 말하지 않은 채 묵묵히 바닥만 바라보았다. 겨우 자신을 진정시킨 이레는 나직하게 말했다.

"사람이 자기 이익을 추구하는 거야 비난할 수 없는 일입니다. 저는 주인님처럼 고상한 사람이 아니라서 자기 것을 잃을 위험을 무릅쓰고 제국을 찾으러 나서야 한다고 말할 수는 없습니다. 하지만 저는 머리 나쁜 거짓말쟁이는 싫습니다."

엘시는 무거운 표정으로 이레를 돌아보았다.

"이레. 제국은 자기 것이 아닌가?"

"예?"

"너는 방금 자기 것을 잃을 위험을 무릅쓰고 제국을 찾을 필요는 없다는 식으로 말했다. 마치 제국은 네 것이 아니라 다른 사람의 것인 것처럼."

"……모든 사람의 것이지요."

"그래. 네 것이기도 하지."

이레는 피곤한 주인에게 반박할까 말까 짧지만 깊은 고민을 한 다음 말했다.

"주인님, 주테카는 현상금 사냥꾼입니다."

"그런데?"

"우리 모두의 것이며 주테카의 것이기도 한 정의를 되찾는 일을 하면서 돈을 받습니다. 자기가 자기 것을 되찾는 것인데도 말입니다."

엘시는 고개를 끄덕였다.

"그래. 주테카가 현상금을 받는 대신 사재를 들여 현상범들을 추적하지는 않지."

"정의 구현이 그의 숙원인데도 말입니다."

"물론 주테카의 목적이 현상금은 아니다. 하지만 네가 무슨 말을 하고 싶은지는 알겠어."

"주인님, 그들에게 물어보면 자신의 충성심은 제국에게 향해 있다고 말할 겁니다. 하지만 그들의 진짜 충성심은 좋은 음식과 안락한 잠자리, 흥분되는 오락과 그것을 위해 쓸 수 있는 여가 시간 등에 돌려져 있을 겁니다. 그것은 탓할 수 없다고 생각합니다. 당연한 일이니까요. 하지만 그렇지 않은 척하며 찾아와 주인님께 뭐라도 얻어내려 하는 자들을 위해 주인님께서 시간을 할애할 필요까지는 없다고 생각합니다. 차라리 칸디드 백작님의 말씀처럼 그들을 지배해 버리는 편이 나을 것 같습니다. 그리고 주인님이 원하시는 제국 수복에 그들을 동원하는 겁니다. 칸디드 백작님의 말씀도 그런 뜻이었을 겁니다."

엘시는 회피하듯 말했다.

"그게 몸종에게 어울리는 말이라고 생각하나, 이레?"

"저는 전설적인 몸종이거든요."

"어머님께 아랫사람 교육에 대해 많이 여쭙지 못한 것이 아쉽구나. 내가 칼리도를 떠나오기 직전까지도 아랫사람 관리는 그분께서 담당하셨기에 난 그런 일에 별로 관심 둘 필요가 없었지."

엘시는 생각하듯 잠시 멈췄다가 말했다.

"게다가 그곳을 떠나온 이후로도 나는 여전히 그런 일에 신경 쓸 필요가 없었지. 내가 관리해야 하는 몸종은 군단 사령부에 뛰어들어 붙잡힌 주인을 구해 낼 정도로 재능 있는 몸종이었거든. 특별히 관리할 필요가 없었지."

이레는 부끄럽다는 듯 고개를 숙였다.

"그러니 이레, 아랫사람 관리에 대해 도통 모르는 네 주인을 좀 봐줬으면 좋겠군. 그런 난처한 말은 하지 마."

"죄송합니다, 주인님. 주인님께서도 많이 고민하셨을 일일 텐데 제가 주제넘게 굴었습니다. 하지만 한 가지만 더 여쭙고 싶습니다."

엘시는 희미하게 못 말리겠다는 표정을 짓고 고개를 끄덕였다. 이레는 목소리를 조금 가다듬어 말했다.

"주인님, 바르지 못한 자들을 일소하시고 모든 이의 동의 속에 새 황제를 선출한다면, 그분께 주인님께서 가까스로 지켜 낸 옛 제국의 유산을 넘겨드린 후에 무슨 대가를 받으시겠습니까?"

"내가 받을 대가?"

"예. 그런 대가 같은 것은 생각하지도 않으십니까?"

"아니, 있다."

"예? 있다고요?"

"그래."

"그것이 무엇입니까?"

"결해할 황제께서 계셔야 고향으로 돌아갈 수 있지 않나."

이레는 충격에 빠진 얼굴로 엘시를 바라보았다.

그것이 새삼스러운 고백은 아니다. 모든 것이 뒤죽박죽되기 전, 그러니까 시간적으로 따지면 규리하 전쟁이 터지기 전까지 엘시가 어떤 소망을 가지고 있었는지는 잘 알려져 있다. 그가 바라는 것은 부냐 헨로와 함께 칼리도로 돌아가는 것이었다. 하지만 이레는 그것을 '돌아가는' 것이라고 생각하지 않았다. 결혼식을 거행하기 위해 칼리도로 '가는' 것이라고 생각했다.

이레는 그것이 젊은 사람에게 어울리지 않는 말이며 꼭 해야겠다면 한 30년 후에 말해도 무방하다고 말하고 싶었다. 하지만 이레는 그렇게 말하지 않았다.

"주인님, 칼리도는 어떤 곳입니까?"

엘시의 몸종이지만 이레는 칼리도를 잘 안다고 할 수 없었다. 치천제가 죄수였던 그를 엘시에게 선물했고 그 후로 엘시는 칼리도를 딱 한 번 방문했다. 스치는 듯한 그 방문에서 이레는 주인의 고향에 대해 별다른 인상을 얻을 수 없었다. 엘시가 말했다.

"다른 곳과 별로 다르지 않아. 똑같이 사람 사는 곳이니까."

이레는 잠깐 침묵했다가 말했다.

"주인님, 그 말씀은 나가들이 라호친에 대해 하는 말과 비슷하군요."

엘시는 약간 힘겨운 미소를 지었다.

"그래, 칼리도가 어떤 곳이냐고? 음. 거기엔 쟁룡해가 있지."

이레는 쟁룡해라면 칼리도에만 있는 것이 아니라고 생각했지만 그것을 굳이 강조하지 않았다. 하늘은 모든 곳에 있지만 누구나 가슴속에 자신만의 하늘을 가질 권리가 있을 테니까. 엘시는 느리게 말했다.

"쟁룡해는 용이 싸우는 바다라는 뜻이야. 어부들은, 만약 그들이 가지고 태어난 것 같은 무뚝뚝함을 꿰뚫고 들어갈 수만 있다면, 그 이름에 얽힌 재미있는 전설들을 많이 들려주지. 지금은 그 정체도 모호해져서 그저 바다의 보물이라고만 부르는 어떤 물건을 두고 용들이 무슨 싸움을 벌였는지에 관한 기이한 이야기들을. 하지만 내가 생각하기에 그 이름은 여름에 찾아오는 태풍 때문에 붙은 것 같아. 어떤 뱃사람도 여름의 쟁룡해는 믿지 않아. 잔물결 하나 없이 잔잔하던 바다가 갑자기 성난 하늘치처럼 날뛰지. 하지만 물이 무거워지는 이맘때의 쟁룡해는 용이나 싸움과 전혀 상관없는 것처럼 보여. 여름 동안 온통 휘저어졌던 쟁룡해는 가을 황혼에 붓꽃 같은 보랏빛으로 변해. 가만히 바라보고 있으면 그것은 차츰 검푸르게 변해 가. 물결 위에 반사광이 반짝거리는 거무스름한 바다는 사그라지는 불잉걸 같지. 그리고 수평선 위로 하나 둘 별이 떠오르면…… 이레, 검은 밤바다 위에 떠 있는 온갖 빛깔의 별들을 본 적이 있나?"

갑작스럽게 질문을 받은 이레는 놀라워하던 것을 재빨리 감추고 무심하게 대답했다.

"없습니다."

엘시는 이레의 반응에서 어색함을 느끼지 못했다. 그는 무심히 고개를 끄덕이며 말했다.

"기회가 된다면 꼭 보도록 해. 달빛 아래에서 넘실거리는 바다도 보기 좋지만 나는 달이 없는 밤의 바다가 좋더군. 별들이 더 가까운 곳에서 타오르거든."

엘시가 자신의 생각에 잠겨 있었기에 이레는 여유를 가지고 자신의 당황을 다스릴 수 있었다. 그는 대장군이 그런 식으로 말하는 것을 들은 적이 없었다. 엘시가 시인이나 노래꾼처럼 행동했기 때문에 놀란 것은 아니다. 이레는 그의 주인이 바르다거나 바르지 않다는 평가를 내릴 필요가 없는 것에 대해 그렇게 공들여 말하는 것을 본 적이 없었다.

그때 엘시의 얼굴이 갑자기 일그러졌다. 그는 어딘가를 심각한 눈으로 바라보았다. 이레는 대장군이 무엇을 보고 있는지 살폈다.

그곳에는 무수히 많은 사람이 있었지만 이레는 대장군이 무엇을 보는지 간단히 깨달았다. 거리가 꽤 멀었지만 당장 알아볼 수 있는 코끼리 떼가 진지에 합류하기 위해 걸어오고 있었다. 그을린발의 코끼리들이었다. 코끼리 떼의 앞쪽을 살핀 이레는 그곳에서 그을린발을 발견했다.

다시 대장군을 본 이레는 두 번째 충격을 느꼈다. 그는 대장군이 왜 불안과 노여움으로 그을린발을 노려보고 있는지 짐작도 할 수 없었다.

찻잔을 들어 올리던 시오크 지울비는 그것이 비어 있다는 것을 알았다. 그가 해결하기를 원한 것은 목마름이 아니라 차가움이었기에 시오크는 따스함이 남아 있는 잔을 두 손에 품은 채 손 안에서 살짝살짝 굴렸다.

정원은 고즈넉했다. 한참 동안 머뭇거리다가 시오크의 양해를 얻어 작업에 착수한 정원사의 가위질 소리도 그 고요함에 큰 파문을 만들지 않았다. 시오크가 아무 걱정 말고 작업하라고 말했는데도 정원사는 국왕의 연인을 여전히 어려워했다. 여름 동안 주체할 수 없이 자란 정원수들을 손보려면 많은 시간이 필요할 테지만 정원사는 소리를 죽이느라 작업 속도를 높이지 못하는 것 같았다. 시오크는 정원사를 위해 자리를 비켜 줄까 여섯 번째로 생각했다. 그리고 이전의 다섯 번과 같은 결론을 내렸다. 정원보다 더 나은 곳이 없었다. 시오크는 정원사에게 마음속으로 사과하며 하늘을 바라보았다.

국왕의 연인. 시오크는 그 말이 어쩐지 비스그라쥬 백 데라시를 생각나게 한다고 느꼈다. 데라시는 황제의 총애 때문에 그가 가질 자격이 없는 권력을 누리는 사람인 양 행동했다. 아마도 비웃음을 받는 편이 견제를 받는 편보다 유리하다고 생각했던 모양이다. 하지만 자유무역당주가 도저히 무시할 수 없는 실력자임을 인정한다면 데라시 또한 그러하다. 데라시에겐 비스그라쥬의 막대한 황금이 있으니까. 만약 비스그라쥬 백이 하늘누리가 아닌 비스그라쥬에 머물렀다면 그는 황제의 첩이라는 어쩐지 깔보는 듯한 이름 대신 주목할 만한 제국의 대귀족 중 하나로 인식되었을지도 모른다. 물론 데라시가 하늘누리에 있었던 것은 그 편이 황제를 보좌하는 것에 더 편리하다는 현실적인 이유 때문이었겠지만, 시오크는 그것이 비웃음을 사기 위한 위장이 아니었을까 하는 공상을 잠깐 즐겨 보았다.

"가만히 있어!"

그 말에 반항하겠다는 의지 같은 것은 없지만 시오크는 어디서 소리가 들려왔고 왜 그런 소리가 나는지 알기 위해 주위를 두리번거림으로써 그 말에 반항하고 말았다. 그러자 명령자는 행동에 돌입했다. 지키멜 퍼스의 부드럽지만 다급한 입술이 시오크의 입술을 눌렀다.

'세상에 마법사는 있어. 그것도 3억 명이나. 이들은 이토록 강력한 결박 주문을 쓸 수 있잖아.' 그런 생각을 하며 시오크는 바로 앞에 있는 지키멜의 얼굴을 살폈다. 그리고 지키멜이 눈을 뜬 채 어딘가를 흘끔흘끔 바라보고 있다는 것을 알았다. 피어오르려던 열의가 살짝 식는 것을 느꼈지만 크게 낙담하지는 않았다. 대신 지키멜에게 협조했다. 그는 자연스럽게 지키멜을 끌어안았다.

매끄럽고 약간 숨이 가쁜 시간.

입맞춤을 끝낸 지키멜은 시오크의 무릎에 체중을 실으며 그를 향해 미소 지었다. 시오크가 말했다.

"내가 누구를 쫓아내는 것에 일조한 거지?"

"클로다이 총리대부. 상당히 좋은 사람이지만 자기 스스로 권위를 만드는 것에는 재능이 없기 때문에 나를 지나치게 이용하려고 들어. 가끔은 스스로 결정해서 밀고 나가도 될 텐데."

"그러니까 '폐하께 물어봤는데 역시 동의하시더라.'라는 말을 하길 좋아하는 거야?"

"정확해."

그리고 그 클로다이 총리대부는 정원에서 연인과 한참 열을 올리고 있는 주군을 보고는 방해할 엄두를 내지 못한 채 황급히 물러난 것이다. 시오크는 웃으며 말했다.

"너를 동정해 주길 바라는 거라면 미안하지만 사양이야."

"어머, 왜? 나 안 불쌍해? 자기 앞가림도 못하는 신하들 때문에 이 가냘픈 두 팔만으로 왕국을 일으켜 보겠다고 애쓰는 내가?"

"네가 자초한 일이잖아."

지키멜은 장난스러운 표정으로 시오크를 바라보았다. 시오크는 한숨을 내쉬었다.

"너에게 의지하도록 획책했겠지. 맞지?"

물론 그러하다. 지키멜은 현재 상황에서 그 누구에게도 자결권을 쉽게 허락할 수 없는 처지다. 강력한 주도권을 쥐어야 하는 시기였으니까. 그녀는 커다란 미소를 지었다.

"시오크. 역시 너는 나의 왕국이야."

지키멜을 거의 완벽하게 이해한다고 생각하는 시오크도 그 말만은 이해할 수 없었다. 우스운 사실은 지키멜이 '너는 나를 이해한다.'는 의미로 그 말을 했다는 점이다.

"그게 무슨 말이야?"

"몰라도 되는 말이야. 자, 이제 반 시간 정도 벌었다. 그 정도가 우리의 총리대부나 나를 방해하지 못해 안달이 난 누군가가 참아 줄 수 있는 최대한의 시간일 테지. 우리 뭐 할까? 산책하자. 일어서."

두 사람은 정원사를 고려하여 이미 손질이 끝난 정원수들이 있는 쪽으로 발걸음을 옮겼다.

정원사가 잘라 놓고 아직 치우지 않은 가지와 잎들에서 약간 비릿하면서도 청량한 냄새가 물씬 풍겼다. 낙조 직전, 궁궐은 귤빛으로 가득했다. 다른 것들의 아래에 있는 것들도 옆으로 미끄러지는 빛 때문에 밝게 빛났다. 그리고 다른 것들의 동쪽에 있는 것들도 그렇게 어둡지는 않았다. 어쩌면 빛이 가장 많은 시점은 한낮이 아니라 오후가 끝날 무렵인지도 모른다. 지키멜은 절대적인 빛의 양이 어떠했건 사람의 마음을 비추는 빛의 양은 확실히 이 시간에 가장 많다고 느꼈다. 국왕의 안위를 위해, 또는 국왕의 다급한 요구가 있을 경우를 대비해 어쩔 수 없이 그들을 훔쳐보는 자들이 있겠지만 지키멜은 그 사람들에 대해서는 생각하지 않기로 했다. 지키멜은 흘러넘칠 듯한 많은 빛 속을 거니는 것은 자신과 시오크뿐이라고 느꼈다. 그녀는 침묵으로 그 시간을 축복했고 느린 걸음으로 그 시간을 장식했다. 하지만 그녀의 정신은 계속해서 그 고요를 즐길 수 없다는 것을 인정하고 있었다. 커다란 아쉬움을 느끼며 지키멜이 말했다.

"시오크, 대답해 줘."

시오크는 질문 없는 질문에 고개를 갸웃하다가 말했다.

"맹세하는데, 그녀와는 철없던 시절에 잠깐 만났을 뿐이야. 절대로 진지한 사이가 아니었어. 믿어 줘."

지키멜은 빙긋 웃었다. 이런 대화만 계속할 수 있다면.

"왜 당으로 돌아가지 않는 거야?"

시오크는 걸음을 멈췄다. 그는 나무 아래 쌓여 있는 나뭇가지와 잎들을 물끄러미 바라보았다.

"네 아버지는 이미 당에 대한 자신의 장악력을 사람들에게 인식시키는 단계에 돌입했어. 이대로 가면 틀림없이 네 반란은 무마될 거야. 그리고 두 번째 기회는 오지 않겠지. 아버지에게 당을 돌려주기로 한 거야? 아니, 잠깐."

지키멜은 자신의 옷자락을 쓸어내리고 말했다.

"대답하기 전에 먼저 내 말을 들어. 네가 당주여야만 나에게 도움을 줄 수 있으니까 당주 자리를 지키라는 식으로 말하는 것은 아니야. 내가 궁금한 건…….”

"옛날의 그 청년이 어떻게 되었나."

지키멜은 약간 머뭇거리다가 자신이 독행왕이 아니라 비나간 후의 증손녀였을 때 후작궁 한 곳에서 시오크와 나누었던 대화를 떠올렸다.

"맞아. 나는 그 청년의 안부가 궁금해."

시오크는 팔짱을 끼고 추위를 타는 사람처럼 자신의 가슴을 단단히 끌어안았다. 그 얼굴에 빛이 가득한데도. 시오크가 말했다.

"지키멜, 1년 전에 참으로 놀라운 일이 일어났지. 아라짓 제국이 사라졌어."

맞장구를 유도하는 농담인가 생각하며 시오크의 얼굴을 살핀 지키멜은 그냥 침묵하기로 했다. 그리고 그녀의 판단은 옳았다. 시오크가 웃음거리로 삼고 싶은 것은 자신이었다.

"나는 그 사실을 진작 깨달았어야 하는데."

"어떤 식으로 깨달았어야 하지?"

"제국이 사라졌다는 것은 모든 사람이 동의할 수 있는 평가 기준이 사라졌다는 것임을."

"시오크? 무슨 말을…… 네가 원하는 것은 그런 게 아니잖아."

시오크는 천천히 지키멜을 돌아보았다. 지키멜은 그의 손을 붙잡아 들어 올리며 말했다.

"바보들은 네가 그런 것을 좇는 유치한 이상주의자라고 비난할 테지만 나는 그런 바보가 아니야. 시오크 지울비. 네가 원하는 것은 기준이 아니라 평가 자체야. 만인이 만인에 대해 각자의 기준으로 평가를 시작하는 것. 그것이 네가 원하는 거야. 만인이 동의할 수 있는 평가 기준은 없다고 똑똑한 척 말하고는 그 자리에 주저앉아 더 이상 나아가지 않는 게으른 헛똑똑이들에 대항해서…… 자신의 평가 능력을 무시하는 불쌍한 자들에 대항해서."

지키멜의 바람에도 불구하고 시오크의 얼굴이나 몸짓에선 자신감이 피어나지 않았다. 그는 오히려 자신의 악덕을 듣는 사람처럼 괴로운 표정을 지었다. 지키멜은 그 표정이 싫었다.

"너는 당과 아버지를 용서할 수 없어. 평가할 수 있는 자신의 능력을 무시하니까. 하지만 바로 그렇기 때문에 너는 시모그라쥬 공 또한 용서할 수 없어. 시모그라쥬 공은 자기 기준에 따라 세상을 가지기로 결정한 것처럼 보이지만, 사실 그는 전혀 평가하지 않아. 배가 고프니까 먹는다와 마찬가지 수준이야. 영역을 확장하고 빼앗는 것은 동물들도 하는 짓이지. 악독한 범죄자도 공격하지 않는 유료도로당과 무고한 사람들을 침략한 시모그라쥬 공은 완전히 다른 것처럼 보이지만, 시오크, 네 눈으로 보면 그들은 똑같아…… 평가하지 않아. 그래서 넌 아버지와 싸우고 시모그라쥬 공과 싸운 거야. 넌 만인이 동의할 수 있는 기준에 따라 그들과 싸운 것이 아니야! 그런데 왜 그런 소리를 하지?"

시오크는 지키멜의 손에서 자기 손을 빼내고 허리를 구부렸다. 그는 천천히 풀밭에 앉아서 두 다리를 죽 폈다. 지키멜은 서서 그를 내려다보다가 그의 곁에 앉았다. 시오크는 손으로 눈 주위를 잠시 비비고 말했다.

"지키멜, 나는 어떤 레콘이 자기 기준에 따라 11만 명의 타인을 '판단' 해 버린 것을 보았어."

누구를 말하는 것인지 모를 리 없다. 그날 밤 키탈저 북부에서 일어난 일에 관해서는 흉흉하게 과장된 소문들이 워낙 많아 지키멜도 특별히 조사해 보아야 했다. 11만 명이 몰살당했다는 소문은 사실이 아니었다. 하지만 비극이라는 말 외에 다른 말로는 규정할 수 없는 사태였음은 분명했다.

"우습잖아? 그것은 살기 위해 먹는다는 수준 이상의 행동이었지. 정복욕이나 번식욕과는 아무 상관 없는 참으로 사람다운 일이었어. 내가 그토록 보고 싶어했던 모습이지. 하지만 그것은 끔찍했어."

"시오크, 그건 끔찍한 일이지만……."

"나도 알아. 어차피 평가와 평가는 부딪칠 수밖에 없어. 그 과정에서 틀림없이 불꽃이 튀지. 나는 그 불씨를 예상하고 있었어. 심지어 그 불꽃이 원동력의 불씨가 될 거라고 생각했지. 하지만 그 불씨가 그렇게 클 줄은 몰랐어. 나는 인간들만 생각했던 거야. 나가들은 한계선 이북으로 올라오지 않고, 도깨비들은 친절하지. 하지만 그 밖에도 하나가 더 있었어. 레콘이 있었던 거야."

시오크는 두 손으로 얼굴을 감쌌다. 지키멜은 그를 끌어안고 싶은 충동을 억누른 채 그가 계속 말하도록 내버려두었다.

"제국은 레콘을 포함했어. 그 전까지 완벽하게 그들 자신이었고 그밖에 아무것도 아니었던 레콘들이 갑자기 다른 무엇이 되었지. 그들은 그들 자신이지만 또한 아라짓 제국의 신민도 된 거야. 그건 수십 년 전에 일어난 일인데 나는 그들을 간과했어. 어떻게 그랬는지 모르겠어. 그 일은 며칠 전 키탈저에서 시작된 것이 아니었어. 8년 전에 이미 징조가 있었어."

"8년 전?"

"지멘. 황제 사냥꾼 지멘 말이야."

시오크는 작은 웃음을 터뜨렸다.

"아마도 레콘의 숙원에 관여하지 말라는 오래된 조언 때문에…… 레콘이 숙원을 추구하는 것은 당연하기 때문에…… 그것에 크게 신경 쓰지 않았어. 다른 사람들은 어땠는지 모르지만 나는 필요한 만큼 신경 쓰지 않았어. 그것은 불가능할 거라는 선입견도 있었지. 달을 따겠다는 사람 때문에 등잔 사업에 투자할 수는 없는 법이니까. 하지만 그가 정말 달을 따 버리면?"

시오크는 얼굴을 감싸고 있던 손을 내렸다. 그는 약간 충혈된 눈으로 황혼으로 물드는 하늘을 노려보았다.

"가능성은 잠시 접어 두고 생각해 보자고. 황제 사냥꾼이 정말 황제를 사냥해 버리면? 그가 그렇게 하지는 못했지만 그 일이 일어나면 무슨 사태가 벌어질지는 알 수 있어. 지금 이 상황이 바로 황제가 갑자기 사라졌기 때문에 벌어진 상황이니까. 지멘은 이런 일을 벌이려고 했던 거야. 그런데 거기에 신경 쓰지 않았지. 제국이 레콘을 포함한 이래 그것은 예견된 일이었어. 어쩌면 타이모가 분리주의를 주장한 것도 이런 경우를 내다보았기 때문일지도 몰라. 그녀가 걱정한 것은 레콘이 아니라 제국인 거지. 제국이 레콘을 죽이는 것이 아니라 레콘에게 제국이 살해당하는 것을 두려워했는지도 모른다고."

"비약이야, 시오크. 그런 일이 정말 일어날 수 있다면 오래전에 일어났어야 해. 고아라짓 왕국은 레콘 때문에 멸망하지 않았어. 오히려 레콘이었던 영웅왕이 그것을 만들……."

지키멜은 시오크가 할 반론을 직감하며 말을 삼켰다. 그녀가 자신의 반응을 예상했다는 것을 깨달았지만 시오크는 말했다.

"그래, 만든 자는 파괴할 수도 있지."

"하지만 시오크."

"지금까지 그런 일이 일어나지 않은 것은 기막힌 행운일 뿐이야. 그것으로 충분히 설명할 수 있어. 불행을 당한 자들은 '왜 내게!'라고 말하지. 그건 바꿔 말하면 '왜 지금!'과 마찬가지야. 따라서 이전에 일어나지 않았다는 것은 안심할 이유가 못 돼. 언제든 일어날 수 있으니까. 세상에 레콘이 있는 이상은 함부로 평가할 기회가 주어져선 안 돼. 어쩔 수 없어. 제국이 필요해. 레콘을 억누를 수도 있어. 그리고 제국의 기준을 모든 사람이 비판 없이 받아들여야 해. 그러지 않으면 하나의 불씨에 온 세상이 타버릴 수도 있어."

시오크는 뒤로 누웠다. 화살에 맞아 쓰러지는 동작을 느리게 재현하는 것 같은 모습이었다. 이제는 완연히 어두워진 하늘을 똑바로 바라보다가 눈을 감으며 그가 말했다.

"나는 그것을 알았어야 했어."

지키멜은 시오크의 속눈썹이 젖는 것을 보았다. 갑자기 이유 모를 서러움을 느낀 지키멜은 시오크의 가슴 위에 엎드렸다. 시오크는 그녀를 밀어내지 않았지만 지키멜은 바위 위에 엎드리는 것처럼 느꼈다. 옷을 사이에 두고 따스한 살과 근육을 느낄 수 있는데도. 지키멜은 시오크의 몸에서 떨어지고 싶은 충동과 싸워야 했다.

어디에도 없는 신을 모시는 사원들의 총본산인 하인샤 대사원이 어디에 있는지는 만인에게 잘 알려져 있다. 어디에도 없는 신을 섬기는 승려들은 아주 가끔 그 사실에서 일종의 불안감 같은 것을 느끼곤 했다. 그리고 종단의 기나긴 역사에는 그 불안이 현실이 되어 나타난 사건도 있었다. 어디에도 없는 신의 사원은 어디에 있는지 알 수 없는 상태여야 한다는 교리 해석이 그것이다.

세계 곳곳에 퍼져 있는 사원들을 총괄하는 총본산의 소재를 비밀로 한다는 것은 경제학적으로 재고의 여지가 없는 망발이다. 엄청난 비밀 유지 비용이 소모될 테니까. 하지만 신학적으로 볼 때 그것은 그냥 외면하기 어려운 주장이었다. 게다가 불가능하다고 말하기도 어려웠다. 세상엔 그 소재가 밝혀지지 않은 사원이 이미 존재했다. 레콘을 가호하는 모든 이보다 낮은 여신의 사원은 어디에 있는지 전혀 알 수 없다. 이미 자기 사원의 존재를 숨기는 데 성공한 사제들이 있는 이상(모든 이보다 낮은 여신의 사제들이 있는지 없는지조차 알 수 없기 때문에 이 문장은 좀 어색하지만), 어디에도 없는 신의 사제들 또한 그렇게 할 수 있다는 것이 비밀주의자들의 근거였다.

하지만 쉽게 예상할 수 있듯 상식의 장애물은 비밀주의자들의 열의보다 훨씬 높았다. 그래서 어디에도 없는 신을 모시는 하인샤 대사원이 어디에 있는지는 여전히 잘 알려져 있었다. 얼마나 잘 알려져 있느냐 하면 파름 산에 간다는 말이 하인샤 대사원에 간다는 말로 이해될 수 있을 정도로. 따라서 한때 규리하 변경백이었던 아이저 규리하는 자신이 하인샤 대사원의 보호를 받고 있다고 말할 수도 있고 파름 산의 보호를 받고 있다고 말할 수도 있었다.

파름 산의 보호 속에서 아들의 말을 듣던 아이저가 말했다.

"무사해서 기쁘구나, 이이타."

파름 산의 보호를 받고 있기에 아이저는 아들이 추적자를 데려왔을지도 모른다는 걱정은 하지 않았다. 설령 누군가가 이이타를 따라왔다고 해도 감히 파름 산에서 피를 뿌리지는 못할 것이다. 하지만 이이타는 고지식하게 말했다.

"추적자는 없었다고 확신합니다."

곁에서 듣고 있던 시카트가 약간 퉁명스러운 목소리로 말했다.

"확실해, 형? 형이 말한 레콘들 중 한 명이 따라왔을지도 모르잖아. 그 레콘들이 비셸스를 돕는 거라면……."

"따라오지 않았어."

시카트는 조금 더 반론하고 싶었지만 형과의 재회를 다툼으로 망치고 싶지 않았다. 그래서 그냥 고개를 끄덕이기로 했다. 잠깐의 침묵 후 이이타가 괴로운 어조로 말했다.

"제 잘못된 판단으로 많은 사람이 죽었습니다."

"내가 네 이야기를 제대로 이해한 거라면 그것은 너의 잘못이 아니다. 그 상황에서 네 행동은 최선이었다. 문제는 그런 상황이 벌어졌다는 것이지."

아이저는 누구의 잘못인지 안다는 표정으로 고개를 돌렸다. 그들이 앉아 있는 산사의 객실은 작았고 제이어 솔한은 가까운 곳에 있었다. 힘껏 내뻗으면 주먹이 닿을 수도 있는 거리였다.

"제이어, 도대체 무슨 짓을 한 거지?"

제이어는 여유 있는 얼굴이었다. 하지만 곁눈질로 아이저의 주먹이 어디에 있는지 살피며 말했다.

"저는 공자님을 지키겠다고 약속했습니다, 각하."

아이저의 주먹은 그의 무릎 위에 단단히 감겨 있었다.

"약속을 지킬 만한 활쏘기 실력이 없어서 실패했다는 것에 대해서는 사과하겠습니다만 약속을 지킨 것 자체에 대해서는 떳떳합니다. 저는 공자님을 지킨 겁니다. 공자님의 가장 큰 위험 요소는 비셀스 규리하잖습니까. 그것은 각하께서도 잘 아시는 일일 텐데요. 따님이 제거해야 할 위험 요소라는 것은 규리하 낙성 당시 각하께서 이미 내리신 결정이었습니다. 제가 알기로 여기 계신 시카트 공자님이 그 일을 시도하신 것으로 알고 있습니다."

시카트는 자신의 무용담을 듣는다고 느꼈다. 하지만 아이저는 제이어가 시카트에 빗대어 자신을 정당화하려 한다고 느꼈다. 아이저는 그것을 용납하기 어려웠다.

"이미 말했지. 나는 네가 무엇을 원하는지 안다고."

"제가요?"

"너는 실패를 욕망한다, 제이어 솔한. 이이타를 도우려 했다고? 천만에. 이이타를 돕는 일에 실패하길 원했겠지!"

이이타는 눈을 번쩍 떠서 의혹에 빠진 눈으로 제이어를 돌아보았다. 시카트는 고개를 갸웃거리며 그 이상한 말에 대해 생각했다. 아이저는 죽일 듯한 눈으로 제이어를 노려보며 말했다.

"이곳이 하인샤 대사원이라는 것에 고마워해라, 제이어. 이곳에서는 너를 주살할 수 없다. 게다가 사원의 손님인 내 입장에서는 너를 사찰 밖으로 쫓아낼 수도 없군. 하지만 내 방에 네가 앉아 있는 것은 용납할 수 없다. 나가라! 그리고 내게 모습을 보이지 마라! 한 번만 더 네 모습을 보면 내가 어디에 있는지 잊어버릴지도 모르니까."

제이어는 볼을 조금 부풀렸다가 한숨을 내쉬었다. 그 동작은 아이저를 더욱 분노하게 했다. 하지만 제이어가 몸을 일으켰기에 아이저는 꺼내려던 폭언을 다시 삼켰다. 제이어는 아이저에게 고개를 꾸벅이고 방문으로 향했다. 밖으로 나간 제이어는 문을 닫기 직전 방 안을 향해 말했다.

"죄송하지만 마지막으로 여쭐 것이 있습니다.『천경비록』을 해석하는 일은 잘되셨습니까?"

아이저는 이 대담함에 어처구니가 없었다.

"내가 왜 네게 그걸 말해 줘야 하나? 당장 꺼져!"

"좀 알려 주셔도 좋을 텐데요. 저는 관심이 아주 많습니다."

더 견디지 못한 아이저가 자리에서 벌떡 일어났다. 그러자 제이어는 마치 못 말리는 개구쟁이 같은 동작으로 문을 닫고 황급히 달려갔다. 어이없는 표정으로 문을 바라보던 아이저는 콧김을 심하게 내뿜으며 자리에 앉았다. 그가 분노를 다스릴 동안 두 아들은 침묵한 채 기다렸다. 하지만 이이타는 오래 기다릴 수 없었다.

"죄송합니다만, 아버님, 저도 그것이 정말 궁금하군요. 이해하실 수 있으리라 생각합니다만."

아이저는 입속으로 무슨 말을 조금 중얼거리다가 말했다.

"그래, 궁금하겠지. 결론부터 말하는 편이 좋겠구나."

하지만 아이저는 당장 말하는 대신 조금 침묵했다. 그러자 이이타의 얼굴이 밝아졌다. 아이저는 아들의 웃는 얼굴을 보며 고개를 끄덕였다.

"어느 정도 성공했다고 말해야겠다."

소리 로베자는 잠자리를 가리지 않는 편이었다. 발케네를 탈출한 이후로 그녀가 가진 잠자리는 하녀의 신분이었던 그녀가 보기에도 보잘것없는 것들뿐이었다. 그리고 이이타는 그 사실에 미안해하곤 했다. 하지만 소리는 조금도 불편하지 않았다. 애초에 신분 상승의 기대감으로 무향의 공자에게 접근한 것이 아니었고 그 이후로도 비슷한 종류의 기대감을 품어 본 적이 없었던 소리는 자신에게 주어지는 것들에 감사할지언정 불평하지 않았다. 그녀가 쉽게 잠을 이루지 못한다면 그것은 갑작스럽게 드는 불안감, 즉 이이타가 망향의 수복에 아무런 도움이 되지 않는 쓸모없는 여자를 포기할지도 모른다는 불안감 때문이었다. 그런 생각이 들 때마다 소리는 미칠 듯한 두려움을 느꼈다.

자신의 쓸모 있음을 증명해 보이고 싶다는 유서 깊은 욕망을 느끼는 소리에게 상황은 그렇게 친절하지 않았다. 외국의 정부 탈환 같은 일은 그녀에게 별까지의 거리를 재는 것만큼이나 모호하게 여겨질 뿐이었다. 그녀가 이이타 주위에 있는 다른 자들보다 뛰어난 점이 있다면 발케네 인들이 다른 지방 사람들보다 능숙한 것, 즉 여러 가지 사소한 도둑질의 기술을 조금 가지고 있다는 것뿐이었다. 하지만 헤어릿 에렉스가 있는 이상 소리는 자신의 재주를 뽐낼 수 없었다. 게다가 그녀의 재주는 어차피 사소한 것이었다. 그녀에겐 아무 쓸모가 없었다. 그런 생각이 들 때마다 소리는 비명을 억지로 참으며 잠자리에서 벌벌 떨곤 했다. 그녀에게 불면의 밤이 찾아드는 것은 대부분 그런 경우였다.

하지만 하인샤 대사원은 소리가 겪었던 어떤 잠자리와도 달랐다. 그녀는 새로운 불면에 당황하여 일어나 앉았다.

소리가 느낀 불편함은 지나치게 잘 완성된 건물들에서 느낄 수 있는 거부감 같은 것은 아니었다. 하인샤 대사원은 아름답지만 완성미와는 거리가 아주 멀다. 긴 세월 동안 증축과 개축을 거듭해 온 경내는 소규모 부락이라고 불러야 할 만큼 방대하고 산에 기대어 건설되었기 때문에 혼란스러움은 입체적이다. 사람에게 자신을 경배하라고 외치는 듯한 거만한 건물들이 아닌 것이다.

오히려 많은 사람들이 거쳐 간 대사원의 건물은 사람에게 잘 길들어 있었다. 소리는 건물 자체에는 아무런 불만을 느낄 수 없었다. 그렇다면 그녀의 불편함은 같은 건물 내에 있는 다른 사람들에게서 기인한 것이리라. 소리는 이이타가 그렇게 불러야 한다며 가르쳐 준 이름을 떠올렸다.

'스님들.'

머리를 박박 깎은 하인샤 대사원의 승려들. 소리는 그 사람들이 자신을 불편하게 한다고 생각했다. 그런 사람이 있다는 것은 이전부터 알고 있었지만 종교적인 사람들이라 하기 어려운 발케네 인의 한 사람으로서 소리는 그들의 모습이 낯설었다. 이이타는 그 대머리들이 전혀 위험하지 않으며 그들에게 보내는 것은 존경이면 충분하다는 식으로 행동했다. 공자의 뜻이 그러하기에 소리는 그 뜻을 따르려 했지만 생경함과 그것에서 비롯한 위화감은 쉬 사라지지 않았다. 그리고 그녀가 있는 곳 반경 백여 미터 내에 그런 사람들이 바글바글하다는 것은 소리를 꽤나 불안하게 했다. 결국 잠들지 못한 소리는 옆에서 잠들어 있는 헤어릿을 보다가 방 밖으로 나갔다.

그들이 머물고 있는 작은 암자 앞에는 개 한 마리가 뛰어놀기에도 벅차 보이는 조그마한 마당이 있었다. 그 마당 끝은 축담으로 이어졌다. 소리는 축담 끝에 서서 아래를 내려다보다가 계단 쪽으로 걸어갔다.

계단을 내려가던 소리는 인기척을 느꼈다. 재빨리 몸을 돌려보니 누군가가 그녀를 향해 걸어오고 있었다. 박박 깎은 머리로 보아 승려가 분명했다. 느긋한 걸음걸이로 움직이던 승려는 소리의 모습을 보고 주춤했다. 그는 두 손을 공손히 모아 합장했다.

숙였던 고개를 다시 든 승려는 자신이 인사를 보낸 날씬한 처녀가 멧돼지 한 마리쯤은 간단히 해체할 수 있을 듯한 거대한 비수를 뽑아 들고 있다는 사실에 질겁했다.

"아, 아가씨?"

소리는 불신감이 가득한 표정으로 승려를 바라보다가 갑자기 멍한 얼굴을 했다. 조금 후 그녀는 기겁하며 목례했다.

"죄송해요, 스님. 인사하신 거죠? 그러니까 손바닥 붙인 거요."

"예? 예. 그렇습니다."

"저를 공격하려는 줄 알았어요."

"공격이오? 손바닥을 붙이는 것이 어떻게 공격이 됩니까?"

소리는 설명하려다가 직접 보여 주겠다는 듯이 비수를 손바닥 위에 얹어 칼날이 손목 쪽을 향하도록 했다. 그녀는 가슴 앞에서 두 손바닥을 붙였고 그러자 승려들의 합장과 똑같은 자세가 되었다. 하지만 소리는 그 자세에서 손을 더 비틀어 손끝이 가슴 쪽으로 향하도록 했다. 그리고 두 개의 미닫이문을 재빨리 열듯 두 팔을 바깥쪽으로 세차게 펼쳤다. 그러자 그녀의 두 손바닥 사이에서 비수가 튀어나왔다. 그것이 나무에 날아가 부딪히는 것을 본 승려는 자신의 목을 쓰다듬고 싶은 충동을 느꼈다.

소리는 쪼르르 달려가서 떨어진 비수를 주워 들고 겸연쩍은 얼굴로 말했다.

"제 칼은 투검용이 아니라서 박히진 않네요. 하지만 그런 용도로 만든 칼이 있으면 더 잘 보여 드릴 수 있어요. 이건 어디 앉아 있을 때 쓰는 투검술이에요. 턱 받치는 척하다가 재빨리 날릴 수 있거든요."

"아, 예. 아가씨는 군인이신가 보군요."

"아니요. 발케네 인이에요."

"그렇습니까? 큰 실례의 말이 될 것 같습니다만 이해가 되는군요. 하지만 저는 발케네에 갈 때 합장을 조심하라는 말은 듣지 못했는데요."

"제가 워낙 무식해서 그래요. 스님들의 인사하는 방법도 잘 몰라서. 정말 죄송해요."

승려는 웃으며 괜찮다고 말했다. 그는 자신이 파지트 대선이며 밤 늦게까지 공부하다가 졸려서 잠시 산책을 나온 길이라고 설명했다.

"다른 때는 지나치게 정신이 말똥말똥해서 잡생각이 끊이지 않는데 책만 펼치면 곧 몽롱해지는 땡추입니다. 그런데 아가씨께서는?"

"저는 소리 로베자입니다. 이이타 공자님과 함께 왔어요. 저도 잠이 안 와서, 음, 산책 나온 것 같아요."

"그런 것 같으십니까? 괜찮으시다면 제가 경내를 안내하도록 해 주십시오. 절대로 농담하는 것이 아닌데, 잘못하면 길을 잃을 수도 있습니다."

파지트 대선은 소리가 산책하다가 누군가에게 칼을 날려 보낼까 봐 걱정되기도 한다는 말은 덧붙이지 않았다. 잠깐 생각하던 소리는 대선의 제안을 받아들였다.

외풍이 없는 방 안에서 촛불이 기묘하게 흔들렸다. 벽에서 그림자들이 우쭐우쭐 춤을 춘다. 마치 많은 사람들이 엿듣고 있는 듯한 느낌에 아이저는 주위를 흘끔 둘러보았다. 그러나 방 안에는 그들 세 부자뿐이었다. 아이저는 이이타에게 묻는 눈길을 보냈다. '헤어릿 에렉스가 이곳에 있진 않겠지?' 이이타는 고개를 가로저었다. '그녀는 그럴 사람이 아닙니다.' 아이저는 고개를 끄덕이고 열띤 어조로 말했다.

"먼저 우리의 가정을 다시 떠올려 보도록 하자. 기억나느냐?"

"기억합니다. 널리 알려져 있기로 대호왕의 하텐그라쥬 탈출을 도왔던 하늘치는 제신에 의해 그곳에 간 것이고 킬소 펜, 주키네미, 막타드 신뷰레, 오레놀 대덕은 때마침 그곳에 타고 있었을 뿐입니다."

그것은 많은 예술가들에게 창작욕을 불러일으킨 전설적인 사건이다. 북부가 나가들의 공격 앞에서 궤멸의 위기에 빠졌을 때, 수백 년 만에 돌아온 북부의 왕은 퇴로를 돌보지 않는 직선적인 공격으로 키보렌 깊숙이 쳐들어가 기어코 하텐그라쥬를 정복했다. 하지만 그 때문에 대호왕과 그녀의 군사들은 적의 한가운데 갇히고 말았다. 왕과 왕의 용감한 전사들은 비장한 심정으로 자신들이 믿을 수 없는 승리와 함께 자신의 파멸 또한 성취했음을 인정했다. 그러나 그때 그들의 머리 위로 하늘치 한 마리가 도도하게 다가왔다. 그리고 왕과 왕의 전사들은 하늘치의 등에 올라 키보렌을 빠져나왔다. 거기엔 위대한 승리와, 스스로 선택한 파멸과, 믿을 수 없는 기적과, 통쾌한 대탈주도 있었다. 예술가들이 흥분한 것은 당연하다. 하늘을 올려다보는 대호왕과 그곳에서 내려오는 하늘치의 모습을 그린 화가들은 얼마나 많았고 그 광경을 노래한 노래꾼은 또 얼마나 많았던가. 그 이야기를 하는 이이타의 목소리 또한 흥분 때문에 약간 울렸다.

"하지만 아버님께서는 널리 알려진 것과 다른 방식으로 그 사건을 설명할 수 있다고 판단하셨습니다. 하늘치를 움직인 것은 대호왕을 가호하는 제신이 아니라 그 등에 타고 있던 네 사람 중 한 명이었을지도 모른다는 거지요. 왜냐하면 우리 시대에도 혼자서 하늘치를 움직인 사람이, 신이 아닌 사람이 있기 때문입니다."

"그래. 그리고 그 가정은 사실이었다."

"역시 오레놀 대덕이었습니까?"

"그래. 잘 알려져 있듯 그는 원래 참관자 자격으로 바이소 계곡에 갔고 그가 하늘치에 올라간 것은 발굴 대원에 결원이 생겼기 때문이다. 반강제로 끌려 올라갔다는 희극적인 상황 때문에 오레놀 대덕은 별로 주목을 받지 못했다. 우리는 킬소 펜, 막타드 신뷰레, 주키 네미 등이 진짜 모험가이고 오레놀 대덕은 모험의 '모' 자도 모르는 승려이면서 운이 좋아 그 영광의 자리에 함께 설 수 있었던 거라고 생각하지. 하지만 하인샤 대사원에 와서 확인해 본 결과 나는 생각을 바꿔야 한다고 확신했다. 물론 세 명의 하늘치 발굴 대원들은 역사에 길이 남을 용감한 모험가들이었다. 하지만 희극적인 역할로 알려졌던 오레놀 대덕은 진짜 천재였다. 종단의 역사를 통틀어 그처럼 빨리 대덕의 법계를 받은 사람은 그 이전에도, 그 후에도 없었다고들 하더구나. 하늘치 위에 올라가자마자 그것을 움직이는 방법을 알아낸 것은 바로 오레놀 대덕이었을 것이다."

"천재라는 이유만으로 그분이 하늘치를 움직였을 거라 확신할 수는 없지 않습니까?"

"그래. 하지만 오레놀 대덕이 직접 그 사실을 고백했다."

이이타는 눈을 부릅떴다. 아이저는 두 손을 서로 움켜쥐었다.

"그는 이미 입적했지만 그와 함께 수행하던 승려들은 아직 건재하지. 그중 한 명이 오레놀 선사의 이야기를 기억하고 있었다. 라수 규리하에 대한 이야기를 하던 도중에 선사가 그런 이야기를 했던 모양이야. 자신은 천재가 아니며 라수 규리하야말로 진짜 천재라고. 라수 규리하는 자신이 힘겹게 알아낸 하늘치 조종법을 간단히 이해했다고."

"그랬군요. 그렇다면 오레놀 대덕이 하늘치를 조종하여 하텐그라쥬로 간 것이고…… 거기에 있던 또 한 명의 천재가 그 하늘치를 건네받아 왕과 병사들을 탈출시킨 것이군요. 그리고 그 두 번째 천재는 『천경비록』을 남겼고."

이이타는 마른 입술을 핥았다.

"그렇다면 첫 번째 천재는 두 번째 천재의 난문을 이해할 수 있겠군요. 선사가 남겨 둔 기록이 있습니까?"

"있기는 있지만 모두 신학이나 교리에 대한 것뿐이다. 하늘치에 대한 기록은 남아 있지 않아. 그래서 나는 그와 이야기를 나누었던 승려들을 대상으로 조사했다."

"뭔가 찾아내신 것이 있습니까?"

아이저는 잠시 수염을 쓰다듬고 조금 엉뚱하게 들리는 말을 꺼냈다.

"도깨비들의 수수께끼가 있지. 언제나 헤어진 후에야 그 이름을 떠올릴 수 있는 오래된 친구가 누구지?"

이이타는 그 수수께끼를 알고 있었다.

"그것은 밤의 다섯째 딸입니다. 꿈은 매일 밤 만날 수 있는 오래된 친구지만 만나고 있는 동안은, 그러니까 잠들어 있는 동안은 그것이 꿈이라는 것을 알 수 없습니다. 잠에서 깨어난 후에야 그것이 꿈이라는 것을 알 수 있지요."

시카트가 오랜 침묵을 깨고 흥분한 어조로 말했다.

"형. 하늘치 최초 등정자이기 때문에 오레놀 선사는 하늘치에 대한 이야기를 많이 요구받았어. 그런데 선사는 그때마다 그 수수께끼를 말했대."

"그래? 꿈과 하늘치가 무슨 관련이 있지?"

"생각해 봐, 형. 비셀스가 어디에서 자랐는지."

"뭐?"

"비셀스는 좋은 꿈 꿨냐는 말로 서로 인사하고 잠을 잘 자는 사람을 존경하는 사람들 사이에서 자랐어."

이이타는 움찔하고는 침묵에 빠졌다. 시카트가 암시하려는 것처럼 오레놀과 비셀스 사이에는 묘한 공통점이 있었다. 오레놀은 꿈에 대해 이야기했고 비셀스는 꿈을 사랑하는 자들 사이에서 자랐다. 그리고 그들은 모두 혼자서 하늘치를 움직였다. 아이저가 말했다.

"꿈의 특징 중 하나는 다른 사람과 공유할 수 없다는 거지."

이이타는 어리둥절해하다가 갑자기 몸을 경직시켰다.

"환상 계단도……!"

"그래. 자기만 볼 수 있고 다른 사람은 보지 못하는 환상 계단은 꿈과 비슷해. 그리고 자기만 영향을 받는다는 점도 그렇지."

파지트 대선은 뒤통수를 슬쩍 긁적였다.

"저희들이 하는 일이오? 바보가 되려고 애쓰고 있습니다."

"예? 바보요? 공부하시는 것 아닌가요?"

"그렇긴 하지만 공부하는 사람은 보통 학자나 학생이라고 부르지요. 저희들이 하는 공부는 좀 다릅니다. 저희들은 되도록 잊어버리려 노력합니다."

소리는 참 괴상한 말도 다 듣는다는 표정을 지었다. 하지만 어두운 계단에 집중하느라 소리는 조금 후에야 말할 수 있었다.

"왜 잊어버리시는데요? 저도 잊어버렸으면 좋겠다고 생각하는 것들이 있긴 있어요. 하지만 죽을 때까지 잊어버리지 말고 기억했으면 좋겠다고 생각하는 것들도 아주아주 많아요. 수백 개도 넘을 거예요."

파지트는 부드러운 미소를 지었다.

"무엇을 잊고 싶지 않으십니까?"

"언니요."

"혹시……"

"예. 죽었어요."

"그런가요. 안됐군요."

"저는 언니를 잊지 말았으면 좋겠어요. 스님은 그런 사람 없나요?"

파지트는 손을 들어 '저곳은 이주무 선사의 무구들이 보관된 벽월암입니다. 무기에 관심이 많으실 테니 보여 드리고 싶지만 지금은 시간이 늦어 그러기 어렵군요. 조심하십시오. 이곳엔 이끼가 있어서 미끄럽습니다.'라고 말한 후에야 소리의 질문에 대답했다.

"제게도 어린 시절에 홍역으로 죽은 남동생이 하나 있지요. 그리고 돌아가신 부모님도 있고."

"그분들을 잊고 싶으세요?"

"아니요. 잊고 싶지 않습니다."

"하지만 잊어버리려 애쓴다고 하셨잖아요."

"잊어버려야 잘 기억할 수 있습니다."

"무슨 말씀인지 모르겠어요."

파지트는 곤혹스럽다는 듯이 웃었다.

"제 박약한 말솜씨로 말도 안 되는 설명을 해 버릴지 모르겠습니다. 음. 소리. 우리는 어디에도 없는 신을 모시고 있습니다. 어디에도 없는 신은 어디에도 없기 때문에 분명히 계십니다."

"그게 무슨 말이에요?"

"저녁은 잘 드셨습니까?"

"예? 예. 먹었어요."

"저도 잘 먹었습니다. 그러면 제가 먹은 음식은 어떻게 되었을까요. 사라졌을까요? 아니요. 아마 제 피와 살이 되는 중일 겁니다. 어쩌면 그중 일부는 똥오줌이 되고 있는 중일 테고요. 설명이 좀 뭣해서 죄송합니다. 제가 말하고 싶은 것은 한때 음식이라고 불렸던 무엇이 이 세상에서 사라진 것처럼 보입니다만 사실은 없어지지 않고 다른 것이 되었다는 겁니다. 이해하시겠습니까?"

"예…… 예."

"음식은 제가 되었습니다. 그런데 제가 죽고 나면 어떻게 될까요? 제 시체는 썩어서 흙이 될 겁니다. 이제 좀 복잡하게 나눠 볼까요. 제 팔이었던 부분의 흙은 어떤 풀잎에게 흡수된 다음 토끼에게 먹힙니다. 제 다리였던 부분의 흙은 어떤 버섯에게 흡수된 다음 돼지에게 먹힙니다. 그리고 제 머리였던 부분의 흙은 지렁이에게 먹힙니다. 저는 흙, 풀잎, 버섯, 토끼, 돼지, 지렁이 등이 되는 거죠. 저는 없어지지 않습니다. 다만 다른 것이 되지요. 만물은 이런 것이 되었다가 흩어져 저런 것이 되었다가 다시

모여서 그런 것이 되었다를 반복합니다. 파지트라고 불리는 이 사람은 사실 다른 무엇들이었고, 또 다른 무엇들이 될 겁니다. 그렇다면 다른 모든 것들과 구분되는 절대적인 파지트는 없습니다. 그리고 파지트만 그런 것은 아닙니다. 우리가 무엇인가를 가리켜 무엇이다라고 말해도 그것은 다른 것들이었고 또 다른 것들이 될 겁니다. 저희들은 그것을 가리켜 비어 있다고 말합니다. 그것이 없으면서 있는 것입니다."

"우…… 아."

"상당히 두서없는 제 설명을 대강 정리하자면 이렇습니다. 모든 것은 모든 것이 아니며 모든 것이다. 말도 안 되는 소리 같지요? 저도 그게 말도 안 되는 소리라고 느낍니다. 왜냐하면 저는 충분히 잊지 못했거든요. 저는 아직도 파지트를 잊지 못했습니다. 사실 그것은 다른 것들이었고 다른 것들이 될 텐데도 말입니다. 저희들이 잊으려 애쓰는 것은 그런 것들입니다."

"하지만 영이 있잖아요."

"중요한 질문을 하시는군요."

소리는 약간의 우쭐함을 느끼며 말했다.

"파지트 스님이 돌아가셔도 스님의 영은 다른 것으로 바뀌지 않고 그대로 있을 거예요. 토끼가 되고 지렁이가 되고 하는 것은 파지트 스님의 육이잖아요. 그렇지요?"

"맞습니다. 하지만 영의 세계에서도 육의 세계와 똑같은 일이 일어납니다. 육 없이 영뿐인 도깨비의 어르신들도 언젠가는 사라지는 것을 보면 알 수 있지요. 음…… 하지만 이 이야기는 이제 그만두는 편이 좋겠군요."

"왜요? 재미있게 들리는데요."

파지트 대선은 조금 더 생각해 보면 무섭다고 느낄 테고 그 후에는 허무하다고 느낄 것이며 한참 더 고뇌한 후에야 간신히 허무에서 빠져나올 수 있는데, 그 허무 탈출은 성공할 수 있을지 없을지조차 알기 어렵기 때문에 조심하는 거라고 말하고 싶었으나 그러지 않았다.

"제가 부족해서 점점 이상한 말을 만들어 낼 것 같아서요. 그리고 젊은 당신에게는 죽은 다음의 일보다 즐겁게 사는 것이 더 중요합니다. 산사에 틀어박혀 있어서 세상 돌아가는 일이라고는 도통 모르는 땡초에게 당신 이야기를 해 주지 않겠습니까?"

소리는 머뭇거리다가 갑자기 웃었다.

"말씀드려도 잊어버리실 거잖아요."

"불쌍하게도 저는 잊고 싶다고 해서 당장 잊어버릴 수 있는 경지에 도달하지 못했습니다."

파지트는 짐짓 가슴 아프다는 듯이 말했다. 소리는 말해도 나쁠 것은 없을 것 같다고 생각했다. 사실 발케네를 떠나온 이래 누군가가 그녀의 이야기를 물어온 것은 처음이었다. 오랫동안 다른 사람에게 자기 이야기를 하는 즐거움을 느끼지 못했던 아가씨는 그것을 느끼기로 했다.

"대선님의 말대로라면 그 전에 토끼나 지렁이였을지도 모르지만, 어쨌든 저는 암살성에서 일하는 하녀였어요……."

많은 밤바람이 산사를 스치며 웅웅거렸다. 먼 곳에서 들려오는 밤새 소리를 들으며 생각에 잠겼던 이이타는 고개를 갸웃했다.

"그렇다면 하늘치를 움직일 수 있는 것은 꿈이란 말씀입니까?

하지만 저는 그것이 무슨 뜻인지 모르겠습니다."

"내 생각으로는 꿈이 아니라 꿈꿀 수 있는 능력이라고 해야 할 것 같다. 아니, 꿈속에서 사람이 보여 주는 태도라고 해야겠군, 이이타. 잠에서 깬 후에는 참 황당한 꿈도 다 꾸었다고 말하며 웃을 수 있지만 꿈을 꾸고 있는 동안에는 어떤 일이 벌어져도 이상하다고 느끼지 않지. 하늘누리가 있기 전까지 사람들은 허공을 걷는다는 것을 상상할 수 없었을 것이다. 만약 누군가가 그런 상상을 했다면 하늘치 정복은 꽤 오래전에 이루어졌겠지. 하지만 그러지 못했다. 그것은 말이 안 되니까. 아무도 그런 일을 상상하지 않았기 때문에 아무도 하늘치에 오르지 않았다. 하지만 지금은 환상 계단이라는 것이 존재함을 모두가 믿기 때문에 상상에 제약을 두지 않는다. 사람은 허공을 걸을 수 있다. 그렇다면 사람이 하늘치를 움직일 수도 있다고 생각하면 어떨까. 한 점의 의심 없이 그것을 믿는다면?"

"움직일 수 있게 됩니까? 하지만 그것은······."

"정말 상상하기 어려운 일이지. 하지만 한 가지 도움될 것이 있다."

"그게 뭡니까?"

아이저는 책 한 권을 꺼냈다. 그것은 『천경비록』이었다. 하지만 이이타가 마지막으로 보았을 때보다 훨씬 낡은 모습이었다. 얼마나 책을 넘겼는지 책 가장자리는 울어서 두꺼워져 있었고 표지는 날캉날캉했다. 이이타는 아버지가 그 책을 얼마나 많이 읽었는지 알 것 같았다.

"『천경비록』을 거푸 읽은 후에 깨달은 것이다. 환상 계단은 그것을 상상한 사람에게만 영향을 준다고 하지. 하지만 하늘치가 없는 곳에서는 환상 계단도 만들 수 없다. 환상 계단은 하늘치에게 속해 있으니까. 그렇다면 환상 계단은 그것을 상상한 사람과, 또 하늘치에게 영향을 주고 있는지도 모른다. 만약…… 네가 환상 계단 대신 하늘치의 다리를 상상한 다음 그 다리를 움직이려 한다면 하늘치는 다리 달린 생물처럼 걸을지도 모르지."

낡은 책을 물끄러미 바라보던 이이타가 무의식적으로 말했다.

"종증조부님은 왜 그 책을 쓰셨을까요?"

이이타는 자신의 질문에 조금 놀랐다. 아이저가 말했다.

"이 책을 쓴 이유?"

"아…… 예. 갑자기 궁금해졌습니다. 그 책이 하늘누리의 비밀을 담고 있다면 알아보기 쉽게 씌어져서 황제의 손에 맡겨졌어야 합니다. 그러면 황제에게 도움이 될 테니까요. 하지만 그 책은 알아보기 어렵게 씌어져서 우리 가문에 맡겨졌습니다. 종증조부님은 자신의 후손들이 언젠가 하늘누리에 대적할 것을 짐작하셨던 걸까요?"

아이저는 아들의 말에 고개를 끄덕였다.

"그러셨는지도 모르지. 이 책에는 집필 이유 같은 것은 씌어져 있지 않더군. 그리고 나는 행간에서 그 의도를 읽어 낼 수도 없었다."

"하지만 종증조부님이 황제나 제국보다 가문에 우선 순위를 두셨을까요?"

"글쎄. 알 수 없지. 어쩌면 그분은 후손 중에 이 책을 이해할 만큼 똑똑한 자가 있으면 황제를 도우라는 의미로 어렵게 써서 남겨 두셨는지도 모르지. 이이타, 지금은 이 책이 씌어진 이유를 따질 여유가 없군. 이 책을 이용할 생각부터 해야겠다."

이이타는 약간 불편한 얼굴로 고개를 끄덕였다. 아이저는 목소리의 높이를 조금 바꿔 화제를 전환한다는 것을 분명히하며 말했다.

"하인샤 대사원 근처에 출현하는 하늘치가 하나 있다. 무슨 사고를 겪어서 그렇게 되었는지 모르지만 눈이 몇 개 파괴되어 있기 때문에 다른 것들과 구별하여 쉽게 알아볼 수 있는 하늘치라고 하더군. 대사원에 오랫동안 있어 온 승려들은 자신들의 경험을 토대로 볼 때 올해 가을쯤에 그 하늘치가 나타날 거라고 하더군. 나는 그 하늘치가 나타나면 내 이론을 시험해 볼 생각이다. 아마도 앞으로 한 달 이내에 나타날 것이다. 내가 실패할 경우를 대비해서 너도 준비해 두어라. 시카트는 이미 준비하고 있다. 네가 지금 이곳으로 와서 차라리 다행이군."

이이타는 낙담하여 말했다.

"아버님, 솔직히 말씀드리자면 어떻게 준비해야 하는지 감도 잡을 수 없습니다."

"그것이 무엇이건 하늘치를 움직일 수 있다고 생각되는 것을 상상하도록 해라. 내가 조금 전에 예를 든 하늘치의 다리 같은 것이라도 좋고 다른 것이라도 좋다. 그리고 그것이 가능하다고 끝없이 믿어라."

"그렇게 하면 됩니까?"

"그래."

"알겠습니다."

"그럼 물러가 쉬어라. 먼 길이었으니 피곤할 것이다."

이이타와 시카트는 인사하고 밖으로 나왔다. 밤바람 속에 선 이이타는 시카트에게 무엇을 상상하고 있냐고 물었다. 시카트는 턱을 만지작거리며 말했다.

"아버님은 다리에 관심이 많으신 것 같지만 난 좀 회의적이야, 형. 하늘치는 정말 물고기처럼 보인다고. 물고기에 다리가 달려 있으면 얼마나 어색하게 보이겠어? 그건 상상하기 어려울 거야. 머릿속으로 불가능하다는 생각이 계속 들 거라고."

"그래서?"

"그건 물고기야. 그래서 나는 낚싯대를 생각하고 있어. 응? 왜?"

시카트는 이이타의 끔찍한 표정에 놀랐다. 야리키를 떠올리며 진저리를 쳤던 이이타는 겨우 자신을 진정시켰다.

"물고기니까 낚싯대라는 거야?"

"그래. 내 손에 쥐어져 있는 엄청난 크기의 낚싯대를 상상할 거야. 꿈속에서라면 낚싯대로 고래를 낚아 올려도 이상하게 생각되지 않겠지. 안 그래?"

"그도 그럴 것 같군."

"하지만 형은 다른 걸 상상해 봐. 누구 한 사람은 성공해야 하잖아. 모두 똑같은 것을 상상할 필요는 없지."

"그래. 알았어."

독행왕 지키멜 퍼스는 두 손을 깍지 껴 턱을 받친 채 벽 한쪽을 멍하니 바라보았다. 그곳에는 마루젤의 소품이 하나 놓여 있었지만 그녀가 마루젤의 작품 세계를 이해하려 애쓰는 것처럼 보이지는 않았다. 그러다가 문득 지키멜은 놀란 표정으로 팩스벗을 보았다.

"언제 말을 멈췄지?"

팩스벗은 짐짓 기지개를 켜는 시늉을 해 보였다. 군신간의 예의라 할 수 있는지는 좀 의심스럽지만 지키멜은 그런 태도를 묵인하는 편이었다. 그리고 팩스벗도 자주 그러지는 않았다.

"폐하께서 제 말을 듣지 않으신다는 것을 알아차렸을 때부터입니다. 연초 한 대 피울 시간 정도는 지난 것 같군요."

"아아, 미안해, 팩스벗."

"괜찮습니다. 급한 문제는 아니니까요. 걱정이 많으신 것 같은데, 폐하, 제가 도와드릴 것이 없을까요?"

지키멜은 눌렸던 턱을 만지작거리며 등받이에 몸을 기댔다. 그녀는 팩스벗에게 자신의 고민을 말해도 될 알 수 없었다. 하지만 그곳에는 팩스벗 외에도 그녀의 이야기를 들을 사람이 한 명 더 있었다. 바로 그녀 자신. 지키멜은 자신을 위해 이야기하기로 했다.

"신념을 잃은 남자는 너무 보기 안 좋아."

팩스벗은 고개를 갸웃했다.

"글쎄요. 그건 여자도 마찬가지 아니겠습니까?"

"여자? 여자는 괜찮아. 그런 면에서는 강하니까. 남자가 문제야. 워낙 연약해서."

팩스벗은 웃음으로 동의했다.

"시오크가 많이 상심해 있다는 이야기를 들었습니다. 그가 신념을 잃어버렸습니까?"

"그래."

팩스벗 졸다비는 자세를 똑바로 하며 말했다.

"폐하, 이렇게 말씀드리는 것을 용서하기 어려우실 것 같습니다만, 그가 유료도로당주로 복귀할 생각이 없다면 그는 우리에게 도움이 되지 못합니다."

팩스벗의 말은 부정확했다. 지키멜은 팩스벗을 용서하기 어려운 것이 아니라 용서할 수 없었다. 그녀는 무시무시한 눈으로 팩스벗을 노려보다가 말했다.

"그래서?"

"그가 유료도로당을 이끌며 우리를 위해 해 줬던 일을 무시할 수는 없겠지요. 하지만 그 또한 자신의 목적을 위해 우리를 이용했던 겁니다. 폐하께서 그에게 정도 이상의 시간을 할애할 필요는 없다고 생각합니다. 우리 비나간은 신생 국가입니다. 폐하의 지휘 아래 국가의 건설에만 모든 역량을 기울여도 부족한 판에 국왕과 대등한 영향력을 지녔을지도 모르는 막후 실력자 따위를 키울 여유는 없습니다."

"시오크가 그러려고 한 적이 있나?"

"시오크가 어떻게 처신하느냐는 상관없습니다. 그가 시오크 파의 영수가 될 수 있다는 것이 중요합니다."

지키멜은 터져 나오려는 노성을 억눌렀다. 그녀의 젊은이들이 불안해하고 있었다. 팩스벗은 그들이 축출한 비나간의 구세력들이 시오크를 중심으로 결속하여 반격에 나설지도 모른다는 불안감을 내비치고 있었다. 그들이 그런 불안을 느꼈다면 그것은 지키멜이 그들에게 안정감을 주지 못했기 때문이다. 팩스벗이 원하는 것은 분명하다. 그리고 지키멜은 자신이 그 요구를 들어주리라는 것을 알고 있었다.

"팩스벗 졸다비. 짐은 짐의 통치에 누군가가 간섭하도록 내버려두지 않을 것이다. 짐과 함께 이 나라를 만든 자들이 누군지 잊지 않을 것이고 그들의 헌신을 절대로 배신하지 않을 것을 맹세한다."

팩스벗의 얼굴에 짧은 희열이 떠올랐다. 지키멜은 속으로 다섯까지 센 다음 말했다.

"하지만 짐에게 협조했던 자들이 짐에게 협조했다는 이유만으로 짐을 불신할 권리를 획득했다는 식으로 행동한다면, 그 또한 용서하지 않을 것이다."

팩스벗은 희열을 떠올렸던 것만큼이나 솔직하게 공포를 떠올렸다. 지키멜은 어쩔 줄 몰라하는 팩스벗의 모습을 똑바로 바라보다가 말했다.

"팩스벗, 짐을 믿었기에 짐의 대업에 동참하지 않았던가?"

팩스벗은 국왕의 면전에서 기지개를 켰던 사람이라고는 생각하기 힘든 진지한 태도로 말했다.

"폐하, 저는 폐하를 신뢰했으며 언제까지나 그러할 것입니다."

"너희들은 조금 더 여유를 보였어야 했다. 짐의 관심이 잠시 상심한 시오크에게 옮겨 갔다 해서 벌써 관심을 잃은 강아지처럼 깽깽거리고 삐친 척해서는 안 된단 말이다!"

팩스벗은 바닥에 엎드리기라도 할 것 같은 얼굴이었다. 붉게 변한 그의 얼굴과 이마에서 배어 나오는 땀을 노려보던 지키멜은 약간 부드러운 어조로 말했다.

"짐에게 상심한 연인을 달랠 잠깐의 여유도 줄 수 없는가? 그래서 그를 견제하겠다면서 나서야 했는가? 그렇게 짐을 믿지 못하나? 실망할 수밖에 없군."

"폐하, 저는 다만……."

자신이 꺼내 놓는 어떤 말이라도 반박과 더 큰 노성을 끌어낼 수밖에 없다는 것을 깨달은 팩스벗은 말을 삼켰다. 그는 침묵한 채 머리를 조아렸다.

"침묵한 것은 좋은 결정이다. 짐이 바라는 것은 그대의 말이 아니라 행동이니까. 짐은 그대를 벌함으로써 그대에게 더 큰 헌신을 받을 기회를 포기하는 짓은 하지 않겠다. 짐의 기대를 저버리지 말도록."

팩스벗은 말없이 고개를 끄덕였다. 지키멜이 그에게 나가라 명령하자 팩스벗은 화재를 피해 도망치는 사람의 표정으로 황급히 방을 나갔다.

문이 닫히는 것을 본 지키멜은 넌더리 난다는 표정으로 의자에 몸을 기댔다. 그녀는 다리를 죽 뻗어 반쯤 누운 자세로 천장을 바라보았다.

지키멜은 신념을 잃은 남자는 보기 안 좋을 뿐만 아니라 역겨울 수도 있다고 생각했다. 그들의 손으로 왕국을 일으킨다는 생각에 열정적으로 자신의 모든 것을 던지던 팩스벗 졸다비는 이제 시오크를 주축으로 한 다른 경쟁자들이 지키멜의 관심을 빼앗아 갈까 봐 걱정하고 있었다. 호의적으로 생각한다면 팩스벗은 국체 확립에 힘을 써야 할 시기에 소모적인 힘 겨룸이 일어날까 봐 걱정하는 것일 수도 있다. 아니, 그렇게 해석해 주는 것이 옳을 것이다. 하지만 지키멜은 팩스벗이 자기 밥그릇을 챙기려 한다는 인상을 지우기 어려웠다. 곧 지키멜은 팩스벗뿐만 아니라 자신에 대해서도 짜증을 느꼈다.

'내가 왜 팩스벗을 미워하게 된 거지?'

영민한 지키멜은 곧 이유를 깨달았다.

'시오크야. 시오크를 감싸주려 하다 보니 팩스벗에게 날카롭게

대한 거야.'

지키멜은 우울하게 그것을 인정했다. 기진맥진한 시오크는 자신뿐만 아니라 그녀에게까지 영향을 끼치고 있었다. 단지 동정심을 자극한다는 것에 그치지 않는 부정적인 영향. 삼 년 구병에 효자 없다는 말은 구병의 힘겨움만을 말하는 것이 아니다. 병자는 단지 존재하는 것만으로도 주위에 악영향을 끼친다. 그리고 시오크는 정신적인 병자였다.

냉철하게 행동한다면 시오크를 멀리해야 한다. 그것이 위태로운 신생 국가와 그녀 자신을 지키는 일이다. 고래로 군주들은 언제나 그런 결정을 내려 왔다. 유료도로당주의 아들, 한때 유료도로당을 장악했던 남자, 그리고 군주의 연인. 구심점을 찾는 야심가들이 노릴 만한 대상으로는 완벽하다. 시오크가 위험하지 않다 하더라도 그가 가진 것들은 위험하다. 시오크도 이해할 것이다. 그녀에 대한 것은 전부 이해하는 시오크니까.

하지만 지키멜은 시오크를 지극히 사랑했다.

지키멜은 입술을 깨물고 두 손등으로 눈 주위를 문질렀다. 울지는 않았다. 울지 않을 것이다. 그녀는 쓰라린 눈을 들어 천장을 노려보았다.

'두 왕국, 모두 지킨다.'

지키멜은 똑바로 앉았다. 그녀는 깊이 생각했다. 비나간의 현재 위험은 무엇인가? 흑사자군이 나타남으로써 시모그라쥬 공이 보내오던 위험은 사라졌다. 하지만 흑사자군은 그 자체로 위험하다. 지키멜은 엘시 에더리가 비나간군의 참전을 거부한 것을 다시 아쉽게 생각했다. 물론 제국군과 함께 싸운다면 비나간군은 제국군에게 많은 것을 배울 수 있을 것이다. 하지만 더 중요한 점은 엘시에게 채무를 안겨 줄 수 있다는 점이다. 함께 싸웠다는 빚. 하지만 이제 그것은 불가능하다. 지키멜은 엘시가 시모그라쥬군을 격파하고 다른 모든 세력을 진압한 다음 귀족원 회의를 여는 경우를 생각해 보았다.

'제국 부활은 불가능해, 이 지나치게 성능 좋은 영웅 녀석아.'

지키멜은 재빨리 결론을 내렸다. 엘시 에더리는 불가능한 목적에 자신의 모든 것을 불태운 끝에 자멸하도록 내버려둔다. 아까운 인물이지만 포기할 수밖에 없다. 지키멜은 다른 경우를 생각해 보았다.

만약 시모그라쥬 공이 이긴다면? 그렇다면 북진은 재개될 것이다. 그 경우에 무엇으로 시모그라쥬군을 막아야 하는가? 지키멜은 즉각적으로 두 개의 세력을 떠올렸다. 규리하와 발케네. 하지만 그들은 지나치게 먼 곳에 있고 또 서로 다투고 있다. 게다가 발케네 공은 규리하에서 하늘치의 처녀에게 놀라 물러나기 전까지 시모그라쥬 공과 똑같은 행태를 보였다. 그들은 잊는 편이 낫다.

지키멜은 고뇌에 잠긴 표정으로 다시 마루젤의 조각을 바라보았다. 그것은 그녀의 증조부 홀빈 퍼스 노후작이 마루젤에게 거금을 주고 조각하게 한 노후작의 흉상이다. 마루젤은 정직한 예술가였으므로 그 흉상에는 의뢰인을 즐겁게 할 과장 같은 것이 없었다. 지키멜은 그것이 만들어졌던 때를 기억하지 못하지만 주문한 것을 받아 든 노후작이 즐거워했을 것 같지는 않았다. 거기에는 노후작의 약점이 고스란히 드러나 있었다. 탐욕스럽고 비정하고 수전노였던 증조부. 비록 죽기 직전 그는······.

갑자기 지키멜은 눈을 크게 떴다. 노후작은 증손녀가 내민 독배를 받기 전 많은 이야기를 했다. 지키멜은 노후작의 마지막 말에 대해 생각했다.

'어떻게든 즈믄누리의 지지를 얻도록 해라.'

즈믄누리?

'즈믄누리는 즈믄누리의 성주가 내리는 결정들과 마찬가지지. 신경 쓰지는 않지만 그냥 무시하기도 찜찜하지. 그것은 사실 엄청난 힘이다. 백만 명의 레콘보다 강한 힘이지.'

즈믄누리의 지지를 얻을 수 있다면?

'너는 정치적인 태풍이나 정치적인 지진을 일으키는 사람으로 취급될 거다.'

지키멜은 흥분 때문에 제멋대로 우쭐거리는 두 손을 깍지 꼈다가 더 참지 못하고 자리에서 일어났다. 그녀는 증조부의 흉상으로 다가가 그 얼굴을 들여다보았다. 마루젤이 의뢰인의 약점과 함께 장점도 표현해 놓은 흉상을 마주 보던 지키멜은 고개를 끄덕였다. 그녀는 독백처럼 말했다.

"즈믄누리. 알았어요."

침착한 표정으로 편지를 들여다보던 베로시는 갑자기 자리에서 일어났다.

그녀는 짐승 같은 소리를 내며 탁자를 후려쳤다. 탁자는 다리 하나가 부러지며 옆으로 휘청 기울었다. 탁자 위의 물건들이 미끄러져 바닥에 우당탕 쏟아졌다. 베로시는 자신의 마음이 부서져 내리는 소리를 듣는 듯했다. 퉁퉁 붓기 시작하는 주먹을 내버려 둔 채 베로시는 짓씹는 어조로 외쳤다.

"그올린발! 이 개자식아!"

군사학은 경제학과 비슷하다. 물론 좋은 경제학자가 그대로 전략가가 될 수 있다는 의미는 아니며, 그 반대 또한 불가능하다. 하지만 경제학자는 전쟁을 경제학적으로 분석할 수 있을 것이다. 전략은 결국 자신이 보유한 자산, 즉 병력의 투자 부문과 시기를 결정하는 일이다. 그런 의미에서 볼 때 그을린발은 도무지 채산성이 맞지 않는 사업 대상이다. 그의 존재는 시모그라쥬군에게 점점 압박감으로 다가오고 있었다. 시모그라쥬군이라면 가리지 않고 박살 내고 있는 이 고약한 레콘을 제거해야 한다는 것은 시모그라쥬군의 총지휘관인 베로시에게 지상 과제가 되었다.

막대한 투자가 이루어지면 그을린발을 제거하는 것도 가능하기는 할 것이다. 하지만 그 경우 얻는 소득은 레콘 시체 한 구뿐이다. 베로시가 그을린발에 대해 정말 전율하는 것은 그을린발의 용력이나 뛰어난 기상, 불굴의 투지가 아니라 그런 말도 안 되는 채산성이었다. 그을린발에게 투입할 수 있는 전력으로 훨씬 많은 일을 할 수 있다. 도시 몇 개를 정복하거나 대규모 요새를 만들거나 하다못해 모든 시모그라쥬군에게 토프탈 가문의 가위 문장이 수놓아진 속옷을 지급할 수도 있을 것이다. 어쨌든 레콘 시체 한 구보다는 훨씬 쓸 만한 것을 얻을 수 있다. 따라서 상식적으로 본다면 그을린발에 대처하는 가장 좋은 방법은 회피하는 것이다. 베로시 토프탈은 그런 회피를 자존심 상하는 일이라 생각할 정도로 멍청하지 않았다. 추로 쓸 수 있는 금속이 황금뿐이라면 추를 물속에 빠트릴 위험을 무릅쓰고 물고기 한 마리를 노리는 것보다는 낚시를 포기하고 황금으로 물고기를 잔뜩 사는 편이 훨씬 낫다. 그건 자존심과 상관없는 문제다.

그런데 그을린발을 회피할 수가 없다. 흑사자군 때문에.

엘시는 꾸준히 병력을 남하시키고 있었다. 베로시는 그를 저지해야 했다. 하지만 한계선 남쪽으로 물러나 익숙한 키보렌을 전장으로 선택하는 것은 전투에서 이기고 전쟁에서 지는 일이 될 것이다. 한랭 적응이 되어 있지 않은 시모그라쥬군은 명년 봄이 올 때까지 북상을 시도하기 어렵다. 정복한 땅을 지키며 겨울을 나야 한다. 따라서 베로시는 남하하는 흑사자군의 앞쪽에 자신의 병력을 가져갈 수밖에 없다. 그런데 그러면 그곳에 반드시 그을린발이 나타나는 것이다.

백만 대군이 미끼가 되고 한 사람이 싸운다.

베로시는 무슨 전쟁이 이 모양이냐고 외치고 싶었다. 그녀는 온갖 것에 대비했다. 참고할 만한 사료는 넘칠 지경이었다. 역사를 통해 끊임없이 이어져 왔던 남부의 침공과 역시 끝없이 이어져 왔던 북부의 방어를 통해 일종의 도식화가 가능할 정도의 사료가 남아 있다. 규칙은 이러하다. 북부가 분열되었을 때 남부는 불을 지를 권한을 가진다. 그리고 북부는 첫 번째 빗방울이 떨어졌을 때만 폭우가 되어 남쪽으로부터의 불을 끌 수 있다.

분열. 그것을 만들기 위해 시모그라쥬 공은 암살공의 요구를 받아들여 엘시 에더리를 억류하기로 했다. 애초에 그들이 원한 것은 황제와 암살공이 서로 커다란 싸움을 벌여 제국이 혼란에 빠지는 것 정도였다. 그런데 상황은 그 이상으로 잘 풀렸다. 황제와 암살공이 모두 사라졌으며 그들에겐 대호왕이 왔다. 남부에게 불을 지를 기회를 선사하는 북부의 분열이 가장 완벽한 형태로 나타난 것이다. 팔디곤 토프탈은 지체 없이 불을 질렀다. 그리고 베로시는 첫 번째 빗방울이 어디에서 나타날지 조마조마하게 기다렸다.

첫 번째 빗방울이라는 표현은 그것이 무작위적이고 예상할 수 없다는 의미에서 적절하다. 북부는 언제나 예상치 못했던 구심점이 나타났을 때 가까스로 분열되었던 자신을 봉합하여 남부에 대항할 수 있었다. 고아라짓 왕국의 극연왕은 오라비가 그 자리를 고사했기에 왕위에 오른 뜻밖의 인물이지만 강력한 공격으로 제1차 대확장 전쟁에서 나가들이 얻은 것 대부분을 무효화시켰다. 제2차 대확장 전쟁 당시 사라진 왕이 돌아올 거라 예견한 자는 아무도 없었지만 왕은 남부에서 온 나가라는 놀라운 형태로 나타나 북부를 이끌었다. 그리고 천일 전쟁에서 북부를 결집시키는 자가 누구보다도 원시제 그리미 마케로우에게 비판적이었던 콸하이드 규리하일 거라 예상한 자는 아무도 없었다. 당시 좀 당혹스럽기까지 한 대호왕의 선양 때문에 여러 파로 분열되었던 북부는 죽은 채 싸운 충의공의 분전 아래 하나로 결집되었다. 북부는 이렇듯 남부의 공격에 일방적으로 당하다가 뜻밖의 인물이 돌출했을 때만 겨우 자신을 수습하여 남부의 공격을 물리칠 수 있었다.

그런데 이번의 경우는 어떠한가.

제국은 사라졌다. 북부는 분열되었다. 대장군 엘시 에더리는 제국의 부활을 바라는 자들의 대표라 할 수 있지만 그가 주장하는 것은 자신을 주축으로 한 재건이 아니다. 그는 그 역할을 귀족원 회의에 돌리려 한다. 그렇기에 엘시의 기적적인 능력은 제국 통합이 아닌 제국군 통합으로 나타난 것이며, 북부는 여전히 사분오열된 상태다. 독행왕 지키멜 퍼스 같은 경우는 그런 분열상의 상징적 인물이라고 할 수 있을 것이다. 그런 상태에서 남부의 공격이 시작되었다. 그리고 진군하는 남부의 앞쪽에 뜻밖의 인물이 나타났다. 여기까지는 이전의 역사를 답습이라도 하는 것처럼 똑같다. 첫 번째 빗방울이 떨어진 것이다. 그러나 그 첫 번째 빗방울은 다른 빗방울들을 불러 내리는 대신 혼자서 홍수가 되었다. 그는 단신으로 남부에 반격을 시작했다.

'그을린발, 히베리!'

그을린발은 너희들의 제국을 부수겠다고 말했고 시모그라쥬의 병력을 모조리 파괴하는 방식으로 그 선언을 실천하고 있었다. 게다가 그 방식은 점점 악독해지고 있었다. 그을린발은 자신의 경고가 대호왕 사모 페이, 시모그라쥬 공, 그리고 토프탈의 이름을 쓰는 모든 자와 그들의 친구들에게 전달되기를 바랐다. 그리고 최근 그의 공격은 토프탈 가문의 사람들에게 집중되고 있었다. 베로시가 조금 전에 읽다가 분노한 편지에는 그녀의 사촌 한 명이 당한 끔찍한 일이 적혀 있었다.

군단장이기도 한 베로시의 사촌 틀레미 토프탈은 그을린발의 공격을 피하기 위해 자신이 담당한 점령지에 있는 인공 호수에 거처를 정했다. 호수 가운데는 조그마한 정자가 있었고 정자와 호숫가를 연결하고 있는 것은 조그마한 무지개다리였다. 그을린발이 쳐들어왔을 때 정자로 숨어든 틀레미는 무지개다리를 파괴하고 자신이 안전해졌다고 생각했다. 하지만 상황을 살펴본 그을린발은 물러갔다가 코끼리 떼와 함께 돌아왔다. 그 코끼리 떼에는 무수한 기름통이 실려 있었다. 그을린발은 호수에 기름을 붓고 불을 질렀다. 그 때문에 틀레미 토프탈은 물 위에서 불타 죽는, 토프탈 가문의 사람들뿐만 아니라 모든 사람을 통틀어서도 희귀한 죽음을 맞았다. 그을린발이 어디서 그 많은 기름을 구했는지 의아해하던 베로시는 틀레미 토프탈이 담당한 점령지의 특산품이 피마자유라는 것을 알고는 탁자를 부수고 말았다.

베로시는 숨을 몰아쉬며 바닥에 흩어진 다른 서류들을 노려보았다. 그중에는 아직 살아 있는 토프탈 가문의 사람들이 보낸 편지들도 섞여 있었다. 원래 구성원이 많지 않은 토프탈 사람들은 그을린발의 공격에 죽을 정도로 겁내고 있었다. 그들의 공포가 얼마나 컸던지 편지들 중에는 자포자기한 문체로 깨끗한 자살에 관해 언급하고 있는 것도 있었다. 그런 심각한 내용은 고맙게도 하나뿐이었지만 엘시 에더리와 타협하고 그가 주장하는 대로 귀족원 회의에 참석하는 것을 고려해 보자는 내용은 제법 많았다. 제국을 얻는 길이 전장에만 있는 것은 아니다. 귀족원 회의에서도 대호왕과 시모그라쥬 공의 영향력이면 충분히 제위를 노려 봄직하다⋯⋯.

'이런 바보들! 대호왕이 아니라 부활한 영웅왕이라 해도 싸움에 진 자에게 영향력 따위가 남아 있을 것 같냐! 사람들은 그을린발이 아니라 엘시가 우리를 거꾸러뜨렸다고 생각할걸. 차라리 대호왕을 포기하고 엘시를 황제로 추대하자고 주장하지그래?'

홧김에 소리 없이 투덜거리던 베로시는 갑자기 자신의 생각에 놀라 움찔했다. 그녀는 무너지듯 의자에 걸터앉아 생각에 잠겼다.

대호왕과 시모그라쥬 공이 영향력을 잃는 만큼 엘시 에더리의 영향력은 늘어날 것이다. 그가 승자니까. 그렇다면 그의 황위 등극에 적극적으로 협조한다는 조건으로 엘시 에더리와 협상을 해 볼 수도 있을까? 베로시는 자신의 생각에 불쾌감을 느꼈지만 그 생각의 질주는 가로막지 않았다. 만약 그런 협상에 성공한다면 단기적으로는 엘시에게 그을린발을 설득해 달라고 요청할 수 있을 것이다. 그리고 중장기적으로는 시모그라쥬 공의 지위와 권위를 계속 인정해 달라고 요청할 수도 있을 것이다.

베로시는 자신의 어깨를 와락 움켜쥐었다.

그럴 수는 없다. 만에 하나 엘시가 그 요구를 받아들인다 해도 그녀는 목숨을 부지하기 어렵다. 엘시를 마른 우물에 가두고 모욕한 사람이 바로 그녀니까. 그리고 엘시가 정말 황위에 관심이 있다면 오히려 시모그라쥬 공을 분쇄하여 자신의 위업을 보이려 할 것이다. 그에겐 그럴 능력이 있으니까. 협상은 불가능하다. 베로시는 새로운 증오심으로 바닥에 떨어진 편지들을 노려보았다. 당장의 공포 때문에 이성을 잃은 그들은 파멸의 길을 제안하고 있었다. 싸워야 한다. 그럴 수밖에 없다. 그렇다면 문제는 어떻게 그을린발을 피해 흑사자군과 싸우느냐다. 하지만 베로시가 보기엔 사자를 피해 호랑이굴로 뛰어드는 것과 같은 일이었다. 상대는 백만 대군이고, 그것을 지휘하고 있는 사람은 엘시 에더리다. 이럴 수도 저럴 수도 없는 막막한 처지에 좌절한 베로시는 신음을 흘렸다. 그때 바깥에서 소음이 들려왔다.

많은 사람이 다급하게 움직이는 소리와 고함 등이 들려왔다. 그을린발이 쳐들어왔을지도 모른다고 생각한 베로시는 몸에서 힘이 쭉 빠져나가는 것을 느꼈다. 끔찍한 죽음의 예감에 헐떡이던 베로시는 차라리 두 눈으로 확인해야겠다고 생각하며 몸을 일으켰다. 그때 바깥에서 다급한 목소리가 들려왔다.

"상장군님! 공작님으로부터 사자가 왔습니다!"

놀란 베로시는 눈을 크게 떴다가 곧 들어오라고 외쳤다. 조금 후 먼지를 잔뜩 뒤집어쓴 부위 한 명이 들어섰다. 부위는 바닥에 흩어져 있는 편지와 부서진 탁자 등에 조금 놀랐지만 내색하지 않은 채 베로시에게 경례했다. 그는 빨리 보고를 끝내고 잠자리를 얻어야겠다는 생각밖에 할 수 없을 정도로 지쳐 있었다. 그래서 부위는 빠르게 보고했다. 베로시는 놀랐다.

"40만이라고?"

"그렇습니다. 지금 이곳을 향해 최고 속도로 진군하고 있습니다. 보름에서 스무 날 사이에 합류할 수 있을 거라 생각합니다."

"원군을 요청한 적이 없는데……."

"공작 각하께서 결정하신 겁니다. 여기, 공작 각하께서 보내는 편지입니다."

사자가 꺼낸 것은 두 통의 편지였다. 부위는 두 번째 편지에 약간의 공경심을 보이며 말했다.

"그리고 이것은 폐하께서 보내신 것입니다."

"폐하께서? 알았다. 수고가 많았다. 가서 쉬도록."

부위는 그 말에 만세라도 외치고 싶다는 표정으로 물러났다. 베로시는 아무도 들어오지 못하게 하라고 명령하고 천막 안에 혼자 남았다. 그녀는 양손에 든 두 통의 편지를 보다가 먼저 시모그라쥬 공 팔디곤 토프탈의 편지를 개봉했다.

베로시는 시련이 혹 약속을 어길 경우에 대비하여 남아 있던 병력과 정복지에 주둔하고 있던 병력들 중 인간 병력 전부가 시모그라쥬 공의 명령에 따라 그녀에게 오고 있음을 알았다. 결과적으로 한계선 남쪽에는 나가 병사들만 남았다. 그 사실에 약간의 불안을 느꼈지만 베로시는 군사를 얻게 되었다는 사실이 더 기뻤다. 그녀가 그동안 재정비한 병력과 새로 오고 있는 40만을 합치면 대략 55만은 될 것이다. 그것은 흑사자군의 백만 대군에 비하면 절반을 조금 넘는 정도지만 싸움을 벌여 볼 만한 병력은 된다. 베로시는 조금 전까지 흑사자군의 병력에 좌절하던 것을 잊었다.

'대호왕은 사만 명만 데리고 하텐그라쥬를 정복했어!'

정당한 비교라고 할 수 없다. 대호왕이 금단의 키보렌을 가로질러 하텐그라쥬를 공격할 때 데리고 있었던 병력이 불과 사만 명이라는 것은 맞다. 하지만 대호왕에게는 그녀를 돕는 신들도 있었고 마지막 용인 아스화리탈도 있었다. 자신의 오류를 깨달은 베로시는 짧은 우울감을 느꼈다. 하지만 그녀는 곧 기운을 되찾았다. 비록 세력은 2대 1로 불리하지만 적에겐 지구전을 수행할 능력이 없다. 아마도 모든 병력을 한꺼번에 쏟아 부으려 할 텐데 백만 명이 한 장소에 집중되면 백만 명의 힘을 내기 어렵다. 그것은 지나치게 많은 숫자니까. 베로시는 희망이 솟아나는 것을 느끼며 대호왕의 편지를 개봉했다.

상장군 베로시 토프탈은 보라.

눈앞에 있는 강대한 적과 어깨를 짓누르는 무거운 의무 때문에 그대는 지금 두려울 것이다. 오십여 년 전 그 누구도 정복하지 못했던 키보렌을 앞에 둔 짐도 그러했다. 물론 짐에겐 도움을 주신 신들이 계셨지만 짐의 적 또한 신의 힘을 훔쳐 쓰고 있었다. 짐에겐 용이 있었지만 짐의 적은 용을 멸종시킬 뻔한 자들이었다.

마치 그녀의 생각을 읽는 듯한 내용에 베로시는 놀랐다. 그녀는 정신없이 편지에 몰두했다.

그런 상황에서, 짐은 승리와 패배에 대해 더 이상 생각하지 않기로 했다. 다만 스스로에게 다짐했다. 용감한 이는 한 번 죽어 영원히 살고, 용렬한 이는 영원히 죽지 않으려 하다가 한번도 제대로 살지 못한다. 심장을 적출한 나가도 때가 되면 죽고 도깨비의 어르신들도 영원하지는 않다. 영원한 여름의 땅 키보렌에서도 피어난 꽃은 언젠가 지게 마련이다. 그러나 꽃의 향기는 그윽하다. 그 꽃이 훌륭히 살았기에.

승패를 생각하지 마라. 적이 앞에 있을 뿐이다. 그대의 칼을 들어라. 싸우라. 그리하여 그대의 적으로 하여금 그대를 두려워하게 하라.

언젠가 식을 춤채라 하더라도 그것이 뜨거운 동안에는 춤을 추어라. 뜨겁게 춤추어라.

그대의 왕 사모 페이로부터.

베로시는 사모 페이의 편지를 여러 번 읽었다. 그리고 그것을 조심스럽게 접어 가슴에 대고 눌렀다. 한참 동안 그녀는 그런 모습으로 꼼짝도 하지 않았다.

두억시니 장군은 지금껏 의도적으로 대호왕에 대해 생각하길 거부해 왔다. 그 생각들이 갑작스럽게 그녀의 내부로 밀려 들어왔다. 그 늙은 나가는 불세출의 영웅이었다. 위대한 지도자였다. 살아서 신화가 된 자였다. 베로시는 그 모든 해석에 동의했으며 또한 냉소했다. 그런 화려한 말들이 무엇을 의미하는지 안다고 믿었기 때문이다. 하지만 이제 베로시는 그녀가 강대한 적을 앞에 두고 다가올 전투를 기다리던 외로운 군인이기도 했음을 깨달았다. 마치 지금의 자신처럼. 그 순간 베로시는 시모그라쥬 공 팔디곤 토프탈이나 토프탈 가문의 사람들 그 누구보다도 사모 페이와 강렬한 동질감을 느꼈다. 다른 자들은 자신의 모든 것을 걸고 어깨를 떨며 사선(死線)에 서 본 적이 없다. 북부의 운명을 걸고 싸웠던 사모 페이를 제외한 다른 자들은.

베로시는 속삭였다.

"왕이시여, 저는 춤을 추겠습니다."

베로시는 재빨리 탁자를 붙잡아 똑바로 세웠다. 하지만 부러진 다리 때문에 탁자는 다시 기울었다. 베로시는 탁자를 저 멀리 밀어 버리고 바닥에 주저앉았다. 그녀는 바닥에 떨어진 친척들의 편지를 환멸스럽다는 얼굴로 밀어내고 지도와 보고서들을 끌어당겼다. 그리고 그것을 뒤적거리며 고도의 집중력으로 생각했다.

무려 반 시간의 고민 후 베로시는 자신의 전장을 결정했다. 그곳은 한때 대호왕이 섰던 곳이기도 하다.

"엔거 평원입니다."

시허릭 마지오 상장군이 무거운 목소리로 말했다. 불안감이나 공포가 아닌 다른 무엇이 그로 하여금 목소리를 낮추게 했다. 제2차 대확장 전쟁 당시 대호왕의 키보렌 침공이 시작된 곳이 바로 엔거 평원이었다. 북부의 대부분 지역이 나가들에게 유린당하고 있을 때 라수 규리하는 오히려 한계선 가까운 남쪽의 엔거를 전장으로 삼아 대승을 거두었다. 그리고 그 기세를 몰아 한계선을 돌파하여 하텐그라쥬까지 밀고 내려갔다. 엔거는 그 전설적인 진격이 시작된 장소였다. 다른 사람들 또한 엔거 평원이 가지고 있는 역사적 의미를 생각하느라 잠시 침묵했다. 시허릭은 엘시도 같은 생각을 하는지 궁금해하며 상석에 앉아 있는 대장군을 바라보았다.

엘시 에더리의 눈길은 지도를 향하고 있었지만 그는 그곳에 있지 않은 다른 무엇을 보고 있는 듯했다. 아마도 그가 엔거에서 승리를 거둘 방법을, 그리고 그 후에 시행될 장대한 전략에 대해 고민하는 거라 판단한 시허릭은 그를 방해하지 않기로 했다.

시허릭이나 다른 참석자들이 엘시의 상태를 정확히 알았다면 크게 당황하거나 실망했을 것이다. 대장군은 그와 같은 위대한 인물에게 어울릴 원대한 계획 같은 것을 숙고하고 있지 않았다. 그는 졸고 있었다. 아니, 엄밀하게 말하면 존다기보다는…….

"대장군님은 또 자고 있기도 하고 안 자고 있기도 한 거예요?"

"비슷해요."

"여기는 회의 중인 것 같은데. 이런 상태에서 어떻게?"

"그러게 말이에요."

"여기는 어디죠?"

"엔거죠. 대호왕의 위대한 남진이 시작된 유서 깊은 땅인 엔거 평원은 이곳에서 좀 떨어진 곳에 있어요."

엘시는 무수히 많은 얼굴을 가지고 있는 한 소녀를 보았다. 소녀가 있는 곳은 지도가 놓인 탁자가 있어야 할 자리였다. 그리고 탁자는 그곳에 있었다. 하지만 소녀와 탁자는 서로 무관하게 있었다. 많은 얼굴이 있었지만 엘시는 그 소녀를 안다고 생각했다. 전에 그 소녀를 만난 적이 있는 것 같았다. 하지만 전에 만났다는 것이 무슨 의미인지 엘시는 알 수 없었다. 소녀가 말했다.

"그 이야기 알아요. 엔거와 엔거 평원은 서로 떨어진 곳에 있지요. 원래 존재하던 엔거는 복수왕이 반역자 기로인을 처벌하면서 파괴했고, 엔거였던 곳은 엔거 평원이 되었지요. 그리고 지금의 엔거는 좀 떨어진 곳에 있고요."

"이 사람도 그 생각을 하는군요."

"무슨 생각이오?"

"원래 아라짓 제국은 파괴되었고 아라짓 평원이 남았다. 역사가 반복에 관심이 많다는 것이 사실이라면 새 아라짓은 원래의 아라짓과 상관없는 곳에 생길지도 모른다. 재미있는 연상이군요. 엔거 평원이라는 말에 그런 생각을 떠올리는 것을 보니 상당히 감상적인 상태인가 봐요."

"왜 감상적이지요?"

"자기 죄를 도둑맞았거든요."

"죄?"

"규리하를 떠난 이래 지금까지 대장군은 피에 젖은 발자국을 뒤에 남길 필요가 없었지요. 그에게 가장 크게 저항했던 하스마빌 상장군의 호두나무 군단을 합류시킬 때도 전투라고 말하기도 뭣한 사상자만 내고 규합에 성공했지요. 민들레 여단을 합류시킬 때는 단 한 사람만 죽었지요. 게다가 그마저도 이 사람이 죽인 것이 아니에요. 그래서 대장군은 백 명도 죽이지 않고 백만 대군을 규합할 수 있었어요. 하지만 시모그라쥬군은 합류의 대상이 아니고 전쟁의 대상이었어요. 이 사람은 드디어 제국을 위해 제국민들을 학살한다는 모순에 빠질 수 있게 된 거죠. 그런데 이 사람이 그 모순에 빠져 들기 직전, 하늘에서 뚝 떨어진 것이 아닌가 싶은 모습으로 레콘 한 명이 나타났어요. 그 레콘은 황제를 사냥하겠다던 지멘처럼 토프탈 가문의 모든 것을 부수기로 결정한 레콘이었지요. 그래서 레콘은 시모그라쥬군을 학살하기 시작했어요. 바로 엘시가 해야 할 일을 가져가 버린 거예요."

"그러면 이 사람은 그 모순에 빠지지 않게 된 건가요?"

"예. 그래서 이 사람은 그 레콘에게 화가 나 있어요."

"이상하군요. 자신이 모순에 빠지지 않게 되었으니 고마워해야 하지 않나요?"

"이 사람도 겉으로는 그렇게 생각할 거예요. 그리고 모든 장병들을 대신하여 그 레콘에게 고마워할 거예요. 하지만 속으로는 정반대죠."

"이 사람이…… 살인마인가요?"

"천만에요."

"그러면 왜?"

"정우, 당신은 규리하를 사랑하나요?"

엘시는 갑자기 현실을 느꼈다. 꽤나 향기로운 방식으로. 엘시를 현실로 끌어 온 것은 시허릭 마지오 상장군이 풍기는 말 냄새와 양파 냄새였다.

그러나 엘시는 곧장 현실로 이행하는 대신 현실의 관찰력을 얻었다. 엘시는 그녀를 보았고 그녀가 거기 있다는 것에 놀랐다. 그것은 정우였다. 하지만 그녀는 정우가 아니었다. 아주 많은 얼굴을 가지고 있는 누군가였다. 엘시는 의심에 빠졌다. 정우이기도 하고 그렇지 않기도 하며 많은 얼굴을 가지고 있지만 한 사람이기도 한 여자가 말했다.

"사랑하고 싶어요."

"이 사람도 그래요. 제국을 사랑하고 싶어하죠. 그래서 모순을 저질러야 해요. 자신을 파괴해야 해요. 피를 마셔야 해요. 하지만 그럴 수 없게 되었죠."

탁자가 왜 말을 하지?

엘시는 지도가 놓여 있는 탁자를 보았다. 엘시는 자신이 왜 탁자가 말을 한다고 느꼈는지 알 수 없었다. 조금 후 자신이 그런 생각을 했다는 것도 잊어버렸다. 엘시가 기억하는 것은 어쩐지 불편하고 어두운 감정뿐이었다. 엘시는 자신이 왜 그런 감정을 느꼈는지 설명하기로 했다. 그리고 설명을 찾아내었다. 그는 엔거에서 벌어질 전투와 그 이후에 일어날 일들을 고민하느라 그런 감정을 느낀 것이다.

엘시는 목이 약간 타는 듯한 느낌 속에서 말했다.

"큰 싸움이 되겠지."

시허릭 마지오 상장군은 동의했다.

"이 싸움에 승리한다면 제국은 부활할 것입니다. 그 누구도 자신의 힘만으로 제국을 가질 수 있다는 생각은 못하게 되겠지요. 그러면 자연스럽게 귀족원 회의가 열릴 겁니다. 그리고 저는 마침내 장제⋯⋯사가 될 수 있겠지요."

시허릭 마지오 상장군의 은퇴 후 계획에 대해 알고 있는 흑사자군 장교들은 빙긋 웃었다. 그들 중 몇몇은 상장군의 말에 묘한 얼룩 같은 것이 묻어 있음을 느꼈지만 그 사실을 크게 생각하지는 않았다. 시허릭도 자신의 말에서 특별한 이상함을 느끼지 못했다. 그래서 그들은 잠시 편자에 대한 잡담을 나누었다. 잡담을 중단시키고 회의를 재개한 사람은 민들레 여단의 히도큰 하장군이었다.

"어느 부대를 선봉으로 생각하는가, 엘시? 민들레 여단이지?"

히도큰은 초조함을 꾸밈없이 드러내고 있었다. 그을린발의 활약이 커질수록 그의 초조함은 더 커지는 것 같았다. 엘시는 그가 압박을 받고 있다는 것을 알고 있었다. 민들레 여단의 반쯤 미친 병사들은 그을린발에게 화를 내고 있었다. 그들은 엘시가 '레콘은 그을린발 하나면 충분하니 민들레 여단은 절망도를 지키러 돌아가라.'고 말할까 봐 무서워하고 있었다. 물론 엘시는 꿈에도 그럴 생각이 없었다. 그가 제국군을 규합한 것은 준동하는 야심가들과 싸우기 위해서이기도 하지만 제국군이 그런 야심가들에게 이용당하는 것을 막기 위해서이기도 하다. 만약 민들레 여단을 민들레 요새로 돌려보낸다면 그들은 그곳에서 나오게 해 주겠다고 말하는 자를 따라가 버릴지도 모른다.

"민들레 여단이라면 적의 예봉을 꺾고 아군의 사기를 드높이기에 아무 어려움이 없을 겁니다. 하지만 적군은 그 경우에 대비하여 소화차를 전진 배치할지도 모릅니다. 그렇다면 당신들을 예비대로 돌릴 수밖에 없습니다."

"나도 그 생각은 해 봤어, 대장군. 하지만 전진 배치하지는 않을 거야. 그러면 기병들의 공격에 간단히 파괴될 테니까. 아마 우리들이 우회 기습하는 것을 막기 위해 양익에 배치할 테지."

"양익이라 해도 마찬가지입니다. 우리 적도 제국군입니다. 레콘 병사들이 달려오는 것을 보면 어렵잖게 좌우로 물러나며 소화차로 포위진을 만들 수 있을 겁니다."

"그 전에 사령부를 박살 내면 돼. 아니면 뚫고 지나가든가."

시허릭이 어림없다는 얼굴로 말했다.

"히도큰 하장군, 귀관의 용맹은 믿어 의심치 않지만 귀관의 부하들이 그런 위험한 계획을 받아들일 것 같나? 조금의 지체라도 있으면 당장 소화차들에 포위당할지도 모르는데?"

그 질문을 예상하고 있던 히도큰은 지체 없이 대답했다.

"받아들이게 하겠어."

시허릭은 불신감을 노골적으로 드러내며 고개를 가로저었다. 엘시는 생각에 잠긴 표정으로 히도큰을 바라보다가 말했다.

"선봉에 대해서는 좀 더 시간을 두고 결정하도록 하겠습니다. 그들이 무익한 전쟁을 포기할 가능성도 있으니까요."

이번엔 시허릭의 표정이 모든 회의 참석자들에게서 떠올랐다. 엘시 역시 그들이 동의하리라 믿지 않았기에 계속 말했다.

"그리고 엔거 평원에서 싸운다 하더라도 진형에 대해서는 상대방에 대한 정확한 정보를 더 수집한 후에 결정하는 것이 합리적일 것입니다. 따라서 우리가 지금 논의해야 하는 것은…… 저게 무슨 소리지?"

엘시는 한쪽 벽을 바라보았다. 회의 참석자들은 모두 입을 다물었다. 엘시의 말처럼 어딘가에서 이상한 소리가 들려왔다. 그 소리는 꽤 희미했지만 자연에서 나는 소리가 아님은 알 수 있었다. 느릿한 장단이 있는 소리였다. 의아한 얼굴로 서로를 보던 장교들 가운데 한 명이 말했다.

"아. 저건 그을린발의 노래입니다."

"노래?"

"예. 코끼리들에게 가끔 불러 주는 노래입니다. 그와 코끼리들이 머무는 곳이 저희 군단 숙영지 근처라서 몇 번 들었습니다. 원래 작게 부르는 편이라서 가까운 곳에 있어야 들리는데 오늘 밤은 소리가 꽤 멀리 퍼지는 모양이군요."

"코끼리들에게 왜 노래를 불러 주는 거지?"

"코끼리들이 좋아한다더군요. 제 생각엔 자장가 비슷한 것인 듯합니다."

깊은 밤 별빛 아래에 침묵한 채 서 있는 코끼리 떼와 그 무리를 향해 노래를 불러 주고 있는 코끼리 목동에 대해 생각한 장교들은 미소를 머금었다. 그 모습은 묘하게 서정적이면서 희극적이었다. 미소를 짓지 않는 것은 두 사람뿐이었다. 그을린발을 좋아하기 힘든 히도큰 하장군은 벼슬을 꿈틀거리며 불쾌감을 드러내었다. 그리고 나머지 한 사람은 엘시였다. 그는 무표정한 얼굴로 노래가 들려오는 방향을 바라보다가 다시 회의를 진행시켰다.

제 30 장

두억시니에겐 법이 없다. 법이란 무엇인가? 그것이 받을 필요가 없는 존경과 찬양을 잠시 잊어버리고 바라보라. 법은 결국 평균값이다. 법은 서로 다름에서만 발생할 수 있다. 하지만 법은 탄생한 순간부터 사냥꾼이다. 그것은 자신을 유일무이한 길잡이로 삼아 자신을 잉태한 지고한 차이를 추적한다. 차이에서 나왔지만 법은 차이를 모욕하고 억압하는 폭군이 된다. 두억시니는 그런 전복을 겪지 않는다.

— 황제의 의지가 제국법 위에 놓이는 것에 반대한 법리학자들에게 한 원시제의 말 중

바람의 탄주, 돌의 춤

모디사 헨로는 자신이 한마디 말로 만물을 통제할 수 있다는 듯이 굴었다. 그러나 그녀는 스카리 빌파 한 명도 통제하지 못했다.

스카리는 그가 어릴 적 잃은 어머니가 되어 주겠다는 듯이 행동하는 모디사를 기막힌 심정으로 바라보았다. 스카리가 설령 모친에 대한 상실감을 아직 가지고 있다 해도 그건 딱지를 떼어 낼 수 있는 상처가 아니라 건드려도 아무 느낌이 없는 오래된 흉터에 지나지 않을 것이다. 그리고 만약 그에게 갑자기 어머니가 필요해진다 해도 그의 마음속 신전에 모디사 헨로를 자애로운 어머니상으로 봉안할 생각은 없었다. 장하다느니 자랑스럽다느니, 마치 스카리가 칭찬받을 일을 해낸 소년인 양 과장되게 따스한 목소리로 말하는 모디사를 물끄러미 바라보다가 스카리는 툭 던지듯 말했다.

"그대가 전쟁에 그토록 관심이 많은 줄 몰랐군. 더 자세한 것을 알고 싶다면 팔리탐에게 물어보아라. 그가 잘 설명해 줄 것이다. 더 할 말이 있는가, 자작 부인?"

모디사는 아들에게 제발 참견하지 말라는 말을 들은 어머니의 표정을 정확히 지어 보였다. 스카리는 자리에서 벌떡 일어나는 것으로 그녀의 입을 막았다. 자신이 그룸 성에 돌아와 아직 옷도

갈아입지 못한 상태임을 알려 주기 위해 스카리는 어깨에 쌓인 먼지를 거칠게 털었다. 스카리의 소망대로 먼지구름이 모디사를 질식사시키지는 않았지만 장갑으로 어깨를 때리는 것은 채찍질을 연상시키는 모습과 강렬한 소리로 모디사의 입을 효과적으로 틀어막았다.

"할 말이 있다 해도 지금은 곤란하군. 그대의 딸을 만나야 하니까. 나는 그대가 딸과 함께 올 거라 생각했는데."

모디사는 자신을 추슬렀다.

"젊은 군주여. 집에 돌아와도 반갑게 맞이해 주고 아들의 성취에 가장 큰 찬사를 보내어 줄 가족이 없어 제 부족한 여식을 찾으시는 모습을 보니 제 마음이 미어집니다. 그 어리석은 것이 공작님께 위안을 드릴 수 있기를 저도 간절히 바랍니다만, 공작님께서 가장 잘 아시듯 제 미욱한 딸은 군의 추상 같은 기강도 제대로 알지 못해 사사로이 편지를 영외로 반출하는 황당한 짓을 저질렀습니다. 공작님의 노고와 위업을 제대로 이해할 리 없는 그 애는 공작님을 칭송하기는커녕 오히려 그 무지로 공작님을 불쾌하게 할 것이 분명합니다. 자신이 한 일을 몰라주는 것만큼 불쾌한 일이 어디 있겠습니까? 더군다나 그것이 필부필부의 일이 아니라 발케네의 위대한 군주만이 할 수 있는 영용한 일이라면 그것은 불쾌함을 넘어 죄악이 될 것입니다. 부디 조금의 시간만 허락해 주십시오. 제가 그 애에게 가장 정당한 말들로 공작님을 칭송할 수 있도록……."

"그대의 추측을 내가 확인해 주지."

"예?"

"내가 부녀를 만나면 짜증이 날 거라고 예견하지 않았나? 정말 그런지 확인해 보고 알려 주지."

　자작 부인의 얼굴에 공포가 떠올랐다. 딸을 어지간히도 믿지 못하는 어머니를 보며 스카리는 그럴 법도 하다고 생각했다. 모디사가 황급히 말했다.

　"죄송합니다, 각하. 사실 그 애가 지금 몸이 좋지 않아서 공작님을 뵐 형편이 아닙니다. 공작님께서 성에 돌아오셨는데도 밖으로 나와 공작님을 맞이하지 못한 것도 그 때문입니다."

　"부냐가 아프다고? 어디가 아프단 거냐? 아니, 됐다. 가서 보면 되겠군."

　"예? 아뇨, 그럴 형편이 아니라……."

　"부냐가 아프다면 당연히 가서 봐야 하지 않나. 왜 만날 수 없다는 건가? 설마 그녀가 역병이라도 걸렸다는 거냐? 나는 부냐를 보겠다."

　스카리는 문으로 걸어갔다. 그러자 모디사가 쓰러질 듯 달려들었다.

　"가시면 안 됩니다!"

　모디사는 스카리의 팔을 부여잡으려 했다. 하지만 스카리는 발케네의 공작에게 어울리는 보호를 받고 있었다. 모디사는 얼굴 바로 앞으로 마차가 전속력으로 지나가는 듯한 느낌에 질겁하며 주저앉았다. 위를 올려다본 모디사는 힌치오가 뻗은 이쑤시개가 순식간에 건설된 장벽 같은 모습으로 그녀의 진로를 틀어막고 있음을 발견했다. 방을 두 개로 구분 짓는 듯한 이쑤시개의 뒤편에서 스카리가 험악한 표정을 짓고 있었다.

　"가면 안 된다니, 그게 무슨 뜻이지?"

　모디사는 도리질을 하고 손으로는 흐트러진 치맛자락을 여미

바람의 탄주, 돌의 춤　353

는 등 꽤나 어수선했다. 스카리는 이쑤시개의 칼날에 손을 얹어 내리는 시늉을 했고 그러자 그것은 다시 힌치오에게로 돌아갔다. 스카리는 모디사를 내려다보며 재차 질문했다.

"무슨 뜻이냐고 물었다."

"가시면 안 됩니다. 제 말을 들으십시오. 그러지 않으면 각하께서는 후회하실 겁니다."

스카리는 무서운 표정으로 자작 부인을 노려보았다. 질문에 대한 대답 대신 꼬박꼬박 윗사람인 양 조언하는 모디사의 태도에 분노하던 스카리는 갑자기 의혹과 불안을 느꼈다. 스카리는 몸을 휙 돌렸다.

"각하!"

모디사의 외침이 신호가 된 양 갑자기 스카리의 모습이 사라졌다. 반쯤 일어섰던 모디사는 깜짝 놀라 우당탕 쓰러졌다. 그리고 얼빠진 표정으로 조금 전 스카리가 있던 공간을 더듬었다. 그때 누군가의 팔이 다가왔다.

"부축해 드릴까요?"

목소리를 향해 고개를 돌린 모디사는 다시 진저리를 쳤다. 친절한 조력자는 가면으로 얼굴을 감추고 있는 팔리탐 지소어였다. 그 생기 없는 가면이 혼란스러운 모디사에겐 끔찍했다. 뒤로 몸을 빼는 모디사를 본 팔리탐은 내밀었던 손을 끌어당기고 똑바로 서서 말했다.

"그런데 자작 부인, 왜 각하를 막으려 하신 겁니까?"

모디사는 두억시니를 보는 것처럼 팔리탐의 얼굴을 자꾸 외면할 뿐 대답하지 못했다. 팔리탐은 그녀가 공포로 떨고 있다는 것을 깨닫고 불쾌해하다가 갑자기 의아함을 느꼈다. 팔리탐의 가면에 대한 두려움 외에 다른 것이 있었다. 갑자기 그는 허리로 손을 돌려 칼을 잡아 뽑았다. 쇳소리에 대경한 모디사에게 칼을 겨누며 팔리탐이 말했다.

"힌치오, 공작님께 가시오."
"어디 있는지 안 보이잖아."
"부냐 헨로의 방으로 가시오. 거기 나타날 테니."

힌치오는 벼슬을 꿈틀하고 밖으로 훌쩍 나갔다. 팔리탐은 모디사를 똑바로 노려보며 말했다.

"무슨 일인지 빨리 말하시오, 자작 부인."

아직 갑옷 차림이었던 스카리는 꽤 요란한 소리를 내며 움직였다. 도깨비감투는 그의 모습을 감추었지만 그 소리는 사람들을 놀라게 했다. 사람들은 소음의 원인을 찾으려고 두리번거렸다. 그러나 스카리는 그런 상황을 눈치 채지 못했다. 따라서 그가 감투로 모습을 감춘 것은 치밀한 이성적 판단에 의한 것이라고 보기 어려웠다. 부냐를 깜짝 놀라게 해 준다거나 다른 사람의 방해를 피한다거나 누군가가 먼저 부냐에게 달려가 자신의 도착을 알리는 것을 저지한다는 고려 같은 것은 없었다는 말이다. 스카리는 무의식적으로 감투를 썼고 자신이 감투를 쓰고 있다는 사실도 깨닫지 못했다.

그래서 스카리는 벌거벗은 남자가 왜 의아해하는지 알 수 없었다.

부냐 헨로는 침대에 반쯤 누워 있었다. 알몸인 그녀는 자신과 마찬가지로 알몸인 어떤 남자의 목을 붙잡고는 자꾸만 자신에게 끌어당겨졌다. 한편 남자는 문소리에 놀라 뒤를 바라보고 있었지만 스카리를 보지 못하고 의아해했다. 남자가 부냐의 팔을 붙잡으며 말했다.

"문이 바람에 열렸나 봅니다, 아가씨. 닫고 오겠습니다."

스카리는 그제야 자신이 감투를 쓰고 있다는 것을 깨달았다. 부냐는 남자의 목을 붙잡은 팔에 힘을 주며 말했다.

"바람이 아닐걸."

"예?"

"바람이 아니라고."

부냐는 콧소리가 많이 섞인 목소리로 말했다. 중단된 열락의 추구 때문이 아니라 두려움과 슬픔 때문에 울리는 목소리였다. 그녀의 눈에 눈물이 망울졌다. 남자는 놀란 표정으로 부냐를 바라보다가 갑자기 몸을 일으켰다. 부냐는 그의 목을 놓쳤다. 겁에 질린 남자는 굴러떨어지듯 침대 옆으로 나동그라졌다. 스카리는 남자의 몸 곳곳에서 경악으로 실룩거리는 근육을 보았다. 남자는 침대 옆에 떨어진 옷가지를 집어 황급히 몸을 가리며 열린 문을 바라보았다. 덕분에 스카리는 남자의 얼굴을 제대로 볼 수 있게 되었다. 어딘가에서 본 듯한 얼굴이라고 생각하며 남자를 보던 스카리가 마침내 그의 정체를 깨달았을 때 남자가 말했다.

"고…… 공작님?"

허드렛일을 하는 하인 놈이다. 이름이 뭔지는 기억 안 나지만 발케네의 흔해 빠진 도둑놈 중의 하나인 것이다. 다만 이번의 도둑질은 그 대담성을 높이 평가할 수 있으리라. 스카리는 감투를 벗었다. 발케네 공의 모습이 드러나자 남자는 입을 딱 벌렸다. 스카리는 남자의 치아를 잠시 바라보았다. 이는 누렇고 치열은

엉망진창이다. 벌어진 앞니 사이의 시커먼 틈이 어찌나 큰지 그곳에 원래 이 하나가 있었던 것이 아닌가 싶다.
'그 악취 나는 입으로 부냐의 입술을 핥았나? 그리고 다른 곳도?'
스카리는 감투를 품속에 쑤셔 넣고 그 손으로 칼을 뽑아 들었다.
남자는 벽 속으로 파고들려는 것처럼 몸을 뒤로 밀어 대었다. 스카리는 경멸감에 찬 눈으로 남자를 보다가 부냐를 돌아보았다. 부냐는 이불을 머리 위로 뒤집어쓰고 있어 모습을 볼 수 없었다. 남자는 정신없이 사방을 둘러보았지만 이런 경우 흔히 도피로가 되어 주는 뒷문이나 창문 같은 것은 없었다. 아니, 창문은 있었다. 하지만 그것은 사람이 드나들 수 없는 형태였다. 스카리는 왜 이 방에 그런 것이 없는지 알고 있었다. '내 보물을 안전한 곳에 두고 싶었거든.' 스카리의 머릿속에서 무엇인가가 터지는 것 같았다. 잘 익은 석류가 터져 내용물을 드러내듯 자신의 뒤통수가 벌어져 뇌가 쏟아지는 것 같았다.
그가 서 있는 문이 유일한 출입구였기 때문에 스카리는 잠깐 동안 움직이지 못했다. 앞으로 달려가 남자의 목을 도려내야 한다는 마음과 문을 막아 남자의 탈출을 저지해야 한다는 마음이 스카리를 뒤흔들었다. 스카리의 흉폭하게 일그러진 얼굴을 보던 남자는 갑자기 옷가지 속에서 비수를 뽑아 들었다. 조악한 품질이지만 치명상을 입히기엔 어렵지 않은, 발케네 인이 흔히 가지고 다닐 법한 칼이었다. 당황 속에서 칼을 뽑아 들었지만 그 든든한 물건을 손에 쥐자 남자는 침착을 되찾았다. 여전히 목적 없는 혼란스러운 눈이었지만 그는 조금 전보다 훨씬 집중력 있는 자세로 스카리를 마주 보았다. 그 침착한 모습이 스카리를 더욱 분노하게 만들었다. 그는 앞으로 뛰쳐나가려 했다. 그때 무엇인가가 달려가려는 스카리를 붙잡았다.

부냐의 방 쪽으로 걸어오던 힌치오는 문을 막듯이 서 있는 스카리를 보았고 그가 칼을 들고 있는 것도 보았다. 뭔지 모르지만 사태가 심상찮다고 생각한 힌치오는 재빨리 몸을 날려 스카리를 붙잡았다. 스카리를 끌어당긴 힌치오는 방 안을 재빨리 살폈다. 다행인지 불행인지 방 안의 상황은 한눈에 파악하기 쉬운 편이었다. 힌치오는 이쑤시개로 남자를 겨누었다.

힌치오의 거대한 이쑤시개를 본 남자는 손에 든 비수를 떨어뜨렸다. 승산을 따지거나 할 생각을 확 날려 버리는 위압감에 남자는 머리를 감싸 쥐고 바닥에 엎드려 모든 처분을 달게 받아들인다는 자세를 취했다. 힌치오의 손아귀에서 빠져나가려 버둥거리던 스카리는 그 모습을 보고 버둥거림을 멈췄다.

모든 사람이 입을 다물고 움직임도 멈췄기에 잠시 그곳에 퍽 어색한 고요함이 내려앉았다. 스카리는 아무 말도 하고 싶지 않았지만 다른 사람이 입을 열어 이 사태를 현실화시키는 것도 싫었다. 어떤 말, 무슨 내용이든 상관없이 누군가가 한마디 말만 하면 그 상황은 뚜렷한 현실이 되고 조처를 취해야 하는 무엇이 될 것이다. 스카리는 그것을 받아들이기 어려웠다. 하지만 침대 옆의 남자는 아무 말도 하지 않음으로써 자기 목숨을 방기할 생각은 없었다.

"공작님, 살려 주십시오."

스카리는 증오로 남자의 정수리를 노려보았다. 제발 닥쳐라. 하지만 남자는 계속 말했다.

"아가씨가, 아가씨께서 명령하셨습니다. 저는 정말 이러고 싶지 않았습니다. 아가씨께서 명령하셔서, 저는 명령을 어길 수가 없어서 그랬던 겁니다. 공작님이 돌아오신 줄 몰랐습니다. 저는 그저 명령을 따른 겁니다."

횡설수설하던 남자의 말이 알아들을 수 없는 웅얼거림으로 변했다. 공포와 함께 자신의 기막힌 처지에 대한 통분이 그의 혀와 입술, 성대를 장악한 모양이다. 남자는 이마로 바닥을 쿵쿵 찧으며 짐승처럼 낑낑거렸다. 그 모습을 보던 스카리가 늪지의 부글거림 같은 목소리로 말했다.

"부냐 헨로."

부냐는, 그녀를 덮고 있는 이불은 움직이지 않았다. 스카리는 그쪽으로 눈을 돌려 다시 말했다.

"부냐 헨로!"

부냐 대신 힌치오가 움직였다.

힌치오는 침대 쪽으로 성큼 걸어갔다. 갑자기 스카리는 공포를 느꼈다. 그는 힌치오가 이불을 젖혀 부냐를 드러내는 모습을 상상했다. 그 크고 강력한 손이 어떤 망설임도 없이 움직이면 무엇으로도 막을 수 없을 것이다. 스카리는 자신이 그것을 억제할 수 없다는 것에 두려움을 느꼈다.

하지만 허리를 굽힌 힌치오는 이불 대신 남자를 부여잡았다. 마치 그곳에 흘렸던 자기 소지품을 줍는 듯한 동작이었다. 남자는 숨넘어가는 소리를 내며 악동에게 붙잡힌 개구리인 양 끌어올려졌다. 남자를 집어 든 힌치오는 분실물을 되찾았으니 용건은 끝났다는 듯 스카리와 부냐 어느 쪽에도 시선을 주지 않은 채 나갔다. 문이 닫히고 방 안에는 스카리와 부냐 두 사람만 남았다.

스카리는 안도감과 서글픔을 동시에 느꼈다. 반드시 있어야 할 것 같은 분노는 별로 느껴지지 않았다.

스카리는 침대 위를 보았다. 이불을 뒤집어쓴 채 꿈쩍도 하지 않는 부냐의 모습은 침대가 임신한 것처럼 보였다. 스카리가 말했다.

"부냐, 그거 치우고 얼굴을 보여."

부냐는 아무 대답도 하지 않았다. 스카리는 벽에 등을 기댔다가 천천히 바닥에 주저앉았다.

불그스름한 빛이 창문의 형태를 차용하여 책상 위에 네모를 그려 보이고 있었다. 그 네모가 책상 위에 펼쳐져 있던 책을 침범했다. 책을 보고 있던 이이타 규리하는 뻐근한 목을 들어 창밖을 바라보았다.

하늘이 붉었다. 어느새 저녁이 되었다고 생각한 이이타는 불을 피우려 했다. 하지만 책상 위에는 이미 초가 불타고 있었다. 이이타는 자신이 불을 켜 두고 그 사실을 잊었나 보다 생각하고 다시 책으로 시선을 옮겼다. 하지만 조금 후 이이타는 다시 고개를 들어 창밖을 보았다. 창밖에 있는 것이 황혼이 아니라 여명임을 깨달은 이이타는 당혹감을 느꼈다.

이이타는 눈 주위를 문지르고 잠시 지난 몇 시간에 대해 생각해 보았다. 그리고 그가 전날 오후에 시작했던 독서를 밤이 지나고 아침이 올 때까지 계속했음을 깨달았다. 갑자기 느껴지는 심한 허기가 그 사실을 확인해 주었다. 이이타는 마지못한 표정으로 의자에 몸을 기댔다. 하룻밤 분량의 피로가 그를 엄습했다.

재미있는 책이었다고 자위해 보았지만 이이타는 그것이 거짓말이라는 것을 알고 있었다. 그가 밤을 희생하여 탐독한 책은 저자에게 존경을 품기는 어렵지만 그의 회작질에 증오를 품을 필요도 없는 평범한 책이었다. 사실 탐독도 아니었다. 이이타는 그저 하늘치를 움직이는 것에 관한 생각을 하며 밤을 새웠고 책은 그 밤샘의 동반자였을 뿐이다. 그래서 밤새도록 읽었지만 이이타는 그 책의 내용을 제대로 정리하기 어려웠다. 안타까운 점은 하늘치를 움직이는 방법에 대한 그의 여러 고려들도 비슷한 상태였다는 것이다.

'그것은 얼마나 무거울까? 상상도 안 되지. 어떤 물건이든 무거우면 그것을 움직이려 할 때 저항도 큰 법이야. 하늘치를 움직이려 하면 저항이 어느 정도일까. 내가 날려 가지 않을까? 그런데 그것은 하늘에 떠 있단 말이야. 마치 무게가 없는 것처럼.'

밤 하나를 고스란히 바쳤지만 이이타가 얻은 것은 불가지론의 증거들뿐이다. 이이타는 티나한이 왜 하늘치에 오르고 싶어했는지 알 것 같았다. 높은 산을 오르는 것과는 다르다. 등산이 높이 오르면서 오히려 자신을 낮추는 것이라면 하늘치는 높이 오르면서 자신도 높이는 일이다. 산은 겸손함을 요구하지만 하늘치는 나와 함께 날아 보자고 요구하는 듯하다. 이곳에, 땅과 무관한 이곳에는 너희들이 상상할 수도 없는 세계가 있다고 말하는 듯한 하늘치의 무수한 눈……

'이런. 소리가 걱정하겠군.'

이이타는 책상을 밀며 힘겹게 몸을 일으켰다.

밖으로 나온 이이타는 황혼이 아닌 여명에 어울리는 모습으로 움직이고 있는 승려와 불목하니들을 보았다. 그들이 자연스럽게

바람의 탄주, 돌의 춤

건네는 아침 인사를 받으며 이이타는 뜬눈으로 밤을 샌 사람이 자고 일어난 사람을 마주할 때 느끼는 별스러운 감정, 즉 자신이 다른 세계에 속한 사람인 것 같다는 느낌을 받았다. 그것은 하늘치에 대해 떠올렸던 감정들을 다시 떠오르게 했다. 하늘치는 명백한 신비다. 다만 지나치게 크고 뚜렷한 모습으로 하늘에 떠 있기 때문에, 즉 모습을 감추고 있는 다른 신비들과 정반대이기 때문에 마치 일상에 포함되는 대상인 듯한 착각을 불러일으킬 뿐이다.

헤어릿 에렉스는 소리와 함께 머물고 있는 객실의 마루에 앉아 바느질을 하고 있었다. 규리하에서 하인샤 대사원까지의 여정에서 손상된 옷가지들을 수선하던 헤어릿은 이이타의 모습을 보고 목례했다. 이이타는 주위를 두리번거리는 시늉을 하다가 말했다.

"소리는?"

헤어릿은 바느질을 계속하며 말했다.

"어디 있는지 모르겠군요. 아마 스님과 이야기 중일 겁니다."

"스님?"

"파지트 대선이라는 분이에요."

"무슨 이야기를 하는데?"

"삶과 죽음, 만물의 유전, 어디에도 없는 신의 의미, 우리의 존재 의의. 기타 등등."

"하?"

"산사에서 학승과 나눌 만한 이야기를 하고 있다는 겁니다."

"파지트라는 스님이 소리에게 그런 걸 가르치고 있다고?"

"아니요. 소리가 스님께 그런 걸 묻고 있지요. 제가 보기에 스님은 재미 삼아 대응하는 것 같고 진지한 쪽은 소리 같습니다."

이이타는 헤어릿의 옆에 걸터앉았다. 몸은 피로했지만 머리는 상쾌했다. 사실상 멍한 상태에 가까웠지만 그런 느낌은 때로 시원한 느낌과도 비슷하다. 이이타는 두 다리를 뻗고 마당을 바라보았다. 온화한 가을 햇살이 밟으면 사스락사스락 소리를 낼 것처럼 마당에 흥건히 고여 있었다. 낮은 곳에 있는 건물의 추녀 근방에서 때늦은 잠자리들이 날아다니는 모습을 보던 이이타가 말했다.

"소리가 신학에 관심을 가지게 되었다는 거야?"

"글쎄요. 독특한 곳에 와서 좀 어리둥절해졌는지도 모르지요."

"나는 나쁜 놈이군."

헤어릿은 바느질을 멈추고 이이타를 돌아보았다. 이이타는 씁쓸한 눈으로 잠자리들을 좇고 있었다.

"소리에게 다만 위안만 바랄 뿐 아무 기회도 주지 못했다는 것을 이제야 깨달았어. 소리도 뭔가를 배우고 익히고…… 흥미로운 것을 찾아다닐 권리가 있는데. 나는 그녀도 규리하 수복의 험난한 노정에 당연히 참가해야 한다고 무의식적으로 믿었지. 하지만 그녀에겐 그럴 의무가 없지. 이 모든 도주와 투쟁을 감내해야 할 이유가 없어."

"이유는 있어요. 공자님을 사랑하니까 그런 거잖아요."

"그것만으로는 내가 소리의 더 나은 연인이 되는 것에 게을렀다는 것을 정당화할 수 없어, 헤어릿."

"공자님."

"왜?"

"공자님은 가끔 저를 놀라게 해요. 공자님이 저보다 열 살이나 어리다는 것이 뭔가 잘못된 사실이 아닌가 하고 생각되죠."

이이타는 '어라?' 하는 얼굴로 헤어릿을 보다가 피식 웃었다.

"맞아. 열 살이 아니라 열 다섯이나 스무 살쯤 어릴 거야. 잘 봐. 동안이지?"

"어린 척하고 싶으면 그 삐죽삐죽한 수염부터 어떻게 해야 할 걸요."

이이타는 턱을 만져 보았다. 밤 동안 자라난 수염이 손바닥을 찔렀다. 이이타는 우울한 얼굴로 말했다.

"당신들은 그런 경험 없겠지. 남자들은 수염이 나면 아주 자랑스러워하고 좋아하는 것처럼 보이지? 사실 맞아. 하지만 어떤 남자들은 남몰래 슬퍼하기도 해."

"하긴 이제 어른이 되었다고 생각하면……."

"천만에."

"예?"

"남은 평생 동안 아침마다 목에 칼을 대고 위험한 곡예를 부려야 한다는 것이 슬프지."

헤어릿은 웃음을 터뜨렸다.

머리 한구석에서는 그렇게 우스운 말도 아니라는 생각이 떠올랐지만 헤어릿은 웃음을 통제할 수 없었다. 이이타의 맥이 빠지고 진절머리가 난다는 듯한 표정이 아주 절묘했다. 그리고 이이타는 우호선린의 정신에 의거하여 존경받는 이웃들이 그런 경우 취하는 태도를 성실하게 이행했다. 그는 몇 가지 농담을 더 꺼내어 헤어릿을 질식사 상태로 몰아가려 했다. 헤어릿은 결국 눈물을 흘리며 황급히 손을 내저을 수밖에 없었다.

숨을 몰아쉬는 헤어릿을 푸근한 표정으로 보던 이이타가 마루에서 일어났다. 헤어릿은 어디로 가냐는 눈짓을 보냈다.

"소리에게."

"소리에게?"

"응. 그 스님하고 무슨 이야기를 나누는지 궁금해. 꽤 좋은 이야기를 나누는 것 같으니 나도 들으면 도움이 되겠지."

이이타는 손을 어깨 위로 올려 붙임성 있게 쥐었다 폈다 하고는 마당으로 내려섰다. 그때 뒤쪽에 있던 헤어릿이 말했다.

"공자님, 돌아오셨을 때 저는 없을 거예요."

이이타는 발걸음을 멈췄지만 몸을 돌리지는 않았다. 그는 잠시 자신의 발끝을 내려다보며 서 있었다.

"아, 그래?"

"미안해요, 공자님. 자기 신발부터 찾는 식객에 대한 비유를 들어도 할 말이 없을 것 같군요."

"그럴 리가. 지금까지 도와준 것만 해도 고마운데, 식객이라니. 당치 않은 소리지. 하지만 왜 지금인지 물어보는 건 괜찮겠지? 더 나은 시기가 있었을 텐데. 예를 들어 그날 미친 레콘 낚시꾼을 피해 도망쳤을 때라든가."

"그건 저도 규리하의 수복에 관심이 없기 때문이겠지요. 그래서 절망감도 없었지요."

"그렇군."

"제게 중요한 것은 소리였어요. 하지만 이제 소리는 더 이상 언니에 대한 이야기를 하지 않아요. 그 애는 다른 것에도 관심을 둘 만큼 여유를 되찾았어요. 저는 그 여유가 어디서 왔는지 궁금했습니다. 공자님일 리는 없지요. 공자님은 망향의 절망과 수복을 위한 고통을 겪고 있으니까요. 하지만 제 생각은 틀렸어요. 그 여유는 공자님에게서 온 것이었습니다."

이이타는 팔짱을 끼고 한 손으로 입을 감싸 쥐었다. 헤어릿의 부드러운 목소리가 계속되었다.
"그 애는 공자님에게 버림받을지 모른다고 두려워하고 있지요. 하지만 제 생각엔 그 두려움을 인정한다는 것 자체가 두려움이 없다는 증거예요. 정말 두렵다면 그런 생각조차 감히 할 수 없을 테지요. 소리는 공자님을 믿고 있어요. 이젠 제가 없어도 될 테죠."
"그래. 당신이 관심을 가지고 있는 것은 소리였지. 소리가 나를 사랑하니까 나를 도운 것이지. 알고 있었어. 그 사실을 원망하지 않아."
"꼭 그렇지는 않아요. 저는 당신에게도 관심이 있었어요."
"뭐? 나에게?"
"예. 저는 공자님에게도 관심이 있었어요."
헤어릿은 잠시 멈췄다가 명랑한 목소리로 말했다.
"소리에겐 절대로 이 말 하지 마요. 저는 연하에는 관심 두지 않겠다고 생각해 왔지만, 만약 소리가 없었다면 그 신조를 깨트렸을지도 몰라요."
이이타는 얼굴이 화끈해지는 것을 느꼈다. 붉어진 얼굴을 감추려면 몸을 돌리지 말아야 한다. 헤어릿은 그의 등을 향해 장난스럽게 말했다.
"공자님이 마음에 들어요. 그러니 더욱 떠나야겠어요. 소리가 미워질 것 같아서."
"어디로 갈 건지 알려 줄 수 있어?"
"싸움이 없는 곳으로."
"지상에 그런 곳은 없어."
"아니, 있어요. 공자님 주위엔 없겠지만."

헤어릿은 조금 전 말하지 않았던 진심을 말했다. 그녀가 떠나는 진짜 이유를.

"언제나 꿋꿋한 분. 공자님은 좋은 사람이에요. 하지만 그 때문에 공자님 같은 사람은 지독한 악당도 될 수 있다는 것을 알게 되었어요. 왜 가장 온순한 도깨비가 최악의 참극을 일으켰는지 알았어야 했는데. 바르다는 것, 선량하다는 것은 의미가 없어요. 어떤 힘을 가졌는가가 문제지요. 그리고 당신은 강한 의지에서 흘러나오는 힘을 가지고 있지요. 공자님은 하늘치에 올라탄 채 규리하에 피의 폭풍을 가져갈 테지요. 그것을 혐오하면서도."

이이타는 그렇게 할 것이다. 불가지론의 지나치게 큰 증거처럼 하늘에 도도히 떠 있는 하늘치를 끌어내린 다음 그것을 전차로 삼아 변경백의 보좌를 차지하고 있는 누나를 향해 달려갈 것이다.

"생각 같아서는 소리를 데리고 떠나고 싶어요. 하지만 그 애는 그것을 불행으로 생각할 테지요. 그리고 저는 그것을 반대할 논리를 짜 낼 수 없어요. 그러니 혼자 떠나겠어요."

옷을 입는 소리가 들렸다. 바느질을 끝낸 옷을 헤어릿이 입는 모양이다. 이이타는 그제야 헤어릿이 수선하던 것이 여행용 의복임을 깨달았다.

"소리를 잘 부탁해요. 안녕히, 공자님."

헤어릿의 발소리가 들려왔다. 그녀가 떠나는 소리를 듣던 이이타는 잠시 후 발걸음을 옮겼다. 그의 앞에 그득 펼쳐져 있는 가을의 어느 갈피에 있을 소리를 찾아.

스카리는 벽에 등을 기댄 채 바닥에 앉아 있었다. 딱딱한 갑옷이 몸에 배겨서 별로 편하지 않았다. 스카리는 세운 무릎에 두 손을 얹고 침대 위에 있는 둥그스름한 이불의 둔덕을 바라보았다. 그가 탁한 목소리로 말했다.

"도대체 왜지?"

이불은 움직이지 않았다. 스카리는 손을 들어 이마를 짚었다. 머리가 잘 있는지 궁금해하는 사람처럼 보였다.

"제기랄. 부냐, 그냥 남자를 원한 거라면 내가 돌아오는 것을 알고 있으면서 대낮에 네 방에서 일을 벌이지는 않았겠지. 그 얼 빠진 놈은 내가 오늘 온다는 것을 모를 수 있어도 너는 알고 있었을 거야. 이걸 보여 주고 싶었어? 내 소중한 보물을 그 따위 천한 놈에게 던져 줄 수도 있다는 것을 보여 주고 싶었던 거야?"

부냐는 대답하지 않았다. 스카리는 펄쩍 뛰어오르듯 일어섰다. 침대로 다가간 스카리는 이불을 거칠게 잡아당겼다. 그 아래에서 부냐의 모습이 나타났다.

부냐는 신음과 비명의 중간쯤 되는 소리를 내며 천천히 몸을 옆으로 꼬았다. 그녀가 새우처럼 몸을 웅크리는 것을 보며 스카리는 자신도 모르게 집어 든 이불을 팽팽하게 잡아당겼다. 마치 교살을 준비하는 암살자가 밧줄을 잡아당기듯. 이불이 드드득 하는 소리를 냈을 때 스카리는 깜짝 놀라 그것을 놓쳤다.

그때 부냐가 똑바로 누웠다. 그녀는 눈을 감은 채 두 팔을 좌우로 펼친 무방비한 모습으로 누워 말했다.

"나를 죽여, 스카리."

스카리는 주춤했다.

"뭐라고?"

"네가 멋대로 나를 감옥에서 꺼내 와 이곳에 가뒀어. 이젠 지겨워. 그냥 죽여."

"네가 따라나섰잖아! 나는 분명히 물었어. 백화각에서 네게 물었다고! 나를 따라오겠냐고! 네가 그러겠다고 했잖아."

부냐는 갑자기 발버둥을 쳤다. 자기 성질을 이기지 못한 어린 아이처럼 그녀는 몸을 뒤틀며 비명을 질렀다. 몸이 몇 뼘씩 떠오를 만큼 거칠게 몸부림치던 부냐가 두 팔로 침대를 퍽퍽 내리치며 외쳤다.

"이 멍청한 도둑놈아! 그러면 그때 뭐라고 대답해야겠어? 네가 나타나기 전까지 매일 딱딱하면서도 물컹거리는 시체만 만지던 여자가 뭐라고 대답해야겠어? 길을 잃을 것 같은 냉동실에서 신경이 곤두선 채 방황해야 했던 여자가 뭐라고 말해야겠어? 여기 있는 것이 눈물 나도록 좋으니 내버려두라고 해? 넌 생각이라는 것이 있는 거야! 넌 꽁꽁 얼어붙은 시체들 사이를 맴돌아 본 적이 있어?"

부냐의 몸이 굳었다. 그녀는 자신이 말하는 시체의 모습을 직접 보여 주려는 듯 몸을 경직시켰다.

"시체…… 시체…… 끝도 없는 냉동실…… 모퉁이를 아무리 돌아도 계속 관이 나타나. 웃음도 없고 울음도 없는…… 살아 있는 시체들. 살아 있는? 그래. 그것들은 살아 있어. 그것들은 계속 내게 말을 걸어 와. 백화각에서 이렇게 멀리 떨어져 있는데, 아니, 이젠 백화각이 사라졌는데도 그것들은 계속 나를 찾아와. 그것들이 나를 불러. 난 거기로 돌아가야 해. 나를 죽여."

스카리는 부냐의 생기 없는 알몸을 내려다보았다. 요리하기 위해 가죽을 벗겨 놓은 염소에서 느낄 수 있을 정도의 관능미밖에 느낄 수 없었다. 친절함 때문이 아니라 보기 싫은 것을 감추는 기분으로 스카리는 이불을 들어 그녀의 몸을 덮었다. 그는 뒤로 두어 걸음 물러났다.

스카리는 자신이 성취한 것이 무엇인지 알 수 없었다. 뛰어난 기지로 백화각을 파옥하고 연인을 구출했고 대담한 손길로 아버지를 제거하여 공작위를 쟁취했다. 그는 대담하고 냉혹한 악한이었고 모든 것을 손에 움켜쥔 승리자였다. 발케네 남자라면 누구나 그렇게 되길 소망할 무시무시한 남자였다. 하지만 스카리는 자신이 무엇에 대해 승리했는지 알 수 없었다.

"나는 엘시에 대한 네 승리의 증거가 될 수 없어."

부냐의 갑작스러운 말에 스카리는 눈을 껌뻑거렸다. 그리고 조금 후 왈칵 치솟아 오르는 분노를 느꼈다.

"엘시가 어쨌다고?"

"그렇잖아? 너는 엘시에게서 나를 빼앗았어. 엘시가 괴로워하고 슬퍼하는 모습을 보길 바랐겠지. 하지만 엘시는 그런 건 안중에도 없다는 듯이 제국을 부활시키러 떠났어. 네가 이겼다는 증거가 없어진 거야. 그래서 넌 규리하를 치러 갔고 불쌍한 레콘들을 괴롭히러 떠난 거지. 네가 강하다는 걸, 네가 최고라는 걸 증명하려고. 하지만 욕망은 있어도 능력은 없지. 넌 아무것도 아냐, 스카리 빌파."

"그만해."

"꿈이 있어? 신념이 있어? 긍지가 있어? 넌 엘시에게서 나를 빼앗았지만 나를 버렸어. 넌 네 아버지에게서 발케네를 훔쳤지만 그걸 팽개치고 떠났어. 도대체 진짜 얻고 싶은 것이 있어? 뺏는 것 외에 네가 진정 바라는 것이 있기나 해? 뭘 화를 내는 거야. 훔친 꽃에 벌레가 꾀든 말든 상관없잖아. 넌 꽃을 키울 생각 같은 것은 가지고 있지도 않으니까!"

"그만해!"

"죽여! 그러면 침묵할 테니까!"

스카리는 극심한 당혹감 속에서 부냐를 내려다보았다. 목숨이나 자비를 구걸하는 것이라면 이해하기 쉬웠다. 하지만 죽음을 요구하는 것은 납득하고 싶지 않았다. 스카리는 목이 타는 느낌 속에서 말했다.

"넌 지금 네가 무슨 말을 하는지도 몰라. 정신이 뒤엉킨 사람하고는 이야기하지 않겠어. 머리카락 말고 마음속에도 빗질 좀 해. 그 후에 이야기하지. 하지만 그때도 난 내 귀환을 네가 이런 식으로 환영했다는 것을 잊지 않을 거야."

스카리는 몸을 홱 돌렸다. 문을 향해 저벅저벅 걸어가는 그의 뒤편에서 부냐의 울음소리가 들려왔다. 잠시 발걸음을 멈췄던 스카리가 다시 발을 옮겼을 때 그것은 달음박질이었다. 스카리는 맹렬히 달렸다. 하지만 울음소리는 계속 그를 따라오는 듯했다.

자신이 어디를 향하는지도 모르는 채 달리던 스카리는 조금 후 팔리탐과 맞닥뜨렸다. 스카리는 팔리탐을 밀치고 달리려다가 그가 어딘가를 가리키는 모습을 보고 걸음을 멈췄다. 팔리탐은 복도 옆에 있는 조그마한 방을 가리키고 있었다. 그 방 안을 본 스카리는 이를 부드득 갈았다. 조금 전 부냐의 침실에서 끌어낸 하인 놈이 바닥에 엎드려 있었다. 그 곁에서 힌치오가 이쑤시개로 남자의 목을 누르고 있어 남자는 마치 초대형 작두에 목이 낀 사람처럼 보였다. 스카리는 방 안으로 성큼 들어갔고 그의 뒤를 따라 들어선 팔리탐은 보는 눈을 피하기 위해 문을 닫고 그 앞에 섰다. 스카리는 남자에게 뚜벅뚜벅 걸어가 그를 내려다보았다.

당황 때문에 잠시 잊었던 분노가 다시 치밀어 올랐다. 그는 남자를 가리키며 외쳤다.

"팔리탐, 이놈을 거세하고 이마에 간음자라는 문신을 새겨 쫓아내라!"

남자는 미숙한 의사라면 간질환자라고 진단할 모습을 보였다. 하지만 그의 적나라한 반응보다 못마땅하다는 듯이 부리를 살짝 부딪치는 힌치오의 모습이 스카리의 주의를 더 끌었다. 스카리가 할 말 있냐는 표정으로 힌치오를 노려보자 힌치오는 팔리탐을 흘깃 바라보고는 투덜거리듯 말했다.

"이봐. 그런 멍청한 소리는 처음 듣겠군."

"멍청하다니. 감히 그런 소리를……."

"공작가의 치부를 세상에 널리 알리는 살아 있는 포고문을 만들 작정인가?"

분노 속에서 힘겹게 힌치오의 지적을 고려해 본 스카리는 그 말이 옳다는 것을 깨달았다. 하지만 아직도 그의 마음속에서 소용돌이치고 있는 분노는 침착성을 모조리 빨아들여 침몰시켰다.

"그렇다면 이걸 공작가의 치부가 아닌 헨로 가의 치부로 만들면 되겠군. 팔리탐! 부냐 헨로에게도 같은 처벌을 내려라! 감히 발케네의 공작을 희롱하면 어떻게 되는지 알려 주어 공작가의 추상 같은 위엄을 서게 해라."

"뭐? 부냐에게?"

힌치오의 어처구니없다는 듯한 말에 스카리는 자신이 무슨 말을 했는지 깨달았다. 그는 대답 대신 턱 근육을 떨며 남자를 바라보았다. 보기 상쾌한 모습은 아니었다. 남자는 오줌을 지려 자신이 분출한 흥건한 액체 속에서 철벅거리고 있었으니까. 복잡한 감정이 뒤엉키며 스카리는 머리를 감싸 쥐었다.

"제기랄. 저놈을 치워! 도무지 생각을 할 수 없군. 아니, 내가 나가지. 이 지린내 나는 곳을 참을 수 없으니까. 날 찾지 마!"

스카리는 팔리탐을 밀치며 문을 열었고 연속 동작으로 감투를 꺼내어 머리에 썼다. 팔리탐은 사라진 주군의 거친 발소리가 멀어지는 것을 듣다가 문을 닫았다.

힌치오가 부리를 탁 부딪친 다음 말했다.

"팔리탐. 이건 간통이 아닌 것 같은데. 간통이라면 몰래 해야 하잖아."

"그렇소."

"부냐는 나한테 신경 안 써 주면 다른 남자랑 어울리겠다고 협박한 거 아냐? 스카리가 자꾸 밖으로 나도니까 짜증 나서."

오줌 속에서 남자가 고개를 들었다. 남자의 얼굴은 자신이 연인들의 강샘 속에 희생되었음을 강변하고 싶은 표정이었다. '그렇군요. 저는 이용당했을 뿐입니다!' 팔리탐은 까불면 머리를 차겠다는 표정을 지어 줄 수 없기 때문에 발을 슬쩍 들어 올림으로써 남자를 기겁하게 해 놓고 말했다.

"그 이론으로 설명하기엔 상황이 심각하오. 도대체 부냐 헨로가 무슨 생각으로 이런 일을 벌였는지 알 수가 없소. 대장군의 약혼자가 되었을 땐 자기를 죄수로 만들더니 발케네 공의 연인이 되자 자기를 간통녀로 만들어 버리는군. 자기를 망가뜨리지 못해 안달이 난 사람 같소."

"그런가. 그러면 어쩌면 좋겠어?"

"이건 각하께서 결정할 일이오. 그자는 허튼소리 못하도록 어디 치워 둬야겠군. 들고 따라오시오."

"스카리에게 그냥 맡겨 둬도 되겠어?"

"젠장. 이건 공작의 사생활이오! 내가 왜 그것까지 신경을 써야 하오? 내가 오쟁이 진 남자를 수호하기로 서원하기라도 했단 말이오?"

힌치오는 벼슬을 꿈틀했다. 그는 부리를 크게 벌렸다가 다시 다물었다. 그리고 가슴의 깃털을 만지작거리며 나직하게 말했다.

"왜 그래?"

"뭐가 말이오?"

힌치오는 팔리탐의 가면 너머가 보고 싶다는 듯 그를 똑바로 바라보며 말했다.

"팔리탐, 이게 그렇게 간단한 문제가 아니라는 건 나도 알아. 스카리가 부냐와 결별하면 제국을 사라지게 했던 작년의 전쟁 자체가 무의미한 것이 돼. 제국이 사라진 건 따지고 보면 스카리가 부냐를 사랑했기 때문이야. 그렇잖아? 그런데 스카리와 부냐가 헤어지면, 제국은 결국 스카리의 변덕 때문에 사라졌다는 이야기가 되지. 많은 사람들이 스카리를 비웃거나 비난할 거야. 일 년도 못 가서 싫증 낼 여자 때문에 가까이는 아버지를 죽게 하고 멀리는 제국을 사라지게 했다고."

팔리탐은 약간 당황한 몸짓을 해 보였다. 힌치오는 다시 부리를 닫고 허리를 숙였다. 그리고 손가락을 구부렸다가 남자의 관자놀이 쪽을 세차게 튕겼다. 그렇게 거치적거리는 물건을 잠시 치우듯 남자를 혼절시킨 힌치오는 어처구니없는 심정으로 바라보는 팔리탐에게 계속 말했다.

"내가 여러 번 제안했지만 넌 스카리를 죽이지 말자고 했어. 그래서 나도 거기에 동의했고. 안 죽일 거라면 잘 보호해야 하잖

아. 그런데 왜 갑자기 스카리 따위는 신경 쓰기도 싫다는 듯이 말하는 거야? 조금 전에도 네가 해야 할 말을 안 해서 내가 다해야 했잖아. 왜 그래?"

팔리탐은 가면 안이 더워지는 것을 느꼈다. 그가 내뿜는 입김이 가면 안에 갇혀 얼굴을 짓누르기 때문이다. 그것을 쓴 채 말을 달려도 무리가 없을 만큼 가면에 익숙해진 그였지만 갑자기 가면이 지독히 갑갑하게 느껴졌다. 힌치오가 차분하게 말했다.

"이제 정말 스카리에게 정나미가 떨어졌나?"

팔리탐은 표정 없는 가면으로 힌치오를 바라보았다. 힌치오는 수염볏을 쓰다듬었다.

"하긴 나도 기분 나쁘더군. 부냐에게도 같은 처벌을 내리라고? 그래도 한때 죽도록 좋아했던 여자인데 그게 무슨 소리야. 신부를 뺏겼으면 싸워서 되찾아야…… 아, 참. 인간이지. 어쨌든 그 때문에 기분이 나쁜 거지, 그렇지?"

힌치오를 향하던 가면이 갑자기 움직였다. 뒤로 돌아선 팔리탐은 문을 향해 걸어갔다.

"이봐, 어디 가?"

팔리탐은 대답 없이 문을 나섰다. 기절한 간통남과 둘만 남은 힌치오는 이 상황을 어떻게 처리해야 하나 고민했다.

선조해의 물결이 자갈을 자늑자늑 만지작거린다. 맨살을 집어넣으면 고통스러우리만큼 차갑지만 회은빛 구름 아래에서 바다는 평온해 보인다. 폭풍이나 해일, 눈보라 등으로 심술을 드러낼 것처럼 보이지 않는 그 점잖은 바다가 품속에 세상에서 가장 위험한 수용소를 품고 있다는 것은 조금 기묘하게 느껴진다.

실제로 세상에서 가장 위험하다는 것은 잠재적인 평가다. 센시엣 특수 수용소가 생긴 이래 그곳에서는 단 한 건의 탈주도 난동도 일어나지 않았으니 대단히 모범적인 수용 시설이라고 할 수도 있을 것이다. 하지만 모범적인 교도 시설이라고 할 수는 없다. 다호드니 근방에서 날씨가 좋고 눈이 좋으면 맨눈으로도 볼 수 있는 센시엣 섬에 있는 그 시설은 센시엣 특수 교도소가 아닌 센시엣 특수 수용소이므로.

그 이름은 제국 정부의 정직성이 드러난 이름이라고 평가할 수 있다. 교도소는 범죄자를 교정한다는 의미를 가지고 있다. 높은 담장으로 범죄자를 격리시키는 것은 수형자를 교정하기 위해서이다. 따라서 수용소라는 이름은 레콘을 상대로 교정은 불가능하다는 것을 선선히 인정하는 이름인 셈이다. 그 명칭에는 교화 같은 것은 불가능하지만 일반인 옆에 놔둘 수 없을 만큼 위험한 놈이니 외따로 떨어진 곳에 강제로 가둬 둔다는 의미가 솔직히 드러나 있으며, 센시엣 섬에서 가장 가까운 해변에 자리 잡은 관리 사무소에 거주하는 특수 수용소 관리들은 수용자들을 대상으로 교화를 위한 접촉 같은 것을 시도할 의무가 없다. 그들은 그 사실에 지극히 감사했다. 그래서 그들이 센시엣 특수 수용소의 수용자들에 대해 알고 있는 것은 세상의 다른 곳에 있는 사람들과 비슷한 수준이다. 즉 도통 아는 것이 없다.

하지만 그들도 평범한 수준의 관찰력은 가지고 있다. 바다 저편에서 간혹 폭풍 같은 계명성이 들려오거나 하면 그들은 마치 고래의 울음을 들으며 그 이름을 맞추는 늙은 뱃사람처럼 행동한다. '저건 모모 레콘인데 건강은 괜찮은 것 같다. 아냐. 저건 모모 레콘 같은데? 27년 가을에 들어올 때 내가 소화차 타고 가까이서 목소리를 들었거든.'이라는 식이다.

그들이 모여 앉아 그런 이야기를 나누는 관리 사무소는 투철한 안전 제일주의와 지나친 피해 망상의 결합으로 태어난 것 같은 건물이다. 관리 사무소의 설계자는 센시엣 특수 수용소의 레콘들이 섬을 벗어나 공격을 시도해도 필요한 시간 동안 버틸 수 있게끔 설계하라는 당혹스러운 요구를 받았다. 그런 날이 온다면 승천한 티나한이 돌아오고 말이 하늘을 날 테지만 말이다. 어쨌든 그런 요구 앞에서 설계자는 전통적인 방어 건물의 설계 개념을 포기할 수밖에 없었다. 전통적인 요새나 성곽은 수직적인 장애물로 수평적인 접근을 저지한다는 개념으로 설계되지만 레콘의 엄청난 도약력을 무시할 수 있는 수직 장애물은 엄청난 크기가 될 수밖에 없고 그런 건축물을 습기 찬 해안에 건설한다는 것은 불가능했다. 또한 설계 조건에 레콘이 섬을 빠져나온다는 가정이 있는 이상 해자 같은 것도 무의미했다. 섬을 빠져나와 바다를 건넌 레콘이 해자를 두려워하겠는가.

곤경에 빠진 설계자를 도와준 것은 거북이었다. 거북을 본 순간 설계자는 영감을 얻어 수직적인 장벽이라는 개념을 과감히 포기했다. 그는 높이 세우기보다는 땅에 찰싹 달라붙은 형태로 바꿨다. 그리하여 선조해의 고즈넉한 해변에 거북 같은, 또는 땅에 반쯤 파묻힌 계란 같은 반구형의 건물이 만들어졌다. 그것은 그 위를 걸어서 반대편까지 갈 수도 있지만 하늘을 나는 새도 안으로 들어갈 수는 없는 독특한 성이 되었다.

그런 기상천외한 개념으로 사람을 놀라게 한 설계자가 바로 젊은 마루젤이었다. 그가 계속 건축에 뜻을 두었다면 사람들은 건축의 역사가 바뀌는 것을 볼 수 있었을 테지만 센시엣 특수 수용소 관리 사무소를 설계하고 막대한 돈을 받은 마루젤은 충분한 돈을 벌 때까지 보류해 두었던 자신의 진정한 목표로 전향했다. 그리하여 사람들은 상식을 뛰어넘는 놀라운 건축물 대신 아름다운 예술품들을 가지게 되었다. 그것을 손실이라고 생각하는지 이득이라고 생각하는지에 따라 실용주의자와 관능주의자를 구분할 수도 있을 것이다. 그리고 관리 사무소의 관리들 또한 각자의 성향에 따라 자신들이 기능적인 건축물에 있다거나 마루젤의 예술품 안에 있다거나 하는 식으로 생각했다.

하지만 아라짓력 32년, 아직 달이 떠오르지 않아 칠흑 같은 어느 가을밤 관리 사무소 안에 예술과 하나된 생활에 대해 생각하는 사람은 한 명도 없었다. 관리들 모두 자신들이 튼튼한 요새에 있다고 믿고 싶어했다. 사무소 위쪽에서 상당히 불쾌한 협박문을 외치며 어슬렁거리는 레콘이 있을 경우 그것은 자연스러운 반응이다.

"나와—! 나는 배가 고프단 말이다—! 맛있는 인간고기가 먹고 싶다—!"

사실 상당히 유치한 협박문이라 할 수 있다. 하지만 죽을 정도로 겁에 질린 관리들 중엔 그것을 농담으로 받아들일 수 있는 사람이 없었다. 그들은 관리 사무소의 가장 깊은 방에서 공포로 희번덕거리는 눈으로 서로를 바라보고 있었다. 그중 한 여성이 다급하게 말했다.

"누군가가 민들레 요새로 가 봐야 해! 이런 일이 벌어졌을 때 처리하라고 그들이 있는 거잖아."

공포 때문에 혼란에 빠진 것이 분명하다. 그녀의 정신 상태가 의심스럽다는 표정으로 바라보던 다른 관리가 침착하게 말했다.

"거긴 아무도 없어. 전부 대장군을 따라나섰으니까."

"돌아왔을지도 모르잖아. 대장군은 도대체 무슨 생각으로…… 절망도에서 레콘들이 뛰쳐나왔을 때 민들레 요새의 그 미치광이들이 막아야 하잖아!"

"제발 침착해. 저건 절망도에서 나온 레콘이 아니야. 우연히 이 근처를 지나던 정신 나간 레콘이지. 아니, 어쩌면 그 전까지는 괜찮다가 갑자기 바다를 보고 놀라서 저렇게 된 건지도 모르지. 놔두면 제풀에 지쳐서 떠날 거야."

그때 꽝꽝 하는 섬뜩한 충격음이 들려왔다. 사무소의 반구형 지붕 위에서 레콘이 발을 구르는 소리였다. 관리들은 동시에 영이 빠져 버린 얼굴이 되었고 그중 두 사람은 기절했다. 안타깝게도 기절한 자들은 응당 받아야 할 관심을 받지 못했다. 다른 자들은 모두 위만 바라보고 있었다. 발을 구르는 소리가 끝난 후에야 그들은 쓰러진 동료들을 부축했다. 그리고 자신 속에서 마루젤에 대한 신뢰를 키우기 위해 애썼다.

특기할 만한 사실은 사무소의 반구형 지붕 위에 있던 레콘 역시 마루젤에 대해 생각하고 있었다는 점이다. 그 레콘은 조금 마른 체구였지만 어쨌든 같은 부피의 물보다 무거운 레콘의 몸을 가지고 있었다. 그는 마루젤을 얼마나 믿어야 하는지 고민했다. 마치 그것을 원한다는 듯이 행동했지만 요새를 부수는 것은 절대로 그 레콘의 바람이 아니었다. 하지만 레콘은 그런 속마음을 들킬 생각도 없었다. 결국 그는 마루젤이 알았다면 상심했을 결정을 내렸다. 그는 발을 구르는 대신 더 험악한 말들을 쏟아 내기로 했다. 바다를 보고 싶지 않았던 레콘은 육지 쪽을 향해 서서 인간 요리법에 대한 가상 이론들을 쏟아 내기 시작했다. 넓적다리 부위는 튀김용으로 좋고 팔 부분은 향초와 함께 구워 먹으면 좋다는 둥, 마치 그런 재료를 여러 번 다루어 본 요리사인 양 말하는 그의 태도는 안쪽에 있는 인간 관리들을 정신적 사망으로 몰아갔다.

반 시간 후, 안쪽에 있는 관리들을 동정해서가 아니라 스스로 자신의 말에 무서워졌기 때문에 요리 강의를 끝낸 레콘은 지붕 위에 털썩 주저앉았다. 그때 달이 산 위로 모습을 드러냈다. 고개를 돌린 레콘은 달을 보고 히죽 웃었다.

달을 보며 웃는 그 레콘의 이름은 뭄토였다. 밤길을 걸을 때 그보다 고마운 동반자는 없고 다음 날의 날씨를 추측하게 해 주기 때문에 달을 좋아하긴 했지만 뭄토가 웃은 것은 그런 애정 때문이 아니었다. 뭄토가 웃은 것은 그것이 기다리던 신호였기 때문이다.

뭄토의 그날 밤 계획은 크게 두 부분으로 나눌 수 있다. 첫째는 달이 떠오르기 전까지 모든 관리들을 사무소 안에 들어가 있도록 하는 일이었다. 그것은 달성했다. 둘째는 달이 떠오른 후 한 명의 관리들도 밖으로 나오지 못하도록 하는 일이었다. 달이 떠오르는 것을 보며 뭄토는 자신이 지나치게 서두른 것이 아닌가 생각했다. 관리들은 이미 오래전에 사무소 안에 갇혔고 뭄토는 상당량의 협박을 소모한 후였다. 뭄토는 이제부터 어떤 방법으로 관리들을 사무소 안에 묶어 둘지 고민했다.

갑작스럽게 뭄토는 무엇인가의 접근을 느꼈다.

그것은 등 뒤로부터의 접근이기 때문에 눈으로 본 것은 아니다. 또한 발소리나 냄새로 깨달은 것도 아니다. 접근을 알아차린 것은 레콘들이 감이라고 말하는 것 덕분이었다. 품토는 주저 없이 몸을 돌렸다. 그리고 후회했다. 달빛이 출렁거리는 선조해의 모습이 시야 가득히 들어왔다.

밤바다는 그 막대한 부피만큼의 공포였다.

해가 떠 있을 때라고 해서 바다 밑바닥을 볼 수 있는 것은 아니다. 하지만 시커먼 바다는 바닥이 없는 것처럼 보였다. 게다가 그를 향해 밀려오고 있었다. 품토는 눈을 몇 번 껌뻑였지만 인상은 바뀌지 않았다. 겁에 질린 품토가 '바다가 넘친다!'라고 외치기 직전, 어둠의 일부가 갑자기 그에게 말을 걸어 왔다.

"고개 돌려."

품토는 그 말을 따르는 대신 목소리가 들려온 쪽을 보았다. 그러자 어둠은 큼직한 손이 되어 품토의 머리를 붙잡았다. 그 손은 품토의 고개를 돌려 다시 육지 쪽을 향하도록 해 놓았다. 그 사실에 고마움을 느꼈지만 품토는 레콘답게 자신의 몸이 타의에 의해 움직이는 것에 화가 치밀었다. 하지만 그를 움직인 어둠이 품토의 옆으로 다가와 섰을 때 품토는 화를 억눌렀다. 그는 조심스럽게 말했다.

"지멘? 여기는 왜 온 겁니까?"

몸 일부가 어둠 속에 녹아 있는 듯한 검은 레콘 지멘은 주위를 두리번거릴 뿐 대답하지 않았다. 품토는 다시 질문했다.

"지멘?"

"널 보호하려고 왔다."

지멘의 날카로운 목소리에 품토는 움찔했다.

"예?"

"네 헛소리 때문이야. 그들이 너에 대해 화를 내고 있다."

"저에 대해? 무슨 말씀입니까?"

지멘은 여전히 주위를 둘러보며 신경을 곤두세우고 있었다. 그의 말을 생각해 본 뭄토는 조금 후 질겁하며 일어섰다.

"제가 진짜 이자들을 잡아먹는다고 생각했단 말입니까?"

"그 튀겨 먹느니 구워 먹느니 하는 소리는 뭐냐?"

"아니, 그거야 이 밑에 있는 녀석들 겁주려고…… 설마 그걸 믿는단 말입니까?"

"넌 그자들이 침착하고 이성적이라고 믿나 보군."

뭄토는 그렇게 믿지 않았다. 더럭 겁이 나서 자신의 접칼을 꺼내어 날을 펼쳤다. 지멘은 망치를 쥔 손을 조금씩 비틀며 말했다.

"그들 중 몇 명이 널 처벌하겠다고 사라졌다. 그자들은 네가 진짜 사람 잡아먹는 레콘이라고 믿고 있어. 곧 나타날 거다…… 왔다."

지멘의 모습은 변함없었지만 당황한 뭄토는 크게 부풀었다. 좋은 행동이라고 할 수 없다. 달빛 속에서 홀연히 나타난 네 명의 레콘은 그런 뭄토의 모습에 험악한 표정을 지었다. 지멘은 사나운 눈으로 뭄토를 쏘아보고 망치를 약간 늘어뜨렸다.

"돌아가라."

네 명의 레콘은 지멘의 말이 들리지 않는다는 듯 뭄토를 쏘아보았다. 지멘이 목소리를 조금 높여 말했다.

"돌아가라."

네 레콘 중 가장 연장자로 보이는 사람이 앞으로 나섰다. 그는 쉰 목소리로 말했다.

"그자는 동포를 잡아먹는 놈이다."

지멘은 뭄토의 협박 대상은 레콘이 아닌 인간이므로 그 말은 오류라고 생각했지만 그것을 정정하지는 않았다. 그는 담담하게 말했다.

"그것은 농담이다."

"농담이 아니다."

"농담이다."

"저 안에 있는 자들에겐 농담이 아니다. 저 안에 있는 자들이 얼마나 두려워할지 생각해 보아라. 그들은 연약한 인간이다. 레콘이 그런 말을 한다면 인간은 그것을 농담이라고 생각할 수 없다. 받아들이는 쪽이 진담으로 받아들였다면 그건 진담이다. 그리고 의도가 있다. 그 추악한 자는 듣는 자들이 진담으로 받아들이길 바라면서 그런 말을 했다. 그러므로 그것은 진담이다. 그 안에 있는 인간들에게 그자는 식인 레콘이다."

레콘의 말은 침착했고 논리 또한 분명한 편이다. 하지만 지멘은 침착하고 이성적인 자들이 아니라는 평가를 정정할 필요를 느끼지 못했다. 왜냐하면 그런 논리를 통해 도출되는 결론이 비이성적이기 때문이다.

"그러므로 우리는 그 안에 있는 인간들을 대신하여 그 식인 레콘을 처단해야 한다."

뭄토는 공포와 분노 양쪽을 두 눈에 담은 채 레콘들을 쏘아보았다. 지멘이 말했다.

"이자는 너희들의 탈주를 도우려고 그런 거다."

지멘은 말을 끝내자마자 후회했다. 뭄토를 향하던 레콘 네 명분의 분노가 고스란히 자신에게도 보내어졌다. 그렇다고 해서 분노가 반이 되지도 않았다. 지멘과 대화하던 레콘은 몸을 서서히 부풀리며 차갑게 말했다.

"그자의 사악한 행동 때문에 내가 어떤 도움을 받았다고 해서 사악함을 눈감아 주라는 거냐? 내가 악에 협조해야 한다는 거냐?"

"그런 의도로 한 말은 아니다. 네 이름이 뭐지?"

"트리어."

"나는 지멘이다. 이쪽은 뭄토고. 트리어. 이렇게 하면 어떻겠나? 뭄토가 자신의 말을 취소하고 이 안에 있는 자들을 놀랜 것을 사과한다면? 자신의 잘못을 바로잡을 기회는 주어져야 한다."

트리어는 잠시 생각에 잠겼다. 다른 세 레콘은 스스로 결정을 내릴 의도가 없는 듯 침묵한 채 기다렸다. 트리어가 혼잣말처럼 말했다.

"기회는 주어져야 한다."

지멘은 긴장을 풀지 않은 채 트리어와 세 레콘을 바라보았다. 트리어는 뭄토를 보며 말했다.

"뭄토, 사과해라."

뭄토는 조금 안심했다. 그는 접칼을 쥔 손을 숨기듯 슬그머니 잡아당기며 말했다.

"알겠습니다. 하지만 지금은 곤란합니다."

"무슨 소리냐?"

"그게, 이자들을 좀 더 붙잡아 둬야 하거든요, 트리어. 이해하시겠지만……."

"너는 악을 이용하려고 하고 있다!"

트리어가 맹포한 동작으로 뛰어올랐다. 그 기세에 눌린 뭄토는 움찔하며 물러섰다. 하지만 지멘이 재빨리 날아올랐다. 지멘은 뭄토를 향해 난폭하게 날아드는 트리어를 어깨로 들이받아 뛰어오르려 하던 세 명의 레콘에게 날려 보냈다. 그는 망치를 빙글 돌려 잡으며 생각했다. 투쟁으로 점철되다시피 한 그의 생애에서도 이것은 가장 웃긴 싸움이라고. 하지만 어쩐지 낯익은 투쟁이기도 했다. 즉각적으로 지멘은 자신이 네 명의 레콘과 마주했던 경험이 이전에 있었음을 떠올렸다. 그것도 제국을 종단하는 규모로. 준람, 왕벼슬, 주테카, 론솔피. 그 네 사람 앞에서 지멘은 계속 도망쳐야 했다.

지멘은 순간적으로 결정을 내렸다. 벌떡 일어나는 네 명의 레콘을 본 지멘은 뭄토의 팔 하나를 잡으며 뛰어올랐다.

갑자기 잡아당겨진 뭄토는 버둥거리다가 갑자기 뻣뻣해졌다. 도약의 방향이 어딘지 깨달은 것이다. 허공에 떠 있는 짧은 시간 동안 뭄토는 평생 같은 긴 시간을 느꼈고, 그 시간은 부정으로 가득 채워져 있었다. 안 돼, 안 돼, 안 돼, 안 돼, 안 돼……

'첨벙!' 하는 굉음과 함께 지멘과 뭄토는 바다 속에 섰다. 바닷물이 그들의 발목까지 차오르는 곳이었다. 지멘은 그곳에서 네 레콘을 지그시 바라보았고 뭄토는 죽음을 보았다.

감투를 쓴 채 마냥 달리던 스카리는 갑자기 멈춰 섰다. 현명한 행동이었다. 더 달렸다간 발케네의 보이지 않는 군주에서 보이지 않는 시체로 변했을 테니까.

스카리는 노대 끝에서 헐떡거리며 아래를 내려다보았다.

갑작스러운 불쾌감에 스카리는 몸을 경직시켰다. 그곳은 그가 락토 빌파를 찌른 곳이었다. 그때도 스카리는 감투를 쓰고 있었다. 락토는 자신을 찌른 아들을 칭찬하고 스스로 노대 끝으로 걸어가 떨어졌다. 그 추락을 떠올린 스카리는 뒤로 주춤 물러났다.

그는 바닥에 주저앉았다. 얼굴에 닿는 바람을 느끼고 싶었다. 감투는 그의 모습을 감출 뿐 바람을 막는 것은 아니지만 스카리는 모습이 사라져서 바람도 느낄 수 없다는 양 거칠게 감투를 벗고 얼굴을 내밀었다. 물론 사정은 나아지지 않았다. 바람이 불지 않았다. 스카리는 그 무풍을 저주했다. 암살성을 저주하고 부냐 헨로를 저주하고 죽은 락토 빌파를 저주했다. 그러고도 많은 대상을 더 저주했지만 저주의 목록은 줄어들지 않았다. 스카리는 그 목록을 다 건너뛰기로 했다.

"엘시 에더리!"

스카리는 자신의 목에서 뛰쳐나온 이름에 흠칫했다. 그렇다. 엘시였다. 엘시 에더리가 암살성에 들어와 부냐 헨로를 겁탈했다. 스카리 빌파가 돌아올 때를 정확히 기다려 그런 짓을 벌일 수 있는 자가 세상에 엘시 외에 누가 있겠는가? 그토록 대담한 자, 그토록 오만한 자, 그토록 스카리를 무시할 수 있는 자가 또 누가 있는가? 그 하인 놈이 엘시가 아니라는 것은 상관없다. 그것은 엘시의 짓이었다. 엘시가 이 모든 상황을 만들었으니까 엘시가 부냐를 겁탈한 것이나 다름없다. 엘시가 그를 비참하게 만들었다.

"에에에엘시!"

모든 것은 엘시 때문이다. 스카리는 이제야 그 사실을 깨달았다는 것을 믿을 수 없었다. 락토 빌파가 뭐라고 했건, 그 애꾸눈 꼬마가 뭐라고 했건 이 모든 일은 사실상 엘시가 일으킨 일이다. 그 영악한 놈은 일부러 부냐를 구출하지 않음으로써 스카리로 하여금 파옥의 죄를 저지르게 했고 발케네와 황제가 대립하게 만들었고 스카리로 하여금 아버지를 죽일 수밖에 없는 상황으로 몰고

갔다. 그리고 제국이 사라지게 만들었다. 그놈이 그렇게 한 것이다. 온갖 흉악한 계획을 짜내고 갖은 책동을 부리는 대신, 맙소사, 아무 일도 하지 않음으로써! 그놈은 아무 일도 하지 않는다. 바르지 않다고 말하면서. 아무 일도 하지 않음으로써 스카리를 파멸시키고 있다.

'아직은 아냐.'

스카리는 이를 부드득 갈았다. 눈에 보이는 것이 모두 두 개나 세 개로 보였기에 스카리는 남쪽 하늘을 바라보았다. 하늘은 혼란스럽지 않았고 또 그곳은 엘시가 있는 방향이다.

'아직 나는 파멸하지 않았어. 파멸? 허튼소리. 나는 발케네의 공작이야. 나는 도깨비감투를 가지고 있다. 나는 세상에서 가장 강한 군대를 거느리고 있다. 이 악독하고 악독하고 악독한 놈아. 너는 나를 망가뜨릴 수 없어. 나는 스카리 빌파고, 질투에 찬 너 따위 소인배가 어떻게 할 수 있는 사나이가 아니니까. 부냐, 부냐! 왜? 부냐. 너를 위해 내가 무엇을 했는데? 어떻게 그럴 수 있어?'

스카리는 흐느껴 울기 시작했다.

억울했다. 화가 났다. 아무리 애써 봐도 모든 것이 자꾸만 수포로 돌아간다. 뒤엉키고 헝클어지고 무너져 내린다. 번뜩이는 기지로 연인을 구출해 낸 사내는 영웅시의 주인공이 되는 대신 제국의 적이 되었다. 당연히 그에게 와야 할 황금 열쇠는 애꾸눈 계집애에게 갔다. 자유무역당은 그의 야심 찬 정복을 황금으로 막았고 규리하의 도깨비 처녀는 하늘치로 그의 대군을 쫓아냈다. 파리를 향해 휘두르는 손에 담긴 것만큼의 경의도 없이! 그리고 그 모든 빗나감과 잘못됨의 종지부를 찍듯 그가 구출해 낸 여인이 그의 성에서…… 어디에도 없는 신이여!

엘시 에더리가 아무 일도 하지 않았기 때문이다.

내가 사내다운 사내에게 패배했다고 느끼게 해 줘.

엘시는 그러지 않았다.

사내가 되라고!

엘시는 그러지 않았다.

스카리는 눈물을 닦았다. 턱이 무거웠고 얼굴이 심하게 짓눌린 것 같았다. 입을 크게 벌리고 심호흡을 하던 스카리는 갑작스러운 공포를 느꼈다. 그는 락토가 떨어진 노대에 앉아 있었다. 스카리는 바닥을 밀며 황급히 일어났다. 뒤로 몇 걸음이나 물러나서는 노대 끝을 바라보았다. 그곳에서 누군가의 손이 올라오는 것 같았다. 노대 끝을 붙잡은 손가락들이, 팔꿈치가, 그 뒤를 따라 락토의 부서진 얼굴이…… 그 얼굴이 부서지며 드러난 것은, 부서진 가면 뒤편에서, 엘시 에더리의 얼굴?

스카리는 고개를 맹렬히 휘저었다.

"나는 떨어지지 않아."

다시 노대 끝을 본 스카리는 그곳에 아무것도 없다는 것을 확인했다. 스카리는 몸을 부르르 떨고 뒤로 돌아섰다. 자꾸만 뒤를 돌아보고 싶었지만 대신 발을 빠르게 움직였다. 그래도 노대를 벗어나는 것은 너무 오래 걸렸다. 건물 안쪽으로 돌아온 스카리는 크게 숨을 몰아쉬었다. 그때 누군가가 말했다.

"공작님?"

스카리는 칼을 뽑을 뻔했다. 칼자루로 향하던 손을 멈춘 스카리는 모디사 헨로의 얼굴을 뚫어지게 바라보았다. 그녀는 시체 같은 얼굴을 하고 있었다.

모디사가 털썩 주저앉았다.

그녀는 두 손으로 바닥을 짚고 머리를 늘어뜨렸다.

"죄송합니다, 공작님. 죄송합니다…… 그 애 대신 제가 이렇게 빌겠습니다. 제발 살려 주십시오. 그 불쌍한 애는…….""

스카리는 모디사의 말을 이해하기 어려웠다. 하지만 그가 더 궁금하게 여긴 것은 모디사가 왜 그곳에 있느냐 하는 것이었다. 스카리는 질문했지만 모디사는 같은 말만 반복했다. 스카리가 고함을 지른 후에야 모디사는 울먹이며 말했다.

"공작님의 외침을 들었습니다."

무슨 외침을 말하는 거냐고 되물으려던 스카리는 곧 노대에서 질렀던 고함을 떠올렸다. 그는 엘시 에더리의 이름을 외쳤다. 그 소리를 모디사가 들었다는 것을 알자 스카리는 부끄러움과 분노를 느꼈다. 모디사는 계속해서 사죄와 구명의 말을 중얼거렸다. 그 모습을 보던 스카리가 고함을 빽 질렀다.

"그만둬! 누가 부냐를 죽인다는 거야?"

만약 힌치오나 팔리탐이 들었다면 어이없어 했을 테지만 스카리는 그런 생각을 떠올릴 수 없었다. 모디사가 놀란 표정으로 그를 바라보고 있었다. 스카리는 머리카락을 쓸어 넘기고 말했다.

"결혼식 준비를 해라."

"예?"

"그대가 신부 어머니잖나! 신랑이 왔으니 더 시간 끌 것 없다."

"무슨…… 무슨…… 결혼이오?"

"그래, 스카리 빌파와 부냐 헨로의 결혼."

모디사는 의심스러운 표정으로 스카리를 바라보았다. 스카리는 약간의 두통을 느끼며 힘들게 말했다.
 "빠르면 빠를수록 좋겠다. 시간 끌 것 없어."
 "각하……? 제 딸을 용서하시는 겁니까?"
 "용서? 그대의 딸은 용서받을 일을 하지 않았다."
 모디사는 형언하기 어려운 혼란을 느꼈다. 스카리도 비슷했다. 그는 자신 속에서 자신의 말을 설명할 논리를 찾기 위해 애썼다. 곧 한마디 말이 떠올랐다.
 엘시 에더리가 나를 파멸시키려 하고 있다.
 스카리는 고개를 끄덕였다. 설명이 된다. 나는 부냐 헨로와 결혼할 것이다. 그것이 엘시에게 지지 않는 방법이다. 부냐는 엘시 때문에 그렇게 된 것이다. 스카리는 마음의 평화를 느꼈다. 하지만 모디사에게 쉽게 설명하기는 어려웠다.
 "더 묻지 마라. 그냥 내 말을 따라라. 내 쪽에서는…… 부모님이 안 계시니 팔리탐에게 부탁해야겠군. 그리고 부냐에게도 말해야겠어. 청혼의 말을. 자작 부인!"
 "예! 예!"
 "네가 할 수 있는 가장 완벽한 준비를 해라. 나는 초라한 신부를 맞이하고 싶지 않으니까. 나는…….."
 더 말을 해야 할 것 같았지만 다른 말이 떠오르지 않았다. 그는 잠시 주춤하다가 그냥 미소를 지었다. 그 미소를 마주 보던 모디사의 얼굴에서도 커다란 웃음이 떠올랐다. 곧 그녀는 고개를 끄덕이며 감사의 말을 쏟기 시작했다. 스카리는 손을 내저어 그녀의 말을 막으려 했지만 모디사는 고개를 숙이고 있어 그의 동작을 보지 못했다. 스카리는 그냥 그녀의 곁을 지나쳐 걸었다. 고개를 든 모디사는 스카리가 보이지 않는다는 것에 당황했다.

모디사를 내버려두고 복도로 나온 스카리는 혼란 속에서 걸었다. 모든 것이 정리되었다고 생각했지만 부냐를 향해 걸어가면서 조금 전 보았던 장면이 다시 떠오를 수밖에 없었다. 침대 위에 누워 자신을 죽이라고 외치던 여자에게 다시 돌아가는 것이 내키지 않았다. 그녀에게 뭐라고 해야 하나?

'누가 스카리의 여자를 죽인단 말이냐!'

스카리는 그 말이 마음에 들었다. 부냐 헨로는 스카리 빌파의 여자다. 스카리가 백화각에 침입하여 시체와 혐오와 억울함 속에서 그녀를 구출했다. 스카리의 걸음이 빨라졌다. 그는 엘시가 자신의 모든 것을 망가뜨리게 놔두지 않을 것이다. 부냐에게 사랑한다고 말할 것이다. 그리고, 그리고…… 용서해 달라고! 그렇다. 용서를 구하는 것이다. 그녀를 상심하게 했음을 사죄할 것이다. 부냐가 그런 것도 당연하다. 이곳은 그녀에게 완전히 낯선 곳이다. 스카리는 이런 곳에 그녀를 혼자 놔두었다. 곁에 있어 달라는 그 많은 애원을 무시한 채. 스카리는 그것에 대해 사과해야 한다. 그 생각이 마음에 들었다. 사나이는 오직 연인에게만 무릎을 꿇는다. 점점 빨라지는 스카리의 걸음이 마침내 달리기가 되었다. 스카리 빌파는 부냐 헨로에게 사과할 것이다! 부정을 저지른 그녀에게 오히려 그가 사과하는 것이다! 부냐는 얼마나 놀랄까. 또 사람들은 얼마나 놀라워하겠는가. 스카리는 웃고 싶었다. 팔리탐은 또 얼마나 놀랄까. 그에게 부냐 헨로와의 결혼을 준비하라고 말하면 아마 가면이 떨어져 나오도록 놀랄 것이다. 스카리는 빨리 그 모습을 보고 싶었다. 부냐의 놀란 얼굴을, 팔리탐의 놀란 몸짓을 보고 싶었다.

스카리는 그것을 볼 수 없었다.

부냐는 자신의 방에 없었다. 그리고 팔리탐 또한 찾을 수 없었다. 힌치오를 찾아낸 스카리는 팔리탐의 소재를 물었지만 힌치오도 대답하지 못했다. 사람들을 풀어 성안을 뒤진 스카리는 도무지 이해할 수 없는 사실을 확인하게 되었다.

부냐 헨로와 팔리탐 지소어는 암살성 어디에도 없었다. 그 상황을 설명할 수 있는 가설은 두 가지다. 그들이 갑자기 도깨비감투를 손에 넣었거나 동시에 암살성을 떠난 것이다.

뭄토는 평형 감각을 잃었다.

자신의 중심이 하늘과 땅을 잇는 수직선에서 벗어나 있다는 느낌. 앞으로, 아니면 뒤로 한 발 내디뎌야 한다. 그렇지 않으면 쓰러진다. 하지만 어느 쪽으로 발을 내디뎌야 하는지 알 수 없다. 왼쪽? 오른쪽? 그것도 아니라면, 위? 뛰어오를까? 그것이 가장 좋은 해결책 같다. 하지만 뛰어오르려 하면 당장 쓰러질 것이다. 물 위로, 철퍼덕. 온몸이 물에 닿는다. 젖는다. 빠진다. 끔찍하다. 쑤아아아. 무슨 소리지? 비가 오나? 아니다. 두 명의 레콘이 수면에 충돌하며 날려 올렸던 물이 아래로 돌아오고 있다! 벼슬에 물이 닿는 순간 뭄토는 앞이 캄캄해지는 것을 느꼈다. 이대로 있으면 정말 물 위에 쓰러질 것이다. 무엇인가를 잡아야 한다. 뭄토는 옆에 지멘이 있다는 것을 떠올리곤 그 어깨를 붙잡으려 했다. 손가락이 닿았을 때 지멘이 말했다.

"잡지 마."

뭄토는 지멘의 명령을 무시하려 했다. 하지만 그의 손이 사나운 맹수를 만난 초식동물인 양 흠칫하며 물러났다. 뭄토는 얼떨떨한 심정으로 자기 손을 보았다. 물이 그를 강타했을 때 갑자기 뭄토는 정신을 차렸다.

당연하다. 싸움을 앞두고 있는 사람의 어깨를 붙잡아선 안 된다.

소나기처럼 떨어지는 물속에서 지멘은 궁체 비슷한 모습으로 꼿꼿하게 서서 망치를 최대한 넓게 잡고 있었다. 앞으로 쭉 내민 왼손으로는 망치 자루 끝을, 머리 조금 위에 띄워 놓은 오른손으로는 망치 머리 바로 아래를 쥔 채 지멘은 어두운 표정으로 해변가의 네 레콘을 바라보고 있었다. 반짝거리는 물결이 그의 발목을 자분거렸지만 얼어붙은 듯 시퍼런 달빛 속에서 지멘은 미동도 하지 않았다. 쏟아지는 물속에서 싸움을 준비하는 그 레콘은 바다 속에 우뚝 솟아 폭풍을 비웃는 바위산 같았다. 떨어지던 물이 기세가 꺾이다가 사라졌다. 지멘의 망치에서, 위로 쳐든 팔의 팔꿈치에서, 부리에서 물방울이 뚝뚝 떨어졌다. 지멘은 눈을 감지 않았다. 뭄토는 자기도 모르게 벼슬을 꿈틀거렸다.

해변에 있던 네 레콘들 또한 무정물인 양 꿈쩍도 하지 않았다. 하지만 그들의 정지는 어색했다. 공격을 위한 도약 직전에서 멈춰 있었기 때문에 네 사람은 몹시 불안하고 위태로워 보였다. 차마 지멘을 똑바로 볼 수 없었던 트리어는 허공 어딘가를 바라보며 말했다.

"지멘, 그래선 안 된다. 이리 나와라."

트리어가 꺼낸 말은 사체의 조각을 얼기설기 짜 맞춰 놓은 유해 같았다. 하나하나의 단어들이 죽어 있어 비록 문장의 규칙에 따라 연결되어 있지만 전체 말도 죽어 있었다. 아무도 그가 말한 것을 이해할 수가 없었다. 트리어조차도. 트리어는 벼슬을 부르르 떨었다.

"지멘."

지멘이 물 묻은 부리를 열었다. 참았던 입김이 한꺼번에 터져 나오며 잠깐 동안 지멘의 머리 주변에 희미한 안개 같은 것이 서렸다.

"돌아가."

"이리 나와!"

이리 와서 싸우자는 도전의 외침이 아니다. 그 끔찍한 곳에서 빨리 나오라는 호소였다. 그러나 지멘은 자세를 바꾸지 않았다.

"돌아가라, 트리어."

"너는 미쳤어."

"맞아. 꽤 도움돼."

아무것도 없는 곳을 바라보던 트리어가 갑자기 움직였다. 트리어의 움직임에 따라 다른 세 레콘도 경직 상태에서 벗어났다. 그들은 주저 없이 떠났다. 지멘은 그들이 사라지는 것을 보다가 고개를 돌리지 않은 채 손을 쭉 뻗었다. 거기에 비스듬히 쓰러지던 뭄토의 가슴이 와서 부딪혔다. 지멘은 트리어와 세 레콘에게 시선을 둔 채 뭄토를 똑바로 세워 그 수염볏 근처를 부여잡아 쓰러지지 않도록 했다.

네 레콘이 사라졌다. 지멘은 한 손에 망치, 다른 손에는 비틀거리는 레콘을 쥔 채 철벅철벅 걸었다. 그 소리가 뭄토의 정신을 갈기갈기 찢었다. 뭄토는 계속해서 기우뚱거렸다. 마른땅으로 돌아올 때까지 지멘은 뭄토를 놓지 않았다. 그리고 그가 손을 놓았을 때 뭄토는 심하게 구새 먹은 나무가 태풍에 부러져 넘어지듯 요란하게 쓰러졌다. 우당탕.

뭄토는 해안가의 자갈 사이에 부리와 수염볏을 꽂은 채 헐떡거렸다. 그의 등이 크게 오르락내리락했다. 지멘은 별 관심 없는 태도로 가까이 있던 커다란 유목 위에 걸터앉았다. 그는 선조해의 무거운 물결을 바라보았다.

  찢어지는 비명을 지르며 뭄토가 자신의 몸을 쥐어뜯기 시작했다.

  뭄토는 자갈 위를 데굴데굴 구르며 깃털을 뭉텅뭉텅 뽑아내었다. 젖은 깃털을 모두 뽑아내고 젖은 살점을 뜯어낼 기세였다. 핏방울이 튀어올랐을 때 지멘이 움직였다. 지멘은 발을 들어 뭄토의 몸을 짓밟았다. 그를 고정시키는 동작이었지만 힘이 실려 있었다. 뭄토는 배가 뚫리는 고통 속에 멈춰 서서 위를 쳐다보았다. 그는 밤하늘에 솟아 있는 지멘의 부리와 수염볏 등을 믿을 수 없다는 표정으로 바라보았다.

  지멘은 천천히 허리를 숙였다. 바닥에 누운 뭄토와 그를 짓밟은 채 상체를 숙인 지멘은 1미터쯤 거리를 둔 채 서로의 눈을 들여다보게 되었다. 지멘이 말했다.

  "하지 마."

  "어떻게…… 어떻게……."

  "가만히 있어."

  "차라리 싸우다 죽게 내버려두지……."

  "부리 닫아."

  뭄토는 부리를 닫았다. 그는 똑바로 누운 채 소리 없이 울었다. 지멘은 발을 떼어 뭄토가 달빛을 덮을 수 있도록 해 주었다. 뭄토에게서 떨어진 지멘은 관리 사무소 쪽을 향해 뜻없는 고함을 한 번 외치고는 망치를 내려놓고 다시 유목에 걸터앉았다.

괜찮은 식사 한 끼를 끝낼 수 있을 정도의 시간이 흐른 후, 물소리와 경쟁하며 계속되던 작은 흐느낌이 메마른 목소리로 바뀌었다.

"아실 때문이지요?"

지멘은 검은 머리를 돌려 품토를 바라보았다. 품토는 자갈 위에 드러누운 채 하늘을 보고 있었다. 그 목소리는 귀로 파고드는 사포처럼 듣기 거북했다.

"아실 때문에 그렇게 할 수 있는 거죠? 그렇지요?"

"그 애를 또 노린다면 너를 트리어에게 넘기겠다."

"누가 훔치겠다고 했나? 쳇. 아실 때문에 그런 거냐고 물었을 뿐입니다."

"그렇다는 건 뭐냐?"

품토는 두 주먹으로 허리 옆의 땅을 쾅 내리치며 외쳤다.

"조금 전에 당신이 한 짓 말이야!"

품토는 벌떡 일어났다. 그는 몸을 웅크린 채 유목 위에 앉아 있는 지멘을 노려보았다.

"당신은 필요하면 어, 저, 어, 그것을 두려워하지 않는 레콘이 될 수 있어요! 그, 그, 그것에 발을 담그고 적들을 비웃을 수 있어! 당신은 원하는 것이 될 수 있는 것이야. 끝까지, 끝장이 날 때까지 가지 않고 되돌아올 수 있어. 다시 시작해. 시작으로 돌아와. 되돌아와. 그게, 그게 당신입니다. 당신은 그런 것이야. 되돌아오는 것! 다시 시작하는 것. 그래서 모든 것이 되는 것! 아실이 그렇게 해 준 거죠? 그 애는, 눈이 하나인 애. 그래서 언제나 초점이 맞는 애. 그렇잖아요? 겨냥할 때는 한쪽 눈을 감아. 그렇게 한다고. 그 애는 항상 초점이 맞아. 세상을 언제나 겨냥

하듯이 바라본다고. 그 애가 당신을 그렇게 만들어 준 거죠? 그렇죠? 아니라고 해도 소용없어. 나는, 나는 알아. 아니까 대답하지 않아도 돼요."

지멘은 그 마지막 말이 가장 마음에 든다고 생각했다. 하지만 뭄토는 자신의 마지막 말에 영향을 받지 않았다.

"난 안다고. 알아. 그런 자들이 있어. 그녀도 그렇지. 당신도 느꼈을 거야. 저기 있는 절망도…… 절망도! 절망이 얼마나 좋은 거야? 희망을 끊는 거지. 우리는 모두 희망이 지독한 덫이라는 것을 알고 있어. 풀리지 않고 계속 죄어들기만 하는 올무처럼. 그래서 끝까지 가 버려. 그 덫에 빠져서. 그게 끝내 목을 조르지. 되돌아오지 않아. 그걸 벗어나려면 희망을 끊어야 해. 그래야 되돌아와. 다시 시작하는 거죠. 뭐든 될 수 있어! 그렇잖습니까? 당신은 그걸 알아요. 나도 그걸 알지요. 그녀도 알아요. 제에엔장! 이 무슨 미친 소리야앗!"

뭄토는 고함을 지르고는 마루젤의 건축 예술을 향해 돌격했다. 그는 둥그스름한 벽에 몸을 던졌고 비록 무시무시한 충돌음이 나긴 했지만 그것은 부서지지 않았다. 거북 등딱지를 닮은 그 둥그스름한 벽은 화살이나 칼날의 세찬 일격을 미끄러지게 만드는 갑옷처럼 뭄토를 옆으로 튕겨 버렸다. 뭄토는 자갈 깔린 해변을 데굴데굴 굴렀다. 그는 조금 전과 다른 위치에서 조금 전과 비슷한 모양으로 쓰러져 누웠다. 뭄토가 외쳤다.

"내 말이 맞지!"

지멘은 대답하지 않았다. 그는 물끄러미 수평선을 바라보았다. 사실 그가 보고 있는 것은 수평선이라고 할 수 없다. 별이 사라지는 곳을 더듬어 본다면 수평선이 어디에 있을지 짐작할 수 있지만 검은 밤하늘과 밤바다를 명확히 구분하는 선은 없었다. 지멘이 바라보고 있는 것에 이름을 붙인다면 그것은 아실일 것이다.

뭄토의 외침 때문에, 그리고 그가 관심 있는 유일한 대상이기에 지멘은 아실에 대해 생각했다. 뭄토의 말은 조금 빗나갔지만 정확했다. 지멘은 맹세했다. 자신을 잃어버린 아실을 원상태로 돌려놓는 대가로 자신의 망치를 바치기로. 아실이 자신을 되찾아 다시 그가 대답할 수 없는 말들을 쏟아 내는 것을 볼 수 있다면 멍청한 레콘 한 명을 구하느라 바닷물에 발을 담그는 것 정도는 아무렇지도 않다. 따라서 뭄토의 말은 틀리지 않았다. 그는 아실 때문에 그렇게 한 것이다.

물론 그날 밤 그가 담보하기로 한 것은 뭄토의 육체적 안전뿐이다. 뭄토가 정신착란을 일으켜 미치광이가 된다 한들 지멘은 눈도 깜짝하지 않을 생각이었다. 그래서 뭄토의 광언은 조금도 신경 쓰지 않았다. 그는 약간 피로한 눈길로 어둠을 바라보았다.

하지만 그 밤 동안 정신착란에 가까운 상태로 갔던 것은 뭄토만이 아니다. 관리 사무소 안에 갇혀 떨고 있던 관리들은 바깥에서 들려오는 괴성과 굉음에 정신이 어떻게 될 것 같은 공포를 느꼈다. 공포를 몰아내기 위해 그들은 동시에 같은 결정을 내렸다. 관리 사무소를 떠날 것이다. 하늘누리가 사라진 후로 상부의 지시나 지원도 받지 못한 채 자력으로 절망도의 레콘들에게 식량을 공급해 왔던 그들은 그런 사건이 일어나지 않아도 더 이상 버틸 수 없었을 것이다. 유사시 도움을 주기로 한 민들레 여단도 대장군을 따라 사라진 지금 그들은 사라진 제국에 대한 의리나 그들이 도와주지 않으면 섬에서 모두 굶어죽을 레콘 수용자들에 대한 동정심만으로 버틸 수 없었다. 레콘에게 가장 무서운 장소로 통하는 절망도 가까운 곳에 레콘들이 감히 나타나 행패를 부리는 것은, 그들이 보기엔 무엇보다 확실한 제국 실종의 증거이며 미래 없음의 증거였다. 그들은 모두 떠나리라 결심했다. 절망도의 레콘 수용자들에 대해서는 아무 생각도 하지 않은 채 빨리 아침이 오기를 기다렸다. 아침이 오면 바깥의 레콘이 사라진다는 보장은 없었지만, 그래도 그들이 기다릴 수 있는 것이 그것뿐이기에 아침을 기다렸다.

그들의 근거 없는 바람은 보답을 받았다. 새벽녘부터 더 이상 바깥에서 소리가 들리지 않았다. 마침내 제비뽑기에 실패한 불운한 관리가 밖으로 머리를 내밀었을 때 거기엔 어떤 레콘의 모습도 보이지 않았다. 그리고 관리가 동료들에게 그 사실을 알리고 나서 한 시간이 지났을 때 센시엣 특수 수용소 관리 사무소에는 인간의 모습도 보이지 않게 되었다.

부냐 헨로는 얼굴 한쪽이 다른 곳보다 기묘하게 뜨거운 것을 느끼며 눈을 떴다. 그녀는 곧 그 국부적인 열기의 원인을 발견했다. 그녀의 얼굴 왼쪽에 조그마한 모닥불이 지펴져 있었다.

조금 전까지 눈을 감고 있었기에 그 불빛은 부냐의 눈을 세차게 찔렀다. 부냐는 다시 눈을 감았다가 조심스럽게 실눈을 떴다. 망막에 잔영들이 어른거렸지만 주위를 대강 살펴볼 수 있었다.

숲이다. 모닥불이 조용히 타오를 수 있을 만큼 바람이 없는 곳이다. 아주 깊은 숲인지도 모른다. 부냐는 온갖 자극적인 냄새들이 뒤섞인 공기에 움찔했지만 곧 그 냄새가 자극적일 뿐 불쾌하지는 않다는 것을 깨닫고 편하게 숨을 쉬었다. 자신의 몸을 더듬어 본 그녀는 자신이 모포에 덮여 있다는 것을 깨달았다. 모닥불과 모포는 잠의 신호처럼 여겨졌다. 부냐는 다시 잠들고 싶었다. 하지만 그녀는 모포를 치우며 몸을 일으켰다.
 그녀의 몸 이곳저곳에 잠들어 있던 통증들이 갑작스러운 움직임에 놀라 깨어났다. 부냐는 비명을 지를 뻔했다. 몸 전체가 맷돌에 들어갔다가 나온 것 같았다. 자고 있는 동안 폭행이라도 당한 것이 아닌가 싶은 고통에 신음하던 부냐는 조금 후에야 그것이 잠들기 전에 가졌던 기나긴 기마행 때문이라는 것을 깨달았다.
 부냐는 남부럽지 않게 말을 타는 편이었지만 그것은 어디까지나 귀족가의 영애에게 요구되는 수준을 조금 넘어서는 정도였다. 그녀는 전투마를 타고 몇 시간 동안 달려 본 경험은 없었다. 여행의 막바지에서 부냐는 말이나 자신 중 하나가 죽을 거라고 확신했지만 여행의 인솔자는 그런 일이 벌어지도록 하지는 않았다. 아마 말이 죽었다면 그건 그녀가 졸도하듯 잠든 후에 일어난 일일 것이다. 그녀는 그런 것을 보지 못했다. 그런데 이곳은 어디에 있는 숲일까?
 "일어났구나. 뭣 좀 먹겠니?"
 목소리에 부냐는 부은 얼굴을 돌렸다. 그러곤 온몸을 꿈틀했다. 그곳엔 두억시니가 서 있었다. 조금 후에야 그것이 가면을 쓴 팔리탐 지소어임을 깨달았다. 팔리탐은 잠자코 모닥불 옆에 앉아 잿더미를 뒤적거렸다. 그곳에서 겉이 검게 탄 고구마가 나오는 것을 본 부냐는 뱃속을 할퀴는 듯한 시장기를 느꼈다.
 팔리탐은 고구마를 뚝 부러뜨려서 김이 무럭무럭 피어오르는 그것을 나뭇잎에 싸서 부냐에게 내밀었다. 꽤 뜨거웠지만 나뭇잎 덕분에 가까스로 놓치지 않았다. 부냐는 그것을 호호 불면서 먹었다. 입 주위가 새카맣게 변하는 것도 아랑곳하지 않고 고구마를 다 먹은 부냐를 보던 팔리탐은 나머지 한쪽도 나뭇잎에 싸서 내밀었다. 그리고 수통을 찾아 내밀었다.

"물을 떠 왔다. 목이 멜 테니 마시면서 먹어라."

부냐는 고개를 끄덕이고 수통을 받아 들었다. 차가운 물이 목구멍으로 넘어가는 순간 부냐는 위화감을 느꼈다. 물을 마신 부냐는 손바닥을 오므려 수통의 물을 조금 받아 그것으로 입 주위를 닦으며 생각했다. 언제부터 팔리탐이 그녀에게 하대를 하고 있었지? 잠들기 전까지는 그렇지 않았다. 함께 성을 빠져나올 때도, 비록 그녀에게 칼을 겨누고 있었지만 팔리탐의 말투는 공손했다. 그리고 고통스러운 기마행 동안 자꾸만 뒤처지려는 그녀를 격려할 때도 마찬가지였다. 그런데 지금 팔리탐은, 퉁명스럽거나 사납지는 않았지만 마치 손녀를 대하듯 그녀에게 하대하고 있었다. 부냐는 그것이 어떤 상황 변화를 암시하는지 궁금했다. 얼굴을 닦아 내면서 부냐는 팔리탐의 모습을 훔쳐보았다.

하지만 가면이 그녀의 감시를 방해했다. 가면이 팔리탐의 시선을 감추고 있어 부냐는 그가 어디를 보고 있는지 알 수 없었다. 그 얼굴은 부냐를 향하고 있지 않았지만 어쩌면 곁눈질로 그녀의 감시를 보고 있는지도 모른다. 그런 의심 때문에 부냐는 팔리탐을 훔쳐보기 힘들었다. 팔리탐이 갑자기 말했을 때 부냐는 소스라치게 놀랐다.

"저쪽으로 조금만 가면 내가 물을 떠 온 개울이 있어. 물소리가 나니까 찾기 어렵지 않을 거야. 얼굴을 씻으려면 그곳으로 가서 씻어라."

부냐는 놀라서 벌떡 일어났다. 그러나 조금 후 의심스러운 표정으로 팔리탐을 보았다.
"내가 달아나면 어쩔 생각이지?"
팔리탐은 삭정이를 부러뜨릴 뿐 대답하지 않았다. 하지만 부냐가 움직이지 않자 그는 툭 던지듯 말했다.
"넌 어디로 달아나야 할지도 모르잖니."
부냐는 홱 돌아서서 팔리탐이 가리킨 방향으로 걸어갔다. 성큼성큼 걷고 싶었지만 모닥불에서 조금 멀어졌을 뿐인데도 발아래가 잘 보이지 않았다. 어딘가에 걸려 넘어지지 않으려면 조심스럽게 걸을 수밖에 없었다. 부냐는 팔리탐의 말이 옳다는 것을 인정했다. 어딘지도 모를 이런 곳에서 도망이라는 것은 말도 안 된다.
물소리가 들려왔다. 부냐는 이끼에 미끄러질 뻔하고는 겨우 조그마한 실개울을 찾아내었다. 폭이 손가락만 한 조그마한 것이었기에 손을 물속에 담그고 물이 고일 때까지 기다렸다가 떠올리는 식으로 얼굴을 씻어야 했다. 얼굴과 목 주위를 대충 닦자 몸 곳곳의 통증에도 불구하고 상쾌한 기분이 들었다. 부냐는 뒤쪽을 돌아보았다. 모닥불의 불꽃은 보이지 않았지만 나무들의 한쪽 면을 물들이고 있는 주홍빛은 확인할 수 있었다. 언제든 돌아갈 수 있다는 것을 확인한 부냐는 적당한 바위에 앉아 상황을 고민했다.
팔리탐 지소어가 방으로 들어와 칼을 뽑아 들고 옷을 입으라고 했을 때 부냐는 스카리가 자신을 처형하기로 결심했다고 생각했다. 그녀는 말없이 옷을 입었고 팔리탐의 지시 하에 밖으로 나왔다. 그녀가 말을 꺼낸 것은 마구간에 도달했을 때의 일이었다. 그녀는 부모님에게 인사를 하고 싶다고 말했다. 하지만 팔리탐은 허락하지 않았다. 그리고 두 사람은 암살성을 빠져나왔다.

팔리탐 한 사람만 나선 것에 대해 부냐는 의문을 품지 않았다. 발케네의 공작이 부정을 저지른 연인을 죽였다는 이야기는 이 경우 거칠다거나 단호하다는 평판을 얻기 어렵다. 부정이 저질러진 장소가 바로 암살성 한가운데였기 때문이다. 용감한 도둑을 존경하고 멋진 절도담을 사랑하는 발케네 인들은 자신의 성 한가운데서 자신의 여자를 도둑맞은 공작을 오히려 비웃을 것이다. 따라서 부냐는 공식적인 처형 대신 비밀리에 살해되고 실종이나 병사로 처리될 것이다. 비밀을 지키기 위해서라면 공작가의 충신 한 사람이 일 처리를 맡는 것이 당연하다.

성을 빠져나온 후에 이어진 장거리 기마행에 대해서도 부냐는 별 의문을 품지 않았다. 그녀는 시체가 성 가까운 곳에서 발견되거나 하는 불편한 상황을 피하기 위해서일 거라고 짐작했다. 하지만 지금은 뭔가가 좀 이상하게 돌아간다고 생각했다. 왜 팔리탐은 말에서 내리자마자 일을 처리하지 않았을까? 말에서 내렸을 때 부냐는 드디어 그 순간이 왔다고 생각했지만 찾아온 것은 칼날이 아니라 어쩌면 그보다 더 강력한지도 모르는 졸음이었다. 너무도 피곤했던 부냐는 곧장 잠들고 말았다. 그렇다면 팔리탐은 그녀가 잠드는 것을 보고는 차마 자는 여자를 죽일 수 없어서 내버려둔 것일까? 부냐는 조금 전의 고구마가 최후의 식사이고 세수를 하도록 시킨 것은 깨끗한 모습으로 죽게 하려는 배려라는 식으로 짜맞춰 보았다. 말이 되는 것 같다. 그렇다면 팔리탐의 하대는 이제 때가 왔다는 암시인 것이다. 하지만 그녀는 한 가지 사실이 마음에 걸렸다.

그녀는 죽고 싶지 않았다.

부냐는 당혹감 속에서 자신의 감정을 읽어 보았다. 그녀는 이제 더 이상 죽고 싶지 않았다. 고통스러운 중노동과 수면은 그녀에게서 그런 욕망을 앗아간 것 같았다. 그녀는 자신이 왜 그런 욕망을 느꼈는지 생각해 보았다. 약혼자가 그녀를 감옥에 팽개쳐 두었을 때 느꼈던 배신감, 시체를 다루는 소름 끼치는 노역 동안 잃어버린 용기, 죽기 싫어서 사랑을 연기하고 스카리를 따라나섰을 때 상처 입은 자존심, 그녀 때문에 일어난 전쟁을 보며 느낀 공포와 좌절감과 절망. 스카리가 과거의 다른 남자처럼 그녀를 내버려둔 채 떠났을 때 느낀 자기 부정, 그녀를 무시하는 어머니, 죽은 사람처럼 구는 아버지…….

그런 것이 도대체 어쨌단 말인가?

그녀는 최근에 그토록 격심한 육체적 노동을 한 적이 없었다. 어쩌면 정신이 멍해질 정도로 움직이면 잡생각이 달아난다는 소박한 삶의 지혜는 위대한 뿌리를 가지고 있는지도 모른다. 그녀는 더 이상 죽음이나 자기 파괴에 대해 생각하기 어려웠다. 부냐는 숲 속에서의 잠과 모닥불가의 소박한 식사, 작고 차가운 개울물이 좋았다. 죽음이 싫었다. 자신의 팔뚝을 살짝 꼬집어 보았다. 엄청나게 아팠다. 부냐는 꼬집힌 부위를 문지르며 멍하게 생각했다. 칼에 찔리면 얼마나 아플까? 그리고 죽어 가는 기분은…… 갑자기 부냐는 혼이 빠질 것 같은 공포를 느꼈다.

'달아나야 해.'

부냐는 두 주먹을 꼭 움켜쥐었다. 달아나야 한다. 이제 조금 후 팔리탐은 칼을 뽑아 들고 그녀를 죽일 것이다. 그 칼이 그녀의 몸을 찌르는 것을 받아들일 수 없다. 칼날이 목의 살을 파고들어 뼈에 부딪히는 것을 받아들일 수 없다. 칼끝이 가슴을 파고들어 심장을 조각 내는 것을 받아들일 수 없다. 눈을 감은 다음 다시는 뜨지 못하는 것을 받아들일 수 없다.

'달아나야 해!'

부냐는 황급히 주위를 둘러보았다. 어디를 보아도 나무와 어둠뿐이다. 어느 곳으로 가야 할지 알 수 없었다. 팔리탐의 말대로 그녀는 이곳이 어딘지도 모른다. 부냐는 가슴을 쥐어뜯었다. 황야를 헤매다가 굶어죽는 걸까? 문득 졸졸거리는 물소리가 들렸다. 개울을 따라가면 어떨까. 그것은 강으로 이어져 사람들이 사는 곳으로 데려다 줄까? 숲 속의 그런 실개울은 조금 흐르다가 갑자기 사라져 버릴 수도 있지만 부냐는 그것 외에 아무 도리가 없다는 것을 깨달았다. 다시 모닥불이 있는 곳을 돌아보았다. 돌아가서 뭐라도 쓸 만한 것을 가져올 수 있다면. 하지만 지금 돌아가면 팔리탐은 차분히 칼을 빼어 들 것이다. 그러면 달아날 수 없다. 기회는 지금뿐이다. 걸친 옷밖에 없는 맨몸으로라도 지금 즉시……

'바보 같으니. 어두워서 아무것도 안 보여.'

숲 속에는 달빛도 별빛도 새어 들지 않았다. 몇 걸음도 달리지 못해 쓰러지거나 낭떠러지를 구를지도 모른다. 부냐는 아랫입술을 꾹 깨물었다. 말과 불이 필요했다. 팔리탐의 곁에 있는 것들이다. 부냐는 허리를 굽혀 돌을 찾았다. 지나치게 작거나 반대로 너무 큰 돌을 몇 개 지나친 후 간신히 자신이 다룰 수 있는 크기의 육중한 돌을 집어 들었다. 돌은 꽤 무거워서 두 손으로 끌어안듯이 들어야 했지만 그보다 작은 돌을 들 수는 없었다. 한번에 끝내야 하니까. 부냐는 그것을 끌어안고 불빛이 비치는 곳으로 돌아왔다.

부냐는 끔찍한 좌절감을 느꼈다.

팔리탐은 모닥불 뒤편에서 그녀를 정면으로 바라보는 곳에 앉아 있었다. 부냐는 그가 자신을 보고 있다는 것을 확실히 알 수 있었다. 팔리탐의 얼굴에는 시선을 감추는 가면이 없었다. 그는 손에 장죽을 든 채 그녀를 물끄러미 바라보고 있었다. 불빛은 그의 소름 끼치는 얼굴을 뚜렷이 드러내었지만 부냐는 그 얼굴에 두려움을 느끼지는 않았다. 전장에서 쓰러진 많은 끔찍한 시체를 다룬 경험 때문일 것이다. 아니면 공포보다 더 큰 좌절 때문인지도 모르지만.

팔리탐은 장죽을 피우며 아무 말 없이 부냐를 바라보았다. 던진다는 방법도 있었지만 현실성은 없었다. 부냐는 돌을 떨어뜨렸다. 그것이 무거운 소리를 내며 떨어졌을 때 부냐는 자신의 마음 속에서도 무엇인가가 무너져 내린다고 생각했다. 그녀는 땅바닥에 주저앉아 두 손으로 얼굴을 가린 채 흐느꼈다.

얼마 후 팔리탐이 말했다.

"내 얼굴에 놀랐니? 널 겁주려고 그런 건 아냐. 연초를 피우는 데 방해가 돼서 잠시 벗었다."

부냐는 흐느끼며 말했다.

"어, 얼굴 때문에 그러는 것 아니야."

"날 공격하려고 했니?"

"으, 응."

탁탁 하는 소리가 들렸다. 부냐는 손을 치우고 보았다. 팔리탐은 다 피운 장죽을 돌에 부딪혀 재를 털고 있었다. 그의 얼굴은 다시 가면으로 가려져 있었다. 팔리탐은 장죽을 짐 속에 꽂아넣고는 두 손을 깍지 끼어 무릎에 얹었다. 그리고 부냐를 가만히 바라보았다. 소리 없고 표정 없는 주시가 길게 이어졌다.

부냐가 쉰 목소리로 말했다.
"죽고 싶지 않아."
"누가 너를 죽인다고 했지?"
부냐가 눈을 크게 떴다.
"조용히 죽이려고 데려온 것 아냐?"
"너를 죽일 계획은 없다."
"그러면 왜? 왜 여기로 데려온 거지?"

팔리탐 지소어는 깍지 낀 손의 집게손가락을 까딱거렸다. 어떻게 대답해야 할지 고민하는 것처럼 보였다. 잠시 후 그는 삭정이 하나를 부러뜨려 모닥불 속에 집어넣었다. 불티가 부스스 피어올랐다.

"이렇게 말하는 것이 좀 뭣하지만, 너에게 고맙다고 말해야겠다. 이것은 내 사적인 감정이고 진심이다."
"고맙다고? 뭐가?"
"스카리를 실망시켜 준 것."

부냐는 고개를 갸웃거리며 설명이 이어지길 기다렸다. 하지만 팔리탐은 아무 말을 하지 않았다. 조바심이 난 부냐는 대화를 잇기 위해 말했다.

"당신 원래 연초를 피웠어?"
팔리탐이 느리게 대답했다.
"조금 전에 본 것처럼 혼자 있을 때 가면 벗고……. 가면 쓴 채 코로 연기를 뿜으면 가면 안에 연기가 꽉 차 버리거든."
"한두 번이지만 당신은 도대체 무슨 재미로 사나 궁금해한 적이 있어. 취미가 있긴 있었군. 혹시 다른 취미는 없어?"

가면 뒤에서 웃음 비슷한 소리가 들려왔다.

"밤에 숲 속에서 처녀 목 자르는 취미는 없단다."

부냐는 움찔했다. 그녀는 의혹에 빠진 눈으로 가면을 바라보았다. 가면에는 별로 도움될 것이 보이지 않았다. 하지만 말투는 내용과 달리 다정한 편이었다. 부냐는 용기를 끌어내기로 했다.

"나를 죽이러 온 게 확실히 아니라는 거야?"

"안 죽인다."

확고한 선언이었다. 부냐는 안도했다. 팔리탐이 무슨 이유로 이곳까지 그녀를 데리고 왔건 절대로 그녀를 죽이기 위해서는 아니다. 되찾은 여유 속에서 부냐는 다른 경우를 생각해 보았다.

"그러면 혹시 추방이야? 날 여기 내버리고 갈 거야?"

"아니. 나는 당분간 너와 함께 여행할 거다."

여행? 부냐는 그 말을 가슴에 담아 두고 말했다.

"여기가 어딘지는 말해 줄 수 있어?"

팔리탐은 선선히 대답했다.

"여기는 앗젠 남동쪽이야. 이 숲의 이름은 포리타이, 메세훈 또는 리버즌의 숲이라고 불리기도 하지. 마지막 이름은 최근에 생긴 거야. 발케네 역사를 잘 모를 테니 무슨 소리인지 모르겠지. 리버즌은 발케네 전역에 이름을 떨친 아주 큰 도둑의 이름이었어. 추격을 당하거나 해서 몸을 숨길 필요가 있을 때 리버즌은 주로 이 숲에 숨었다고 알려져 있지. 이름이 여러 가지라는 것, 도망자가 몸을 숨겼다는 것 등에서 알 수 있겠지만 이 숲은 사람들의 왕래가 별로 없어. 이 숲을 죽 가로질러 남동쪽으로 좀 더 가면 카지라가 나오지."

부냐는 멍한 표정을 지을 수밖에 없었다. 발케네의 지리를 모르는 그녀로서는 팔리탐의 설명만으로는 이곳이 땅 위의 어느 곳이라는 사실, 그러니까 설명을 듣지 않아도 알 수 있는 사실밖에 알 수 없었다. 부냐의 표정을 읽은 팔리탐은 좀 더 쉽게 설명했다.

"우리는 파리조에서 동쪽으로 왔어."

"동쪽이면 선조해가 있는 쪽이야?"

"그래. 동쪽으로 이 숲을 빠져나가면 선조해가 나타나지. 남쪽으로 내려가면 키준 산맥과 부딪칠 테고."

그제야 부냐는 자신이 지상의 어디쯤에 있는지 대강 짐작할 수 있었다. 하지만 그녀가 머릿속으로 떠올린 것은 지도상의 어떤 지점일 뿐 여전히 이 근방의 지리에 대해서는 알 수 없었다. 부냐가 확실히 말할 수 있는 것은 그들이 사람 사는 곳에서 꽤 멀리 떨어진 곳의 외진 숲 속에 있다는 것뿐이었다.

"그러면 우리는 어디로 가는 건데?"

"카지라 쪽으로."

"왜 거기로 가지?"

팔리탐은 다시 침묵했다가 말했다.

"그곳은 별로 의미가 없어."

"의미가 없다고?"

"그래. 우리가 스카리에게서 멀어지고 있다는 것이 의미 있지."

부냐는 다시 고개를 갸웃거렸다. 그리고 이번에는 자신의 의문을 해소하기로 했다.

"왜 공작님을 그렇게 마구 부르지?"

"응?"

"조금 전에도 스카리라고 불렀어. 한 번은 실수일 수도 있지만 또 그랬어."

팔리탐은 가면을 모닥불로 향했다.

"너도 그러는 것 같던데."

"그건 당신이 왜 그러는가에 대한 대답이 아니야. 그리고 당신은 나에 대해서도 하대하고 있어. 남몰래 연초를 피우는 것 외에 불손함을 키우는 일도 했던 거야? 하지만 충성을 맹세한 당신의 주군에게……."

"스카리 빌파는 내 주군이 아냐! 내 주군은 암살의 주인이시다."

손녀와 대화하는 듯한 지금까지의 부드러운 목소리와 전혀 다른 날카로운 팔리탐의 어조에 부냐는 입을 다물었다. 모닥불의 불분명한 조명 속에서도 부냐는 팔리탐의 어깨가 긴장해 있음을 알 수 있었다. 그녀는 고개를 떨어트려 모닥불을 보았다. 그녀가 죽은 암살공에게 바치는 팔리탐의 충성에 대한 말을 떠올렸을 때 갑자기 팔리탐이 벌떡 일어났다.

부냐는 놀란 표정으로 팔리탐을 보았다. 팔리탐은 숲 저편 어딘가에 귀를 기울이고 있는 것처럼 보였다. 조금 후 팔리탐은 욕설인 듯한 소리를 중얼거리며 재빨리 짐을 챙겨 들었다. 그는 말 쪽으로 짐을 가져가 안장에 묶어 놓고 부냐에게 다가왔다. 겁을 집어먹은 부냐가 주춤 물러났지만 팔리탐의 손을 피하지는 못했다. 팔리탐은 그녀를 일으켜 세우고 수통을 기울여 모닥불을 껐다.

파박 하는 소리와 함께 모닥불이 꺼지며 연기가 피어올랐다. 매운 연기에 부냐는 콜록거렸지만 팔리탐은 그녀가 기침하고 있도록 내버려두지 않았다. 그는 부냐를 이끌고 어둠 속을 걸었다. 정신없이 끌려가던 부냐는 조금 후 말의 안장을 만지게 되었다.

"올라타."

말로 명령할 뿐만 아니라 팔리탐은 부냐의 발을 붙잡아 등자 위에 올려 주었다. 부냐는 말에 올라탔다. 팔리탐이 자신의 말에 오르는 짧은 시간 동안 부냐는 겨우 생각을 정리할 수 있었다. 이것은 마치…….

"누가 우리를 쫓아오고 있는 거야?"

팔리탐은 대답 대신 부냐의 말고삐를 채었다. 부냐는 갑자기 말에서 내려야 한다고 생각했다. 그러면 팔리탐에게서 도망쳐 추격자들에게 갈 수 있다. 하지만 그녀는 팔리탐의 목적을 정확하게 알 수 없었고 그 때문에 팔리탐이 피하려는 것처럼 보이는 추격자가 자신에게 호의적일 거라고도 자신할 수 없었다. 뭐가 뭔지 모를 혼동 속에서 부냐는 머뭇거렸고 그 시간 동안 그녀가 상황을 통제할 수 있는 기회는 지나갔다. 팔리탐은 부냐의 말을 끌며 숲 속으로 걸어 들어갔다. 말에서 떨어지지 않기 위해 상체를 낮추며 부냐는 일단 팔리탐을 따르기로 결정했다. 그에게도 장점은 있다. 그녀를 절대로 죽이지 않겠다고 확언했으니까.

그것은 중요한 장점이다.

하인샤 대사원에서 젊은 공자 이이타 규리하는 나무에 등을 기댄 채 소리 로베자를 바라보았다. 그의 두 발은 호들갑스러운 매파나 되는 양 그를 소리에게 이끌고 싶어 안달했지만 이이타는 제자리에서 움직이지 않았다. 만약 지금 그녀에게 다가간다면 이이타는 틀림없이 그녀를 덥석 끌어안을 것이다. 하인샤 대사원의 경내에서 권장할 만한 행동이 아니다.

하지만 소리는 그런 것에 신경 쓰지 않았다. 이이타의 모습을 보자마자 소리는 비명 같은 환호를 지르고 바구니를 팽개치며 달려왔다. 이이타는 어쩔 수 없다는 듯이 웃으며 그녀에게 두 팔을 내밀었다. 그리고 공자는 나무에 등을 기대고 있어서 다행이라고 생각했다. 소리는 그를 쓰러뜨리려는 것처럼 세게 안겨 왔다. 이이타는 웃으며 말했다.

"그래. 열쇠가 없을 땐 어깨로 들이받는 것도 문 여는 좋은 방법이지. 하지만 그것보다 더 점잖은 방법도 있잖아?"

"어떤 방법이죠?"

"이를 테면 정중히 문을 두드리고 열어 달라고 말하는 거지."

소리는 웃으며 문을 두드리듯 이이타의 가슴을 톡톡 두드렸다.

"계세요? 공자님. 전데요. 들어가도 될까요?"

"잠깐만! 잠깐만 기다려! 이봐. 소리가 왔어. 빨리 옷장에라도 숨어. 조금만 기다리면……."

"공자님!"

이이타는 빙긋 웃고 소리의 뺨에 입을 맞추었다. 소리는 혀를 날름 해 보이고는 이이타의 품에서 빠져나왔다. 그녀는 조금 전 팽개쳐 둔 바구니로 다가가서 집어 들었다. 풀 위에 떨어진 바구니는 내용물을 고스란히 담고 있었다. 이이타는 그쪽으로 다가가 바구니 안쪽을 들여다보았다.

"버섯이야?"

"예. 공양간에 가져다 드리려고요."

"불목하니들이 네게 부탁했어?"

"아니요. 산책 나오는 셈 치고 제가 하기로 한 거예요. 파지트 스님이 한 말도 있고."

"스님이 뭐라고 하셨는데?"

소리는 걸으면서 이야기하자는 몸짓을 하며 앞으로 걸어갔다. 이이타는 천천히 그 뒤를 따랐다. 버섯을 찾아 응달진 곳을 보며 걷던 소리는 갑자기 재미있는 생각이 났다는 듯이 쿡쿡 웃었다.

"공자님, 스님들이 뭐가 되려고 애쓰는지 아세요? 바보가 되려고 노력하는 거래요. 웃기는 말인데 뭔가 신경 쓰이는 것이 있어요. 그래서 저도 그 바보라는 거 한번 되어 보겠다고 했어요. 달리 바쁜 일도 없고 말이에요. 그러니까 파지트 스님은 그렇다면 계속 이야기를 청하거나 하지 말고 할 일을 찾아보라고 하시고는 텃밭으로 가셨어요. 혹시 귀찮아서 저를 쫓으려고 그런 것이 아닌가 의심되긴 하지만 일단 그 말을 따라 보기로 했어요. 그러니까 스님이 해 주신 이야기는 전혀 신경 쓰지 않고 그냥 아무 생각 없이 일만 하는 거요."

소리의 목소리는 점점 낮아졌다. 이이타가 말했다.

"귀찮아서 그런 것은 아닐 거야."

소리는 이이타를 돌아보았다. 그녀는 입술을 오물거리다가 다시 몸을 돌렸다. 느타리버섯의 군락을 발견한 그녀는 그 앞에 쭈그리고 앉았다. 이이타는 그녀 곁에 앉아 함께 버섯을 따려 했지만 소리가 고개를 가로저었다.

"아니에요, 공자님. 아직 덜 자랐네요. 며칠 후에 와서 따야겠어요."

이이타는 선선히 고개를 끄덕이고 일어나려 했다. 하지만 소리가 그의 팔을 붙잡아 앉혔다. 이이타는 소리가 이끄는 대로 뒤엉킨 굵은 나무뿌리들 위에 앉았다. 소리는 그의 곁에 앉아서 무릎 위에 바구니를 얹었다.

"공자님, 죄송해요."

"뭐가?"

"할 일 없다고 말한 것이오. 공자님 얼굴 굉장히 피곤해 보여요. 그런데 전 심심해서 바보나 되어 보겠다느니 하는 말을 하고 있죠. 전 바보가 될 필요가 없어요. 진짜 바보니까. 제가 미우시죠?"

"이런. 큰일이군."

"큰일?"

"바보를 사랑하는 걸 보니 나도 바보였어."

소리는 고개를 돌려 이이타의 미소 띤 얼굴을 보다가 그의 어깨에 머리를 기댔다. 이이타는 소리의 등 뒤로 팔을 돌려 그녀의 어깨를 감싸안았다.

"내가 소리와 함께 발케네를 나오면서 무슨 생각을 했는지 알아? 솔직히 고백하자면 그때 나는 발케네를 조롱하고 있었지. '발케네야, 들어라. 난 네 보물을 훔쳐간다.' 발케네로부터 무엇인가를 훔친다는 건 정말 멋진 일이잖아. 자손 대대로 자랑할 일이지."

소리는 어깨를 흔들며 웃었다. 이이타가 계속 말했다.

"하지만 이런 생각도 했지. 소리가 가지고 싶어하는 것을 모두 주고 하고 싶어하는 것을 모두 하게 해 주겠다고. 하지만 내겐 그럴 능력이 없었지. 욕심만 컸던 셈이라고 할까. 내가 할 수 있는 건 너를 내 일에 억지로 참여시키는 것뿐이었어. 그래도 넌 아무 불평도 하지 않았지. 소리, 나는 네가 하고 싶은 것을 하는 것이 기뻐. 내가 아쉬움을 느낀다면 그것은 내가 그렇게 하도록 해 주지 못했다는 것뿐이야. 어디에도 없는 신에 대해 공부하고 싶다면 마음대로 그렇게 해."

"어, 저는 머리카락을 깎고 싶지는 않아요."

"정말 고마워."

"저는 그냥 스님들이 이 산 위에 모여서 뭘 하는지 궁금할 뿐이에요. 신기하잖아요. 말씀하는 것도 정말 이상하고요. 그런데 고맙다고요?"

"응. 그 애들을 대신해서 감사하는 거야."

"예? 그 애들이오?"

"다른 엄마들은 머리카락이 있는데 자기네들 엄마는 그렇지 않으면 우리 애들이 불쌍하잖아."

소리는 깜짝 놀라서 이이타의 어깨에서 머리를 뗐다. 이이타는 약간 상기된 얼굴로 자신의 무릎을 바라보고 있었다. 그의 옆얼굴을 보던 소리는 얼굴을 새빨갛게 물들이며 똑같은 자세를 취했다. 그녀는 바구니 속의 버섯들을 뚫어지게 바라보았다. 이이타가 약간 흔들리는 목소리로 말했다.

"더 멋진 장소에서 더 멋지게 말해 주길 기다리고 있었다면 정말 미안해."

소리는 마음속으로 대답했다. '기다리지도 않았어요. 그냥 젊은 날의 추억이 될지도 모른다고 생각했어요. 소싯적에 공자님과 사랑해 봤다고 자랑하는 비렁뱅이 노파를 비웃는 자들에게 둘러싸여 외롭게 늙어 가도 참을 수 있다고 생각했어요.' 하지만 벅찬 가슴 때문에 그녀는 뜨거운 한숨 같은 한마디만 꺼내 놓았다.

"아니에요."

"규리하 성의 신부로 만들어 주고 싶었지만 이번에도 욕심만 크고 능력은 없군. 하지만 낙엽 떨어지는 하인샤 대사원의 신부도 괜찮을 것 같아."

소리는 어지러운 기분 속에서 말했다.

"여기서 혼례식을 할 수 있나요?"

"응? 그래. 떠들썩한 피로연은 할 수 없지만 그래도 사원은 최고의 하객을 모실 수 있는 장소지. 어디에도 없는 신께서 하객이 되어 주시니까. 그런 하객은 규리하 성에서도 모시기 어렵지."

"와. 그렇네요."

이이타는 천천히 고개를 돌려 소리를 보았다. 그는 그늘진 얼굴로 소리를 보다가 고개를 끄덕였다.

"기뻐하지 않아도 어쩔 수 없겠지. 아니, 기뻐해 주길 바라는 쪽이 잘못이겠지. 이렇게 불안한 신랑이라니. 가진 것은 아무것도 없고 앞날은 위태롭고 언제 죽을지도 모르는 남편이라니. 악몽도 그런 악몽이 없겠지. 미안해. 내멋대로……."

소리의 손이 뻗어 오는 것을 본 이이타는 말꼬리를 흐렸다. 소리는 가볍게 주먹을 쥐어 이이타의 가슴을 똑똑 두드렸다. 그 손의 움직임을 보던 이이타가 소리의 얼굴로 시선을 옮겼다. 소리는 미소 지은 채 울고 있었다.

"계세요?"

이이타는 입을 다물었다. 소리는 이이타의 가슴 위에 손을 얹은 채 웃으며 울먹거렸다.

"이이타 규리하 공자님을 찾아왔습니다."

"그와 무슨 관계입니까?"

"그분의 아내입니다."

이이타는 문을 열듯 두 팔을 벌렸다. 소리는 그 품속으로 들어갔다. 우연히 행운을 쟁취한 신분 낮은 여인이 아니라 공후 같은 당당함으로.

시카트 규리하는 퍽 재미있는 일도 다 보겠다는 듯이 행동했고 그 사실에 특별히 논평할 기회는 원하지 않았다. 형의 결혼 선언에 대해 그가 보인 반응은 '지금 때가 어느 땐데.'라는 것이 전부였다. 그 말은 불쾌함이나 거부감이 아닌 당혹감의 표현이었다.

아이저 규리하는 조금 당혹한 표정으로 장자를 바라보다가 그 말을 무시했다. 아이저는 명확한 결론 없이 갑자기 대화의 주제를 바꿨다. 이이타는 다그치지 않은 채 아이저의 대화 방향을 따라갔고 그날은 더 이상 이이타와 소리의 결혼에 대한 이야기가 나오지 않았다. 다음 날이 되었을 때 아이저는 갑자기 소리를 불러들였다. 잔뜩 긴장한 소리는 이이타의 부축을 받아야 했고, 도중에 몇 번이나 도망치려고 했다. 가까스로 두 사람이 아이저의 방 앞까지 갔을 때 그곳에서 기다리고 있던 시카트가 손을 내밀었다. 소리는 그 손동작이 입장 불가를 의미하는 것이라 지레짐작하고 울음을 터뜨릴 뻔했다. 하지만 시카트가 원한 것은 그것이 아니었다.

"발케네 인이잖아. 칼 가지고 있지?"

소리는 겨우 비수를 꺼내어 시카트에게 넘겨주었다. 그리고 등 떠밀리듯 아이저가 있는 방 안으로 들어갔다. 이이타와 시카트는 마당에서 기다렸다. 시카트는 이이타가 신경이 날카로워져 뒤스럭거릴 거라 예상했지만 그의 형은 방문을 등진 채 담담하게 서서 하늘을 보았다. 결국 시카트가 더 못 견디게 되었다.

"형, 생각 많이하고 결정한 거지?"

"그래."

"우리의 몰락을 나타내는 증거처럼 보일 수도 있다는 것도 생각해 봤지?"

"몰락이라고?"

"제기랄. 규리하의 공자가 발케네의 하녀와 결혼할 정도면 얼마나 몰락한 건지 알 만하다는, 뭐 그런 것 말이야. 사람들이 비웃지 않겠어?"

이이타는 동생의 말에 언짢아졌지만 그 말을 부정하지는 않았다.

"무슨 말인지 알 것 같군. 규리하를 되찾는 것 따위는 포기하고 초야로 물러나려는 것처럼 보일 거란 말이지. 고마운 지적을 해 줬군. 하지만, 시카트. 우리가 하늘치를 다루게 된 후에도 사람들이 그렇게 말할까? 그렇게 크고 분명한 규리하 수복 의지의 증거 앞에서?"

시카트는 두 손을 펼쳐 보였다.

"그러면 그 후에 결혼해도 되잖아. 하늘치를 손에 넣고 규리하를 되찾은 다음에. 지금은, 글쎄. 일부러 약점을 만드는 일이 되잖아."

"소리는 자기 한 몸 정도는 지킬 수 있어. 발케네 여자니까. 그리고 소리에겐 인질이 될 가족이나 친지도 없어."

"좋아. 약점은 아니라고 치지. 하지만 지금이어야 하는 이유는 없잖아."

"아니, 있다."

"그게 뭔데?"

"소리에게 하늘치를 결혼 예물로 주고 싶으니까."

시카트는 경악한 얼굴로 형을 바라보다가 고개를 내둘렀다.

"맙소사…… 형, 그런 예물을 받은 신부는 유사 이래 한 명도 없었어. 만약 형과 그 여자가 결혼한다면 그 여자는 역사에 길이 남을 신부가 되겠군."

시카트는 이이타의 선언에 대해 이성적으로 접근할 수 없게 되었다. 그것은 감정을 동요시키는 말이었고 시카트는 정말 그런 결혼이라면 보고 싶다고 생각했다. 그는 아이저와 소리가 있는 방문 쪽을 흘끔 돌아보고는 형을 따라 하늘을 바라보았다. 하인샤 대사원을 향해 날아오고 있는 하늘치를 보듯이.

힌치오는 바위 위에서 아침 햇빛 속에 떠오르는 넓고 조밀한 포리타이의 원시림을 내려다보며 언짢은 기분을 느꼈다.

사람들이 사는 곳에서 멀리 떨어져 있는 그 숲은 나무꾼의 도끼를 모른다. 따라서 그 숲에서는 가장 높이 뛰어오르는 레콘이 힘껏 뛰어올라도 빽빽이 우거진 나무들의 수관부 외엔 아무것도 볼 수 없다. 설령 수백 명의 도망자들이 그 속에서 정신없이 도망치고 있다 해도 위에서 봐선 발견할 수가 없는 것이다. 그런데 그들이 쫓는 도망자는 단 두 명이다.

그런 상황에서 추격자들이 레콘이라는 것은 추격의 성공과 아무 관련이 없다. 그러나 스카리 빌파는 그것을 인정하지 않았다. 스카리는 그렇게 강한 힘, 무지막지한 속도, 새에 버금가는 도약력을 가지고 있어 바위를 깨고 하늘을 난다고 일컬어지는 자들이 겨우 늙은이와 여자 한 명을 찾아내지 못한다는 것을 믿을 수 없었다. 그것을 나태함의 증거로 해석하겠다는 듯이 말하려는 스카리에게 맞서 힌치오는 한마디도 하지 않았다. 스카리의 말을 수용한 것이 아니라 무시한 것이다. 관계 개선에 도움될 만한 처신은 아니었다.

상식적으로 볼 때 두 사람의 관계가 험악해지는 것은 힌치오보다 스카리에게 더 괴로운 일이었다. 팔리탐 지소어와 부냐 헨로를 추적하기 위해 스카리가 데려온 것은 시중을 들 두 명의 인간을 제외하면 대부분 사라티본군에서 선발된 레콘들이었다. 그리고 그 레콘들은 힌치오를 따르는 편이었다. 스카리의 신세는 자신을 달가워하지 않는 레콘들에게 둘러싸여 있는 것이나 다름없다. 하지만 스카리는 그런 상황이 야기할지도 모르는 위험에 대해서는 생각하지 않았다. 스카리는 부냐가 사라졌다는 사실과 팔리탐의 배반에 미친 듯이 화내고 있을 뿐이었다.

숲을 바라보던 힌치오는 몸을 돌렸다. 어쨌든 팔리탐이 없으니 자신이 스카리를 상대해야 했다. 어제 종일 사라티본군의 레콘들을 따라 달리게 했으니 어쩌면 지금쯤 스카리는 그룸 성에 남아 있지 않고 부득부득 따라온 것을 후회하고 있을지도 모른다. 힌치오는 희망을 가지고 바위 아래로 훌쩍 뛰어내렸다.

숲을 가로질러 걸어가서 그는 곧 스카리 빌파에게 도달했다. 힌치오의 희망과 달리 스카리는 죽은 듯이 잠들어 있지 않았다. 그는 소나무 아래 앉아 시종들을 꾸짖고 있었다. 힌치오는 그를 억지로 깨우는 즐거움을 맛볼 수 없게 되었다는 것에 아쉬워하며 스카리의 앞쪽에 털썩 주저앉았다. 스카리가 말했다.

"두 사람의 흔적을 찾았나?"

그들이 어제저녁 멈춘 것은 휴식을 취하기 위해서이기도 하지만 부냐와 팔리탐의 흔적을 놓쳤기 때문이기도 하다. 스카리는 그것에 대해 질문하고 있었다. 힌치오가 말했다.

"못 찾았어."

"제기랄, 벌써 해가 떴잖아! 어디로든 출발해야 해. 그런데 어디로 가야 할지 모른다는 건가?"

"어디로 가야 할지는 알아. 지형 때문에 이리저리 방향을 바꾸긴 했지만 팔리탐은 꾸준히 카지라 쪽으로 향하고 있었어. 그러니 그쪽으로 가도 된다고 봐. 사실 다른 곳으로 갈 수도 없고."

스카리는 여러 번 논의되었던 그 가설에 반대했다.

"젠장, 이미 말했어. 팔리탐은 카지라에 갈 이유가 없어. 거기엔 팔리탐의 연고가 없어."

"팔리탐이 왜 부냐를 납치했는지도 모르잖아."

스카리는 자신이 이미 셀 수 없이 고민해 본 문제를 제기하는 힌치오에 증오를 느꼈다. 마치 그의 멍청함을 지적하는 것처럼 느껴졌다. 힌치오의 질문에 대답하겠다는 욕구만으로 스카리는 자신이 이미 폐기했던 가설 하나를 꺼내었다.

"역모겠지. 그놈이 가면 뒤에 역심을 숨기고 있었던 거야. 부냐를 납치해서 인질로 삼으려는 거지."

힌치오는 가소롭다는 듯이 부리를 딱 부딪쳤다. 바닥에서 돌멩이 두 개를 쥐어 올려 호두 알을 부딪치는 것처럼 손바닥 안에 넣어 잘그락거리며 말했다.

"그렇다면 팔리탐은 다른 어디로 가는 대신 그룸 성에 있어야 하지. 너를 찌르려면 거기가 제일 좋잖아."

"아냐. 그놈은 엘시에게 가는 거야. 엘시에게 투항하려는 거지. 부냐는 엘시에게 바치는 그놈의 진상품인 거야. 발케네 공의 약점이자 엘시의 전 약혼자잖아. 힌치오, 카지라가 아니야. 팔리탐은 숲을 빠져나가자마자 남쪽으로 향할 거야. 시구리아트 산맥 동쪽을 통해 남하하는 편이 안전하다고 생각한 것이겠지."

힌치오는 돌을 세게 부딪쳤다. 호두 알과 달리 돌은 귀에 거슬리는 소리를 냈다. 돌이 깎이는 날카로운 소리에 스카리는 이맛살을 찌푸렸다. 힌치오가 말했다.

"팔리탐이 왜 엘시에게 가지?"

"엘시가 황제가 될 거라고 믿으니까. 그 늙은 기회주의자는 초조했을 거야. 황제가 될 자가 남쪽에 있는데 자기는 머나먼 북쪽에 있으니까. 조바심 때문에 그놈은 목숨을 걸고 도박에 나선 거야."

스카리의 초조한 목소리를 들은 힌치오는 스카리도 자신의 추리를 신뢰하지 않는다는 것을 깨달았다. 하지만 그래도 힌치오는 분노가 치밀었다. 그는 성난 목소리로 말했다.

"스카리, 정말 그렇게 믿나?"

힌치오는 대답이 긍정일 경우 스카리의 후손을 얻은 다음 그를 제거한다는 자신의 계획을 모조리 말해 버리겠다고 결심했다. 그리고 팔리탐이 그때마다 그 계획을 만류했다는 사실도. 하지만 스카리는 입을 다물었다. 그는 입술을 깨문 채 고개를 떨어뜨렸다. 잠시 후 그가 쉰 목소리로 말했다.

"믿지 않아."

힌치오는 벼슬을 꿈틀했다. 그는 수염볏을 만지작거리며 스카리의 말을 기다렸다. 스카리는 느릿느릿하게 말했다.

"난 아무것도 모르겠어. 제기랄. 이 상황을 이해할 수 없어. 팔리탐이 내게 질려서 떠난 거라면, 좋아. 그럴 가능성을 인정하겠어. 하지만 그렇다면 혼자 떠났을 거야. 레이헬 라보 태위처럼은 아니겠지만 그래도 사직서 한 장은 남겨 두고서. 그런데 팔리탐은 부냐를 데리고 떠났어. 왜? 무엇 때문에? 부냐가 팔리탐에게 왜 필요하지? 믿기 어렵지만, 힌치오, 나는 팔리탐이 남몰래 부냐에게 연심을 품고 있었다는 생각까지도 해 봤어…… 힌치오, 꼭 그렇게 웃어야겠나?"

"제, 젠장. 웃기잖아! 그런데 웃지 말라는 거야?"

힌치오는 가까스로 그렇게 말한 다음 다시 폭소했다. 화가 나서 그를 노려보던 스카리도 결국 쓴웃음을 지었다. 겨우 웃음을 멈춘 힌치오는 그를 달래듯 말했다.

"어. 네 여자를 비웃는 건 아냐, 스카리. 팔리탐이라면 대화가 통할 만한 여자를 좋아할 것 같은데. 그러니까…… 응, 그래. 첫째 부인 같은 여자 말이야. 내 말 무슨 뜻인지 알겠지?"

"그래. 무슨 말인지 알겠어. 내가 그 말을 한 것은 정말 그렇게 믿는다는 것이 아니라 그런 생각을 할 정도로 혼란스럽다는 말이야. 제기랄. 난 지금 부냐를 내 품에 되찾고 싶은 마음과 팔리탐을 붙잡아서 왜 그랬냐고 묻고 싶은 마음 중 어느 것이 더 큰지도 모르겠어. 하지만 그 어느 쪽이라도 빨리 그들을 붙잡아야 한다는 것은 같아. 그렇지?"

힌치오는 수염볏을 만지작거렸다.

"그렇군. 하지만 네가 올 필요는 없었어. 너는 발케네의 공작이야. 그룸 성에서 발케네를 다스려야 하잖아. 지금이라도 추적은 나한테 맡기고 파리조로 돌아가는 것이 어때? 우리는 제국군 패잔병들을 다 잡아들이지도 않았어. 그중 몇 놈이 이 인적 드문 숲에 숨어 있으면 어쩔 거야?"

"그놈들은 무섭지 않아. 파리조에 남아 있다가 내 심장이 터져버리는 것이 무섭지. 힌치오, 도와줘. 오늘 안에 그들을 붙잡을 수 있다고 말해 줘."

"스카리, 그런 약속은 할 수 없어."

스카리는 다급하게 말했다.

"노력하겠다는 약속은? 그런 약속이라도 듣지 못하면 난 정말 머리가 어떻게 될 것 같아!"

힌치오는 희미한 웃음기를 담은 표정으로 스카리를 바라보다가 고개를 끄덕였다.

"그래, 노력해 보지. 나도 팔리탐이 왜 그랬는지 빨리 알고 싶으니까."

"고마워, 힌치오."

힌치오는 부리를 열었다가 다시 닫고 자리에서 일어났다. 스카리에게서 멀어지며 그는 작은 감동을 느꼈다. 자신의 혼란을 솔직히 고백하고 도움을 청하는 스카리의 진솔한 태도가 그를 흔들었다. 힌치오는 스카리의 후손을 얻은 다음 그를 제거한다는 자신의 계획에 대해 팔리탐이 뭐라고 대답했는지 생각했다. 팔리탐은 스카리에게 있을지도 모르는 변화 가능성을 무시하는 것은 그에게 불공평한 일이라고 말했다. 힌치오는 팔리탐의 바람대로 스카리가 정말 변화하고 있는지도 모르겠다고 생각했다. 만약 힌치오의 추측처럼 스카리가 천둥벌거숭이 같은 나이 많은 소년에서 더불어 대화할 만한 남자로 변하고 있는 것이라면, 팔리탐이 이 자리에 없다는 것은 정말 아쉬운 일이다. 스카리의 변화를 알았다면 팔리탐은 크게 기뻐했을 테니까. 힌치오는 팔리탐을 빨리 붙잡아서 스카리의 변화를 확인시켜야겠다고 생각했다. 그리고 그때까지는 자신의 감동에 대해 스카리에게 알려 주지 않겠다고 생각했다.

힌치오의 바람과 달리 스카리는 힌치오가 감동했다는 것을 알고 있었다. 그것을 바라며 힌치오를 세심하게 관찰했기 때문이다. 스카리는 스스로도 감동하고 있었다. 그는 이제 다른 남자와 간통한 연인을 되찾기 위해 보좌도 비우고 나라도 팽개친 채 위험과 공포 속에 과감하게 뛰어든 추적자였다. 사람들은 이 낭만적이며 용감하고 한없이 자비로운 젊은 군주를 위해 노래를 지을 것이다. 스카리는 그 사실이 정말 감격스러웠다. 그리고 스카리는 자신이 정말 부냐를 사랑한다고 믿고 있었기에 켕기는 기분 같은 것은 느끼지 않았다. 오늘 안에 두 사람을 찾지 못하면 어떻게 되어 버릴 것 같다는 그의 말은 따라서 거짓말이 아니다. 그는 정말로 그렇게 믿고 있었으므로.

부냐 헨로는 겁먹은 표정으로 팔리탐 지소어를 외면했다.

팔리탐의 가면은 표정을 드러내지 않는 만큼 속마음도 드러내지 않았다. 하지만 부냐는 그가 크나큰 혼란과 절망을 느끼고 있다는 것을 잘 알 수 있었다. 팔리탐은 끊임없이 욕설을 중얼거리고 신음을 토하고 자신의 옷자락이나 머리카락을 쥐어뜯었다. 추적자의 존재가 스카리 빌파와 사라티본군의 레콘들이라는 것을 확인한 후부터 팔리탐은 계속 그렇게 행동했다.

부냐는 레콘들에게 쫓기는 자라면 불안해하는 것은 당연하다고 생각해 보려 했지만 그렇다고 해도 팔리탐의 행동은 좀 지나친 편이었다. 팔리탐은 레콘들에게 익숙했다. 그는 추적자들이 거리를 좁히지 못하도록 온갖 방법을 동원했고 그 방법들은 제대로 작용했다. 처음 추적자들의 존재가 파악된 후로 거리가 좁혀지는 낌새는 전혀 없었다. 팔리탐은 추적자들을 잘 따돌렸다. 상황이 그렇다면 어느 정도 자신감을 회복할 수도 있겠지만 팔리탐은 그렇지 않았다. 팔리탐이 간혹 부냐를 휙 돌아볼 때 부냐는 가면을 뚫고 그의 절망하는 얼굴을 보는 것 같았다. 그때마다 부냐는 주눅 들어 그의 가면을 외면할 수밖에 없었다. 팔리탐이 아무 말도 하지 않은 채 뚫어지게 자신을 바라보는 것을 견딜 수 없었다.

시선을 돌리는 부냐를 쏘아보던 팔리탐이 다시 말을 출발시켰다. 부냐는 소리 없이 한숨을 내쉬었다. 걸으며 주위를 살피던 팔리탐은 추적하는 레콘들에게 장애물을 안겨 주기 위해 계곡 아래로 내려갔다. 그곳에 있는 조그마한 개울을 건너 다시 비탈을 올라갔다. 그동안 부냐는 계속해서 도망칠까 말까 생각했다. 하지만 추적자들과의 거리는 멀었고 그녀는 승마술이 뛰어난 팔리탐을 따돌릴 자신이 없었다. 어떻게든 그를 공격해서 쫓아오는 것을 지연시켜야 했다. 하지만 말에서 내리지 않는 이상 팔리탐에게 접근도 할 수 없었다. 그리고 팔리탐은 말을 멈추지 않았다. 그러다가 부냐는 스스로 낙마해서 도망치는 속도를 줄여 볼까 하는 생각을 떠올렸다. 부냐는 말 아래로 떨어진 다음 다리가 부러졌노라고 말한다면 팔리탐이 어떻게 할까 추측해 보았다. 하지만 아래를 내려다본 부냐는 팔리탐의 반응보다 자신의 반응이 더 두려워졌다. 바닥은 돌투성이였고 떨어졌다간 크게 다칠 가능성이 높았다. 낙마는 좀 더 푹신한 곳에 도달할 때까지 미루어야 했다.

부냐에겐 실망스럽게도 땅은 점점 거칠어졌다. 자갈과 모래, 모난 바위들이 계속 나타나서 말들도 걷기 힘들어 했다. 왜 그렇게 땅이 거칠어지는지 의아해하던 부냐는 갑자기 자신들이 노출되어 있다는 것을 깨달았다. 그녀는 놀란 표정으로 주위를 둘러보았다.

어느 틈엔가 그들은 바위산을 오르고 있었다.

부냐는 산자락 아래로 널리 펼쳐진 숲을 보았다. 사방의 지평선까지 뻗어 있는 광대한 숲은 기울어 가는 태양의 불그스름한 빛을 머리에 받으며 노랗게 반짝였다. 그들이 걸어 올라가는 바위산 또한 암적색과 적금색으로 변해 있었다. 석양이 다가오고 있었다. 하지만 아직 빛은 충분했다. 높이 뛰어오를 수 있고 눈이 좋은 레콘이라면 바위산의 비탈을 오르는 그들을 쉽게 포착할 수 있을 것이다. 이것은 마치 여기 있으니 와서 잡아 가라고 말하는 것 같은……

"팔리탐—!"

깜짝 놀란 부냐는 소리가 들려온 곳을 보았다. 거리가 상당히 멀었기에 그 계명성은 치명적인 굉음으로 들리지는 않았다. 어쩌면 아직 그들을 발견하지 못한 채 그냥 불러 보는 것인지도 모른다. 하지만 부냐는 추적자들이 자신들을 발견했다고 믿고 싶었다. 부냐는 팔리탐의 뒷모습을 보았다.

팔리탐은 말을 멈췄다. 그는 말에서 내려 부냐에게 다가와 말 아래로 내려오라는 손짓을 했다. 부냐가 내려오자 팔리탐은 기묘한 짓을 했다. 그는 말등에 매어 둔 짐을 끌어내리고 두 말의 안장과 재갈 등을 풀었다. 잠시 후 말들은 편자 외에 야생마나 다름없는 모습으로 바뀌었다. 팔리탐은 마구들을 아무 곳에나 팽개쳐 놓고 말의 목을 쓸어 주었다.

"가거라."

팔리탐은 말의 볼기를 찰싹 때렸다. 말들은 조금 머뭇거리다가 산비탈 아래로 내려갔다. 부냐는 의심스럽다는 표정으로 그 광경을 보다가 팔리탐이 돌아보았을 때 말했다.

"뭐 하는 거지?"

"이 이상은 말들이 오르기 어렵다. 두 발로 걸어야겠구나."

"산을 올라간다는 거야?"

"그래."

부냐는 팔리탐의 정신이 어떻게 된 것이 아닌가 생각했다. 추적자의 존재가 확인되었는데 말을 버리는 것은 납득할 수 없었다. 게다가 물이 흐르는 계곡 대신 산 위로 올라간다는 것은 도무지 레콘으로부터 도망치는 것이라고 볼 수 없다. 하지만 도주를 포기했다면 산에는 왜 올라간단 말인가? 그녀가 머뭇거리자 팔리탐은 손짓으로 그녀를 재촉했다.

"어서. 네가 앞장서라. 길이 좋지 않다. 혹 미끄러지면 내가 받쳐 주마."

부냐는 이 어처구니없는 상황에 약간의 두려움을 느끼며 걸음을 옮겼다. 그녀가 걷기 시작하자 팔리탐이 뒤에서 따라왔다.

산을 오르며 부냐는 산의 형태를 좀 더 자세히 관찰했다. 그것은 산맥의 일부가 아니라 숲 속에 혼자 우뚝 솟은 바위산이었다. 그렇게 높은 산은 아니지만 주위에 비교할 만한 다른 산이 없었기 때문에 상당히 높아 보였다. 다행히 나무와 비탈, 바위, 낭떠러지 등이 제멋대로 뒤엉킨 험산은 아니었지만 그렇다고 해서 산책하듯 걸을 수 있는 산도 아니었다. 풀이나 나무가 별로 없는 그 바위산은 온통 바위이거나 미끄러지는 모래였기에 발 디딤이 쉽지 않았다. 부냐는 빠르게 지쳤다. 숲이 저 아래로 보이는 바위 비탈을 네 발로 기듯 오르며 부냐는 숨을 헉헉 몰아쉬었다. 팔리탐은 앞서거니 뒤서거니 하며 힘들어 하는 그녀를 도와주었다. 그의 손을 붙잡고 바위 하나를 기어오르던 부냐는 문득 산 위로 올라온 후로 팔리탐의 태도가 바뀌었다는 것을 깨달았다. 산 아래에서 팔리탐은 영문 모를 노여움으로 그녀를 쏘아보곤 했지만 이제는 정성껏 그녀를 도왔다. 더 이상 욕설을 지껄이지도 않았고 머리를 쥐어뜯지도 않았다. 그녀의 기운을 북돋기 위해 가끔 꺼내어 놓는 말들은 평온했다. 아니, 깊은 실의 때문에 자포자기한 것 같았다.

그러다가 부냐가 더 이상 한 걸음도 움직일 수 없는 상태가 되었다. 팔리탐은 절벽 위로 불쑥 튀어나온 바위 위로 그녀를 이끌어 가서는 바위 위에 앉혔다. 피로한 표정으로 아래를 본 부냐는 덜컥 겁을 집어먹었다. 만약 팔리탐이 그녀를 민다면 부냐는 까마득한 절벽 아래로 굴러떨어져 즉사할 것이다. 부냐는 팔리탐이 추적자들에게 그녀의 처형을 보여 주기 위해 잘 보이는 곳으로 올라왔을 가능성을 생각해 보았다. 진저리 쳐지는 생각이었다.

하지만 바위 위에 부냐를 앉힌 팔리탐은 그녀 바로 곁에 앉아서 장죽을 꺼냈다. 장죽에 연초를 채운 팔리탐은 점화통을 꺼내어 불을 붙였다. 그리고 노을이 새빨갛게 떨어지는 바위 위에서 가면을 벗었다.

처음으로 그 얼굴을 보았을 때 부냐는 별다른 두려움을 느끼지 않았다. 백화각에서 그녀는 끔찍한 상태의 시신들을 많이 보았고 당시에는 절망 때문에 두려움을 느낄 겨를도 없었다. 하지만 숲의 나무들 위로 수백 미터쯤 되는 공중에서 붉은 대기 속에 드러난 팔리탐의 얼굴은 무서웠다. 부냐는 어쩔 수 없이 그를 외면하고 그의 얼굴에서 떨어져 나온 가면을 보았다. 그 가면 안쪽에서 부냐는 황혼의 빛을 받아 반짝이는 것을 보았다. 팔리탐은 부냐의 시선을 알아차렸다.

장죽을 입에 문 채 팔리탐은 가면 안에 붙어 있던 것을 떼어 냈다. 빛을 받아 반짝거리는 그것은 금속 조각이었다. 부냐는 그것이 부러진 칼임을 깨달았다.

"가면 속에 숨겨 둔 비밀 무기야?"

팔리탐은 그것을 황혼 속에 비춰 보며 말했다.

"아니. 이것은 발케네 공 락토 빌파를 찔러 죽인 칼의 일부다."

"칼에 찔렸다고? 그는 노대에서 몸을 던졌잖아."

"칼에 찔린 다음에 그렇게 되었지."

부냐는 갑자기 불길한 예감을 느꼈다. 그녀가 말하려 했을 때 저 멀리서 다시 계명성이 들려왔다.

"팔리탐, 나 힌치오다―! 거기 그대로 있어―! 내가 간다―!"

조금 전보다 가까운 곳이었다. 그리고 분명히 그들을 보고 있었다. 부냐는 소리가 들려온 방향을 보았지만 그곳에는 산의 그림자가 떨어지고 있어서 어두웠다. 팔리탐은 그 소리가 들리지 않는다는 듯이 말했다.

"그래. 스카리 빌파가 아버지를 찔렀다."

부냐는 몸을 부르르 떨었다. 갑자기 바람이 휘몰아쳤다. 이 며칠 동안 숲 속을 걷느라 느끼지 못했던 바람이 바위산 위에 있는 그녀의 몸을 흔들었다. 떨어질까 두려워진 부냐는 몸을 뒤로 끌어당겼다.

"스카리가?"

"그래."

"그걸 알면서도…… 그를 보호한 거야?"

팔리탐은 대답하지 않았다. 갑자기 그는 팔을 뒤로 끌어당겼다가 칼 조각을 멀리 집어던졌다. 그것은 한두 번 반짝거리다가 곧 보이지 않게 되었다. 그리고 바람 소리가 들려왔다. 부냐는 묘하게 무시무시한 그 소리에 공포를 느꼈다. 마치 피붙이를 찌른 칼을 받아 든 숲이 분노하는 듯했다.

갑자기 팔리탐이 떨고 있는 그녀의 어깨를 붙잡았다. 놀라서 팔리탐을 본 부냐는 작은 비명을 질렀다. 팔리탐의 얼굴은 이제 두억시니를 연상시키는 용모 외에 다른 것 때문에 무섭게 변해 있었다. 그는 분노와 혐오로 부냐를 쏘아보고 있었다. 부냐는 그 시선에 마비되었다.

팔리탐은 그녀의 어깨를 놓았다. 겁먹은 그녀를 동정하듯 팔리탐은 고개를 돌려 장죽을 피워 물었다. 그가 입을 열었을 때 목소리는 침착했다.

"미안하구나, 애야. 나는 다행이라고 생각했단다."

부냐는 무엇이 다행이냐고 묻지도 못했다. 팔리탐이 연기를 내뿜으며 말했다.

"나는 너를 데려와야 했다. 너는 스카리를 움직일 인질이 되기로 되어 있었거든. 나는 그것을 정말 받아들이기 어려웠다. 하지만 주군의 명령을 어길 수도 없었지. 그런데 네가 스카리를 실망시켰지. 나는 네가 더 이상 인질이 될 수 없다고 생각했어. 그렇게 판단하자마자 너를 납치한 거야. 그때가 정말 기회였기 때문에 좀 무지막지한 납치가 되고 말았지. 하지만 나는 스카리가 너를 용서하기 전에 납치해야 한다는 생각에 머뭇거릴 수 없었다."

부냐는 큰 혼란 속에서 팔리탐의 옆얼굴을 보았다. 팔리탐의 설명은 많은 의문을 해소해 주었다. 하지만 팔리탐은 자신의 주군이라는 말을 했다. 그 사람은 누구인가? 스카리 빌파일 리는 없다. 스카리가 자신을 조종하기 위해 인질을 필요로 할 리는 없으니까. 그리고 팔리탐은 스카리가 자신의 주군이 아니라고 말했다. 하지만 스카리 대신 팔리탐이 자신의 주군이라고 인정하는 사람은 이미 죽은 자였다.

"팔리탐, 아무 짓도 하지 마라—!"

아래쪽에서 계명성이 들려왔다. 그들이 산 가까이 도달한 것이 분명하다. 계명성은 이제 달래는 투였다. 부냐는 그들이 어디쯤 왔는지 보기 위해 다시 앞으로 조금 나섰다. 하지만 산 아래는 캄캄했다. 주위는 어느새 상당히 어두웠다. 팔리탐을 본 부냐는 이제 그의 험악한 얼굴이 어둠 속에 잠겨 제대로 보이지 않는다는 것을 알았다. 빛 대신 찾아온 것은 어둠뿐이 아니었다. 맹포한 바람 소리가 사방을 가득 메우고 있었다. 폭풍이 다가오는 듯한 소리였다. 아니, 폭풍 수십 개가. 그런데도 묘하게 팔리탐의 목소리는 잘 들렸다.

"그런데 스카리는 너를 사랑하는구나."

부냐는 바람에 실족하지 않기 위해 몸을 낮추었다. 하지만 그녀를 뒤흔드는 바람은 없었다. 초자연적인 바람 소리는 좀 더 높은 곳에서 들려오는 것 같았다. 밤은 지나치게 빨리 찾아왔다. 부냐는 서쪽을 보았다. 그런데 태양은 아직 지지 않았다.

"너는 이제 내 주군의 인질이 되겠구나. 그리고 스카리는 주군의 뜻대로……."

"죽었잖아!"

도무지 자연적이라 할 수 없는 기묘한 현상 때문에 겁에 질린 부냐는 고함을 빽 질렀다. 해가 아직 지지 않았는데 밤이 찾아들고 있었다. 주위가 어둡지는 않았다. 달이나 별이 뜨지도 않았다. 하지만 부냐는 무거운 것이 머리를 내리누르는 것을 피부로 느꼈다. 그것이 미친 듯한 바람 소리를 일으키고 있었다. 부냐는 위를 올려다볼 수 없었다. 위를 보는 순간 미쳐 버릴 거라 직감한 부냐는 팔리탐에게 매달리듯 말했다.

"다, 당신의 주군은 죽었잖아! 도대체 무슨 소리를 하는 거야?"

팔리탐은 다 피운 장죽을 뒤집어 재를 털어 내었다. 그 재가 갑자기 휘말려 올라갔다. 하늘 높은 곳에서 굉음을 내던 바람이 마침내 그들에게 내려오고 있었다. 재를 날려 올린 바람은 그 정찰병쯤 되는 듯했다. 팔리탐이 말했다.

"다시 살아나셨다."

"뭐?"

팔리탐은 부냐를 돌아보며 말했다.

"나의 주군께서는 부활하셨다."

부냐는 뒤로 후다닥 물러나며 일어섰다. 그 순간 바람이 그녀를 낚아챘다. 어떻게 손써 볼 겨를도 없이 부냐의 두 발이 바위 위에서 둥실 떠올랐다. 부냐는 비명을 질렀다. 그때 팔리탐이 재빨리 몸을 던졌다. 그는 부냐를 끌어안았다. 하지만 그곳은 허공이었다. 그것은 동반 자살 같은 형국이 되었다. 팔리탐은 부냐를 끌어안은 채 떨어졌다.

"저게 뭐야!"

추락이 상승으로 바뀌었다.

부냐는 죽을 듯이 겁에 질려 팔리탐을 끌어안고 있었지만 속마음은 이제 더 이상 추락을 걱정하지 않았다. 아래로 떨어지면서 자연스럽게 눈이 위를 향했을 때 부냐는 그것을 보았다. 그리고 이제 팔리탐과 부냐는 그것을 향해 날아오르고 있었다. 하늘을 온통 뒤덮고 있는 하늘치를 향해. 그리고 그 하늘치도 내려오고 있었다.

잠시 후 하늘치가 바위산에 충돌했다.

바위산이나 하늘치의 규모에서 그것은 스치는 듯한 접촉에 불과했지만 바위산의 윗부분은 완파되었다. 그리고 산사태가 일어났다. 무수한 돌들이 춤추며 굴러떨어졌다.

무시무시한 바람 소리 속에서.

제 31 장

"심장 없는 잡놈들아! 들어라! 왕은 절대로 죽지 않아. 내가 바로 왕의 심장병이니까! 나를 깨트려 봐!"
― 어느 아라짓 전사의 외침

부활을 받아들이는 태도

틸러 달비는 이마를 톡톡 두드리며 산비탈 아래 있는 천막들을 바라보았다. 천막은 중대 병력 정도가 머물고 있는 듯한 큰 규모였지만 목책이나 감시탑 같은 방어 시설은 없었다. 그것은 군사 시설이 아니었고 배치도 불규칙적이었다. 야영지의 모습을 관찰하던 틸러는 문득 자신을 바라보는 시선을 느꼈다. 주위를 둘러보고 나서야 그의 소대원들이 외면하겠다는 눈으로 그를 바라보는 모순적인 행동을 하고 있다는 것을 알았다.

틸러는 그들이 아무것도 안 보는 척하면서 열심히 관찰하는 것이 무엇인지 알고 있었다. 지금 틸러 달비의 이마를 두드리고 있는 비녀는 소대원들의 상상력을 놀랍도록 고취시키고 있는 듯하다. 소대장의 관급품일 리는 없다. 분명히 원래 주인은 여자일 터. 그녀는 누구냐? 연인의 정표라는 단순한 것에서부터 어머니의 유품, 여동생의 기념품, 어린 딸의 물건이라는 설에서부터 심지어 틸러 달비 본인의 것이라는 설까지 거론되고 있었다. 마지막 가설에 따르면 틸러 달비는 모종의 사정에 의해 남장을 하고 있는 여자이며 억눌러야 하는 여성성을 그런 장신구로 달래고 있는 것이다…… 틸러는 웃을 뿐 그 어떤 가설도 확인해 주지 않았다. 하지만 간혹 주인 모를 비녀를 꺼내어 만지작거리거나 이마를 두드리는 그의 태도가 상징하는 바는 비교적 명확하다. 그것은 살아서 고향으로 돌아간다는 약속이다. 비록 틸러의 비녀는 그의 고향과 아무 상관 없는 물건이고 틸러 본인은 귀향에 대한 큰 바람이 없었지만 그것은 상관없다. 틸러는 부하들에게 그런 약속을 주고 싶었다.

천막 쪽에서 기다리던 이들이 나타났다.

그들이 나타날 때까지 기다리느라 비녀를 가지고 놀았던 틸러는 그것을 갈무리해 넣고 소대원들에게 경계 신호를 보냈다. 천막에서 나타난 것은 여러 사람이었지만 그들을 향해 다가오는 것은 말 한 마리와 그 위에 타고 있는 남자뿐이었다. 틸러는 다른 자들이 따라오지 않음을 확인하고는 선임 수전사에게 중대 지휘권을 넘겼다. 선임 수전사는 조심하라는 말로 시간을 낭비하지 않았다. 말에 오른 틸러는 다가오는 자를 향해 똑바로 말을 몰아갔다.

공기는 싸늘하고 가을의 들판은 축축했다. 가을비가 그친 것은 며칠 전이었지만 그동안 해가 나지 않아 땅은 아직도 습기 찼다. 틸러는 이틀 동안 내린 비를 생각했다. 대규모 수난 사고 현장에서 보낸 것 같은 이틀이었다. 범람이나 침수, 급류 같은 수난 사고의 단골들은 하나도 참석하지 않았지만 그것은 명백한 수난 사고였다. 하지만 그 수난과 민들레 여단은 아무 관계가 없다. 비가 올 것이 확실해지자마자 홀연히 자취를 감추어 엘시 에더리 이하 흑사자군의 지휘부를 경악시키긴 했지만 민들레 여단이 일으킨 소동은 그것뿐이었다. 이틀 동안 흑사자군을 진감케 한 것은 의리를 지켜 대장군의 곁에 남은 주테카와 론솔피, 쵸지, 그을린발이었다.

주테카와 론솔피는 가끔 겪는 일인 듯 침착하게 대피소를 만들었다. 하지만 그 침착은 내면으로부터 우러나온 감정이 아니라 필요에 의해 쓰이는 도구적인 성격이 여실했다. 움막을 만들기 위해 어쩔 수 없이 시도하는 자기 최면의 침착으로 대피소를 완성한 두 레콘은 그때부터 대피소 가운데 정좌하고 눈을 감은 채 자신을 멀리멀리 추방해 버렸다.

그을린발의 경우에는 두 레콘의 대피소 대신 자신의 코끼리를 의지했다. 그는 커다란 수레에 천막 천을 씌워 급조한 우산을 쓴 채 코끼리의 등을 전전하며 이틀 동안 잠도 자지 않았고 땅에 발도 딛지 않았다. 코끼리가 피로해할까 봐 몇 시간에 한 번씩 다른 코끼리로 갈아탈 때마다 그을린발은 주위의 흑사자군에게 비상령이 떨어지게 만들었다. "나, 당황해서 몸 부풀릴지도 몰라." 덕분에 그을린발이 코끼리를 갈아탈 때마다 주위의 흑사자군들은 대피하거나 방패를 이불 대신 덮은 채 빗물 속에 엎드려야 했다. 만약 비가 하루만 더 왔다면 끔찍한 사고가 터졌을 것이다.

하지만 무엇보다도 흑사자군을 당황시킨 것은 의외로 왕벼슬 쵸지였다. 틸러 달비는 천막 천을 도롱이처럼 몸에 두른 채 빗속을 걸어가는 쵸지를 목격했을 때의 충격을 아직도 생생히 기억한다. 이론적으로 쵸지는 완전한 방수 상태였다. 임시변통의 도롱이는 가늘게 뚫어 놓은 눈구멍 외에 쵸지의 몸 전체를 뒤덮고 있었으며 그의 발도 방패와 양동이로 얼기설기 만든 나막신 비슷한 물건으로 보호되고 있었다. 그리고 그는 자주 밖으로 나오지도 않았다. 쵸지는 대부분의 시간 동안 엘시의 천막 안에 머물렀다. 하지만 부득이하게 밖으로 나와야 할 때면 그런 차림으로 침착하게 흑사자군 사이를 걸었다. 그리고 어떻게 보면 꽤 우스꽝스러운 그 모습을 보면서도 아무도 웃지 않았다. 쵸지가 주테카와 론솔피의 정신이 아직 정상인지 확인하거나 히베리가 자신의 무기와 같은 일을 저지르지 않도록 격려하는 등의 용무를 마치고 천막으로 돌아갈 때까지 흑사자군의 장병들은 갑자기 신비주의자가 된 듯한 표정으로 그 행보를 묵묵히 바라보았다. 쏴아아 하며 쉼없이 들리는 빗소리 속에서 무거운 철벅거림과 함께 걷는 거대한 레콘과 하얀 입김을 내뿜으며 그 광경을 말없이 바라보는 조그마한 인간들의 모습은 감수성 예민한 병사들에게 남다른 추억을 남겼으리라.

틸러가 보기엔 공중 대피소에 틀어박힌 두 레콘이나 코끼리의 등에서 내려오지 않는 레콘보다 비 오는 땅 위를 거닐고 있는 레콘이 그 침착한 태도에도 불구하고 훨씬 위험해 보였다. 틸러는 왕벼슬의 자기 통제가 잠시라도 흩어지는 순간 대참사가 일어날 거라 확신했고 자신의 소대원들이 쵸지에게 다가가 '지금 기분이 어떠십니까?' 따위의 멍청한 질문을 던지지 못하도록 단속했다. 다른 지휘관들도 대개 비슷한 대처를 했다. 그 덕분인지 모르지만 폭우가 끝날 때까지 이성을 잃은 레콘에 의한 불상사는 일어나지 않았다. 그리고 비가 멎고 이틀 후 민들레 여단도 떠났을 때처럼 홀연히 돌아왔다. 엘시는 변명을 들어 봐야 소용없다는 태도를 취했고 히도큰 하장군도 특별히 변명하지 않았다.

그리고 그들 모두 비가 온 이틀 동안 시모그라쥬군이 전투를 시작하지 않았다는 것에 대해 놀라지 않았다. 민들레 여단이나 그을린발이 활동할 수 없다는 것이 베로시 토프탈 상장군에게 굉장한 이점이긴 하지만 상황을 역전시킬 수 있을 만한 이점은 아니다. 그들을 제외하더라도 흑사자군의 병력은 여전히 강대하다. 그래서 베로시 토프탈 상장군은 그 이틀을 그을린발의 방해를 받지 않고 병력을 규합하고 방어 시설을 구축하는 데 사용했다. 시모그라쥬군은 엔거 평원의 남쪽에 목책과 호, 웅덩이 따위를 잔뜩 만들어 놓았다.

흑사자군의 장병들이 의아해한 것은 엘시가 아무 조처도 취하지 않았다는 점이다. 시모그라쥬군이 단 한 번의 전투를 위해 만들어지는 것이라고 생각하기 어려울 만큼 방대한 규모의 방어 시설을 만드는 동안 엘시는 고개를 갸웃거리는 수뇌부의 모습에도 불구하고 헨로 중대를 몇 번 출동시켜 먼 거리에서 그들의 작업을 방해하도록 한 것 외에는 아무 대응책도 취하지 않았다. 하지만 자신의 회고록을 쓰면 곧 기적의 전쟁사 모음집이 될 무장에게 전술적인 충고를 할 수 있는 사람은 흑사자군에 없었다. 흑사자군의 장병들은 엘시의 침묵을 더 큰 승리를 위한 포석으로 의심 없이 받아들였다. 승리는 정해져 있고 문제는 언제 그것을 얻느냐일 뿐이다. 그리고 틸러는 자신이 지금 수행하고 있는 임무가 바로 그 시작을 알리는 신호라고 생각했다.

습한 평지를 걷던 틸러는 곧 야영지 쪽에서 온 코세 칸디드 백작과 마주 섰다.

두 사람 다 말에서 내리지 않았다. 틸러는 말을 옆으로 돌리고는 예절 바르게 왼쪽을 보였다. 일반적으로 칼집을 차는 쪽이다. 하지만 칼을 차고 있지 않은 칸디드 백작은 틸러와 같은 방향으로 말머리를 서게 했다. 틸러는 그것을 지적하려다가 그냥 서두를 꺼내었다.

"안녕하십니까, 각하. 저희 진영을 찾아 주셨을 때 멀리서 뵌 적이 있습니다. 저는 가시나무 군단 312소대장 틸러 부위입니다. 대장군님의 간서를 가지고 왔습니다."

칸디드 백작은 묵례하고 나서 이곳까지 나오게 한 것에 잠깐 불평했다.

"우리 야영지 쪽으로 와서 대접할 수 있게 해 주면 좋을 텐데, 달비 부위."

"그러라는 명령은 받지 않았습니다, 각하."

매정하게 대답한 틸러는 눈을 가늘게 뜬 백작에게 편지를 내밀었다. 하지만 백작은 편지를 받아 드는 대신 틸러의 얼굴을 가만히 바라보았다.

"그게 무슨 내용인지 자네도 아나?"

"압니다, 각하. 이 편지에는 작전 구역이 기록되어 있습니다. 읽어 보면 아시겠지만 그 밖에 여러분이 유의하셔야 하는 사항들이 적혀 있습니다. 작전 구역 내에 들어오실 땐 반드시 2인 이하여야 하고 일몰 후에는 절대로 들어오시면 안 됩니다. 낭패한 경우를 당하실 수 있습니다. 부득이한 경우를 대비하여 연락 장교 한 명을 요청하신다면 보내 드릴 용의가 있습니다만 그 경우 귀측에서도 연락 장교의 안전을 위해 한 사람이 와 주셔야 합니다."

칸디드 백작은 작게 한숨을 내쉬었다.

"빡빡하군."

"예?"

"아, 대장군의 요구가 두억시니 장군의 것보다 빡빡하다고."

백작이 호기심을 자극하려 한다는 것을 알았지만 틸러는 그것에 넘어가 보기로 했다. 백작이 수령하지 않은 편지를 고집스럽게 내민 채 틸러는 말했다.

"저쪽의 요청은 어떤 것이었습니까?"

"아아, 우리의 중립을 존중하며 그 존중을 표시하기 위해 보호할 병력을 보내어 혹 발생할지도 모르는 불상사로부터 안전을 도모할 수 있도록 해 주겠다더군."

틸러는 씩 웃었다.

"백작님, 제 아버님께서는 세상에 나가는 멍청한 아들이 교활한 사기꾼에게 당할까 봐 이렇게 말씀해 주셨습니다. '가장 많이 주는 사람은 가장 많은 것을 가져가려는 사람이다.' 그 말씀을 명심한 덕분에 저는 호된 꼴을 겪지 않았습니다."

"아버님께 들은 것은 아니지만 나도 비슷한 금언을 알고 있지. 그래서 그들의 제안은 사양했어."

백작은 틸러의 손에서 편지를 받아 들었다. 하지만 백작은 그것을 집어넣는 대신 물끄러미 바라봄으로써 틸러가 움직이지 못하도록 했다. 그는 한숨처럼 말했다.

"드디어 시작이군."

틸러는 말의 갈기를 쓰다듬어 주며 칸디드 백작의 말을 기다렸다.

"흑사자와 대호가 들판의 양끝에 서서 울부짖고 있다. 그들이 들판을 나눠 쓸 수 없다는 것은 명백하다. 흑사자가 사라진 들판을 잠시 지배했던 대호는 이런 도전을 예상하지 못했으리라. 멸종한 것으로 알려졌던 제왕이 이런 강대함으로 부활하리라는 사실을. 대호는 고독하고, 대호는 두렵다. 하지만 대호는 원래 혼자인 것을."

코세 칸디드 백작을 포함한 이 중립적 관찰자들도 흑사자군의 장병들과 마찬가지로 엘시의 승리를 확신하고 있었다. 그들은 역사가 돌이킬 수 없는 지점으로 흘러가는 모습을 보기 위해, 그리고 그 흐름에 타기 위해 기다리고 있었다. 그들이 아직 중립을 지키고 있는 것은 주의 깊음 외에 아무것도 아니다.

"사필귀정. 북쪽의 권세는 다시 북으로."

틸러는 마치 위에서 내려다보는 것 같은 그 태도에 갑자기 짜증이 치밀었다.

"그렇다면 레콘에게 돌아가야겠군요."

"뭐라고?"

"제가 알기로 영웅왕 폐하는 레콘이셨습니다. 주목할 만한 북쪽의 최초 지배자는 레콘이었죠."

칸디드 백작은 당황했다. 틸러는 자신이 무엇을 원하는지도 잘 모르는 상태에서 계속 말했다.

"예. 우리가 왕을 잃었고 대호를 탄 귀인이 남으로부터 와서 우리에게 왕을 찾아 주었습니다. 그렇게 알려져 있지요. 셋이 하나를 상대합니다. 세 명의 나가…… 우리에게 새로운 세상을 보여 준 그 세 분은…… 북쪽의 진정한 통치자를 위한 발판에 지나지 않을 수도 있습니다. 그들의 놀라운 운명에 애잔한 정서를 느낄 수도 있겠지요. 하지만 제가 보기에 그 모든 일은 살아서 집에 돌아가기만을 바라는 촌스러운 병사들과 그들의 가족들이 해낸 일입니다."

틸러는 평원을 바라보았다. 그리고 그곳에 있지 않은 것들을 보며 말했다.

"오십여 년 전 이곳에도 북부와 남부의 전사들이 대치하고 있었습니다. 그때로 가 볼 수 있다면 정말 볼 만할 거라고 생각합니다. 뇌룡공 륜 페이는 아스화리탈과 함께 서 있었겠지요. 충의공 괄하이드 규리하는 작살검 대신 그의 대도를 들고 진구렁텅이가 된 평야를 주시하고 있었을 테고요. 그리고 대호왕을 가호하기 위해 화신이 된 신들이 있었을 겁니다. 하지만 그곳에는 그들만 있었던 것이 아닙니다. 패잔병 같은 북부의 병사들도 있었지요. 전하는 이야기에 따르면 당시 엔거 평원은 나가들의 술수 때문에 무덥고 습했다고 합니다. 걷기도 숨쉬기도 힘들었을 테고 아마 싸우기도 전에 지쳐 있었겠지요. 발은 신발 속에서 질퍽이고 입속에서는 진흙이 씹혔을 겁니다. 자긍심? 신념? 신의 힘이 현현하기에 자연스럽다는 말이 역설적인 농담으로 통하던 환상적인 시대였습니다. 사람의 손으로 무엇인가를 이룰 수 있다는 생각을 할 수 있는 상황이 아니란 겁니다. 따라서 그 병사들이 기대할 수 있는 가장 큰 성취는 살아서 고향에 돌아가는 것이었겠지요."

"귀관은 나를 싫어하는군."

"저는 각하를 잘 알지도 못합니다. 제가 왜 각하를 싫어하겠습니까?"

"왜 나를 싫어하지?"

"싫어하지 않는다고 말씀드렸습니다."

"내가 관조하기 때문인가? 직접 창칼을 들고 싸우지 않는다고?"

"저는 군인이 아니라는 사실이 바로 멸시받을 이유라고 생각하는 멍청이 군인이 아닙니다."

"말하는 것 들어 보니 그런 것 같더군. 자네는 '병사들과 그들의 가족'이라고 말했지. 그러면 나를 싫어하는 이유가 뭐지?"

어느새 당황을 거둔 칸디드 백작은 호기심 가득한 표정으로 틸러를 바라보았다. 무력이 아닌 학문으로 십병장의 지위를 받은 학자다운 호기심에 틸러는 주춤했다. 그는 강하게 말하려 했지만 결국 토라진 소년처럼 말하고 말았다.

"대장군님이 황제가 되겠다는 말씀을 한번이라도 하신 적이 있습니까?"

칸디드 백작은 손바닥으로 넓적다리를 살짝 때렸다.

"아하! 그게 불만이었군. 그래, 귀관의 대장군께서는 귀족원 회의를 열기 위해 싸우고 있지. 자신의 제국을 만들기 위해서가 아니라."

백작의 말에는 비아냥거리는 어조가 조금도 없었지만 틸러는 그렇게 느꼈다. 틸러는 의심 속에서 칸디드 백작을 바라보았다. 백작은 고개를 끄덕였다.

"어디 보자. 귀관의 대장군이 목하의 전투에서 승리를 거둘 것은 당연하고, 그렇다면 나도 여기서 이럴 것이 아니군. 유세를 다녀야겠어."

"뭐라고 하셨습니까?"

"유세 말이야. 대귀족과 사업가들, 그리고 다른 것 가져가지 말라고 주는 존경을 받으며 좋아하는 원로들을 찾아가 나를 황제로 뽑아 주면 어떤 전망을 획득할 수 있는지 설명해야겠다고. 연습 삼아 자네에게 한번 해 볼까? 아냐. 자네도 그런 생각을 하고 있을지 모르지. 꼭 경쟁해야 한다면 정정당당하게 하자고. 자네도 황위에 관심이 있나?"

틸러 달비는 입 주위를 찡그렸다. 그는 이레 달비를 통해 칸디드 백작이 대장군에게 어떤 말을 하고 갔는지 알고 있었다. 지금 백작의 말은 대장군에게 했던 말의 반복이다.

"들은 바 있습니다. 흑사자군은 어차피 엘시 에더리 외의 그 누구도 황제로 인정하지 않을 테니 대장군님이 어떤 소신을 가지고 계시건 그분이 황제가 되어야 한다고 믿으시지요. 제가 정확하게 알고 있습니까?"

"상당히 잘 요약했네, 달비 부위. 어떤가. 귀관은 귀관의 대장군이 아닌 내가 황제가 되겠다고 나서면 용납할 수 있겠나? 자네가 말하는 고향으로 살아 돌아가기만을 바라는 자들은 납득할 수 있겠나? 나는 영웅주의자가 아닐세. 최소한 영웅이 모든 것을 이끈다고 믿지는 않아. 사람들이 필요로 하는 자가 결국 영웅이 된다고 생각하긴 하지만."

틸러는 사과의 뜻으로 목례했다. 코세 칸디드 백작은 엘시가 모든 것을 정벌한 끝에 황제가 될 거라 믿는 것이 아니라 모든 것을 정벌한 자들이 엘시에게 황위를 줄 거라고 믿고 있었다. 틸러는 백작이 제기한 의문에 정직하게 접근해 보았다. 귀족원 회의에서 엘시 에더리가 아닌 다른 누군가가 황제로 선출될 경우 나는 과연 그 사람을 나의 황제로 받아들일 수 있을까?

실로 회의적이었다. 틸러의 표정에서 그의 생각을 읽은 칸디드 백작은 더욱 과감한 이야기를 꺼내었다.

"달비 부위, 귀관의 대장군은 강제로 세계 최고의 무장 수십 명을 그들의 병력과 함께 한자리에 모아 놓았어. 그들을 묶어 주는 제국이 없어졌기 때문에 사실상 이해의 공유가 없는 무장들을. 그 업적만으로도 칼리도 백은 후대의 전사학자들에게 불가사의로 받아들여지겠지만 그건 굉장히 위험한 일이었어. 그들에게 '자, 모두 끝났다. 이제 누구라도 황제가 될 수 있다. 그런데 나는 황제가 될 생각이 없다.'라고 말하는 것이 어떤 결과를 가져올까? 어제의 전우가 오늘의 적이 되는 거야 이젠 더 이상 이야깃거리도 아니지. 나는 흑사자는 엘시 에더리 외에 그 누구도 선택하지 않을 거라고 말했지. 하지만 흑사자가 흑사자를 상대로 싸움을 벌이는 광경은 어떤가?"

틸러는 아랫입술을 꽉 깨물었다. 황위를 둘러싸고 일어나는 흑사자군의 내분. 피의 합종연횡을 펼치기 시작하는 서른다섯 명의 군단장과 이백 명의 중대장들…… 생각만 해도 아찔했다. 칸디드 백작은 낮지만 열띤 목소리로 말했다.

"그자들을 다스릴 수 있는 황제감은 누구인가? 답은 언제나 문제 속에 있지. 그 흑사자들을 안전하게 통제할 수 있는 사람은 지금 그러고 있는 사람이야."

틸러는 더 휘둘릴 수 없다고 생각하고 갑작스럽게 말했다.

"왜 이곳에 계십니까?"

"나 말인가?"

"백작님과 백작님의 동료들. 제국 재건 범신민 연대라고 기억합니다. 그 밖에도 많은 단체가 이곳에 와 있다고 들었습니다. 지금 오고 있는 자들도 있고요. 백작님과 그들은 왜 이곳에 계신 겁니까? 싸움에 참가하러 오신 것은 아니지요. 그러면 싸움 구경하러 오신 겁니까?"

칸디드 백작은 고개를 끄덕였다.

"불쌍한 발케네 공은 싸움을 받아주지 않는 처녀 때문에 자신의 강대함을 보여 주지 못하게 되었고 지금처럼 군사적 수음이나 하다가 역사에서 물러나야 할 처지가 되었지. 진짜 싸움이 벌어지고 있는 곳은 이곳이야. 시모그라쥬군을 물리친 후 칼리도 백은 아무도 막을 수 없는 존재가 되겠지. 심지어 그 자신조차도 자신을 막지 못할걸. 그리고 가능성은 없다고 보지만 만에 하나 시모그라쥬 공작이 이긴다면 그 또한 그런 존재가 될 거야. 우리들이 왜 이곳에 와 있느냐고 묻는다면, 이곳에서 황제가 태어날 것이기 때문이라고 대답하겠어. 황제에게 바라는 것은 제각기 다르겠지만 어쨌든 우리를 이곳에 있게 하는 것은 그 때문이야."

틸러는 어깨를 의도적으로 폈다. 하지만 그 어깨는 자꾸 움츠러들었다. 칸디드 백작은 단호하게 선언했다.

"칼리도 백은 황제를 선출할 귀족원 회의를 열기 위해 싸운다고 하지. 하지만 그는 그 회의를 스스로 개최해 버렸어. 칼리도 백은 부정하겠지만 지금 이곳, 엔거 평원이 바로 그가 바라던 귀족원 회의장이야. 이곳에서 기로인을 물리쳤던 복수왕이나 마호가니 군단을 물리쳤던 대호왕처럼 그는 이곳에서 황제의 길로 걸어 들어가게 될 거야."

니어엘 헨로 수교위는 마지막까지 고민하다가 결국 발걸음을 내디뎠다. 지금까지 참을성 있게 기다리고 있었지만 이레 달비는 그녀가 결심을 내리자 작게 안도의 한숨을 내쉬었다. 수교위는 대장군을 만나러 왔다고 말했다가 곧 그것을 부정했다. 그러고는 같은 자리에서 왔다 갔다 하면서 자신이 대장군을 만나야 하는지 말아야 하는지 고민했다. 그동안 몇 번 다른 장병들이 대장군을 찾았다가 지시나 확인 등을 받고 돌아갈 때까지. 그 길었던 고민이 마침내 끝난 모양이다.

"역시 만나 뵈어야겠어."

이레는 대장군에게 면담 요청을 알렸고 곧 수교위를 천막 안으로 안내했다. 안으로 들어선 니어엘은 엘시의 모습에 약간 충격을 느꼈다. 엘시는 지도를 들여다보거나 작전을 구상하고 있지 않았다. 그는 바둑판을 펼쳐 둔 채 홀로 바둑을 두고 있었다. 니어엘을 본 엘시는 바둑판에서 물러나는 듯한 몸짓을 했지만 니어엘은 곧장 그 곁으로 다가가 바둑판을 들여다보았다. 엘시는 그녀가 바둑판을 살피도록 내버려두었다.

니어엘이 살핀 것은 흑의 바둑이었다. 백은 보나마나 엘시일 것이고 엘시가 누구와 두었던 바둑을 복기하고 있는지 궁금했던 니어엘은 흑의 형세를 살폈다. 혹시 그녀 자신의 바둑일지도 모른다. 하지만 니어엘은 흑의 기풍을 읽기 어려웠다. 그녀가 둔 바둑은 분명히 아니고 떠오르는 기사도 없었다. 흑을 쥐었던 자는 특징이 잘 드러나는 기사가 아닌 모양이다. 아니면 그녀가 모르는 기사이거나. 니어엘은 질문했다.

"흑이 누구지요, 대장군님?"

"나야."

"예?"

"흑을 잡은 것은 나였어."

니어엘은 당황했다. 그녀는 엘시가 백일 거라고 생각했기 때문에 흑을 쥐었을 기사에 대한 추측에서 엘시는 제외했다. 하지만 그렇다고 해도 흑의 기세에서 익숙함은 느꼈어야 할 것이다. 니어엘은 다시 흑을 살폈지만 거기서 엘시를 느낄 수는 없었다.

"그러면 백은 누굽니까?"

"모친이시네."

니어엘은 이해했다. 엘시가 어렸을 적에 두었던 바둑인 것이다. 엘시의 기풍이 아직 완성되지 않은 시절의 바둑이라 그의 흔적을 읽기 어려웠던 모양이다. 다시 바둑판을 살핀 니어엘은 흑의 완연한 비세를 보고 미소를 지었다.

"자당께 상당히 호되게 당하셨던 바둑인가 보군요."

"그래. 대여섯 수 후에 돌을 던지고 말지. 무슨 일로 왔나?"

엘시는 돌을 쓸어 모았다. 입을 열기 어려웠던 니어엘은 그를 도와 돌을 추렸다. 흑돌과 백돌이 돌통에 담기고 나서 니어엘은 어렵게 말했다.

"대장군님의 실착을 제가 읽은 것 같습니다."

엘시는 앉으라는 손짓을 하고 몸을 뒤로 기댔다. 의자에 앉은 니어엘은 정돈된 바둑판을 내려다보며 말했다.

"저와 제 중대는 대장군님의 명령에 따라 적군의 방어 시설 구축을 방해하기 위해 5회 출동했습니다. 장소는 매번 달랐고 공격 정도도 달랐습니다. 조금 전 지도를 들여다보던 저는 제가 무슨 일을 한 것인지 어렴풋이 짐작할 것 같습니다."

"짐작을 말해 보게."

"이것은 학살입니다."

어려운 말을 꺼내 놓은 니어엘은 숨쉬기가 조금 편해지는 것을 느꼈다. 그녀는 조심스럽게 고개를 들어 엘시를 바라보았다. 그는 아무 동요도 내비치지 않은 채 계속 말하라는 듯이 턱을 끄덕였다. 니어엘은 말했다.

"제 중대의 공격 때문에 시모그라쥬군의 방어력은 오히려 증강되었습니다. 그들은 퇴로를 확보하기 위한 물자와 인력까지도 방어력에 쏟아 부었습니다. 하지만 그렇다고 해서 방어 시설을 무한정 늘릴 수는 없습니다. 그래서 제한된 방어 시설로 더 큰 방어 효과를 얻기 위해 적들은 밀집했습니다. 그 때문에 퇴로를 확보하는 것은 더욱 어려운 일이 되었습니다. 허락하신다면 지도를 통해……."

"설명할 필요 없어. 나도 알고 있으니까."

설마 하던 것이 사실로 밝혀지자 니어엘은 가슴이 철렁하는 것을 느꼈다. 니어엘은 엘시가 실수한 것이기를 바랐다. 그리고 그 실수를 교정하러 나서기를 바랐다. 하지만 엘시는 자신이 무슨 일을 하고 있는지 잘 알고 있었다. 니어엘은 무릎을 움켜쥐었다.

"그들을 다 죽일 생각이십니까?"

"섬멸은 전쟁의 기본이다, 헨로 수교위. 적의 주력이 도망칠 수 있게 한다면 그들은 계속 저항할 테지. 굴욕적인 후퇴를 계속 강요하면 그들은 끝내 한계선 이남에서의 싸움도 받아들일 거다. 거기까지 남하하면 나가들이 적군에게 합류할 거야. 그렇게 되면 승패를 확신할 수 없게 된다."

"알고 있습니다. 하지만 전력의 반만 파괴해도 이미 섬멸이잖습니까. 이것은 섬멸이 아니라 학살이 될 겁니다. 열 명에 한 명도 살아 돌아가기 힘들 겁니다."

"그래. 추악한 일이지."

"대장군님은 그런 학살 없이도 승리하실 수 있습니다. 저기 있는 것은 시모그라쥬 공이 동원할 수 있는 병력 전체라고 해도 과언이 아닙니다. 도망친다고 해서 다시 세력을 늘려 저항하기는 어렵습니다."

"나를 왜 그렇게 믿나?"

"예?"

엘시를 본 니어엘은 그 얼굴을 덮고 있는 어둠에 놀랐다. 엘시는 자신의 손바닥을 보며 말했다.

"죽음의 거장조차도 최후의 싸움에서는 패배했다. 내가 항상 이길 거라고 믿는 이유가 뭔가? 이번에 승리하더라도 바로 다음 전투에서 나는 대패할 수 있다. 패배를 피하는 방법은 싸우지 않는 것뿐이다. 싸울 상대가 없으면 싸움도 없지. 이길 수 있다면 확실히 이겨서 싸울 상대가 사라지게 해야 해, 헨로 수교위. 이런 상식적인 이야기를 계속해야 하는 이유도 모르겠군."

불현듯 니어엘은 엘시의 어둠 속에서 어떤 초조함을 본 듯한 느낌을 받았다. 엘시의 말대로 그에게 백전백승을 요구하는 것은 비록 그가 그런 요구를 받을 만한 관록을 쌓아 왔다 하더라도 불합리하고 부당하다. 싸움은 끝낼 수 있을 때 끝내야 한다. 엘시의 말처럼 전쟁에서 성취할 수 있는 아름다움은 그것을 빨리 끝내는 것뿐이니까. 하지만 니어엘은 단지 그런 이유에서는 아니라고 생각했다. 엘시의 초조함은 다른 곳에서부터 새어 나오고 있었다.

문득 니어엘은 엘시의 말에서 익숙한 무엇을 떠올렸다. 엘시는 싸울 상대가 없으면 싸움도 없다고 말했다. 니어엘은 그와 비슷한 이유에서 싸우는 자를 알고 있었다.

그을린발. 그는 요구받기 싫어서 요구할 상대를 없애고 있다.

니어엘은 자신의 추리에 황당함을 느꼈다. 하지만 다른 가설도 떠오르지 않기에, 그리고 그 가설에서 묘한 매력을 느꼈기에 니어엘은 그 생각에 골몰했다. 그을린발은 시모그라쥬 공이나 대호왕, 베로시 토프탈 등의 개인에게 원한을 품고 있는 것이 아니다. 그을린발은 무엇이 자신을 귀찮게 하는지 알고 있었다. 그가 노리고 있는 것은 그들 모두의 바람인 토프탈 황조 그 자체다. 만약 토프탈 황조가 절대로 성립할 수 없다는 것이 확실해지면 그을린발은 싸움을 멈출 것이다. 그렇다면 엘시는 그을린발에게 무차별 살육을 할 기회를 주지 않기 위해 빨리 싸움을 끝내려는 것인가?

"헨로 수교위, 나는 아군을 그들의 페시론이 될 한계선 남쪽으로 데리고 갈 수 없다. 이곳에서 이겨야 한다. 다음의 싸움이 일어날 수 없을 만큼 확실하게. 귀관이 학살에 동참하고 싶지 않다고 느낀다면 유감이다. 그 대신 아군을 구한다고 생각해라. 이것은 추호의 거짓도 없는 진실이다. 귀관은 아군을 구하는 것이다. 40만 명의 핏값은 내가…… 지고 가겠다."

그것은 내 죄다. 니어엘은 오싹해지는 것을 느꼈다. 그녀가 침묵하자 엘시는 계속 말했다.

"알아들었다면 물러가라. 그리고 귀관이 짐작한 것에 대해 다른 사람에겐 말하지 말도록."

니어엘은 무의식적으로 일어섰다. 엘시에게 인사하고 밖으로 나올 때도, 그리고 쌀쌀한 가을의 공기 속을 걸어 자신의 중대가 있는 곳으로 걸어가는 동안에도 니어엘의 정신은 탁류에 휘말린 표류물처럼 부침했다.

세레지 파림은 경비병들에게 붙임성 있는 눈인사를 보내며 규리하 성 마당을 가로질렀다. 그녀의 등에는 커다란 배낭이 있었고 옷은 여로의 먼지로 얼룩져 있었다. 부스스한 머리카락을 헤집으며 걷던 세레지는 계단에서 아트밀과 사라말을 발견했다.

사라말은 계단참에 앉아 있었고 아트밀은 그보다 몇 계단 아래에 앉아 있었다. 그들을 보던 세레지는 방긋 웃고 아트밀에게 외쳤다.

"나 잡아 봐라!"

"뭐 하는 거야, 세레지?"

"음. 제가 사라말보다 못한 것이 뭐죠? 제발 미모라고 말씀하진 마세요. 남자보다 못하다면 절망이야."

아트밀은 괴이쩍다는 표정으로 세레지를 바라보았다. 그리고 세레지가 정말 노렸던 목표였던 사라말 또한 무표정한 표정을 바꾸지 않았다. 세레지는 빙글빙글 웃으며 두 사람에게 다가갔다. 그 모습을 보던 아트밀이 갑자기 말했다.

"너 어디 떠나냐?"

"세상에. 정말 밀리고 있어. 그렇게 저에겐 관심이 없어요? 저 몇 달 만에 돌아온 거라고요!"

"어디 갔었냐?"

세레지는 말을 말자는 표정으로 손사래를 쳤다. 그때 사라말이 불쑥 말했다.

"다녀온 일은 어떻게 되었지, 세레지?"

세레지는 사라말의 바다 같은 평정을 한 번 더 흔들어 보려 시도했다.

"저보다 예쁜 남자한텐 말하고 싶지 않은데요?"

"다녀온 일은 어떻게 되었나요, 세레에징?"

아트밀은 계단에서 굴러떨어질 뻔했다. 엄격한 얼굴로 콧소리 섞인 여자 목소리를 내는 사라말을 본 세레지 또한 경악으로 한참 동안 말을 잇지 못했다. 사라말은 미소조차 띠지 않은 채 계속 말했다.

"저 사실 여자예요. 그러니 남자보다 못하다는 자괴감을 가질 필요는……."

"그만! 괴, 굉장히 무서우니까 다시는 그러지 마세요. 그렇게 하셔도 여자로 보이지 않아요!"

사라말은 뚱한 얼굴로 고개를 끄덕였다. 세레지는 호흡을 고른 다음 손짓을 섞어 말했다.

"말씀드릴게요. 하지만 규리하 공도 동석하셔야겠지요? 변경백께서는 지금 어디 계시죠?"

"따라와."

스르르 일어선 사라말은 계단을 올라갔다. 세레지는 고개를 홰홰 내젓고 그를 따라 올라갔다. 그러다가 세레지는 갑자기 고개를 높이 들었다.

그녀의 예상처럼 레콘 야리키는 건물 꼭대기에 앉아 허공에 낚싯대를 드리우고 있었다. 새나 구름을 낚기로 작정한 것 같은 모습이었다. 세레지는 그를 물끄러미 바라보다가 야리키가 아래를 쳐다보려 할 때 황급히 시선을 내렸다. 그녀는 위를 쳐다보지 않으려 애쓰며 계단을 올라갔다.

잠시 후 세레지는 정우와 아이솔 형제, 아버지인 위체 파림, '당원'이라는 이름으로만 불리는 자유무역당의 대표자와 규리하 정부의 몇몇 관료들이 참석한 소규모 회의장에 안내받았다. 규리하 정부의 공식 회의라고 할 수는 없었다. 공식화하기 어려운 의사 결정을 내리기 위한 비밀 회의였다. 그들 모두가 세레지의 귀환을 기다리고 있었기에 세레지는 여행 복장 그대로 참석했다. 그녀는 배낭에서 자신이 기록한 문서들을 잔뜩 꺼내어 탁자 위에 올려놓고 잠시 정우를 바라보았다.

탁자 상석에 앉아 있는 정우는 부드러운 얼굴로 세레지를 마주 보고 있었다. 그녀의 지금 모습을 초상화를 그린다면 '규리하의 통치자'라는 화제보다는 '하오의 소녀'라는 화제쯤을 붙여야 할 것이다. 그녀는 회의에 참석한 다른 이들처럼 규리하를 수호한다는 무거운 책무에 괴로워하는 표정 같은 것은 보이지 않았다. 그 평온한 겉모습만 해도 이채롭지만 세레지는 그 안쪽의 것을 떠올렸다. 그녀가 보았던 옷 아래의 정우.

세레지는 고개를 가로저으려다가 가까스로 참으며 말했다.

"이것은 제가 관찰한 것들을 기록한 것이긴 하지만 지금 당장은 읽으실 수 없겠습니다. 분실을 대비해서 모두 암호로 써 두었거든요. 암호를 다시 해석해서 보고서를 쓰겠습니다만 일단은 구두로 말씀드리겠습니다. 결론부터 말씀드리자면 아이저 규리하는 하늘치를 조종하려 시도하고 있습니다."

세레지가 기대했던 것 이상의 소동이 일어났다. 정우와 사라말을 제외한 모든 사람들이 놀라거나 반문하거나 비명 비슷한 소리를 냈다. 그중 일부는 세레지의 유명한 악습을 근거로 지어낸 이야기가 아니냐는 태도를 취하기도 했다. 정우는 손을 들어 그들을 진정시키고 세레지에게 말했다.

"세레지, 계속해요."

"감사합니다, 각하. 제가 말씀드린 것은 농담이나 거짓말이 아닙니다. 하인샤 대사원의 승려들은 퍽 친절하고 소박한 편이셨지만 대부분 머리가 좋으시더군요. 그래서 탐문이 원활하지는 않았습니다. 하지만 몇 가지 알아낸 것들이 있긴 합니다. 이상한 책에 대한 이야기가 있더군요."

"책이라고요?"

"규리하 성 낙성 당시 아이저 규리하는 라수의 방이라 알려져 있는 지하 금고방에서 라수 규리하가 쓴 책 한 권을 가지고 도주한 것 같습니다."

정우는 라수의 방에 대한 호기심을 드러내던 데라시를 떠올렸다. 그리고 누군가가 가져다 둔 인조새도. 세레지가 계속 말했다.

"그 책의 이름은 알아내지 못했습니다만 제가 파악하기로 그 책은 하늘누리에 대한 이야기를 담고 있는 듯합니다. 하지만 상당한 난문이라 해석이 용이하지 않은 것 같습니다. 아이저 규리하가 하인샤 대사원으로 간 것은 그 해석을 위해서인 듯합니다. 다들 아시겠지만 오레놀 선사는 하늘치에 최초로 오른 사람 중 한 명입니다. 아이저 규리하는 하인샤 대사원의 스님들에게 선사에 대한 이야기를 여러 번 질문했다고 합니다. 특히 그분이 하늘치에 오른 이야기에 대해. 하늘누리에 대한 이야기가 담겨 있는 책과 하늘치에 오른 사람의 행적에 대한 탐문을 종합해 보면 어떤 결론이 나올 수 있을까요? 아이저 규리하는 하늘누리를 어떻게 움직이는지 알고 싶었던 겁니다."

파라말은 고개를 가로저으려다가 문득 하늘누리 탈출 당시의 기억을 떠올렸다. 폭주하는 하늘누리 위에서 파라말은 치천제와 대치하고 있는 외눈의 소녀를 보았다. 그 외눈의 소녀 아실이 발케네에 있을 당시 아이저 규리하도 발케네에 있었다. 그렇다면 그 책도 발케네에 있었을 것이다.

파라말은 아귀가 맞아떨어진다는 불쾌한 느낌을 받았다. 그때 자신을 바라보는 사람들의 시선을 느꼈다. 의아해하는 파라말에게 세레지가 대표하듯 질문했다.

"부사님, 부사님께서는 일시적이지만 하늘누리를 관리하는 지위에 계셨습니다. 실제로 통제실에도 계셨고요. 하늘누리를 움직이는 방법을 아십니까?"

파라말은 약간 머뭇거리다가 자신이 본 것에 대해 설명했다.

마치 배의 키를 움직이듯 조종 막대기들로 하늘치를 움직인다는 파라말의 설명은 참석자들의 머릿속에 온갖 상상을 불러일으켰다. 스스로도 기이한 상상에 빠졌던 세레지는 퍼뜩 정신을 차리며 말했다.

"아, 하지만 처음부터 그런 식으로 움직이지는 않았겠지요. 그건 어려운 조작을 좀 더 쉽게 하기 위한 도구들이었을 겁니다. 실제로는 그런 도구 없이도 조종이 가능합니다. 여기 계신 규리하 공께서 바로 그렇게 하늘치를 조종하시니까요."

사람들의 시선이 이번에는 정우에게 향했다. 정우는 쑥스럽다는 듯이 어깨를 으쓱이고 세레지에게 빨리 말하라는 손짓을 보냈다. 세레지가 말했다.

"아이저 규리하가 알아내려는 것은 바로 그런 방법인 듯합니다. 그런데 그곳에 있던 중 저는 우려할 만한 사실 한 가지를 알게 되었습니다. 하늘치 한 마리가 하인샤 대사원으로 향하고 있습니다. 그 하늘치는 꽤 규칙적인 궤도로 움직이는 것 같습니다. 그래서 하인샤 대사원에 오래 계셨던 스님들은 그것이 언제 나타날지 알아맞힐 수 있습니다."

당원이라는 이름으로 불리는 자유무역당원이 말했다.

"저희 당의 상단원들은 그런 이야기를 많이합니다. 경험 많은 상단원들은 어느 특정 시기와 장소에 하늘치가 출현한다는 것을 비교적 정확하게 예측할 수 있습니다. 저 유명한 티나한의 하늘치 발굴대도 그런 계산을 할 수 있었다지요."

세레지는 고개를 끄덕였다.

"예. 그리고 아이저 규리하는 그 하늘치가 하인샤 대사원에 도착하기를 기다리고 있는 것 같습니다."

그 말의 의미를 생각한 회의 참석자들은 동시에 입을 다물었다. 총리대부 리시오가 힘겹게 말했다.

"그 하늘치를 조종해 보려는 것이군. 그 하늘치가 언제 하인샤 대사원에 도착하지?"

세레지는 잠깐 동안 침묵한 채 회의 참석자들을 둘러보았다. 이 사람 저 사람에게 머물던 그녀의 시선이 마지막에 멈춘 곳은 정우였다. 정우는 깍지 낀 두 손을 탁자 위에 올려둔 채 얌전히 세레지를 마주 보았다. 세레지는 그녀를 바라보며 말했다.

"제가 여기까지 돌아오느라 시간이 많이 걸렸습니다."

정우가 차분하게 말했다.

"언제 도착하죠?"

"오늘 밤입니다."

싸늘한 침묵이 곧 폭발 같은 외침들로 불타올랐다.

많은 사람들이 동시에 상대방의 무슨 내용인지도 모르는 말보다 자신의 말이 더 중요하다고 생각할 경우 일어나곤 하는 일이 회의실에서 일어났다. 대화 상대도 제각기 달랐다. 어떤 자는 규리하 공을 향해, 어떤 자는 파라말을 향해, 어떤 자는 세레지를 향해 외쳤다. 그 외침들은 당연히 누구에게도 전달되지 않은 채 자신의 소용돌이 속에 빨려 들어갔다. 몇 가지 질문들을 동시에 들으려는 헛된 시도를 하다가 그만 혼란에 빠졌던 세레지는 가까스로 아버지의 말을 포착했다.

"세레지. 왜 그들의 시도가 성공했는지를 확인한 다음에 돌아오지 않은 거지?"

그 질문은 몇몇 사람들을 침묵하게 했다. 그리고 세레지는 다른 사람들의 입도 닫기 위해 목소리를 돋우어 외쳤다.

"저도 그럴까 했어요! 아빠! 하지만 만약 그들이 하늘치에 오른 다음 곧장 규리하로 향하기라도 한다면 규리하는 경고 없이 공격을 받게 될 거예요! 제가 하늘치를 따라잡을 수는 없잖아요! 그래서 사실 확인보다 경고를 먼저 해야겠다고 판단한 거죠! 경고를 하면 좀 더 현명한 분들이 '침착하게' 대안을 생각해 낼 거라고 믿었거든요!"

세레지의 짜랑짜랑한 외침 덕분에 소동은 조금 줄어들었다. 정우는 눈으로 세레지에게 고맙다는 인사를 보내고 손을 들어 자신에게 주의를 집중시켰다. 마지막 소음까지 사라진 다음 정우가 말했다.

"세레지의 말이 맞아요. 우리는 수고를 아끼지 않고 귀한 경고를 가져온 세레지를 실망시키면 안 되겠지요."

당원이 살짝 손을 들어 정우의 주의를 끌고 말했다.

"여기서 하늘치 권위자라 할 수 있는 분은 각하뿐이군요."

정우는 잠깐 기다리다가 갑자기 '그러니 당신이 말 좀 해 봐라. 당신 아버지의 성공 가능성을 예측할 수 있겠느냐?'는 말이 생략된 것임을 깨달았다. 자유무역당에서 온 여인은 예의를 갖춰 말하려 애썼지만 경제적으로 말하고 싶어하는 오래된 버릇은 고치기 어렵다. 정우는 조심스럽게 말했다.

"모두 이미 아시겠지만 저는 제 자신이 어떻게 하늘치를 움직이는지도 설명할 수 없어요. 그것이 경험이나 숙련을 필요로 하는 일 같지는 않아요. 만약 그렇다면 하늘누리에서 나고 자란 시민들은 모두 하늘치를 조종할 수 있었을 테니까요. 저는 열여덟 살이 된 후에야 처음으로 환상 계단을 만들어 봤지요."

말을 이으려던 정우는 문득 사라말이 묘한 표정을 짓고 있음을 발견했다. 정우가 묻는 눈으로 사라말을 바라보자 그가 말했다.

"각하, 하늘누리에는 세계 어느 곳에도 없는 훌륭한 장의 시설이 있었지만 반대로 조산 시설은 없었습니다."

"어? 하늘누리 위에서 누군가가 태어나는 일은 없다는 건가요?"

"안전상의 이유로 금지되어 있었습니다. 어린이들이 뛰어놀기엔 지나치게 높은 곳이지요. 양육 환경으로도 별로 좋지 않습니다. 그래서 자주 있던 일은 아닙니다만 만약 임부가 발생하면 그녀는 대부분 지상에 있는 거처로 옮겨 가서 출산과 양육을 하게 됩니다. 그런 이유로 아내가 임신하면 남편도 지상의 행정관으로 보직을 변경하거나 했습니다. 느끼셨는지 모르겠습니다만 하늘누리의 정부 구성원들은 미혼이거나 자녀가 이미 장성한 노인들이 대부분이었습니다."

정우는 그 말에 기억을 더듬어 보았다. 대장군 엘시 에더리는 물론이거니와 그곳에 있는 아이솔 형제, 기타 그녀가 알고 있는 하늘누리의 구성원들은 대부분 미혼이었다. 그리고 나가들에겐 부부 관계라는 것 자체가 없으니 치천제와 데라시 또한 따지고 보면 미혼인 셈이다. 하늘누리가 불임의 장소라는 것을 알게 된 정우는 무심하게 말했다.

"음. 하늘누리는 사람이 태어나지 않고 죽기만 하는 곳이었군요."

그 말은 꽤 살벌하게 들릴 수 있는 말이었지만 말을 한 사람이 죽음에 대해 별 두려움이 없는 도깨비들 사이에서 자라난 자이기에 참석자들은 크게 당황하지 않았다. 정우가 계속 말했다.

"그래도 그곳에 계신 분들은 저보다 하늘치에 훨씬 익숙하시겠지요. 하지만 그분들 모두가 하늘치를 조종할 수 있으셨던 것은 아니에요. 그러니 하늘치 조종은 누구에겐 가능하고 누구에겐 불가능하다는 식으로 예측할 수 있는 것이 아니겠지요. 저는 아버지와 동생들이 그것을 움직일 수 있을지 없을지 알 수 없네요. 그러니 일단은 그분들이 성공한다고 가정하고 그 경우의 대처를 생각해 보는 것이 좋을 것 같아요."

파라말이 지체 없이 말했다.

"하늘치를 준비해 둬야겠군요."

정우는 떨떠름한 얼굴로 파라말을 보았다. 파라말은 위쪽을 흘깃 바라보는 시늉을 하며 말했다.

"규리하 공께서는 하늘치를 다루실 수 있습니다만 지금 현재 가지고 계신 것은 아닙니다. 아무리 노련한 검객이라도 검이 없다면 칼싸움을 할 수 없지요. 그렇지 않아도 규리하 방어를 위해 하늘치를 보유해야 한다고 생각해 왔습니다. 가장 가까이에 있는 하늘치를 찾아내어 그것을 이곳으로 가져와야 합니다. 무사장 탈해와 그의 딱정벌레가 그런 수색과 견인을 도와줄 수 있을 겁니다."

정우는 하늘치를 붙잡아 둔다는 것이 내키지 않는다는 듯이 말했다.

"하늘치가 그것을 좋아할까요?"

"하늘누리를 떠받치고 있던 하늘치가 그것에 대해 불쾌해한다는 느낌은 아무도 받지 못했습니다. 사실상 그것들은 그냥 하늘에 떠서 여기저기 왔다 갔다 하는 것 말고는 아무 일도 하지 않잖습니까? 각하께 오히려 묻고 싶군요. 발케네군 침공 당시 각하께서는 하늘치를 그들의 머리 위로 위협 비행하게 하셨습니다.

그때 하늘치가 각하의 조종에 저항하던가요?"

"그 하늘치는 친절했어요."

참석자들은 그 설명에 약간 당혹했다. 설명이 부족한가 보다 생각한 정우는 부연했다.

"대장군님처럼."

참석자들은 설명의 명쾌함에 즐거워하는 기색이 없었다. 정우는 다른 비유를 떠올려야 하나 고민했다. 다행히 규리하 방어에 대한 이야기라면 파라말보다는 자신이 이야기해야 한다는 것을 깨달은 병무대부 오니샤 퓨덴이 입을 열었다.

"만약 하늘치가 거부한다면 우리가 그것을 강제할 수는 없겠지요. 누가 그것을 강제할 수 있겠습니까? 결과에 대한 고민은 접어 두고 일단 시도는 해 봐야 할 겁니다, 각하. 우리에겐 하늘치가 꼭 필요하니까요. 그리고 한 번 성공했으니 두 번 성공하지 말라는 법은 없습니다. 지금 당장 하늘치를 수배해야겠습니다."

"혹은 그들에게서 빼앗을 수도 있지요."

사라말의 단조로운 말에 정우는 흠칫했다. 그는 두 손을 입 앞에 모으며 말했다.

"할 수만 있다면 그게 가장 좋은 방법이지요. 상대방의 하늘치를 없애며 동시에 우리는 가지게 되니까요. 하늘치와 하늘치를 격돌시키는 것보다는 백 배 낫습니다."

사라말의 대담한 발상에 모든 사람들이 놀랐다. 실현 가능하다면 그것은 백 배 정도가 아니라 완벽한 해결책이다. 사람들은 기대감이 잔뜩 담긴 표정으로 정우를 바라보았다. 정우는 고민에 빠진 표정으로 말했다.

"그분들이 하늘치를 몰고 오면 그것을 빼앗으라는 건가요?"

"가능하시겠습니까?"

"모르겠네요. 음, 조언이 필요할 것 같아요."

대부분의 사람들이 자신의 품위가 떨어지는 것 같다고 생각했다. 정우가 조언을 구하는 상대에 대해서는 널리 알려져 있으니까. 그중 몇몇 사람들은 위엄을 침해당하고 싶지 않아서 인조새가 들어 있는 새장이 회의장에 들어오자 못 본 척하기도 했다. 하지만 이야기의 노예인 파림 부녀와 사라말 아이솔만은 호기심 가득한 표정으로 새장을 바라보았다.

인조새는 햇빛이 잘 들지 않는 곳을 지나오느라 잠들어 있었다. 정우는 직접 새장을 창가로 가져가 볕이 잘 드는 곳에 내려놓았다. 잠시 후 인조새는 금속의 몸을 비틀며 깨어났다. 정우는 꾸벅 목례했다.

"좋은 꿈 꾸셨어요, 새님? 여쭤 볼 것이 있어요. 제가 다른 사람이 조종하는 하늘치를 빼앗아 조종할 수 있을까요?"

"황새의 울음을 듣겠느냐?"

정우는 놀란 얼굴로 새장을 바라보다가 말했다.

"동백꽃의 향기요?"

회의장의 사람들은 자신들의 이해력에 도대체 무슨 문제가 있나 고민했다. 그런 사람들 중 하나였던 파라말은 형을 바라보았다. 사라말은 담담하게 속삭였다.

"황새는 울지 않아."

"예? 무슨 말씀입니까. 저는 황새 소리를 들어 봤습니다. 탁타다다 하는 소리를 내지요."

"그건 레콘처럼 부리를 부딪쳐서 내는 소리다. 아우야. 황새는 벙어리야. 새 중의 새인 황새는 울지 않아. 그리고 겨울도 이겨

내는 동백꽃은 향기가 없지."

"허, 나름대로 아픔이 있군요."

사라말은 시큰둥한 표정으로 말했다.

"떠들지 않으면 자기가 뭔지도 모르는 바보들처럼 말하지 마라, 아우야."

"예?"

"그런 바보들은 시기심 때문에 위대함의 증거를 모자람의 증거로 바꾸지. 자기를 발전시키는 대신 쑥덕공론으로 타인을 자기에게까지 끌어내리려 하고. 그 바보들의 대열에 합류하는 대신 자기를 알리기 위해 수다스럽게 울거나 향기를 내뿜지 않는 황새와 동백꽃의 고상함을 느껴 보지 않겠느냐?"

파라말은 머쓱한 표정을 지었다.

"수양이 부족하군요. 형님의 말씀대로라면 규리하 공께서는?"

사라말이 말하기에 앞서 정우가 사람들에게 몸을 돌렸다. 그녀는 스스로에게 확신을 보내듯 두 손을 꼭 마주 잡고 말했다.

"당연히 그렇겠지요, 율형부사님. 좋은 의견이지만 그건 제가 할 수 있는 일이 아니에요. 시도해 보긴 하겠지만 결정을 내리는 것은 제가 아닐 거예요."

사라말은 짧게 고개를 끄덕였다.

"하늘치는 아무것도 하지 않는 것처럼 보이지만 그건 자기를 드러낼 필요를 느끼지 않기 때문일지도 모르지요. 그럴 필요를 느낀다면 하늘치도 결정을 내릴 것이고…… 하늘치가 결정합니까?"

"예."

"알겠습니다."

사라말이 모든 것이 명료해졌다는 표정을 지은 탓에 다른 사람들도 하늘치 강탈에 대해 더 이상 논의하기가 어려워졌다. 주춤하던 병무대부는 하늘치 강탈이 어렵다면 역시 하늘치 수배에 힘을 써야 한다는 논리로 다시 이야기를 진행시켰다. 당원은 자신의 상단원들에게 연락을 취해 보겠다고 말했고 다른 이들은 규리하로 접근하는 하늘치를 지금까지처럼 구름 보듯 무심하게 보는 대신 좀 더 자세히 관찰해야 한다는 등의 이야기로 논의를 계속 이어 갔다. 즉 그들은 자신들 앞에 있는 상황을 감당할 수 있는 척하기 시작했다.

하지만 파라말은 힘들게 습득해 온 지식이나 실수를 감수하며 쌓아 온 경험으로는 어떻게 해 볼 수 없는 어이없는 상황의 도래 속에서 그들이 느끼는 비감 같은 것을 보는 듯했다. 그것을 꼭 슬프다고 해야 할까? 파라말은 좌절하지만 물러나지 않는 그들의 모습에서 격려 또한 받았다. 모든 것을 앗아가기만 하는 내일이 유일하게 주는 선물은 예상치 못한 일이다. 좋은 일이건 나쁜 일이건 예상할 수 없다는 것은 축복이다.

파라말은 어깨를 폈다. 그는 하늘치를 다스리게 된 자들이 규리하를 공격한다는 황당한 상황을 납득하려고 애썼다. 사실 그렇게 황당한 일은 아니다. 규리하는 이미 그런 일을 한 번 겪었으니까.

"전설이 생기겠군. 무향 규리하를 취하려는 자는 반드시 하늘치 조종자여야 한다는 거지."

시카트의 초조한 말에 이이타는 고개를 끄덕였다. 불패의 땅 규리하를 무너뜨린 것은 제국이었고 제국은 하늘치를 자신의 수도로 삼고 있었다. 그리고 지금 규리하를 탈환하기 위해 그들이 얻으려 하는 것 또한 하늘치다. 전설은 그런 우연의 반복에서 나타날 것이다.

하지만 이이타는 시카트의 말에서 다른 것 또한 읽었다. 규리하 전쟁 당시 하늘누리는 전투 행위에는 아무 개입도 하지 않았다. 엘시 에더리는 오뢰사수와 제국군만으로 무향을 거꾸러뜨렸다. 시카트가 당연히 엘시에게 돌려져야 마땅할 전과를 하늘치에게 돌리는 것은 무향이 엘시 에더리라는 한 명의 인간에게 패했다는 사실을 받아들이기 싫기 때문이다.

그것은 역설적으로 시카트가 얼마나 엘시에게 신경 쓰고 있는가를 드러냈다. 신경 쓰지 않는다면 애써 그 위상을 격하시키려 하지도 않을 테니까. 이이타는 눈 밝은 이라면 충분히 읽을 수 있는 장난은 치지 않는 것이 좋다고 알려 주려다가 그만두기로 했다. 지금 시카트를 의기소침하게 만드는 것은 불필요하다. 하늘치가 그들에게 날아오고 있는 지금은.

하인샤 대사원의 승려들이 한 말이 맞다면 그들이 기다리고 있는 하늘치는 동쪽 지평선 근처에서 모습을 드러낼 것이다. 하지만 그것이 날아올 방향에는 낮은 구름이 잔뜩 끼어 있었다. 또한 해가 저물고 있어서 동쪽 하늘은 캄캄했다. 아무래도 하늘치가 지평선 위로 모습을 드러내는 것은 보기 어려울 것 같다. 하늘치가 그들의 머리 위에 당도할 무렵에는 이미 주위가 캄캄할 것이다. 하지만 밤이라도 그 거대한 물체가 움직이는 것은 놓치기 어려울 것이다. 이이타는 어둠 속에서 그것을 놓칠 것은 걱정하지 않았다. 그는 승려들의 예언이 적중하지 않는 사태에 대해 걱정했다. 그렇다면 아이저는······.

이이타는 아이저의 모습을 훔쳐보았다. 아이저는 부러뜨린 억새들 위에 정좌한 채 눈을 감고 있었다. 그는 다가올 일을 대비하여 마음을 안정시키고 있었다. 하지만 가족끼리 느낄 수 있는 직감에 의해 이이타는 아버지가 얼마나 긴장하고 있는지 알 수 있었다. 만약 오늘 밤 예정했던 대로 하늘치가 나타나지 않는다면? 더 나쁜 경우로, 만약 그들이 하늘치를 통제할 수 없다면? 상식적으로 그들은 후자의 경우에 좌절해야겠지만 이이타는 차라리 그 편이 낫다고 생각했다. 사람을 햇살 속에 부유하는 먼지 조각처럼 초라한 존재로 만들어 버리는 그 거대한 존재를 통제할 수 없다는 것은 받아들이기 쉽다. 펜조일의 말처럼 하늘치는 하늘치일 뿐이고 그것은 그 어떤 것과도 비교될 수 없으며 당연히 사람과도 비교될 수 없다. 하늘치와 사람은 대등한 존재가 아니다. 하지만 하인샤 대사원의 승려들이 잘못된 예언을 한 거라면 그들은 대등한 존재들에게 속아 넘어간 것이 된다.

이이타는 자신이 두려움 속에서 갈팡질팡하고 있다는 것을 뒤늦게 깨달았다. 그는 한숨을 내쉬고 억새밭 사이를 걸어갔다.

그 시각, 파름 산의 아래쪽에 펼쳐진 넓은 파름 평원에 있던 사람은 모두 네 명이었다. 이이타는 그 네 번째 사람에게 다가갔다. 이이타는 소리 로베자를 동행시켰고 아이저와 시카트는 그녀를 무시하는 방법으로 동행을 허락했다. 그래서 소리를 향해 걸어가는 이이타를 보면서 아이저나 시카트는 아무 말도 하지 않았다. 소리는 자신이 어떤 대접을 받고 있는지 잘 알고 있었고 그 사실에 불만은 품지 않았다. 그녀는 아이저와 시카트가 무시해 준다는 것에 감사하고 있었다. 다가오는 이이타를 보면서도 소리는 두 사람을 자극하지 않기 위해 손만 조금 흔들었다. 이이타는 그녀의 곁에 앉았다.
 이이타가 바닥에 앉자마자 소리는 궁금했지만 감히 말할 수 없었던 사실을 재빨리 속삭였다.
 "뭐 좀 드셔야 하는 거 아니에요? 저녁때인데요."
 이이타는 실수했다는 표정을 지었다.
 "아버지나 나, 시카트는 지금 뭘 목구멍으로 넘길 자신이 없어. 그러고 보니 눈치 보였겠군. 미안해. 내가 곁에 있을 테니 넌 먹도록 해."
 이이타는 소리의 곁에 놓여 있는 바구니를 눈으로 가리켰다. 거기엔 기다림이 길어질 경우를 대비하여 간단한 음식과 불을 피울 도구, 담요 같은 것이 담겨 있었다. 소리는 고개를 가로저었다.
 "아뇨. 저 배고프지 않아요."
 "예상이 맞다면 하늘치는 두어 시간쯤 지나야 올 거야. 아직 밝을 때 먹어 두지?"
 "배 고프면 먹을게요. 신경 쓰지 마세요. 변경백님이랑 공자님, 작은 공자님이 너무 긴장하시는 것 같아서 뭐라도 드시면 좀 낫지 않을까 해서 말해 본 거예요. 시장하실 것 같기도 하고요."
 "그러고 보니 고프긴 고프네. 배가 아니라 여기가."
 이이타는 자기 입술을 가리키고는 소리에게 상체를 기울였다. 소리는 기겁하며 공자의 가슴을 밀어냈다.
 "공자님! 아버님이랑 작은 공자님이 계시잖아요!"
 이이타는 미소 지으며 다시 똑바로 앉았다. 그가 긴장을 풀기 위해 장난을 쳐 봤다는 것을 안 소리는 이이타에게 눈을 흘겼다.
 이이타는 근처의 억새 하나를 적당히 꺾어서 만지작거렸다. 그는 그것을 휘둘렀다 입에 물었다 하며 말없이 앉아 있었다. 조금 후 억새는 힘없이 느지럭거리게 되었다. 하지만 이이타는 그것을 버리지 않았다. 소리는 말없이 곁에서 그 모습을 바라보기만 했다.

갑작스럽게 이이타가 말했다.

"넌 만족해?"

"예?"

"아버님이 말씀하신 것 말이야."

소리는 고개를 끄덕였다.

"저는 만족해요. 사실 제가 변경백님이라 해도 그렇게 후한 인심을 보여 줄 수 있을 것 같지 않아요."

이이타는 무거운 얼굴로 손에 있는 억새를 바라보았다.

"그렇게 생각하지 마, 소리. 아버님 속마음은 그렇지 않으셔. 아버님은 승낙하고 싶은 생각이 없으셔. 하지만 안 된다고 하면 내가 반발하겠지. 지금 같은 시기에 반항하는 아들 관리까지 하기는 어려우니까 결정을 유예시키신 거야."

"그러실지도 모르지요. 하지만 타당한 말씀이잖아요? 변경백님은 좀 더 머리가 차가워진 후에도 똑같은 마음을 가지고 있으면 허락하겠다고 하셨지요. 그분께서 의심하시는 것처럼 저희들은 불안한 상태에서 서로 끌린 것일지도 몰라요. 공자님은 나라를 잃었고 저는 고아예요. 의지할 수 있는 다른 것이 없어서 서로에게 의지했을지도 몰라요. 그렇게 생각하는 것이 당연하지요. 그러니까……"

"그 생각을 바꾸는 것이 우리의 일이지."

소리는 입을 다물었다. 그녀는 이이타의 귓불을 가만히 바라보았다. 제대로 다듬지 못해서 거친 귀밑머리가 그녀의 마음을 심란하게 했다. 이이타가 말했다.
"나는 네 마루나래도 뭣도 아냐. 네 사랑을 갈망하는 멍청한 애송이지. 하지만 그 애송이에게도 꿈은 있어. 사람들이 이렇게 말하게 하는 것. 사랑을 하려면 규리하의 그 남자와 발케네의 그 여자처럼 사랑하라고. 야무진 꿈이지만, 사랑하는 나의 아내가 도와주면 할 수 있을 것 같아."

소리는 손으로 가슴을 누르며 이이타에게 몸을 기울였다. 어깨에 닿는 소리의 머리를 느끼며 이이타는 억새밭을 바라보았다. 검푸른 하늘에는 이미 별이 희미하게 반짝였고 검게 변한 억새는 검은 춤을 추고 있었다. 바람에 사스락거리는 억새 소리, 소리에게서 풍겨 오는 규정하기 힘든 향기. 이이타는 자신의 숨소리를 들었다. 그것은 소리의 숨소리이기도 했다. 완전히 일치한 두 사람의 호흡은 하나의 호흡처럼 똑같은 소리를 내고 있었다.

앉아 있었기에 그가 보지 못했던 것을 시카트가 보고 외쳤다.
"온다!"

이이타는 아쉬움과 환희를 동시에 느꼈다. 소리는 그 소리를 듣자마자 일어섰고 이이타는 조금 늦게 일어섰다. 시카트는 동쪽 하늘을 가리키며 외치고 있었다. 이이타는 시카트가 본 것이 그것일 리 없다고 생각했다. 아직 한 시간쯤 기다려야 한다. 하지만 시카트의 말은 잘못되지 않았다. 그리고 이이타의 생각도. 하인샤 대사원의 승려들은 거짓말을 한 것이 아니었다. 오히려 지나치게 정확하게 말했다.

동쪽 하늘에 조그마한 점으로 나타난 것은 하늘치였다.

그들의 머리 위까지 도달하려면 한 시간쯤 걸릴 곳이었다.

어둠 때문에 그것의 출현을 확인하기 어려울 거라 생각한 것은 오산이었다. 그것은 높은 고도에 떠 있었기에 평원에 서 있는 그들에게는 닿지 않는 햇빛이 그 하늘치에는 닿고 있었다. 그래서 검푸른 구름들 아래에서 하늘치는 하얗게 빛났다. 물론 그런 현상은 몇 분도 지속되지 않을 것이다. 조만간 그 고도에 닿던 햇빛도 사라지고 나면 하늘치의 모습은 어둠 속으로 사라질 것이다. 하지만 지금 검은 하늘에 던져진 진주처럼 반짝이는 하늘치의 모습은 아름다웠다.

아직 하늘치가 먼 곳에 있음을 확인한 이이타는 팔을 옆으로 뻗어 소리의 허리를 감아 안았다. 그는 소리에게 속삭였다.

"맞아. 하늘치군."

소리는 숨 가쁘게 말했다.

"예. 하늘치예요. 저렇게 작은 것을 보니 정말 멀리 있나 봐요. 이쪽으로 오는 것이겠지요?"

"맞아. 하지만 곧 안 보이겠군. 해가 완전히 지면 저기에도 빛이 닿지 않을 테니까. 그러니 지금 똑똑히 봐 둬."

이이타는 잠깐 멈췄다가 소리의 허리를 감은 팔에 힘을 주며 말했다.

"저건 내가 너에게 주는 결혼 예물이니까."

하늘에서는 이미 사라진 석양이 소리의 두 볼에 떠올랐다.

이레는 엘시의 모습에서 또다시 작은 흠을 발견했다. 그가 보기에 양쪽 소매의 길이가 동일하지 않았다. 하지만 그건 옷보다는 엘시 자신의 문제였다. 오랜 시간 반복적인 작업에 종사한 자들이 대부분 느끼는 변화는 엘시를 피해 가지 않았다. 그쪽 손으로 칼을 다루었기 때문에 엘시의 오른팔은 왼팔보다 약간 더 굵고 길었다. 그것은 눈으로 봐선 알기 어려운 차이였고 지금 이레가 파악한 소매 길이의 차이도 어지간히 눈썰미가 좋지 않다면 파악하기 힘든 부분이었다. 하지만 이레는 그것이 신경 쓰였다.

엘시는 다가오는 이레를 제지했다.

"이레, 잠시 후 저들은 내 옷차림 같은 것은 기억도 못하게 될 거야. 이제 그만하지."

이레는 움찔했다가 곧 체념하는 표정으로 머리를 조아렸다. 엘시는 곁에 두었던 칼집을 들어 스스로 허리에 차고는 이레의 팔뚝을 툭 쳤다. 이레의 어깨는 두드리기에 좀 거북할 정도로 높은 곳에 있었다.

"자, 가 볼까."

이레는 어깨를 한 번 움츠렸다가 대장군을 밖으로 모셨다. 이레는 엘시가 말에 오를 때까지 보좌했다. 그리고 말에 오른 다음부터 엘시는 혼자서 걷기 시작했다.

주위는 조용했지만 그 고요 속에서 수많은 시선들이 홀로 걸어가는 엘시를 바라보고 있었다. 낮은 곳에 있는 인간의 눈, 말에 탄 엘시를 내려다보는 듯 높은 곳에 있는 레콘의 눈. 숨소리는 통제되지 못했다. 흥분해서 몰아쉬는 숨소리가 먼 곳의 바람처럼 후우웅후우웅 들려왔다. 하늘치가 땅에 내려와 그의 곁에 누워 잠자는 것 같았다. 그 상상은 일단 떠오르자 더욱더 명확해졌다. 어느 땅, 태고부터 지금껏 사람들의 무례한 눈이나 거침없는 발이 닿지 않은 땅을 상상하라. 어쩌면 하늘치들이 남몰래 내려와 거체를 누이고 잠들지도 모르는 땅. 산들이 옆으로 누워 잠든 것과 비슷할 것이다. 어느 곳에서도 그 전체를 볼 수 없는 것들이

스스로 어둠이 되어 어둠 대신 세상을 뒤덮고 있는 가운데 그 사이를 걸어가는 한 사람을 상상하라. 별은 옹색하게 남아 있는 하늘에 몇 개 반짝일 뿐 주위는 캄캄하다. 그는 잠든 하늘치의 숨소리를 듣는다. 산맥의 심장이 맥동 치는 듯한 소리를…….

엘시는 언덕 위에 올랐다.

백만 대군은 그를 바라보았다.

엘시는 바다를 알고 있었다. 지금 언덕 아래에 펼쳐져 있는 것은 횃불의 바다였다. 모든 병사들이 횃불을 들고 있지는 않다. 아니, 횃불을 들고 있는 것은 상당히 적은 수의 병사들이었다. 하지만 아기살을 이용하지 않는 이상 한쪽 끝에서 반대쪽으로 활을 쏘아도 닿지 않을 넓은 공간에 서 있는 백만 대군의 위용을 드러낼 만한 빛은 있었다.

야습을 위해 밤을 선택한 것은 아니다. 어떤 어둠 속에서도 그 거대한 병력이 움직이는 것은 포착될 것이다. 기습의 효과는 전혀 기대할 수 없지만 엘시는 적의 명령 체계가 흐트러지기를 바라고 있었다. 난전으로 돌입할 경우 자칫하면 피아 식별도 어려워지는 밤의 어둠 속에서 수십만 명의 움직임을 면밀히 관찰하고 필요한 행동을 결정하는 것은 불가능에 가깝다. 물론 같은 위험은 흑사자군에게 몇 배 더 크게 작용한다. 하지만 엘시는 그 어려움을 피할 방법이 있다고 생각했다. 그 때문에 민들레 여단은 좀 흥미로운 배치를 하게 되었다. 히도큰 하장군은 그 임무를 마음에 들어했다. 아마도 시허럭 마지오 상장군이 불만을 늘어놓을지도 모르는 그를 위해 '어둠에 대적하는 선봉'이라는 이름을 붙여 주었기 때문일 것이다.

엘시가 언덕 아래에 밀집한 병사들 모두에게 들릴 수 있도록 말할 수는 없었다. 그래서 엘시 곁에 엘시의 금군으로 자처하는 론솔피가 성큼 다가왔다. 엘시는 론솔피를 보았고 론솔피는 준비되었다는 듯이 고개를 끄덕였다. 흑사자군은 론솔피의 거대한 계명성을 통해 엘시의 말을 들었다.

"제국의 몸값은 얼마인가?"

그 질문에 병사들의 바다에서 자그마한 소음이 흘러나왔다. 하지만 그 소음은 곧 엘시의 말에 귀를 기울이기 위해 사라졌다.

"잃어버린 제국을 되찾으려면 얼마나 지불해야 하는가? 한 사람에게 6억 명의 적을 주지 않으려면 얼마나 내놓아야 하는가? 우리의 긍지를 사려면 얼마나 지불해야 하는가? 우리가…… 서로를 사랑하기 위한 대가는 얼마인가?"

니어엘 헨로는 자신의 중대와 함께 엘시의 말을 듣다가 주위를 잠깐 둘러보았다. 카루스 부위는 생각에 잠긴 표정이었고 맥키네미 부위는 칼자루를 쥐었다 폈다 했다. 잘 보이지도 않는 엘시를 보기 위해 발돋움하는 가리아를 보다가 니어엘은 자신도 그 방향을 보았다. 그리고 어머니를 생각했다. '어머니, 우리가 서로 사랑하기 위한 대가는 얼마일까요.'

"보아라. 제국이 사라진 순간 우리의 이웃이었던 자들은 우리의 울타리를 짓밟고 우리의 재산을 빼앗아 갈 자들로 바뀌었다. 상대가 가진 힘과 자신이 가진 힘을 비교할 뿐 긍지 따위는 생각할 수도 없게 되었다. 그들에게 창칼로 보답받을까 무서워 똑같은 창칼을 준비하며 그들에게 주어야 할 사랑은 감추어야 했다. 우리는 긍지 잃은 비참한 짐승이 되었다. 제국이 사라졌기 때문이다. 짐승에서 벗어나려면 우리는 그것을 되찾아야 한다. 하지만 그대들도 알고 나도 알듯 하늘에서 뚝 떨어지듯 주어지는 것은 없다. 그 무엇에건 우리는 상응하는 대가를 치러야 한다. 제국을 되찾으려면 그에 합당한 몸값을 내놓아야 한다. 제국의 몸값은 얼마인가?"

흥분 때문에 꿈틀거리는 병사들에게서 소음이 스멀거리며 피어올랐다. 론솔피의 벼락 같은 외침이 연거푸 터져 나왔다.

"우리가 알고 있던 제국은 원시제 폐하께서 목숨을 내놓으며 건설한 제국이었다. 제국의 몸값은 그것을 원하는 자의 목숨이다. 이보다 더 간단할 수는 없다. 우리의 피 한 방울로 우리의 아들딸이 뛰놀 언덕 하나를 살 수 있는 것이다. 우리의 피 한 방울로 우리의 형제자매들이 일할 일터 하나를 살 수 있는 것이다. 우리가 흘린 피 한 방울, 한 방울로 우리는 제국을 살 수 있다. 그 멀고 험한 길을 힘겹게 걸어 이곳에 모인 우리 한 사람 한 사람의 가슴속에 제국은 이미 존재한다. 그 제국은 우리를 위해 울고 있다. 내게는 그 울음소리가 들린다. 우리가 되사고자 하는 제국. 그것은 우리의 피눈물에 갈급한 폭군이 아니기 때문에 우리를 위해 울고 있다. 그런 천박한 것이 우리 제국이라면 우리는 되사지도 않는다. 우리는 우리의 제국이 우리를 위해 눈물 짓고 우리의 가족과 이웃을 보살필 제국임을 알기에 그것을 되사려 한다. 제신께서 빚어 동물과 다르게 하신 우리들을 야수로부터 지키기 위해 존재하는 제국임을 알기에 그것을 되사려 한다. 우리가 치를 수 있는 가장 큰 값을 치르고서."

론솔피는 몸을 거대하게 부풀렸다. 지금까지도 그의 목소리는 거세었지만 그가 부리를 벌리자 압도적인 굉음이 터져 나왔다.

"아라짓 제국은 우리가 산다!"

우레 같은 동의의 외침이 돌아왔다. 엘시는 칼을 뽑아 높이 들었다. 그 몸짓은 기다리고 있는 장교들을 통해 흑사자군 전체로 전파되었다.

백만 대군이 움직이기 시작했다.

그것은 파도처럼, 폭풍처럼 휘몰아치지 않았다.

그것은 추수에 나선 농부들처럼 움직였다.

한 포기 한 포기의 곡물을 주의 깊게 베어 내는 농부들처럼 흑사자군이 움직였다. 어쩌면 가을 서리가 내렸을지도 모르는 엔거 평원의 풀잎들은 저벅저벅 걸어가는 병사들의 발에 짓밟혔다. 어둠 속을 꾸준히 걸어가면서 그들은 평원 남쪽에 있는 시모그라쥬군의 모습을 볼 수 있었다. 그곳에서 돌풍에 휘말린 모닥불의 불티처럼 미친 듯이 움직이는 횃불들을 볼 수 있었다. 론솔피의 쩌렁쩌렁한 외침은 그곳에도 도달했다.

시모그라쥬군은 침착한 태도로 방어 태세에 돌입했지만 흑사자군의 도착 지연에 내심 당황했다. 기병대나 레콘 여단의 돌격을 예상하는 것이 당연하다. 시모그라쥬군의 수뇌부 또한 그런 공격을 예상했고 자신들이 짜낼 수 있는 최선의 방어 대책을 결정하여 휘하 장병들에게 전달해 두었다. 하지만 흑사자군은 전체가 한꺼번에 남쪽으로 이동하고 있었다. 마치 행진이라도 하는 듯한 모습으로. 최일선 지휘관들은 당황하여 상부에 상황을 보고했고 그 때문에 전령들이 정신없이 내달렸다. 시모그라쥬군의 수뇌부는 엘시가 양측의 압도적인 세력비를 고려하여 숫자 싸움이 되는 난투로 돌입하려는 것 같다는 판단을 내렸다. 그에 대비하여 방어 대책이 수정되었을 때 흑사자군은 다시 기묘한 움직임을 보였다. 흑사자군 곳곳에서 짧은 계명성이 터져 나왔다. 의미를 알 수 없는 특이한 단어들이었다. 그때 시모그라쥬군 중 몇 명이 그 소리를 어디서 들었음을 깨달았다. 그것은 그을린발이 코끼리를 부릴 때 쓰는 말이었다.

엘시는 그을린발에게 그의 구호를 자신과 민들레 여단병들에게 가르치도록 부탁했다. 복잡한 체계가 아니었기에 민들레 여단병들은 어렵잖게 그것을 익힐 수 있었다. 그리고 엘시는 민들레 여단을 쉰 개 정도의 소집단으로 분할하여 각 군단과 중요한 독립 중대에 배치했다. 그 방식으로 엘시는 자신을 쉰 명 정도의 소규모 병력을 다루는 지휘관으로 바꿨다. 그것은 엘시가 어둠 속에서 소리만으로 다룰 수 있는 병력이었다. 그리고 레콘들의 계명성은 엘시의 광활한 작전 구역 내에서도 실시간으로 대화를 나눌 수 있을 정도로 크다. 엘시는 지휘를 간략화하기 위해 군단 이하의 단위에서 필요한 지휘는 전부 군단장에게 일임했다. 군단장들은 제국군에서 최정점 가까이까지 진급한 능력 있는 자들이었으므로 자신의 군단 하나를 어둠 속에서 지휘하는 것은 어렵지 않을 것이다.

흑사자군과 시모그라쥬군 모두 어둠에 방해받는 것은 마찬가지였다. 하지만 시모그라쥬군과 달리 흑사자군은 그 어둠을 꿰뚫을 수 있는 수단을 가진 채 움직이고 있었다. 시모그라쥬군이 그 사실을 깨닫고 해쓱해졌을 때 멈춰 선 흑사자군에서 첫 번째 공격이 시작되었다. 어둠 속에 서 있던 흑사자군의 한 부분이 출렁이며 앞으로 뛰쳐나왔다. 그 모습을 본 흑사자군의 장병들이 목청껏 외쳤다.

"테룸 나마스 하장군이다!"

발케네에서 사라티본군의 배후로 기병 돌격을 감행했던 이 유명한 기병 지휘관의 이름에 시모그라쥬군은 가슴이 철렁하는 것을 느꼈다. 흑사자군은 극도로 가까운 거리에서 기병 돌격을 감행할 작정이었다. 보병에 의한 이차 공격이 순식간에 이어질 수 있을 정도로. 당황 속에서 시모그라쥬군의 창병들이 재빨리 돌출되었다. 기병의 돌격을 저지하기 위한 목책 뒤에서 시모그라쥬군은 창을 높이 들어 올렸다. 하지만 그들은 곧 당혹에 빠졌다. 그들은 서로의 얼굴을 바라보았다. 이봐. 발굽 소리가 들리지 않는 기병 돌격도 있냐? 그때 그들이 테룸 나마스 하장군의 기병들이라 판단했던 무리들로부터 낭랑한 외침이 들렸다.

"덧살 착용!"

사태를 깨달은 최일선 지휘관들이 입에 거품을 물 정도로 당황하여 외쳤다. 빨리 창을 버리고 방패를 머리 위로 들라고. 그때 다시 한번 무시무시한 선고가 들려왔다.

"발사!"

어둠이 비수가 되어 시모그라쥬군을 찌르기 시작했다.

기계(奇計)에 의지하는 자가 맞이하는 비참한 말로에 대한 무수한 조언에도 불구하고, 지휘관들은 흔히 기계의 유혹에 빠진다. 전쟁은 최후의 외교이고 그 이후에 다른 것은 없다. 무엇을 해 볼 기회가 더 이상 남아 있지 않은 이상 모든 것을 시도하게 된다. 그리고 엘시 에더리의 말처럼 전쟁의 선은 승리다. 그것은 전쟁에서도 선을 추구하라는 자기모순적인 망발이 아니다. 이기기 위해서는 무슨 짓을 하건 상관없다는 의미다. 물론 엘시 에더리의 말 전체를 보면 전쟁의 잔인함과 비정함에 대한 혐오감을 읽을 수 있지만(엘시는 전쟁의 아름다움으로 뛰어난 무용이나 불굴의 용기, 기상천외한 지략 따위를 거론하지 않았다. 오직 빠른 종전만이 아름답다고 말했다.) 전후 맥락을 빼고 그 대목만 바라보면 그것은 꽤나 무시무시한 말이다. 엘시는 진실을 외면하지 않았다.

아라짓력 7월 30일 밤 엔거 평원에서 엘시 에더리는 승리를 위해 할 수 있는 일은 무엇이든 할 생각이었다.

선봉으로 나선 것이 레콘도, 기병도 아닌 9014 독립 중대라는 것은 그들의 장기만 놓고 본다면 그렇게 놀랄 일이 아니다. 헨로 중대라 불리는 그들의 장기는 독보적인 초장거리 타격이다. 전투의 시작을 그런 병력에게 맡긴다는 것은 당연한 일이기까지 하다. 그렇더라 해도 헨로 중대원은 천 명 남짓이다. 돌입에 필요한 혼란을 수십만의 적에게 강요할 수준은 아니다. 엘시가 가장 바란 것은 베로시 토프탈이 의심을 품게 하는 일이었다. 기병 돌격이 시작된다는 보고와 아기살이 날아온다는 보고가 연이어 도달하면 시모그라쥬군의 사령부는 최일선의 보고를 우선 의심할 것이다. 전투의 시작 부분에서 엘시가 역점을 두고 있는 것은 흑사자군과 시모그라쥬군의 병력 차이를 확대하는 것이 아니라 의사 전달 속도의 차이를 확대하는 것이었다.

그렇기에 헨로 중대는 세 번의 사격만 실시한 후 급속히 전방에서 물러났다. 그들이 물러난 자리에 선 것은 테룸 나마스 하장군이었다. 이제 베로시 토프탈은 '기병 돌격입니다!'라는 보고에 '그 보고는 아까 들었다!'라며 분통을 터뜨릴 것이다. 육안으로 전황을 살필 수 없는 상황에서 도달하는 보고가 뒤죽박죽이라면 지휘관에겐 악몽이 될 것이다.

테룸 나마스 하장군은 앞쪽의 어둠을 바라보며 그곳에 있을 목책과 참호, 함정 같은 것을 가늠해 보았다. 헨로 중대는 시모그라쥬군의 방어 시설 건설을 방해하면서 동시에 그 배치에 대한 상세한 보고를 가져왔다. 엘시는 나마스 하장군에게 적 한 명만 죽이고 나와도 되니 걱정 말고 돌격 진로를 결정하라는, 상당히 부담감을 덜어 주는 명령을 내렸다. 이제 자신의 결정에 책임 질 시간이 왔는데도 테룸은 걱정하지 않았다. 엘시의 말은 말 그대로 해석해야 하는 말이었다.

'귀관이나 기병들을 깔보는 것이 아니다. 내가 바라는 것은 두억시니 장군이 잠깐 동안이나마 자신을 공격하는 것이 누군지 결정하지 못할 만큼 혼란스러워 하는 것이다. 분명히 약속하는데 귀관은 오늘 밤 진짜 돌격을 몇 번이나 더 시도해야 할 것이다. 나중에는 제발 살려 달라는 말이 나올 정도로. 그러니 처음부터 힘 뺄 필요는 없다.'

부담감도 덜고 긍지도 주는 명령에 테룸은 기뻤다. 성과에 연연할 필요가 없었으므로 테룸은 승마술이 가장 우수한 정예 기병만을 추려 최초의 공격을 감행하기로 했다. 시모그라쥬군의 방어력이 아직 건재한 상태였고 빠른 일격이탈이 필요한 상황이었으므로 그것이 합리적이다. 전방에 보이는 횃불을 향해 테룸이 외쳤다.

"안짱다리들아, 가자!"

엘시의 예견대로 시모그라쥬군의 최일선 장병들은 당혹감의 극치가 어떤 것인지 실감했다. 보이지도 않는 아기살이 바로 곁에 있던 전우들을 격살시키는 모습에 혼이 빠졌던 병사들은 느닷없이 들려온 말발굽 소리에 또다시 경악했다. 목책으로 달려가 창을 내밀어야겠지만 병사들 대부분은 손에 방패를 든 채 우왕좌왕했다. 물론 혹독한 훈련을 거쳐 제국군이라는 이름을 얻은 그들은 그 혼란을 다스릴 수 있었지만 문제는 그들을 공격하는 자들 또한 제국군이라는 점이었다.

투가닥, 투가닥, 투가닥! 말들의 편자가 대지의 무겁디무거운 현을 강타한다. 전방의 어둠 저편에 무엇이 있는지 보기 어려운 것은 말도 사람과 마찬가지였지만 말들은 그들이 태우고 있는 기수들에게 뒤지지 않는 고참병, 제대로 훈련받은 군마들이었다. 말들은 재갈을 깨물고 콧김을 허옇게 내뿜으며 어둠을 찢어발기듯 달렸다. 단단히 매어졌음에도 덜렁거리는 마구들, 회초리처럼 춤추는 고삐와 등잣줄, 절벽에 핀 잡초인 양 거세게 나부끼는 말갈기. 테룸 나마스 하장군의 입술 사이에서 낮은 신음 같은 소리가 흘러나온 것은 말들이 모두 다리를 잃어버렸을 때였다.

"워헤야, 헤야, 헤야, 헤……."

극도로 빨라진 말발굽 소리가 마침내 침묵처럼 평온해진 곳에서 테룸 나마스 하장군의 건조한 읊조림이 꿈틀거렸다. 하장군에게 가까이 있던 기병이 그 소리에 자신의 목소리를 더했다. 그리고 세 번째, 네 번째 병사가 휩쓸려 들어갔다.

"워헤야, 헤야, 헤야, 헤…… 워헤야, 헤야, 헤야, 헤……!"

말도 아니고 노래도 아니다. 현재의 가슴을 얼어붙게 하는 원시의 신음이었다. 의식을 소리 없이 뒤쫓다가 그것이 답보할 때 추월하여 나타나는 비통한 광기였다. 메마르고 거칠고 짓눌린 듯 둔중한 웅얼거림. 바람이 실어다 준 그 소리를 들으며 남부 출신의 제국군들은 전율했다. 그들은 몽유병에 걸린 듯한 밀림이 부르는 광상곡에 익숙했다. 하지만 돌격하는 테룸의 기병들이 읊조리는 것은 태고로부터 작렬하는 여름과 잔혹한 겨울에 담금질 당해 온 북부의 노래였다. 어느 것이 더 무시무시하냐는 비교는 의미 없다. 익숙하지 않은 쪽이 무서운 법이다. 남부였다면 아마도 얼이 빠지는 쪽은 북쪽의 병사들이었을 것이다. 하지만 엔거 평원은, 한계선에 지극히 가까운 곳이긴 하지만 엄밀히 북부였다.

소름 끼치는 노래와 함께 흑사자군의 이빨이 시모그라쥬군의 옆구리를 물어뜯었다.

그리고 흑사자의 이빨은 아주 많았다.

테룸 나마스 하장군의 돌격 직후 여러 개의 독립 중대가 각자 다른 위치에서 돌격했다. 그중 하나는 수십 대의 수레를 밀며 돌격하고 있었다. 수레들에는 기름에 흠뻑 젖은 건초가 잔뜩 들어 있었다. 그들이 돌격하는 곳은 물이 고이는 곳이라서 레콘들을 투입할 수 없는 장소였다. 시모그라쥬군은 그곳을 대 레콘의 방어 거점으로 삼을 생각이었다. 하지만 흑사자군은 그들의 강점을 약점으로 바꿔 놓았다. 물이 고인다는 말은 그곳이 저지대라는 의미다. 경사를 따라 가속하는 수레에 횃불을 집어던지자 수레는 거대한 화염 덩어리가 되어 시모그라쥬군의 방어 시설들을 덮쳤다.

한편 시모그라쥬군의 양익에 있는 소화차를 향해 돌격하는 독립 중대들도 있었다. 물을 멀리 뿜어내기 위해 높은 곳에 있던 그 소화차들을 향해 흑사자군의 독립 중대들은 지참하고 갔던 투척 도끼를 집어던졌다. 물론 레콘도 아닌 그들이 바퀴를 때려부수는 것은 불가능했다. 그들이 노리는 것은 바퀴를 약화시키는 것이었다. 바퀴에 금이 가거나 도끼가 꽂힌 채로 바퀴를 굴린다면 소화차들은 바퀴를 잃고 멈춰 설 것이다. 소화차 주위를 지키던 시모그라쥬군은 적들이 노리는 바를 깨닫고 악을 쓰며 적이 던진 도끼를 주워 되던졌다. 시모그라쥬군의 양익에서는 무수한 도끼들이 날아다니는 흉흉한 광경이 펼쳐졌다. 그 밖에도 다양한 공격들이 넓은 전선에 걸쳐 시모그라쥬군에게 감행되었다. 그리고 그 상황은 베로시에게 시급히 전달되었다.

　상호 모순을 일으키는 온갖 보고에 휩쓸려 부유하던 베로시 토프탈은 힘겹게 엘시가 원하는 것이 무엇인지 깨달았다. 밤의 도움으로 베로시의 눈을 가린 엘시는 그녀의 귀도 막아 버릴 생각이었다. 상대방의 두 배가 넘는 잘 훈련된 병력을 가졌으면서도 최선을 다하는 엘시의 주의 깊음에 감탄하기에 앞서 베로시는 기시감 속에 몸을 떨었다. 감각을 차단시킨다는 것은 그녀가 엘시에게 저지른 일을 상기시켰다. 메마른 우물 속에 홀로 갇혔을 때 엘시는 세계와 단절되었을 것이다. 엘시는 밤의 엔거 평원을 수백만 배로 확장된 우물로 만들어 베로시에게 되돌려주고 있었다.

　베로시는 이를 악문 채 생각했다. 이 상황에서 시모그라쥬군의 말단부까지 섬세하게 이어지는 신경계를 수복하려 애쓰는 것은 오히려 엘시의 농간에 휘말리는 일이 될 것이다. 비바람 속에서 피부에 닿는 빗방울 하나하나에 신경 쓰는 것은 신경쇠약을 일으킬 뿐이다. 비를 무시한 채 앞으로 갈 길만 생각하는 것이 낫다. 베로시는 과감하게 통제를 포기했다. 자기 판단에 따라 눈앞에 보이는 적을 상대하라는 그녀의 명령을 소지한 전령들이 일선의 지휘관들에게 달려갔다.

　어떤 지휘관들은 베로시의 명령이 오기 전부터 그렇게 행동하고 있었다. 그들은 방어 시설들에 의지하여 다가오는 적에게 창을 던지고 칼을 휘두르며 싸웠다. 시야가 닿는 범위 내에서 흑사자군과 시모그라쥬군은 각자의 전투를 벌이게 되었다. 하지만 아무도 보지 못하는 곳에서는 거대하면서 치명적인 움직임이 벌어지고 있었다.

 밤의 어둠은 색적 범위를 대폭 축소시켜 교전 거리를 단축시킨다. 전투에 돌입한 병력들이 각자의 싸움을 벌이고 있는 동안 엘시는 암흑과 소음을 이용하여 낮이었다면 당장 난전이 벌어졌을 거리까지 흑사자군의 남은 병력을 전진시켰다. 수십만 명 단위의 전투라는 점을 감안한다면 손 닿을 거리라고 해도 무방했다. 하지만 엘시는 그 상태에서도 전체 흑사자군을 장악하고 있었다. 거리를 무시하며 대화가 가능한 레콘들이 적재적소에 배치되어 있기 때문이다.

 "원추리에서 치자나무—! 동으로 리리리—! 반복한다 리리리—! 원추리에서 오얏나무 버드나무—! 마테하—! 반복한다—! 오얏과 버들—! 마테하—! 누가 나 좀 싸우게 해 줘—! 망할 놈들이 다 도망가잖아—!"

 "호두나무에서 원추리—! 봤다—! 라리크하쿨—! 우리는 승리한다—!"

 오가는 대화의 뒤에 붙는 말은 종지부의 의미밖에 없다. '전달 종료'의 의미인 것이다. 엘시는 아무 말이나 써도 좋다고 말했고 그것이 무슨 의미인지 깨달은 군단장들은 적에게 두려움을 주고 아군에게 희망을 주는 말을 열정적으로 덧붙였다. 그중에선 가끔 독특한 정신 세계의 주인공도 나타났다.

 "느티나무에서 원추리—! 한다리크하쿨—! 리—! 미치겠어—! 적군의 발냄새가 너무 심해—! 살려 줘—!"

 폭소와 함께 몇몇 조언이 느티나무로 향했다. 대부분 물리적으로 실현 불가능한 것들이었다. 조금 후 그들을 달래는 것 같은 엄한 계명성이 들려왔다.

"원추리로부터 흑사자의 숲으로—! 칼은 매섭게—! 잡담은 적당히—!"

여러 번 반복되는 '원추리'는 제국군의 어떤 부대를 가리키는 이름이 아니다. 엘시 에더리는 사령부의 호출명을 정하기 위해 사용되지 않는 식물의 이름을 고르다가 데오늬 달비 여성 기숙학원의 별명을 떠올리고 그것을 사령부의 호출명으로 결정했다. 덕분에 사령부의 지시와 다른 부대들의 보고는 쉽게 구분되었지만 그 이름은 몇몇 지휘관들로 하여금 자신들이 여학교 기숙생이나 된 듯한 기분을 느끼게 하는 모양이다. 자제를 명하는 엘시의 명령에도 불구하고 장난기 섞인 전달 종료 문장이 몇 번 더 사용되었다.

계명성으로 울려 퍼지는 그 외침들의 내용을 알 수는 없었지만 베로시는 소리가 들려오는 광범위한 범위를 통해 캄캄한 엔거 평원에서 거대한 움직임이 펼쳐지고 있다는 것을 깨달았다. 잠들어버린 시모그라쥬군의 신경계를 복원시키고 싶어 몸이 움찔거렸지만 베로시는 꾹 참았다. 병력을 장악하려 하면 오히려 엘시에게 당한다. 베로시는 초조하게 엄지손가락의 손톱을 물어뜯으며 어둠을 바라보았다. 그녀는 속으로 일단은 부하들에게 맡겨 둔다고 되뇌었다.

그리고 시모그라쥬군의 야전 지휘관들이 반격을 개시했다. 그 첫 번째 움직임은 몇몇 특정한 소화차들에서 시작되었다.

소화차의 바퀴를 공격하던 독립 중대는 기묘한 냄새를 맡았다. 도끼에 강타당한 어느 소화차에서 물 냄새 대신 코를 찌르는 독한 냄새가 흘러나왔다. 흑사자군이 당황했을 때 그 소화차가 갑자기 내용물을 뿜어내기 시작했다. 도끼를 집어던지던 흑사자군은 우리가 레콘으로 보이냐고 외치려 했다. 하지만 소화차의 살수관을 통해 쏟아져 나온 것은 물이 아니었다. 소화차에 올라타고 있던 시모그라쥬군 병사들이 쏟아져 나온 액체 줄기에 횃불을 가져갔을 때 그것이 무엇인지 드러났다. 소화차가 뿜어내고 있는 것은 기름이었다. 그리고 그것은 강력한 화염의 채찍이 되어 흑사자군을 덮쳤다.

계명성이 지시하는 대로 다른 가시나무 군단병들과 함께 어둠 속의 어딘가로 이동하던 틸러 달비 부위는 어둠 속 저편의 지평선에서 갑자기 솟구치는 불꽃에 숨을 들이켰다. 1킬로미터쯤의 간격을 두고 지평선의 두 곳에서 피어오르는 불길들은 마치 땅 아래 잠들어 있던 불뱀들이 전투의 소음에 성이 나 뛰쳐나오는 것 같았다. 그것은 주위를 밝히고 그 뒤편의 밤하늘을 사위게 했다. 틸러와 함께 그의 소대원들도 걸음을 멈추고 놀란 표정으로 그곳을 바라보았다. 그때 틸러는 쟈마 데시마스 수교위의 외침을 들었다.

"미친놈들, 발악을 하는군! 별것 아냐. 저건 기름 넣은 소화차다. 저런 식으로 불을 쏘면 곧 불이 거꾸로 달려들어 소화차도 불타버린다! 제 소매를 불쏘시개 삼는 격이지. 불구경 적당히 하고 움직여!"

직속 상관의 외침에 정신을 차린 틸러는 황급히 소대원들을 전진시켰다. 쟈마 데시마스 수교위의 지적처럼 기름을 채운 소화차들은 곧 폭발을 일으켰다. 틸러는 어둠 속에서 붉고 노란 장미꽃이 갑자기 피어나듯 폭발하는 소화차들을 보며 그 위에 있던 시모그라쥬 병사들이 끝까지 양수 손잡이를 잡고 있었을지 두려움 속에서 궁금해했다.

틸러의 의문에 대한 답은, 그렇기도 하고 그렇지 않기도 하다는 것이다. 소화차로 불길을 뿜어 대는 기술의 단점에 대해서는 시모그라쥬군도 잘 알고 있었다. 그들은 불길이 기름의 흐름을 역류하여 소화차에 도달하기 전에 대피하려 했다. 덕분에 몇몇 소화차는 혼자 폭발했다. 하지만 지나치게 빨리 불이 역류하여 소화차와 함께 분사한 시모그라쥬병들도 많았다. 불꽃 때문에 창백하게 변한 밤하늘로 시커먼 연기가 뭉게뭉게 피어올랐다.

하지만 그때까지 소화차들을 공격하던 흑사자군들도 상당한 타격을 입었다. 소화차에게 불길의 직격을 당한 병사들은 옷과 머리카락에 붙은 불에 괴로워하며 날뛰거나 땅에 굴렀다. 도살당하는 짐승 같은 단말마를 쏟아 내는 그들을 돕기 위해 달려가던 병사들은 고온의 열기류가 몸을 때리는 것을 느끼고 저도 모르게 멈춰 섰다. 고개를 든 그들은 범람하는 불꽃을 보았다. 기름을 채운 소화차들은 모두 폭발했을 경우 흑사자군을 향해 불붙은 기름이 흘러내리게끔 배치된 것들이었다. 언덕의 경사면을 따라 불길이 흘러내리는 것을 본 흑사자군은 퍼렇게 질렸다. 그들을 인솔하던 중대장은 모진 결심을 내렸다.

"불붙은 자들은 포기한다! 어차피 늦었어! 후퇴! 후퇴해라!"

중대장의 외침처럼 화염에 직격당한 병사들 대부분은 이미 땅에 엎드려 꿈쩍도 하지 않았다. 불길을 피한 병사들은 분루를 삼키며 황급히 물러났다.

주의 깊게 배치되긴 했지만 모든 폭발이 흑사자군 방향으로만 향한 것은 아니었다. 어떤 것들은 시모그라쥬군을 향해 뻗어 오기도 했다. 기름 대신 정상적으로 물을 탑재하고 있던 소화차들은 그 원래 용도에 맞게 시모그라쥬군을 향해 다가오는 불길을

졌다. 기름에 의한 화염은 물로도 쉽게 끄기 어렵지만 그들은 가까스로 불길의 방향이 흑사자군을 향하도록 할 수 있었다. 때마침 바람도 흑사자군을 향했다. 시모그라쥬군의 양쪽은 불과 물의 이중 방어가 만들어졌다. 인간도, 레콘도 접근할 수 없게 된 시모그라쥬군의 양쪽을 보던 엘시 에더리는 무거운 표정으로 빠르게 명령들을 외쳤다. 그 명령들은 론솔피의 계명성을 통해 전체 흑사자군으로 전달되었다.

베로시 토프탈이 원하는 것은 전장을 좁히는 것이었다. 공간을 한정시키면 아무리 백만 대군이라도 일시에 투입할 수 있는 병력은 줄어든다. 양쪽이 똑같은 병력으로 맞붙는다면 각종 방어 시설을 가지고 있는 시모그라쥬군이 더 유리하다. 베로시가 구사한 전술의 대명제는 '좁고 깊게'로 요약해 볼 수 있을 것이다. 양쪽에 있던 소화차들 중 일부에 기름을 채워 폭발시킨 것 또한 그런 맥락에서 파악할 수 있다.

그런 의도를 상대방이 못 알아차릴 리 없다. 베로시가 가장 두려워한 것은 흑사자군의 예비대가 밀집한 시모그라쥬군의 측면을 돌아 배후를 공격하는 것이었다. 엘시에겐 그런 움직임에 이용할 예비대가 충분히 있었다. 특히 민들레 여단 같은 경우 그런 우회를 순식간에 해낼 것이다. 그래서 베로시는 니어엘 헨로가 '퇴로도 포기했다.'고 평가할 만큼 배후에도 많은 방어력을 배치해 두었다. 베로시의 전술에 따라 싸우는 시모그라쥬군의 모습은 다리를 모두 딱딱한 딱지 속에 집어넣은 채 머리만 내밀고 있는 난폭한 거북에 비교할 수 있을 것이다. 공격할 수 있는 곳은 머리뿐이고, 머리에 다가가면 물린다.

항상 주인의 곁에 있었지만 이레 달비는 그에 대한 엘시의 해결책이 무엇인지 짐작하기 어려웠다. 나가들 사이에서 자랐다고 해서 밤을 볼 수 있는 나가의 능력을 얻는 것은 아니고 이레도 거기에 있던 사람들과 마찬가지로 엔거 평원의 모습을 조감할 수는 없었다. 하지만 이레는 말 위에 앉아 엔거 평원을 바라보는 엘시는 그 모습을 볼 수 있으리라 믿었다. 대장군이 나가의 시력을 가지고 있기 때문은 아니라. 국수급의 기사가 바둑판을 보지 않고도 바둑을 둘 수 있는 것처럼 엘시는 머릿속에 가상의 지도를 펼쳐 둔 채 엔거 평원을 내려다보고 있을 것이다. 그리고 그 가상 지도에는 이레나 다른 사람이 볼 수 없는 흑사자군의 움직임이 빈틈없이 나타나 있을 것이다. 이레는 그 모습을 짐작해 볼 재주가 자신에게는 없다는 것을 겸허히 인정하고 스스로 생각해 보았다. 사나운 거북을 잡는 방법은 뭘까?

물론 간단한 방법이 있다. 뒤집으면 된다. 이레는 자기 생각에 실소하고 말았다. 아무리 엘시라도 시모그라쥬군을 '뒤집어 버릴' 수는 없을 것이다. 이레는 좀 더 합리적이고 고차원적이며 영묘한 전술들을 몽상해 보았다. 기적에 대한 지휘권도 가지고 있는 것 같은 그의 주인에게 어울리는…….

이레는 자기 주인을 좀 더 믿는 편이 좋았을 것이다. 이레도, 엘시의 지시를 계명성으로 전달하고 있는 론솔피도 알지 못했지만 엘시는 시모그라쥬군을 뒤집으려 시도하고 있었다.

엘시 에더리는 쟁룡해를 생각했다.

유쾌하거나 감미로운 추억은 아니었다. 그가 생각하고 있는 것은 쟁룡해의 여름 폭풍을 만난 배들의 모습이었다.

피할 수 없는 강력한 파도가 엄습할 때, 뱃사람들은 현측으로 파도를 받기보다는 배의 선수를 파도로 향한다. 그것은 배의 형태와 크게 상관없는 보편적인 항해술이다. 선수로는 뚫고 지나갈 수 있는 파도도 현측으로 받으면 순식간에 배가 뒤집어진다. 그리고 뒤집힌 배는 그 내부 공간에 따라 조금씩 차이가 있긴 하지만 돌멩이나 다름없다. 간단히 말해 그것은 레콘이 된다.

불행하게도 현측으로 파도를 만난 뱃사람이라면 엘시가 시모그라쥬군을 위해 준비하고 있는 것이 무엇인지 쉽게 짐작했을 것이다. 엘시는 베로시가 준비한 좁은 전장, 즉 시모그라쥬군의 선수로 파도를 가져갈 생각은 없었다. 그는 시모그라쥬군의 현측에 커다란 파도를 준비했다. 시모그라쥬군은 물론이거니와 그 일을 직접 담당하고 있는 흑사자군 자신들도 알지 못했지만 시모그라쥬군의 좌우 측면에는 대단히 많은 흑사자군이 밀집하고 있었다. 계명성을 통해 전달된 보고를 통해 배치가 끝났다는 것을 확인한 엘시는 한 가지 명령을 더 내린 다음 소화차가 폭발하며 일어난 불길이 사그라지기를 차분히 기다렸다.

베로시 토프탈은 갑자기 몸에 소름이 쭉 끼치는 것을 느꼈다. 그녀의 의식은 깨닫지 못한 것을 그녀의 무의식이 알려오고 있었다. 베로시는 이마의 땀을 훔치며 자신을 진감하게 한 것이 무엇인지 고민했다. 상념에 잠긴 그녀를 조롱하듯 계명성이 들려왔다. 짐승의 울음처럼 의미를 알 수 없는 장난스러운 외침에 베로시는 발칵 화가 났다. 계명성이 들려온 방향을 향해 저주 섞인 눈길을 보내던 베로시는 갑자기 입을 벌렸다.

조금 전부터 우측에서 많은 계명성들이 들려오고 있었다. 그들이 말하고 있는 것이 무엇이건 간에 흑사자군이 시모그라쥬군의 우측으로 몰려들고 있다는 것은 분명하다. 하지만 과연 그럴까? 몇 명의 레콘들이 단출하게 시모그라쥬군의 우측에 와서 떠들고 있는 것은 아닐까? 베로시는 신음을 흘렸다. 최초의 공격에서 엘시가 보여 준 기만 때문에 베로시는 모든 것을 엘시의 기만책으로 의심할 수밖에 없었다. 하지만 그것이 기만이 아니라면? 베로시는 무간섭을 깨고 다시 지휘를 시작해야 하는지 고민했다.

그녀의 고민은 충분히 빠르지 못했다. 갑작스럽게 시모그라쥬 군의 측면에서 대규모 공격을 알리는 함성이 들려왔다. 엉겁결에 우측을 바라보았던 베로시는 자신이 잘못된 방향을 보고 있다는 것을 알았다. 공격의 함성은 좌측에서 들려오고 있었다. 베로시는 신음했다.

규리하 가문의 세 부자는 파름 평원에 서서 다가오는 하늘치를 말없이 바라보았다. 그들 모두 정도는 조금씩 달랐지만 좌절감을 느끼고 있었다. 자신들이 말도 안 되는 짓을 하려 한다는 느낌. 시카트 규리하는 인중에 맺힌 땀방울을 느끼고 소맷자락으로 닦았다.

그가 반 시간쯤 전에 보았던 하늘치는 이제 거대한 구름처럼 부풀어 있었다. 그것을 받아들였다간 박살이 날지도 모른다는 걱정 때문에 땅이 받아들이지 않기로 결정한 듯한 거대한 생물.

'저것이 과연 생물일까?'

하늘치를 바라보며 시카트는 의혹을 느꼈다.

'수킬로미터 저편에 있는 자신의 손을 자기 것이라고 느낄 수 있을까? 자기 손이 보이지도 않을 텐데. 그것을 움직이는 것은 어떤 기분일까.'

시카트는 거대한 하늘치를 보며 그것에게 너 정말 살아 있느냐고 묻고 싶었다. 그가 하늘치를 처음 본 것은 아니다. 하지만 그것을 움직여야 한다고 생각하자 갑자기 시카트는 하늘치를 새로운 눈으로 보게 되었다. 갑자기 산을 움직여야 할 처지에 빠진 사람이라면 풍경의 일부로 무시해 왔던 산에 대해 지금의 시카트처럼 새로운 관심을 가지게 될 것이다.

어떤 것이 살아 있는지 확인하는 방법이야 여러 가지지만 손을 뻗어 점잖게 하늘치의 맥을 짚어 보거나 할 수는 없었던 시카트는 그것의 눈을 보았다. 시카트는 그 눈에서 살아 있다는 증거를 읽어 보려 했다. 하지만 하늘치의 수천 개나 되는 눈은 사람이나 사람에게 친숙한 동물들과 아주 달랐다. 그 눈은 차라리 잠자리나 벌의 눈과 비슷했다. 생김새가 아니라 그저 돌출한 껍질처럼 보인다는 점에서. 그 눈은 보석처럼 아름다웠고 또한 보석처럼 광물성으로 보였다. 거기서 생기 같은 것은 읽을 수 없었다.

하지만 시카트는 호기심을 자극하는 것을 발견했다. 하늘치가 충분히 가까이 다가왔을 때 어둠 속에서도 그 눈 중 몇 개가 파괴되었음을 깨달았다. 승려들의 말은 정확했다. 눈이 있어야 할 자리에 시커먼 구멍이 있었다. 어둠 때문에 그 구멍이 정확히 어떤 모습인지는 알 수 없었다.

시카트는 어떤 사고가 하늘치에게 그런 타격을 입힐 수 있는지 궁금했다. 설마 새가 들이받지는 않았을 것이다. 산에 부딪혔다고 생각하기도 어려웠다. 만약 그렇다면 어딘가의 산이 하늘치 때문에 무너졌다는 이야기가 들려왔을 것이다. 게다가 산에 부딪혔다면 그렇게 적은 수의 눈만 파괴되지는 않았을 것이다. 같은 맥락에서 시카트는 벼락 또한 사고 원인에서 제외했다. 벼락이라면 좀 더 많은 수의 눈이 불타 버렸을 것이다. 그리고 시카트는 벼락 때문에 시커멓게 그을렸다는 하늘치 이야기는 들어 보지 못했다.

시카트는 거부감 속에서 사람이 사고 원인일 경우에 대해 생각해 보았다.

땅에서라면 레콘이라도 하늘치를 공격하기 힘들 것이다. 하지만 딱정벌레를 탄 사람이라면 투창이나 활, 또는 제정신으로 하는 짓이라고 하긴 어렵지만 거창 돌격으로 하늘치의 눈을 파괴할 수 있을 것이다. 일 년 전, 아니 반 년 전 누군가가 시카트에게 그런 말을 했다면 시카트는 농담을 들은 자의 반응이나 위험한 미치광이를 만난 자의 반응을 보였을 것이다. 하지만 시카트는 지금 그런 반응을 보일 수 없었다. 그 자신이 미치광이 같은 짓을 시도하려 하고 있었다. 어쩌면 그에겐 알려지지 않은 선험자가 있을지도 모른다. 시카트가 하늘치의 통제에 이용하려는 것은 환상 계단이다. 하지만 환상 계단이 사람에게 알려진 것은 역사 전체를 놓고 본다면 최근의 일이다. 어쩌면 그 알려지지 않은 선험자는 하늘치를 다루어야 할 절박한 사정이 있었지만 환상 계단에 대해서는 알지 못했기에 활 한 자루를 들고 딱정벌레에 올라 하늘치에게로 날아올랐을지도 모른다. 하늘치를 협박해서 자신의 의도를 따르게 하려고. 그리고 마치 피해자의 신체 일부를 자르겠노라고 을러 대는 악당처럼 하늘치의 눈을 공격했을지도 모른다. 수천 개나 되니 한두 개쯤 파괴해서 주의를 촉구해도 괜찮을 거라고 믿으면서.

'그런데 그 선험자는 어떻게 되었을까?'

시카트는 팔뚝에 소름이 돋는 것을 느꼈다.

시카트는 팔뚝을 쓸어내리고 팔짱을 꼈다. 그는 더 이상 하늘치의 눈을 바라볼 수 없었다. 하늘치의 입 주위를 바라보며 시카트는 자신이나 아버지가 왜 조종 가능성에 대해서만 걱정했는지 의아해했다. 하늘치를 움직일 수 있느냐, 없느냐보다 더 중요한 문제가 있었다. 하늘치가 그것을 어떻게 받아들이냐 하는 것이다. 물론 선험자나 그가 한 일 같은 것은 시카트의 공상일 뿐이다. 하지만 그런 일이 정말 일어났고, 시카트가 상상하는 것처럼 그런 시도에 화가 난 하늘치가 선험자의 머리를 가볍게 쓰다듬어 주었기 때문에 그의 이야기가 알려지지 않게 된 거라면, 그렇다면 저 하늘치는 또 다른 조종 시도에 과거의 기억을 떠올리며 화낼지도 모른다.

시카트는 그 사실을 아버지에게 경고해야 한다고 생각했다. 하늘치가 그의 말을 엿들을 것 같지는 않았지만 시카트는 소리 높이 외칠 수 없었다. 그래서 아버지에게 황급히 다가갔다. 다리를 바쁘게 놀리며 시카트는 자신의 멍청함에 다시 경악했다. 그는 낚싯대로 하늘치를 낚으려 했다. 하지만 낚시에 순응하는 물고기 따위는 없다. 그의 시도가 성공했다면 물에 올라온, 아니 내려온 하늘치는 그의 근처에서 '퍼덕거렸을지도' 모른다. 그 생각을 하자 시카트는 다리에 힘이 빠져나가는 것을 느꼈다. 절대로 낚시는 안 된다. 차라리 물고기 배에 난 다리가 낫지. 시카트는 하늘치를 올려다보고 있는 아버지의 곁에 도달해서 속삭였다.

"아버님."

아이저는 대답하지 않았다. 그는 하늘치를 뚫어지게 바라보고 있었다. 시카트는 아버지가 이미 하늘치 조종을 시도하고 있다는 것을 깨달았다. 아이저는 하늘치에게 다리를 만들어 주기 위해 정신을 집중하고 있었다. 시카트는 황급히 아버지의 어깨를 붙잡아 흔들었다.

"아버님!"

아이저는 미간을 찡그리며 시카트를 바라보았다. 그 방해에 화를 내려던 아이저는 문득 시카트의 심상치 않은 기색에 분노를 억눌렀다.

"왜 그러느냐?"

시카트는 다급하게 말했다.

"아버님, 지금 방해를 받으셔서 기분이 나쁘시지요?"

"너 무슨 소리를 하는 거냐?"

"분명히 기분이 나쁘실 겁니다. 자기 비행을 방해받은 하늘치는 어떻게 반응할까요?"

혼란스러워하던 아이저는 조금 후에야 시카트가 말하고자 하는 바를 이해했다. 아이저는 오른손을 조금 들어 올렸다가 내렸다. 그러고는 그것을 다시 들어 턱을 감싸 쥐었다. 그는 얼굴 가득히 낭패감을 드러내며 말했다.

"하늘치를 방해하면 화를 낼 거란 말이냐? 하지만 하늘누리는……."

시카트는 격하게 고개를 가로저었다.

"그건 단 하나의 예입니다, 아버님. 하나의 예로 일반화할 수는 없습니다. 하늘누리를 받치고 있던 하늘치는 수동적인 성격이라서 조종당하는 것을 아무렇지도 않게 생각하는 성격인지도 모르지요. 그리고 저 하늘치는 눈도 저 꼴인 걸로 봐서 좀 거친 성격인지도 모르고요. 아니, 어쩌면 『천경비록』을 잘못 해석했는지도 모릅니다. 거기엔 하늘치를 움직이는 방법뿐만 아니라 하늘치에게 양해받는 방법도 씌어 있었을지 모릅니다. 아버님, 저걸 그

부활을 받아들이는 태도 497

냥 야생동물이라고 생각해 보십시오. 사람이 붙잡으려 할 때 반항 한 번 안 하는 야생동물이 있습니까? 야생마 생포하는 사람은 채어 죽기도 합니다!"

아이저는 '성격'이나 '야생동물' 같은 말들을 하늘치 같은 초자연적인 존재에게 적용하는 것은 좀 거북하다고 생각했다. 하지만 시카트의 경고 자체는 타당성이 있었다. 아이저는 번민 속에 시카트를 바라보다가 이이타를 돌아보았다. 이이타는 한 팔로 발케네에서 데려온 하녀를 끌어안은 채 하늘치를 올려다보고 있었다. 아이저는 그 모습에 언짢음을 느낄 여유가 없었다. 하늘치는 몇 시간 내에 그들의 머리 위를 완전히 떠날 것이다. 하지만 그 몇 시간 동안 생각을 좀 해 볼 수 있을지도 모른다.

아이저는 마침내 시도를 중단하고 회의를 좀 해야겠다고 생각했다. 그는 이이타를 불렀다.

아이저는 조금 전 시카트가 무슨 기분을 느꼈는지 알 것 같았다. 충분히 목소리가 들릴 거리였다. 이이타에게 안겨 있던 소리는 놀란 표정으로 아이저를 바라보았다. 하지만 이이타는 하늘치에게 시선을 고정한 채 꼼짝도 하지 않았다. 움찔한 아이저와 시카트는 동시에 이이타에게 달려갔다.

엘시는 그날 밤 자신이 한 일 중 자랑할 것이 있다면 레콘의 강력한 힘이 아닌 그 목소리에 주의를 기울인 것뿐이라고 생각했다. 그리고 그것조차도 자신의 창의력을 증거하는 것은 아니라고 생각했다. 설명을 요구받았다면 엘시는 무차별 학살을 사용하는 히베리를 보고 레콘에겐 힘 외에도 유용한 특징이 많다는 것을 깨달았을 뿐이라고 담담하게 말했을 것이다. 엘시는 그날 밤 레콘의 계명성을 통신 수단이자 기만 수단으로 사용했다. 그것이 엘시가 생각하는 자랑거리의 전부다.

때로는 상대방이 더 정확하게 판단할 수 있다. 베로시는 엘시의 흉악한 영리함을 저주했다. 우측에서 계명성들이 들리다가 좌측에서 공격이 시작되었을 때 베로시는 그것이 기만책이라고 생각했다. 그녀의 판단은 정확했지만 그것이 그녀가 생각한 것과 같지는 않았다. 그것은 기만책이긴 하되 이중 기만이었다.

엘시는 암흑 속에서 시모그라쥬군의 좌우측 모두에 병력을 배치해 두고 있었다. 그리고 시모그라쥬군의 우측에서 고함을 지르라는 명령을 내린 다음 좌측에서 공격을 시작했다. 베로시는 엘시의 속임수에 치를 떨며 자신의 우측에는 고함을 지르는 몇 명의 레콘밖에 없다고 생각했지만 사실 그쪽에는 막대한 병력이 있었다. 그리고 그 병력은 어둠 속에서 한 시간을 기다린 후 갑자기 공격을 시작했다.

그때 베로시는 병력의 무게 중심을 좌측으로 이동시키고 있었다. 우측에는 몇 명의 레콘뿐이라고 생각했기에 그쪽에 대한 방어는 취약했다. 베로시는 좌측에서 간헐적인 공격을 퍼붓고 있는 흑사자군에게 본때를 보여 줄 생각이었다. 그런 상황에서 들이닥친 우측의 공격은 베로시를 절망하게 했다.

베로시를 정말 약오르게 한 것은 우측에서 공격이 시작되자마자 두어 시간 동안 간헐적인 공격을 퍼붓던 좌측의 흑사자군이 이탈하기 시작했다는 점이다. 병력을 좌측으로 이동시켰지만 이제 그곳에서는 적이 물러나고 있었다. 격심한 고민에 빠졌던 베로시는 결국 이를 갈며 병력을 다시 우측으로 이동시켰다. 당연히 엄청난 혼란이 일어났다.

하지만 시모그라쥬군이 가까스로 혼란을 극복하고 우측에서 쳐들어온 흑사자군을 상대하기 시작하자 같은 일이 다시 벌어졌다. 한 시간 후, 좌측에서 물러났던 병력이 되돌아와 시모그라쥬군을 공격하기 시작했다. 그것은 배의 양쪽 현측에서 번갈아 치는 파도였다. 적을 가운데 두고도 그렇게 정교한 교차 공격을 퍼부을 수 있었던 것은 당연히 계명성 덕분이다. 하지만 베로시는 엘시의 흉악함은 계명성을 그렇게 자유자재로 이용한 것뿐만이 아니라고 생각했다. 거북처럼 단단한 방어를 시행하고 있는 시모그라쥬군을 마치 널뛰기하듯 좌우에서 흔들고 있는 엘시가 무엇을 원하는지는 분명하다. 방어 방향을 좌우로 전환할 때마다 시모그라쥬군은 격심한 혼란을 겪었다. 거북의 등딱지 좌우를 번갈아 누르면 무슨 일이 일어날까?

"이 개새끼! 우리를 뒤집으려 하고 있어!"

칼리도에 있는 모친이 개가 되었다는 것은 알지 못했지만 엘시는 두억시니 장군이 자신에게 상당한 저주를 퍼붓고 있으리라는 것은 충분히 짐작할 수 있었다. 엘시가 알지 못했던 것은 그 밖에도 많았다. 다른 누구보다도 그 어둠 속에 벌어지는 일들을 많이 알고 있었지만 엘시는 그 속에서 무수한 영웅담과 비극, 기이한 이야기들이 놀라운 속도로 만들어지고 있다는 것은 짐작만 할 뿐 알지 못했다. 소화차와 함께 분사한 시모그라쥬 병사들의 이야기는 그 일부일 뿐이었다. 엘시는 서로 적이 되어 만난 남매 병사가 그 어둠 속에 나란히 앉아 전투의 끝을 기다리고 있다는 것은 알지 못했다. 그 영리한 남매는 진 쪽이 이긴 쪽의 포로가 되기로 하고 가만히 기다렸다. 엘시는 연인이 준 목걸이 때문에 목이 졸려 죽은 불쌍한 부위의 이야기는 알지 못했다. 어쩌면 그 연인은 화살을 막아 주기를 기원하며 목걸이를 주었을지도 모르지만. 엘시는 부러진 칼로 세 명이나 되는 적과 싸우다가 그중 두 명과 함께 죽어 간 용맹한 수전사의 이야기는 알지 못했다. 그 수전사가 쓰러지며 집어던진 칼은 주인을 잃고 방황하던 군마를 찔렀고 놀란 군마가 날뛰는 동안 위험에 빠진 수전사의 분대원들은 도망칠 수 있었다. 엔거 평원을 뒤덮은, 여기저기 그을리고 곳곳에 피 묻은 어둠 속에서 많은 이야기들이 태어나고 또한 영영 끝났다. 엘시는 그것을 알지 못했다.

그 자신에 한정 지어 말한다면, 엘시는 뒤쪽에서 그을린발이 그를 향해 다가오고 있다는 것도 알지 못했다. 다행히 엘시의 안위에 지극한 관심을 가지고 있는 이레와 론솔피는 그것을 곧장 알아차렸다. 그리고 론솔피는 도끼창을 움켜쥐었으며 이레는 용감하게도 자신의 비각술 중 그을린발에게 타격을 줄 수 있는 것이 무엇인지 고민했다. 두 사람이 그런 반응을 보인 것은 다가오는 그을린발의 기세가 심상치 않았기 때문이다.

그들에겐 불운하게도 그을린발은 무차별 학살을 착용하고 있었다. 그가 몸을 부풀리기로 결정할 경우 론솔피나 이레는 도저히 제지할 수 없을 것이다. 그래서 두 사람은 조금이라도 수상한 낌새가 보이면 그을린발에게 달려들겠다고 결심했다.

그을린발은 론솔피나 이레의 긴장한 태도를 무시했다. 그는 말에 타고 있는 엘시의 뒤통수를 향해 말했다.

"엘시, 나 좀 볼까."

엘시는 말을 돌렸다. 어둠 속을 볼 수 없는 것은 엘시 또한 마찬가지였기에 전황을 파악하기 위해 엔거 평원 쪽을 향해 서 있을 필요는 없었다. 하지만 엘시는 싸우고 있는 병사들에게 등을 보이는 것이 탐탁지 않은 듯했다.

"무슨 일입니까?"

"왜 밤중에 싸우기로 했는지 깨달았어. 그리고 왜 내 코끼리 부리는 말을 배운 건지도."

"그건 설명했습니다. 둘 다 시모그라쥬군을 혼란스럽게 하기 위해서입니다."

"아냐. 나를 따돌리려고 그런 거야."

엘시는 설명해 보라는 표정으로 그을린발을 주시했다. 그을린발은 몸을 부풀리기 싫다는 듯 팔짱을 끼며 말했다.

"밤중에 나는 함부로 내 무기를 쓸 수 없어. 근처에 흑사자군이 있을지도 모르니까. 그리고 내 코끼리들도 떼어 놓을 수밖에 없어. 저 소리들 때문에 코끼리들이 헷갈릴지도 모르니까. 조금 전까지 나는 코끼리들 옆에서 네 작전 때문에 내가 오늘 밤엔 못 싸우게 되었구나 생각하고 있었어. 하지만 가만히 생각해 보니 거꾸로일지도 모른다는 생각이 들더군. 나를 못 싸우게 하려고 그런 작전을 쓰는 것인지도 모르지. 생각해 보자고. 낮에 나를 쓰면서 얼마든지 작전을 짤 수 있었을 거야. 안 그래?"

이레는 놀랐다. 그는 엔거 평원에서 정확히 무슨 일이 벌어지고 있는지는 알지 못했다. 론솔피의 계명성을 통해 엘시의 명령이 전달되는 것을 들으며 흑사자군이 시모그라쥬군의 양쪽에서 교대로 공격하고 있다는 것은 짐작할 수 있었지만 그것이 베로시토프탈 상장군에게 어떤 타격을 주고 있는지는 알지 못했다. 오히려 그는 양쪽에서 번갈아 이렇게 오랫동안 공격하는데도 시모그라쥬군이 몰락하지 않는다면 엘시의 작전에 약간 문제가 있는 것이 아닌가 의심하고 있었다. 현상황을 교착 상태에서 무의미하게 공격을 반복하는 것이라고 오해한 이레는 지금 그을린발을 투입한다면 그 교착이 단번에 깨질지도 모른다고 생각했다. 하지만 그을린발의 말처럼 어둠 때문에 그를 투입하는 것은 불가능했다. 이레는 의심스러운 표정으로 엘시를 바라보았다. 하지만 론솔피는 어처구니없다는 듯이 말했다.

"젠장. 말도 안 되는 소리야, 그을린발. 낮이라면 저 망할 소화차가 너를 똑똑히 볼 수 있을걸?"

그 지적은 물에 대한 공포로 그을린발을 주춤하게 했다. 하지만 그을린발은 고개를 가로저었다.

"소화차가 얼마나 느린데? 얼마든지 피할 수 있어. 그리고 내 무기는 달리면서도 쓸 수 있단 말이야. 난 그냥 소화차를 피해 뛰어다니면서도 시모그라쥬군을 섬멸할 수 있어."

"네 무기는 저 녀석들에게도 잘 알려져 있어. 저 녀석들도 무슨 수를 내었겠지. 지금 잘되고 있는데 괜히 와서 심통 부리지 마."

그을린발은 어처구니없다는 표정으로 론솔피를 노려보았다.

"잘되고 있는지 어떻게 알아? 너 나가 눈이라도 달았냐?"

론솔피는 '어' 하는 얼굴로 엘시를 돌아보았다. 이레가 떠올렸던 의심이 그제야 론솔피의 머리에도 떠올랐다. 전투는 몇 시간째로 접어들고 있었다. 길어진 가을밤을 고려하더라도 이제 한두 시간이면 새벽이라고 부르는 것이 어울릴 시간이 될 것이다. 론솔피는 조심스럽게 말했다.

"어디서도 지고 있다는 계명성은 안 들려."

"이겼다는 이야기는?"

론솔피는 부리를 닫았다. 그때 엘시가 말했다.

"그을린발, 당신의 무기는 폭발입니다. 주위로 퍼져 나가지요. 강력하지만 그 속성 때문에 무엇인가를 모으는 것은 불가능합니다. 당신은 포위를 할 수 없다는 말입니다. 당신의 공격을 받은 적들이 사방으로 도망치면 다시 지루한 추적을 해야 합니다. 나는 오늘 밤 시모그라쥬군과의 전쟁을 끝낼 생각입니다."

론솔피의 표정이 밝아졌다. 그는 이 정도면 확실한 설명이 되지 않았느냐는 표정으로 그을린발을 바라보았다. 그을린발은 납득하지 않았다.

"그건 나도 알아. 네 방식으로도 이기긴 이기겠지. 난 진다고 말한 것이 아니야. 흑사자군이 포위하고 내가 안에 들어가면 더 쉽다는 말이야. 내가 안에서 폭발하고 네 병사들이 그것들이 흩어지지 못하도록 막으면 되잖아. 그러려면 낮에 싸워야 했고!"

"낮에는 계명성에 의한 의사 교환이라는 이점이 약화됩니다. 적들도 모든 것을 관찰할 수 있으니까요."

그을린발은 그 설명에도 반대하려고 했다. 어차피 방어하려고 작정한 적이라면 관찰하든 말든 주위를 둘러싸는 것은 어렵지 않다는 것이 그가 꺼내려 한 반론이었다. 하지만 엘시가 말을 계속 이었다.

"그런데 왜 당신이 싸워야 합니까?"

"뭐?"

"당신의 목적은 시모그라쥬 공이 자신의 야심을 위해 당신을 이용하는 것을 막는 것입니다. 그러기 위해서 당신은 시모그라쥬 공의 야심 자체를 파괴할 생각입니다. 하지만 내가 그것을 파괴해도 당신의 목적은 달성되는 것 아닙니까? 당신 말대로 내가 싸위도 이기긴 이길 겁니다. 그러면 당신의 불만은 뭡니까? 사람 죽이는 것이 재미있습니까?"

그을린발은 벼슬을 뻣뻣하게 세웠다. 론솔피는 도끼창을 휘두를 뻔했다. 하지만 그을린발은 고개를 가로저었다.

"나는 방해를 받았다는 것 자체가 싫은 거다. 다른 구질구질한 이야기는 집어치우지. 내 생각이 맞다면 넌 나를 방해한 거야. 그렇다, 아니다만 말해. 훨씬 간단한 방법이 있는데도 나를 방해하기 위해 더 어려운 싸움을 벌인 거냐?"

이레는 그을린발의 어조가 마치 호의 속에서 기회를 주는 것 같다고 느꼈다. 이레는 엘시가 아니라고 말하면 그을린발은 더 이상 따지지 않고 물러날 거라는 확신에 가까운 예감을 느꼈다. 그리고 이레는 엘시 또한 자신이 느낀 것을 느꼈으리라 생각했다. 엘시는 그저 그렇지 않다고 대답하기만 하면 된다.

엘시는 대답하지 않았다.

그을린발의 눈이 사나워졌다. 침묵이 긍정으로 해석되는 경우야 무궁하고 아니라는 대답만 하면 더 이상 캐묻지 않으리라는 것을 양자 모두 아는데 침묵하는 것 또한 그런 경우에 포함된다. 이레는 당장 무차별 학살의 철침이 날아와도 이상할 것이 하나도 없다고 느꼈다. 론솔피 또한 벼슬을 부풀리며 돌격할 자세를 취했다. 하지만 그을린발은 확신을 가지고 싶었다. 엘시의 침묵이 곧 긍정이라는 점은 의심하기 어려웠지만 그을린발은 엘시의 입을 통해 확인하기로 했다.

"엘시?"

그때 그을린발은 엘시가 자신을 보지 않는다는 것을 깨달았다. 하지만 죄책감으로 고개를 떨어뜨리고 있는 것은 아니었다. 엘시는 위를 바라보고 있었다. 하늘을 바라보는 것도 고개를 떨어뜨리는 것만큼이나 시선을 회피하는 동작이 될 수 있지만 엘시는 그을린발을 회피하는 것이 아니었다. 그는 하늘의 무엇을 뚫어지게 바라보고 있었다. 자기도 모르게 위를 바라볼 뻔했던 그을린발은 문득 이것이 론솔피에게 공격 기회를 주려는 엘시의 세련된 속임수가 아닐까 의심했다. 하지만 그을린발은 곧 한심한 기분을 느꼈다. 엘시의 시선을 알아차린 론솔피도 멍한 표정으로 위를 바라보았다. 이레마저도 위를 올려다보자 그을린발은 더 이상 기다릴 수 없었다. 그는 하늘을 바라보았다.

반쯤 예상했던 것처럼 거기엔 컴컴한 밤하늘이 보일 뿐이었다. 어두워서 별도 보이지 않는 암흑이었다. 어쨌거나 눈길을 끌 만한 빛 같은 것은 보이지 않았다. 빛나지 않는 것이라면 그 하늘에서 보일 리도 없다. 혹 저것처럼 움직이는 어둠이라면 모를까.

그을린발은 움찔했다.

어둠이 움직이고 있었다. 시야의 초점을 맞출 수 있을 만큼 뚜렷하게 보이는 것은 없었지만 그을린발은 어둠이 움직이고 있다는 것을 확신했다. 그것은 명백한 질량과 확고한 부피를 갖춘 물체의 움직임이었다. 그을린발은 소리에 귀를 기울였다. 바람이 갈라지는 소리가 들려왔다. 확실히 하늘에서 무엇인가가 공기를 가르며 움직이고 있었다. 낮지만 거대한 그 소리로 미루어 보건대 하늘에서 움직이고 있는 것은…… 론솔피가 말했다.

"하늘치?"

그것은 하늘치였다. 그을린발은 고개를 끄덕이고 비난하는 표정으로 엘시를 바라보았다. 하늘치는 자주 볼 수 있는 것이 아니지만 지금 엘시가 그러는 것처럼 놀란 표정으로 바라볼 필요도 없다. 그을린발은 엘시가 역시 시선을 외면하기 위해 그런다고 생각했다.

하지만 엘시의 얼굴에 공포 같은 것이 떠올랐을 때 그을린발은 뭔가 이상하다는 것을 깨닫고 다시 위를 쳐다보았다.

어둠이 많은 것을 감추고 있긴 했지만 지상의 전쟁터에서 피어오른 불빛 때문에 보이는 것도 있었다. 그리고 피부로 느낄 수 있는 거대한 압박감이 있었다. 그것을 종합해 본 결과는 그을린발을 경악하게 했다. 엉겁결에 몸을 부풀릴 뻔한 그을린발은 황급히 자신의 몸을 감싸 쥐었다. 두 팔로 몸을 단단히 부여잡은 그을린발은 불신의 눈으로 하늘을 바라보았다. 그것은 정녕 무서운 광경이었고 믿을 수 없는 광경이기도 했다.

그을린발은 하늘치가 그 크기에 비하자면 땅에 배를 문지르고 있는 거나 다름없는 높이에 떠 있다는 것을 받아들일 수 없었다.

틸러 달비는 두 주먹을 쥐어 올리며 엘시 에더리에게 저주를 퍼부었다.

"빌어먹을 엘시 에더리!"

그리고 앞쪽에 있는 병사의 턱을 걷어찼다. 틸러를 시모그라쥬군이라 착각하고 안심하던 시모그라쥬군 하전사는 자신이 무슨 일을 당하는지도 모르고 졸도했다. 틸러는 쓰러진 그에게서 양도받은 칼을 옆으로 두어 번 휘두르며 중얼거렸다.

"저를 위한 대장군님의 희생, 결코 잊지 않겠습니다."

아마 그날 밤 엘시는 틸러를 위해 그런 식으로 희생할 계획이 없었겠지만 틸러는 그 사실에 신경 쓰지 않았다. 사소한 것에 신경 쓰지 않는 그는 대인임이 분명하다.

　소대와 헤어지고 칼도 잃어버린 난감한 상황에서 다행히 칼은 손에 넣었지만, 소대장으로서 소대를 잃었다는 것은 역시 뼈아픈 일이다. 그것은 지휘관에겐 최악의 수치이며 대인의 포용력으로도 감당하기 힘든 사태다. 지휘해야 할 부대를 잃어버린 것에 비하면 전향은 차라리 덜 창피하다. 전향자에게는 최소한 박수를 보낼 사람이 있긴 할 테니까.

　하지만 틸러에게도 변명 거리는 있었다. 어느 재기 넘치는 시모그라쥬군의 여군 한 명이 "뜨거운 것이 보인다! 흑사자군이다!"라고 외치는 기지를 발휘한 것이 문제의 발단이었다. 그녀는 자기에게 군인답지 못한 미성을 준 부모님에게 평소 불만을 품고 있었을지 모르지만 그 순간부터는 부모님에게 감사하게 되었을 것이다. 그 아름다운 목소리에 놀라 어둠 속의 상대를 나가라고 착각한 틸러의 소대는 기겁하여 사방으로 도망쳐 버렸다. 당시 전투의 주인답게 가장 앞쪽에서 분투하고 있던 틸러는 뒤쪽에 있던 소대원들이 갑자기 도망치는 것에 제때 반응하지 못했다. 그리고 뒤를 돌아보느라 교전 상대에게 칼까지 뺏기고 말았다. 그래서 틸러는 도망쳐 수풀 속에 몸을 숨겨야 했고 숨어 있는 사람답게 '나가는 한계선 위로 못 올라온다, 이 멍청이들아! 돌아와!'라고 외칠 수도 없었다.

　틸러는 소대를 찾기만 하면 분대장들에게 안겨 줄 처벌을 머릿속으로 시연하며 어두운 평원을 조심스럽게 걸었다. 만약의 사태가 벌어졌을 경우의 집결 지점은 결정되어 있으므로 소대를 찾는 것은 어렵지 않다. 문제는 거기까지 갈 수 있느냐는 것이다. 틸러의 소대가 속한 가시나무 군단 3대대는 적진 깊숙이 침투했으며 계명성으로 전달된 명령에 따라 다시 물러났다. 따라서 이곳에는 시모그라쥬군이 득시글거리고 있을 것이다. 그런 상태에서 틸러가 겪을 위험이란……

"군호!"

……같은 것이다. 틸러는 칼을 뽑아 든 채 자신을 마주하고 있는 중년의 군인을 보며 다시 한번 대장군의 희생을 강요했다. 그는 앞으로 걸어가며 말했다.

"엘시 에더리, 저주받아라!"

"멈춰! 군호!"

안타깝게도 이번 상대는 군기가 투철한 군인이었다. 약 오르게도 상대방은 발길질이나 기습 같은 것이 통하기 어려운 거리로 물러나며 칼을 내밀었다. 틸러는 마지막 기대를 걸어 볼 것이 그것밖에 없다는 것에 비참해하며 흑사자군의 군호를 댔다.

"별비."

틸러는 상대방이 '키탈저 사냥꾼'이라고 말하기를, 그래서 상대방이 서로 의지한 채 이곳을 함께 헤쳐 나갈 수 있는 흑사자군의 전우이기를 애타게 바랐다. 그의 희망은 성취되지 못했다. 상대는 칼을 내뻗어 왔다.

최초의 5초가 지났을 때 틸러는 상대방이 상당히 거칠다고 평가했다. 그리고 자신 또한 상대방에게 그런 인상을 주기 위해 애썼다. 그 과정에서 틸러는 최고의 인기인이 된 그와 악수하려, 아니 옷깃이라도 만져 보기 위해 무수한 인파가 사방에서 손을 뻗는 듯한 느낌을 받았다. 그 무수한 인파는 모두 죽음이다. 다채롭다는 점은 반드시 인정해야 할 온갖 종류의 죽음들이 그에게 달려드는 것을 가까스로 피한 틸러는 2분쯤 후 상대방에게 칼끝을 겨눈 채 마주 서게 되었다. 상대는 코와 입만으로는 부족하다는 듯이 격하게 헐떡거렸다. 좀 더 노력해야만 폭풍을 만들어 낼 수 있을 거라고 비웃어 주려던 틸러는 자신 또한 마찬가지라는 것을 깨닫고 기가 좀 꺾였다.

어쨌거나 틸러는 자신이 받은 인상만큼 상대방에게 돌려주었던 모양이다. 상대방은 이것저것 시험하듯 자세를 바꾸고 있었다. 질 수 없다는 생각에 틸러는 평생 본 적도 없는 자세를 급조하여 이것저것 보여 주었다. 그것은 상대를 당황시킨 듯했다. 틸러는 좀 쉬기 위해 말을 걸었다.

"어이, 난 부위인데, 넌 뭐냐?"

"나 교위일세."

"죄송합니다, 교위님. 그런데 교위님이 왜 졸병도 없이 그러고 다니십니까?"

"그러는 그쪽은?"

"교위님이 홀린 것이 조금 더 큰 것 같습니다만?"

틸러의 말은 나는 소대를 잃었지만 그쪽은 중대를 잃은 것 아니냐는 뜻이다. 하지만 상대방은 중대장이 아니었다.

"너희들이 하는 말로 나는 말교위지. 부러진 칼에 찔려 날뛰는 말이 있다기에 찾으러 나섰다가 길을 잃었어."

늙수그레한 얼굴 때문에 노련해 보이는 상대방이 수의 장교라는 것을 안 틸러는 깜짝 놀랐다.

"무슨 말교위가 칼질을…… 실례했습니다. 수의 장교가 어떻게 그런 훌륭한 검술을 지닌 겁니까?"

"나는 무슨 부위가 내 칼솜씨로 상대할 정도로 검술이 형편없나 생각했는데?"

"다시 해봅시다!"

말교위는 피식 웃었다.

"난 원래 말도둑이었지. 군마를 훔치다가 체포당하고서는 동물 잘 돌보는 것 때문에 처벌을 면했어. 칼은 말도둑질할 때 익힌 것이고."

"그런 식으로는 장교까지 진급하기 어려울 텐데요."

"동물들의 병을 나만큼 잘 보는 사람이 없다는 것을 모두가 인정하면 진급할 수 있다네, 부위."

틸러는 상대방이 대단한 인물인가 보다 생각했다. 군마를 훔친 자가 그 무지막지한 처벌을 모면한 것도 모자라 장교까지 진급했다면 솜씨를 짐작할 만하다. 순간 틸러는 결정을 내렸다.

"교위님, 우리 서로를 못 본 것으로 하면 어떨까요?"

"그냥 헤어지자는 말인가?"

"교위님은 이따위 전쟁보다 더 중한 일을 하라는 소명을 받은 사람 같군요. 교위님은 살아남아야 합니다. 나는 세상의 동물들에게 큰 죄를 짓는 짓일지도 모르는 일을 하고 싶지 않습니다……."

틸러는 말끝을 흐렸다. 그는 자괴감의 근질거림을 느꼈지만 말교위는 반갑게 말했다.

"그래도 되겠나?"

틸러는 놀랐다.

"교위님, 화내지 않을 겁니까?"

"무슨 말인가? 살려 준다는데 화라니?"

"교위님은 많은 동물들을 살릴 수 있습니다. 어쩌면 세상의 수의학을 한 단계 발전시키는 위대한 책을 쓸지도 모르지요. 어쨌거나 교위님에겐 사람이 저지르는 이 어리석은 일이 모두 끝난 다음 동물들과 사람들을 행복하게 해 주기 위해 살아남아야 할 이유가 있습니다. 하지만 내게는 교위님처럼 수많은 동물과 사람을 행복하게 해 줄 능력 같은 것이 없습니다. 그런데도 당연히 살아야 하는 교위님과 마찬가지로 나도 살자고 말하는데, 화를 내야지요?"

말교위는 빙긋 웃었다.

"귀관은 적의 특수 장교를 해치울 기회를 포기했잖나. 교위 대 부위라면 내 쪽이 손해야. 자네는 잃어 봐야 부위 한 명이지만 성공하면 교위를 잡을 수 있다고 덤벼들 수 있다는 거지. 안 싸워도 된다면 당연히 내가 감사해야겠군."

"하지만 교위님은……."

"그만두게. 사람의 미래는 아무도 모르는 거야. 말도둑이었던 시절 나는 잘해야 교수대에 매달리는 것 정도가 내 미래일 거라 생각했지. 하지만 나는 지금, 비록 말교위이긴 하지만 장교일세. 능력이 없다고? 무슨 그런 소리를 하나. 전투의 주인 노릇을 하다가 좀 이상한 관념이 박혔나 보군."

말교위는 자신의 말에 귀를 기울였다가 그것이 답이라는 듯 고개를 끄덕였다. 그는 칼을 꽂아 넣기 위해 칼집이 어디 있는지 더듬느라 고개를 돌렸다.

"부위답게 전투를 지배하는 것은 좋지만, 부위답게 전투에서 죽진 말게. 군인이 이런 말 하는 거 좀 웃기지만 전투에서 죽어야 할 사람은 아무도 없……."

옆을 돌아보던 말교위가 갑자기 말을 멈췄다. 틸러는 찔끔하여 칼을 다시 들었다. 그 후에야 틸러는 말교위가 바라보는 곳을 보았다. 만약 제삼자가 있다면 그들은 점잖게 헤어지기 어렵다.

하지만 말교위와 같은 방향을 바라본 틸러는 모든 것을 잊고 말 았다.

있을 리 없는 것이 그곳에 있었다.

틸러는 눈을 비비고 싶었다. 그는 그것이 무엇인지 알고 있었지만 그것이 뭔지 모르겠다고 생각했다. 그것은 그렇게 당연하다는 듯이 그들의 곁에 서 있어서는 안 되는 것이었다.

그것이 입을 열었다.

"……?"

틸러는 옆에 있는 말교위도 자기처럼 소름이 확 돋았을지 궁금했다. 무슨 말을 하는지는 알아들을 수 없었지만 그 목소리는 기가 막히게 아름다웠다. 조금 전 틸러를 낙오병으로 만들어 버린 시모그라쥬군 여군의 목소리는 그 목소리에 비하면, 좀 과장 섞어 말해 연초와 말술에 찌든 노인의 목소리였다. 그 목소리를 듣자 틸러는 더 이상 자신의 눈을 의심할 수 없었다.

낮도 아닌 밤에 한계선 북부에 서 있었지만 그것은 분명히 나가 남자였다.

나가 남자는 손에 사이커로 짐작되는 칼을 느슨하게 든 채 두 사람을 가만히 바라보고 있었다. 입고 있는 옷은 두꺼워 보였지만 아무리 두껍다고 해도 나가들을 보호하기는 어렵다. 틸러는 그것이 체온을 보호하기보다는 방어를 위해 입고 있는 옷이라고 생각했다. 그의 생각이 옳았다. 그것은 질긴 가죽과 금속으로 만들어진 갑옷이었다. 비록 어디에서도 본 적 없는 갑옷이긴 하지만.

틸러와 말교위 모두 경악 때문에 침묵하자 그 나가는 뭐가 잘못되었는지 알겠다는 듯이 다시 입을 열었다. 그 목소리는 조금 알아듣기 쉬웠다.

"어느 쪽이 팔디곤의 사람입니까?"

틸러는 자신의 안팎을 뒤집어 놓는 것 같은 목소리라고 생각했다. 말교위가 학문적 관심을 드러내었다.

"이상하군. 어떻게 나가가 이런 추운 밤에? 당신 정말 나가요?"

나가는 마치 말을 처음 듣는 사람처럼 주의 깊게 말교위의 말을 듣다가 말했다.

"어느 쪽이 팔디곤의 사람입니까?"

최초의 충격에서 조금 벗어난 틸러는 그 나가가 말을 굉장히 힘들게 한다는 인상을 받았다. 말교위가 말했다.

"어느 쪽이 시모그라쥬군이냐고 묻는 거라면, 납니다."

잔뜩 긴장한 듯한 모습으로 말교위의 말을 듣던 나가는 그의 말이 끝나자 갑자기 벼락이 되었다.

틸러가 느낀 것은 지독한 속도감뿐이었다. 눈을 똑바로 뜨고 있었는데도 틸러는 무슨 일이 일어나는지 정확하게 알지 못했다. 당황한 틸러가 자기 보호 본능으로 몸을 움츠렸을 때 뭔가 무거운 것이 쿵 떨어지는 소리가 들렸다. 반사적으로 소리가 들린 쪽을 본 틸러는 그곳에서 말교위의 얼굴을 발견했다. 말교위는 땅바닥에서 의문 가득한 얼굴로 틸러를 올려다보고 있었다. 하지만 말교위는 그의 곁에 똑바로 서 있었다.

틸러는 그 불합리에 당황했다. 그가 가까스로 사태를 이해한 것은 머리를 잃은 말교위의 몸이 스르르 기울었을 때였다. 그 몸은 바닥에 떨어진 머리를 따라가듯 휘청거리다가 쿵 쓰러졌다. 제멋대로 우쭐거리던 팔이 하필이면 그 머리를 때렸다. 바닥에 먼저 떨어져 있던 머리는 자신의 팔에 맞아 옆으로 데굴데굴 굴러갔다.

틸러는 턱을 부들부들 떨며 그 모습을 보았다. 허물어지듯 무릎을 꿇은 틸러는 두 손을 말교위의 몸으로 가져갔다. 하지만 그 손은 허공을 긁을 뿐이었다. 틸러는 자기 손이 어디 있는지 모르는 사람처럼 허둥거렸다. 그의 머릿속에는 백야가, 그의 혈관엔 빙하가 흘렀다. 틸러는 자신의 몸이 싸늘하게 식는 것을 느꼈다. 그는 결국 두 팔로 스스로를 끌어안았다.

틸러는 갑자기 두통과 같은 분노를 느꼈다. 그는 상체를 확 돌리며 나가를 돌아보았다.

이 사람은 말도둑이었어. 그런데 장교들이 그에게 소중한 군마를 맡겼어. 그 정도로 뛰어난 의술을 가진 사람이야. 그는 지금까지 그랬던 것처럼 앞으로 많은 아픈 말들을 치료할 거야. 기병들과 함께 두려움 없이 전장을 달리다가 도살되어 고기가 될 수밖에 없는 처지로 전락한 군마들에게 목숨과 함께 명예를 돌려주었을 거야. 그는 전쟁에서 죽을 사람이 아니었어. 도대체 왜 이 사람이 죽어야 하지? 자기가 죽는다는 사실조차 모르는 채? 말해 봐! 이유가 뭐지? 그 이유가 무엇이든 나는 납득하지 않겠어!

하려는 말들이 모조리 뒤엉켜 버려 틸러는 말을 제대로 꺼낼 수 없었다. 하지만 말을 정리할 수 있었다 해도 여전히 말을 할 수 없었을 것이다. 눈 깜짝할 사이에 말교위의 목을 베어 버린 나가는 이미 그곳에 없었다. 거기에는 틸러와 목이 떨어진 시체밖에 없었다. 틸러는 무릎을 두 주먹으로 짚은 채 눈을 감았다. 그의 얼굴이 서서히 일그러졌다. 틸러는 눈을 꼭 감은 채 얼굴 전체를 일그러뜨리며 눈물을 흘렸다. 꽉 깨문 위아랫니 사이에서 미약한 흐느낌이 띄엄띄엄 흘러나왔다.

새벽이 절뚝거리며 다가왔다.

틸러 달비는 어느 새 자기도 모르게 걷고 있었다. 사물은 파르스름한 박명 속에 떠다녔다. 비명과 거친 달음박질 소리, 땅이 몸을 뒤채는 소리들이 그에게 촉촉하게 떨어졌다. 틸러는 꿈을 꾸듯 새벽을 방랑했다. 그는 틸러 달비를 찾고 싶었다. 하지만 찾지 못해도 크게 상관없다고 생각했다.

틸러 달비를 찾아 방랑하던 틸러는 틸러 대신 한 여자 병사와 만났다. 그녀는 말교위의 잘린 머리를 끌어안고 있었다. 틸러는 당신도 말교위의 죽음을 슬퍼하냐고 물으려 했다. 하지만 틸러의 말은 그녀에게 제대로 전달되지 못했다. 틸러는 그 머리가 말교위의 머리가 아님을 깨달았다. 그것은 어떤 남자의 머리이긴 했다. 하지만 말교위는 아니었다.

"나가가…… 갑자기 나타나 오빠를…… 팔디곤의 사람이라고 목을…… 오빠를…… 나가가…… 왜 그래야 하지요…… 우리는 가만히 앉아 있었는데…… 이상한 일이에요…… 이해할 수 없어요…… 나가가 갑자기…… 오빠를…… 적인데 서로 안 싸워서 그랬을까요…… 하지만 오빤데…… 내 오빤데……."

틸러는 그녀를 데려가야 한다고 생각했다. 그는 여자의 팔을 건드렸다. 하지만 여자는 그의 손에 반응하지 않았다. 틸러가 그녀의 팔을 붙잡아서 끌어올렸지만 그녀는 여전히 알아차리지 못했다. 마치 시체의 팔을 움직이는 것 같았다. 억지로 끌어올리려면 그럴 수도 있겠지만 그 무반응은 틸러로 하여금 다시 팔을 놓게 했다. 그녀의 팔은 용수철이 되감기듯 오라버니의 머리를 꼭 끌어안았다. 틸러는 두 남매가 대화를 나눈다고 생각했다. 그래서 남매를 내버려두고 다시 틸러를 찾아나섰다.

틸러는 어떤 시체를 만났다. 시체임이 분명하다. 가슴에 많은 칼자국이 나 있는 데다 부러진 창도 꽂혀 있으니. 하지만 그것은 꼿꼿하게 서 있었다. 틸러는 똑바로 서 있는 시체를 관찰하다가 그 시체가 좀 특이한 과정을 통해 현재의 자격을 획득했음을 깨달았다. 그는 목에 걸고 있던 가죽끈으로 만든 소박한 목걸이가 나무에 걸리는 바람에 목이 졸려 죽었다. 그는 서 있는 것이 아니라 나무에 매달려 있는 것이었다. 가슴과 배에 난 무수한 상처는 피가 별로 흐르지 않은 것으로 보아 그가 죽은 후에 생긴 것이다. 어둠 속에 꼿꼿하게 서 있는 그를 본 사람들이 그가 죽었음을 알지 못하고 놀라서 칼을 찌른 것이다. 그러고는 자신이 무슨 일을 한 것인지 알고 어이없어 하거나 투덜거리며 떠난 모양이다. 그중에는 부러진 창에 화를 내며 떠난 자도 있었다. 그렇게 그는 지나가던 사람이 한 번씩 찔러 보는 시체가 되어 나무에 매달려 있었다. 질긴 목걸이에 의해.

먼저 지나간 사람들이 혼란 때문에 하지 않은 일을 하기 위해 틸러는 칼을 뽑아 들었다. 그는 목걸이의 가죽끈을 베었다. 가죽끈이 끊어지며 시체는 풀썩 주저앉았다가 쓰러졌다. 땅에 쓰러진 시체를 바라보던 틸러는 허리를 굽혀 그의 눈을 감겨 주고 다시 몸을 일으켰다. 도대체 틸러 달비는 어디에 있는 것일까.

틸러 달비를 찾아 헤매던 틸러는 틸러 달비의 소대를 만났다. 소대원들은 크게 기뻐하고 있었고 틸러의 등장은 그들의 기쁨을 주체할 수 없는 광기로 바꿔 놓는 것 같았다. 틸러는 그저 그들이 웃고 떠들고 농담하기에 함께 웃고 떠들고 농담했다. 틸러는 자신이 무슨 일을 하는지도 모르는 채 사죄를 말하는 수전사들에게 걸쭉한 욕을 퍼붓고 엄살을 부리는 그들을 보며 다시 웃었다. 그러면서도 마음속으로 애타게 틸러를 찾았다. 어디에도 틸러를 찾을 수 없었다. 그러니까 모든 것을 다 볼 수 있어도 자기 자신은 볼 수 없단 말이지. 왜 그래야 하지? 틸러는 그 이유를 알 수 없었다. 틸러는 웃고 떠들고 농담했다. 틸러를 찾으며.

"나가들."

"나가였어."

"그 밤에. 야, 믿어져?"

"그랬어. 멋졌어!"

"오셨습니다."

"그러니까 오셨단 말이지?"

"예! 오셨습니다!"

"대장군님을 도우러!"

"역시!"

틸러는 뭐가 역시인지 알지 못했지만 궁금하지 않았다. 역시 왔다는 것이 중요하다. 그는 모든 것을 이해했다는 표정으로 고개를 끄덕이며 말했다.

"역시 그렇군."

시카트는 다가오던 새벽이 놀랄지도 모른다는 생각 같은 것은 하지 않았다. 지금 시카트처럼 공포에 빠진 얼굴로 바라본다면 새벽이 아닌 다른 것이라도 놀랄 테지만 시카트는 새벽의 기분 같은 것에 신경 쓸 여유가 없었다.

아이저 또한 오던 새벽이 놀라 도로 돌아갈 것 같은 얼굴을 하고 있었다. 하지만 가장 절망한 얼굴을 하고 있는 것은 소리 로

베자였다. 그녀는 시카트와 아이저가 조금 전 포기한 일, 즉 이이타를 움직여 보려는 일을 계속하고 있었다. 땅에 주저앉은 소리는 당장이라도 기절할 것 같은 얼굴로 이이타의 다리를 붙잡고 흔들었다.

"공자님…… 공자님? 공자님!"

마치 참나무를 붙잡고 흔드는 것 같다. 소리의 절박한 움직임에도 이이타의 다리는 꿈쩍도 하지 않았다. 미동조차 하지 않는 것은 이이타의 몸이나 얼굴도 마찬가지였다. 이이타는 조각처럼 움직이지 않았다. 소리는 깜빡 정신을 잃으려 했지만 다시 머리를 내젓고는 이이타의 다리를 흔들었다.

아이저가 갑자기 앞으로 걸어 나갔다. 그는 소리의 허리를 붙잡아 끌어올렸다. 소리는 버둥거렸지만 다리에 힘이 별로 없었다. 아이저는 소리를 질질 끌다시피 하며 이이타에게서 떼놓았다. 그는 허물어지려는 소리를 부여잡은 채 말했다.

"그만해라!"

"각하, 변경백 각하! 공자님을 구해야 해요. 공자님을……."

"저 애는 괜찮다."

아이저는 사실을 말하고 있는 것은 아니었다. 조금 전 아들을 움직이려고 여러 시도를 하던 중 아이저는 이이타에게 맥박도 호흡도 없다는 것을 확인했다. 상식적으로 본다면 이이타는 서서 죽은 것이다. 하지만 아들은 쓰러지지 않았고 쓰러뜨릴 수도 없었다. 아이저와 시카트가 모두 매달려 밀거나 끌어 보았지만 이이타는 움직이지 않았다. 아이저가 아들의 무사함을 말하는 것은 그 부동(不動) 때문이다. 역설적이게도 움직이지 않는다는 것이 살아 있다는 증거가 되는 셈이다.

이성적인 생각을 하기 어려웠던 소리는 그런 사고 같은 것은 할 수 없었다. 소리는 '괜찮다'는 아이저의 말만 그대로 받아들였다. 소리는 축 늘어지듯 몸에 힘을 빼고는 고개를 돌려 아이저를 올려다보았다. 아이저는 그녀를 천천히 바닥에 앉히고 쓰러지지 않도록 어깨를 붙잡았다.

"지금은 우리가 어떻게 할 수 있는 일이 없다. 그냥 기다려라."

아이저는 소리의 어깨에서 손을 떼려 했지만 소리는 황급히 그 손을 부여잡았다. 그녀는 아이저의 오른손을 꼭 쥔 채 눈물이 그렁그렁한 눈으로 말했다.

"어떻게…… 어떻게 기다려요? 기다려도 정말 괜찮은 거예요?"

아이저는 소리에게 붙잡힌 손을 낭패한 듯 바라보다가 한숨을 쉬었다. 그는 붙잡히지 않은 손을 들어 올렸다.

"저 하늘치를 봐라. 멈춰 있지?"

시카트는 깜짝 놀랐다. 지금껏 이이타에게 신경 쓰느라 그는 하늘치에 대해 까맣게 잊고 있었다. 하늘치를 망각하고 있던 것은 소리 또한 마찬가지였다. 그래서 두 사람은 아이저가 발견한 것을 미처 깨닫지 못했다.

위쪽을 올려다본 두 사람은 하늘치가 더 이상 움직이지 않는다는 것을 깨달았다. 하늘을 화폭 삼아 어떤 화가가 그려 둔 그림처럼 하늘치는 꿈쩍도 하지 않는 모습으로 멈춰 있었다. 그것은 마치 이이타의 현재 상태와 같았다. 그 상황을 설명할 수 없었던 두 사람은 다시 아이저를 바라보았다. 아이저가 반신반의하는 투로 말했다.

"이이타가 움직이지 않는 것과 저 하늘치가 움직이지 않는 것은 분명히 무슨 관련이 있을 거다. 이런 우연이 일어날 리는 없으니까. 어쩌면 우리가 이이타를 움직일 수 없는 것은 우리가 저 하늘치를 움직일 수 없기 때문인지도 모르겠다. 이건 솔직히 아무 근거 없는 생각이긴 하지만…… 지금 이이타와 하늘치는 하나가 되어 있는지도 모르겠다. 시카트와 내가 힘을 합친다 해서 하늘치를 밀거나 끌 수는 없지. 물론 소리, 네가 흔든다고 해도 마찬가지일 테고."

시카트는 다급하게 말했다.

"그래서 형이 안 움직이는 겁니까?"

"그냥 추측일 뿐이야. 만약 그렇다면 이이타는 하늘치를 다룰 수 있게 되었을 때 자신도 움직일 수 있겠지."

시카트나 소리 또한 다른 추측을 떠올릴 수 없었다. 그래서 그들은 아이저의 추측을 받아들였다.

아이저의 추측은 사실이었다.

이이타는 주변의 상황을 보고 들었으며 모두 인지하고 있었다. 하지만 그 인지에 대해 그가 느끼는 감정은 좀 의외의 것이었다. 아버지와 동생, 소리가 알았다면 몹시 실망했겠지만 이이타는 그들을 멸시하는 눈으로 보고 있었다. 아니, 멸시는 지나치게 적극적인 표현이다. 귀찮게 구는 모기를 손바닥으로 때려잡을 때 사람은 모기에게 멸시를 보내는 것이 아니다. 이이타가 연인과 가족에게 느끼는 감정은 모기를 때려잡을 때 사람이 느끼는 감정보다 미약했다. 이이타는 아버지와 동생과 소리가 있다는 것, 그들이 놀라서 울며 그를 깨우려 애쓰는 것을 알았지만 거기에 대해 일말의 감정도 느끼지 못했다. 왜냐하면 그는 인간이 그의 풍경 어느 곳을 기어가는 개미를 대하는 정도의 감정으로 인간을 볼 수 있는 존재, 하늘치가 되어 있었기 때문이다. 그는 이이타이자 하늘치다. 소리 로베자, 아이저 규리하, 시카트 규리하 등은 이이타이자 하늘치에게 풍경일 뿐이다. 숲과 들판과 산맥과 마찬가지로. 그 세 사람은 잠깐 나타났다가 사라지는 찰나의 번득임일 뿐이다. 그는 태고부터 지금껏 하늘을 날아다녔고 그의 시간은 천년기로 헤아려진다. 다행히도 이이타이자 하늘치에게는 산이나 바위가 가지고 있는 것보다 더 큰 인내심이 있었다. 약속이 달성될 때까지 그는 언제까지나……

'약속?'

그들을 만나는…….

'그들?'

순간 이이타이자 하늘치는 잠깐 동안 이이타를 느꼈다.

이이타는 아이저의 굳은 얼굴, 시카트의 안절부절 못하는 얼굴, 소리의 비탄에 잠긴 얼굴을 보며 조금 다른 감정을 느꼈다. 이이타이자 하늘치가 기다려 왔던 것이 무엇일까? 이이타이자 하늘치는 그것을 표현할 방법을 알지 못했다. 하지만 이이타이자 하늘치는 그것이 아버지가 자꾸 숨기는 떨리는 손끝과 관련 있는지도 모르겠다고 생각했다. '아버지?' 그리고 이이타이자 하늘치는 동생의 터질 것 같은 긴장과 자신의 약속 사이에 있는 연관성을 느꼈다. '동생? 동생이 뭐지?' 그리고 이이타이자 하늘치는 아내의 눈물이 거대한 거울로 바뀌어 자신의 약속을 비춰 주는 것을 보았다. '아내라고?'

나는 이이타이자 하늘치.

나는 하늘치이자 이이타.

나는 하늘치이자 하늘치.

나는 이이타이자 이이타.

"나는 이이타 규리하다."

형의 목소리에 놀란 시카트는 엉덩방아를 찧고 말았다. 그와 동시에 주저앉아 있던 소리가 널뛰기를 하듯 솟구치는 모습은 아이저를 혼란스럽게 했다. 하지만 그는 이이타에게 달려가려는 소리를 붙잡을 정도의 침착성은 유지했다. 몸부림치는 소리를 향해 아이저가 말했다.

"가만, 가만 있어! 이이타에게 맡겨 둬! ……그런데 그거 뭐냐?"

소리는 그것이 뭔지는 나도 알 바 아니라는 듯이 몸부림쳤지만 곧 아이저가 가리키는 것이 무엇인지 깨달았다. 그녀는 자기도 모르게 비수를 꺼내어 들어 허공에 휘두르고 있었다. 자신이 쥐고 있던 것을 멍하니 바라보던 소리는 기겁하여 그것을 땅에 팽개쳤다.

"저, 저, 절대로 찌, 찌, 찌를 생각은 아, 아, 아……."

"그래. 알았다. 가만히 있기만 해다오."

아이저는 소리의 두 어깨를 누르듯이 땅에 앉혔다. 아이저는 그녀가 움직이지 못하도록, 그리고 자신도 움직이지 못하도록 소리의 어깨를 계속 붙잡고 있었다. 소리는 계속 뛰쳐나갈 듯 아이저의 손바닥 아래에서 꿈틀거리며 이이타를 바라보았다.

아이저의 판단은 별로 훌륭한 것이라고 할 수 없었다. 그는 소리를 보내 주는 편이 좋았을 것이다. 이이타에게는 자극이 필요했다. 그와 상관없이 부는 바람이나 그와 상관없이 내리쬐는 햇빛과 달리 그라는 존재 자체를 향해 다가오는 자극. 자신의 이름을 말한 것도 그 때문이었다. 만약 소리가 달려와 그를 안았다면 이이타는 그 자극이 무엇을 향하는 것인지를 통해 자신을 더 빨리 찾았을 것이다. 하지만 그가 말한 이름도 충분한 자극이었다. 그 이름으로 불렸을 때 대답하는 자가 있다.

조금 느리지만 분명하게 이이타는 자신을 찾아내어 하늘치와 분리시켰다. 그는 무슨 일이 일어났는지 서서히 깨달았다.

'형. 하늘치는 정말 물고기처럼 보인다고.'

시카트는 그렇게 말했다. 그리고 시카트는 낚싯대를 상상해 보겠다고 말했다. 성공 확률을 높이기 위해 다른 것을 상상하기로 한 이이타는 하늘치를 보며 자신이 거꾸로 된 세상을 보고 있다고 상상했다.

모든 것을 뒤집어서 보자. 땅은 사실은 수면이다. 그들 주위의 공기는 물이다. 검은 밤하늘은 검은 호수다. 하늘치는 배를 수면으로 향한 채 헤엄친다는 점이 독특한 물고기다. 만약 물이 위로, 그러니까 땅으로 흐른다면 그 물고기는 물결을 따라 땅으로 다가올 것이다. 이이타는 그렇게 시작했다. 나쁘지 않은 시작이다. 하지만 이이타가 간과한 것은 자신도 그 물속에서 발을 수면으로 향한 채 거꾸로 서 있는 사람이라는 점이었다. 그가 상상한 거대한 물은 사실은 하늘치와 자신을 한꺼번에 둘러싸고 있는 공기였으며 둘은 동시에 그것에 붙잡혔다. 그는 지나치게 큰 것을 상상했다. 이이타는 거기까지 설명할 수 있었다. 하지만 그가 설명할 수 없는 것이 있었다.

'동화(同化)는 왜 일어났을까?'

그와 하늘치는 하나였다. 단지 같은 것에 붙잡혔을 뿐인데 왜 하나가 되었는지 이이타는 이해할 수 없었다. 수초와 물고기와 소금쟁이는 같은 물에 얽매어 있고 만약 물이 움직인다면 그것들도 모두 움직이겠지만, 그렇다고 해서 그 셋이 하나일 수는 없다. 이이타는 하늘치를 의심스럽게 바라보았다. 하늘치는 아무 대답도 보내지 않았다.

'거기에 대해서는 천천히 생각하자. 우선 중요한 것은……'
그가 하늘치를 움직일 수 있다는 점이다.

이이타는 자신이 생각한 뒤집힌 호수에서 자신을 배제시켰다. 그리고 호수 속의 물결을 움직여 보았다. 이이타는 그것이 환상 계단이라는 것을 깨달았다. 좀 우스꽝스러운 비유겠지만 이이타는 자신이 아주 커다란 추두부를 상상하고 있다고 생각했다. 환상 계단은 두부고 하늘치는 두부 속에 파고든 미꾸라지인 것이다. 그리고 이이타는 그 두부를 움직여 보았다. 그러자 그것은 이이타의 생각대로 움직였다.

이이타는 그것을 몇 번 더 움직여 보고는 쉽지는 않지만 자신이 그것을 통제할 수 있다고 생각했다. 이이타는 하늘치를 내버려두었다. 그가 놔둔 곳에 그대로 떠 있는 하늘치를 바라보던 이이타는 고개를 내렸다. 그는 어둠 속 저편에 서 있는 아이저와 시카트, 그리고 아이저의 손에 붙잡혀 있는 소리를 보았다. 이이타는 천천히 웃었다.

"돌아왔습니다."

아이저는 대답하지 못했다. 순간 소리가 마치 네발짐승이 된 양 바닥을 불불 기어 아이저의 손아귀에서 빠져나갔기 때문이다. 그렇게 기어가던 소리는 다시 두발짐승이 되어 이이타에게 뛰어들었다.

"공자님!"

소리는 정신없이 이이타의 얼굴과 목, 가슴을 더듬었다. 모든 것이 제대로 붙어 있는지 궁금해하는 것 같았다. 이이타는 그녀가 만지도록 내버려두었다. 조금 후 소리는 헐떡이며 다시 말했다.

"공자님? 괜찮으세요?"

이이타는 대답 대신 팔을 뻗어 소리를 살짝 안았다. 어리둥절해하던 소리는 갑자기 기쁜 듯, 서러운 듯 울음을 왈칵 터뜨렸다.

아이저와 시카트가 황급히 다가왔지만 소리는 울음을 멈추지 않았다. 그녀의 울음이 어찌나 거센지 아이저와 시카트는 말도 제대로 꺼낼 수 없었다. 시카트는 손으로 하늘치를 가리켰다가 이이타를 가리키며 묻는 표정을 지었고 그러자 이이타는 고개를 끄덕였다. 사실 그들은 서로의 문답을 제대로 이해하진 못했지만 그냥 고개를 끄덕이며 미소를 지었다. 아이저는 하늘치에 대해서는 갑자기 관심을 잃은 듯 뚫어질 듯한 눈으로 아들의 모습만 살폈다. 이이타가 아버지를 향해 미소 지으며 고개를 끄덕인 후에야 아이저는 작게 한숨을 내쉬었다. 이이타는 소리의 귀에 대고 속삭였다.

"소리, 잠깐만. 아버님이랑 동생에게 말 좀 하고 싶은데."

울음이 지나쳐 꺽꺽거리는 소리를 내던 소리는 그 말에 깜짝 놀라서 손으로 입을 가린 채 황급히 이이타의 품을 떠났다. 그녀는 사과하듯 아이저와 시카트에게 머리를 여러 차례 조아렸다. 아이저가 말했다.

"이이타, 확실히 괜찮은 거냐?"

"괜찮습니다, 아버님."

"도대체 무슨 일이 있었던 거냐?"

"그건 설명하자면 좀 길고 몇몇 부분은 저도 이해하지 못합니다. 하지만 대답해 드리기에 앞서 보여 드리고 싶은 것이 있습니다."

아이저는 그게 뭐냐는 표정으로 이이타를 보다가 갑자기 하늘을 올려다보았다. 시카트와 소리도 놀란 얼굴을 하늘로 향하자 이이타는 나직하게 말했다.

"왼쪽으로 움직여 보겠습니다."

이이타가 말한 대로 되기는 했지만, 냉정하게 보면 조금 기묘했다. 하늘치는 사람이나 동물이 그렇듯 둥글게 선회하는 대신 머리와 꼬리의 방향을 그대로 유지한 채 옆으로 천천히 움직였다. 하지만 이이타의 말처럼 그것이 움직인 방향은 분명히 왼쪽이었다. 그리고 그토록 거대한 물체가 스르르 움직이는 모습은 우습기는커녕 압도적이었다.

"내려오게 하겠습니다."

하늘치가 아래로 내려오는 모습은 우습지도 않을뿐더러 압박감은 더욱 컸다. 그것이 조금씩, 그렇지만 확실히 커지는 모습은 아이저와 시카트, 소리를 겁먹게 했다. 그것을 움직이는 이이타 자신도 조금 두려워졌기 때문에 그는 약간만 내려오게 한 다음 하늘치를 곧 멈췄다. 아래로 천천히 내려오던 하늘치가 멈춰 섰을 때 그곳에 있던 사람은 모두 안도의 한숨을 내쉬었다. 아이저가 떨리는 목소리로 말했다.

"움직일 수 있구나."

"예, 움직일 수 있습니다."

시카트가 환호했다. 그는 형에게 와락 달려들어 형을 높이 끌어안고 빙글빙글 돌았다. 결국 두 사람 모두 요란하게 쓰러지고 말았다. 소리가 작은 비명을 질렀지만 이이타와 시카트는 모두 껄껄 웃으며 일어났다. 그리고 아이저가 이이타를 끌어안았다.

잠시 네 사람은 환희를 나누느라 정신없는 시간을 보내었다.

마침내 더 이상 기뻐할 힘도 남지 않았을 때 네 사람은 약속이나 한 듯 땅바닥에 앉았다. 그들은 말할 수 없이 뿌듯한 표정으로 하늘치를 바라보았다. 그때 이이타가 갑자기 소리를 바라보았다. 연인을 가만히 바라보는 아들을 보며 아이저는 생각에 잠겼다. 조금 후 이이타는 아버지를 바라보았다. 그리고 그는 웃고 고함치느라 약간 쉰 목소리로 말했다.

"아버님, 저……."

이이타는 말을 못 이은 채 우물쭈물했다. 아이저는 웃고 싶었다. 약간 공허하면서 체념하는 듯한 잔잔한 웃음. 하지만 아이저는 웃지 않았다. 그는 다만 약간의 미소만 지은 채 말했다.

"저 하늘치가 내 며느리에게 주는 예물이라는 거냐?"

이이타의 얼굴이 환하게 바뀌었다. 하지만 그는 기쁨을 억누른 채 겸손하게 말했다.

"물론 저 하늘치는 아버님을 위해 봉사할 겁니다. 저는 단지 상징적인 의미로……."

"소리라고 부르자."

"예?"

"저 하늘치를 소리라고 부르자. 그 주인의 이름을 따서."

이이타는 더 이상 기쁨을 억누를 수 없었다. 그는 시카트를 바라보았고 시카트는 좋을 대로 하라는 듯한 미소를 지었다. 그리고 이이타는 소리를 바라보았다. 소리는 지금 상황이 믿기지 않는다는 멍한 표정을 하고 있었다. 이이타는 떨리는 목소리로 말했다.

"소리, 아버님의 말씀 들었지? 감사해야지."

소리는 그 말을 따르지 않았다. 곤란하게도 그녀는 왁 울음을 터뜨렸다. 이이타는 당황했지만 아이저는 그런 울음이 뭔지 정도는 이해할 만한 연륜이 있었다. 그는 웃으며 일어났다.

"소리는 움직이지 않을 테지?"

"예?"

"저 하늘치 말이다."

"아아, 예. 가만히 있을 겁니다."

"움직이지 않는다면 환상 계단을 만들긴 쉽겠지. 시카트, 따라오너라. 올라가 봐야겠다."

시카트는 그제야 그런 생각을 떠올렸다는 것에 놀라며 벌떡 일어났다. 그는 어서 하늘치에 올라가 보고 싶어 안달이 났다. 아이저는 이이타에게 말했다.

"너는 천천히 올라와라. 그 애가 좀 진정되면."

이이타는 감사의 의미로 고개를 끄덕였다. 소리에게 다가가는 이이타를 보며 아이저는 싱긋 웃었다. 그리고 아이저는 하늘치를 보며 천천히 환상 계단을 상상했다.

아침이 다가왔을 때 엔거 평원에 갑자기 생긴 천장 같은 하늘치를 보며 많은 사람들은 압박감과 폐소공포증을 느꼈다. 그 폐소공포증은 완전히 합리적인 것이라 하기는 어렵다. 하늘치의 배는 인간이 힘껏 돌멩이를 던져도 닿기 어려운 높은 곳에 있었고 그곳에서 미동도 하지 않았다. 그것이 당장 아래로 떨어질 것처럼 보이지는 않았다. 하지만 고개를 어디로 돌려도 하늘이 보이지 않는다는 것은 역시 불안감을 자극하기에 충분했다. 태양은,

낮은 위치에 있었던 아침의 잠깐 동안만 하늘치의 배와 땅 사이에 빛을 쏘아 보내었지만 곧 하늘치의 모습에 가려 사라졌다. 그림자 속에 남겨진 그들은 낮이 찾아왔다는 것을 받아들이기 어려웠다. 엔거 평원의 가운데 부분은 폭풍우가 칠 때 정도의 밝기도 없었다.

엘시가 서 있는 곳은 그보다는 밝았다. 그는 하늘치의 왼쪽 나라미 가까운 곳에 서 있었다. 덕분에 그와 그 주변에 있던 자들은 하늘도 조금 볼 수 있었다. 하늘은 연마가 잘된 칼처럼 섬뜩하게 푸르렀다. 그리고 평원에서는 볼 수 없는 태양도 그들은 볼 수 있었다. 그나마 곧 하늘치의 등 뒤로 사라질 것처럼 보였지만.

엘시는 어젯밤 본 것이 환상이 아닌가 의심했다. 어젯밤 하늘치가 나타나고 얼마 후 갑자기 그의 곁에 나타나서 그가 서 있어야 할 장소를 알려 준 것이 정말 나가였을까? 만약 그 혼자 보았다면 엘시는 나가가 절대로 이곳에 있을 리 없다는 점을 들어 자신의 경험을 무시했을 것이다. 하지만 그 나가를 본 것은 그만이 아니었다. 이레가, 론솔피가, 그에게 항의하러 와 있던 그을린발이, 그리고 엘시의 주변에 있던 흑사자군의 수뇌부 전부가 그 나가를 보았고 그녀의 목소리를 들었다. 도저히 개인적 환상으로 치부해 버릴 수 없을 만큼 많은 증인이 있었다. 하지만 나가는 한계선 북부에 올 수 없다.

상황을 설명할 수 있는 가설을 내놓은 것은 나가에게 익숙한 대장군의 몸종이었다.

"어쩌면 소드락인지도 모릅니다. 아니, 틀림없이 소드락이었을 겁니다."

이레는 자신의 말을 경청하는 듯한 표정을 지은 채 설명했다.

"잘 아시겠지만 나가들은 소드락을 복용하면 17분 동안은, 설령 라호친에 있다 해도 한계선 남쪽의 가장 뜨거운 곳에서와 마찬가지로 움직일 수 있습니다. 계명성으로 들어온 보고를 종합해 보면 엔거 평원에 나타나 시모그라쥬군을 살해한 나가들은 모두 짧은 시간 동안만 활동한 다음 사라졌습니다. 몇몇 병사들은 나가들이 허공을 뛰어올라가는 모습을 보았다고도 보고했습니다. 그 나가들은 저 정체 모를 하늘치의 등 위에 있다가 소드락을 먹고 내려와 싸운 다음 다시 올라간 겁니다. 지금쯤은 저 위에서 다시 잠들어 있겠지요."

"그렇겠지. 그렇다면 그 나가들이 누구지? 그들이 도대체 왜 하늘치를 타고 여기까지 와서 시모그라쥬군을 제거한 거지?"

"그들을 다루는, 나가가 아닌 자가 있을 겁니다."

"뭐라고?"

이레는 의혹의 눈으로 하늘치를 올려다보며 계속 말했다.

"저 하늘치가 그 나가들을 태우고 엔거 평원에 도달했을 때 나가들은 모두 가사 상태였을 겁니다. 누군가 그들을 깨우고 억지로 소드락을 먹인 사람이 있을 겁니다. 그런 일을 했다면 그 사람은 나가일 리 없습니다. 그리고 나가들은 그 나가가 아닌 사람을 무조건 따르고 있을 겁니다."

"어째서지?"

"소드락의 효과 시간은 겨우 17분입니다. 자기 눈으로 상황을 관찰하고 해야 할 일을 결정하려면 17분은 너무 짧습니다. 나가들이 깨어난 다음 시모그라쥬군을 죽여야겠다고 결정한 것은 아닐 겁니다. 그런 결정을 내린 사람은 나가들을 깨운 사람입니다. 그리고 나가들은 그 명령을 따랐습니다. 눈뜨자마자 살해 명령을 받았는데 스스로 살펴볼 생각도 하지 않고 그냥 그 명령을 수행한 겁니다. 그러니 나가들은 그 사람을 무조건 따르고 있는 겁니다."

이레는 두려움에 빠진 눈으로 엘시를 바라보았다.

"주인님. 주인님이 만나실 사람은 어젯밤 나타나서 시모그라쥬군을 도륙한 그 신비한 나가들이 아닙니다. 그들을 다루는 더욱 신비한 어떤 인물입니다. 그리고 그 사람은 나가가 아닙니다. 하지만 그 사람은 이성적인 나가들로 하여금 자기 말을 무조건 따르게 할 수 있는 사람입니다. 어쩌면 그 사람은 저 하늘치를 조종할 수도…… 아니! 틀림없이 조종할 수 있습니다! 저렇게 낮게 떠 있는 하늘치는 없습니다. 분명히 조종받고 있는 겁니다."

엘시의 얼굴이 다시는 부드러운 표정을 지을 수 없을 정도로 딱딱하게 굳었다. 근처에서 대장군의 몸종이 꺼내 놓는 설명을 엿듣던 사람들도 충격과 두려움으로 긴장했다. 거기에는 부관에게 평원의 일을 맡겨 두고 직접 달려온 많은 군단장들이 있었다. 쵸지와 주테카와 론솔피, 그을린발이 있었다. 그들만으로도 좁은 언덕 정상은 포화 상태에 가까웠다. 어떤 이들은 엘시를 보호하기 위해 다른 곳으로 옮겨야 한다는 의견을 내놓았다. 하지만 하늘을 가리며 떠 있는 하늘치로부터 도망치는 것이 가능하기나 한 일인지 알 수 없었기에 그 의견은 묵살당했다. 아니, 하늘치가 아니라도 여전히 도망치는 것은 불가능하다. 어젯밤 암흑 속에서 갑자기 나타난 나가들은 순식간에 시모그라쥬군을 학살해 버렸다. 아마도 시모그라쥬군은 흑사자군에게 시달리느라 머리 위의 하늘치로부터 내려온 나가들에 적절히 반응할 수 없었겠지만 그렇다 해도 시모그라쥬군들이 다른 종족들도 아닌 나가들에 대한 대응법을 위주로 훈련을 받아 왔던 병사들이라는 점을 감안하면 그것은 믿을 수 없는 전과였다. 짧은 시간 나타났다가 사라진 그 나가들에게는 분명히 상식을 뛰어넘는 무엇인가가 있었다. 그것이 무엇인지 모르는 이상 그것에 대응할 수 없을 뿐만 아니라 그것으로부터 도망칠 수도 없다.

처음 움직임을 발견한 것은 주테카였다.

"뭐가 내려오는데? 레콘이잖아?"

주테카의 말처럼 하늘치의 가슴 지느러미에서 나타난 것은 두 명의 레콘이었다. 그들은 20미터 정도의 간격을 둔 채 환상 계단을 이용하고 있다는 것을 분명히 알 수 있는 모습으로 나란히 걸어 내려왔다. 그들 뒤편으로 다시 두 명의 레콘이 나타났다. 그리고 또 두 명의 레콘이. 언덕 위에 있던 자들은 자신들이 보고 있는 것이 두 줄로 걸어 내려오는 많은 수의 레콘임을 알았다.

시허릭 마지오 상장군은 그들의 모습에 놀랐다. 환상 계단은 상상한 사람에게만 영향을 끼치므로 걸어 내려오는 레콘들은 모두 자신만의 계단을 만들어 내었을 것이다. 하지만 레콘들은 하나의 계단을 따라 걸어 내려오는 사람들처럼 흐트러짐 없는 모습으로 내려왔다. 백화각에서 일하던 염사들이나 보여 줄 수 있는, 놀라운 상상의 일치가 아니고선 불가능한 장면이었다.

가장 앞쪽에 걸어 내려온 두 레콘이 땅에 발을 디뎠다. 그러자 내려오던 레콘들이 동시에 멈춰 섰다. 그들은 서로를 향해 돌아섰다. 상당히 이해하기 쉬운 모습이었다. 그 레콘들은 보이지 않는 계단에 정렬하여 그들 가운데로 걸어 내려올 누군가를 기다리는 듯했다. 마치 사열을 받는 모습 같았다. 이레는 그렇다면 저 레콘들도 기다리는 자가 아닌가 보다 생각했다. 그때 이레는 주인의 경악한 얼굴을 발견했다.

엘시는 보이지 않는 계단에 정렬한 레콘들 중 하나를 바라보며 숨을 몰아쉬고 있었다. 그의 동공은 크게 확장되어 있었고 말고삐를 쥔 손은 조금 떨렸다. 깜짝 놀란 이레는 엘시가 보고 있는 레콘을 보았지만 그가 알지 못하는 얼굴이었다. 이레는 엘시에게 속삭였다.

"주인님? 왜 그러십니까. 아시는 사람입니까?"

"트리어?"

"예?"

엘시는 믿을 수 없다는 얼굴로 말했다.

"저건 트리어다. 예비역 수교위였지. 보훈국장 하고 있을 때 저자의 전역금을 그 아내들에게 전달하는 일로 만난 적이 있다."

"왜 아내들에게 전달하셨습니까?"

"저자가 센시엣 특수 수용소에 들어가게 되었거든."

"예? 절망도요?"

"거기에 있어야 하는데 왜 저기에 있는 거지? 그렇다면 저 레콘들 전부 다?"

그랬다. 그곳에 있는 장교들은 센시엣 특수 수용소에 들어가 있어야 할 레콘들의 얼굴을 알아보고 작은 소동을 일으켰다. 레콘을 체포하는 일은 당연히 군의 일이었기에 제국군 장교들은 절망도로 보낸 레콘들을 많이 알고 있었다. 이름을 확인하는 속삭임이 빠르게 오가는 것을 보며 이레는 관자놀이가 화끈해지는 것을 느꼈다. 있을 수 없는 일이 계속 벌어졌다. 정체를 알 수 없는 나가들이 한계선 북부에 나타나더니 이제는 절망도에 있어야 할 레콘들이 나타났다. 이레는 이 다음에 나타날 것이 누구라도 놀랄 일은 아니라고 생각했다.

하지만 도열한 레콘들 사이에서 두 사람이 나타나 걸어 내려올 때 이레는 충격을 가누기 어려웠다. 쵸지가 어이없는 목소리로 외쳤다.

"지멘?"

도열한 레콘들 사이에서 나타난 두 사람 중 한 명은 검은 레콘 지멘이었다. 그리고 그의 곁에는 도무지 어울리지 않는 인물이 함께 걷고 있었다. 엘시는 믿고 싶지 않다는 투로 신음했다.

"스카리……."

지멘과 스카리 빌파가 도열한 레콘들 사이로 허공을 걸어 내려왔다. 도무지 연관성이라고는 찾아볼 수 없는 그 인물들이 마치 동료나 되는 것처럼 나란히 걷고 있는 모습은 언덕 위에 있던 사람들을 극한 혼란으로 몰아갔다. 하지만 일어난 소동은 곧 사그라졌다. 그들은 침묵한 채 두 사람의 착지를 기다렸다.

잠시 후 지멘과 스카리 빌파가 땅에 발을 디뎠다. 쵸지와 론솔피, 주테카는 그것이 정말 지멘인지 가서 만져 보고 싶다는 듯이 움찔거렸다. 그리고 엘시의 눈길은 스카리에게로 향했다. 스카리 또한 언덕 위에 있는 다른 사람들을 모두 무시한 채 엘시만 바라보았다. 하지만 스카리도 지멘도 움직이지 않았다. 마침내 참을 수 없었던 엘시가 말을 몰아 그들 가까이로 다가가려 하자 지멘이 갑자기 손을 들었다. 그는 손바닥을 엘시에게로 향했다. 그 뜻은 간단했다. 오지 마라. 엘시는 말을 멈췄다. 엘시를 따라 황급히 달려온 이레는 엘시의 말고삐를 붙잡고 섰다. 스카리가 천천히 말했다.

"에더리, 오래간만이군."

"발케네 공. 도대체…… 도대체 어떻게 된 겁니까? 당신이 절망도의 레콘들을 탈출시켰습니까?"

"아냐. 나는 한낱 종복일 뿐이지."

"예?"

엘시의 '예?'에는 그 말의 뜻을 알 수 없는 의문과 당신이 그런 말을 할 수 있다는 것에 놀랐다는 경악이 모두 담겨 있었다. 죽을 때까지 길들 수 없을 듯한 남자인 스카리 빌파가 태연하게 자신이 누군가의 종복이라 말할 수 있다는 사실을 엘시는 받아들이기 어려웠다. 스카리는 엘시의 경악을 이해한다는 듯이 고개를 끄덕였다. 하지만 그는 자신의 표현에 대해 설명하지 않았다.

"말에서 내려."

엘시는 뚫어지게 스카리를 바라보다가 빠른 동작으로 말에서 내렸다. 스카리가 말에 올라 있는 다른 장교들을 돌아보자 그들 역시 멈칫거리며 말에서 내렸다. 모든 사람들이 하마하자 스카리는 다시 엘시에게 말했다.

"무릎을 꿇어."

엘시는 눈살을 찌푸렸다.

"당신에게?"

"아냐. 암살의 주인에게."

만약 하늘치가 주인에게 떨어진다면 두 팔로 막아내겠다는 듯이 단호한 자세로 엘시 곁에 서 있던 이레는 스카리의 말에 깜짝 놀랐다. 침묵을 지켜야 하는 몸종인데도 이레는 당황하여 말했다.

"암살공은 죽었다고……."

스카리는 마치 재미있는 농담이라도 들은 사람처럼 폭소를 터뜨렸다. 그는 자신의 웃음을 억누르려 애썼기에 그 모습은 꽤 이상했다. 곁에 서 있던 지멘은 그런 스카리의 모습에 아무 반응도 보이지 않았다. 스카리가 겨우 자제력을 회복했을 때 허공에 도열해 있던 레콘들이 갑자기 부리를 열어 외쳤다.

"이라세오날—!"

레콘을 제외한 대부분의 사람들이 귀를 틀어막았지만 이레는 놀란 말이 주인에게 위해를 끼칠까 두려워 말을 부여잡았다. 다행히 지난밤 동안 많은 계명성을 들은 말은 다루기 힘들 만큼 놀라지는 않았다. 엘시가 이레를 도와주었기에 그들은 곧 말을 진정시켰다. 이레는 귀 쪽을 탁탁 두드리며 말했다.

"이라…… 뭐?"

"이라세오날."

엘시의 말에 이레는 감사의 의미로 고개를 꾸벅였다. 하지만 엘시는 이레에게 말한 것이 아니었다. 그는 자기 자신에게 들려주듯 다시 말했다.

"이라세오날……."

"가주님?"

이레의 실언이 갑자기 엘시의 주의를 끌었다. 엘시는 나가를 보는 기분으로 이레를 바라보다가 가까스로 그가 인간임을 깨달았다. 엘시는 탁한 목소리로 말했다.

"나는 그것이 누구의 이름인지 알 것 같군."

"이름? 그게 사람 이름입니까?"

"이레, 너는 잘 알겠지. 나가에겐 진짜 이름과 널리 쓰이는 이름이 있지."

이레는 물론 잘 알고 있었다. 나가들의 이름은 두 가지고 그중 본명은 가족이나 신뢰하는 친구처럼 긴밀한 사람에게만 알려 준다. 보다 널리 쓰이는 별호는 본명과 다르고 그것은 보통 본명의 특정 음절을 따서 만들어지기에 인간들의 애칭과 비슷하다. 하지만 공통점은 그것뿐 차이가 더 많다. 이를테면 나가들의 별호는 인간의 애칭과 달리 그것만 듣고는 본명을 추측하기 어렵다는 점, 나가들은 공식 기록에도 본명을 쓰지 않기 때문에 기록의 측면에서 보면 본명이 오히려 친밀한 사람들 사이에 쓰는 애칭처럼 보이기도 한다는 점 등이다. 엘시가 말했다.

"나는 치천제 폐하의 널리 쓰이는 이름을 알고 있다."

엘시의 몸종인 이레도 그 이름을 알고 있었다. 이레는 고개를 갸웃거리다가 갑자기 흠칫 놀랐다. 그는 무의식적으로 말했다.

"이라세오날?"

이레는 엘시가 깨달은 것을 깨달았다. 놀란 몸종의 얼굴을 보던 엘시는 눈을 들어 하늘치를 올려다보았다.

그곳에 한 사람이 있었다. 레콘들 사이에 서 있기에 조그맣게 보이는 사람이. 하지만 공교롭게도 하늘치의 등 뒤로 향하던 태양이 그 사람의 뒤편에 있었다. 이레는 역광 때문에 그 사람의 모습을 제대로 보기 어려웠다. 눈을 잔뜩 찌푸려서 그 사람을 보려 애쓰던 이레에게 다시 엘시의 목소리가 들려왔다.

"그래, 암살의 주인이시군."

"주인님…… 어떻게? 암살공은 락토 빌파……."

엘시는 혼잣말을 하듯 중얼거렸다. 그는 커다란 피로를 느끼는 사람처럼 보였다.

"한계선 북부에 한 자루밖에 없는 칼이 있다. 그 칼은 원래 암살자에게 주어지는 칼이고 암살이 끝나면 부러지지. 하지만 그 칼의 주인이셨던 대호왕 폐하께서 암살을 포기하셨기에 그 칼은 부러지지 않았다. 그리고 그 칼은 그분께 넘어갔지. 그분은 쉬크톨의 주인, 암살의 주인이시다."

역광이 사라졌다. 검은 얼룩처럼 보이던 것이 사람의 모습으로 바뀌었다. 이레는 검은 흑사자 모피를 몸에 두른 채 내려오는 사람의 모습을 확인할 수 있었다. 그 사람이 바로 정체 모를 나가들의 지휘자, 절망도에 있는 레콘들을 탈출시킨 자, 황제 사냥꾼 지멘과 발케네 공 스카리 빌파를 종복으로 삼은 자였다. 그리고 죽음에서 부활한 자였다. 도열한 레콘들이 다시 외쳤다.

"이라세오날의 부활을 경배하여라—!"

"그리고 나의 주인이시다."

엘시가 중얼거리며 한쪽 무릎을 꿇었다. 어떤 의지 때문이 아니라 주인의 모습에 따라 이레는 무의식적으로 무릎을 꿇었다. 그리고 언덕 위에 있던 다른 자들도 하나 둘 무릎을 꿇었다. 마지막으로 스카리와 지멘이 천천히 무릎을 꿇었다.

자신들의 주인이 부활했음을 받아들이는 자들을 향해 치천제 이라세오날이 걸어 내려왔다.

피를 마시는 새 6

1판 1쇄 펴냄 2005년 7월 8일
1판 22쇄 펴냄 2022년 11월 25일

지은이 | 이영도
발행인 | 박근섭
편집인 | 김준혁
펴낸곳 | 황금가지

출판등록 | 2009. 10. 8 (제2009-000273호)
주소 | 06027 서울 강남구 도산대로 1길 62 강남출판문화센터 5층
전화 | 영업부 515-2000 편집부 3446-8774 팩시밀리 515-2007
홈페이지 | www.goldenbough.co.kr

도서 파본 등의 이유로 반송이 필요할 경우에는 구매처에서 교환하시고
출판사 교환이 필요할 경우에는 아래 주소로 반송 사유를 적어 도서와 함께 보내주세요.
06027 서울 강남구 도산대로 1길 62 강남출판문화센터 6층 민음인 마케팅부

ⓒ 이영도, 2005. Printed in Seoul, Korea

ISBN 978-89-8273-937-8 04810 (6권)
ISBN 978-89-8273-931-6 04810 (세트)

㈜민음인은 민음사 출판 그룹의 자회사입니다.
황금가지는 ㈜민음인의 픽션 전문 출간 브랜드입니다.